沈天佑文存

SHENG TIANYOU WENCUN

沈天佑◇著

中国社会科学出版社

图书在版编目（CIP）数据

沈天佑文存／沈天佑著．—北京：中国社会科学出版社，2013.7
ISBN 978－7－5161－2672－1

Ⅰ．①沈…　Ⅱ．①沈…　Ⅲ．①中国文学—文集　Ⅳ．①I2－53

中国版本图书馆 CIP 数据核字(2013)第 104211 号

出 版 人　赵剑英
责任编辑　张　林
特约编辑　陈　振
责任校对　洪　波
责任印制　戴　宽

出　　版　中国社会科学出版社
社　　址　北京鼓楼西大街甲 158 号（邮编 100720）
网　　址　http://www.csspw.cn
　　　　　中文域名：中国社科网　　010－64070619
发 行 部　010－84083685
门 市 部　010－84029450
经　　销　新华书店及其他书店

印　　刷　北京君升印刷有限公司
装　　订　廊坊市广阳区广增装订厂
版　　次　2013 年 7 月第 1 版
印　　次　2013 年 7 月第 1 次印刷

开　　本　710×1000　1/16
印　　张　28.5
插　　页　2
字　　数　482 千字
定　　价　68.00 元

凡购买中国社会科学出版社图书，如有质量问题请与本社联系调换
电话：010－64009791

沈天佑先生晚年照

目　录

附　录

风尘三侠　英气勃勃

——《虬髯客传》艺术鉴赏

我国小说创作发展到唐代，出现了大批传奇小说。它们是由六朝志怪小说演变而来的。志怪小说的大部分作品文笔简浅，缺乏整体结构，基本上是丛残小语式的杂记，还很难称之为小说。唐传奇就大不相同了。传奇的作者刻意幻设、着意传奇，是有意识地在进行文学创作了。传奇的故事情节已比较曲折，人物形象也趋于生动、鲜明。所以鲁迅先生在他的《中国小说史略》中说："小说亦如诗，至唐代而一变，虽尚不离于搜奇记逸，然叙述宛转，文辞华艳，与六朝之粗陈梗概者较，演进之迹甚明，而尤显者乃在是时则始有意为小说。"总之，唐代传奇是我国小说史上的一次质的飞跃，从此，我国的小说创作日臻成熟。

在唐代大批传奇小说中，出现了一批描写豪士侠客的作品。这些小说的产生有其深刻的时代和社会原因：唐代中叶之后，藩镇割据，互相仇视，他们常常豢养一批侠客作为争权夺利的工具，社会上盛行一种游侠之风；同时由于人们对现实存在的种种不平和罪恶感到愤懑，因此那些讲求义气、不畏强暴的侠客豪士，就成了他们所敬慕和向往的英雄人物。上述这些，正是豪士侠客小说产生的社会基础。在这类豪士侠客小说中，《虬髯客传》是一篇为人们所喜爱、在群众中有着一定影响的作品。

《虬髯客传》产生于晚唐群雄割据、战乱频仍的年代，小说通过对李靖、红拂与虬髯客的结识和政治活动的叙述，宣扬了唐王朝是应"天"而兴，李世民是"真命天子"这样一种"君权神授"的宿命论思想，旨在维护唐室政权，因此从小说的主题思想来说并不是很可取的。可取的是作品的艺术成就，特别是在人物塑造上取得的成就。作品中刻画的李靖、红拂和虬髯客这三个形象，性格鲜明，英气勃勃，长期以来颇受人们的喜爱，被誉为“风尘三侠”。

小说一开始就向读者点明了故事产生的社会背景：时值隋代末年，当时荒淫无道的隋炀帝正出游扬州，在京城留守的是那个煊赫一时的权臣杨素。他仗着自己有功于皇帝，因此飞扬跋扈。在杨素看来，天下之人再也没有比他更尊贵了，所以他俨然摆出一副皇帝的派头，十分傲慢。至于生活上的骄奢淫逸，就更不用说了，他平时接待宾客，都得由美人们簇拥而出，还让使婢们罗列周围。

皇帝的荒淫无道，大臣的“奢贵自奉”，把政治搞得十分腐败，人民不堪压迫，蜂起反抗，造成了天下大乱、群雄竞起的局面。正是在这种特定的政治历史背景下，“风尘三侠”之一的李靖出场了。

李靖是个真实的历史人物，他在李渊夺取政权的过程中，屡建大功，是唐代开国功臣之一。在唐太宗时他曾任兵部尚书，被封为卫国公。但李靖出身微贱。小说里他开始出现时只是一个“布衣”。此人胸怀大志，非碌碌之辈。他去杨府向权臣杨素进献奇策，但杨素在接见他时态度很傲慢。当然，这种傲慢是杨素待客的一贯态度，小说这样描写杨素：“每公卿入言，宾客上谒，未尝不踞床而见。”这里说的“踞床而见”是说杨素在接见来客时，总是把臀部和两脚抵着床，两膝竖起，表现出一副盛气凌人的架势。李靖对杨素的“踞床而见”十分反感。在李靖想来，身为国家重臣，理应礼贤下士，广揽天下英才才是。因此他不顾自己的“布衣”身份，向杨素直言规谏：“天下方乱，英雄竞起，公为帝室重臣须以收罗豪杰为心，不宜踞见宾客。”这里充分表现出李靖政治上的远见卓识和敢于批评权臣的非凡勇气，从中使人感到李靖确非等闲之辈，而是个了不起的人物。

李靖直率而尖锐的批评，一方面震动了昏聩傲慢的权臣杨素，使他不得不“敛容而起”；同时也深深博得了杨素身边红拂女的垂青，使她顿时下定决心，离开杨素去投奔李靖。

李靖不仅具有远见卓识，敢于指责权臣的傲慢，而且在为人处事上又是十分机敏、谨慎。他赏识红拂，喜爱红拂，更欢迎红拂毅然决然地投奔于他，但同时他又清醒地认识到红拂深夜投奔之事非同小可，弄不好会招来大祸。这不是表现李靖的怯懦，而是反映了他在处理事情上所持有的谨慎作风，对潜在的各种危险，持有高度警惕，决不掉以轻心。为了安全，李靖终于果断地决定立即和红拂逃离这个由杨素所统治的西京，奔赴太原。从小说有关李靖的这些描写里，我们已经可以看出他那不同寻常的地方，因此，李靖后来成为唐王朝的开国功臣就决不是偶然的了。

“风尘三侠”中的另一重要角色红拂，比起李靖来更富有艺术魅力。她原是杨素府里的一个歌妓，一个女奴。但这个女奴却是个不同凡响的奇女子。这个十八九岁的少女，首先给人的一个印象是聪明、美丽。作者通过李靖的眼睛，强调红拂的上述特点：“观其肌肤、仪状、言词、气性，真天人也。”但红拂最引人注目的还不是这些。她不满于自身卑贱的处境，不甘心屈服于封建统治者的淫威，对自由和幸福有着强烈的追求。尤其难能可贵的是：她生就一双慧眼，能识别天下英雄豪杰。当李靖向杨素直言规谏时，她一下就认定李靖是个日后大有作为的人物，从而当机立断：与其依附这个昏聩腐朽的杨素，不如及早投奔眼前这个尚处于微贱之中的李靖。决心一经下定，就盘算“投奔”的各项具体措施，忙而不乱：她首先弄清李靖的住处和去向；接着为避人耳目她又精心选择了“投奔”时间：“其夜五更初”；“投奔”时，又巧妙地作了伪装，“紫衣戴帽，杖揭一囊”；到了李靖住处，她先来了个自我介绍：“妾，杨家之红拂妓也。”并脱衣去帽，上前礼拜，热情、主动地表示了对李靖的敬慕和向往之情，明确地提出了委身于他的要求：“妾侍杨司空久，阅天下之人多矣，无如公者。丝萝非独生，愿托乔木，故来奔耳。”通过这一系列描写，人们无不敬佩红拂在追求自由和幸福生活时的那种主动、果敢精神，以及在采取重大行动之前的善于深入思考和周密部署。正是这些，迅速地赢得了李靖的钟爱，从而促成了彼此幸福的结合。

红拂见多识广，能应付种种复杂的局面。在灵石旅舍，当虬髯客斜卧着身子瞅她梳头的时候她没有因此而表现出羞涩、慌乱、急于躲避，更没有为此而恼怒以至斥责对方，而是摆出了一副从容不迫、落落大方的姿态。她一面暗下摆手示意李靖，叫他不必恼怒，同时又主动上前与虬髯客攀谈，打听他的姓名。当得知他和自己同姓时，随即提出和他结为兄妹的要求，称虬髯客为三兄，并招呼李靖上去和他相认。红拂之所以能正确对待虬髯客并主动与之结识，是和她丰富的生活阅历分不开的。红拂长期生活在杨府，接触过各式各样的人物，因此，她一眼就能分辨清楚虬髯客的某些看似十分冒昧的行动，不过是侠客们不拘小节的一种表现。为了自身日后事业的发展，红拂夫妇亟须得到虬髯客这样的豪杰相助，这样，红拂对他的热情相待既避免了一场不必要的纠纷，又使彼此结成倾心之交，共同图谋大业。这正是红拂胆识超群之处。在我国文学史上曾出现过许多优秀的女性形象，但像红拂那样美丽、聪明而又有胆有识的女子还不多见，这是历来人们所以喜爱并赞赏这一形象的原因。

晚唐时期由于神仙方术的盛行，作品中所出现的这些侠客往往是些怀有特殊武技的半人半仙的人物。“风尘三侠”之一的虬髯客身上就明显表现出这个特征。

虬髯客在小说中一出现就给人以非同寻常的感觉。他中等身材，满脸赤红的络腮胡子，骑着一头行动迟缓的弱驴。他在灵石旅舍的举动显得十分乖僻，先是投囊于炉前，取枕欹卧，看红拂梳头。接着就向李靖夫妇讨肉吃，自己吃饱了，还把剩肉用乱刀切碎后喂驴。喝酒时，竟取出人头和心肝，以匕首切心肝，作为下酒之物，还告诉李靖，被杀者乃是他怀恨十年之久的背信弃义之徒。在他离开灵石旅舍时，小说写他“乘驴而去，其行若飞”。从这些描写里，我们看到虬髯客确与常人很不一样，乃是个半人半仙式的侠客。在这个侠客身上，表现出了粗犷、豪爽、不拘礼节和疾恶如仇等性格特点。

虬髯客和当时社会上的那些侠客还有明显的区别。他不仅广有资财，而且胸怀大志，有图王霸业的雄心，想在群雄逐鹿中夺取天下。但当他发现太原李世民才是“真命天子”时，他只得放弃原先的打算，主动地让位给李世民，远走海外，另图霸业。临行前，把全部资产赠给了李靖夫妇。并嘱咐他们：“持余之赠，以佐真主，赞功业也。”这里又表现出他的“识时务”、“知王命”和慷慨助人的特点。

在篇幅不长的《虬髯客传》里，能刻画出像李靖、红拂、虬髯客这样三个性格鲜明、英气勃勃的形象，这在它以前乃至以后的短篇小说里是少见的。

当然，小说艺术上的成就也是与故事情节的曲折多变、摇曳多姿分不开的。作品开始写李靖去杨府献奇策，目的是要权臣杨素招贤纳士、挽救颓局。但接着并没有沿着这一政治性的情节生发开去。读者事先怎么也不会想到李靖的这番慷慨陈词，竟博得了杨素身旁歌妓红拂的极度欣赏和由衷敬佩，从而引出了红拂深夜投奔李靖这一出人意料的情节。为摆脱杨素的查访，李靖、红拂只得匆匆离开西京去山西灵石旅舍暂住。但作品接着并没有沿着这条线索去描写李靖夫妇婚后的种种生活以及彼此可能产生的一些矛盾和冲突，而是突然让“风尘三侠”之一的虬髯客出现在灵石旅舍，作者随之把描写的重点又转向了风尘三侠之间的相互结识，以及所展开的一系列政治活动上来。循着虬髯客提出的“太原有奇气”这一线索，终于引出了“真命天子”李世民。而“真命天子”李世民的出现，又迫使那个“知天命、识时务”的虬髯客放弃了原先争夺天下的雄心，甘愿远走海外，另图霸业，从而又把情节的发展引向了一个新的方向。

小说整个故事情节就是这样波澜起伏，跌宕跳跃，使前后情节的发展既出于人们的意料之外，又入于情理之中，从而取得了引人入胜的艺术效果。

人们都有这样的体会：在一篇成功的小说里，总能有一些很精彩而又值得人们回味咀嚼的艺术场景，它们犹如一幅幅色彩鲜明的图画，印刻在读者的记忆里。《虬髯客传》也为我们写出了一些精彩动人的艺术场景。如：开头李靖在杨府献策的场面，中间“风尘三侠”在灵石旅舍聚会和结交的场面，以及后来虬髯客、道人和李世民会见的场面。在这些精彩动人的画面里，各式人物的音容笑貌、举止神态、气质神韵都被表现得活灵活现、惟妙惟肖，给人留下了深刻难忘的印象。

细节描写是否运用得当和符合生活真实，是作品艺术描写成功与否的一个重要因素。在小说的故事情节和人物塑造中，如果缺少一系列细节描写去充实它，那它们就会变得苍白无力，失去了真实感。《虬髯客传》之所以在艺术上取得这样明显的成就，在很大程度上得力于细节描写。不仅在主要人物身上，即使在一些次要人物身上，它的细节描写也使用得比较成功，往往一两个动作、三言两语就能把一个人的性格特点和精神气质和盘托出。如作品对杨素的刻画，只突出描述了他见客时的举动，“每公卿入言，宾客上谒，未尝不踞床而见，令美人捧出、侍婢罗列，颇僭于上”这个细节，十分生动地表现出了杨素的“奢贵自奉”。又如写李世民“精采惊人，长揖而坐。神气清朗，满坐风生，顾盼炜如”，这种细节描写烘托出了李世民的非凡风度和超人气质，使这个“真命天子”的形象开始在读者面前挺立起来。

（原载《名作之园》，浙江古籍出版社 1987 年版）

介绍王安石的《游褒禅山记》

《游褒禅山记》是我国宋代著名的政治家、思想家和文学家王安石的一篇散文。作为唐宋八大家之一的王安石，他在散文创作上的特点，概括地说是立意超卓，说理透辟，逻辑性强，语言朴素而简洁。这是他所提倡的“务为有补于世”文学主张实践的结果。

《游褒禅山记》是一篇通过记游而进行说理的散文，选自《临川文集》，是王安石做舒州通判时作的。

全文可分六段。为清楚起见，下面对各段先作些串讲分析，然后再总的谈一下文章在思想内容和写作上的一些特色。

第一段：

> 褒禅山亦谓之华山，唐浮图慧褒始舍于其址，而卒葬之，以故，其后名之曰“褒禅”。今所谓慧空禅院者，褒之庐冢也。距其院东五里，所谓华山洞者，以其乃华山之阳名之也。距洞百余步，有碑仆道，其文漫灭，独其为文犹可识曰“花山”。今言“华”如“华实”之“华”者，盖音谬也。

这段中有些词语需要作些解释。“褒禅山”，在现在的安徽巢湖市含山县北。“浮图”，梵语，即古代印度语，也写作“佛陀”或“佛图”，它有佛或佛塔等不同意义，这里是指佛教徒（和尚）。“慧褒”是唐代著名的和尚，据记载：慧褒对含山县北山林风景的优美十分喜爱，就在那里筑屋定居。“卒葬之”，最终葬在这里。“卒”，这里作终于讲，不作死讲。它和上面的“始”字相照应。“禅”，原为梵文“禅那”的省称，后来泛指与佛教有关的人和物，如“禅寺”、“禅院”等。“褒禅”就是慧褒和尚的意思。“庐冢”，庐舍和坟墓。“阳”，山的南面。“步”，古代的长度单位，这里泛指脚步的步。“仆道”，倒在路上。“其文”的文，是指成篇的文章。后面“其为文”的“文”，是指碑上残存的文字。

这段文字用通俗的话来说是：褒禅山也叫华山。唐代和尚慧褒当初在这座山的脚下筑屋居住下来，而死后也就葬在这里，因为这个缘故，后来这山就取名叫褒禅。现在叫慧空禅院的地方，就是慧褒过去住的房屋和他的坟墓。距离慧空禅院东边五里路的地方，有个所谓华山洞，是由于它在华山南面而得名。距离华山洞一百多步远的地方，有块石碑倒在道旁，上面的碑文已经模糊不清，只有从碑文残留的文字中，还可辨认出“花山”两字。现在把“华”念作“华实”的“华”，大概是把字音读错了。

在这一段里，叙说了褒禅山和华山洞名称的来历，并分辨出把“花山”作为“华山”是由于把字音读错的缘故。作者写华山洞的来历是为了下文游华山洞埋下伏笔。写古碑仆道，是为下文发议论作准备。

第二段：

> 其下平旷，有泉侧出，而记游者甚众，所谓前洞也。由山以上五六里，有穴窈然，入之甚寒，问其深，则其好游者不能穷也，谓之后洞。余与四人拥火以入，入之愈深，其进愈难，而其见愈奇。有怠而欲出者，曰：“不出，火且尽。”遂与之俱出。盖予所至，比好游者尚不能十一，然视其左右，来而记之者已少。盖其又深，则其至又加少矣。方是时，余之力尚足以入，火尚足以明也。既其出，则或咎其欲出者，而予亦悔其随之而不得极夫游之乐也。

这里有些词需要解释一下。“其下平旷”中的“其”字，是代指华山前洞。“有泉侧出”，有股泉水从平旷的地旁流出。“记游者”，是指在洞壁上题字留念的人。“窈然”，幽然深邃。“拥火”，举着火把。“怠”，怠情，指懒于前进。“且”，将要。“不能十一”，不及十分之一。“盖其又深，则其至又加少矣”，大概是因为洞越深，到的人就越少了。“方是时”，指当从洞里退出的时候。“明”，照明。“咎”，责怪。“极”，尽，是尽兴的意思。

这一段用通俗的话说就是：华山洞中的地面平坦而空旷，有股泉水从旁边涌出来，因而在游览并题字的人很多，这就是所说的“前洞”。由这里再往山上五六里路，有个幽暗深邃的山洞，往里走进去，觉得非常寒冷。要问这个洞有多深？就是最喜游山玩水的人也没有走到它的尽头，这里被人称为“后洞”。我和其他四个人拿着火把走进去，进去越深，前进就越不容易，而在洞中所见到的景致也越发奇妙。有个懒于前进想出去的人说：“再不出去，火把就要烧完了。”于是几个人就跟他一起出了山洞。大概我所到达的深度还不到喜欢游览的人所到达深度的十分之一。可是看看左右的洞壁，来这里游览和题字的人已经很少。大概再往里深入，到的人就更少了。从洞里退出来的时候，我的体力还可以往里走，火把还能照一段时间。出了洞口，就有人责怪那个主张退出来的人，而我也懊悔自己随别人退了出来而不能尽情地享受游山的乐趣。

在这段里，作者先简略地写了华山前洞和后洞的概况。前洞地势平坦而开阔，游人甚众，而后洞幽暗深邃，就是喜欢游览的人也不能走到洞的尽头。然后作者又较详细地叙述了游后洞的经过，他懊悔自己没有深入后洞，尽兴游览，为下一段议论伏笔。

第三段：

> 于是予有叹焉：古人之观于天地、山川、草木、虫鱼、鸟兽，往往有得，以其求思之深而无不在也。夫夷以近，则游者众；险以远，则至者少。而世之奇伟、瑰怪、非常之观，常在于险远，而人之所罕至焉。故非有志者不能至也。有志矣，不随以止也，然力不足者，亦不能至也；有志与力，而又不随以怠，至于幽暗昏惑而无物以相之，亦不能至也。然力足以至焉，于人为可讥，而在己为有悔；尽吾志也而不能至者，可以无悔矣，其孰能讥之乎？此予之所得也。

这段里有些词需要作些解释。“于是”，这个词在这里当作对于这样一件事来讲。“有得”，有心得。“以其求思之深而无不在也”，意思是因为他们思考问题深刻而且处处都能深思的缘故。这里“求思之深”，是就深度来说的，而“无不在”是就广度说的。“夷以近”，指道路平坦而且近。“瑰怪”，壮丽奇异。“非常之观”，指普通很难见到的景物。“随以”，继之以。“无物以相之”，没有外力来帮助他。“物”在这里当外物、外力讲。“然力足以至焉”，可是力量能够达到。在这句话的下边，省去了“而不能至”这样的话。

这段用通俗的话来说是：对于这件事我很有些感慨。古人在观察天地、山川、草木、虫鱼、鸟兽，往往心有所得，就是因为他们思考得深而且对任何事物都要进行思考的缘故。平坦路近的地方，则游人多；而艰险路远的地方，则游人去得少。然而世上奇伟、壮丽、不寻常的景象，往往在那险阻而路远的地方，而那些地方正是很少有人去的。所以说，不是有志气、有决心的人是到达不了的。（即使）有了志气，也不跟随他人停步不前，然而气力不足，还是不能到达目的地的；有了志气与体力，而又不随他人中途停顿下来，可是到了那幽深黑暗、令人迷惑的地方，而无客观条件的帮助，也是不能到达目的地的。但是在自己的力量足以达到而实际上却没有达到的情况下，别人就可以讥笑你，自己也应该因此有所悔恨。如果按照自己的意志，作了最大的努力仍不能达到，那就可以不必为此而悔恨，再有谁来讥笑你呢？这是我游褒禅山的体会。

在这段文字里，作者借古人能随时随地注意观察事物，因而往往有得这一事实，说明要获得丰富的知识，就要像古人那样深入地思考。作者通过“奇伟、瑰怪、非常之观，常在于险远”这一事实，告诉人们：一个人要想在学问或事业上有所成就，必须要有远大的志向、足够的力量和借助于客观条件的帮助，而其中志气是最重要的。如果按自己的志向作了最大努力还不能达到目的，那么对自己来说没有什么悔恨，别人也没有理由讥笑自己了。

第四段：

> 余于仆碑，又以悲夫古书之不存，后世之谬其传而莫能名者，何可胜道也哉！此所以学者不可以不深思而慎取之也。

这段里有些词要解释一下。“余于仆碑”，我对于倒在道旁的古碑。“以”，因。“悲”，感叹。“何可胜道”，哪里能说得完。胜，尽的意思。“慎取”，慎重地选取。

这段文字用通俗的话来说是：我对于那块倒在道旁的古碑不胜感慨，联想起许多古书没有被保存下来，后世便以讹传讹而不能弄清真相，这样的事，哪里能说得完呢？这就是后来的学者对知识不能不深刻地思考谨慎地加以选择的道理啊！

这段文字，作者通过倒在道旁的古碑来告诫后来的学者在治学上必须采取“深思而慎取”的严谨态度，这是作者在前段论说基础上的进一步发挥。

第五段：

> 四人者：庐陵萧君圭君玉，长乐王回深父，余弟安国平父、安上纯父。

“庐陵”，现在江西省吉安市。“萧君圭君玉”，萧君圭，字君玉。“长乐”，现在福建省长乐县。“王回深父”，王回，字深父，宋代著名理学家。“安国平父”，安国，字平父。“安上纯父”，安上，字纯父，王安石最小的弟弟。

这段用通俗的话说是：同游的四个人是：庐陵人萧君圭，字君玉。长乐人王回，字深父。我的弟弟安国，字平父和安上，字纯父。

这段是记载同游的四个人的名字。

第六段：

> 至和元年七月某日，临安王某记。

“至和”，宋仁宗赵祯的年号。“至和元年”，即公元1054年。“某”，古人作文起草，在写到自己的名字时，往往只作“某”或于“某”字上冠以姓。在以后誊清时才把姓名写出。一些根据书稿编的文集，也常把“某”字照样保留下来。“临川”，现在江西临川。

这段的用意在于记载清楚游山的日期，这是游记的体例所必需的。

上面把文章各段分别作了解释和串讲，下面再就文章的思想意义和写作上的一些特点作个扼要的说明。

《游褒禅山记》名为游记，但重点不在记游，而是借游记发议论。因此，它是一篇通过记叙进行说理的散文。作者在文中阐发了两点意见。首先一点是：说明做学问是没有止境的。“问其深，则其好游者不能穷也”，学习，愈深入，遇到的困难也就愈大，而得益也会愈多，所以说，“入之愈深，其进愈难，而其见愈奇。”想在学问和事业上有所成就必须具备远大的志向，足够的力量，还要有客观物质条件的配合。但最要紧的是不能浅尝辄止，半途而废，必须勇于探索，具备不畏艰险和百折不回的精神。

第二点是：由于古代文献资料的不足，因而经常发生以讹传讹的情况，所以研究学问要“深思而慎取”。作者的这两点意见，在今天，对于我们仍然是很有启发意义的。

文章写作上的特点是：作者把记游和说理这两部分巧妙而又自然地结合起来，作者善于把一些抽象的道理，通过对事物具体、生动的描绘使之形象化，从而给人以难忘的印象。文章的结构既严谨又灵活多变，并十分注意前后呼应，具有极强的逻辑性。所有这一切，使我们深深感到王安石确是一位文章高手，《游褒禅山记》不愧是一篇出色的散文。

（原载《中国历代文学名篇欣赏·唐宋文》，贵州人民出版社 1985 年版）

善于汲取、勇于开拓的苏轼

苏轼是我国文学史上少有的全才作家，是宋代杰出的大散文家、大诗人、大词人，在散文和诗词创作上都足以“雄视百代”；而在书法、绘画上也有极高的造诣，亦能独树一帜。

中、外文学史的发展，曾一再启迪我们，一切成就卓著的大家，他们总是一方面能很好地学习和继承历史成果，并把这些化为自己的身内之物，同时又能在此基础上，结合时代、社会的需要加以创造性的发展。苏轼正是这样一个光辉的范例。

宋代的诗文革新运动为宋代文学的发展和繁荣奠定了坚实的基础，领导这一革新运动取得重大胜利的是苏轼的前辈、著名文学家欧阳修，而使这一革新运动取得完全胜利的则是苏轼。

欧阳修作为诗文革新运动的旗手，他具有多方面的才能和高尚的品德，他不仅在文学理论和创作上取得了令人瞩目的巨大成就，而且他又十分谦逊，能够团结志同道合的人共同奋斗，特别还多方奖引后进，曾巩、王安石、苏氏父子，都曾不同程度地得到他的提携和激励，其中苏轼尤其被他欣赏和青睐。

苏轼文学上的非凡天赋、丰富的学识和过人见地以及不墨守成规、勇于创新的精神，很早就被欧阳修所发现，并受到欧阳修的一再夸奖和鼓励。

苏轼22岁那年在汴京参加进士考试的时候，主考官就是文坛名将欧阳修，当欧阳修见到他的试卷《刑赏忠厚之至论》时，就被文章中所表示出来的过人见识、精辟议论所倾倒，“惊喜以为异人”，连声赞为好文章，他想把该卷取为第一，但由于试卷是实行弥封的，所以不能见到作者的姓名，欧阳修错以为这是他门生曾巩所作。为了避嫌，只得把该卷

“抑置第二”。

苏轼考取之后，在登门拜访欧阳修时，欧阳修特以国士礼隆重接待了他，在夸赞他的同时，向他询问了文章中所说到的“当尧之时，皋陶为士，将杀士。皋陶曰杀之三，尧曰宥之三”这句的出处。因为在欧阳修看来，做文章就得处处有根有据才对，但苏轼却不这样看，文学不同于撰写历史，不必太拘泥于某些具体史实。他举出《后汉书·孔融传》为例。在《孔融传》里，曾谈到曹操把袁熙的妻子甄氏赠给儿子曹丕，孔融就说，以前的周武王以妲己赠给周公，曹操就问，你是从什么经书上看到这件事的？孔融回答说，从现在的情况来看当时情况，意思是一样的。苏轼举出这例子，说明他上述这些话尽管没有确切的史实根据。但是受了《孔融传》的启发而想出来的。欧阳修一听之后，受到了极大的启发，一反他原来的态度，转而由衷地佩服苏轼的高明，称赞他善于读书、用书，并以此预见苏轼将来的文章必将独步于天下，从此对他也就格外器重了。

从上面这个故事里，可以充分看出，青年时期的苏轼就不同凡响。不仅才华出众，学识丰富，而且思想活跃，不墨守成规，不为世俗之见所束缚，善于汲取，勇于创新。正是这些，使苏轼不仅赶上前人而且超过前人，把欧阳修取得的诗文革新运动的巨大成果发扬光大，在散文、诗、词乃至书法、绘画各个领域内都能独步于天下。

让我们从文学发展的历史进程中，看看苏轼是怎样在汲取前人成果的基础上大胆地开拓前进的。

苏轼十分景仰并极力赞美欧阳修，称欧阳修为“今之韩愈”。苏轼的这一评价决非过誉之词。因为韩愈和欧阳修同样处在变革一代文风的关键位置上。为力挽衰颓的文运，开创文学发展的新局面，他们各自尽了最大的努力，立下了不朽的功勋。

在欧阳修之前，虽不少人在扭转西昆派柔靡文风方面作了努力，但收效甚微，一个重要原因，是他们的文学主张存在着很大的片面性。在“道”与“文”的关系上，他们只强调“道”，而忽略“文”，把“文”仅仅看成是“道”的附庸，甚至想以“道”来代“文”。他们的主张，虽然对西尾派的形式主义文风有一定的抨击作用，但它不可能把文学创作引向健康发展的道路。起来大力纠正这种片面性的是诗文革新运动的主将欧阳修。欧阳修在强调“道”的重要性同时，并没有忽略“文”所独有的作用，他还特地提出了“道”不可以代替“文”。至于对“道”，他也有自己的理解，他反对道学家那种只讲求空的性理，而主张讲求实在，对“文”，他倡导“平易”，反“奇险”，主张要“简而有法”，从而较好地处理了“道”与“文”的辩证关系，接着他又以大量优秀感人的文章去体现他的文学主张，创造出了一种“平易自然、流畅婉转”的散文风格，为宋代文学的发展打开了一个崭新的局面。

苏轼继承了欧阳修进步的文艺主张，结合文学本身发展的规律，在“文”与“道”的关系上，他进一步强调了“文”的重要性，从而更加有力地纠正了长期来道学家们在“文”、“道”关系上的严重偏颇。

苏轼把好文章比作“精金美玉”、“金玉珠贝”，以此来强调它的文艺价值。他主张写文章应从不同内容出发，冲破束缚，自由自在地表达抒写：“大略如行云流水，初无定质，但行于所当行，尝止于不可不止”，要求“文理自然、姿态横生”，他还特意提出“辞达”的重要，他说：“辞之于能达，则文不可胜用矣。”如何才能做到“辞达”呢？他提出了要从“了然于心”到“了然于口”，就是说作家应先对事物特征有个深刻的观察和全面认识，然后再发挥文学功能加以正确形象的表现。这些主张是切合文学发展规律的。他的散文创作正是完美地实践了他的这些文学主张。苏轼曾以自豪的口吻说：“吾文如万斛泉源，不择地而出，在平地滔滔汩汩，虽一日千里不难，及其与石山曲折，随物赋形，而不可知也。所可知者，常行于所当行，常止于不可不止，如是而已矣，其他我也不能知也。”（《东坡题跋》一）又说：“某生平无快意事，惟作文章，意之所到，则笔力曲折，无不尽意，自谓世间乐事，无逾此者。”（《春渚纪闻》）

苏轼的大量散文创作，集中体现了宋代散文所达到的最高成就。他的这些辉煌成就，不是凭空而来的，他一方面广泛汲取了前代散文的种种成就，又结合时代文学发展潮流加以创新、开拓。他把《孟子》文章的气势，《庄子》文章的恢宏，《战国策》的纵横开阖，贾谊、陆贽文章的精辟说理，韩愈文章的滔滔雄辩等加以融会贯通，形成了“汪洋恣肆”的文章风格，因此历来有所谓“韩潮苏海”（韩愈文章如潮水般奔放，苏轼文章则似海水样的广阔）之说。苏轼那些描写景物的散文，往往是借景抒情，夹叙夹议，充满着诗情画意。像那篇烩炙人口的《前赤壁赋》，在这方面就很有代表性。文章借三国时代周瑜大破曹操的故事尽情发挥。其实历史上周瑜破曹的赤壁和苏轼所游的“赤鼻矶”，根本不是一回事，但苏轼却根本不管这些，文学无须乎拘泥于某些具体史实，更何况他的目的是借题做文章，以抒发他在受贬谪后的矛盾痛苦心情。文章通过优美景色的描写和主客之间充满哲学意味的对话，将叙事、抒情、说理熔于一炉，语言优美畅达、音节自然铿锵，声律俱佳、情味十足、蕴意深远，把读者也带入了一个轻快自由，一无牵挂，飘然欲仙的境界。这种强烈感人的艺术力量，是以往的散文所罕见的。

苏诗在宋诗中也是别开生面，独具风貌的。他一方面努力汲取前人的成果，虚心向前代诗人李白、杜甫、韩愈等人学习，特别到了晚年，更致力于学习陶诗，同时又结合宋代诗歌发展的趋向和时代的要求努力开拓、创新。

谈起宋诗同唐诗的不同，历来就有种种说法，如有的说："唐诗熟，宋诗生；唐诗热，宋诗冷；唐诗放，宋诗敛；唐诗畅，宋诗隔。"也有的说："唐诗豪，宋诗细；唐诗堂皇，宋诗典雅；唐诗浪漫性强，宋诗浪漫性少；唐诗现实意义显，宋诗现实意义隐。"还有的说："唐诗讲神韵，宋诗讲肌理；唐诗讲情致、用韵，宋诗讲气骨、理趣；唐诗多以热烈的感情去感受现实生活，宋诗以冷静态度去体察客观事物；唐诗博大，宋诗精深"等等。所有这种种说法，虽都不无道理，但未免太绝对化了。这种把唐诗和宋诗全然对立起来的说法，显然不是很科学的。特别对苏轼这样具有创造性成就的伟大作家，更不是用上述的这些论断能概括的，如拿宋诗的"生"、"冷"、"敛"、"隔"等特点去套苏诗显然是不合适的。至于以宋诗浪漫性少去看苏诗，则更不恰当，相反，苏诗的浪漫主义却是很强烈的。苏轼作为宋代诗人，当然也有一般宋诗的部分特征，但同时他也汲取了不少唐诗的长处，所以可以这样说，苏轼给了宋诗以新的生命，在给宋诗的创新、开拓方面下了很大的力气，取得了卓越的成就。每个读苏诗的人都会感受到，苏诗题材广阔，风格多样，流畅自然，变化无穷，表现出鲜明的浪漫主义色彩，做到了"出新意于法度之中，寄妙理于豪放之外。"清人赵翼说苏诗"才思横溢、触处生春"，"有必达之意，无难显之情"，这些论断正抓住了苏轼在诗歌创作上的所取得的创造性成就，也说出了苏诗区别于、并大大高出于一般宋诗的地方。又如谈到"理趣"，一般都认为这是宋诗所独有的，但苏诗中的理趣往往又与别的宋诗不同。它不是从某种现成的概念出发去表现的，而是从对客观事物的生动入神的描写中自然而然地形成的。如那首著名的《题西林壁》诗中所包含着的那个深刻哲理："不识庐山真面目，只缘身在此山中"——只有跳出事物之外，才能认识事物真相。这是作者对庐山景色特点神似的描绘里形成的，不是作者从头脑中的某个现成的概念强加于诗歌的。正因为这样，苏诗中的“理趣”显得特别高明，又耐人寻味。

在词的创作上，苏轼的创新、开拓精神就更为突出了，欧阳修尽管在诗和文方面取得了不少开创性的成就，但在词的领域，却恪守着“词是艳科”、“诗庄词媚”这类传统的见解。欧阳修在诗文里总是以一本正经的面孔、认真的态度，谈论着人民的疾苦，批评种种黑暗腐朽的现象，抒发着他忧国忧民的情思。但在词里，却换了一副面孔，尽谈些男女恋情、相思离别之类，给人以判若两人之感！在欧阳修看来，词是小玩意儿，它不适合谈论国家大事，也不宜表现庄重的感情。苏轼的开拓精神首先在于：把诗文革新运动的精神，同样贯彻到词的创作中去，打破了历来诗词的严格分工。怀古、感旧、悼亡、记游、说理等历来为诗人所惯用的题材，他都可同时以词去表达，大大地扩大、丰富了词的内容，譬如拿悼亡这个题材来说，在诗歌里早就写了，西晋时代潘岳的悼亡诗就很出名了，可是在词里却从没有反映过，显然常人看来用词这种形式去写这种题材是不严肃的，但苏轼却敢于冲破这种传统的偏见，成了我国文学史上第一个写悼亡词的人，而且把悼亡词写得这么好！他那首悼念亡妻的词《江城子》，是历来为人所传诵的作品。词里对亡妻所表现的感情是那么的深挚庄重，语言又是如此的朴素自然，字字句句都发自内心肺腑，真是感人至深！

按照词的传统观点，作词必须十分讲究声律，是否协律已成为评论词的一个重要原则，有些人甚至把它看成区分词好坏优劣的最重要标准。但苏轼却一反世俗之见，没有十分重视声律，而把词的内容看做是主要的，他尽管也很懂得音律，但决不能让词的内容去迁就声律，为此，曾遭到了一些人的批评，像著名女词人李清照，就批评苏词“往往不协音律”，讥笑他的词“皆句读不葺之诗耳”。(《论词》) 这些批评显然是不符合实际的，正如宋代诗人晁补之所说的：“苏东坡词，人谓多不谐音律，然居士辞横放杰出，自是曲子中缚不住者。”(《词评》) 苏轼不让内容去迁就声律，这正是他在词的创作上又一创新之处。事实很清楚，词这种形式到了苏轼手里，才真正开始摆脱作为乐曲歌词而存在的状态，成了一种可以独立发展的新诗体。

苏轼渊博的知识，高尚的情趣和旷达的人生态度，大大提高了词的意境，形成了一种豪放飘逸的风格，宋词里有婉约、豪放两派，苏词的创造性成就同时体现在这两个方面。一是对词的传统道路即婉约之作的深入、丰富，并在技巧上更趋工致；二是豪放派词的创立，出现了像《水调歌头》“丙辰中秋”和《念奴娇》“赤壁怀古”这类气势磅礴、雄奇豪放的词，为词的发展打开了一个广阔的新天地，正如胡寅在《酒边词序》里所说的那样：“眉山苏氏，一洗绮罗香泽之态，摆脱绸缪宛转之度，使人登高望远。举首高歌，而逸怀浩气，超乎尘垢之外，于是花间为皂隶，而耆卿（柳永）为舆台矣。”

总之，苏轼之能进一步发展欧阳修所取得的诗文革新运动成果，把宋代文学创作推向高峰。首先因为他具有一个进步的、合乎文学发展潮流的文学主张，在这一正确文学主张指引下，加上他广博的知识，深厚的修养，丰富的阅历，远大的抱负和乐观旷达的胸怀，形成了他文学作品所独有的解放精神和浪漫情调，在文学作品的内容、题材、语言、风格和表现手法诸方面都作出了程度不同的创新和突破，从而在中国文学史上赢得了崇高的地位。而这一切成就的取得又是和他善于汲取、勇于开拓的精神分不开的，毫不夸张地说，苏轼是我国文学史上最富创新、开拓精神的作家。

（原载《古典文学知识》1988 年第 4 期）

蕴意丰富　耐人寻味

——谈苏轼《定风波》和《蝶恋花》

《定风波》“莫听穿林打叶声”作于元丰五年（1082）三月七日，当时苏轼因为反对王安石变法而被贬官在黄州。为了深入理解这首词所表现出来的那种复杂微妙的感情，我们先把作者在政治斗争中的遭遇作一简单介绍。

苏轼从小就怀有远大的政治抱负，曾经期望能够继承和发扬范仲淹、欧阳修等人的事业，在政治上有所作为。因此，在他考中进士走上仕途不久，就向朝廷提出了改革政治的主张。由于他对尖锐的社会矛盾的认识没有王安石深刻，所以当王安石提出比他激进的变法主张并雷厉风行加以推行的时候，他就接受不了，终于站到以司马光为首的反对变法的旧党营垒中去了。但是苏轼反对新法与旧党领袖司马光等人的顽固态度是有区别的。对新法，他并没有采取一概否定的态度。凡是新法中符合他所提出的“丰财”、“强兵”、“择吏”等主张的各项措施，他是予以肯定的，为此，他遭到了旧党中顽固派的排斥。激烈的新旧党争，使他招致了一连串的打击。可贵的是，挫折和不幸，没有使他消沉颓丧，他总是以豪爽乐观的性格和随缘自适的人生态度把自己从苦闷和失意中解救出来。这首《定风波》词就表现了他的这种态度。

在《定风波》词牌下，作者加了一个小序，对为什么写这首词作了说明。小序说：“三月七日沙湖道中遇雨。雨具先去，同行皆狼狈，余独不觉。”其中“沙湖”是地名，位于黄冈东三十里。“雨具先去”是指携带雨具的人先走了。“狼狈”，是进退都感到困难的意思。

莫听穿林打叶声，何妨吟啸且徐行。竹杖芒鞋轻胜马。谁怕？一蓑烟雨任平生。

料峭春风吹酒醒，微冷。山头斜照却相迎。回首向来萧瑟处，归去，也无风雨也无晴。

开头一句："莫听穿林打叶声"，"穿林打叶声"是指风雨穿过树林打在叶子上所发出的沙沙声响。用"穿林打叶声"来描写风雨声，很形象，给人以真切的感受。风雨来临时，作者正在野外出游，身边并没有雨具，在这样的境遇下，一般的人都会很狼狈，急于慌慌张张地去寻找个避雨场所。事实也是这样，作者的小序就提到："同行皆狼狈"。可是苏轼却不但没有一点惊慌狼狈之态，而且显示出了少有的从容不迫、悠然自在的神态。他出人意料地来了个"何妨吟啸且徐行"。"何妨"是"不妨"。"吟啸"，是指吟诗长啸。"徐行"，是慢慢地走。苏轼在风雨之中独自漫步吟诗长啸，这是何等的与众不同，富于浪漫色彩！通过这句，就把苏轼鲜明的个性一下子突现出来了。苏轼的这一表现，使我们很自然地联想起晋代著名陶渊明，他在《归去来兮辞》中写道："登东皋以舒啸，临清流而赋诗。"陶渊明要登上东边的山冈放声长啸，面对着清澈的溪流而写作诗章的举动和苏轼上述表现何等相似！正是由于两人性格和气质的相近，所以苏轼是那样钦佩和赞赏陶渊明。接下来的一句是："竹杖芒鞋轻胜马。""芒鞋"，是草鞋，可见作者这次出外郊游是一身野服打扮，他手持竹杖，脚穿草鞋，显得那样别致而富有情趣。在苏轼看来这种打扮比起穿了官服骑着马要适意得多，这里从一个侧面，透露了作者一贯喜好自然、无拘无束的性格。在上片结束时，作者用了这么一句："谁怕？一蓑烟雨任平生。"这是不同凡响的惊人之笔，它画龙点睛般地表现出了作者的胸怀、抱负，体现了全词的中心思想。这句从字面上解释，无非是说："怕什么呢？自己的一生就是披着蓑衣在风雨之中过来的，对此我早就习以为常、处之泰然了。""任平生"三字是指平生饱经风雨，早已听其自然的意思。当然这里的"风雨"，不仅是指自然界的风雨，更重要的是指政治上的风雨。古往今来，诗词中的一些带关键性的警句，往往是一语双关或富于多方面的含义，具有十分深广的思想容量，经得住反复的咀嚼和回味，能引起人们的深思。想想苏轼一生的遭遇，我们就能掂出这句的分量。苏轼所经受的政治上的风风雨雨实在太多了。他一生长期被贬在外，尝尽了人世的艰辛。生活磨炼了他的意志，他对来自各方面的打击和挫折早已习以为常了。不惊恐、不退缩、任其自然，坦然处之。“谁怕？一蓑烟雨任平生”，非常形象地描画出了苏轼的气度、胸襟以及对人生的态度，给人们以难以忘怀的印象。

下片中，自然界情况发生了新的变化。换头后的第一句：“料峭春风吹酒醒，微冷。”从“吹酒醒”三字中，可以看出，苏轼是在略带醉意的情况下出游的。在黄州期间，苏轼处境艰险、内心苦闷，因此借酒浇愁就成了常事。有时竟喝得酩酊大醉，不省人事。“料峭春风吹酒醒，微冷”是说经略带寒意的春风一吹之后，酒醒了，这时身上微微地感到有些寒冷。紧接着的是“山头斜照却相迎”一句，它写了自然界天气变化之快，刚刚还在风雨中行进，现在迎着他的却是山头的斜阳了。自然界忽晴忽雨，变化不定；而政治舞台上的晴雨表也是升沉不定。社会上政局犹如自然界的气候一样，令人变幻莫测。“回首向来萧瑟处”，这里的“萧瑟处”，是指作者刚才遇雨的地方。天气突然放晴，引起了作者“回首向来萧瑟处”的兴趣，看看原来下雨的地方，现在又发生了什么新的变化。全词以“归去，也无风雨也无晴”结束。这样结束，初看似乎很令人费解，但仔细一琢磨就会感到写得太好了，它含蓄隽永，耐人寻味，发人深省。那么对此究竟作何理解呢？有的同志是这样解释的：“政治场合的晴雨表是升沉不定的，不如归去，作一个老百姓，不切实际地幻想也无风雨也无晴。”这样讲当然也成一家之言，但和前面的“谁怕？一蓑烟雨任平生”所表现的情绪，以及苏轼其人一贯的气质似乎不太吻合。还不如作这样的解释为好：“回去，对我来说既没有晴天也没有雨天。”意思是晴天也好，雨天也好，对我说来都是无所谓的。它同前面的“谁怕？一蓑烟雨任平生”是前后呼应的，进一步强调了自己的心胸、志向以及对人生的态度。

总之，这首《定风波》通过生活中的一件平常小事，途中遇雨，借题发挥，表达了作者在种种打击和挫折面前不退缩、不丧气，坦然处之的旷达心境。作者巧妙地把自然界的风雨和政治变化中的风风雨雨联系起来，给人们以多方面的联想，大大增强了词的韵味。

下面谈谈苏轼的《蝶恋花》“花褪残红青杏小”。

人们一谈到苏词，总忘不了像《念奴娇·赤壁怀古》那样气势奔放的豪放词。实际上，苏轼虽然开创了豪放派词，但他丝毫也没有轻视婉约词的创作。在他现存的三百四十多首词中，豪放词并不多，绝大多数仍是婉约词。苏轼的婉约词艺术水平很高，和宋代第一流的婉约派词相比实有过之而无不及。清代著名诗人王士禛在评苏轼的词“花褪残红青杏小”时说：“恐柳屯田（柳永）缘情绮靡未必能过。孰谓彼但解作大江东去耶?”

苏轼写的大量婉约词之所以深受人们的喜爱，其中有个很重要的原因就是个性鲜明。苏轼之前的婉约词尽管艺术上有工拙之别，但由于这些词所描写的内容几乎相同，语气、句法乃至情调也很相似，所以这些作品的个性就不怎么鲜明。拿冯延巳、晏殊、欧阳修的词来说就经常相混，有些词至今还无法辨明究竟是谁的作品。但苏词却没有这个缺点，总是性格鲜明，人们一看就会知道这是苏轼的词作。《蝶恋花》“花褪残红青杏小”就是一首具有苏轼个性的出色的婉约词。全词如下：

> 花褪残红青杏小，燕子飞时，绿水人家绕。枝上柳绵吹又少，天涯何处无芳草。
>
> 墙里秋千墙外道，墙外行人，墙里佳人笑。笑渐不闻声渐悄，多情却被无情恼。

这首词写于什么时候已经搞不大清楚了，有人说是他贬谪岭南时的作品，但这也只是一种推测。

词的开头一句：“花褪残红青杏小”里的“残红”是指虽然凋谢但还残留的花瓣。“花褪残红”是说枝上残留着的花色都褪去了，这意味着花全掉完了。“青杏小”，是指在长花瓣的地方已经长出了小小的青杏。作者通过这种景色描写，说明春天将要过去了。接下来一句是：“燕子飞时，绿水人家绕”，“绿水”是指清澈的水。这句是说当燕子飞来时，正是绿水环绕人家的时候。“枝上柳绵吹又少”，“柳绵”是指柳絮。“吹又少”三字，强调柳絮被风越吹越少了。“无涯何处无芳草”，“天涯”，天边的意思。这里泛指很远的地方。这句是说天下什么地方没有芳草呢？也就是说芳草已经长满了所有的地方。这里再一次地显示出春天即将结束。词的上片从“花褪残红青杏小”一直到“天涯何处无芳草”，作者给我们描绘了一幅幅色彩鲜明、富于诗情画意的图案。通过这些具有典型意义的晚春景色的一再描画和层层渲染，表达出了作者对春光逝去的惋惜，传达出了浓重的伤春情绪。

苏轼有个宠爱的侍妾朝云，本是钱塘（今浙江杭州）的著名歌女。她聪明伶俐又能歌善舞。长期以来她和苏轼同甘共苦，融洽相处，苏轼对她十分敬重，视作人生知己。据《林下词谈》记载，苏轼在惠州时，曾命朝云唱这首《蝶恋花》词。朝云还没有开始唱，就已经是“泪满衣襟”。苏轼问是什么原因，朝云回答：“奴所不能歌，是‘枝上柳绵吹又少，天涯何处无草芳’也!”从中可以看出这两句所表现出的“伤春”情绪感人之深！正是这种情绪极大地触发了朝云对逝去青春的悲哀和不幸身世的慨叹。

下片写了个充满情趣、令人回味的生活场景。换头后的第一句是：“墙里秋千墙外道”。在宋代，有钱人家女子在自己的院子里玩秋千是很普通的事情。玩秋千几乎成了当时女子的主要娱乐活动。接着下来的一句：“墙外行人，墙里佳人笑”。因为竖有秋千架的院子是紧靠着道路旁边，所以那些玩秋千的女子们的欢声笑语就很自然地会传到过路行人的耳朵里来，引起他们的关注和兴趣。“笑渐不闻声渐悄”的“悄”是指没有声音或声音很低。这句写得寓意深刻而富有情致。原来墙外行人（也就是作者自己）对佳人们的欢声笑语持有浓厚的兴趣，正当他悉心倾听时，突然发觉欢笑声越来越低了，以至于完全听不到了。为什么出现这一情况呢？作者没有说，让读者自己去展开想象的翅膀，作种种推测和体会。一种可能是，荡秋千的佳人们在玩得尽兴之后就回去了，因而笑声自然也就没有了。当然也还有这种可能，嬉笑的佳人们，在发觉了墙处正有人注意她们的情况下，感到羞涩走开了。“多情却被无情恼”这一句富有韵味，经得住反复咀嚼。“多情”是指墙外行人，也就是作者，他对佳人们的嬉笑这么关注，表现出一往情深。“无情”是指这些佳人们，她们的嬉笑声原是出于无心，根本扯不上对墙外行人有什么情感。“多情却被无情恼”的“恼”字，张相在《诗词曲语辞汇释》里通过列举的许多例子来证明这“恼”字应作“撩”字讲，也就是“撩拨”、“挑逗”的意思。这种解释当然不失为一种说法，但依我的意见似乎把它直接解释成烦恼更自然贴切。就是佳人们的无情引起了那个自作多情的行人（就是作者自己）的深深烦恼。

从《蝶恋花》一词里，我们深切感到作者是多么热爱和留恋春景，可是展现在眼前的却到处是落花飞絮，眼看着美好的春天又将逝去。作者对佳人们却漠然处之，不予理会，从而使他深感烦恼。词的上片是伤春，完全是实写；下片是伤情，是虚写。无论是伤春还是伤情都寄寓了作者在仕途上的失意心情，表现了作者所独有的精神气质。

（原载《阅读与欣赏·古典文学部分》十二，中央广播电视出版社 1988 年版）

谈辛弃疾词《破阵子》和《西江月》

辛弃疾在我国文学史上是一个非常有特色的作家，他很不同于一般的封建社会的文人，不仅是一位杰出的爱国词人，而且还是一个优秀的爱国将领。

辛弃疾是山东济南人，在他刚生下来时，家乡已为金人所占领。当他二十一岁时，金兵大举南侵，山东人民纷纷起来反抗，辛弃疾集合了二千人的队伍加入了以耿京为首的农民起义军，并担任“掌书记”的职务，和金兵展开了英勇顽强地斗争。

后来他到了南宋，针对南宋统治集团所奉行的苟且偷安、屈辱求和的政策，强烈要求恢复中原，实现国家的统一。他曾于宋孝宗乾道元年(1165)写了《美芹十论》，过了六七年又写了《九议》，系统地批驳了抗金必败的谬论，提出了一整套抗金的战略方针和具体措施。但南宋统治者却没有采纳他的建议，也不让他去从事抗金事业，只委派他去任地方官，想利用他的才能对付地方事变和镇压农民起义。

辛弃疾在长期的地方官任上，接触到了社会现实，对民情也有深入了解，他同情人民的疾苦，也为地方上的老百姓做了不少好事。如在滁州任知州时，由于采取了宽征薄赋，招回流落外地的流民返乡生产等措施，使残破的滁州很快得到了恢复。在江西、湖南救灾时，他严厉打击了囤积居奇的粮户及营私舞弊的官吏、奸商，使饥民得到了及时救济。在他任潭州知府和湖南安抚使时，建立了威震金兵的“飞虎军”，以后飞虎军成长为长江沿岸的一支重要的国防力量，被金人称之谓“虎儿军”。然而他毕竟是封建朝廷的官员，为了本阶级的利益，他曾扑灭过农民的反抗斗争，镇压过江西赖文政领导的茶民起义。

辛弃疾始终不忘抗金，就必然会招致主和派的排斥和打击，这使他在当时统治阶级的营垒中深有“孤危”之感，后来终于被免职，闲居江西的铅山、上饶达十二年之久。晚年，韩侂胄北伐，他曾一度出任镇江知府，但不久被弹劾免职，最后忧愤而死。

辛弃疾一生抗金抱负不得施展，就用词这一文学形式作为斗争武器。作者通过词来抒发自己的爱国抱负，激励人民的抗金意志。因此，我们可以这样说，辛弃疾先是个抗金的将领，到了后来才成为爱国词人。

辛词题材广阔，内容丰富，意境深远，风格多样。爱国主义则是他词的基调。他所写的无论是登山临水、送别友人，还是怀古忆昔、感叹时事，几乎都贯串着下列内容：热切地要求恢复中原、统一国家；有力地抨击统治者的屈辱求和；严厉斥责金贵族统治的残暴和深刻同情广大沦陷区人民群众的苦难生活。

辛词在艺术风格上的主要特点是雄浑豪放。辛弃疾在词坛上向来是和苏轼并称，他继承了苏轼豪放词的风格，并予以发扬光大，使之成为词坛的主流。

在辛弃疾晚年退居江西乡居期间，还写了不少描写农村生活的词，这些词以质朴、清新的格调形象逼真地反映出了农村生活的某个剪影，给人以强烈的美感。

《破阵子》一词是辛弃疾罢职在江西乡居期间为鼓舞他朋友陈亮的抗金意志而写的。陈亮是南宋著名的爱国志士，他一生坚持抗金，无论在政治上、学术上都是辛弃疾志同道合的朋友。《宋史》本传称他：“为人才气超迈，喜谈兵，议论风生，下笔数千言立就。”陈亮一生没有做过官，五十多岁才考中状元，第二年就死了。在宋孝宗淳熙十五年，陈亮曾与辛弃疾在江西鹅湖商量过恢复大计，但后来这些计划落空了，这首词大约写于这次约会之后。

《破阵子·为陈同甫赋壮词以寄之》的原文是这样的：

醉里挑灯看剑，梦回吹角连营。八百里分麾下炙，五十弦翻塞外声。沙场秋点兵。

马作的卢飞快，弓如霹雳弦惊。了却君王天下事，赢得生前身后名。可怜白发生！

在词的题目中标明为壮词，这是因为词写的是军中如火如荼的抗金生活以及波澜壮阔、惊心动魄的战斗场面，这种火热的战斗生活是作者所追求的，也是他本人曾经历过的。词里塑造了一位具有坚强战斗意志、不同凡响的英雄形象，他正是作者的化身。

词开篇两句，“醉里挑灯看剑，梦回吹角连营”，是写军营的夜里和拂晓。“醉里”是说在喝醉了酒的情况下，这句的主语是作者所刻画的抗金英雄，也就是作者本人。辛弃疾一腔爱国热忱，在南宋统治者所推行的投降政策下，一再遭到压抑，这种由壮志难酬所带来的内心苦闷是强烈的，也是难于排遣的。因此借酒浇愁就成了他的日常生活。“看剑”，生动地写出了他作为一员武将，一刻也没有忘记为国杀敌。“挑灯”是拨亮灯光，点明了“看剑”的动作是发生在夜里。在夜里喝醉酒的情况下，还在“看剑”，这就非常突出地反映了英雄念念不忘为国杀敌的雄心壮志。“梦回吹角连营”是说英雄梦醒时所听到的是由接连的军营中吹来的一阵阵雄壮的军号声。前一句是写看，后一句是写听。下面的三句“八百里分麾下炙，十五弦翻塞外声，沙场秋点兵”，则是分别写了军营之中士兵们的宴饮和高奏军乐的热烈情景以及壮阔而盛大的阅兵场面。这里我们可以具体地感受到词的意境正在一步步地伸展、扩大。“八百里”本是指一种健壮的牛。《世说新语·汰侈篇》中说：“王君夫（恺）有牛，名八百里。”不过“八百里”用在这里却有双关的意义，它不仅指牛而言，还兼有营寨分布之广的意思。“麾”是军旗。“五十弦”，原是指一种古瑟，李商隐有诗“锦瑟无端五十弦”，这里是泛指军中的乐器。“翻”是演奏。“塞外声”是指边塞上雄壮的战歌。“八百里分麾下炙，五十弦翻塞外声”这两句是说在广阔的地面上，士兵们一方面在军旗下分享着大块的烤牛肉，一方面用各种乐器演奏着雄壮的边塞曲子，通过这样生动的描写，反映了士兵们给养的丰富和军容的威严以及战士们斗志的昂扬。上阕的最后一句，“沙场秋点兵”，写了这支雄壮的队伍正在沙场上练兵，可以想见，练兵正是为了给来犯的敌人以迎头痛击。

词的下阕一开始，就紧接着上阕的“沙场秋点兵”一句之后，写出了战场上所发生的那种激烈惊险的战斗情景：“马作的卢飞快，弓如霹雳弦惊。”其中“的卢”是一种马的名称。相传三国时代刘备在樊城曾乘“的卢”马，“一踊三丈”，跃过了檀溪，从而摆脱了险境，免遭刘表的暗害。“霹雳”原指雷声，这里是指射箭时弓弦所发出的雷鸣般的响声。把射箭时发出的响声比作霹雳早已有之。《南史·曹景宗传》："昔在乡里，骑快马如龙，拓（拉开）弓弦作霹雳声，箭如饿鸱叫。"《北史·长孙晟传》："突厥最畏长孙总管，闻其弓弦声，谓之霹雳。见其走马，称为闪电。"这两句是说："的卢"马在风驰电掣般地向前飞奔，士兵们拉弓放箭的声音像雷鸣般地震耳欲聋。这里所刻画的形象是那么鲜明，犹如在激烈的战场上摄取到的两个典型的特写镜头，通过这两个镜头把那种惊心动魄的战斗气氛完全烘托来了。这两句之所以写得那样形象逼真，不仅因为作者具有高超的艺术技巧，更重要的是因为作者有这方面的亲身体验。辛弃疾二十二岁就投入了山东起义军耿京去部下，在这一年金主完颜亮大举南侵，起义军与金兵在江淮之间展开了激烈的战斗。次年春，辛弃疾代表耿京的起义军去建康（现在的南京）和南宋朝廷取得了正式联系，在他完成任务北返到海州的时候，听到了叛徒张安国已杀了耿京投降了金人。在此紧要关头，辛弃疾以异乎寻常的勇敢，只带了五十骑就闯进驻有五万大军的金营，活捉了张安国，缚置马上，渡过淮水，带到建康，交给了南宋朝廷明正国法。辛弃疾这种英勇行为使敌人大为震惊，也极大地鼓舞了人民群众的抗金意志。在上述辛弃疾英勇行为的整个过程中曾和敌人展开了一系列激烈、紧张、扣人心弦的搏斗。正是因为作者在青年时代就有跃马张弓，使敌人为之闻风丧胆的经历，才能把这两句写得如此的逼真，那样的有气势。

"了却君王天下事，赢得生前身后名"中的"了却"是完成的意思，"君王天下事"，是指收复中原的大事。因为从封建的正统观点看来，天下是属帝王一家的，统一天下是帝王的事业，正是出于这种认识，所以把收复中原的事业说成是"君王天下事"。"赢得"是博得的意思。"身后"是指死后。"了却君王天下事，赢得生前身后名"是说完成收复中原统一国家的伟大事业，博得为国立功的美名。这是当时包括辛弃疾在内的一切爱国英雄为之终生奋斗的目标。联系辛弃疾的一生，从他青少年时代参加抗金战斗开始一直到他最后离开人世，他始终念念不忘为实现这个伟大目标而奋斗。

词在上面这九句中，为读者塑造了种种英勇威武的形象，其中洋溢着作者为国战斗的激情，体现出了作者昂扬奋发的思想，在谈到收复中原，博得为国立功美名的时候，更是抑制不住他那由衷的喜悦之情，所有这一切，确实使这首词堪称"壮词"。

但是词的结尾一句，“可怜白发生!”使整个词意突然来了个急遽的转变。上面所写的这一切抗金战斗和收复中原统一国家的美好向往顿时都消失了，作者从幻想中又回到了冷酷无情的现实生活中来。摆在作者面前的现实是那样的令人沮丧！苟且偷安、屈辱求和已成为南宋朝廷的既定国策。在此情况下，一切有关抗金、收复中原的打算都必然会落空。因此作者最后只得无可奈何地以“可怜白发生!”这一充满忧愤的慨叹结束，给上面那些有关抗金生活的热烈追求和美好向往作出了全然否定的回答，从而使全词的感情由原来的雄壮转为了悲壮。

《破阵子》一词感情激烈、声调铿锵、色彩鲜明，随着作者思想感情的起伏变化，在写法上采取了大开大合的办法。词的前面把作者向往的抗金战斗越是写得威武雄壮、激动人心、酣畅淋漓，就越发加重了最后的失望之情。

这首词在艺术结构上冲破了常规。一般情况下，词的上下阕之间都是有明确分工的。下阕写景，下阕则抒情。但是《破阵子》一词在上下阕之间文意紧密相连，在下阕开头也即所谓“过变”时，没有另起新意，出现了“过变不变”的情况。全词的末句前的九句是一气下来，表现一个完整内容，直到末句文意才来了个突然的转折，但词到此也就结束了，这些地方正表现出了辛词在艺术上的创新精神。在辛弃疾看来，词艺术形式的某些规定不是一成不变的，它可以随着内容和作者的思想感情而有所转化。

下面讲另一首词《西江月》。

辛弃疾在被弹劾落职后，在农村过了二十年之久的隐居生活，在这时期他写了不少反映农村生活的词。辛弃疾在农村期间，生活还是比较阔绰的，住的是比较豪华的别墅，这和陆游晚年在农村的简朴生活是不一样的。因此辛弃疾和农村老百姓的关系也不如陆游那样亲密、融洽，而是存在着较大的距离，所以他对农民的疾苦缺乏真切的体会，辛弃疾以农村生活为题材的词，其成就主要不在于反映农民的受压迫、受剥削，而在于写出了农村自然风光的优美、恬静和清新。下面介绍的这首《西江月·夜行黄沙道中》，就是一首写山村夏夜风光的杰作。它与宋词中同类作品比较，无疑属于佼佼者。全词原文如下：

明月别枝惊鹊，清风半夜鸣蝉，稻花香里说丰年，听取蛙声一片。

七八个星天外，两三点雨山前。旧时茅店社林边，路转溪桥忽见。

这首词是作者住在江西上饶带湖时候的作品。黄沙，就是黄沙岭，在今江西上饶的西面，这里环境幽美、景色宜人。作者住在上饶带湖期间，经常去这里观赏风景。在词里，作者通过对乡村自然风光的出色描绘，抒发了对农村生活的热爱之情。词写的是夏天江南山村的夜景。词的上下阕分工很清楚，上阕的是晴，下阕写的是由晴转雨。

开首的第一句，“明月别枝惊鹊”，“别枝”有两种解释：一种解释为离开枝头；另一种解释为另一枝、斜枝。这里作后一种讲似乎更好些。全句的意思是说由于月光明亮，惊起了树上栖息的喜鹊飞离树枝而去。类似这样描写在前人的诗词中也曾有过：苏轼的《次韵蒋颖叔》一诗里曾有“明月惊鹊未安枝”的句子；周邦彦的《蝶恋花》词中有“月皎惊乌栖不定”的句子。这些都是说月光很亮就会惊动雀鸟，使它们不在枝头栖息。“清风半夜鸣蝉”，是说在清风的吹拂中传来了夜半蝉鸣，它提示人们气候炎热，这为下阕天空浓云密布和下雨作了伏笔。接着而来的两句，“稻花香里说丰年，听取蛙声一片”，反映出了作者这样一种心情：从飘来的浓重稻花香味和像报导丰收喜讯的一片蛙声中，给了作者以丰收在望的无限喜悦。这里值得我们重视的是这两句写得很别致，从艺术构思上来说也十分精妙，充分表现出作者的艺术匠心。作者闻到的稻花香显然是由上句中提到的清风送来的。在这稻花香里诉说丰收喜悦的本应该是人，是作者。但这里写的却偏偏不是人，而是喧闹一片的蛙声，这样写给人以十分新鲜、奇特的感觉。这里作者给了蛙以拟人化的描写，似乎蛙也和人一样，在闻到了浓郁的稻花香后，受到了丰收年景的鼓舞，因而情不自禁地要用它们的大合唱来庆贺这丰收的来临。这样从侧面，通过“蛙声一片”来烘托，要比从正面，直接写人对丰收的喜悦新颖得多、深刻得多、感人得多，从而收到了十分良好的艺术效果。这些地方正充分体现了作者艺术技巧的精湛。

在上阕中作者写到了明月、清风，也写到了喜鹊、鸣蝉和蛙声这些景物，它们在江南的山村夏夜中无疑都是有一定典型意义的。作者写这些景物的时候不是平均使用力量，而是有详略深浅之分，如对明月、清风、喜鹊、鸣蝉是采取了略写、浅写，轻轻带过；而对蛙声则是详写、深写，尽量给人以深刻的印象。作者之所以作这样的艺术处理，就是要通过“蛙声一片”来强调出自己对农村丰收在望的由衷喜悦之情。

词的下阕是写由晴转雨。由于天气炎热的缘故，天空出现了变化，云朵渐渐合拢来了，原来天空中闪烁的繁星渐渐被云彩遮住，只有在天边还能看到有几颗稀疏的星星。下阕开头的两句，“七八个星天外”，“两三点雨山前”，都是倒装句。“七八个星天外”就是“天外七八个星”；“两三点雨山前”就是“山前两三点雨”。这里所写的都是夏夜阵雨来临之前的景象，这种情况，在我们很多人的生活经历中曾经不止一次地遇到过，而且类似的这种描写，在前人的诗歌中也曾出现过。五代卢廷让的《松门寺》一诗中曾有这么两句：“两三条电欲为雨，七八个星犹在天”，它也是写夏夜阵雨降临前的天象。作者没有拿前人现成的诗句原封不动地放在这里，而是根据自己的生活感受作了改动变换，用在这里显得很贴切又很逼真。阵雨既然马上来临，路人行人难免会产生焦急心情，为了免得淋湿，总要找个避雨的所在为好，此时此刻，作者想起了过去在这里曾有个茅店，那倒是个避雨的好地方。下阕的最后两句，“旧时茅店社林边，路转溪桥忽见”中的“社林”是指土地庙附近的树林。这两句是倒装的结构。意思是：转过小溪的桥头，旧时所熟悉的茅店就在土地庙的树林边出现了。这里流露出了作者在突然发现避雨所在后的那种由衷的欣喜之情。值得我们注意的是，无论是作者在阵雨来临前的那种焦急心情，还是在突然找到避雨所在后所流露的欣喜之情，都不是由作者本人说出来的，而是让读者自己去体会出来的。这种手法确实是十分高明。因此尽管别人也有过上述生活体验，但要写得像辛弃疾这样的逼真生动而又耐人寻味就很难办到了。

总之，这首《西江月》之所以为大家所喜爱，绝非偶然。一个很重要的原因是作者在词里以轻快的笔触，形象的语言，逼真的描写为我们刻画了一幅富有诗情画意的江南山村夏夜图。我们在读这首词的时候，似乎也被作者带入了这个充满着生机而又具有浓郁乡土气息的优美环境中来了，和作者一起在黄沙道中领略清风、明月、疏星、微雨、鹊影、蝉鸣和一片蛙声，一起感受了阵雨突然来临前的焦急心情和在找到避雨所在后的喜悦之情，从而使我们获得了极大的美的享受。

（原载《作品选讲》（四），北京出版社 1985 年版）

谈明代“四大奇书”

我国古典文学的创作从宋代之后发生了很大的变化，长期来以诗歌、散文为主的局面改观了，小说、戏剧这些新起的通俗文学逐渐成了文坛的主体。

在宋元话本的直接影响下，明代出现了大批白话长短篇小说，而《三国演义》、《水浒传》、《西游记》和《金瓶梅》等长篇巨著的出现尤其令人注目，它标志着我国小说创作已进入了一个繁荣发展的新时代。

明代人曾称《三国演义》、《水浒传》、《西游记》和《金瓶梅》为“四大奇书”。这里所指的“奇”，不仅仅指它的新奇有趣，引人入胜，不同一般；而且也还包含着对它们在思想和艺术上所取得的一系列创造性成就的肯定和赞美。

《三国演义》和《水浒传》产生于元末明初；《西游记》、《金瓶梅》则产生于明代中叶之后。它们的出现至今都已有好几百年的历史了。在此期间，不知有多少小说（包括曾名噪一时的作品在内），随着时光的流逝而湮没无闻了，然而这四部巨著却始终保持着旺盛的艺术生命力，赢得了历代人民的普遍喜爱。

究竟是什么原因，使得这些作品经住了历史的考验，具有历久不衰的艺术魅力？我认为有下列几个值得人们深思和探讨的问题。

一　开辟了我国长篇小说创作的新时代，形成我国小说发展史上的一个高峰

科学社会主义告诉人们：一切事物都是发展的、相互联系着的。所谓好与坏、美和丑都是相比较而言的。因此不能孤立地谈论这四部小说的价

值，应该把它们放在我国小说发展的历史进程中去考察，看它们在以往小说所取得成就的基础上又有哪些新的重大的发展，它们又是怎样影响着后来的小说创作的。

我国小说的产生，比起诗文来要晚，而且早期的小说是由历史派生出来的，所以古人称小说为“稗官野史”。魏晋时代产生的大批“志怪”和“志人”小说的作者就是以史家的态度，如实地记载社会上神鬼怪异传说和文人学士中的逸闻佚事。很明显，在他们这些人的心目中，历史和小说是一码事，他们没能把历史和文学区别开来。严格说，这些“志怪”和“志人”小说只能说是小说的雏形，还不能算是真正的小说创作。

从“志怪”、“志人”小说到唐代传奇小说，则是我国小说发展史上带有质变的一大进步。唐传奇写的再不是神鬼怪异的故事，而是发生在现实生活里的新奇可喜的事情。它们的作者也不再用史家的手法去如实地记载客观事实；而是在有意识地进行文学创作。所写的故事情节力求曲折生动、文采华艳，并开始运用夸张、虚构的手法去塑造形象，因此明人胡应麟说：“凡变异之说，盛于六朝，然多是传录舛讹，未必尽幻设语。至唐人，乃作意好奇，假小说以寄笔端。”（《少室山房笔丛》）对唐传奇不同于志怪等小说的变化，鲁迅更有精辟的分析，他说：“小说亦如诗，至唐代而一变，虽尚不离于搜奇记逸，然叙事宛转，文辞华艳，与六朝之粗陈梗概者较，演进之迹甚明，而尤显者乃在是时则始有意为小说。”（《中国小说史略》）因此，唐传奇已称得上是真正的小说创作。

在民间文艺基础上产生和发展起来的宋元话本小说，不仅在语言形式上采用了通俗生动的白话，从而开辟了我国白话小说创作的新纪元；而且在描写的对象和作品的思想内容上也与过去的小说迥然不同，作品着重反映的是广大市民群众的生活和思想感情。因此，宋元话本小说的出现是我国文学史，特别是小说发展史上应该大书特书的事情，它对以后大批长短篇白话小说的产生有着直接、巨大的影响。

从魏晋的“志怪”、“志人”到唐代的传奇，再到宋元话本小说，可以清楚地看出我国小说创作发展、前进的轨迹，反映出了我国小说创作如何由雏形渐趋成熟的过程。但不论是“志怪”、“志人”、唐代传奇，还是宋元话本，还都是短篇小说。在明代以前，我国文坛上还未曾出现过长篇小说。

元末明初《三国演义》和《水浒传》的出现，才开始了我国长篇小说创作的新阶段。这里有个现象值得我们注意：章回小说是我国古代长篇小说的唯一形式，这是因为我国的长篇小说是在宋元的讲史话本的基础上发展起来的。这种章回小说的形式由它的萌芽到成熟是经历了一个较长的发展过程的。

“讲史”说的是历代兴亡和战争的故事，如《全相平话五种》、《五代史平话》和《大宋宣和遗事》等。“讲史”不能把一段历史有头有尾地在一两次说完，必须连讲若干次，甚至是几十次才能说完。每讲一次，就等于后来的一回。在每次讲说之前，要用题目向听众揭示主要内容，这就是章回小说里回目的起源。“讲史”的人为争取听众在下一次能继续来听，总是要选择故事情节发展最关键的地方，突然停下，这就是后来的章回小说每回的结尾处“要知后事如何，且听下回分解”的来历。

从章回小说里普遍出现的“话说”和“看官”等字样，也可以看出它和话本之间的继承关系。

元末明初出现的《三国演义》和《水浒传》和之后出现的《西游记》、《金瓶梅》共同形成了我国小说发展史上的一个高峰。正是在这“四大奇书”的带动和影响之下，各类各样的长篇小说如雨后春笋般地涌现，开始了我国文学史上长篇小说辉煌发展的新时代。“四大奇书”不仅分别开拓了我国小说描写的种种新的领域，而且在创作方法的发展、创新和艺术形象的典型化上都取得了一系列创造性的成就。

二 《三国演义》引来了我国历史演义小说创作的热潮

《三国演义》出现之后，在它的巨大影响之下，出现了大批历史演义小说。上自开辟演义下至清宫演义，几乎每个朝代都有自己的多种历史演义小说。但其中具有较高思想和艺术价值、能给人留下深刻印象的却寥寥无几。这是因为不少历史演义小说的作者只是满足于把大批的历史资料加以组合、排比，并增添些奇突的野史逸闻以求其生动有趣，却未能在塑造艺术形象上去下工夫，所以它们缺乏文学作品所应有的感人力量。

《三国演义》在这类小说中之所以成为一部出类拔萃的巨著，不仅由于它对自己所描写的历史事件和历史人物有鲜明的思想倾向，而且能在相当程度上突破历史上真人真事的束缚，根据文学创作典型化的手法去描写人物和故事情节。

《三国演义》虽取材于历史，但决不是通俗的历史教科书。在作者着重描写的魏、蜀、吴三国的兴衰过程中有自己鲜明的思想倾向，作品中的人物形象及其相互之间的关系都明显地背离了三国时期的历史。如小说的布局，在魏、蜀、吴三分天下的割据中，是以刘备、曹操的关系作为主要的对立面的，刘备被放在正面地位，曹操则放在反面地位。孙权这方面，从他抵抗曹操这点上来看，是作为刘备的同盟者的；而在和刘备的关系上，则又存在着对立的一面。在《三国演义》所描写的敌、我、友关系上，敌、我关系是主要的，朋友关系处在次要地位。在三国故事错综复杂、三国人物众多纷繁的描写中，作品紧紧抓住曹、刘这一矛盾主线，围绕它展开了一系列人物、故事的描写，而在这描写中，又以刘备集团放在正面的中心地位。这与历史显然是不符的。历史上不仅曹操方面的实力、地盘比刘备大得多，处于压倒的优势；而且孙权方面的实力、地盘也是刘备方面所不及的。《三国志》的作者陈寿就以曹魏为中心。但正是在《三国演义》不符合历史事实的描写之中，鲜明地体现出了作者“拥刘反曹”的思想倾向。这种思想倾向的形成有其深刻的历史、社会原因。因此《三国演义》是文学作品，而非历史著作。可以这样说，《三国演义》是以三国历史为基础，概括了较长时期封建社会统治阶级中不同政治集团之间争夺统治权的斗争，因此，它所反映的社会历史内容具有很高的典型意义，这就与一般的历史演义小说有明显的不同。

《三国演义》的一个突出成就就是以文学典型化的手法塑造出了一系列帝王将相、文臣谋士的动人形象，其中有些形象如曹操、诸葛亮、刘备、关羽、张飞、马超、黄忠、周瑜等等已家喻户晓，深入人心。而其中的曹操，便与历史上的曹操颇不一致。历史上的曹操是封建时代著名的政治家、军事家和文学家，他兴屯田、抑兼并，统一北方，在推动历史前进方面有不少有益的建树，可是《三国演义》的作者从“拥刘反曹”思想倾向出发，把曹操塑造成了一个狡诈狠毒的“奸雄”典型。所谓“奸雄”，无非是说曹操有雄才大略，但心术不正，图谋篡逆。作者在曹操身上刻画了历代封建统治者的种种恶劣品质。如从历史的眼光看，小说这样描写曹操显然是严重的歪曲，诚如鲁迅所指出的：“我们讲到曹操，很容易就联想起《三国志演义》，更而想起戏台上那一位花面的奸臣，但这不是观察曹操的真正方法。”（《而已集·魏晋风度及文章与药及酒之关系》）

然而，《三国演义》毕竟是文学作品，并非历史著作，从文学创作要求看，这形象无疑是值得大加肯定的，是我国文学史上最成功的反面典型之一，这一形象，长期来已深入人心。其他如诸葛亮、关羽等形象也都程度不同地离开了历史上真人的模子被典型化了。按历史记载：诸葛亮“于治戎为长，奇谋为短，理民之干，优于将略”、“应变将略，非其所长”（《三国志·诸葛亮传》）。但小说吸取了民间传说中所赋予诸葛亮形象在军事上出奇制胜的本领。第一次在博望坡用兵，由于指挥得当，靠几千人马居然杀退了夏侯惇十万大军，使曹操胆战心惊。赤壁之战中，他孤身去东吴，不仅在身临危境中舌战群儒，和东吴上下文臣进行了一场复杂而又尖锐的斗争，最后争取到了强有力的同盟者；而且于战役部署的各个关键性环节上，都远远超过了周瑜和曹操，从而成了智慧的化身。《三国演义》正是以这些动人的人物形象，对人们起到了强烈的认识作用、教育作用和美感作用。

《三国演义》另一突出成就是赋予三国时代的曹操、刘备、孙权这三个人物为首的三个封建统治集团的斗争以高度典型意义。

在小说所描写的一系列错综复杂、尖锐激烈的政治斗争和军事斗争中，真实、深入地揭示出了封建统治阶级内部斗争的真实面貌和他们凶残狡诈的本质。小说所描写的政治斗争已撕去了封建伦理道德观念说教的外衣，赤裸裸地暴露出它的凶残、罪恶的本相。各统治集团之间的联合和对立、合作和拼杀都是基于当时当地彼此间政治利益的一致或分歧。今天是亲密的朋友，明天就可以成为势不两立的仇人。这种激烈的政治斗争几乎渗透到了社会生活的各个方面。诸如：朋友、家庭、婚姻等各种关系中。总之，一切人与人之间的关系都被卷进了政治斗争的旋涡，一切生活的形式，几乎都注入了政治斗争的内容，服从于政治斗争的需要，成为政治斗争的工具。而其中出现的各式各样的战争描写尤为精彩动人。这些战争描写已跳出了以往那种“两阵对圆，一刀一枪厮杀”的传统俗套，而是以人物为中心，把斗智斗勇和具体交战的描写结合起来，着重表现作战双方的战略战术。小说里所描写的官渡之战、赤壁之战和彝陵之战这三大战役，正史的记载很简单也很概括。但《三国演义》的作者根据各种史料、笔记和传闻并结合自己丰富的生活体验加以大胆的想象，对这些战争的描写是绘声绘色、波澜起伏、跌宕跳跃、惊心动魄，并在那些引人入胜、精彩非凡的艺术描写里，深刻地反映出了战争中带有普遍规律性的东西：决定一场战争胜负的，主要不是作战双方兵力的多寡、地盘的大小和物质条件的优劣，而是取决于统帅是否能知己知彼，是否能根据敌我双方的实际情况制订出正确的战略战术，有没有能驾驭整个战争发展变化的能力；也决定于内部能否团结一致、同心同德，充分调动谋士、武将乃至士兵的积极性。以官渡之战为例。这是发生在三国初期的一次决定性的战役。作战双方为袁绍和曹操。战役刚开始，袁绍一方无论在地理、兵力、物资条件诸方面都拥有压倒优势，处于十分主动的地位；而曹操则相反。但战争结果却是袁绍失败了，曹操胜利了，从此统一了北方。小说生动具体地描写出了出现这一始料不及结果的原因是袁绍首先在战略方针上失误；其次是他不能采纳部下的正确意见，激发他们的积极性；而且在决策机构内部，相互猜忌、勾心斗角，致使原有的种种有利条件逐渐丧失导致最后的失败。同时生动地描写出曹操在战略上采取的正确方针，以及他能虚心听取和采纳手下各种正确意见，发挥他们的积极性，还能利用敌人的弱点，不断削弱敌人原有的种种优势，使自己由劣势逐渐转为优势，由被动转为主动，从而获得最后胜利。《三国演义》在战争描写中所揭示出来的这些带有规律性的东西，今天依然对人们起着多方面的启示作用。

在《三国演义》惊心动魄的战争描写里，各种人物形象十分鲜明生动，如通过赤壁之战那样异常尖锐、激烈、复杂的矛盾冲突，把诸葛亮的神机妙算、周瑜的英雄才略、鲁肃的诚直忠厚、黄盖的赤胆忠心、阚泽的机智大胆乃至蒋干的愚而好胜都表现得淋漓尽致。

三 《水浒传》为我国大批英雄传奇创作树立了光辉榜样

和《三国演义》产生于同一时代的《水浒传》，是我国古典小说中又一部不朽名著。

《水浒传》写的是发生在北宋末年以宋江为首的农民起义，这次起义不过是中国历史上千百次农民起义中的一次，在历史上并不引人注目，也没有多大的代表性。但《水浒传》作者的高明之处在于，它基本上摆脱了史实的束缚，通过自己对动乱年代农民起义的深刻观察、体验，结合民间传说中有关宋江造反的种种传说，赋予了这次农民起义以高度的典型性。小说通过描写宋江起义，深刻地揭示出了我国封建时代农民起义发生、发展以至最后失败的整个过程。其中特别成功的是深入挖掘出了产生中国农民起义的社会根源。小说虽然没有正面从经济关系上广泛描写阶级矛盾，但对于作为起义英雄对立面的封建统治阶级的极端黑暗和腐朽则有深刻的揭露，从而在艺术创作上深刻总结出了中国农民起义的一个重要特征——逼上梁山。

《水浒传》思想上一个难能可贵之处是把那些历来为封建统治阶级视作“盗贼草寇”的革命者放在小说的正面地位加以肯定、歌颂。作者倾注了全部的爱慕和赞美之情，去描写他们的斗争精神和光辉品质。这种对农民起义的肯定和歌颂，在中国历史上是破天荒的。

《水浒传》在人物形象的典型化方面有比《三国演义》更为巨大的成就，具体表现在人物性格的丰富性和复杂性上。如梁山义军领袖宋江就是个具有复杂性格的成功的艺术典型。小说里的宋江形象不仅和历史传记中的那个“勇悍狂侠”的宋江不同；也和讲史话本《大宋宣和遗事》中写的那个具有豪爽性格的宋江不一样，是作者崭新的艺术创造。这种创造是作者在接受民间传说的基础上，根据自己对动乱时代农民起义的深刻认识，通过集中、概括而创造出来的。

宋江性格的丰富性和复杂性，集中地表现在他性格里的反抗性和妥协性的对立和统一。如宋江一方面反对贪官污吏残害百姓；但又深信皇帝是好的、圣明的。每当压迫者和反抗者之间发生尖锐冲突时，他总是从“义”出发，站在被压迫者和反抗者的一面，所以他同情并支持晁盖等人的反抗活动；但在道义上又认为他们的行动是非法的。他支持江湖上的好汉们投靠梁山，但自己则迟迟不肯上山。总之，宋江性格中的反抗性和妥协性的对立统一，贯穿于人物行动的各个方面。这种反抗性和妥协性来自宋江思想中根深蒂固的忠义观念。而这种忠义观念的形成，不仅和宋江本人的出身、经历、教养和地位有关；同时也和时代、社会的主要矛盾紧密相连。

《水浒传》在人物形象的描写中，开始写出了人物性格的发展变化，这一点尤其应该引起注意。这方面集中地表现在林冲性格的发展上。作为东京八十万禁军教头的林冲，他的教头的地位，优厚的待遇，舒适的家庭，漂亮的妻子，这些特殊条件，形成了他安于现状，怯于反抗的性格。高衙内明目张胆地调戏他的妻子，他固然感到耻辱但不敢下手，只是冲散了事。后来在高俅父子的多次阴谋陷害之下，虽感到含冤负屈，仍未能起来反抗，最后在家破人亡，步步受逼的情况下，他实在忍无可忍才杀死了仇敌，吐出了长期郁积于胸中的冤气，毅然决然地走上了起义的道路。小说具体生动地刻画了他的性格，在一次一次的侮辱迫害中，不得不一步一步地发生的明显的变化。

《水浒传》在人物形象典型化方面所取得的上述成就使它在我国小说人物塑造方面向前迈进了一大步。《三国演义》固然为我们塑造了一系列鲜明、深刻的人物形象，但这些形象还存有明显不足之处，表现为性格内涵比较单一，不够丰富复杂，而且人物的性格总是一成不变，这是和现实中的真人有距离的，因此这种人物形象被人称之为类型化的典型，而《水浒》却开始写出了人物性格的复杂性和它的发展。《水浒传》中的人物形象已不再和《三国演义》中的人物形象一样，属于类型化，而是开始由类型化向性格化典型发展了。

《水浒传》后出现的一些比较有影响的英雄传奇小说，都无不是程度不同地汲取了《水浒传》上述思想和艺术成就的作品。

四 《西游记》别开生面地带出了一大批神魔小说

《西游记》在我国小说发展史上开拓了神魔小说的新领域，正是在《西游记》的启迪、影响之下，部分作者把自己的兴趣爱好转向了超现实的神灵妖魔，创作出了各色各样的神魔小说，给了广大读者以十分奇突的艺术感受。但这类神魔小说的大多数却没有能汲取《西游记》创作的精髓，只一味地热衷于离奇荒诞的构思，变化莫测的故事情节和充满神秘色彩的超现实形象的描绘，缺乏必要的现实性和真实性，因此，它们随着时间的推移，逐渐为人们所淡忘。《西游记》之不同于它们的是在小说所写的神魔故事里包含着丰富的社会内容，给人以强烈的真实感。

《西游记》的一个突出成就就是塑造了神话英雄孙悟空这个脍炙人口的形象。这一形象之所以长期得到群众的普遍喜爱、给人留下不可磨灭的印象，是因为他深深地扎根于群众生活的土壤之中。孙悟空身上寄寓着古代人民反抗封建压迫和征服自然的强烈愿望。在大闹天宫的故事中，作者以极大的激情刻画了孙悟空勇于追求理想、敢于破坏陈规，不承认神的王国的统治者的任何权威，坚信自己的力量并力图完全掌握自己命运的典型性格。孙悟空这一反抗斗争没能取得最后的胜利，未能把玉皇大帝从他的宝座上赶下来，他一个筋斗云虽能翻出十万八千里，却翻不出如来佛的手掌而终于被压在五行山下。这一令人深感惋惜的结局，寓言般地概括了封建社会里人民群众反抗斗争失败的历史悲剧。

在小说第七回之后便转入孙悟空等取经的故事，从此作者把描写的重点放在孙悟空等和途中妖魔鬼怪所作的斗争上。孙悟空以无穷的智慧、非凡的勇敢和坚毅的顽强战斗，逐一战胜了取经路上所出现的各种妖魔，铲除了那些危害人民的罪恶势力，体现出了人民的向往和追求：正义战胜邪恶，光明战胜黑暗。大闹天宫和西天取经之间保持着孙悟空性格内在的统一性。这是因为在西天取经中的孙悟空仍然是一个洋溢着战斗热情的英雄形象，渗透在这个英雄形象里的是为了既定的事业奋斗到底的崇高而忠诚的精神。西天取经中战胜种种妖魔，克服各式各样的困难，这不是对大闹天宫的反抗精神的否定，而是进一步的发展。正因为孙悟空有反抗封建压迫，坚决克服一切困难的战斗精神，从而使整个形象显得光彩照人，赢得了历代人民群众的喜爱。

《西游记》另一突出成就是在奇妙变幻的神话形式中，渗透着作者对现实的抨击。鲁迅在谈到《西游记》时曾指出：“讽刺揶揄，则取当时世态。”小说里的神佛，看似分外的“庄严”、“崇高”，实际上是外强中干、腐朽无能，它们正是人间最高封建统治集团在天上的投影。而那些形形色色吃人、害人的妖魔精怪，横行一方，作恶多端，也正是现实社会里那些气焰嚣张、不可一世的宦官、权臣和地主豪绅一类人物曲折而形象的反映。甚至作品中对一些道士恶行的揭露和批判都有着鲜明的现实针对性。

人们每当打开《西游记》时，犹如进入了一个瑰丽、离奇的境界，一个色彩斑斓的“神话”世界。作者为适应小说所表现的特定描写对象，在小说的形象塑造上作了大胆的创新。作者巧妙地把某些动物的自然属性与某类人物的思想性格联系了起来，使之和谐地融为一体，“使神魔皆有人情，精魅亦通世故”。在对各种妖魔形象进行描画时，作者又常常从他们作为动物的生理素质中引申出他们所擅长的法术和手段，从而收到了引人入胜的艺术效果。《西游记》思想和艺术上的成就，使它大大高出于一般的神魔小说，在中国小说史上新颖独特、别开生面，为人瞩目。

五 《金瓶梅》开我国人情小说之先河

《三国演义》、《水浒传》、《西游记》出现之后，在它们的光辉成就和巨大影响下，小说创作领域兴起了一股因袭、模仿的潮流。出现了一大批历史演义小说、英雄传奇小说和神魔小说，但这些小说没有什么创造，其成就都在《三国演义》、《水浒传》和《西游记》之下。

在这种情况下，小说创作要继续向前发展，就必须有个大的突破和创新，正是在这样一个特定的历史条件下，明代中叶之后，由原市民小说银字儿这一支，发展成为“世情书”这一新的小说类型，其代表作品就是《金瓶梅》。

作为“世情书”代表的《金瓶梅》的出现，给中国小说的发展打开了一个崭新的天地——记人事、写现实社会的人情世态，而且在人物塑造、细节描写，直至语言运用上，比之它以前的小说都有突破和创新。

《金瓶梅》所描写的对象已不再是古代的帝王将相、传说中的英雄豪杰和幻想中的神灵妖魔，而是现实社会里普普通通的人。《金瓶梅》中故事发生的背景已不再是那些征战的沙场、巍峨的宫室、山林野处和神殿魔窟，而是市井社会里一个妻妾同居的暴发户家庭。由于小说彻底摆脱了描写历史上各种超人式人物和种种神妖间的斗争，因而使它具有强烈的现实性和真实感。

《金瓶梅》在思想内容上的一个重大成就就是生动地描绘了一大批市井人物，其中包括那些泼皮无赖、帮闲篾片、娼妓优伶、男奴女婢，以至僧道、尼姑、媒婆等等，特别是小说主人公西门庆被塑造得尤为成功。西门庆是富商、恶霸、官僚三位一体、别具一格的典型形象。这个形象具有鲜明的时代色彩，是明中叶后商品经济高度发展和政治黑暗腐朽的产物。贯穿于这个人物性格中的核心东西就是流氓市侩的特点。《金瓶梅》正是通过西门庆及其家庭罪恶生活的描写，全面地暴露了明代中叶之后封建统治阶级的腐败。

如果说在《三国演义》、《水浒传》乃至《西游记》等小说里还程度不同地表现出中世纪英雄传奇的特色；那么《金瓶梅》则比较清楚地呈现出了近代小说的特征。高尔基在《谈谈我怎样学习写作》一文里曾说过：“对于人和人的生活环境作真实的、不加粉饰的描写的，谓之现实主义。”《金瓶梅》的描写基本上是“不加粉饰”的。而且这种描写是那样的细腻，克服了以往小说描写上的那种粗线条的倾向。至于细节描写的精彩、语言上的生动传神则是一向为人们所称道。在人物形象的塑造上，已开始克服了过去小说、戏剧里那种“写好人完全是好，写坏人完全是坏”的单色调的简单化倾向，能按照生活的实际，写出人物性格所固有的复杂性。《金瓶梅》在艺术上的这些明显成就，使它一经出现就立刻引起了人们的浓厚兴趣与高度关注。

在《金瓶梅》的巨大影响下，各式各样效法《金瓶梅》的作品相继涌现，其中出现了两种截然不同的倾向：一种是置《金瓶梅》思想艺术上的精华于不顾，只热衷于模仿其中男女间情爱的描写，这样就出现了一批低级庸俗的淫秽小说；另一种是正确地汲取了《金瓶梅》在世情描写和彻底暴露社会黑暗方面的种种长处加以提高，这方面以《红楼梦》为代表。《红楼梦》这部不朽巨著创造性地继承和发展了《金瓶梅》思想艺术上的成果，从而把我国小说创作推向了一个新的，前所未有的高峰。

综上所述，“四大奇书”之具有历久不衰的魅力，赢得了历代人民的普遍喜爱，决非偶然。其中最为重要的是：它们都是以自己思想、艺术上的创造性成就，尤其是在小说典型化上所取得的崭新成果，为我国小说的发展起到了承前启后、继往开来的伟大作用，从而也为自己在中国乃至世界文学史上确立于不可动摇的地位。

（原载《文史知识》1986 年第 1 期，后经作者修改，收入《金瓶梅红楼梦纵横谈》，北京大学出版社 1990 年版，本书选用修改稿）

谈《水浒传》在我国小说艺术典型化方面的贡献

《水浒传》和《三国演义》一起，在我国文学史上开辟了一个长篇小说创作的新时代。《水浒传》在思想、艺术方面所取得的创造性成就，使它成为我国小说发展史上的一个重要里程碑，在我国小说艺术典型化上也有创造性的成就。

一　挣脱小说创作中传统的历史束缚向高度典型化发展

我国小说发展有自己民族的种种特点，其中之一是和历史的关系特别密切。人们称小说为"稗官"，而"稗官"原系小官（史官），是负责搜集民间轶闻琐事的。因此，我国早期小说是从历史传记中派生出来的。像《汉武故事》、《穆天子传》等野史、杂传，就被视为我国最早的小说。

魏晋南北朝时期出现的大批"志怪"、"志人"小说，它们的作者都是以史家的态度去如实地记录各种鬼神怪异故事以及人物的种种轶闻琐事。即便是像天堂地狱、转世投胎等十分荒诞的事情，他们也都信以为实，把它作为真事记录下来。在他们的心目中，历史和文学几乎是一回事。从今天文学创作的角度去衡量这些"志怪"和"志人"，实难称之为小说，它们只是些随笔记叙性质的文字，是小说的雏形。

到了唐代"传奇"，开始有了变化。"传奇"的作者，不再是对某些客观事物的如实记录，而是"作意好奇"，开始了夸张、虚构。但是"传奇"在当时人的观念里，本是传奇体古文的意思，他们把"传奇"当作是"传记"体一类散文。总之，和历史还是没有清楚地分开。正因为这样，唐传奇的作者总是要在自己的作品里竭力表现出他们的史才、诗笔和议论等等。

随着社会的向前发展,人们对文学创作的认识在不断提高,历史和小说的区别也日渐清楚起来。但小说受历史的影响始终很深,这种影响甚至反映在小说的命名上。如清代出现的我国三部最著名的小说:《儒林外史》直接以“史”取名;《红楼梦》本名《石头记》,又名《情僧录》。“记”、“录”都和历史相关;而《聊斋志异》的“志异”,就是记录怪异的意思。《聊斋志异》中的“异史氏曰”更是从《史记》中的“太史公曰”直接模仿而来的。

至于那些以历史题材为内容的长篇小说,几乎无例外地都受到具体史实的严重束缚,不能根据文学典型化的要求去进行创作,因而大大影响到小说艺术形象的塑造,影响到小说艺术感染力的发挥。

我国有大批历史演义小说,其中绝大部分作者都把注意力放在所写故事情节是否符合历史事实上;而很少从文学创作方面下功夫。他们习惯在排比正史材料之外,适当穿插些野史逸闻,务使故事情节能比历史记载来得曲折离奇一些,至于如何刻画人物,使之性格鲜明就极少去注意。所以这些演义小说大都平庸乏味,缺乏感人的艺术力量,充其量只是起到了通俗历史书的作用。

《三国演义》在大批历史演义中之所以成为一部出类拔萃的作品,一个极为重要的原因,就是它在相当程度上突破了三国时代历史事实的束缚,向着小说艺术典型化前进了一大步。

《三国演义》虽取材于三国的历史,但它没有亦步亦趋地根据三国历史的具体史实去描写小说的故事情节,而是在史实基础上,大量地吸收了有关三国故事的生动民间传说,结合着作者的理想和生活体验加以生发,通过集中、概括、虚构、夸张,塑造出了一系列鲜明的艺术形象。在这些生动的艺术形象里,概括了封建时代各个统治集团之间各种形式的斗争(政治的,军事的,外交的),充分揭示了这些斗争的复杂性、多样性和尖锐性,具有很高的典型意义,从而使《三国演义》不再是一部有关三国历史的通俗教科书,而是一部具有很高认识价值和美学意义的文学巨著。

但是《三国演义》所取得的上述重大成就,却遭到了明、清两代许多文人学者的指摘。如明代学者胡应麟曾批评《三国演义》是“古今传闻伪谬,率不足欺有识”,并挖苦作者是个“村学究”。(胡应麟《少室山房笔丛》)清代著名史学家章学诚责备《三国演义》的作者“识之谬”、“惑乱观者”。(章学诚《丙辰札记》)这两人的观点在封建时代文人学者中具有代表性。他们总是要求那些历史题材的小说所写的内容必须与历史事实相符。他们没有认识到《三国演义》是文学作品,并非历史著作。

这种混淆文学与历史特点的错误成见,一直影响到建国之后的学术界。出现在五十年代末为曹操翻案而批评《三国演义》的种种论调,就是个生动的例子。

但是,《三国演义》之所以具有历久不衰的魅力,正是在于它在相当程度上突破历史事实的束缚,遵循文学典型化要求去写作的结果。章学诚说的《三国演义》"七分事实,三分虚构"中的"三分虚构"正是历史演义小说所绝对不可缺少的。出现在《三国演义》中的那些惊心动魄、引人入胜的故事情节以及血肉饱满、栩栩如生的人物形象几乎都是虚多于实,像为突出诸葛亮足智多谋、胆识过人而写的"空城计"这一脍炙人口的情节,就没有什么可靠的历史根据。

不过,《三国演义》在突破史实方面,尽管已取得了明显成就,但毕竟还是"七实三虚",这就不能不在相当程度上还要受到历史事实的束缚,而不能根据文学典型化的要求进行更好的集中和概括。

《水浒传》所描写的也是个历史题材,是写北宋末年发生在我国北方的以宋江为首的一次农民起义。但《水浒传》在突破史实束缚,按文学创作典型化要求方面比起《三国演义》来更自觉,也更富有创造性,从而为我国小说典型化作出了新的贡献。历史上关于宋江起义的记载甚少,叙述也很简略,只有个粗略的轮廓。从这些零星的史料中,只能了解到:以宋江为首的这支农民起义军,人数不多,但和官军的对垒中,却是攻势凌厉,所向披靡,曾一度震动了朝廷。而作为这支义军领袖的宋江则是个"才识过人"的人物。义军的最后结局是在受到官军包围情况下被迫投降了。凭这样少得可怜的历史记载去撰写一部反映农民起义的波澜壮阔的长篇巨著那实在太困难了。作者的高明之处在于没有把写这部长篇小说的希望寄托在对大量现存史料的掌握上,而是依靠流传在民间的有关《水浒传》的传说、说书的材料等,结合着自己长期来对社会、特别是对农民起义的观察和认识,驰骋丰富的想象,按艺术典型化的要求创造出了一系列鲜明生动的艺术形象,从而使小说里宋江义军的描写已远远挣脱了历史上真人真事的框框。在这些动人的艺术形象里,典型地反映出了封建时代农民起义所表现出的伟大斗争精神以及农民起义本身所包含着的种种规律性，给了人们以巨大的认识价值和美学享受，广大被压迫群众更是从中获得斗争力量。

《水浒传》一开始，写了个统治阶级代表人物高俅的发迹和皇帝对他的宠幸故事，这种艺术处理颇具匠心，它画龙点睛地揭示了“乱自上作”的社会真实，深刻地挖掘了我国封建时代农民被“逼上梁山”的根源。

《水浒传》写梁山义军的形成，不是由某个重大的历史事件所引起的，而是通过社会的各个地区众多被压迫的人物反抗斗争而逐渐汇合起来的。开始都是属于个别人物的零星反抗，随着客观斗争形势的发展，才由个人的反抗会聚成小规模的联合斗争，最后形成了能和官军大规模作战的武装力量。

《水浒传》在写梁山义军的被招降，并非像历史所记载的那样：在遭受官军重重围困情况下走投无路而被迫投降的；而是在取得了两赢童贯、三败高俅等一系列辉煌胜利的大好形势下主动地向统治阶级投降的。出现这种悲剧是和义军领袖的指导思想以及农民起义本身的弱点密不可分的。从而充分地揭示出了导致农民起义失败的错综复杂的因素，使人们能从中汲取十分深刻的历史教训。

《水浒传》的描写具有特殊性，但却深刻地表现出了我国历史上农民起义发生、发展直至最后失败的全过程。所以就被人们誉为“农民起义的伟大史诗”，在中国文学史上确立了自己举足轻重的地位。

回顾中国小说发展的历史时，我们感到：我国历史上那种文史不分的情况曾给小说艺术典型化的发展带来了十分消极的影响。《水浒传》的成就就在于：它在冲破传统的历史束缚，自觉地按小说艺术典型化创作方面取得了突出的成就，这一成就标志着我国小说创作开始趋于成熟。

二　人物形象由类型化典型向性格化典型转化

文学作品的典型性，表现在小说创作中，主要是指具有高度典型人物形象的创造。

综观我国古典小说人物的塑造，大致上是经历了一个由人物形象的不够典型到典型、由类型化典型到性格化典型这样一个逐步发展和成熟的过程。

众所周知，文学作品中所描写的人物形象只有当他具备了艺术的独创性并表现出了一定社会生活本质或规律时才能称之为典型形象。典型人物形象是从生活中概括、创造出来的。在典型人物形象里总是体现出了现象和本质、特殊和一般、个性和共性的辩证统一。就小说典型形象来说他本身也有个发展和成熟过程：类型化典型是小说典型形象的初级阶段，而性格化典型则是小说典型形象的成熟阶段。

尽管人们对类型化典型的理解有种种不同的认识，但有一点似乎是一致的：类型化典型注重刻画形象中的本质、一般和共性部分；而不注意刻画形象中特殊的、个性的东西，因此类型化典型虽然在表现人物的某些本质方面比较集中、明确；但缺点是没能反映出人物个性的独特、丰富和多样。由于那些本质、一般和共性的东西有相对的稳固性，不容易产生变化，这就决定了类型化典型人物性格一般是静止的、不发展的。性格化典型注意突出形象中的特殊性和个性部分，着重在个性的丰富和多样上下功夫；而形象中那些本质、共性和一般的东西只是渗透在现象、个性和特殊之中，不明显地表现出来。性格化典型能表现出人物高度的真实性，赋予人物以浓厚的生活气息，给人以活灵活现、栩栩如生的感觉，达到了恩格斯所要求的那样："每个人都是典型，但同时又是一定的单个人，正如老黑格尔所说的，是一个'这个'。"（《马克思恩格斯选集》第四卷第453页）

回顾我国小说的发展，在《三国演义》前，我国小说人物的塑造虽然取得了一定的成就，但总的说来，人物形象的典型性是不高的。

《三国演义》在典型人物形象的塑造上取得了明显的进展。但就它所刻画的人物来说则是属于类型化的典型。

《水浒传》人物塑造是在《三国演义》基础上又有新的进展和突破。就《水浒传》人物个性的丰富、独特、多样来说，虽还比不上后来的《红楼梦》，但在古典小说中，已突破了类型化的框框，向性格化典型发展了。

因此那种不加分析地把《水浒传》和《三国演义》的人物刻画相提并论都归之为类型化典型，并认为我国小说发展，只有到了《金瓶梅》才表现出由类型化典型向性格化典型转化的看法是不符合我国小说发展情况的，也是低估了《水浒传》人物塑造上所取得的杰出成就。

三 写出了个性的丰富和多样

《三国演义》成功地刻画了一些典型形象，这些形象已深入人心，为人民群众所喜爱。但《三国演义》人物刻画上的一个鲜明特点是偏重在对人物某个本质特点的层层渲染，而性格中的其他方面往往被忽略了，因此，这些典型形象就其个性的丰富、多样而言是不够的。如为了突出曹操性格中的“奸”，就把曹操写成个“奸诈的化身”；为突出诸葛亮的“智”，就把诸葛亮写成“智慧的化身”；为突出刘备的“仁义”就把他写成“仁义的化身”。至于这些人物性格中的其他因素则被那些本质特征所淹没了。这样刻画人物，固然能给人以十分深刻的印象，但和实际生活总存在着一定距离。现实生活中人的性格总是多方面的，不可能那样单纯一致。很难想象在现实生活中存在着某人是某某方面的化身这样的事实。

而存在上述典型形象身上的一些程式化表现，虽然能增加某种戏剧性效果，但也使人物缺少一种自然感、真实感。至于这些人物的“奸”、“仁”、“智”等品德和才能究竟怎么形成的也不清楚，它们和人物各自的生活经历和所处环境之间没有任何联系。

《水浒传》则不同，它再也不是只突出和强调人物的某个本质特征而忽略个性中其他特点的描写，而是很注意在人物个性的丰富、独特和多样上下功夫，并取得了明显成就。

有些评论者，好以鲁达、李逵和武松三人为例来说明《水浒传》的人物描写依然是类型化的典型。显然，这种认识是不符合作品实际的。

鲁达、李逵和武松这三个来自下层的英雄人物，他们共同生活在一个黑暗、腐败的时代。同处于社会的下层，在环境和遭遇方面存在着某些相似之处，因而很自然地在他们的性格上存在着某些类似的东西；但作者艺术手段的高超在于：作者花了更大的气力，用了更多的笔墨去刻画他们各自独特的个性，从而把他们的性格鲜明地区别开来，在读者的记忆里留下了不可磨灭的印象。

鲁达、李逵和武松不同个性的形成不是无缘无故的，而是可以从他们各自的社会地位和个人遭际里找出一定的根源。鲁达的个性显然是和他既无家室，又无产业，赤条条来去无牵挂的独特境遇分不开的；而李逵的那种强烈革命要求、坚定的革命精神又是和他出身贫苦农民有关；而武松的性格特点则是和他出身城市贫民又有复杂的社会经历紧密联系着的。

明末清初小说评点家金圣叹，对《水浒传》的人物描写特别赞赏，而且把它作为区别于其他作品的主要标志。

金圣叹特别欣赏《水浒传》能鲜明地写出人物的个性。他说："别的一部书，看过一篇即休，独有《水浒传》，只是看不厌，无非为他一百八个人性格都写出来。"（金圣叹《读第五才子书法》）又说："《水浒传》写一百八个人性格，真是一百八样。"（金圣叹《读第五才子书法》）"人有其性情，人有其气质，人有其形状，人有其声口"。（金圣叹《水浒传序》）而且还认为："任凭提起一个，都似旧时熟识。"（金圣叹《读第五才子书法》）金圣叹的话，虽不免有言过其实的缺点，但总的精神是正确的。公平而论，在一部具有数百个人物的长篇巨著中，如果能塑造出几十个性格鲜明的典型人物来，就是件了不起的事情。在《红楼梦》这部不朽巨著中真正称得上是不朽典型的也不过四、五十个。而《水浒传》中却有二三十个人物形象达到了高度典型化的要求。这些形象在个性的独特、丰富和多样方面给人留下了深刻印象，它标志着我国小说人物塑造已进入了新的境地。

四　开始按生活真实写出了人物性格的复杂性

杰出的文学作品（包括小说）里所描写的人不应该是处于真空状态的孤独体，而应是体现着"社会关系总和"。在现实生活里，每个人都要受到来自社会各方面关系的影响，因此，任何一个人的内心往往都是多侧面的对立统一体，不可能是很单纯的。而且随着社全生活的日趋丰富，人的性格将会越来越变得复杂。在实际生活里不存在绝对的好人和绝对的坏人，而且人物的好与坏、善与恶也往往不是一眼就能看清楚的。现象与本质之间经常存在着矛盾，而且现象在反映本质方面有时也是很曲折的。因此，一切成熟的典型形象，就该把现实生活中人物性格所固有的（不是人为的）复杂性表现出来。只有这样，才能给人以高度真实感，产生感人至深的艺术力量。

类型化典型人物性格比较单纯、一致，缺少层次，在性格内部各因素间不存在着对立和冲突，所以人物形象的特征一眼就能看清楚。《三国演义》中的人物就明显地表现出这个特点。

《水浒传》在这方面有了突破，有些人物能按生活真实成功地写出了他们性格的复杂性。

梁山义军领袖宋江就是个具有复杂性格的成功的艺术典型。后来人们在宋江形象的评价上所出现的种种分歧，很大程度上是和这个形象本身所存在的复杂性分不开的。

《水浒传》里的宋江形象不仅和历史传记中的那个“勇悍狂侠”的宋江不同，也和讲史话本《宣和遗事》里写的那个具有豪爽性格的宋江不一样，是作者崭新的艺术创造。这种创造是作者在接受民间传说的基础上，根据自己对动乱时代农民起义的深刻观察，通过集中、概括而创造出来的。

宋江性格的复杂性，集中地表现在他性格里的反抗性和妥协性的对立和统一。

宋江一方面反对贪官污吏的残害百姓，但又深信皇帝是好的、圣明的；每当压迫者和反抗者之间发生尖锐冲突时，他总是从“义”出发，站在被压迫者和反抗者一面，所以他同情并支持晁盖等人的反抗活动，但在道义上又认为他们这种行为是非法的；他支持江湖上的好汉们去梁山，但自己却又迟迟不肯上山。一直到浔阳楼题了反诗被人揭发后，仍不肯立即投奔梁山，还苟且偷安地采用了自我作践的办法：“把尿屎泼在地上，就倒在里面，诈作疯魔。”后来被判死刑，绑赴法场被梁山好汉救出，这时他才不得不上了梁山。

反上梁山后，他一方面为梁山事业出谋划策，施展自己杰出的才能，想方设法地壮大山寨事业；但同时又始终没有放弃乞求朝廷的赦罪招安，向往着能“封妻荫子，青史留名”，又不惜在降将面前低声下气，公然污蔑起义事业是“逆天大罪”等等。

随着武装斗争的不断取得胜利和封建营垒中降官的大批加入梁山队伍，宋江向往招安之心愈来愈迫切了，终于在取得了两赢童贯和三败高俅的辉煌胜利之后“体面”地招安了。

宋江性格中反抗性和妥协性的对立统一，贯穿于人物行动的各个方面。这种反抗性和妥协性来自宋江思想中根深蒂固的忠义观念。而这种忠义观念的形成，不仅和宋江本人的出身、经历和地位有关，同时也和时代、社会的主要矛盾紧密相连。所以说，宋江这一典型形象是深深植根于生活土壤之中的，因此，他有血有肉，显得很真实。

像宋江这样复杂的典型形象，在《水浒传》之前还没有出现过，他对类型化典型是个重大突破，为后来小说中性格化典型人物的塑造起到了积极的促进作用。

五 写出了人物性格的变化和发展

历史唯物主义的基本观点告诉人们："存在决定意识"。人的思想性格总是受他们生活的环境所制约；而人们所生活的环境是处于经常变化之中的。所以人们的思想性格将会随着环境与遭遇的变化而变化，那种把人的性格看成是凝固不变的观点是不符合生活实际的。因此一切成熟的人物典型都得写出性格的变化和发展。

正如上述，类型化典型的特征之一，就是人物性格的一成不变。《三国演义》里的人物就明显地表现出这个特点。《三国演义》中的一些重要人物如曹操、刘备、诸葛亮、孙权，周瑜、关羽等等，他们一生东征西讨，辗转各地，始终是在紧张、激烈的政治斗争和军事斗争中度过的。他们的环境、经历都曾发生过天翻地覆的变化。但这一切都没有对他们的性格产生明显的影响。曹操的奸诈、诸葛亮的智慧和刘备的仁义似乎是天生的，而且几乎没有多少变化，这样处理显然是不合乎生活逻辑的。这也是读者对这些人物产生不够真实感觉的原因之一。

《水浒传》则不是这样。在一些重要人物身上已开始突破类型化人物性格的一成不变的情况，成功地按生活逻辑写出了人物性格的发展变化。在这方面最具有代表性的要算是林冲的形象。

林冲作为一个颇有社会声望，武艺高强的八十万禁军教头，他虽有"不遇明主，屈在小人之下"的闷气；但和那些出身下层的贫苦英雄毕竟不同，较高的社会地位，优厚的享受，舒适的家庭，美丽的妻子，这一切使他安于现状，怯于反抗。

高俅父子一再施诡计陷害他，他总是容忍、妥协，无意和他们决裂。但林冲毕竟还是个英雄，忍让也是有个极限的。当林冲隔着庙门，亲耳听到高俅心腹陆谦一伙计议：在烧死他之后，还要拣他的两块骨头回京讨赏，特别是陆谦那种卖友求荣的行径，更使他怒火中烧，终于逼出了他的反抗性。

杀了陆谦之后，林冲重返家园的希望彻底破灭了，出路只有上梁山落草。从此开始，林冲走上了彻底反叛的道路。随之而来的是，他的性格也发生了明显的变化。

在林冲离开草料场径投一处取暖时，他一见庄客就向他们要酒挡寒，当遭到拒绝后，他就火冒三丈，把燃烧着的火柴头往老庄客脸上挑，又用枪杆把众庄客打跑。这时的林冲和过去的林冲已判若两人，原来林冲的那种忍让和委曲求全的性格一点也见不到了，呈现在读者面前的是一副地地道道反叛者的面目了。

林冲性格的发展，经历了一个由量变到质变的过程，这种转变是那样的自然，合乎生活的逻辑，因而使人感到分外的真实可信。

在武松这个英雄人物身上，作者也同样写了他性格的发展变化，而且这种变化也同样合乎生活实际，令人信服。武松在反抗恶势力斗争中，原先总是把个人恩怨放在重要位置去考虑，为此曾吃了大亏。血的教训，终于使他清醒过来。小说写他在经过了“血溅鸳鸯楼”的彻底、凶狠的报仇之后，性格有了明显变化，对封建统治阶级的本质有了比较清楚的认识之后，他再也没有被他们的小恩小惠所诱惑，而且在后来的一系列尖锐、激烈、惊心动魄的战斗中，成了一个坚定的造反者。

《水浒传》塑造典型人物形象上的这些新发展，已生动有力地说明：《水浒传》的人物确已突破了类型化典型的框框向近代性格化典型发展了，这是中国小说人物塑造上取得的创造性成就。

六　在情节发展中成功地运用了大量“偶然的巧合”

人们大概都会有这样一个体会：在实际生活里，许多必然性的东西总是通过偶然性的事件表现出来的。人世间的种种悲欢离合往往是由偶然原因促成的。许多人物命运的重大转机也是通过偶然事件实现的，因此，文学家要深刻地反映现实生活，塑造出高度典型化的人物形象，就得认真地研究生活中发生的种种“偶然的巧合”，在作品的情节发展中加以巧妙的运用。

俗话所说的“无巧不成书”的“巧”就是指故事情节的种种巧遇和巧合。在古今中外许多著名的小说戏剧中，由于作者在故事情节发展中成功地运用了“偶然的巧合”，使作品显得真实动人，取得了引人入胜的艺术效果。伟大的作家巴尔扎克在他的《人间喜剧》的前言里曾这样说过：“偶然是世上最伟大的小说家，若想文思不竭，只要研究偶然就行。”

但“偶然的巧合”必须运用得当。要在“偶然的巧合”之中能反映出事物发展的内在规律，只有这样才会使人感到真实可信，具有艺术说服力。那种离开了生活的必然性，单纯为了追求一件“出人意料”的效果，随心所欲地去描写，那非但收不到良好的艺术效果，而且还会使情节出现种种漏洞，破坏了人物形象和作品的艺术美。所以在运用“偶然的巧合”上也存在一个典型化的问题，只有那些对生活有深刻理解和丰富体验并在艺术上有很高素养的作家，才能熟练而巧妙地运用这种“偶然的巧合”。

在《水浒传》之前的小说中，在运用“偶然的巧合”上，总的来说是不成熟的。

《三国演义》在这方面取得了明显进展，我们看到在《三国演义》故事情节的发展中作者曾大量运用了“偶然的巧合”，其中有不少用得很好，它们不仅给许多矛盾冲突带来了合情合理的解决；同时也使故事发展曲折变化，波澜起伏，富有艺术魅力。但无可讳言，也有不少“偶然的巧合”显得牵强附会，生编硬造，不合情理。这在描写诸葛亮和刘备的部分情节中就比较明显地存在着这个缺点，从而直接影响到人物形象的真实性。

在《水浒传》众多英雄“逼上梁山”过程中，作者曾大量地、成功地运用了这种“偶然的巧合”，从而出色地表现了人物性格，深刻地反映了农民起义的一些本质问题。

在林冲逼上梁山的故事里，作者就成功地运用了一连串“偶然的巧合”，一步步地把这个原先安分守己的八十万禁军教头引上了彻底反叛的道路。

林冲一出场，作者就写了他娘子受高衙内的调戏，这个看似极偶然的事件，却在林冲逼上梁山的过程中起了最关键性的作用。

但是要让林冲这样的人，最后主动地上山落草，那还是一件非常不容易的事情。为了圆满地解决这个难题，作者在林冲刚到草料场时，不动声色地写了他因身上寒冷而出外沽酒这件事情。读者事先根本不会想到，这一偶然的事情，在林冲最后走上彻底反叛道路上竟起了这么大的作用！

正是由于林冲出外打酒，才使他在大雪压倒草厅时幸免于难。正因为草厅倒了，才迫使他只好去山神庙过夜，这就造成机会，使他有可能隔着庙门亲耳听到仇人陆谦一伙在火烧草料场后关于陷害他的种种议论，从而重新燃起积郁在他胸中已久的复仇之火，促使他毫不犹豫地宰了这伙凶恶的敌人。此后，摆在他面前的，只有上山落草这条道路了。就这样一环扣一环，前后情节发展合情合理，没有一点漏洞。

从林冲"逼上梁山"的曲折过程中，我们看到"偶然的巧合"被作者用得多么巧妙，又多么自然，看不出一点人工编造的痕迹，一切都像生活本身那样真实。

杨志是三代将门之后，五侯杨令公之孙。"一刀一枪，博个封妻荫子"是他生活的目的。要使这样一个热衷功名利禄之徒走上反叛之路，真是谈何容易！但作者却按照生活的可能性，安排一系列"偶然的巧合"，让他在现实生活中处处碰壁，走投无路，最后只好加入造反队伍。作者是让他失陷"花石纲"，迫使他不能回京上任，只得逃去他处避难。但这没能动摇他向上爬的决心。事后他用了贿赂的办法争得了官复原职，不料又被高俅用罪过深重"难以委用"的借口赶走。但这一打击仍不能减弱他对功名利禄的追求。在卖刀被欺杀了牛二，充军到了北京城，碰巧遇上了旧相识梁中书。梁中书给他开枷和留在厅前使用，顿时又把他胸中的功名利禄之火扇旺了。为博得梁中书的青睐，他在比武场上斗狠逞能，使尽了浑身解数。

但时运不济，他在为梁中书押送"生辰纲"的过程中，尽管表现得兢兢业业，格外的机警、干练，但到头来还是敌不过江湖上众好汉的精心谋划，终于在黄泥岗上眼睁睁地看着自己所护送的"生辰纲"被人夺走。"生辰纲"被劫的后果对杨志来说实在太可怕了。此时此刻，他已陷入了走投无路的绝境，除了上山落草已别无出路了。

《水浒传》里使用的许多"偶然的巧合"都是经过作家的精心选择，有生活必然性作基础，因而显得合情合理，使人相信生活本来就是这样，而且应该是这样，表现出很高的典型性。

《水浒传》在小说艺术典型化上所取得的上述三个方面的成就，为我国小说创作开拓了一个新的局面，也为后来《红楼梦》这样的不朽巨著的出现奠定了坚实的艺术基础。

（原载《文学遗产》1985 年第 1 期，收入《北京大学百年国学文粹·文学卷》，北京大学出版社 1998 年版）

《金瓶梅》是一部什么样的小说

对于《金瓶梅》这部古典长篇小说，历来评价分歧较大：赞扬它的，说它是我国最优秀的长篇巨著之一；贬斥它的，说成是“淫书”，“坏小说”。广大读者，很少有机会接触这本书，因此对它产生出一种神秘感。本文想就《金瓶梅》是一部什么样的小说？它有什么价值？在我国文学史、特别是小说发展史上有什么地位等问题，发表些粗浅看法。

《金瓶梅》共一百回，大约产生于明代隆庆、万历年间。当它还以手抄本的形式在少数人中流传的时候，就引起了当时文人学士的赞赏。他们争相传抄，其情况颇有些类似后来的《红楼梦》。到了明代末年，《金瓶梅》就已被人们列为“四大奇书”之一了。

现存《金瓶梅》的最早刻本有两种：一是明万历四十五年东吴弄珠客作序的《金瓶梅词话》；一是明崇祯年间的《新刻绣像金瓶梅》。这两种版本，内容基本相同，只是《词话》本第一回是“景阳冈武松打虎”，《绣像》本则改为“西门庆热结十兄弟”；《词话》本第八十回后半回是“宋公明义释清风寨”，《绣像》本则全部删去；第五十三、五十四回，两种本子差异也很大。此外，《词话》回目上下句往往字数参差，对仗也不工整，且书中杂有大量山东方言和市井行话。《绣像》本回目对仗工整，方言土语已经删改，文辞也较修饰。这两种版本相比之下，显然《词话》本更接近原书的本来面目。

《金瓶梅》作者是谁？至今没有搞清楚。明代沈德符的《野获编》里说，“闻此为嘉靖大名士手笔”。后人考证这个“嘉靖大名士”就是明代著名的文学家、学者王世贞。当然这只是一种推测，并不可靠。在《词话》本的一篇署名“欣欣子”的序里，有这样的话：“窃谓兰陵笑笑生作《金瓶梅》传，寄意于时俗，盖有谓也。”兰陵是山东峄县的古称，联系书中出现的大量山东方言，作者是山东人当不成问题。

《金瓶梅》里写的故事、人物，从表面看来都是宋代的事情，实际反映的却是明代的现实。小说通过西门庆这个人物的一生活动，给读者描画了一个上自朝廷擅权的太师，下到市井为非作恶的地痞所组成的罪恶的鬼蜮世界。这个世界，正是作者所处时代的真实写照，作者在这里使用了一套“借宋喻明”的手法。这种手法早已为人们所认识。《野获编》就指出，《金瓶梅》里的“蔡京父子则指分宜（严嵩父子），林灵素则指陶仲文，朱勔则指陆炳，其他亦各有所属”。沈氏的说法，是很有见地的。当然小说里塑造的艺术形象，不可能就和现实里的真人真事一模一样，《金瓶梅》里的蔡京形象，也不可能和现实里的严嵩其人完全相同。但作者以严嵩为模特儿去概括加工，确是符合实际情况的。

《金瓶梅》塑造人物之多和反映社会面之广，在我国古典小说中是很突出的。从《金瓶梅》一书的命名来看，似乎小说写的主要是潘金莲、李瓶儿和春梅这些妇人的身世，其实作品是以暴发户西门庆为中心人物，以他一生的活动为全书的骨干和脉络，网罗了一系列男女人物。因此要想正确认清《金瓶梅》这部小说的价值所在，就离不开对西门庆这一艺术形象的全面介绍和具体分析。现在我们不妨从作品的实际描写来看看作者笔下的西门庆究竟是什么样人？一生干了些什么事？在他身上体现出什么时代特征？

西门庆原是山东清河县的一个破落户财主，一家生药铺的老板。此人是靠巧取豪夺发家致富的，为拼命地追求声色犬马之乐，他不惜伤天害理，制造命案。这样一个带有浓厚市侩流氓习气的坏蛋，由于善于夤缘钻营、巴结权贵，因而非但没有遭到应有的惩罚，反倒左右逢源，一帆风顺，步步高升。

作品在写他交通官吏、称霸一方的同时，突出地写了他不择手段和不顾一切的贪财好色。贪财和好色在他身上是紧密结合的。他连抢带骗地娶了富孀孟玉楼为妾，赢得了一笔可观的财产。他奸占潘金莲，不惜谋杀其夫武大郎，并通过官府的力量，把为兄报仇的武松刺配孟州。他一见结义弟兄花子虚的老婆李瓶儿有几分姿色，且手中又掌握着大批钱财，就想方设法地去勾引她，结果将花子虚活活气死。

正当他兴冲冲地为谋娶李瓶儿而大兴土木的时候，他的靠山杨戬突然被宇文虚中参倒，他的亲家陈洪因是杨党中人而惊恐万状，匆匆打发儿子、儿媳带着大批箱笼、钱财投奔于他。西门庆预感大祸即将临头。此时此刻，他一方面被迫收敛气焰，将已开工的土木工程停下，紧闭大门，防止家人在外招惹是非；同时又立即派人赶赴东京打点，给蔡太师送去白米五百石，给右丞相李邦彦送去金银五百两。李邦彦在受了贿赂之后，把已列入杨戬党人名单中的西门庆三字，改作贾庆，一场巨大的灾祸就这样冰消瓦解。在这一惊心动魄的政治事件中，西门庆好似个落水被淹的人，迅速地抓到了一根救命稻草，从而得以转危为安，化险为夷，不但保住了自己的身家性命，而且又为他日后的飞黄腾达打下了基础。（参看《金瓶梅》第十七回《宇给事劾倒杨提督　李瓶儿招赘蒋竹山》）

现实生活告诉西门庆：要想胡作非为不受惩罚，就得找个朝廷中权贵作为靠山。为此，他千方百计地去投靠蔡京，他走蔡京管家翟谦这个门路，选择蔡京生日机会，给他送去了一份珍贵的"生辰担"。这份重礼博得了蔡京的欢心，收到了意想不到的效果。当蔡京从西门庆家人处得悉他还是"一介乡民"时，立即动用了朝廷钦赐于他的空名告身劄符，委了他山东提刑所理刑副千户的官职。西门庆马上身价大增，飞黄腾达起来。

翟谦要讨个漂亮的年轻女子为妾，西门庆就积极为之物色，选定之后，又派专人送去东京，其中所费一切花销，包括妆奁财礼在内，都由西门庆主动承担。翟谦又介绍蔡京的假子新状元蔡一泉，乘省亲之便去西门庆处拜访，希望西门庆能"面之一饭"，并托下书人面告西门庆："怕蔡老爹一时短少盘缠，烦老爹这里，多少只顾借与他。写书去翟爹那里，如数补还。"这明明是在敲西门庆的竹杠，要他拿钱去接济这个穷状元。对此，西门庆心里清楚，但他毫不反感，反而把它看成是再次巴结翟谦、蔡京的好机会，因而在他回复下书人时，表现出特别的热情："你多上复翟爹，随他要多少，我这里无不奉命。"蔡状元一到，西门庆就盛情款待，在盛宴相迎之外，又送给他金缎一端、领绢二端、合香五百、白金一百两。西门庆这样热情好客，慷慨解囊，不仅使蔡状元喜出望外，也使蔡京、翟谦对他由衷地感激。所谓"来而不往非礼也"。当然蔡京、翟谦也不会白白地受他好处的，等到需要他们出力的时候，也会竭力给予补报的。

这样的机会终于来到了。扬州苗员外的家人苗青串通了贼船上的两个艄子，在三更时分杀了主子，瓜分了他的财产。西门庆在处理这桩图财害命的案件时，和夏提刑相勾结，在私下接受了杀人犯苗青的一千两银子以后，就把他偷偷地放走了。这样胆大妄为、无法无天的行径，激起了公愤，曾御史狠狠地把西门庆参了一本。在这紧急关头，西门庆胸有成竹，早打点礼物，差人上东京央及蔡京帮忙。翟谦看了西门庆家人带来的书信之后，立即给他们吃了颗定心丸："吩咐兵部余尚书把他（指曾御史）的本只不复上来。交你老爹，只顾放心，管将一些事儿没有。"接着又告诉他们："见今巡按也满了，另点新巡按下来了。"这个新巡按又是谁呢?原来就是蔡太师的儿子、礼部尚书蔡攸的妇兄宋盘。宋盘当然会乖乖地遵照蔡太师的意旨去保护西门庆。就这样，西门庆在这次惊涛骇浪中不但安然无恙地度过来了，而且还得到了巡按御史这个新的靠山。

这时，上次得到西门庆很大好处的蔡一泉也点了御史。当蔡御史和新的巡按御史宋盘乘船离京去东平府的时候，西门庆简直乐坏了。他和夏提刑出郊五十里相迎，西门庆先拜见了蔡御史，并委托他邀请宋巡按一起去他家宴饮，对此，蔡御史满口应承。两位御史大臣亲临西门庆家作客，这事确实太不寻常，真的是"哄动了东平府，抬起了清河县"。此时此刻，西门庆是何等的威风！他的身价骤然升高了。尽管酒宴花去了上千两银子，但从中获取的却更多。就在这次酒席上，他和蔡御史又作了一次交易，要蔡御史早日让他的家人来保等掣取"淮盐三万引（一引可运盐二百斤)"，蔡御史答应得很干脆。朝廷命官和地方上的豪绅富商就这样狼狈为奸、徇私舞弊起来。

西门庆的强烈权势欲使他不肯就此止步，他要和蔡京结成更加紧密的关系。就在蔡京另一次生日的时候，西门庆亲自带了二十扛金银缎匹去拜寿，经翟谦从中拉线搭桥，他正式拜了蔡京作干爷。不久，他的官职也由提刑副千户升为正千户。西门庆终于成了社会上不可一世的显要人物。正当在这富贵逼人的时候，这个作恶多端的坏蛋，却因纵欲而身亡了。

像西门庆那样身兼官僚、恶霸、富商三种身份的反面典型形象，在《金瓶梅》之前的作品中还没有出现过。只有到了明代中叶，当封建社会内部在经济、政治等方面发生了很大变化的情况下，才有可能提供产生这种人物的客观社会基础。

我国封建社会发展到明代中叶，在经济上出现了一个明显的变化，就是随着城市工商业的发展和进一步繁荣，商品经济空前活跃，在一些地区开始出现了资本主义萌芽，这时一向被人们所歧视的商人的地位已大大提高了，金钱主宰一切的情况越来越严重，官僚、地主、富商大贾对钱财的贪求也越发厉害。而官僚阶级为了追求他们骄奢淫逸的生活，支付他们日益巨大的开支，在经济上也需要得到商人的支持，有时他们自己也积极参与经商和投机倒把的活动以赚取巨额利润。而那些商人想在社会上站稳脚跟，扩大自己的势力，也需要取得官僚势力的保护，甚至还要通过公开行贿的办法去捞取官位，取得权势。《金瓶梅》里西门庆和翟谦、蔡京的相互勾结正是这种客观现实的生动反映。据《天下郡国利病书》记载：在湖北的承天府（其地位类似《金瓶梅》中的东平府）“士大夫散处四境，视州城如寄，而市豪聚城中”。这类市豪在经济上颇有实力，能迫使长吏们“仰其鼻息”。显然《金瓶梅》里的西门庆就属于这类人物。

明代中叶以后，政治上的一个鲜明特点，就是各级官僚机构的普遍腐败无能。从最高统治者皇帝开始，就长年累月地纵情声色，和那些方士、和尚们讲究“房中术”和探求长生不老之法，他们长期不理朝政，致使朝廷内阁纷争，佞臣、宦官控权。明代的神宗皇帝，就是历史上有名的荒淫好色，不顾朝政的人物。他的臣下曾给他上过酒色财气四箴，批评他是四病俱全，非药石可治。最高统治者皇帝是这样，朝廷的大臣、官僚士大夫乃至地主、商人也无不相继效尤。传统的儒家正统思想和封建伦理道德观念渐趋崩溃，日益丧失了它维系人心的力量，整个社会风气极端败坏。在城市里，酒楼、妓院林立，到处笙歌曼舞，穷极奢华，官僚士大夫们不以纵谈男女淫欲和床笫之事为羞；更有些无耻钻营之徒，还专靠向朝廷献“房中术”而获取高官厚禄。《金瓶梅》在揭露西门庆罪恶生活时出现了大量不堪入目的污秽描述，这些描述对读者具有严重的腐蚀作用，却也是现实社会风气的真实反映。对此，鲁迅先生在《中国小说史略》中有过十分精辟的分析：“成化时，方士李孜僧继晓已以献房中术骤贵，至嘉靖间而陶仲文以进红铅得幸于世宗，官至特进光禄大夫柱国少师少傅少保礼部尚书恭诚伯。于是颓风渐及士流，都御史盛端明、布政使参议顾可学皆以进士起家，而俱借‘秋石方’致大位。瞬息显荣，世俗所企羡，侥幸者多竭智力以求奇方，世间乃渐不以纵谈闺帏方药之事为耻。风气既变，并及文林，故自方士进用以来，方药盛，妖心兴，而小说亦多神魔之谈，且每叙床笫之事也。”

总之，《金瓶梅》的作者通过这样一个罪恶累累的反面典型人物的社会活动、家庭生活以及他的发迹变态，深入地触及了明代中叶后罪恶腐朽的社会本相，今天对我们了解封建统治阶级的罪恶及其必然走向没落的命运，特别是明代后期封建统治的具体特征，具有很高的认识价值。鲁迅先生说："至谓此书之作，专以写市井间淫夫荡妇，则与本文殊不符，缘西门庆故称世家，为搢绅，不惟交通权贵，即士类亦与周旋，著此一家，即骂尽诸色，盖非独描摹下流言行，加以笔伐而已。"确切地指出了《金瓶梅》一书的价值所在以及西门庆这个人物的典型意义。

从我国古典小说发展史的角度看，《金瓶梅》的出现，有其十分重要的意义。

我国长篇小说的创作始于元末明初的《三国演义》和《水浒传》。这两部小说和后来的《西游记》都是在话本的基础上，经过作家的加工而成的。《金瓶梅》则是我国文学史上第一部由文人独创的长篇小说，它摆脱了以往长篇小说取材于历史故事和神话传说的传统，另辟蹊径，面向现实社会里普通男女的日常生活，包括饮食、言谈、笑谑、怨骂、争斗以至于性爱，开了鲁迅先生所谓"人情小说"的先河。在描写手法上，克服了以往长篇小说中存在着的某种粗线条的倾向，趋于细腻。在《金瓶梅》大胆而细腻的日常生活描写中，生动而又形象地表现出现实社会里的种种人情世态，散发出一股浓烈的市井生活的气息。它标志着我国小说现实主义创作方法的日臻成熟，为后来《红楼梦》这样伟大的现实主义作品的出现，在题材、情节、艺术风格以至表现手法等方面都作了必要的探索和准备。

《金瓶梅》在艺术上还有不少很成功的地方。这首先表现在小说生动地描绘了一大批市井小人物，其中包括泼皮无赖、帮闲蔑片、娼妓优伶、家奴婢仆以及僧道尼姑之类，这些一向被人们所贱视的小人物，在它以前的小说中很少被写到，更谈不上有什么生动的描绘。其次，《金瓶梅》在刻画人物上已十分重视采用大量的精彩的细节描写去突出人物性格。至于语言上的酣畅泼辣，能做到绘声绘色、生动传神也是大家所公认的。

当然，在肯定《金瓶梅》上述成就的同时，也应该清醒地看到作品还存在着一些很严重的问题。《金瓶梅》在暴露现实社会的腐烂和丑恶方面虽然达到了淋漓尽致的地步，但缺点在于对这些缺乏一种严肃的批判态度。作者暴露丑恶，不是建立在一种先进的思想基础之上，而是出于对封建统治阶级的规劝，想达到"明人伦、戒淫奔、分淑慝、化善恶"的目的。因此，在《金瓶梅》这部小说里，我们看不到丝毫先进思想的闪光，感受不到一点光明和希望。见到的只是社会的一团漆黑，人与人之间的尔虞我诈和相互残害，读来令人窒息。小说的结局给人们所指引的是一条因果报应的宿命论道路。

《金瓶梅》在取材方面，精芜不分，细大不捐，存在明显的自然主义倾向。具体表现在对日常生活的描写过于琐屑，作品中出现了不少无关紧要，并不反映事物本质的消极的乃至丑恶的材料。特别是大量有关男女性欲的描写，对于读者，尤其是青年将起很坏的影响，使他们容易忽略小说里有价值的内容。

通过上面的介绍和分析，不难看出，从总的方面来说，《金瓶梅》确是我国一部有价值且有自己鲜明特色的古典长篇名著，它在我国文学史上，特别是小说发展史上占有重要的地位。但也必须看到，小说确实也存在着某些不能忽视的严重问题，特别是从文学的社会教育作用去考虑，更不能对此掉以轻心。因而只一味赞扬它是我国优秀的古典名著，而不去认真指出其中的落后、消极的成分，并给予应有的批判，也不是我们对待文学遗产的正确态度。

（原载《文史知识》1985 年第 4 期，收入《漫话明清小说》，中华书局 1991 年版，改题为《明中叶后的社会本相——长篇名著金瓶梅》）

《金瓶梅》及其价值

《金瓶梅》这部古典长篇小说，从它问世至今，人们对它的评价始终分歧很大。誉之者，赞为不朽的长篇文学名著；贬之者，斥为败俗祸世的"淫书"、"坏小说"。这种截然不同的认识和评价，在中外文学史上实属罕见。广大读者，由于很少能有机会接触该书，因此对它产生了一种神秘感。

近年来随着我国对外开放和国际间学术文化交流愈来愈频繁，随着国内学术界、思想界的日趋活跃，《金瓶梅》研究越来越被人们所重视。人们分别从《金瓶梅》的作者、版本、思想、艺术乃至语言等各个方面进行了多方面、多角度的探讨，尽管在讨论中出现了种种分歧以至对立的意见，但研究正在逐步深入。《金瓶梅》究竟是部什么样的小说？是不朽的文学名著，还是一部"淫书"？它的思想艺术价值有多大？表现在哪里？它在小说发展史上应该占有一个什么样的地位？这些问题成了人们所关注的中心，探究清楚这些问题，不仅是《金瓶梅》研究所必需的，而且对打开学术研究上的一些禁区，活跃整个学术空气也是十分必要的。

《金瓶梅》这部长篇小说共一百回，它产生于明代的嘉靖、隆庆和万历年间。当它还以手抄本的形式在少数人中间流传时，就引起了当时一些文人学士的高度兴趣和极大的关注。他们争相传抄，其情况颇类似于后来的《红楼梦》。在明代，《金瓶梅》就被列为"四大奇书"之一，被人们刮目相看。

从现存的资料看，《金瓶梅》的版本有两个系统：一为明万历丁巳（1617）东吴弄珠客序刻本《金瓶梅》词话系统；一是明崇祯年间《新刻绣像批评金瓶梅》系统，后来如清代张竹坡第一奇书本，亦属这个系统。"词话"本和"崇祯"本这两个不同版本，内容基本相同。唯"词话"

本的第一回是“景阳冈武松打虎”，“崇祯”本则改成了“西门庆热结十兄弟”；“词话”本第八十四回后半回是“宋公明义拜清风寨”，“崇祯”本则全部删去；第五十三、五十四回，两种版本差异很大。此外，“词话”本回目上下句字数参差不齐，对仗也不工整，且书中杂有大量山东方言和市井行话。而“崇祯”本回目字数整齐，对仗工整，对方言土语作了删改，文辞也多加修饰，每回前还有插图。两种版本各有其价值，唯“词话”本更接近于原书的本来面目。

《金瓶梅》作者是谁？历来为人们所关心，也是当前学术界热烈争论的问题之一。明代沈德符的《野获编》中曾说：“闻此为嘉靖间大名士手笔”。后人考证这个“嘉靖间大名士”就是明代著名的文学家、学者王世贞。不过上述这一论断因缺乏确切的科学依据，早为绝大多数学者所否定。在“词话”本的一篇署名为欣欣子的序里，曾有这样的话：“窃谓兰陵笑笑生作《金瓶梅传》，寄意于时俗，盖有谓也。”有人根据兰陵是山东峄县的古称，并联系到书中出现的大量山东方言，从而断定作者是山东人。近年来学术界在探索《金瓶梅》作者问题上做了大量的调查考证工作，写出了一批富有启发性的探索文章，除个别人还继续认定小说的作者是王世贞之外，又提出了李开先、贾三近和屠隆等人。这些文章虽基本都做到了“持之有故，言之成理”，但不足的是总还缺乏为大家所一致公认的确凿过硬的根据，所以迄今为止，《金瓶梅》的作者之谜，还未最后揭开。

在简要地交代了这部小说的有关版本和作者的情况之后，重要的是要分析小说本身所反映的社会内容和艺术描写特征，这是直接关乎小说的价值及其在中国小说发展史地位的大问题，也是大家所关心的主要方面。

一

评论一部复杂的古典文学作品，重要的是对作品进行历史的、全面的、具体的分析。那种离开了具体历史条件或抓住其中的部分现象作以偏概全的分析都将会导致错误结论。《金瓶梅》迥然不同于它之前的长篇小说，因为它所写的已不是帝王将相和江湖好汉们那种带有传奇色彩的生活，更不是神仙妖魔那种充满幻想式的经历；而是写市井社会里一个暴发户家庭的盛衰。这个家庭在当时的历史条件下是很有代表意义的，它和社会各方面都有着广泛的联系。小说以这个家庭为中心，为我们描绘了一个上自朝廷擅权的太师，下至市井社会里为非作恶的地痞流氓所组成的充满着黑暗和罪恶的鬼蜮世界。

在这个鬼蜮世界里，首先引人注目的一个普遍现象是它的黑暗和腐朽。其突出表现为各级官吏，上自朝廷大臣下至基层官吏无不徇私舞弊、贪赃枉法，社会上贿赂公行，甚至出现了公开的卖官鬻爵。

小说写蔡京、李邦彦这些朝廷的大臣竟置国家利害和法制于不顾，贪赃枉法，公开接受贿赂。在清算杨戬种种罪行过程中，朝廷原已把西门庆确定为杨党中人而将给以惩办，右丞相李邦彦在接受西门庆的五百两金银的贿赂之后，竟采取了偷天换日的手法，把已经列入杨党名单中的西门庆，改为贾庆，从而使这个恶棍逃脱了一场覆灭之灾。蔡京做生日，因西门庆给他送去了一份珍贵的生辰担，博得他的欢心，就让这个市侩由“一介乡民”骤然登上了山东理刑副千户的宝座。之后又认了西门庆当他的干儿子，把西门庆由理刑副千户升成理刑正千户。

巡按大人宋乔年，因他在未曾发迹之时，曾接受过西门庆的接济，现在一旦身负重任就任意利用手中特权为西门庆效劳，以报答他的恩情。他亲自出面为西门庆推荐给他的荆都监、吴镗等人保奏。在他的奏本中竟颠倒黑白地大肆吹嘘，把前者说成是“年力精强，才猷练达，冠武科而称为儒将”；把后者赞美为“一方之保障”、“国家之屏藩”。

从表面看来，似乎作者的批判锋芒，最高也只触及朝廷的大臣，还没有指向封建最高统治者皇帝，实则不然。大臣们敢于如此胆大妄为地徇私舞弊、贪赃枉法，如果得不到皇帝在背后的支持和默许能行吗？一个很有说服力的例子是：上述蔡京为报答西门庆所送的这份厚礼而竟破格提他为山东理刑副千户，就是动用了皇帝所钦赐于他的空名诰身劄付。这就提醒人们：尽管皇帝本人不直接参与这类徇私舞弊的事情，但对大臣们的贪赃枉法是默许的，而且有时还给他们开了种种方便之门。

既然朝廷的大臣们可以肆无忌惮地干坏事，地方各级官吏当然也就相继效尤。上级可以公开收受贿赂，他们也就无所顾忌。蔡京、李邦彦的所为，西门庆都看在眼里，领会很深，因此他一旦当了官，就表现出一股天不怕、地不怕的劲头。他在大胆敲诈苗青的一千两银子的贿赂之后，竟胆大妄为地把他偷偷地放走了。此事做得实在太过分，因而激怒了群众，曾御史在搜集了西门庆的种种罪行后，狠狠地参了他一本，但结果又怎样呢？西门庆在蔡京的支持下，非但“一些事儿没有”，反而把弹劾他的曾御史贬谪了。这个社会还有什么公理可言！西门庆干出了这么罪恶昭彰的事，他非但不受一点惩罚，竟还被他的上司确认为是一名正直有为，受民爱戴的良吏。在给西门庆升官的邸报上竟作了这样的评语：“才干有为，英伟素著，家称殷实而在任不贪，国事克勤而台工有绩，翌神运而分毫不索，司法令而齐民果仰。”一个罪行累累的恶棍，竟被描绘为政绩卓著、才干出众的青天大老爷。混淆黑白，颠倒是非以至于此。

小说的作者唯恐人们对这种政治的极端腐败现象认识不清，体察不深，还特意在小说的第三十回里插入这样一段话加以点明并强调：“看官听说：那时徽宗，天下失政，奸臣当道，谗佞盈朝。高、杨、童、蔡四个奸党，在朝中卖官鬻狱，贿赂公行，悬秤升官，指方补价。夤缘钻刺者，骤升美任；贤能廉直者，经岁不除。以致风俗颓败，赃官污吏，遍满天下，役烦赋重，民穷盗起，天下骚然。”《金瓶梅》中人物姓名用的都是北宋末年的人名，这一段话所抨击的也是北宋末的政局，但实际所反映的则是明中叶后的现实。这里，作者使用了一套“借宋喻明”的手法。这种手法，早为人们所识破。明代沈德符在他的《野获编》里就说：《金瓶梅》里的“蔡京父子则指分宜（严嵩父子），林灵素则指陶仲文，朱勔则指陆炳，其他亦各有所属。”沈氏的这一说法，确是很有见地的。当然小说里所塑造的艺术形象，不可能就和现实里的真人真事一模一样。因此《金瓶梅》里的蔡京形象，也不可能和现实里的严嵩其人完全相同，但作者以严嵩为模特儿去概括加工，确是符合实际的。

凡比较熟悉历史的人都清楚：明代，特别是明中叶之后政治的黑暗和腐败是历代封建王朝中最为突出的。最高统治者深居宫中不见朝臣，致使大权旁落，内阁纷争，宦官佞臣相继专权，他们狼狈为奸，把政治搞得极端腐败。如明世宗朱厚熜在位四十五年，仅嘉靖二十九年因俺答逼近京城，在朝臣固请面奏军情情况下，他才勉强坐朝一次，但仍一言不发。在皇帝不问朝政的情况下，权臣、太监当权，他们利用权力肆无忌惮地徇私舞弊，贪赃枉法，敲诈勒索，甚至公开地卖官鬻爵聚敛钱财。其中严嵩父子就是很突出的人物。严嵩任内阁首辅共二十一年，在此期间，他独揽朝政，专横跋扈，又特别贪婪，以至公开卖官鬻爵。《明史》说他：“凡文武迁擢，不论可否，但衡金之多寡而畀之。”这种公开论价授官的做法，确为以往所无的。因此在他被抄家时，光他原籍江西分宜的家产、金银珠宝、书画器皿、田宅就估银二百三十六万两，可见其平时贪污、勒索之凶。上面小说所说的，“朝中卖官鬻狱，贿赂公行，悬秤升官，指方补价”，正是明代嘉靖、隆庆、万历年间政治情况的真实反映。

明代政治黑暗的一个突出问题就是宦官专权。宦官权力之大实在惊人！他们靠和皇帝关系密切，谁也不敢得罪他们，他们乘皇帝荒淫、不问朝政就到处伸手，紧紧地控制着国家政治经济的各个方面，各级官吏在他们权势熏天、不可一世的气焰面前，不敢稍有违忤，无不巴结奉承。《金瓶梅》对这种情况也有所反映。西门庆家乡就有个专管皇庄的薛太监和管砖厂的刘太监，他们作威作福，横行乡里，竟成了地方官员心目中的特殊人物，官吏们一见他俩都点头哈腰。在他俩去西门庆家赴宴时，当有人报刘公公、薛公公来了，慌得西门庆忙穿上衣服去仪门迎接，毕恭毕敬。当他俩对西门庆把盏让座次表示谦让时，周守备忙说：“两位老太监齿德俱尊。常言：‘三岁内宦，居于王公之上。’这个自然首坐，何消泛讲。”巴结、奉承不遗余力。这刘、薛二人还只是职位较低的太监。像小说六十五回出现的那个当上了皇帝钦差大臣的六黄太尉这样大太监，其声势之显赫更是吓人。在他途经山东时，从巡按、巡抚大臣到下面各级官员都无不拜倒在他脚下。看他当时的那副派头：“穿大红五彩双挂绣蟒，坐八抬八簇银顶暖轿，张打茶褐伞，后边名下执事人役跟随无数，皆骏骑咆哮，如万花之灿锦，随路鼓吹而行，黄土垫道，鸡犬不闻，樵采遁迹。”太监权势如此嚣张，不可一世，这正是明代政治黑暗的真实反映。

在《金瓶梅》所描绘的这个鬼蜮世界里，另一个很突出的现象是随着城镇工商业的兴盛和繁荣以及商品经济的空前活跃，社会上市侩势力的大大抬头，他们和官府紧密勾结，为非作恶，无所不为。这时金钱的势力越来越大，已深入到社会生活的各个方面，在错综复杂的人际关系中，金钱和权势在起着左右一切的作用。

《金瓶梅》故事产生地点在山东，西门庆又是山东清河县人。小说中用了大量笔墨写了山东清河、临清这一带商业繁盛情况：街上商肆林立，各项买卖兴隆，财源茂盛，南来北往的生意人川流不息，人们生活富足，各种娱乐场所乃至酒馆妓院到处都是。临清是当时山东有名的水陆码头，客商云集，买卖兴隆，热闹非凡。第九十二回对临清作了如下描绘：“这临清闸上，是个热闹繁华大马头去处，商贾往来，船只聚会之所，车辆辐辏之地，有三十二条花柳巷，七十二座管弦楼。”在这商业经济十分发达的环境内，人们头脑中历来轻视商人、瞧不起做买卖的观念在迅速改变着。商人的地位提高了，他们与官府相勾结，相互利用，狼狈为奸，于是社会上逐渐形成了一股市侩势力，西门庆就是这股市侩势力的代表人物。他本是个商人，是经商起家的，但他不安于仅仅做个商人，他采取贿赂权贵手段，与官府衙门相勾结，进而又混进官场，反过来又利用当官的权势，给他的经商做买卖赚取大笔利润创造更有利的条件，就这样相互作用，像滚雪球似的买卖越做越大，权势也越来越显赫。西门庆和一般商人不同，在他经营商业时，总要使用他当官的特权，采取各种歪门邪道，甚至违法乱纪以赚取巨额利润。

此时金钱魔力已无孔不入并左右一切。西门庆很懂得这一点，他就充分利用金钱来实现他的各种罪恶目的：他曾用金钱去贿赂、收买官府，使他不仅逃脱了应有的惩罚，而且为他升官发财打开了方便之门；他又用金钱为诱饵，达到他随意勾引和玩弄妇女的罪恶目的。小说里一再写他在奸淫各类妇女时，总是以满足她们所提出的各种物质要求作为交换条件，使她们乖乖地成了他任意取乐和玩弄的工具。

和上面这些现象紧密联系着的就是在《金瓶梅》所描绘的这个鬼蜮世界里还存有一个很触目惊心的现象，就是封建伦理关系已失去了它的约束力量，人们道德败坏，社会风气糜烂，骄奢淫荡之风遍及到社会的各个角落。

封建宗法社会向来重视五伦。规定父子有亲，君臣有义，夫妇有别，长幼有序，朋友有信。这些被视作很神圣的人伦关系的准则，《金瓶梅》如实地描写出其荡然无存的情况。在西门庆与他的妻妾、女儿、女婿以至结义弟兄和朋友之间的关系中几乎看不到有多少传统的伦理观念，也没有多少淳朴真诚的感情联系，只是一味依仗自己的权势和金钱，使别人屈从于他。至于他勾结李瓶儿把她的丈夫、自己的结义兄弟花子虚活活气死，则更是个典型的不仁不义的事例。因此，当后来西门庆死了，权势、金钱都消失之后，他的家庭顷刻瓦解。原先建立在金钱、权势上的种种人际关系顷刻发生了巨大变化，有些人一贯对西门家所持的巴结、谄媚的亲热劲儿，这时不仅消失殆尽，而且还翻脸不认人。那些西门家的婢妾们也都纷纷四散，“嫁人的嫁人，拐带的拐带，养汉的养汉，做贼的做贼”。在西门庆的众多结义兄弟中，最为忘恩负义的要算那个帮凶兼帮闲的应伯爵。当西门庆在时，他和西门庆曾如胶似漆，赛过同胞弟兄，“那一日不吃他的，穿他的，受用他的。”但西门庆刚死，他就立刻做出许多不义之事来。为巴结、取悦他的新主子张二官，竟撺掇西门庆之妾李娇儿闹将起来，嫁与张二官做二房娘子。他还主动把西门庆家中大小之事，尽都告诉张二官，说潘金莲生的如何的标致、聪明，“今年不上三十岁，比唱的还乔。”说的张二官心中火动，巴不得就要了潘金莲。

在西门庆的朋友之中，那个吴恩典也是个典型忘恩负义之徒：他曾借西门庆之力，做了清河县的驿臣。其时西门庆见他穷，又主动借钱给他，让他请客、置办、衣帽等用，但西门庆一死，他立刻恩将仇报，迫害起西门庆的妻子吴月娘来。

在封建伦理关系失去约束力、金钱势力无孔不入的情况下，道德败坏，社会风气糜烂不堪。在小说所描写的热闹市镇里，随着商品经济的大发展，到处都是酒楼妓院。官僚地主、富商大贾、公子哥儿，在他们热衷获得权势、金钱的同时，还恣意追逐、玩弄女色。西门庆的结义弟兄花子虚就整天在妓院鬼混，每次回家时总是喝得醉醺醺的，惹得妻子李瓶儿怨气冲天。林太太的儿子王三官也是尽日和妓女们调笑取乐、狂嫖滥饮，把家里年轻漂亮的妻子气得想上吊自杀。其时在广大市民妇女中封建贞操观念已十分淡薄，有的是由于对原有婚姻的不满；有的是出于追求物质上的享受，竟心甘情愿地和别的异性暗中或公开发生淫乱关系，前者如李瓶儿，后者如宋惠莲、如意儿、王六儿等。

当然在这方面表现最突出的还是暴发户西门庆。无论何种女人，凡生得稍有几份姿色，他都要想方设法弄到手。并在和她们发生淫乱关系时，使用各种淫药淫具，最后导致自身的纵欲身亡。

上面谈到小说中有关商品经济繁荣，市侩势力兴起，金钱魔力的深入各个领域以及伦理观念的淡薄、道德的败坏、社会上淫逸之风的兴盛，所有这一切正是明代中叶社会的真实反映，其揭露可说淋漓尽致。

明中叶后由于土地兼并的剧烈，广大农民在封建统治阶级的巧取豪夺下，失去了他们仅有的生产和生活资料，被迫逃亡，出现了大量的流民。这些流民进入城市，为城市工商业的发展提供了大量劳动力。这时手工业生产工具、生产技术也有了普遍的改进和提高，并逐渐形成了地区间的专业分工。官场手工业的主要地位已为民间手工业所代替。当时除家庭手工业外，还出现了手工业工场。在东南沿海一些地区和行业中产生了资本主义生产关系的萌芽。和这种手工业生产发展相适应，商业更趋繁盛，商品流通也更加扩大。

经济上的这些巨大变化及新因素的萌芽，必然要曲折地反映到思想文化意识形态领域中来，长期来统治人们身心的程朱理学的封建教条开始动摇，那时所出现的以王艮为代表的王学左派，发展了王守仁哲学中的反道学积极因素，富有叛逆精神。特别是这个学派的后期代表李贽，猛烈地攻击封建礼教，强调穿衣吃饭就是“道”，因而“道”不在于禁欲，而是在于满足人们的需要和追求物质享乐。小说所描写的人们对权势、金钱的追求，就是在这样一个特定历史背景下出现的。

至于明中叶后，社会的糜烂，男女两性关系的随便，淫逸之风的盛行，在历代王朝中也是最突出的。形成这种风气的原因当然是复杂而多方面的，其中有经济的、政治的、文化思想上的种种因素，但封建统治阶级本身行为的放荡则是一个十分重要的原因，它在社会上起着示范和推动的作用。明中叶后，皇帝长年累月纵情声色，与那些方士和尚们讲究“房中术”和探求长生不老之法则，更为历朝所罕见。最高统治者皇帝都是这样，朝廷的大臣、官僚士大夫乃至地主、商人也无不相继效尤，至使社会风气极端腐败。《金瓶梅》里所出现的大量不堪入目的污秽描写，正是当时社会风气的真实反映。

文化艺术归根结底总是社会现实的反映。中外文学发展的历史告诉人们：一部好的文学作品总是一个时代、社会的真实写照，成为某个特定时代的一面镜子。《金瓶梅》正是这样，它向人们全面地展示了明中叶后社会的特点和风貌。在这些特点里，既有长期以来封建社会所固有的种种矛盾和弊端，也有随着资本主义生产关系萌芽的出现所带来的新的时代因素，从而使它具有高度的认识价值，在思想上给人以多方面的启迪。

二

衡量一部作品的价值有多大，不但要看它反映的社会内容有多广、多深，还要看它艺术上有没有自己的特色。《金瓶梅》出现后之所以立即引起文坛的高度关注，不仅由于它具有深刻的思想内容和高度的认识价值；还在于它在传统的小说艺术的基础上作了许多新的开拓。

我国长篇小说的创作始于元末明初的《三国演义》和《水浒传》。这两部小说和后来的《西游记》都是在话本的基础上，经作家加工而成的。

《金瓶梅》则是我国文学史上第一部由文人独创的长篇小说。

《三国演义》、《水浒传》、《西游记》分别以叙述历史故事、英雄传奇和神魔故事为题材。《金瓶梅》和它们都不同，它摆脱了以往长篇小说取材于历史故事、英雄传奇和神魔题材的传统，别开生面，面向现实社会里普通男女的日常生活，包括饮食、言谈、笑谑、怨骂、争斗以至于性爱。《金瓶梅》能“描写世情，尽其情伪”，揭示出了社会上形形色色的人情世态。开创了鲁迅先生所说的“人情小说”的先河。

《金瓶梅》在描写手法上，克服了以往长篇小说普遍存在着的某种粗线条的倾向，趋于深入细腻。在小说大胆而细微的日常生活描写中，生动而又形象地表现出现实社会里的种种人情世态，散发出一股浓烈的市井生活气息。《金瓶梅》标志着我国小说里现实主义创作方法日臻成熟，它为后来《红楼梦》这样一部伟大的现实主义作品的出现，在题材、情节、艺术风格以至表现手法等方面都作了必要的探索和准备。

从艺术结构上说，《金瓶梅》也不同于以往的某些长篇小说。譬如《三国演义》这部历史演义小说基本上是按史实的发展顺序来展开描写的，而《水浒传》则以一人一事或几个人的故事大段拼接而接连展开的。《金瓶梅》则不同，它是以暴发户西门庆一家为中心，并以整个社会为背景，作了辐射式的多方面的展开，呈现出错综复杂而又摇曳多姿的形态。《红楼梦》基本上也是继承了这一结构形式，把它提高到了更完美的境界。

《金瓶梅》所刻画的人物不是历史上的帝王将相和英雄豪杰，更不是神仙妖魔；而是市井社会里各式各样的“俗人”，包括那些泼皮无赖、帮闲蔑片这类社会渣滓。这些市井“俗人”的思想感情、举止行为、音容笑貌被描画得那样活灵活现，使人难于忘怀。鲁迅在谈到《红楼梦》在人物描写上的高度成就时曾说过：“其要点在敢于如实描写，和以前的小说叙好人完全是好，坏人完全是坏，大不相同，所以其中所叙的人物都是真的人物。”《红楼梦》这一创造性成就不是一下就出现的，实际上《金瓶梅》已经开始体现出这一特色。《金瓶梅》的人物与它之前的小说相比，一个明显的进步是克服了以往人物描画上所存在的简单化、概念化的倾向，变得丰富、复杂起来，以西门庆这个人物来说，作者不仅从总的轮廓上鲜明地向人们描绘了他的神通广大、手眼通天和不择手段地聚敛钱财、不顾死活地放纵情欲等特色；而且用一连串生动形象的典型细节描写加以多方渲染和烘托，从而使形象十分的丰满动人、有血有肉。潘金莲这个忘掉了自己贫苦出身而安于奴才生活的妇女，她的性格十分复杂而多样。极端的自私和一味地追逐享乐生活支配着她的行动，她一方面狠毒、凶残，同时又谄媚恭顺；一方面嫉妒刻薄，同时又表现出心直口快；有时她很阴险狡猾，但同时又愚蠢可笑。其他如陈经济，是个纨绔子弟。西门庆的结义弟兄应伯爵更是一个十分成功的市井无赖和帮闲的典型。

至于《金瓶梅》的语言，富有自己鲜明的特点，它非常适合它所描写的社会内容和大批市井人物的性格。素来以它的绘声绘色、生动传神、酣畅泼辣而著称，给人们留下了不可磨灭的印象。

三

《金瓶梅》在思想和艺术上既然取得了如此明显的成就，而且其中很多方面是带有开创性的，那为什么长期来还有许多人始终把它看成是“淫书”、“坏小说”？形成这一情况的原因是十分复杂的。

众所周知，性欲和食欲都是人的本能之一，本身不存在什么神秘感。古代的一些圣人、贤人也早就指出过这一点。《孟子·告子上》中说：“食色，性也。”《礼记·礼运》篇中也说：“饮食男女，人之大欲存焉。”这些话都十分明确地点明了人的正常性欲与人的食欲一样都是人的一种本能，是人的生活所不可缺少的。文学是“人学”，反映的是人类的社会生活，包括人的思想、性格和人的种种活动。因此，文学作品中写到男女之间的性关系，这本来是完全可以理解的。有些性描写是为了更全面地反映出特定描写对象的性格、气质、个性，那就更属必要。但是，在长期的封建社会里，由于封建礼教的深远影响，对男女之间的性关系一直存在着某种反常的心理。那种性的神秘感、性的不洁感、性的罪恶感、性的卑下感等等在人们的头脑里扎根很深，这些不是短时间所能改变的。与此相联系，凡是文学作品里一写到男女性关系，就被有些人不加区别、不分具体情况地统统视作是低下的、黄色的、要不得的。

什么叫“淫书”？虽无明确的现成定义，但顾名思义，指的应该是那些没有什么思想价值和社会意义，只是一味地描写男女性关系，引导人们走向淫邪道路的书籍。它们与那些虽然有不少男女性关系描写，但具有深刻思想内容和重大认识价值的作品是有原则区别的。

《金瓶梅》显然是不能把它归之为“淫书”一类的。过去或现在那些把《金瓶梅》视为淫书的人，或者是他根本没有看过《金瓶梅》一书，只是人云亦云；或者是他缺乏全面观点，不能掌握其总的倾向，而只注意其中的那些淫秽的描写，并加以片面的夸大、渲染；当然，更谈不到对书中的淫秽描写以社会的历史的分析。

固然，《金瓶梅》里的淫秽描写是比较多的，而且有些还是赤裸裸的；但其中相当大的一部分是为全面地暴露社会黑暗、腐朽和刻画一大批“市井俗人”所必需的。试想，如果把这些描写删去，那明代中叶社会的极端腐朽也就得不到深刻、全面的反映，西门庆也就不成其为西门庆，潘金莲也就不成其为潘金莲，他们将成为另外一类人物了。

早在六十多年前，鲁迅就对《金瓶梅》中的淫秽描写作出过历史的社会的精辟分析，认为这是作者所处时代社会风气的真实反映。既然作者生长在这个特定的环境之中，当然也就不可能超乎这个社会世态而不受其影响的。所以鲁迅说：“故就文辞与意象以观《金瓶梅》，则不外描写世情，尽其情伪，又缘衰世，万事不纲，爰发苦言，每极峻急，然亦时涉隐曲，猥黩者多。后或略其他文，专注此点，因予恶谥，谓之‘淫书’；而在当时，实亦时尚。”（《中国小说史略》）著名作家沈雁冰，在他早年写的《中国文学内的性欲描写》一文中与鲁迅几乎持相同的观点。他认为：《金瓶梅》主要在描写世情，刻画颓俗，其中色情狂的性欲描写，只是受时代风气的影响，不足为怪，且不可专重此点以评《金瓶梅》。鲁迅、沈雁冰的这些分析虽然距今已六十多年，但现在看来还是科学的、实事求是的，是经得住实际检验的，因此，这些论断，至今尚有它的现实意义。

如果我们再联系《金瓶梅》作者的创作意图去理解书中的这些描写，那就会认识得更加清楚。尽管人们目前对作者的创作意图的分析不尽相同，但作品有“讽世”作用这点是大家所一致承认的，即通过西门庆及其家庭极端淫乱的生活来揭露当时封建统治阶级的糜烂和荒淫。凡是读过《金瓶梅》的人都还记得，书里写了个林太太，她是王招宣府里的贵妇人。招宣是招讨使和宣抚使的合称，是当时朝廷的高级武官，其地位显然要比西门庆这类提刑官显赫得多。林太太自王招宣死后，从表面上看，似乎在安心守寡、抚养孩子，暗地里却与别的男人屡屡发生淫乱关系。西门庆是从郑爱月那里打听到林太太是个爱好风月的人，后来他就通过文嫂牵线和林太太勾搭上了。这一情节在小说里决不是作者的随意之笔，而是经过精心思考的。它告诉读者：不要以为这些淫乱之事只存在于市侩家庭里，即便像招宣府这样具有很高地位和声望的贵族世家里照样存在着；不要以为这些污浊透顶的淫滥之事只存在于西门庆、潘金莲、春梅等这类市井俗人身上，即便在林太太这样贵妇人身上也同样存在着。小说曾不止一次地提到招宣府，这是一个富贵又淫烂的家庭。潘金莲本是个穷困女子，就在这招宣府里沾染上了淫靡之风后开始变坏的。由此可见，作者是通过西门庆及其家庭生活的描写来揭示整个封建统治阶级的罪恶。诚如鲁迅所指出的：《金瓶梅》是“著此一家，即骂尽诸色，盖非独描摹下流言行，加以笔伐而已。”

因此，只要全面地、历史地、具体地去分析《金瓶梅》的思想和艺术，把握住作品的总的思想倾向，并对其中的淫秽描写进行历史的分析，那就不难得出这样的结论：尽管《金瓶梅》在内容和艺术描写上也还存有这样或那样的不足和缺憾，但它仍不失为一部不朽的文学名著，和世界上第一流的作品相比也并不逊色。

（原载《金瓶梅红楼梦纵横谈》，北京大学出版社 1990 年版）

中国文学史上一个别开生面的反面典型——西门庆

典型人物形象的塑造，是文学创作，特别是叙事性作品（包括小说）的一个核心问题。对于一部长篇小说来说，它的价值如何，能否经得住时间的考验，而具有长久的艺术生命力，很大程度上取决于它能否塑造出一批具有高度典型意义的人物形象去揭示社会生活中具有重大意义的本质问题，从而深刻地反映出某个特定时代的独特风貌。

在我国明中叶广阔的社会背景上，《金瓶梅》为我们展现了一系列栩栩如生的人物形象，其人物之多和反映社会面之广，在古典小说中是非常突出的。由于它是一部全面暴露社会黑暗、腐败的小说，因此在众多而又富于特色的人物形象中，几乎找不出一个像样的正面人物来。《金瓶梅》这部小说名称是取西门庆的妾潘金莲、李瓶儿和通房婢女春梅三人名字中的一字合成的。从书名可以见出上述三名女性在全书中所占的重要地位，但她们之所以重要是因为她们与小说中的主人公西门庆有着特别密切的关系，她们的种种活动都是围绕着西门庆这个人物而展开的。

西门庆早在《水浒传》里就出现过，但在《水浒传》里，他只是作为武松这一英雄形象的背景式人物而存在的，他的全部活动只出现在《水浒》三个章回的篇幅之中，但在《金瓶梅》里却成了作者所着力刻画的中心人物。《金瓶梅》就是以他的一生活动作为全书的骨干和脉络，其他人物则是围绕着他而存在的，因此全面而又具体地去剖析这个人物，对我们深刻理解小说的思想意义就十分重要。

在我国文学史上曾出现过不少极为成功的反面形象，他们大大地丰富了我国的文学艺术宝库。长期来，他们对于广大人民群众起着强有力的反面教员的作用。在这类反面形象中，西门庆是个独具特色、具有多面性格并富于鲜明时代色彩的不朽典型。

在东吴弄珠客的《金瓶梅》序言里有这样一句话："借西门庆以描画世之大净。"这种说法虽不无道理，但未免失之笼统。古往今来，社会上不知出现过多少"大净"，在文学作品里，特别是在小说戏剧里也曾刻画过这样那样的众多"大净"形象，西门庆比之他们来究竟有什么不同？其特色是什么？它的独特的艺术价值又在哪里？这是我们应该给以深入探究的。

《金瓶梅》的第二回介绍了西门庆其人，他本是清河县一个破落户财主，在县门前开着个生药铺，从小是个浮浪子弟，使得些好拳棒，又会赌博，双陆、象棋，抹牌道字无不通晓。后来发迹有钱，专在县里管些公事，与人把揽说事过钱，交通官吏，因此满县人都惧怕他。

后来西门庆又攀附上了朝廷权贵，被委为山东理刑副千户、正千户，成了名堂堂正正的官僚。西门庆的这种特殊经历，使他具备着多种社会身份：既是商人，又是土豪恶霸，还是官僚，"三位一体"的人物形象，这在《金瓶梅》之前的文学作品里几乎没有出现过。

黑格尔在谈到什么才算是文学作品里的成功人物形象时认为，必须是："每个人都是一个整体，本身就是一个世界，每个人都是一个完满的有生气的人，而不是某种孤立的性格特征的寓言式的抽象品。"（见黑格尔《美学》卷1，第295页）西门庆正是一个血肉饱满、个性鲜明，完满而又富于生气的不朽典型，在这个形象身上充分体现出艺术的独创性，深刻地反映出了一定社会生活的本质。在小说关于西门庆的大量艺术描写里，我们可以清楚地看到：他与以往的文学作品里的反面形象比较，确有不少新的引人注目的特征，其中主要的可概括为下列几个方面。

一　惯于随机应变，是个夤缘钻营、攀附权贵的能手

西门庆这个胸无点墨、流氓气十足的人物，有他自己所独有的机灵聪敏之处，除通晓拳棒、赌博、双陆、象棋、抹牌道字等外，还善于随机应变，而对于夤缘钻营、攀附权贵这一套尤为在行。而后者，使他在这个钱能通神、卖官鬻爵之风盛行的社会里春风得意，左右逢源，由"一介乡

民”，终于成了个煊赫一时的要人。

小说第九回就写了这样一个情节：西门庆伙同潘金莲把武大郎毒死之后，出差回来的武松找西门庆去报仇，结果误把李外传打死。西门庆就乘机贿赂了清河县知县，想一下结果了武松的性命，除却这心头之患。哪知清河县知县的上司，东平府府尹，见武松是个好汉，有意从轻发落他，同时又责令清河县提西门庆、潘金莲去东平府审问。西门庆一看来势不妙，就手急眼快地派家人来保赶往东京找靠山杨提督帮忙，由杨提督再转托蔡太师下令给东平府尹免提西门庆和潘金莲受审，同时又把武松仗四十刺配二千里外充军了事。从而使西门庆“感到一块石头落了地，心中如去了痞一般，十分自在。”

西门庆这个市侩、流氓，在他日后的发迹过程中，尽管接二连三地干出种种坏事，但由于他善于钻营，巴结权贵，不仅躲过了一个个向他袭来的惊涛骇浪，而且还步步高升、飞黄腾达，青云直上。

自西门庆和李瓶儿勾搭上之后，把李瓶儿的丈夫、自己的结义弟兄花子虚活活气死。当他正兴高采烈地准备去迎娶李瓶儿时，他在京里的靠山杨戬突然倒台，亲家陈洪因是杨党中人遭牵连而匆匆打发他儿子、儿媳带着许多箱笼细软来投奔他。当他女婿把父亲给他的书信交给他，看了之后顿时慌了手脚，连忙叫吴主管来，要他连夜往县中孔目房里，抄录一张东京行下来的文书邸报。西门庆一看这份邸报：“耳边厢只听飕的一声，魂魄不知往那里去了。”他已预感到大祸即将临头，于是一面急忙把为迎娶李瓶儿而兴建的花园工程止住，紧闭大门以收敛自己的气焰；一面忙打点金银宝玩，驮装停当，火速派家人来保、来旺去东京打通关节，给蔡太师送去白米五百石，给右丞相李邦彦送去金银五百两。李邦彦在受了他的贿赂之后，竟私下里把已列入杨戬党人名单中的西门庆名字改成了贾庆，一场重大灾难就这样轻而易举地逃脱了。在这次性命攸关的政治案件中，原有的靠山虽然倒台了，但一个新的更为强大的靠山又攀缘上了。从这以后，西门庆干坏事的胆子也就愈来愈大了。

现实生活提醒西门庆：要使自己为所欲为地去干坏事而不受惩罚，而且还要确保自己日后飞黄腾达，就得有个过硬的靠山。因此他想方设法地去讨好、奉迎蔡京。西门庆选中了蔡京生日这个大好机会，不惜本钱地给他送去了一份贵重的“生辰担”，其中多是极珍贵的礼品，包括杭州定办的绣锦珍品和现雇工匠在家制作的大件金银器皿。西门庆这手果然十分灵验，博得了权奸蔡京的欢心，出于对西门庆的感激之情，蔡京立即动用了朝廷钦赐于他的空名诰身劄付，委了他山东提刑副千户的官职。平地一声雷！西门庆就此身价大增，由一名“白衣”，成了名堂而皇之的官僚。

但西门庆与蔡京的地位毕竟悬殊很大，因此西门庆有很多事不便直接去找蔡京。于是他就多走蔡京的心腹管家翟谦的门路，他舍得在翟谦身上下本钱，多方收买他，好为自己和蔡京之间的联系牵线搭桥。翟谦要讨个年轻美貌的女子作妾，他就为之多方张罗，最后物色到了韩道国女儿韩爱姐之后，就拿出钱来，给韩爱姐裁制衣服、打手饰，准备嫁妆。把她打扮得漂漂亮亮、周周全全之后又派专人送至翟管家处，使翟谦十分高兴。翟谦带信给西门庆要他招待并接济蔡京的假子蔡一泉，下书人告诉西门庆：“小人来时，蔡老爹（指蔡一泉）才辞朝，京中起身。翟爹说：只怕蔡老爹回乡，一时缺少盘缠，烦老爹这里多少只顾借与他，写书去，翟爹那里如数补还。”对此，西门庆满口应承，等到蔡一泉去他家拜访时，除设宴盛情招待外，还慷慨地送了他“金段一端，领绢一端，合香三百，白金三十两”一份重礼，使蔡一泉大喜过望，感动不已，说：“此情此德，何日忘之！”西门庆的上述行动，当然会使翟谦以至蔡京感到由衷的高兴。西门庆懂得，在这方面不管花上多少代价都是值得的，他会在日后收到加倍的报答。

后来，西门庆私放杀人犯苗青一案被曾御史狠狠地参了一本之后，和他合伙干的夏提刑感到大事不妙，气急败坏地找他询问对策时，西门庆表现出那样的从容不迫。他胸有成竹地告诉夏提刑：“常言兵来将挡，水来土掩，事到其间，道在人为，少不的你我打点礼物，早差人上东京，央及老爷那里去。”果然，在这节骨眼上，蔡京、翟谦给了西门庆最有力的支持。他们要西门庆放心，包管他一些事儿没有。曾御史的弹劾，尽管列举了西门庆一系列的罪状，而且都是证据确凿，但一点也不起作用，结果是不仅让西门庆逍遥法外；而且蔡京等人竟把告发西门庆的曾御史撤了差，贬了官，并换蔡京儿子的妇兄宋盘来接替他的职务。这样，西门庆在这次惊心动魄的斗争中又安然无恙地过来了，同时又得到了宋御史这个新的靠山。

这时，上次受到他热情接待和大力资助的蔡一泉也点了御史。在宋御史、蔡御史两人出巡山东东平府时，为表示和西门庆之间的亲密关系，他俩还特意地去西门庆府上拜访。这一特殊的恩宠，在当地百姓之中引起了轰动，竟慌得周守备、荆都监、张团练这类县里的头面人物各领着本哨人马，把住左右街口伺候。此时此刻，西门庆是何等的威风，脸面又是何等的光彩！他借了这两位御史大人的威望，来炫耀自己。这时西门庆在群众眼里的身价又大大提高了，竟成了个了不起的人物。

后来，西门庆又进一步地通过翟谦的拉线搭桥，正式拜了蔡京作干爹，他的官职也随之由提刑副千户升为正千户。自此他的身价更是和一般官员不同了，不仅地方上的各级官吏对他侧目而视，不敢稍有不敬；就连朝中的太监、大臣、御史一类掌握着大权的人物也不得不巴结他三分。西门庆成了个不可一世的显赫人物了。

以上所述，西门庆由“一介乡民”，步步上升，竟至成为社会的显赫人物的过程是值得人们深思的，他与历来小说、戏曲中所描写的“发迹变泰”故事中的人物是很不相同的。在我国宋元以来的文学作品、特别是戏曲小说中，曾描写过很多“发迹变泰”的故事，在这些故事里刻画了不少忘恩负义、刻薄寡恩的形象。但研究一下这些人物之所以得以“发迹变泰”，其途径大抵是通过下列两个路子：一是通过科举考试，这是大多数。科举制度，使不少原本穷困人家的子弟，通过各级考试，进入了社会的统治层。唐宋以来，特别是宋以后，大多数名臣和各级地方官吏，包括一批历代著名的政治家、思想家和文学家都是由科举考试选拔出来的。此外，还有一条路子是通过投军。一些原本是很穷苦的老百姓，由于生活无着被迫投军，或被当时官府抓去当兵，后来因在部队建立了军功而成了名有身份、有地位的武官。但极少有像西门庆那样是靠钻营、贿赂、请客、送礼等办法去巴结、奉承权贵而当上了官，实现了自己飞黄腾达的目的的，这就不能不引起人们的深思。

二　荒淫好色，是个“打老婆的班头，坑妇女的领袖”

《金瓶梅》在介绍西门庆时，还专门强调了他为人的一个重要方面：“专一飘风戏月，调占良人妇女，娶到家中，稍不中意就令媒人卖了，一个月倒在媒人家去二十余遍，人多不敢惹他。”西门庆家里有六房妻妾，其中大部分是他通过奸淫拐骗的手段弄来的。二房李娇儿是他从勾栏妓院中弄来的，接着又娶了妓女卓二姐为妾，卓不久病死。三房孟玉楼原是富商的孀妇，是他以连骗带抢的办法讨来的。五房潘金莲原本是武大郎的妻子，是在武大郎被他和潘金莲毒死之后娶过来的。六房李瓶儿原是他结义弟兄花子虚的老婆，后来一度又成了蒋竹山的妻子，在花子虚被活活气死和蒋竹山被撵走之后，西门庆把她讨了过来。

六房妻妾供其淫欲还不足，西门庆在家里又先后霸占了春梅、如意儿等丫环、奶娘，逼奸了仆妇宋惠莲；在外除了去勾栏妓院狂嫖滥赌之外，又包占了王六儿，私通了林太太，堪称古今少有的卑鄙龌龊的色情狂。在西门庆的头脑里根本不存有什么伦理道德观念，只要女子长得有几分颜色，被他看中，不管她是何等样人，他都要想方设法地把她弄到手。上至官僚太太，下至仆妇丫头都成了他追逐奸淫的对象。而西门庆的一些结义弟兄和社会上的那些三姑六婆都成了他奸骗各色女子的帮凶。

西门庆与这些女人，包括他的妻妾是很少有感情生活的。他对女人的态度是以占有为目的，经常是在异性受折磨和痛苦之中获取快感与满足。

为什么竟有这么多的妇女落入西门庆的魔掌，成了他肆意玩弄、蹂躏的对象呢？这固然是和他有钱、有势、有强大的靠山分不开；同时也和他的长相、仪表，特别是他那一套善于取悦和驾驭妇女的市侩流氓手段有关。

在小说的具体艺术描写里，人们会具体地感受到，西门庆这个市侩，在那些市井社会女子的心目中，被视为一个神通广大、富有气派并讨人喜欢的“好汉”，这不仅因为他有钱、有势、仪表堂堂，手面阔绰；而且还是个风月场中的老手，在勾引妇女方面有一整套办法，对女人他惯于用甜言蜜语去哄骗，用物质利益去引诱，能根据她们之所爱，主动地向她们许这许那，以博取她们的欢心，从而使她们由感情上开始对他抱有好感至最后完全成为他的俘虏。但当西门庆一旦把他所喜欢的妇女弄到手后，特别是把她们娶回家中之后，就得任意由他摆布，稍有违忤就大发雷霆，训斥打骂，甚至将她们剥光衣服，用鞭子抽打，直至彻底向他屈服，成为他的驯服奴隶为止。其中失宠的，还中途被他托人转卖出去。

西门庆这种荒淫好色、引诱、哄骗、镇压妇女的流氓嘴脸，在奸娶潘金莲、特别是李瓶儿的过程中得到了淋漓尽致的表现。

李瓶儿原是西门庆结义兄弟花子虚的老婆。由于婚后丈夫不顾家庭，整天在妓院中鬼混，使李瓶儿十分恼怒，胸中郁结着对丈夫的一股怨愤之情。一次西门庆去花子虚家，不想正遇花子虚不在家，他三不知地正进门，碰巧与李瓶儿撞了个满怀，得以对面见了李瓶儿一面，顷刻被其姿色所吸引，“不觉魂飞天外，魄散九霄”。对李瓶儿这样漂亮的女人，西门庆这个淫棍，当然不会轻易放过。尽管在他与李瓶儿的勾搭中，李瓶儿也不是完全被动的。但她毕竟是个“女流之辈”，见识不多，也容易为西门庆所诱惑。西门庆则是风月场中的老手，十分懂得应如何去勾引李瓶儿，使她一步步地背弃自己丈夫，倒向他的怀抱。从他和李瓶儿的初次交谈中就发现她对丈夫整日在外花天酒地十分不满，于是他就利用他们夫妇之间存在着的矛盾，施展了一整套取悦妇女的惯技。他煞有介事地批评花子虚不知好歹，忍心把年轻美貌的妻子丢在家里，表示出对李瓶儿的深刻同情和理解，这使李瓶儿十分感动，特别当她把西门庆的举动和她丈夫作对比之时，就更觉得西门庆可亲可爱。所以，她接着就恳求西门庆：“往后大官人但遇他在院中，好歹看奴薄面，劝他早早回家。”并表示只要西门庆在这方面肯帮忙，那“奴恩有重报，不敢有忘。”西门庆顿时感到这妇人对他已有意思了，连忙答应今后一定要苦心谏哥（指花子虚）并请她放心！

接着他又利用花子虚和同房兄弟因财产纠纷而被抓走一事，乘机去关心李瓶儿并进一步讨好、拉拢李瓶儿，从而使李瓶儿进一步背叛丈夫，向他靠拢。在和李瓶儿发生淫乱过程中，西门庆又一再向她许愿：在正式讨她作妾之前，先给她盖好房子，并把他们两家毗邻的花园打通等等，这就使李瓶儿更倾心于他。所以花子虚刚死，她就不顾热孝在身，急忙想嫁到西门庆家来。西门庆就这样使用了关心、体贴和讨好李瓶儿和有意离间他们夫妇感情的办法，使这个他最心爱的女人终于彻底投向了他的怀抱。

但事情的发展并没有像他原先想象的那么顺利，其间突然发生了因杨戬的倒台使西门庆受到牵连这样一个政治大案件。在西门庆一时无暇顾及李瓶儿的时候，蒋竹山从中插了一杠子，做了李瓶儿的倒插门女婿。这事使西门庆极为恼怒，尽管就李瓶儿来说是情有可原，但西门庆看来却是对他的不忠。他认为其事的罪魁固然是蒋竹山，但李瓶儿也不能辞其咎，于是他一方面动用流氓、打手和衙门力量把蒋竹山好好报复了一番，逼使李瓶儿只得把蒋竹山撵走，同时他也不能就此便宜李瓶儿。他估计到李瓶儿在撵走蒋竹山后，别无出路，只有厚着脸皮送上门来哀求他收留作妾。他决心抓住这个机会好好整治一下李瓶儿，让她领略一下自己的厉害，好在日后对他服服帖帖，彻底降伏在他脚下，做个驯服的奴隶。

西门庆先是摆出副架势不睬李瓶儿再次央求来家作妾的要求，后来虽勉强同意了，但一进门又故意冷淡她，当李瓶儿受不住西门庆的冷遇而想自尽时，他非但不去抚慰她，还进而威胁她，声言他不曾见人上吊过，今天倒要看看李瓶儿是怎么上吊的，把绳子丢在李瓶儿面前，迫她去上吊。李瓶儿被逼得痛哭不已。

到此地步，西门庆还不甘休，又进一步逼着李瓶儿脱光衣服跪在他面前，当李瓶儿稍稍犹豫，就用鞭子抽打，直至李瓶儿彻底屈从为止。在他审问李瓶儿过程中还逼她说出他西门庆是如何的高贵，在“三十三天之上”，而蒋竹山则是如何的卑下，只配在“九十九地之下”，以满足他的虚荣心。

在《金瓶梅》之前的文学作品里，尽管也曾刻画过不少沉湎于酒色的反面形象，但还极少像西门庆那样表现出不顾死活以至最后竟纵欲身亡；也没有像西门庆那样毫无廉耻，表现出那样卑污；更没有像西门庆那样在和女人的关系中看不出有什么真诚的情感，只是一味地占有、蹂躏和坑害。蒋竹山在李瓶儿面前揭露西门庆是个“打老婆的班头，坑妇女的领袖”，这对西门庆来说，是非常确切的判断。

三　不择手段地聚敛钱财，是个“金钱万能”的信奉者

在西门庆的罪恶生涯中，人们可以到处看到金钱的魔力。金钱帮助了西门庆实现了飞黄腾达的野心，也满足了他荒淫纵欲的生活。在西门庆眼里，金钱已成了世上最珍贵的东西。即所谓“世上钱财，乃是众生脑髓，最能动人”。有了它世上没有办不到的事情；有了它干什么坏事都可以无所顾忌。在小说的第五十七回里，写了西门庆在捐款助修永福寺后所说的一段话：“咱闻那佛祖西天，也止不过黄金铺地；阴司十殿，也要些楮镪营求。咱只消尽这家私广为善事，就使强奸了常娥，和奸了织女，拐了许飞琼，盗了西王母的女儿，也不减我泼天富贵。”这些话，惟妙惟肖地揭示出了西门庆迷信金钱万能的丑恶灵魂。

西门庆除了经商开店铺赚取钱财外，又搞长途贩运、走标船、兴贩盐引、放高利贷、逃避赋税，直至利用官位直接从事各种敲诈勒索的勾当。

西门庆光是店铺就有缎子铺、绒线铺、绸绒铺、生药铺和解当铺等，

这些店铺多是在诈骗他人钱财的基础上开设的，店铺一经开设，就给他赚取了大笔利润。到西门庆临死之前，有的店铺的本钱已达五万两银子之多。

西门庆为垄断一方买卖，他从不允许别人在他面前开设同类的铺子，抢他的生意。西门庆仇恨蒋竹山的一个重要原因，就因为蒋竹山在李瓶儿的资助之下开了个生药铺，抢了他的生意，这点在他整治李瓶儿时，作出了强烈而明确的表示："你嫁了别人，我倒也不恼，那矮忘八（指蒋竹山）有甚么起解？你把他倒踏进门去，拿本钱与他开铺子，在我眼皮子根前开铺子，要撑我的买卖。"

西门庆除开店经营外，还大搞长途贩运，在长途贩运中又通过贿赂、偷税漏税赚取大额利润。在小说的第五十九回里，伙计韩道国从南方运货回来，西门庆见了他就问："钱老爹书下了，也见些分上不曾？"韩道国回答说："全是钱老爹这封书，十车货少使了许多税钱。小人把段箱两箱并一箱，三停只报了两停，都当茶叶、马牙香，柜上税过来了。通共十大车货，只纳了三十两五钱钞银子。老爹接了报单，也没差巡拦下来查点，就把车喝过来了。"西门庆听言，满心欢喜，因说："到明日，少不的重重买一份礼，谢那钱老爹。"

西门庆那种亦官亦商的特殊身份，使他具有一般商人所缺少的权势和地位，因而也就能获取普通商人所得不到的暴利。拿兴贩盐引来说，这是一宗最赚钱的买卖。明中叶后规定：凡盐商向户部交纳银子以后，即可给引（一引可运盐二百斤），但一般没有政治后台的商人还是捞不到这样赚钱的买卖的。西门庆却大不一样，他能一下子就捞到了淮盐三万引；而且靠了蔡御史的特殊照顾，还可以比一般商人提前一个月掣取，从而获取了巨额的暴利。

西门庆的搜括钱财又往往和他奸娶妇女紧紧地结合在一起。女方手里有否钱财是西门庆奸娶妇女时所考虑的一个重要内容。他娶妓女李娇儿为妾，是因为有人事先向他通报了李娇儿手中"富有巨万缠头"，娶她无疑是"人财两得"。后来李娇儿过门时，果然给他带来了三千两银子。西门庆用连骗带抢的办法把孟玉楼娶过来，究竟是什么原因竟使他迫不及待到如此地步？是她长得特别漂亮吗？不见得！尽管她身段儿长得不错，但脸相并不美丽，还有几点微麻，且大西门庆两岁。她之打动西门庆的恐怕还是她手中的钱财。因为孟玉楼是个富孀，丈夫死后，有笔可观的财产留在手头："南京拔步床也有两张。四季衣服，妆花袍儿，插不下手去，也有四五只箱子。珠子箍儿，胡珠环子，金宝石头面，金镯银钏不消说。手里现银子，他也有上千两。好三梭布也有三二百筒。"

西门庆之急于勾搭李瓶儿，固然因为李瓶儿比孟玉楼漂亮，但还有一个很重要的原因是她比孟玉楼更有钱。李瓶儿掌握着巨额财产，她从梁中书府上逃出来时，就带了一百颗大珠、二两重一对鸦青宝石。后来嫁与花太监的侄子花子虚为妻。花太监由皇帝御前班直升广东镇守。生前他搜括了大批金银财宝，由于他和侄儿媳妇李瓶儿之间存在着特殊亲密的暧昧关系，因此，他死后的遗产都落入了李瓶儿之手，究有多少数目，连李瓶儿的丈夫花子虚也不清楚。加之花子虚向来生活荒唐，不理家事，因此家中财产统由李瓶儿掌管。西门庆自勾搭上了李瓶儿之后，花家的财产就开始源源不断地流入西门庆的腰包。如在西门庆答应帮花子虚打官司之后，李瓶儿一次就开箱子搬出六十锭大元宝，共计三千两给西门庆作活动经费，接着又要把床后边四口描金箱柜、蟒衣玉带、帽顶绦环、提系条脱、值钱珍宝玩好之物让西门庆替她收起来保管，实质是奉献给西门庆。

通过娶李娇儿、孟玉楼，特别是李瓶儿，使西门庆大大地发了笔横财，由一个破落户顿时成了具有万贯家私的财主。

在西门庆任山东提刑副千户之后，他更利用特权肆无忌惮地敲诈勒索、贪赃枉法，凡是能有油水可捞的，他决不放过，而且是不择手段。

杀人犯苗青，为取得西门庆对他从轻发落，先是拿出五十两银子、两套衣服进行贿赂。西门庆对此根本不放在眼里，他万万不会就此便宜了这个杀人犯的。他巧妙地通过自己的外室王六儿给苗青透风，让他清楚自己所犯的是凌迟之罪，而他目前的生死前途又全掌握在西门庆的手里。苗青获悉这一情况之后，吓得六神无主。为了保全自己的性命，只好乖乖地把身边的一千多两银子，全部贿赂了西门庆。西门庆又轻而易举地捞取了一笔可观的财产。

在《金瓶梅》之前的文学作品里也曾刻画过不少贪官污吏以及狠命剥削劳动人民的地主豪绅的形象，他们所采取的手段，有时也很卑劣、残酷，但还绝少像西门庆那样赤裸裸地迷信金钱、崇拜金钱并公开地宣扬金钱万能；也绝少像西门庆那样不择手段地聚敛钱财，甚至不惜使用种种最龌龊卑污的手段。

四　心狠手辣，是个“害死人还看出殡”的恶棍

西门庆在肆意搜括钱财、追求荒淫无耻生活的过程中，从他极端的利己主义思想出发，对一切有碍于达到上述目的的人和事都要给以无情的排除，不惜干出一系列伤天害理的事情。

西门庆为占有潘金莲，伙同王婆、潘金莲毒死了武大郎，之后为霸占李瓶儿，又把李瓶儿的丈夫、自己的结义弟兄花子虚活活气死。接着为报复蒋竹山先指使手下的流氓、打手诬陷蒋竹山“借钱不还”，把他痛打了一顿，接着又通过同伙夏提刑将蒋竹山提去衙门审问，把他打得皮开肉绽，致使李瓶儿不得不把蒋赶出大门，重又乖乖地投向他的怀抱。

西门庆的这种狡猾和心狠手辣，在迫害他的家奴来旺夫妇的事件上表现得尤为具体而充分。

来旺原是西门庆的心腹奴才，西门庆的许多夤缘钻营的事儿都是他曾一手办理的。因此，他为西门庆可说是立下了“汗马功劳”。但西门庆却不顾长期来的主仆之情，竟背地里奸淫了他的老婆宋惠莲。

宋惠莲是卖棺材的宋仁的女儿。她先是被卖给蔡通判家做婢女，后来因和主子老爷淫乱而被驱逐出府，嫁给了厨子蒋聪，蒋聪死了之后，又嫁给了来旺，她就因来旺的关系进入了西门庆家。这女人生得模样漂亮，又很爱虚荣、轻佻。她羡慕西门庆妻妾的生活，因此，来西门庆家不久，就学着孟玉楼、潘金莲等极力打扮自己：“把鬏髻垫的高高的，梳的虚笼笼的头发，把水鬓描的长长的。”在她看来，像自己这样有个漂亮模样儿的女人就不该当个仆妇，因此她一有机会就钻入西门庆老婆队伍里说笑取乐。这样风骚的女人，西门庆当然不会放过，利用她急于往上爬，过好日子的急切心情，一下就把她勾引上了。自她和主人勾搭上后，更得意忘形，表现出一股少有的轻狂样儿，同时也应该看到在这个女人身上尽管有十分庸俗和自甘堕落的一面；但她和潘金莲不同，还没有完全变质。她一方面和主人私通，但对丈夫来旺还存在着一定的感情，所以她在西门庆前曾多次为来旺说情，希望西门庆对他多加照顾。

但西门庆在潘金莲的挑唆之下，为了永远霸占宋惠莲，竟心生毒计，设置圈套，栽赃诬陷来旺为贼，扭送官衙，毒打几死。接着又大耍两面派手段：一方面暗地里指使县里把来旺驱逐出境，递解原籍徐州；另一方面

又在宋惠莲面前甜言蜜语哄骗："我看你面上，写了帖儿对官府说，也不曾打他（指来旺）一下儿，监他几日，耐耐他性儿，一两日还放他出来，还教他做买卖。"明明是对她丈夫下了毒手，可是在她面前却装出一副要尽可能照顾来旺的姿态，以此来进一步骗取宋惠莲对他的信任，借此更恣意地玩弄她，让宋惠莲出于对他的感激，更心甘情愿地做他的泄欲工具。宋惠莲开始时，确实被他蒙骗了，但纸总包不住火。当宋惠莲从旁人处得知西门庆如何愚弄她之后，她悔恨交加，实在不能再容忍这个恶棍了，她要以死来对西门庆作最后的反抗。在她第一次自杀被人救下之后，气愤填膺地痛斥西门庆："爹，你好人儿！你瞒着我干的好勾当儿！还说甚么孩子不孩子，你原来就是个弄人的刽子手，把人活埋惯了。害死人，还看出殡的！你成日间只哄着我，今日也说放出来，明日也说放出来，只当端的好出来。你如递解他，也和我说声儿。暗暗不透风，就解发远远的去了。你也要合凭个天理！你就信着人，干下这等绝户计……"宋惠莲的这一血泪控诉，深刻有力，一针见血地把西门庆这个恶棍，一贯坑人、害人的本质，揭露得入木三分！

在《金瓶梅》之前的文学作品里，也曾塑造过不少为非作恶的坏人形象，他们为一己之私利，也使出过种种害人的勾当，甚至还亲手制造出了这样或那样的人间悲剧。但是很少有像西门庆那样在短短的一生中竟接二连三地犯下这么多人命案件。

五　有时也能仗义疏财，救人贫难，从而博得人们的赞颂

在现实生活里，人的性格总是错综复杂的。所谓好人坏人往往都不是那么泾渭分明、简单易认的。好人不是绝对的好，坏人也不是绝对的坏。西门庆这个血肉饱满的艺术形象也是如此。作为一个社会上有影响、有权势的市侩、恶棍，他固然有不择手段地聚敛钱财和不顾死活地玩弄妇女的恶行。但他也不是处处令人讨厌，有时他也很通情达理，体贴他人之艰难；有时为资助朋友，还慷慨解囊，表现出很讲义气，从而博得了人们的赞赏。

小说的第五十六回里有关西门庆周济常时节的描写就很有代表性。在这一回的开头，作者用了八句四首诗，在宣扬了人生在世，荣华富贵不能

常守之后，接着就以赞赏的口气说；“西门庆仗义疏财，救人贫难，人人都是赞叹他的。”

西门庆结义弟兄之一常时节租人房子住，因房租缴不出而心急火燎，在此情况下，妻子又絮絮叨叨埋怨个没完，他只得求西门庆帮助，但他和西门庆的交情不深，就只得恳求应伯爵出来帮他忙，“小弟向求哥和西门大官人说的事情，这几日通不能勾会。房子又催进的紧，昨晚被房下聒絮了半夜，耐不的，五更抽身，专求哥趁早大官人还没出门时，慢慢地候他，不知哥意下如何?”应伯爵答道：“受人之托，必当终人之事。我今日好歹要大官人助你些就是了。”于是就带了常时节去找西门庆。应伯爵一见西门庆后就说：“常二哥那一日在哥席上求的事情，一向哥又没的空，不曾说的。常二哥被房主催逬慌了，每日被嫂子埋怨，二哥只麻做一团，没个理会。如今又是秋凉了，身上皮袄儿又当在典铺里。……因此常二哥央小弟，特地来求哥，早些周济他罢。”西门庆对常时节的困境，表现出了十分的理解和同情，爽快地对应伯爵说：“我当先曾许下他来，因为东京去了这番，费的银子多了。本待等韩伙计到家，和他理会，要房子时，我就替他兑银子买。如今又恁地要紧。”应伯爵急忙道：“不是常二哥要紧，当不的他嫂子聒絮，只得求哥早些便好。”西门庆随问应伯爵：“要多少房子才勾住了?”应伯爵算了一下回答：他两口儿，……四间房子是少不得的，论着价银，也得三四个多银子。西门庆道：“今日先把几两碎银与他拿去，买件衣服，办些家活，盘搅过来。待寻下房子，我自兑银与你成交，可好么?”西门庆这些热情助人的表示，使常时节称谢不迭。应伯爵也就趁此凑趣以讨好西门庆：“几个古人轻财好施，到后来子孙高大门闾，把祖宗基业一发增的多了。悭吝的积下许多金宝，后来子孙不好，连祖宗坟土也不保，可知天道好还哩!”

后来常时节寻到了售价三十五两银子的四间房子后，西门庆一下就给了他五十两，把买房剩下的十五两，又资助了常时节，表现出了他的慷慨仗义。

上述这种仗义行为同样表现在对吴恩典的帮助上。吴恩典原是个县里的阴阳生，因事革退，后和西门庆有来往。西门庆叫他和来保一起押送生辰礼物给蔡太师，蔡太师见西门庆所送礼物特别珍贵，就在高兴之余问吴恩典：“你是什么人?”吴恩典一看机会来了，就胡说自己是西门庆的小舅子。蔡太师就此封了他一个清河县的驿丞。在他去上任时，急需一笔费用添置衣服和官场应酬之用，但囊中空空，只好求应伯爵代他向西门庆借贷："不瞒老兄说，我家活人家，一文钱也没有。到明日上任，参官贽见之礼，连摆酒，并治衣类鞍马，少说也得七八十两银子，那里区处?"应伯爵一听之后就说：七八十两恐不够花，还是向西门庆借一百两为好。后来西门庆满足了吴恩典要求，借给了他一百两银子，并不收他利钱。当吴恩典把事先准备好的一张月利五分的高利贷借据交西门庆收下的时候，西门庆拿起笔来就把利钱抹了，这些，再一次地表现出他的仗义行为。

因此，西门庆也不是一味地凶残、贪婪、刻薄寡情；有时也能对结义弟兄和朋友热情相助，甚至慷慨解囊，帮他们渡过种种困难，从而赢得了人们对他的好感，显然，作者对他这方面的表现是持肯定乃至赞美态度的，从而使这个形象的内涵变得十分的丰富、复杂，愈发显示出他不同于以往反面形象的独特、鲜明的个性。

六　西门庆这个特殊的反面典型是特定时代的产物

西门庆既是商人，又是土豪恶霸，还是官僚这样"三位一体"的身份，使他的性格变得十分复杂，形象非常独特。作为一个商人，在他身上固然有明显的商人特点，但与我们所熟悉的商人形象又很不一样：西门庆很有身份和地位，还富有权势；而且他的一举一动都充满着霸气，谁也不敢得罪他。作为一个土豪恶霸，他固然有土豪恶霸的特性，但和我们所熟悉的传统的土豪恶霸有别：他不仅经营着大笔买卖，以主要精力从事商业的经营活动；而且在社会上他还是个有头有脸、有身份的官僚。而作为一个官僚，他更缺乏一般官僚的特征：他胸无点墨，没有一点斯文气息，只是一味地好色贪财，表现出特别的龌龊卑污。总之，西门庆不同于以往任何一个反面典型，贯串在这个人物性格中的一个核心的东西就是流氓市侩的性格特点。

像西门庆这样一个反面典型，在我国漫长的封建社会不是任何时候都能产生的，他只是特定时代的产物。具体地说，只有在封建社会发展到明代中叶之后，在政治、经济都发生了巨大变化的新形势下才能产生出这样的人物来。

恩格斯在《致斐·拉萨尔》的信中曾说过："主要人物是一定的阶级

和倾向的代表，因而也是他们时代的一定思想的代表，他们的动机不是从琐碎的个人欲望中，而是从他们所处的历史潮流中得来的。”西门庆就是一定阶级和倾向的代表，因而也是他所处时代的一定思想的代表。

众所周知，我国漫长的封建社会发展到了明代中叶之后，无论在经济、政治还是文化思想等各个方面都出现了引人注目的变化。

明代中叶后，在经济上的一个明显的变化就是城市手工业和商业比之以前来有了大的发展，出现了空前繁荣的局面。以手工业生产来说，当时在东南沿海一带地区的某些行业中已出现了由一家一户的个体小生产向工场手工业生产转变的趋向，它标志着在我国传统的封建生产关系的内部已开始出现资本主义新的生产关系的萌芽。

商业的繁荣和商品生产的大发展，改变了人们历来轻商的传统观点，这时人们已经开始认识到：发展国家经济光靠农业是不够的，还必须同时发展商业；农业和商业之间有着相辅相成的重要关系。当时著名的政治改革家张居正就这样说过：“商通有无，农力本穑，商不得通有无以利农，则农病；农不得力本穑以资商，则商病。故商农之势，常若权衡然。”（见《张文忠公全集》卷8）

随着人们对商业的重视，商人的地位也随之有了明显的提高，而且社会上出现了士商渗透和官商渗透的趋向。

在明代中叶之前，官僚士大夫们一般都轻视商人，自己更不屑于经商。但在明中叶后，这种情况有了很大变化，官僚士大夫与商人之间的关系日益密切起来，甚至相互利用，彼此勾结。官僚士大夫们为满足自身骄奢淫逸的生活，支付他们日益浩繁的开支，在经济上需要得到商人的接济和支持，有时他们自己也积极参与经商和投机倒把的活动，以赚取巨额的利润，所以社会上出现了官僚士大夫热衷经营商业的前所未有的情况。

随着明中叶后官僚士大夫们拥有越来越多的封建特权，商人们对做官也越来越眼红。他们为使自己在社会上站稳脚跟，不断地扩大势力，一方面千方百计地争取官僚势力的保护和支持；同时又通过行贿、请客送礼等办法去捞取官位，取得各种权势。出现了“权门之利害如响，富室之贿赂通神，钝口夺于佞词，人民轻于酷吏”（见《明嘉靖实录》卷153）的情况。《金瓶梅》里西门庆和翟谦、蔡京之间的相互勾结、狼狈为奸，正是这种社会现实的真实反映。王锜在《寓圃杂记》中说：“近年补官之价甚廉，不分良贱，纳银四十两即得冠带、称义官。且任差遣，因缘为奸利。故皂隶奴仆，乞丐、无赖之徒，皆轻资假贷以纳。”当时官场受金钱侵蚀，已充满浓厚的市侩气，以至像西门庆这样的无赖恶棍也可以通过钻营而得官。

明代，特别是明代中叶之后的政治的黑暗和腐败是出了名的，最高统治者深居宫中忙于自己的淫乐，不问朝政，大权落入权臣和宦官之手，出现了佞臣、宦官相继专政的局面。《金瓶梅》里除突出权臣蔡京（实指严嵩）的权势外，也写了大小宦官的作威作福，以及各级官吏对他们巴结奉承，不敢稍有怠慢的情景。

随着工商业的繁荣，商品经济的发展，政治的腐败，社会风气越加糜烂，淫逸之风十分盛行，从最高统治者皇帝开始就长年累月地纵情声色。明武宗就是个极典型的荒淫皇帝，在他即位之后，“又别构院御，筑宫殿数层而造密室于两厢，勾连栉列，名曰豹房”。（《武宗外记》）他借口外巡，远至大同、宣化、扬州、南京等地，抢夺妇女，勒索财物。穆宗死于醇酒、妇人。神宗的臣下批评他酒色财气，四病俱全，非药石可治。在皇帝的带头、影响之下，朝廷大臣，各级官僚、士大夫乃至地主、商人相继效尤，社会风气极端败坏，官僚士大夫们竟不以纵谈男女淫欲和床第之事为羞，有些无耻钻营之徒，还专向朝廷献“房中术”而获取高官厚禄。对此，鲁迅曾在《中国小说史略》里有过十分精辟的分析：“成化时，方士李孜僧继晓已以献房中术骤贵，至嘉靖间而陶仲文以进红铅得幸于世宗，官至特进光禄大夫柱国少师少傅少保礼部尚书恭诚伯。于是颓风渐及士流，都御史盛端明、布政使参议顾可学皆以进士起家，而俱借‘秋石方’致大位。瞬息显荣，世俗所企羡，侥幸者多竭智力以求奇方，世间乃渐不以纵谈闺帏方药之事为耻。风气既变，并及文林，故自方士进用以来，方药盛、妖心兴，而小说亦多神魔之谈，且每叙床第之事也。”

《金瓶梅》里西门庆这样不顾死活地追求女色，在他蹂躏妇女时，一方面借助各种淫器、春药之类以满足其淫欲；同时又千方百计寻求种种养身、强身之道，这些描写决非作者的胡编乱造，而是当时封建统治阶级及社会上地主、恶霸、富商大贾腐朽生活的如实写照。

在封建伦理道德日益失去其约束力的同时，金钱势力越来越大，而且深入到社会的各个角落，逐末营利已成为社会上普遍的风气，人们都在拼命地追逐金钱。明代后期著名的散曲家薛论道在他的作品里对此曾有极为深刻、形象的揭露：“人为你跋山渡海，人为你觅虎寻豺，人为你把命倾，人为你将身卖。”“人为你亏行损，人为你断义辜恩，人为你失孝廉，人为你忘忠信。”“人为你心烦意恼，人为你梦扰魂劳，人为你易大节，人为你伤名教。”（见《林石逸兴》卷五）《金瓶梅》里西门庆那样崇拜金钱和不择手段地聚敛钱财，正是上述情况的生动反映。

（原载《金瓶梅论集》，人民文学出版社 1986 年版，题为《论西门庆形象的典型意义》，后经作者修改，收入《金瓶梅红楼梦纵横谈》，北京大学出版社 1990 年版。本书选用修改稿）

一个发人深思的悲剧人物——潘金莲

前面已经说过，《金瓶梅》之所以在中国小说史上有它特殊重要的地位，不仅因为给我国小说创作打开了一个崭新的描写领域，而且在人物塑造、细节描写乃至语言运用上，比以往小说都有明显的突破和创新。

在《金瓶梅》前，我国长篇小说里很少写到妇女，有，也仅仅作为男性人物的一种陪衬，显得无足轻重，作者也没有在这方面下工夫，因此形象的典型性比较差，没有给读者留下深刻印象。

《金瓶梅》在题材的处理上，一个重要的突破，是十分重视对女性形象，特别是市井社会里妇女人物的刻画。小说用作品里三个主要女性人物潘金莲、李瓶儿和庞春梅的名字中的一个字命名就很能说明问题。《红楼梦》的作者曹雪芹受《金瓶梅》这方面的启示，也大量地写妇女人物。当然它与《金瓶梅》所写妇女的重点不同，主要写生活在上层贵族家庭中的女子，而非下层市井社会里的妇女。由于《金瓶梅》和《红楼梦》所写妇女对象的侧重点不同以及两部小说作者各自的妇女观不一样，就使他们笔下的妇女形象的性格、气质、情趣和追求也各有特色。

衡量作品人物形象的成功与否，主要决定于它们是否反映了生活的真实和是否蕴涵着深刻的社会意义。正是从这个前提出发，我们可以这样说：《红楼梦》里的大批女子形象固然写得极为丰满动人，蕴意深邃，令人赞叹不已；而《金瓶梅》里的众多市井妇女形象也是刻画得十分成功，具有深刻的社会意义。

在《金瓶梅》里，潘金莲是全书第一女主角，也是作者所着力刻画的一个艺术形象。在小说的所谓“三十六处大描大写、七十二处小描小写”里，关于她的描绘占了一个很大的比重。长期来这一形象已深入人心，人们对这一人物所持的态度也很不一样：惋惜、同情、为之抱不平的固然有之，但更多的是斥责、厌恶。在一般人的心目中她似乎已成了历来淫荡、狠毒、无耻的坏女人的典型。

潘金莲原本是个穷人家女子，如何一步步地走向堕落，这个形象所包含的深刻社会内容和悲剧意义在哪里？这些都是值得探究和深入思考的。

从小说开始的介绍里，得知潘金莲出身贫困，父亲潘裁是个裁缝且早已死了。她因自幼生得有些颜色，缠得一双小脚儿，故名金莲。因迫于生计，九岁时，就卖在王招宣府里学弹唱。招宣府是富贵淫荡之所在，本性聪明伶俐的潘金莲生活在这样环境里，除了学会了描鸾刺绣、品竹丝弹之外，也逐渐喜爱起描眉画眼、傅粉施朱乃至做张做势、乔模乔样那套献媚取宠的把戏。就这样这个原本淳朴的女子，从此开始沾染上了不良的习气。

招宣死后，金莲就离开了招宣府，随即又被她母亲以三十两银子转卖给张大户家，这时她已十八岁。张大户见金莲长得漂亮，一次在他妻子去邻家赴席的时候，就把她偷偷收用了。妻子得悉这一事情后就大吵大闹。张大户眼见家里已容不得潘金莲了，但他又不愿就此失去这个漂亮的女人。于是心生诡计，把她白白地送给住着他房子、诨名三寸丁谷树皮的武大为妻。之后，张大户每当武大挑着担儿出外卖炊饼时，就踅入房中与金莲厮会。武大因受了大户的好处，即便撞见，也不敢声言，这样金莲就成了既是武大的妻子，又是张大户的外室。

在张大户死后，张妻余氏就将她内心的愤懑一股脑儿地发泄在金莲身上，随即把她和武大一起赶了出去。

人们看到：一个好端端的、聪明、伶俐又漂亮的穷家女子，就这样遭社会的肆意践踏、侮辱，一个个厄运接踵而至，而且几乎无法改变这个局面，只有心底里为她鸣不平。

历来青年女子都热烈地向往着自己有个幸福的爱情、婚姻生活，不少人甚至为之牺牲自己的生命亦在所不惜。在《金瓶梅》之前的文学作品里，这样的内容就反映过不少。

现在潘金莲非但无权追求自己美满的爱情生活，而且竟被张大户作为一个礼品白白地送给了长相丑陋的武大为妻，这怎不令人悲哀呢！嫁给武大之后，潘金莲虽然从此结束了被人卖来卖去的厄运，但这事对她来说，无疑是一种最野蛮、最残酷的惩罚和迫害。而且更为可悲的是：这样一个令人无法忍受的苦果，她只得默默地吞下，而无处申诉。命运对这个贫家女子实在太残酷了！小说里有这样一段话："原来金莲自从嫁武大，见他一味老实，人物猥猿，甚是憎嫌，常与他合气。报怨大户：'普天世界断生了男子，何故将奴嫁与这样个货？每日牵着不走，打着倒退的。只是一味咪酒。着紧处，都是锥扎也不动。奴端的那世里悔气，却嫁了他！是好苦也！"深刻而形象地表达出了潘金莲在封建主义的残酷迫害下内心所滋生的那种无可名状的愤激之情。

潘金莲是个性格倔强的女子，她不愿乖乖地就此听任命运的摆布，心甘情愿地做一个被蹂躏、被践踏者，去过她一辈子屈辱窝囊的生活；她要从既成的极度不幸的婚姻中挣脱出来，去寻找自己的幸福生活，这不仅是可以理解的，而且也是应该得到人们的同情和支持的。但如何去挣脱现实的枷锁她却不清楚，而且在当时的社会条件下，似乎也很难找出一条正确的途径。现实就是如此残酷无情！把她寻觅幸福的路，早已堵得死死的了。

小叔、威武的打虎英雄武松的突然来到，似乎在绝望之中给她点燃起了挣脱不幸婚姻的希望，于是她就不顾一切地主动去勾引小叔，力图在小叔身上找到自己的幸福，没想到却招致对方无情的斥责，碰了个头破血流。

但潘金莲并没有从上述事件中汲取教训，反而使她急于挣脱不幸婚姻关系的向往变得更为强烈了。

一个偶然的机会，她和市侩西门庆相遇了。小说是这样写他俩相遇时的情景的：正当西门庆从帘子下走过时，潘金莲手里正拿着叉竿放帘子，忽被一阵风将叉竿刮倒，妇人手擎不牢，不端不正却打在那人头巾上，金莲慌忙陪笑，把眼看西门庆，有二十五六年纪，生得十分博浪。他的穿着打扮，越发显出张生般庞儿，潘安的貌儿，可意的人儿。当西门庆被叉竿打在头上，便立住了脚待要发作时，回过脸来看，却不想是个美貌妖娆的妇人，见了先自酥了半边，那怒气早已钻入爪洼国去了，变做笑吟吟脸儿。两人就这样一见钟情，一拍即合。

在这看似十分偶然的戏剧性情节里，却反映出了生活中的某些必然规律。小说的作者以深邃的目光透过生活的表象抓住了事物的本质。从潘金莲这方面说，在她勾引武松失败之后，更激起了她想摆脱这个令她憎恶男人的强烈欲望。因此，当她一见西门庆生得这样风流博浪时，就不顾一切地倾心于他。而就西门庆来说，他本是个风月场中的老手，举凡有些姿色的妇女，他都要想方设法地去占有。面对潘金莲这样美貌妖娆的妇人，他岂能白白放过？就这样，他们彼此都强烈需要对方。为使这种背底里偷偷摸摸的关系合法化、公开化，他们在王婆撮合下，竟不择手段地干出了谋杀武大这样伤天害理的事情。

潘金莲伙同西门庆、王婆谋杀亲夫当然应该受到谴责，但其中却包含着被迫的因素。至此，人们看到潘金莲那种反抗不幸婚姻的强烈意志开始被迫走上了一条邪恶的道路。人们在对潘金莲遭遇抱有同情的同时，也已开始投以厌恶的目光了。

潘金莲自入西门庆家当上了第五房妾之后，就在她被迫选择的那条邪路上越走越远。她性格里的嫉妒、刻薄、淫荡无耻的因素得到了恶性的发展。

在潘金莲刚进西门庆家不久，正当两人打得火热的时候，西门庆却又被妓女桂姐的姿色所吸引，在妓院一连吊了半月不返家，致使潘金莲“粲枕孤帏、凤台无伴”。这一事实提醒了潘金莲：要把西门庆这一好色之徒紧紧拴住，并非易事，何况和西门庆的其他妻妾相比，她的条件并不优越，甚至在某些方面还明显地不如她们。她既无吴月娘那种好的出身和作为西门庆正妻的正统优越地位；也无孟玉楼那样为西门庆带来大笔资财，从而满足了西门庆那种追求“人财两得”的强烈欲求。更何况她自知名声不好，全家上下都对她抱有成见。所有这些，使潘金莲感到：想在这个充满着矛盾、彼此勾心斗角的家庭里站住脚跟，是多么不易。但如果一旦不能站住脚跟，这就意味着失宠、被排挤、直至最后被撵出家门，其后果将是不堪设想。

面对这一严峻的形势，她怎么也不甘心当一个“弱者”，受他人排斥、打击，以至最后被灰溜溜地撵走。于是她一方面不惜采取卑污、龌龊的手段，屈身忍辱地去蛊惑西门庆，千方百计地去满足他贪得无厌的淫欲要求，想从感情上紧紧把他拴住；同时又多方见机行事，大耍手腕，施展拉拢排斥之能事，有步骤地去打击、陷害与之相争宠的各个对手，从而在家庭中逐步建立起自己的霸权。

潘金莲一眼就见到正妻吴月娘在这个家庭里处于十分重要的地位，尽管西门庆并不宠爱她，但出于封建伦理观念，也得尊重她三分。潘金莲想到自己初来乍到，更需博得她这个当家人的好感，取得她的庇护，不然就无立足之地。因此她一进西门庆家门，就主动去巴结吴月娘：“先与月娘磕了头，递了鞋脚。月娘受了她四礼”；过了三日之后，她“每日清晨起来，就来房里与月娘做针指，做鞋脚。……赶着月娘一个一声只叫‘大娘’。快把小意儿贴恋。几次把月娘喜欢的没入脚处，称呼他做‘六姐’，衣服首饰拣心爱的与他，吃饭吃茶同他同桌儿一处吃。”吴月娘这片热情，引起了李娇儿等人的醋意，她们批评吴月娘：“便这等惯了他，大姐好没分晓！”

在月娘的庇护和支持下，潘金莲才得以在这个家庭里安下身来。当她一旦站住脚跟之后，就立即把斗争的锋芒指向了和她争风吃醋的对手。在向她们发动攻击之前，急需找个得力的心腹。于是她就主动地把房里的那个聪明、狡黠、模样儿又漂亮的丫环春梅给西门庆收用，这样既能讨好、笼络汉子；又可以让丫环春梅出于对她的感激之情而心甘情愿地和她结为死党，成为她日后打击、陷害他人的得力帮手。

潘金莲深知在家庭里嫉妒她、忌恨她的人不少，但她不能全面出击，一下树敌太多。于是选择了一个最易欺侮的第四房妾孙雪娥开刀。孙是“房里出身”、“专管厨房事务”的，是个失意的侍妾。潘金莲估计一旦冲突展开，汉子是会站到自己一边的，而其他妻妾谅也不会公然站出来为孙雪娥打抱不平的，这场斗争是可稳操胜券的。于是她伙同春梅，打着西门庆的旗号，给孙雪娥出难题。一早起来就下令厨房急速端出荷花饼、银丝鲊汤，让西门庆吃了好出去办事，这种突如其来的要求引起了孙雪娥的极度不快以至怒骂。但这下却正中了潘金莲、春梅的下怀。她俩就此在西门庆前进行挑唆，引发了西门庆对孙雪娥的一顿毒打。结果不仅给了鄙视她们的孙雪娥以沉重打击；更重要的是在众妻妾面前显示了她的力量，表明了她在汉子心目中所处的重要地位。此次“首战告捷”增强了潘金莲的信心，壮了她的胆气，但同时也激起了众妻妾对她的不满与警惕。

西门庆家奴来旺妻宋惠莲出于对西门庆权势、财产和生活享受上的羡慕，就在她丈夫来旺外出期间和主人西门庆勾搭上了。这事顷刻引起了潘金莲的不满和警惕，一次她去藏春坞月窗下偷听这两人的私下对话：宋惠莲问西门庆：“你家第五的秋胡戏，你娶他来家多少时了？是女招的，是后婚儿来？”西门庆回答道：“也是回头人儿。”宋惠莲道：“嗔道恁久惯老成，原来也是个意中人儿，露水夫妻。”当潘金莲听到这里时，便“气的在外两只胳膊都软了。”从此，就对宋惠莲视作眼中钉，誓不轻饶，必欲置于死地而后快。

宋惠莲尽管甘心充当西门庆的玩物，但她还没有完全坏透，性格里还存有善良的一面。她没有像潘金莲那样，为和西门庆勾搭，可以不惜谋害丈夫，相反的她总想给自己丈夫找条出路，捞点好处。而西门庆虽勾引奴才的妻子，但他原先却并无陷害来旺的意图。而且为讨好宋惠莲，他还曾想给来旺派个好的差使，如让他去东京押送蔡太师的生辰纲等。但潘金莲却出于急切的报复心理，怎么也不能容忍来旺夫妇，总要想方设法地去坑害他们。她先是挑唆西门庆，说来旺如何如何地在背后谩骂和威胁他，还扬言要杀死他。后来潘金莲见西门庆在陷害来旺问题上一时尚下不了决心，于是就进一步使出计谋，提醒西门庆："你若要他这奴才老婆，不如先把奴才打发他离门离户。常言道：剪草不除根，萌芽依旧生；剪草若除根，萌芽再不生。就是你也不担心，老婆他也死心塌地。"这一席话说得西门庆如醉方醒，于是就下定决心，栽赃诬陷来旺为贼，把他捆去送衙门，打得死去活来，最后又把他递解回原籍徐州，终于实现了潘金莲所提出的"打发他离门离户"的罪恶目的。宋惠莲最后发觉自己受了骗，怨恨不已，责备自己辜负了丈夫，"忍气不过"，终于悬梁自尽。

从肆意陷害来旺夫妇的恶行里，人们看到潘金莲正沿着一条罪恶的道路越滑越远，性格中原有的淳朴、单纯的方面日渐消失，而嫉妒、狠毒、阴险已成了她性格中的活跃部分。

在西门庆的妻妾中，对潘金莲威胁最大的莫过于李瓶儿。

李瓶儿是西门庆的第六房妾。她不仅长得漂亮，以至西门庆第一次见到她时，竟"不觉魂飞天外，魄散九霄"；而且她还为西门庆带来了大批财产。李瓶儿自进入西门庆家后，性格有了很大改变，表现出十分的温顺、善良，不久又给西门庆生了个儿子官哥儿，从此更受西门庆的宠爱。如果说，西门庆对被他所勾引的妇女一般是谈不上有什么真实感情的话，那么对李瓶儿则是例外。潘金莲也早已察觉到了这一点，这无疑是对她的极大威胁。因而她妒火中烧，大有和李瓶儿势不两立的架势，她深知李瓶儿之所以越来越得到汉子的宠爱，最重要的原因就在于她为西门庆生了个儿子，即所谓"母以子贵"。因此她的阴谋，首先从暗算李瓶儿的孩子下手。

一次潘金莲趁李瓶儿不在房里，就从奶子如意儿手里接过官哥儿，在没人处把孩子举得高高的吓唬他，致使孩子梦中惊哭，发寒发热。这样做还不足以泄其愤，又进一步施展阴谋。潘金莲知道孩子平日怕猫，于是就在寻常无人处，用红绢裹肉，令她所豢养的白狮子猫扑而挝食。一天当官哥儿穿着红缎衫儿在外间炕的小褥子上玩耍时，白狮子猫儿只当是平日哄喂它的肉食一般，猛然扑来，将孩子身上都抓破了，“只听那官哥儿呱的一声，倒咽了一口气，就不言语了，手脚俱被风搐起来。”就这样，李瓶儿的孩子官哥儿只活了一年零两个月被潘金莲活活坑害死了。

官哥儿的死，给了李瓶儿一个致命的打击，她痛不欲生。而潘金莲则幸灾乐祸，出奇的兴奋。她每天都是抖擞精神，百般称快。害死官哥儿只是潘金莲阴谋的第一步，而她的最后目的是要置李瓶儿于死地。因此正当李瓶儿哭得死去活来的时候，她却指着丫头，指桑骂槐地叫嚷：“贼淫妇！我只说你日头常晌午，却怎的今日也有错了的时节？你斑鸠跌了弹也，嘴答谷了！春凳折了靠背儿，没的倚了！王婆子卖了磨，推不的了！老鸨子死了粉头，没指望了！却怎的也和我一般？”潘金莲这番恶毒的奚落、咒骂，对李瓶儿犹如雪上加霜。李瓶儿一者思念孩儿，二者着了重气，旧时的病症又发起来了，那消半月之间，渐渐容颜顿减，肌肤消瘦，以至于一病不起。

在潘金莲处心积虑、不择手段地害死官哥儿并气死李瓶儿的过程里，人们看到潘金莲犹如个害人的魔鬼，她不仅淫荡而且又十分阴险、狠毒和狡猾。她在罪恶的深渊里已越陷越深而不能自拔。

李瓶儿孩子的奶妈如意儿，在李瓶儿亡故之后，趁在西门庆跟前递茶递水之便，和西门庆勾搭上了，并逐渐补了瓶儿的缺。这事又很快被金莲发现，并立即引起了她的嫉恨，她就借着如意儿和春梅争使棒槌的事，竟肆意侮辱和殴打如意儿。如意儿深知自己还只是个“下人”，因而不敢与潘金莲正面对抗，这时的西门庆也为她俩的争吵而出来打圆场。他对金莲说：“她（指如意儿）只是手下人，你高高手她过去了，你低低手，她过不去。”如意儿也知趣，就乘机向金莲递了降表：“……娘在前边还是主儿，早晚望娘抬举，小媳妇敢欺心？”一场争风吃醋的轩然大波，又以潘金莲的大获全胜而告终。

与别的女人的争风吃醋中的连连获胜，使潘金莲胆气越来越壮了，汉子的娇纵与庇护，更使她有恃无恐，变得十分的蛮狠专横。为独霸汉子，竟不容别的女人沾边，这就必然会引起众妻妾（包括正妻吴月娘在内）的极度不满，终于酿成了与吴月娘之间的一次面对面的你死我活的激烈火拼。

潘金莲在她刚进西门庆宅的时候，为了在这个家里站住脚跟，曾对吴月娘百般巴结，表现出十分的恭顺；现在她翅膀硬了，就不把吴月娘放在眼里，随着家庭中矛盾斗争的日益深入，她已日益感到吴月娘是她独霸汉子的一个最后也是最大的一个障碍，她必须冲破这个障碍。

潘金莲长期以来的一个很大苦恼，就是自己没有生个儿子，这将严重威胁她在西门庆家中的地位。因此当她得悉吴月娘怀孕的消息后，就更加着急，十分窝火。

一次偶然的机会，她抓住了吴月娘房里丫头玉箫与人通奸的事，就乘此对她进行要挟，终于从玉箫口中获悉了吴月娘之所以能怀孕，是由于吃了薛姑子衣胞符药的缘故，于是她就立即如法炮制，争取自己也能很快怀孕。

一天当她服了薛姑子的衣胞符药之后，就急匆匆地闯入吴月娘房中，令西门庆马上回她房里，她说完转身就走。不想这事激怒了吴月娘，吴月娘就立即告诫西门庆："我偏不要你去，我还和你说话哩。你两人合穿着一条裤子也怎的？是强汗世界，巴巴走来我这屋里硬来叫他。没廉耻的货，自你是他的老婆，别人不是他的老婆？"在吴月娘盛怒之下，西门庆那晚就没有到金莲房中。这下使金莲十分恼怒，终于引发了和月娘的一次激烈火拼。金莲急匆匆地去月娘处，气势汹汹地当面责问："可是大娘说的，我打发了他（指她的母亲）家去，我好把拦汉子！"月娘在金莲的挑衅面前毫不示弱，立即予以反击："是我说来，你如今怎么的我？本等一个汉子，从东京来了，成日只把拦在你那前头，通不来后边傍个影儿。原来只你是他的老婆，别人不是他的老婆？"当金莲斥月娘"浪"时，月娘即以嘲弄的口吻给以有力反驳："这个是我浪了，随你怎的说。我当初是女儿填房嫁他，不是趁来的老婆。那没廉耻趁汉精便浪，俺每真材实料不浪！"这样当众不顾情面地去揭潘金莲的老底，使潘金莲受不了了。于是"坐在地下就打滚打脸上，自家打几个嘴巴，头上鬏髻都撞落一边，放声大哭……"一个泼妇形象，活脱脱地呈现在读者的面前。月娘在金莲的撒泼面前并不退让："你放恁个刁儿，那个怕你么？"在这场剧烈的冲突中，金莲没想到竟碰得头破血流。出现这一结局的原因究竟在哪里呢？潘金莲在争宠中由于接连得逞而被胜利冲昏头脑，因而事先过高地估计了自己的力量，而对吴月娘长期来在家庭中的威望与影响认识不足，对西门庆可能出现的反应事先也掌握不准。西门庆尽管对吴月娘谈不上有很深感情，但出于头脑里封建正统思想的支配，在关键时刻，他还是要照顾正妻的地位和威信。就在这场激烈的争吵之后，西门庆为安抚吴月娘，急忙对她说："好姐姐，你别要和那小淫妇儿（指金莲）一般见识"，就是个明证。

金莲和月娘间所发生的这场火拼决非偶然，它是西门庆家各种矛盾斗争激化和潘金莲性格发展的必然结果。人们看到：由于潘金莲一连串的不义行为，使她在这个家庭中的处境变得越来越孤立，除西门庆和春梅外，几乎人人都在厌恶她、反对她。但这一情况，潘金莲自己却认识不足。

西门庆最后也是由于潘金莲的过分淫荡而把他送了命。西门庆一死，潘金莲顿时失去了靠山，她再也不能有恃无恐了。但此时她还欲令智昏，不知收敛自己。早在西门庆生前，她就背地里和琴童儿、女婿陈经济等发生过淫乱关系，现在丈夫一死，她更肆无忌惮地和女婿通奸。月娘对她早就怀恨在心，这下，在抓到了金莲和陈经济通奸的真凭实据之后，对她开刀了——令王婆把她带出去卖了，最后潘金莲是死在遇赦回来的武松手下，结束了她短暂而充满罪恶的一生。

像潘金莲这样的形象在以往的小说里还没有出现过，作者对潘金莲形象的刻画无疑是成功的。这一形象血肉饱满，性格错综复杂，具有多面性和多层次性。潘金莲对与她争宠的妻妾、仆妇和丫环表现出那样的凶狠残暴；但在西门庆面前又是那样的谄媚恭谨，不惜忍受各种屈辱，心甘情愿地去满足他的种种变态性要求，以博取他的欢心。潘金莲有时嫉妒奸恶，但有时也很心直口快；有时很狡猾、卖乖，但有时又那么利令智昏、表现十分愚蠢。利己主义和享乐主义已成了她性格的内核。

潘金莲一生走了一条从贫家女子到富家婢女到侏儒妻子再到市侩流氓玩物以至最后被杀的道路。这是一出封建社会里一个贫家女子被逼走向毁灭的悲剧。

对这一悲剧，人们历来就有不同的认识。有不少人认为潘金莲是罪有应得，咎由自取，对她只能谴责，不应给予半点怜悯、同情；但另一些人则持不同看法，对潘金莲抱有更多的同情，认为她之陷入这罪恶深渊而不能自拔主要是社会逼迫所致。

在分析潘金莲这一悲剧时，我们不能只是就事论事，而是应该结合她所处的时代和社会的客观情况去分析。

必须看到，在当时的社会条件下，像潘金莲这样出身于穷家小户的女子，在她的前面本来就没有什么美好的前程可言。当社会上的罪恶势力向她这样女子袭来的时候，可供她们选择的出路也实在少得可怜。一条路是听凭他人的蹂躏、糟蹋、乖乖地屈从于命运的安排，做个顺从的奴隶。具体地联系到潘金莲情况说，当张大户把她作为一件礼品白白送给武大郎这样猥琐男人作妻时，不管她的内心如何的屈辱和痛苦，也得认命，就此窝囊地受罪一辈子。另一条路，则是不甘听凭恶势力的摆布，不认命，不屈服，在不幸中极力挣扎、反抗，开出一条通往幸福的路来。潘金莲就是选择了这后一条路。

但后一条路荆棘丛生，险象迭出，而且几乎找不出正确方向。令人可悲的是：在这个女子被剥夺了一切权利的社会里，潘金莲想按正当途径去摆脱被歧视、被污辱、被蹂躏的不幸身世，去寻觅一条获取幸福的路子几乎是不可能的。张大户把武大郎这样一个丑陋猥琐的男子强加于她，使她陷入痛苦绝望之中，但她怎么也找不出正当途径离开武大郎，她既不能与武大离婚，也不能让武大主动“休”了她，于是被迫采取了凶狠、残酷的手段，伙同王婆、西门庆合计毒死了武大，接着又主动投向西门庆的怀抱，甘心充当这个市侩、流氓的玩物和帮凶，就这样一步步地使自己陷进一个罪恶的深渊，变成了一个凶狠、毒辣、淫荡的坏女人。因此，在潘金莲的堕落、毁灭过程中，似乎不应过多地把形成这一悲剧的原因归咎于她本人，而应更多地去注意时代和社会的复杂因素。

潘金莲这一形象的典型意义，不仅仅给人们塑造了一个淫荡无耻的坏女人的成功典型；更重要的是通过这一形象深刻无比地揭示出社会的黑暗和野蛮，封建法治和伦理道德的虚伪、残酷，致使那些被压迫妇女走投无路，只得以悲剧告终。小说通过出色的艺术描写告诉人们：是一个充满着荒唐和罪恶的社会滋生了潘金莲这样一个人物，又是这个充满着荒唐和罪恶的社会彻底毁灭了这个人物。

（原载《金瓶梅学刊》（试刊号）1989 年，收入《金瓶梅红楼梦纵横谈》，北京大学出版社 1990 年版）

真切、完整的人物形象——李瓶儿

文学史家和古典小说的研究者在谈及《金瓶梅》在人物塑造上的创造性成就时常举出西门庆、潘金莲、应伯爵和陈经济等人物为例加以论证，这是符合实际情况的，也是很恰切的。但当论及《金瓶梅》在人物刻画上尚有缺点和不足时，有些论者往往举出李瓶儿为例，指出她性格的前后分裂，从而影响到了整个形象的完整和统一。

这样的认识是否符合实际？有没有说服力？是值得商榷的。

在评论古典文学中的人物形象时，有两点应该特别引起我们的注意：一是要熟悉历史，善于把人物放在特定的历史条件下去考察、分析；二要熟悉生活，善于联系生动丰富的实际生活去观察思考，要充分认识到人际关系的错综复杂的情况，切忌按某种固定不变的模式去套用的教条主义做法。

在论及李瓶儿形象刻画成功与否的时候，首先需要辨认清楚的是李瓶儿是个什么样的女性形象。只有弄清了这一点，才有可能得出比较符合事实的结论。

李瓶儿是小说《金瓶梅》里仅次于潘金莲的重要女性角色，是西门庆最宠的第六个妾。她之所以取名瓶儿，是因为她正月十五日生，那天正好人家送来一对鱼瓶儿，所以就被唤做瓶姐。

李瓶儿最早是大名府梁中书的妾，而梁中书是奸臣蔡京的女婿，这中书府是个豪华侈靡的贵族之家，李瓶儿生活在这样一个环境里，很早就沾染上许多淫逸之习。但中书夫人——蔡京女儿，平时对婢妾防范甚严，手段甚是毒辣，其中多数婢妾被她打死后埋在后花园中。在她的雌威之下，李瓶儿在感情生活上备受压抑是可以想见的，所以小说交代，李瓶儿平时只在外书房居住，由养娘服侍。

李逵大闹大名府时，梁中书与夫人各自逃生，李瓶儿也就带了一百颗大珠，二两重一对鸦青宝石，与养娘走上东京投亲，后嫁了花太监侄子花子虚为妻。太监升为广南镇守后，她随之去广南，后来太监有病告老回山东清河故里，她们夫妇俩也就随之迁回清河居住。

李瓶儿与花太监的关系是不同一般的。花太监把遗产都交给了这个侄儿媳妇，其中有些连他侄子都不知道，从中就可以看出他俩之间的不可告人的暧昧关系。李瓶儿自成了花子虚妻之后，尽管物质生活很富裕，且手头还掌握着大笔的钱财；但由于花子虚整日游荡妓院，把她这样一个年轻妻子丢在家里不管，这使她内心十分痛苦。自从她逃离梁中书家后，就向往着找个有情有义的丈夫，过上和谐美满的夫妻生活，能获取丈夫的疼爱，现在却碰上花子虚这样没出息的花花公子，这使她特别的失望。正是在这样一个特定的环境里，西门庆的介入和她勾搭上，才成为可能。李瓶儿和西门庆第一次见面时，就向他诉说了长期来积压于内心的痛苦："奴为他（指丈夫花子虚）这等在外胡行，不听人说，奴也气了一身病痛在这里。"西门庆这一风月场中的老手，对这个漂亮妇人的内心情绪一眼就看透了，他抱着为她鸣不平的态度，煞有介事地批评了自己的结义兄弟："嫂子在上，不该我说，哥也糊突，嫂子又青年，偌大家室，如何便丢了去？成夜不在家，是何道理！"这使李瓶儿不能不感动，觉得西门庆能尊重、体贴自己，懂得自己的感情、心愿和要求，从而顷刻对他产生了好感，立即作出了为西门庆所期待的反应："往后大官人但遇他在院中，好歹看奴薄面，劝他早早回家，奴恩有重报，不敢有忘。"接着小说写了这样一段话："这西门庆是头上打一下脚底板响的人，积年风月中走，甚么事儿不知道。可可今日妇人到明明开了一条大路，教他入港。"从上述这些描写里，使人明显地意识到李瓶儿已开始背叛自己的丈夫，在感情上倒向了西门庆。

自和西门庆勾搭上之后，随着感情生活包括性欲获得满足，李瓶儿对西门庆越来越倾慕、钟爱，同时对花子虚愈来愈厌恶和反感。

花子虚因和同房族兄弟的财产纠纷而被做公的抓走之后，这从客观上进一步推动了李瓶儿和西门庆之间的勾搭。李瓶儿在惊慌失措之余，只得求救于西门庆："大官人没耐何，不看僧面看佛面。常言道：家有患难，邻保相助。因奴拙夫不听人言，把着正经家事儿不理，只在外信着人，成日不着家；今日只当吃人暗算，弄出这等事来……我一个女妇人，没脚蟹，那里寻那人情去！发狠起将来，想着他恁不依说，拿到东京打的他烂烂的不亏！只是难为过世老公公的名子。奴没奈何，请将大官人来，央及大官人，把他不要题起罢。千万只看奴之薄面，有人情，好歹寻一个儿，只休教他吃凌逼便了。”西门庆早就垂涎于李瓶儿的美色，对她提出的请求，当然会慨然应诺，况且京里有他强大的靠山，他要帮助李瓶儿，这对他来说是件轻而易举的事：“嫂子放心，我只道是甚么事来，原来是房分中告家财事，这个不打紧处。既是嫂子分付，哥的事儿就是我的事，我的事就如哥的事一般，随问怎的我在下谨领。”西门庆的这一举动，就使李瓶儿更感到他确是个“热情仗义”的男子汉，而且对自己竟这样的关怀、体贴，有求必应，不愧是个知己，从而进一步投向了他的怀抱。为报答对方的情义，她一下就慷慨地拿出三千两银子和大批珍宝玩物交西门庆作为营救丈夫的活动费用，当西门庆回答：“只消一半足矣”时，她却坚持要西门庆收下，理由是：“趁此奴不思个防身之计，信着他，往后过不出好日子来。眼见得三拳敌不得四手，到明日没的把这些东西儿吃人暗算明夺了去，坑闪得奴三不归。”但西门庆听了，还有顾虑：“只怕花二哥来家寻问怎了？”李瓶儿马上回答他：“这个都是老公公在时，梯已交与奴收着的，之物他一字不知，大官人只顾收去。”很显然，李瓶儿是乘这机会，有意地将花家的财产转移至西门庆家。可以看出，这时的李瓶儿已下定决心离开花家，准备去给西门庆作妾，用她自己对西门庆的话说：“奴不久也是你的人了。”

当花子虚打官司出来之后，一见家中原先的银两、珍宝及房舍、田庄都没了，就向李瓶儿追问下落，不料竟遭李瓶儿的一顿臭骂：“呸！魍魉混沌！你成日放着正事儿不理，在外边眠花卧柳，不着家，只当被人所算，弄成圈套，拿在牢里，使将人来对我说，教我寻人情。奴是个女妇人家，大门边儿也没走，能走不能飞，晓的甚么？认的何人？那里寻人情？浑身是铁，打得多少钉儿！替你到处求爹爹、告奶奶，甫能寻得人情。平昔不种下，急流之中，谁人来管你？多亏了他隔壁西门庆，看日前相交之情，大冷天，刮的那黄风黑风，使了家下人往东京去，替你把事儿干的停停当当的。你今日了毕官司出来，两脚踏住平川地，得命思财，疮好忘痛，来家还问老婆找起后帐儿来了，还说有也没。……”花子虚遭李瓶儿的痛斥和出卖后又气又恼，竟一命呜呼了。花子虚与其说是死在西门庆手中，还不如说是死在李瓶儿手里。对花子虚来说，李瓶儿实是无情无义，以至活活将他气死，够残酷的了！李瓶儿自己也清楚这一点，因此，内心常为此而感到不安。她在临终前梦见前夫花子虚来索命，就是上述心理状态的形象反映。

李瓶儿这个原本柔弱的妇女，竟毅然决然地背弃自己的丈夫倒向西门庆的怀抱，其原因何在？有人可能把它归之为西门庆的有钱、有势、有地位，这固然不无道理，在小说的艺术描写里，也确有李瓶儿对西门庆权势艳羡的描写，但这决非是主要的。因为李瓶儿并非穷家小户的女子未曾见过世面，更非生活贫困，而急于向往过一种舒适富裕的生活。她的物质生活很优越，而且手头还有大笔财产，只是感情生活长期得不到满足，以至内心感到十分的痛苦和失望。西门庆突然闯入她的生活，关心她、体贴她，进而给了她感情方面，包括性生活上的充分满足，从而使她郁郁寡欢的生活整个变了个样。西门庆这个流氓、市侩，在她的眼里竟成了个慷慨豪爽、仗义疏财、气派非凡、知情达礼的"英雄好汉"。对比之下，花子虚则成了没出息、很窝囊、又寡情的厌物，这就是李瓶儿决心背弃自己的丈夫，甚至不惜把他活活气死，投向西门庆的主要原因。一次李瓶儿在与西门庆做爱时，当西门庆问她："当初有你花子虚在时，也和他干此事不干?"李瓶儿回答是："他逐日睡生梦死，奴那里耐烦和他干这营生，他每日只在外边胡撞，就来家奴等闲也不和他沾身……甚么材料，奴与他这般顽耍，可不砢碜杀奴罢了。谁似冤家这般可奴之意，就是医奴的药一般，白日黑夜教奴只是想你。"在李瓶儿的这段答话里，对她为什么这样主动而急切地和西门庆勾搭作了生动而形象的注解。

花子虚死后，李瓶儿之成为西门庆妾，似乎已是理所当然的事，但"天有不测风云"，西门庆突然因靠山杨戬的倒台而受牵连。在这性命攸关的时刻，别的事都已无暇顾及了，因此与李瓶儿的关系也只好被迫中断，原先如何将李瓶儿娶来家中的一切如意的设想也只得暂且搁置一旁，但李瓶儿此时却一切都蒙在鼓里，她突然发现西门庆不来找她了，她便不断地使冯妈妈去邀请西门庆来家，却连连吃了闭门羹，致使李瓶儿相思成疾，精神恍惚，渐渐地形容黄瘦，饮食不进，卧床不起。这时医生蒋竹山出于对李瓶儿美色的垂涎，就乘给她看病之便，揭露了西门庆的种种恶行，"此人专在县中抱揽说事，举放私债。家中挑贩人口。家中不算丫头，大小五六个老婆，着紧打倘棍儿，稍不中意，就令媒人领出卖了。就是打老婆的班头，坑妇女的领袖。娘子早时对我说，不然进入他家，如飞蛾投火一般，坑你上不上，下不下，那时悔之晚矣。”而其中最关重要的是向瓶儿传递了一个惊人的信息：西门庆已被牵连进了一个重大的政治案件之中，“东京门下文书，坐落府县拿人，到明日，他盖这房子，多是入官抄没的数儿。娘子没来由嫁他则甚?”这一音讯，犹如晴天霹雳，她突然意识到西门庆迎她去作妾已是不可能了。在这种万不得已的情况下，李瓶儿见蒋竹山语言活动，一团谦恭，就权且让他倒踏门进来，以解决她感情上的孤独、苦闷，同时身边也可有个男人作依靠。但这丝毫也不意味着她对蒋竹山有什么深入了解和真挚的感情，更不是对西门庆的一片深情就此消失了。

李瓶儿招赘蒋竹山为婿之后，很快就发现他原是个猥琐可厌的男子，与西门庆相比，简直不可同日而语，渐渐地颇生憎恶。蒋竹山见势不妙，为讨李瓶儿高兴，竟添置各种淫器淫药，哪知反被她一顿污辱和痛斥：“你本虾鳝，腰里无力，平白买将这行货子来戏弄老娘家。把你当块肉儿，原来是个中看不中吃，腊枪头，死王八!”

西门庆从政治案件的牵连中解脱出来之后，顿时又神气活现起来。李瓶儿得悉这情况后感到十分懊丧，特别是当她怀念起和西门庆相处的这段热烈的情爱生活时，就更加厌恶起蒋竹山而惦念起西门庆来了。这时西门庆为报复蒋竹山，就买通了流氓打手和衙门官吏把他整治得死去活来，直至迫使李瓶儿把他撵出家门为止。李瓶儿为表示对蒋竹山的蔑视，在她临出门时，还特意使冯妈妈舀了一锡盆水，赶着泼去。

李瓶儿之撵走蒋竹山，固然有西门庆蓄意报复蒋竹山，大肆捣乱、破坏所致；但也不能忽视李瓶儿自身的原因：就是蒋竹山无法满足她感情包括性爱生活的需要，因此李瓶儿对他愈来愈不能容忍，也正是出于同一个原因，她也越来越迫切地希望及早地回到西门庆身边。小说的作者唯恐读者对此领会不深，还特意地说了这样一段话：“初时蒋竹山图妇人喜欢，修合了些戏药部，门前买了些甚么景东人事，美女相思套之类，实指望打动妇人心。不想妇人曾在西门庆手里，狂风骤雨都经过的，往往干事不称其意，渐渐颇生憎恶，反被妇人把淫器之物都用石砸的稀烂，都丢吊了。”

如上所述，蒋竹山在揭露西门庆的霸道行为时，曾称他是“打老婆的班头，坑妇女的领袖”这话，李瓶儿虽亲耳听到了，但当时她还缺乏实际的体验。

西门庆早已估计到李瓶儿在撵走了蒋竹山之后，还会乖乖地投向他的怀抱。他对李瓶儿在他倒霉之时，突然让蒋竹山当她的倒踏门女婿甚是气愤。为教训李瓶儿，使她领略一下他的厉害，好今后对自己服服帖帖，于是他决心要给李瓶儿一点颜色看。先是他根本不去理睬李瓶儿要重新嫁给他为妾的要求，后来在李瓶儿的再三央求下，他就托人捎话给李瓶儿："贼贱淫妇，既嫁汉子，去罢了，又来缠我怎的！既是如此，我也不得闲去，你对他说，甚么下茶下礼，拣个好日子，抬了那淫妇来罢。"

李瓶儿这时为急于投靠西门庆，和他重归于好，也顾不得西门庆家中众妻妾的冷嘲热讽，竟厚着脸皮，自己送上门去。西门庆在李瓶儿进家之后，又故意百般冷淡她，一连三日，不去睬她，这使李瓶儿又气又恼，只得悬梁自尽，被众人救了下来。西门庆得悉情况后，对她非但不同情和抚慰，反而急匆匆地奔至李瓶儿房间，拿出绳子，逼着她去上吊，并声色俱厉地训斥李瓶儿："我自来不曾见人上吊，我今日看着你上个吊儿我瞧！"一付流氓恶棍的嘴脸，活脱脱地呈现在读者的面前。李瓶儿对此无可奈何，只有痛哭。

西门庆这样还不足以泄其愤，又令李瓶儿脱光衣服跪着，妇人稍有迟疑，就取出鞭子向她身上抽去，直至李瓶儿脱光衣服，战战兢兢地跪在地上听命为止。小说成功地为读者刻画了这个市侩降服妇女的狰狞面貌。为让李瓶儿今后对他不敢有半点忤逆，同时也为了满足自己的虚荣心，他还逼着李瓶儿回答他所提出的问题："我比蒋太医那厮谁强？"李瓶儿至此巴不得对他奉迎讨好，以博取他的欢心："他拿甚么来比你？你是个天，他是块砖。你在三十三天之上，他在九十九地之下。休说你仗义疏财，敲金击玉，伶牙俐齿，穿罗着锦，行三坐五，这等为人上之人，自你每日吃用稀奇之物，他在世几百年，还没曾看见哩！他拿甚么来比你？你是医奴的药一般，一经你手，教奴没日没夜只是想你。"李瓶儿这番肆意吹捧西门庆，竭力贬斥蒋竹山的话，使西门庆的虚荣心得到了极度的满足，从而转嗔为喜，丢了鞭子，用手把妇人拉将起来，穿上衣服，搂在怀里，说道："我的儿，你说的是。果然这厮，他见甚么碟儿天来大！"于是两人才又重归于好。

李瓶儿自进入西门庆家当上了西门庆的第六房妾之后，她的性格有了很大的转变，对西门庆表现出特别的温顺、善良以至到了百依百顺的地步。她没有像潘金莲那样，除了西门庆外，有时还去勾搭其他男人发生淫乱关系，而是十分忠实于西门庆，一门心思地扑在他身上。尽管西门庆一度曾对她甚是凶狠，引起了她内心的痛苦，但这些比起她从西门庆那里所得到的，已属无关重要了，甚至在她看来，这也是个“有出息的男子汉”所惯常干的。人们看到：李瓶儿对西门庆的爱，已到了死心塌地、无以复加的地步。为了他，可以牺牲自己的一切，直至在她生命垂危的时候，还一口一声地喊：“我的哥哥。”即便不能与西门庆长期生活在一起，也期望着尽量和他多厮守些日子。自己已病得不成人样了，还要处处为西门庆着想，给他考虑这，考虑那，甚至在死后，还要托梦给西门庆，语重心长地嘱咐他：“切记休贪夜饮，早早回家。”

如果说，西门庆对他的众多妻妾和相好，一般是谈不上有什么真正感情的，只是发泄性欲；那么对李瓶儿有些例外。李瓶儿死时，他大哭大叫，确实动了真情，因此曾引起家里其他妇女的嫉妒和不满。显然李瓶儿在西门庆的众妻妾中无疑是最得宠的。但她没有利用自己所独有的优越地位去傲视其他妻妾、称王称霸，相反的却处处表现出委曲求全、逆来顺受。潘金莲如此处心积虑地去谋害她、暗算她，她却没有给以应有的反击，而只是忍气吞声，一味地退让。她平时对家中的下人们，也从不拿出一副主人的架势，居高临下地去训斥他们，或一不高兴，就动辄打骂；相反的倒是多方体贴、关心他们，在钱财、物质上去资助他们。西门庆的心腹小厮玳安就赞她为人最好，又谦让，又和气，没有骂过他们，在叫他们购置东西时，还要让他们从中捞些好处，有时借了钱给他们，也不向他们讨还。

确实，在人们考察了李瓶儿一生的表现之后，都会感到她前后性格的明显不同：对花子虚和蒋竹山，她是那样的无情无义、刻薄寡恩；但自从嫁给了西门庆之后却又表现出那么善良、温顺，即便是遭人坑害，也总是一味地委屈求全、忍气吞声。

这种前后性格的不同，能否称之为人物性格的分裂？能否算是破坏了人物形象的完整和统一？不能！

大千世界犹是人生的万花筒。在实际生活里，妇女们的性格、气质，追求、向往是各不相同的，我们不能以某些为自己主观所认可的模式去衡量现实生活里种种不同的人物性格。在众多类型的妇女中间，存在着一类被称为“痴情型”的妇女，她们把追求情爱上的满足视为人生头等重要的事情。只要有个她所中意的男子，关心她、体贴她，在感情上包括性生活方面能充分地满足她的要求，那不管对方在思想、品德上还存在着多少缺陷，她都可以不予计较，死心塌地去爱他，必要时为他牺牲一切。相反，如果男方不去关心她、体贴她，在感情上和性生活方面故意冷淡她，那她怎么也受不了，即使是自己的丈夫，也不能长久地厮守在一起。一有机会，就会和对方立即闹翻，以至完全破裂。李瓶儿就是这样一种女性。她是个一味痴情以至丧失理性的女性典型。对此特性，作者在第二十九回《吴神仙贵贱相人》里，作了十分形象的提示。吴神仙在给李瓶儿看相后，在对她所作的评语中有这样的话："常遭疾厄，只因根上昏沉。"这里所说的"昏沉"，应该是指她只迷醉于感情而缺乏理智，所以她对周围环境以及西门庆其人都认识不清，陷于昏昏沉沉的状态。不是吗，西门庆一贯奸骗妇女、坑害妇女的本质特征，李瓶儿不仅早有所闻并也有自己的切身体会，可是感情蒙住了她的眼睛，使她一点也看不到这些。从小说的具体艺术描写里看得很清楚：李瓶儿悲剧的制造者应该是西门庆和为西门庆所疼爱、庇护的潘金莲。可李瓶儿本人却把西门庆视为自己的救命恩人，是幸福生活的赐与者，是自己最理想的男人，因此她始终不渝地爱他、疼他，一切都围绕着他来转，为他奉献出自己的一切，以至自己的生命。李瓶儿之所以对潘金莲咄咄逼人的气势，对她所施展的种种毒辣的阴谋和陷害，一再退让、容忍，也是因为潘金莲是西门庆所喜欢的女人，一贯受到西门庆的庇护。既然她爱西门庆，一心为了西门庆，那就得看西门庆面上，不能和潘金莲撕破脸皮对着干，只得忍气吞声，一让再让。

当我们明确了李瓶儿是怎样一个典型之后，就会认识到她前后性格的不同表现是由她前后完全不同的环境所促成的，这种性格上的发展是完全符合事物情理的，不能称之为"性格的分裂"，因为就在这前后性格的不同变化之中，存在着人物特性的有机的内在联系，表现出了人物性格在不同环境之下的合乎逻辑的发展。因此，小说这样写，非但没有破坏形象的统一和完整；相反，倒使形象更加饱满，更具有丰富的内涵，更值得人们回味。

《金瓶梅》作者在李瓶儿形象的塑造中，再一次地显示出他认识生活的深度以及他高超的现实主义描写艺术。

（原载《文史知识》1989 年第 2 期，后经作者修改，收入《金瓶梅红楼梦纵横谈》，北京大学出版社 1990 年版。本书选用修改稿）

心高气傲、聪明狡黠的婢女——庞春梅

在《金瓶梅》之前的我国文学作品里，虽出现过众多的婢女形象，但给人留下深刻印象的却不多，至于够得上高度典型化的则更少。如果说《西厢记》里的红娘为我国婢女中的正面形象提供了一个美的典型；那么《金瓶梅》里的庞春梅则为我国婢女中的反面形象提供了一个恶的典型。

庞春梅是《金瓶梅》作者所着力刻画的一个人物，是贯串全书始末的一个艺术形象。她虽只是个西门庆家的婢女，但作者却把她和西门庆的宠妾潘金莲、李瓶儿放在同等重要的地位，形成了鼎足而三的局面，成为小说命名的三个人物之一。

在庞春梅的一生经历中，可以明显地划分为两个时期：前一个时期，她以西门庆家中一个得宠婢女的身份和潘金莲结为知己，两人狼狈为奸与众妻妾展开了激烈的争风吃醋的斗争，干尽了种种坏事。第二个时期，她在被赶出西门宅后，竟因祸得福，成了守备夫人后又高升为统制夫人，于是，利用她取得的地位和权势，作威作福，最后因淫欲过度而死。

春梅最早是西门庆大娘子吴月娘房里的丫头，西门庆娶了潘金莲之后，才把她调去金莲房里服侍金莲并赶着金莲叫娘的，春梅比起一般婢女不同：她长得俊俏、聪慧，加之她“喜谑浪、善应对”，就形成了她胜过其他婢女的独特优势。正是凭了这个优势，使潘金莲对她十分看重，决心抬举她，不让她上锅抹灶，只叫她“在房中叠被递茶水”，并“衣服首饰拣心爱的与他”，之后，潘金莲又主动地让西门庆收用她，好借此进一步笼络汉子；同时也好让春梅出于对自己的感激之情而心甘情愿地和她结为死党，以便在日后与众妻妾的争风吃醋中，成为她的心腹和得力助手。同样，春梅凭了这个优势，也使西门庆很快喜欢上了她，对她格外青睐，特别在她被西门庆收用之后，两人关系就更为亲密，这种亲密程度甚至超过了妻妾。这里有一件事情很能说明他俩之间的特殊关系。一次当西门庆得悉潘金莲在他留宿妓院期间曾与家里琴童私通，于是他一回到家就审问拷打潘金莲，当时允许在场的只有春梅一人。由于潘金莲的坚决否认，使西门庆对事情的真伪一时委决不下，于是就主动征求春梅意见，并以春梅意见为准。他问春梅："淫妇（这里指潘金莲）果然与小厮有首尾没有？你说饶了淫妇，我就饶了罢。"春梅考虑到潘金莲平时对她一贯的照顾和关怀，于是就在这关键时刻尽量给金莲说好话，她以自己的聪慧机敏，撒娇撒痴地对西门庆说："这个爹，你好没的说！和娘成日唇不离腮，娘肯与那奴才！这个都是人气不愤俺娘儿们，作做出这样事来。爹，你也要个主张。好把丑名儿顶在头上，传出外边去好听？"看，春梅的话是说得多么巧妙而又入情入理，使西门庆不得不信以为真，于是就丢了马鞭子，一面教金莲起来穿上衣服，同时又吩咐秋菊看菜儿，放桌儿吃酒。潘金莲所面临的这一灾难就此消失得无影无踪。通过这一事例，看出西门庆对春梅是何等地疼爱和信任！一次潘金莲对薛嫂曾说过这样的话："西门庆把春梅当心肝肺儿一般看待，说一句听十句，要一奉十，正经成房立纪老婆且打靠后，他要打那个小厮十棍儿，他爹不敢打五棍儿。"

西门庆和潘金莲的热心关注和大力支持，使春梅越发心高气傲。春梅在千方百计地巴结、奉承西门庆、潘金莲表示对他们忠心不二的同时；对其他人，特别是和她地位相等或不如她的人，却处处摆出一副高人一等的架势，以显示她的非同一般。

潘金莲去西门庆家不久，当她刚站住脚跟，就野心勃勃地想在这个家庭中逐步建立起自己的霸权，于是她选择了对手中力量最弱的孙雪娥开刀，她借西门庆之手，把孙雪娥狠狠地打了一顿，开始显示出她在家庭中的地位和力量。在这一事件中，春梅给了她有力的配合。之后，潘金莲在和众妻妾争风吃醋的一系列斗争中，都或明或暗地得到春梅的支持与配合，两人的关系也因此而愈来愈紧密；以至连金莲私下和女婿陈经济的勾搭的事也并不瞒她，而春梅在紧跟随潘金莲方面也做到了死心塌地、言听计从。在春梅看来，只要有西门庆、潘金莲两人做靠山，她就可以在别人面前逞威使性，无所顾忌。她心高气傲，决不安心于目前这个卑下地位，处处想出人头地，闯出一个有利于自己往上窜的新局面来。

吴神仙来西门庆家相面，在众位女眷之中，唯独春梅的断语最好，说她今后必得贵夫而生子、有当夫人、戴珠冠的份儿。这引起子吴月娘的怀疑和忌妒，说："我只不信说他春梅后来戴珠冠，有夫人之分。"但春梅却对自己充满自信，对吴月娘的话很不以为然，她说："常言道，凡人不可貌相，海水不可斗量。从来旋的不圆砍的圆。各人裙带上衣食，怎么料得定？莫不长远只在你家做奴才罢！"在春梅想来，我哪一点不如你们，为什么我就不该当夫人，没有戴珠冠的份儿？她虽是个婢女，但自视甚高，总感到要比别人高明一着。一次西门庆叫乐工李铭给春梅、玉箫、迎春、兰香等人教演乐器，后来玉箫等人都走了，只落下春梅一个和李铭在一起，李铭这时喝了点酒，见春梅袖子宽，把手兜住了，就把她手拿起，略按重了些。春梅就怪叫起来，把李铭骂得个狗血喷头："好贼王八！你怎的捻我的手，调戏我？贼少死的王八，你还不知道我是谁哩！一日好酒好肉，越发养活的那王八灵圣儿出来了，平白捻我手的来了。贼王八，你错下这个锹撅了，你问声儿去。我手里你来弄鬼，等来家等我说了，把你这贼王八一条棍撵的离门离户。没你这王八，学不成唱了？愁本司三院寻不出王八来，撅臭了你这王八了！"她这样千王八、万王八地骂人家，似乎她是多么的高贵和正经八百！春梅就是这样的奴才，她可以心甘情愿地被主人西门庆玩弄，当他的泄欲工具；但和她地位相等或不如她的人则不能动她一根毫毛，她一定要在他们面前装成如何的高贵和不可侵犯。如果有人触犯了她这种自尊心，她决不相饶，定要报复。一次春梅指派春鸿叫卖唱的瞎姑娘来唱曲，这时申二姐正伴着大妗子、大姐、三个姑子和玉萧等在一起吃芫荽芝麻茶，春鸿叫道："申二姐，你来，俺大姑娘前边叫你唱个儿与他听去哩。"申二姐却答道："你大姑娘在这里，又有个大姑娘出来了！"春鸿道："是俺前边春梅姑娘这里叫你。"申二姐对此却不以为然："你春梅姑娘他稀罕，怎的也来叫的我？有郁大姐在那里也是一般。"坐着就是不动身。春鸿回去向春梅转达了申二姐的话。春梅一听，觉得这么一个瞎姑娘居然敢于对她如此傲慢，那还了得！就三尸神暴跳，五脏气冲天，一阵风似地走到申二姐那里，给了她一顿臭骂："……你无非只是个走千家门、万家户、贼狗攮的瞎淫妇！你来俺家才走了多少时儿，就敢恁量视人家？你会晓的甚么好成样的套数唱，左右是那几句东沟篱、西沟坝，油嘴狗舌、不上纸笔的那胡歌野调，就拿班做势起来！真个就来了！俺家本司三院唱的老婆，不知见过多少，稀罕你这个儿，韩道国那淫妇家兴你，俺这里不兴你。你就学那淫妇，我也不怕你。好不好，趁早儿去，贾妈妈与我离门离户！"把申二姐骂的睁睁的，敢怒而不敢言。最后申二姐只能哭哭啼啼地离去。春梅骂走了申二姐，还得意地向众人夸口："乞我把贼瞎淫妇一顿骂，立撵了去了。若不是大妗子劝着我，脸上与这贼瞎淫妇一两个耳刮子才好。他还不知道我是谁哩！叫着他张儿致儿，拿班做势儿的。"她就是要处处显示自己非同一般，不让人小看她！

西门庆一死，潘金莲、春梅顿时失去了靠山，她们在家庭中的地位也更趋孤立。她俩深知长期来在家庭中积怨甚多，因此更须相互支持，去对付共同的对手。潘金莲在西门庆生前就暗地里和女婿陈经济勾搭上了，现在更无顾忌了。一次潘金莲正与陈经济在楼上苟合，被春梅撞上了。金莲要春梅务必保守秘密，春梅便说："好娘，说那里话。奴伏侍娘这几年，岂不知娘心腹，肯对人说！"但究竟事关重大，金莲还是不放心，要春梅和她一起参与进来才放心，"你若肯遮盖俺们，趁你姐夫在这里，你也过来，和你姐夫睡一睡，我方信你。你若不肯，只是不可怜见俺每了。"春梅为对金莲表示忠心，就立即依允了。

金莲在宠爱春梅的同时，却对另一个丫头秋菊一贯给以虐待。春梅在金莲虐待秋菊的过程中，始终扮演了个助纣为虐的角色，因此秋菊对她们两人的怨恨结得特深。当秋菊发现了潘金莲和经济的勾搭之后，就把情况告诉了小玉，要她转告给吴月娘，岂料小玉不但没告诉月娘，反而告诉了春梅，春梅知道后就对金莲说："娘不打与这奴才几下，教他骗口张舌，葬送主子。"金莲因而大怒，令秋菊在面前跪着，拿起棍子向她脊背上尽力狠抽了三十下，打的杀猪也似叫，身上都破了。但春梅还嫌不够，提出要把秋菊剥光衣服，叫小厮"拿大板子尽力砍与他二三十板，看他怕不怕！"这里，可以见出她是多么凶狠！

后来潘金莲与陈经济之间的勾搭越来越肆无忌惮，致使金莲怀孕、堕胎。吴月娘对潘金莲与陈经济之间通奸行为虽早有所闻，只是没有真凭实据，一次被她亲自撞见了，这时她实在不能饶恕她们了。考虑到春梅是他俩人的牵头，而且春梅又和金莲通同养汉，因此决定先发落春梅，令薛嫂把春梅带出去卖了，还下令不许她带走家里的任何东西。面对吴月娘的无情惩罚，她不是哭哭啼啼，连一点眼泪也没有，表现傲气十足，满不在乎。见金莲在哭泣，她反安慰道："娘，你哭怎的？奴去了，你耐心儿过，休要思虑坏了。你思虑出病来，没人知你疼热的。等奴出去，不与衣裳也罢，自古好男不吃分时饭，好女不穿嫁时衣。"此时此刻，她对西门庆一家已无一点留恋难舍之情。临走时，春梅跟定了薛嫂，头也不回，扬长决裂，出大门去了。从此之后，春梅开始走上了她人生旅程的第二个时期。

春梅被月娘从西门宅赶出之后，命运之神对这个丫头似乎特别照顾，竟被卖到周守备家当上了守备的第二房娘子。守备见她生得标致伶俐，举止动人，心中大喜，甚是爱她，之后，她又十分幸运，给守备生了儿子，接着守备的正妻又死了，她就被扶为夫人。正是因祸得福！一个婢女，一下就成了守备夫人，真是一步登天。当年相面人说她必得贵夫而生子，还要戴珠冠的预言竟成了现实。

在西门宅时，春梅尽管得到西门庆、潘金莲的宠爱和信赖，但从身份、地位上来说，她始终还只是个婢女，连妾的地位都没争上，如今则大不相同了，竟是个堂堂正正的诰命夫人了，在家一呼百应，“每日珍馐百味，绫锦衣衫，头上黄的金，白的银，圆的珠，光照的无般不有”，显得高贵非凡。

地位、身份和客观的境遇尽管变了，她的思想、性格、情趣却没有变。当了守备夫人后，她权势大了，也有条件可以更好地作威作福了。这时期她所着力干的事情，不外是在个人恩恩怨怨的事情上做文章，对有恩于自己的人尽力去报恩；对有仇于自己的，则寻找机会狠命去报复。而在房帏色欲事情上则更放任自己。

春梅在报恩方面，首先想到的当然是潘金莲。在春梅被赶出西门宅不久，潘金莲也被吴月娘叫王婆带走准备出卖。春梅得悉此情况后，就心急火燎地要去搭救潘金莲，她一力怂恿守备把潘金莲娶来，哭哭啼啼地向守备诉说，以往潘金莲如何把她当亲生女儿一样看待！接着又夸金莲怎生好模样，诸子词曲都会，又会弹琵琶。聪明俊俏，百伶百俐，甚至向守备表示，若能把她娶来，她宁愿做第三房娘子（春梅当时还只是守备的二房娘子），甘居金莲之下。却没料到因买价一时未能与王婆达成协议，潘金莲就被遇赦回来的武松买去杀了。春梅在极度悲痛之余，收葬了潘金莲，还于清明节特地为她上坟祭祀，以酬答她长期来对自己的栽培之恩。

除了金莲外，陈经济也算是她最知心的人。在西门庆死后不久，陈经济也因与潘金莲的淫乱关系被吴月娘赶出了家门，从此他流落在外，挨过打，吃过官司，又当过道士。正在他当道士期间，被守备府的亲随张胜以不守清规之罪而提进府去，这时恰好被春梅认出。后来春梅终于想方设法派人从乞丐铺中把他找出，佯装成姊弟关系，给他讨上了一房妻子，并暗中和他私通。特别在守备离家出征的时期，两人更是打得火热，最后陈经济因与春梅发生关系时说了张胜的坏话而被张胜一刀砍死。

春梅在报恩的同时，也不放松寻找复仇的机会。那个丫头出身的西门庆的第四房妾孙雪娥很早就和她与潘金莲结仇。后来孙雪娥又屡屡揭发她们的奸情，更使她们对孙雪娥切齿痛恨。因此当她得悉孙雪娥因与来旺私奔被抓获而发交府官办买时，她兴奋异常，复仇的机会终于到了，于是就怂恿守备把孙雪娥买来。当孙雪娥由丫环领去拜见她时，急切的报仇之心驱使她立即下令："与我把这贱人撮去了鬏髻？剥了上盖衣裳，打入厨下，与我烧火做饭!"之后，春梅为把陈经济弄进守备府，但又怕被孙雪娥认出加以揭发，因此就迫不及待地想把她赶出守备府，于是借口孙雪娥做的鸡尖汤怎么也不合胃口（不是太淡就是太咸）而大发雷霆，令她当天井跪着，接着又要褪去她的衣裳，打三十大棍。当旁人提出这样惩罚孙雪娥不免太难看，于"他爷体面上不好看"，务请她高抬贵手时，她非但不听，竟威胁大伙："那个拦我，我把孩子先摔杀了，然后我也一条绳子吊死就是了。——留着他便是了!"说着一头撞倒在地，就直挺挺地昏迷不省人事。守备怕春梅生气，只得下令把雪娥拖翻在地，褪去衣服，打了三十大棍，打得皮开肉绽。接着春梅又使小牢子半夜叫将薛嫂来，要她"好歹与我卖在娼门。"其手段之毒辣令人发指!

耐人寻味的是，吴月娘对春梅也很狠毒，是吴月娘令薛嫂把她带出宅门卖了，并传令让她"罄身儿出去，休要带出衣裳"。之后月娘又将金莲、经济相继赶出西门宅。按理，春梅在得势后决不会放过吴月娘的，但事实却恰恰相反，对吴月娘，她不仅不念旧恶，而且表现出非常的谦恭，这与她对孙雪娥的态度形成了强烈的对照。

小说写了一个偶然的机会，春梅与月娘、大妗子、孟玉楼等人在永福寺见面了。这时春梅已是周守备得宠的小夫人，永福寺又是周守备的香火院，因此，寺的长老一听说守备小奶奶来了，慌的鸣起钟鼓，出山门迎接；而吴月娘等这时已不过是一伙普通来寺的"游玩娘子"。此时春梅在吴月娘等人眼里显得雍容华贵、气度非凡："俨若紫府琼姬离碧汉，蕊宫仙子下尘寰"，相形之下，吴月娘等人已成了个败落人家，微不足道的普通女流之辈，真是今非昔比！但春梅却没有因此而鄙视她们，更没有利用自己的权势对她们进行报复，而是表现出少有的谦逊。春梅先让大妗子转上，花枝招展磕下头去。这一举动竟慌得大妗子还礼不迭，忙说道："姐姐，今非昔日比，折杀老身。”但春梅的回答是“好大妗子，如何说这话，奴不是这样人！尊卑上下，自然之理。”接着她又向月娘、孟玉楼插烛也似磕下头去。月娘、玉楼亦欲还礼，春梅那里肯，扶起，磕了四个头，说：“不知是娘们在这里，早知也请出来相见。”月娘道：“姐姐，你自从出了家门在府中，一向奴多缺礼，没曾看你，你休怪。”春梅道：“好奶奶，奴那里出身，岂敢说怪。”很清楚，春梅之所以没有念月娘之旧恶，而对她表现出那么谦恭，这正反映出她头脑里封建正统的伦理观念还紧紧束缚着她。在春梅看来，不管怎么说，吴月娘总是西门庆的正妻，而自己当年还只是个婢女，这种上下尊卑的等级观念是她不能任意废弃的。后来当吴月娘遭到吴典恩恩将仇报时，在紧要关头，又是春梅帮了她的忙，通过丈夫周守备给了这个忘恩负义之徒以应有的惩罚。

春梅后来的命运愈来愈好，不久她又给周守备生了个儿子，接着正夫人又死去，于是她一跃而成了守备的诰命夫人，随着她身份的愈来愈高贵、生活的愈来愈阔气，她的好色贪淫也更有了个恶性发展，以致最后因纵欲过度得了骨蒸痨，死在仆人儿子周义的身上。

综观春梅的一生，与《金瓶梅》里的众多女性相比，她可称得上是个幸运儿。人们会不难发现春梅的经历与西门庆在某些方面颇有相似之处。具体表现在下列两个方面。一是发迹变泰上：西门庆由一个破落户子弟成了提刑副千户、千户，最后因拜了蔡京为干爹而成为社会上显赫一时的重要人物。春梅也由普通的一个丫头最后成为守备夫人、统制夫人，享尽了荣华富贵。二是在极度的好色贪淫上：西门庆最后因纵欲过度而死在潘金莲身上，春梅也是因纵欲过度而死在周义身上。

小说末尾写了“春梅游玩旧家池馆”这一情节，是值得人们注意的。在西门庆死后三周年，又值孝哥三周岁生日的时候，小说写了春梅回到了西门宅，一方面祭祀西门庆；同时又是庆贺孝哥的生日。那时春梅的心里是复杂的，昔日西门府的繁华热闹，骄奢淫逸景象在她头脑中还记忆犹新；可眼前的情况却是一派衰败、悲凉落寞的气氛。当她步入当年西门庆与妻妾们纵情淫乐的花园时，呈现在她眼前的是什么呢？“垣墙欹损，台榭歪斜。两边画壁长青苔，满地花砖生碧草。山前怪石，遭塌毁不显嵯峨；亭内凉床，被渗漏已无框档。石洞口蛛丝结网，鱼池内虾蟆成群。狐狸常睡卧云亭，黄鼠往来藏春阁……”当年曾引人注目的八步床、螺甸床之类，也因家道的艰难而相继被贱价出卖了。今昔对比，反差太强烈了。真是“江山已改，人事全非”。

春梅这个人物之所以值得重视，不仅因为她是小说成功地塑造的一个心高气傲、聪明狡黠的婢女形象；而且她是西门庆家盛衰的见证人，她一生的经历、遭遇，寄寓了作者对人世沧桑的深沉感慨。

（原载《金瓶梅红楼梦纵横谈》，北京大学出版社 1990 年版）

集古今帮闲之大成的形象——应伯爵

读过《金瓶梅》的人都会感到应伯爵这人物写得好、写活了。在我国文学作品中，曾出现过众多的帮闲现象，但还没有一个像应伯爵那样写得丰富、复杂和活灵活现。毫不夸张地说，在应伯爵这个人物身上，是集中了古今帮闲和势利小人之大成，因而这一形象就具有很高的美学价值和深刻的认识意义。

何谓帮闲？鲁迅在《帮忙文学与帮闲文学》一文中曾说："那些会念书下棋会画画的人，陪主人念念书、下下棋、画几笔画，这叫做帮闲，也就是蔑片。"（见《集外集拾遗》）《红楼梦》里那些围绕着贾政转悠的几个清客，如詹光、程日兴之流就是这类人物。

《金瓶梅》里的应伯爵，他的性格及其表现比起上面说的要复杂得多。作者通过这一形象将历来帮闲人物的特点加以集中、深化，从而使形象的内涵显得十分的丰富、深刻，呈现出多侧面、多层次，经得起人们的咀嚼和回味。

应伯爵是市侩、恶霸西门庆结义弟兄中关系最亲密的一个。历来有这样说法，认为应伯爵是影射奸相严嵩的死党鄢懋卿，这说法可能有一定道理，原因倒不仅因为"应""鄢"读音相近，卿大夫又是伯爵爵位，而且在为人处世上也有些相近。小说在谈及西门庆的十个朋友时曾有这样一段话："第二个姓应，双名伯爵，原是开绸绢铺的应员外儿子，没了本钱，跌落下来，专在本司三院帮嫖贴食，会一脚好气毬，双陆棋子，件件皆通。"就年龄来说，在十兄弟中，数他最大，本该当大哥，奈因西门庆有权有势，弟兄们都得仰仗于他，因此大哥只得由他来当，应伯爵只好退居第二，所以人称他为应二哥。由于应伯爵在他父亲死后，不善经营，致使店铺歇业，生活困顿，只好靠撞骗乞贷过日，所以他得了个诨名叫应花子。

帮闲人物的一个本质特点是他的一举一动都围绕着主子转悠，竭力取得主子的欢欣和赏识，从而想在主子那里分到一点残羹冷炙，以维持生活。

应伯爵懂得要取悦主子，就得要投其所好，这就需要揣摩好主子的心理，摸清他的脾性。于是他整天和西门庆厮混在一起，一有空就往西门庆家跑，由于去的太多了，以至连狗都不咬他。应伯爵竟成了西门庆的影子，彼此谁也离不开谁。应伯爵曾恬不知耻地在西门庆前夸耀说："我恰似打你肚子里钻一遭的。"

应伯爵作为一个帮闲，他不只具有一般帮闲人物的性格；而且还有自己独特的鲜明的个性。如在巴结、奉承主子方面，他就有一些与众不同的特征，其中第一个特点是不择手段，甚至完全可以昧着良心去干。

读者都知道，西门庆娶李瓶儿为妾是他一生中最得意的事情，实现了他一贯所追求的"人财两得"的欲求。但这一事情的本身却是极不光彩的，甚至是伤天害理的。李瓶儿为了勾搭上西门庆，不惜把丈夫花子虚活活气死。应伯爵对西门庆和李瓶儿之间关系发展的全过程以及李瓶儿在其中所扮演的角色，是十分清楚的，况且被害者花子虚还是他的结义弟兄。但应伯爵为了讨好西门庆竟可以完全不顾这些，当西门庆为娶李瓶儿而设宴请客时，他兴高采烈地前去作贺，把它作为向主子谄媚的又一极好的机会。在宴席上，是他首先提出要"新嫂子出来拜见"。当西门庆回答："小妾丑陋，不堪拜见"时，他又来了个插科打诨："哥，你不要笑，俺每都拿着拜见钱在这里，不白教他出来见。"及至见了李瓶儿，他就肉麻地进行吹捧："我这嫂子，端的寰中少有，盖世无双。休说德性温良，举止沉重，自这一表人物，普天之下，也寻不出来，那里有哥这样大福！"一个私下勾搭市侩西门庆而不惜将丈夫活活气死的淫荡妇人，竟被说成是"德性温良、举止沉重"，描写为"寰中少有，盖世无双"，这已经不属于一般的巴结逢迎，而是有意地在颠倒黑白，昧着良心说瞎话了。

在巴结、奉迎主子方面的第二个特点是卑鄙无耻。只要能使主子欢心，他可以完全不顾自己的脸面，什么下作的事都可以做出来，甚至故意用肆意作践自己的手法来取悦主子。

小说的描写清楚地告诉人们：西门庆种种奸淫拐骗的勾当，几乎都有应伯爵参与其中。平时西门庆在妓院鬼混，也少不了他。一次西门庆嫖上了妓女郑爱月，当然在这种场合也缺少不了应伯爵从中凑趣。应伯爵为了逗乐郑爱月，提出要郑爱月吃他手里的两盅酒，郑爱月当即回复他："你跪着月姨儿，教我打个嘴巴儿，我才吃"、"你不跪，我一百年也不吃。"一个稍稍有点自尊心的人，怎么也不会答应这种极端侮辱人格的要求，但应伯爵却毫不在乎，竟乖乖地撅着屁股跪在地下。接着郑爱月就轻揎彩袖，款露春纤，骂道："贼花子，再敢无礼，伤犯月姨儿？'再不敢。'——高声儿答应！你不答应，我也不吃。"应伯爵立即应声道："再不敢伤犯月姨了。"于是爱月儿就一连打了他两个嘴巴，方才吃那杯酒。

一个年龄还比西门庆大的人，竟然撅着屁股，驯服地跪倒在一个年轻的妓女面前，还一口一声地叫她"月姨"，并心甘情愿地让她一连打了两个嘴巴，真是下流无耻极矣！哪里还有半点人的尊严！当郑爱月把杯里的酒喝完之后，应伯爵还恬不知耻地嚷："好个没仁义的小淫妇儿，你也剩一口儿我吃，把一盅酒都吃得净净儿的。"应伯爵这种肆意作践、糟蹋自己，当然目的不是为了讨好郑爱月，而是要巴结西门庆，让西门庆高兴。因为此时此刻，西门庆正与郑爱月打得火热，因此要讨好西门庆，就得同时逗郑爱月高兴，这是应伯爵的狡猾之处。

在巴结、奉迎主子方面的第三个特点是充分发挥自己见识广，善于辞令的特长，根据不同情况，相机行事，选择最恰切的语言去取悦主人，使主人精神亢奋，感到由衷的欢愉。

蔡京在得了西门庆所送的一副贵重的生辰担之后，就利用自己的特权授予他山东提刑所副千户的官职，平地一声雷，他就由一介乡民顿时成了个堂堂正正的官僚。这个从未尝到过当官滋味的西门庆，一旦任了提刑官后，兴奋异常，就忙着派人去做官帽，儹造衣服，又去叫匠人钉了七八条四指宽、玲珑云母，犀角鹤顶红，玳瑁鱼骨香带。应伯爵看准了这又是个向西门庆奉承拍马的好机会，对此，他当然不会轻易放过，因此当西门庆向他卖弄"你看我寻的这几条带如何"时，他就滔滔不绝地大发议论："……别的倒也罢了，自这条犀角带并鹤顶红，就是满京城拿着银子也寻不出来。不是面奖，就是东京卫主老爷，玉带金带空有，也没有这条犀角带。"接着又就犀角带作了进一步的发挥，指出这是水犀角，它和旱犀角不同，十分的名贵，"水犀角安放在水内。分水为两处，此为无价之宝。又，夜间燃火照千里，火光通宵不灭。"应伯爵这番宏论，竟把西门庆犀角带吹得神乎其神，这一方面显示自己知识的渊博，见多识广；更重要的是把西门庆哄得十分的高兴，让他充分意识到，他的一切穿着装扮都是极为名贵，非常人所能享有。

西门庆刚当上官，紧接着爱妾李瓶儿又给他生了个儿子，这种“加官又生子”的双重喜庆，使西门庆心花怒放。就在孩子弥月的时候，他大摆筵席，宴请各方名流，以示庆贺。当然这种热闹喜庆的场面更是少不了应伯爵的。应伯爵也不会轻易放过这个向主子谄媚的机会，尽管他手头银钱很紧，西门庆也不在乎他送什么礼物，但他还是准备好了礼品。在众位宾客来到之前，就先把他的礼品：一方锦段兜肚——上着一个小银坠儿，一柳五色线，上穿着十数文长命钱，送给了官哥儿。接着就吹捧官哥儿：“相貌端正，天生的就是戴纱帽的胚胞儿。”这里，应伯爵的奉承话虽只说了一句，不像前面那样抓住一点，大发议论；但质量甚高，完全说到西门庆心坎里去了，因此，同样取得十分理想的效果。可以设想，此时此刻，西门庆最喜欢听的恐怕莫过于这句话了。因为在他得了官、生了儿子后，就期望着将来儿子也能当官，像他一样作威作福！应伯爵正是在摸透了他的心思的基础上，针对性地说了这句话，这怎不使西门庆感到由衷的高兴呢！

当然应伯爵这帮闲形象之所以显得很丰富、深刻，还在于他在巴结奉承主子上并非只是一味地顺从主子的心意，只讲主子爱听的话；为了忠于主子，他有时也会对主子一时不当的言行实行耐心的规劝，不使其因一时感情冲动而走入歧途。

众所周知，西门庆对被他奸淫拐骗的妇女一般是谈不上有什么真正的感情的，但唯独对李瓶儿例外。李瓶儿的死，竟使他动了真情，哭得死去活来，一口一声的“有仁义好性儿的姐姐！你怎的闪了我去了，宁可教我西门庆死了罢。”他茶不喝、饭不吃，别人规劝也不听，弄得全家人束手无策。在此情况下，西门庆的心腹小厮玳安提出，除了请应伯爵来，别无他法。理由是：“爷随问怎的着了恼，只他到，略说两句话儿，爹就眉花眼笑的。”果然，应伯爵一到，情况顷刻改观。当西门庆正在气急败坏地叫嚷：“我还活在世上做甚么？虽有钱过北斗，成何大用”时，应伯爵就冷静地去开导他：“哥，你这话就不是了。我这嫂子与你是那样夫妻，热突突死了，怎的不心疼？争耐你偌大的家事，又居着前程，这一家大小太山也似靠着你，你若有个好歹，怎么了得！就是这些嫂子都没主儿。常言：一在三在，一亡三亡。哥，你聪明，你伶俐，何消兄弟每说。就是嫂子他青春年少，你疼不过，越不过他的情，成服，会僧道念几卷经，大发送，葬埋在坟里，哥的心也尽了，也是嫂子一场的事，再还要怎样的？哥，你且把心放开！”伯爵这一席话，说得入情入理，对利弊得失分析得清清楚楚，再一次表现出他见多识广、思虑周密和善于辞令的特色，致使西门庆“心地透彻，茅塞顿开”，从而也不哭了，茶也喝了，饭也吃了，情绪又顷刻好起来了。

西门庆虽目不识丁，没有任何文化素养，且又一味地贪淫好色；但他头脑里的封建意识还很浓。譬如对正妻吴月娘尽管没有多少感情，但出于封建伦理道德观念的支配，在关键时刻，他还总要千方百计地去维护她作为正妻的优越地位。对此，应伯爵非常了解，因此在他劝说西门庆时，经常以封建伦理思想去开导，使西门庆听了不得不服帖。

李瓶儿死后，西门庆总感到生前对她不住，因此死后要做些弥补，于是决心把她的丧事办得热热闹闹，还要想方设法地去抬高她的身份和地位。于是就要温秀才为他起草的孝帖儿上，写上“荆妇奄逝”这样的词。可是应伯爵觉得这样做法不妥，他从恪守封建伦理观念出发对温秀才说了一通道理：“这个理上说不通。见有如今吴家嫂子在正室，如何使得？这一个出去，不被人议论？就是吴大哥心内也不自在。……”

西门庆又让杜中书在题名旌时写上“诏封锦衣西门恭人李氏柩”十一字，伯爵认为这也不可，理由是：“见有正室夫人在，如何使得！”杜中书则解释说：“曾生过子，于礼也无碍。”但应伯爵还要坚持，西门庆最后只得去了“恭”字改成“室人”。

应伯爵这种对西门庆坚持“封建原则”的规劝和他对西门庆一味奉承巴结，看来似乎是矛盾的，其实是一致的。目的都是为了尽忠于主子，应伯爵心里清楚，尽管在开始规劝时，西门庆可能一时接受不了，甚至会产生反感；但当他冷静下来时会感激应伯爵对他的提醒和规劝。

正因为应伯爵对西门庆极善趋奉并表示出忠心不二，因此西门庆对他也处处另眼相待，不仅一切公开的、秘密的活动都让他参与，并听取他的意见；而且还让他有机会尽量多捞取钱财。常时节同样是西门庆的结义弟兄，但他与西门庆的关系并不亲密。常时节穷愁潦倒，老婆整天絮絮叨叨地说他没出息。在走投无路的情况下，只好去向西门庆求救，但他深知和西门庆之间的关系不深，如自己单独去找他，可能会碰壁，于是商请应伯爵带他去见西门庆，及至见到西门庆后，自己不开口，还得应伯爵出面为他说话。最后西门庆完全满足了常时节的要求，显然应伯爵从中起了很大作用。但当应伯爵本人有困难时，不待应伯爵向他提出要求，西门庆就主动给予帮助。一次应伯爵生了孩子急需花钱，但他又不明确向西门庆提出，只是“故意把嘴谷嘟着不做声”，西门庆见其表情就一下领会了，主动问他需要多少钱？应伯爵提只需二十两就够了，并要写个借据。西门庆一下就拿出五十两给他，而且不收借据，以示两人关系之非同一般。

西门庆因淫欲过度而死去之后，应伯爵顿时失去了靠山和衣食父母，在震惊、悲伤之余，急急约了十兄弟中还活着的七个前去祭奠，提出每人各出一钱银子，亏他做得出，他当着这些兄弟，给他们算了一笔细账，证明这样送礼其实并不吃亏，让大家不要因为花一钱银子而舍不得：“众人祭奠了，咱还便宜：又讨了他值七分银一条孝绢，拿到家做裙腰子；他莫不白放咱每出来，咱还吃他一阵；到明日，出殡山头，饶饱餐一顿，每人还得他半张靠山桌面，来家与老婆孩子吃着，两三日省了买烧饼钱。”他们请水秀才代做的那篇祭文，堪称一篇古今难得的妙文，它活灵活现地画出了这批帮闲人物的种种丑态：“……受恩小子，常在胯下随帮。也曾在章台而宿柳，也曾在谢馆而猖狂。正宜撑头活脑，久战熬场；胡何一疾，不起之殃？见今你便长伸着脚子去了，丢下小子辈，如班鸠跌弹，倚靠何方？难上他烟花之寨，难靠他八字红墙；再不得同席而偎软玉，再不得并马而傍温香。撇的人垂头跌脚，闪得人囊温郎当。”

作为帮闲人物，应伯爵不能没有个主子作为自己的依靠，因此西门庆尸骨未寒，他就急于另攀高枝，去投奔张二官了。为讨好张二官，取得这新主子的信任和欢心，他不惜出卖旧主人的利益，干尽忘恩负义的事。他先是主动积极地将李娇儿介绍给张二官作二房娘子。从此之后他无日不在张二官那边趋奉，把西门庆家中大小之事，都告诉他：“他家中还有第五个娘子潘金莲，排行六姐，生的极标致，上画儿般人材，诗词歌赋，诸子百家，拆牌道字，双陆象棋，无不通晓；又会识字，一笔好写；弹一手好琵琶。今年不上三十岁，比唱的还乔。”说的这张二官心中火动，巴不得就要了他。应伯爵为讨好张二官，又一口答应说：“我只叫来爵儿密密打听，但有嫁人的风缝儿，凭我甜言美语打动春心，你却用几百两银子，娶到家中，尽你受用便了。”往昔西门庆对他的种种情义早已抛至九霄云外了，为了取得新主子的信赖，竟对西门庆一家绝情绝义到如此地步！

小说接着发了这样一段议论：“但凡世上帮闲子弟，极是势利小人。

见他家豪富，希图衣食，便竭力承奉，称功诵德。或肯撒漫使用，说是疏财仗义，慷慨丈夫。胁肩谄笑，献子出妻，无所不至。一见那门庭冷落，便唇讥腹诽，说他外务，不肯成家立业，祖宗不幸，有此败儿。就是平日深恩，视如陌路。当初西门庆待应伯爵，如胶似漆，赛过同胞弟兄，那一日不吃他的，穿他的，受用他的。身死未几，骨肉尚热，便做出许多不义之事。正是：画虎画皮难画骨，知人知面不知心。”这不仅是对应伯爵，同时也是对所有帮闲人物和势利小人最深刻、最形象、最全面的概括。

应伯爵这一形象在我国文学作品反面人物的画廊里具有自己独特鲜明的个性，是我国帮闲人物性格特征的集大成者。他是《金瓶梅》在人物塑造上的又一贡献，具有很大的美学价值和深刻的教育作用。

（原载《金瓶梅红楼梦纵横谈》，北京大学出版社 1990 年版）

屈从于市侩势力下的贵妇人——林太太

《金瓶梅》写的主要对象是市井社会里的男男女女以及他们的日常生活。但作者的目光却没有局限于社会的某个角落，而始终对准着整个现实社会——一个由朝廷权臣到各级贪官污吏直至下层流氓无赖所组成的黑暗腐朽的社会。

《金瓶梅》的巨大成就在于对社会现实腐朽的彻底暴露。作者很高明的地方在于无情地剥下了遮盖在那些貌似庄严、正派事物上的真、善、美的面纱，让它们丑恶的本相彻底暴露于光天化日之下，从而使人们认清这个社会，进而诅咒这个社会。

读《金瓶梅》的人，大概都会注意到这样一个事实：作者在用主要精力和篇幅去写市井妇女生活和思想的同时，还写了一个与市井社会没有任何瓜葛的贵族世家的寡妇林太太。

作者为什么写这个贵妇人？是作者的随意之笔还是出于精心的艺术安排？在小说里是属于可有可无的描写，还是整个艺术构思中所不可缺少的一个环节？

林太太是何许人？她是王招宣的夫人。招宣是朝廷中高官武将的名称。这一官职比起"提刑官"要高贵得多。因此，林太太是个地道的贵族夫人，她与那些市井社会里的妇女完全出于截然不同的社会层次。

林太太这一形象在小说中出现较晚，作者对她所花的笔墨虽不多，但比较集中。她和市侩西门庆的勾搭看似出于偶然，实则有其必然性，符合生活发展的内在规律，因此富有真实性和艺术的说服力。在林太太形象的塑造过程中巧妙地体现了作者的艺术匠心。就这一形象所包含的思想意义来说，是多方面的，其中至少有两点值得人们重视。

表现出社会的腐败与黑暗已遍及各个方面，那些一向被人视为庄重典雅、雍容华贵的上层贵族之家，其内部也已糜烂不堪，散发着恶臭，从而加强了小说对现实批判的深度和广度。

西门庆活动和交往的范围主要在市井社会，他与招宣府这样的贵族世家本无交往，更不知道有林太太这样的贵妇人。一次偶然的机会，他从妓女郑爱月处获悉他原先的相好李桂姐近日与林太太的儿子王三官打得火热，这就引起了西门庆对桂姐和王三官的恼怒。郑爱月讨好西门庆并和桂姐争风吃醋，就唆使西门庆去勾搭王三官的母亲林太太："王三官娘林太太，今年不上四十岁，生的好不乔样，描眉画眼，打扮狐狸也似。他儿子镇日在院里，他专在家，只送外卖，假托在个姑姑庵儿打斋。但去就他，说媒的文嫂儿家落脚。文嫂儿单管与他做牵儿，只说好风月。我说与爹，到明日遇他遇儿也不难。又一个巧宗儿：王三官儿娘子儿，今才十九岁，是东京六黄太尉侄女儿，上画般标致，双陆棋子都会。三官常不在家，他如同守寡一般，好不气生气死，为他也上了两三遭吊，救下来了。爹难得，先刮剌上了他娘，不愁媳妇儿不是你的。"

郑爱月这一招很毒，不仅纵容西门庆去勾搭这贵族寡妇林太太，还要进一步去占有她的年轻儿媳妇王三官娘子，达到"一箭双雕"的目的。但郑爱月的主意，正投合西门庆的心意。西门庆在贪恋女色上原就是永无满足的，何况，在他以往所奸骗的妇女中还没有像林太太那种有身份、有地位的贵妇人，现在有人突然向他介绍一个暗中勾引男人的"打扮狐狸也似"贵妇人，这就引起了他的浓厚兴趣，立刻精神亢奋，高兴地搂着为他出这主意的郑爱月说："我的亲亲，我又问你：怎的晓的就里?"爱月回答："我一个熟人儿，如此这般和他娘在其处会过一遍，也是文嫂儿说合。"

接着，西门庆就按照郑爱月所提供的线索找到了为林太太牵线的文嫂。文嫂在接受了西门庆五两银子的馈赠之后，就高高兴兴地谈起了林太太为人的特点："若说起我这太太来，今年属猪，三十五岁。端的上等妇人，百伶百俐，只好三十岁的。他虽是干这营生，好不干的最密。就是往那里去，许多伴当跟着，喝着路走，径路儿来，径路儿去，三老爹在外为人做人，他原在人家落脚？这个人说的讹了。倒只是他家里深宅大院，一时三老爹不在，藏掖个儿去。人不知鬼不觉，倒还许说。若是小媳妇那里，窄门窄户，敢招惹这个事?”

显然文嫂的介绍比起郑爱月来又进了一步，她不愧是林氏的心腹，对林氏的一切，包括她的十分诡秘的活动都了如指掌。

通过郑爱月和文嫂两人的先后介绍，林太太究竟是个什么样的人，在读者的心目中已日益清晰起来了。原来她不是一个正经八百的贵妇人，而是一个惯于招“贤”纳“士”的淫婆。她贪恋淫欲，广招“来客”；同时又怕辱没自己高贵身份，被人所耻笑，因此她的一切淫荡行为，都是在非常秘密的情况下进行。这些，从文嫂关照西门庆的话里透露得尤为清楚：“爹明日要去，休要早了，直到掌灯已后，街上人静了时，打他后门首扁食巷中；他后门傍有个住房的段妈妈，我在他家等着爹；只使大官儿弹门，我就出来引爹入港。休令左近人知道。”

小说还画龙点睛地写了林太太与西门庆接触中的表现和反映：当西门庆第一次去招宣府时，林太太先是悄悄地从房门帘里望外观看，当她“见西门庆身材凛凛，语话非俗，一表人物，轩昂出众……”就满心欢喜。当文嫂又进一步告她：西门庆是“出笼儿的鹌鹑，也是个快斗的”时，她更是越发欢喜无尽。这里，作者用语虽少，但巧妙地向人们点明：这位贵族太太确不是个正经女人，而是个地道的淫妇。她与西门庆的做爱中的种种表现更是证明了这一点。

为了多方面、细致、深入地揭示招宣府这个贵族世家貌似庄严华贵、实则腐烂不堪的本质，作者还不厌其详地描写了招宣府的前厅、后堂以及林太太的闺房。前厅是：“五间大厅，毬门盖造，五脊五兽，重檐滴水，多是菱花桶厢；正面钦赐牌额，金字题曰：‘世忠堂’，两边门对写着：‘启运元勋第，山河带砺家’。”后堂则见里面：“灯烛荧煌，正面供养着他祖爷太原节度邠阳郡王王景崇的影身图，穿着大红团袖蟒衣玉带，虎皮校椅坐着观看兵书，有若关王之像，只是髯须短些。旁边列着枪刀弓矢。迎门朱红匾上‘节义堂’三字；两壁书画丹青，琴书潇洒；左右泥金隶书一联：‘传家节操同松竹，报国勋功并斗山’。”

无论前厅还是后堂，都无不表现出封建上层贵族世家所特有的一派庄严、肃穆和雍容华贵的气度，不禁令人肃然起敬。但当人们把这一切去和居住其中的主人所作所为加以联系起来去考察时，又不禁使人感到特别的滑稽可笑。大厅、后堂这些地方愈是装点得庄严、华贵，也就愈加显现出贵族世家金玉其外、败絮其中的本相。

当人们的目光随着作者的笔触进入林太太的闺闼时，突然出现了和上述气氛迥乎不周的景象："但见帘幕垂红、地屏上毡毹匝地，麝兰香霭，气暖如春，绣榻则斗帐云横，锦屏则轩辕月映。"一派骄奢淫逸之风扑面而来，这种充满着香艳气氛的环境，也只有像林太太这样风流贵妇才能与之匹配，才显得协调一致。正是在这样淫靡的环境内，林太太一次又一次地展现出了她淫婆荡妇的本色。

像林太太这样风流贵妇，与那些追欢卖笑的妓女相比，究竟有什么不同？当然从表面看来，她们之间似乎有天壤之别，但当人们揭去了林太太身上所披的高贵迷人的外衣之后，就不难发现，这位贵族妇人不比郑爱月之类的妓女高明，甚至还不如她们，因为妓女中的大多数是迫于生计而出卖肉体的，有其说不出的苦衷；但林太太则不同，是她多方主动地去勾引男人的。

林太太这形象在作品里不是作为特殊的、个别现象出现的；而是作为招宣府主人的代表、作为贵族世家的代表呈现在读者面前的。

小说还通过生动的艺术描写告诉人们：招宣府的淫糜、腐败不是从林太太才开始的，人们当还记得：潘金莲这个原本穷家小户的朴实女子就在招宣府的熏陶下，很快就学会了一套做张做致、乔模乔样的献媚取宠的本领。

总之，小说通过林太太形象的刻画，把作品的批判锋芒，同时指向了上层贵族世家，从而加强了小说对现实暴露的深度和广度。

二

小说具体、生动地反映出了当时社会上市侩势力的强大及其在各个方面所起的巨大影响，即便是封建上层贵族社会，也得对他们另眼相看，甚至还得乖乖地臣服于他们的脚下。

西门庆是当时市侩势力的代表，这样的人物不仅在下层市井社会里被捧为"英雄"，受到广大市民的仰慕、艳羡，以至有许多妇女心甘情愿地受他的奸骗和蹂躏；而且还同时受到上层贵族社会的青睐。

西门庆和林太太的勾搭，在贵族阶层与市侩势力的交往中具有典型意义。

林太太与西门庆尽管素不相识，但一听文嫂的介绍之后，顷刻产生了好感，甚至紧紧地被他吸引住了。看文嫂对西门庆有声有色的介绍："县门前西门大老爹，如今见在提刑院做掌刑千户，家中放官吏债，开四五处铺面：段子铺、生药铺、绸绢铺、绒线铺、外边江湖又走标船，扬州兴贩盐引，东平府上纳香蜡，伙计主管约有数十。东京蔡太师是他干爷，朱太尉是他卫主，翟管家是他亲家，巡抚、巡按多与他相交，知府、知县是不消说。家中田连阡陌，米烂成仓，赤的是金，白的是银，圆的是珠，光的是宝。……端的朝朝寒食，夜夜元宵。今老爹不上三十四五年纪，正是当年汉子，大身材，一表人物，也曾吃药养龟，惯调风情；双陆象棋，无所不通；蹴鞠打毬，无所不晓；诸子百家，拆白道字，眼见就会。端的击玉敲金，百伶百俐。"林氏听了文嫂的这一篇话之后，不觉"心中迷留摸乱，情窦已开"，就"约定后日晚夕等候。"

招宣府自从招宣死后，已日趋败落，林氏儿子王三官不务正业，整天在外狂嫖滥饮，把年青漂亮的妻子丢在家中不管，至使妻子几次上吊自杀。可是林氏对此却束手无策，只得向西门庆求助："不瞒大人说，寒家虽世代做了这招宣，夫主去世年久，家中无甚积蓄。小儿年幼优养，未曾考袭。如今虽入武学肄业，年幼失学。家中有几个奸诈不级的人，日逐引诱他在外飘酒，把家事都失了。……今日敢请大人至寒家诉其衷曲，就如同递状一般。望乞大人千万留情，把这干人怎生处断开了，使小儿改过自新，专习功名，以承先业，实出大人再造之恩，妾身感激不浅，自当重谢。"在林太太的这篇言词里边，那种贵族阶级所惯有的居高临下、傲视一切的气势已消失得无影无踪，呈现在读者面前的是一个趋于没落世家的贵妇人谦卑地向得势的市侩求助的一副可怜相。

西门庆为实现自己不可告人的目的，对林太太的请求，当然乐于接受，况且这对他来说只是小事一桩，不费吹灰之力即能办到，于是他就指使地方节级缉捕，把和王三官鬼混的一伙光棍小张闲等抓来严刑拷打，又故意将王三官和李桂姐等人放了。后当小张闲等得知"西门官府和三官儿上气，嗔请他表子，故拿俺每煞气"时，就结伙去王三官家厮闹，王三官唬的鬼也似的，没法，只得同文嫂去拜见西门庆，求其相助。王三官一见西门庆，就向他低声下气地一味哀恳："小侄不才，诚为得罪，望乞老伯念先父武弁一殿之臣，宽恕小侄无知之罪，完其廉耻，免令出官，则小侄垂死之日，实有再生之幸也。衔结图报，惶恐惶恐。”这里，展现在读者面前的是一个贵族少爷臣服于市侩脚下的情景，尽管西门庆表面上对王三官依旧客客气气，但内心甚是瞧他不起，视为不成器的、没出息的年轻人。因此，在王三官走后，西门庆就带着对他十分轻蔑的态度对月娘说：“人家倒运，偏生出这样不肖子弟出来。你家父祖何等根基，又做招宣，你又见入武学，放着那名儿不干，家中丢着花枝般媳妇儿，——自东京六黄太尉侄女儿——不去理论，白日黑夜，只跟着这伙光棍在院里嫖弄，把他娘子头面都拿出来使了，今年不上二十岁，年小小儿的，通不成器。”不过西门庆这副口吻简直太令人感到滑稽可笑了，如果不知他的底细，还以为他是多么的正经八百，他把自己俨然装扮成是个德高望重的长者，真不知人间有羞耻事！因此理所当然地会遭到月娘的一顿抢白：“你不曾溺胞尿看看自家，乳儿老鸦笑话猪儿足，原来灯台不照自。你自道成器的，你也吃这井里水，无所不为，清洁了些甚么儿？还要禁的人！”

我们在观察了西门庆和林氏母子交往的整个过程之后，就不难发现这样一个令人深思的现象：开始时市侩西门庆在贵妇人林太太面前还表现得比较谦逊，乃至有些胆怯，总觉得与这样一个贵族府第打交道，对自己来说不免有些“高攀”；但后来情况有了迅速变化，西门庆越发变得神气起来了，在林氏和王三官面前总是要摆出一副“居高临下”的姿态，去听取他们提出的种种恳求和对他所表达的深深感激之情。林氏则与之相反，开始和这市侩接触时，她还保持着一副贵妇人的架势，使人不敢小看她。之后，她在西门庆面前却愈来愈显得卑微，只是一味地讨好他、依附他，不但尽可能地去满足他贪得无厌的淫欲要求；而且还心甘情愿地让自己的孩子拜他为干爹。当林氏要儿子拜西门庆为义父时，西门庆开始表示“不敢”，林氏就百般去奉承他：“好大人，怎生这般说！你恁大职级，做不起他个父亲？小儿自幼失学，不曾跟着那好人，若不是大人垂爱，凡事也指教为个好人。今日我跟前，教他拜大人做了义父，但看不是处，一任大人教训，老身并不护短。”她一定要让西门庆心安理得地去当儿子的义父。

如果说，西门庆拜蔡京为干儿子是突出了当时政治的黑暗，官、商之间的勾结；那么王三官拜西门庆为义父则深刻地反映出了社会的腐败、糜烂以及社会上市侩势力的猖狂，以至那些趋于没落的贵族家庭也只得驯服地拜倒在他们的脚下。

（原载《金瓶梅红楼梦纵横谈》，北京大学出版社 1990 年版）

《东周列国志》赏析

在《三国演义》的巨大影响下，明代中叶之后，出现了许多历史演义小说。吴门可观道人在《新列国志序》里，曾谈及了这一情况："自罗贯中《三国演义》一书以国史演为通俗演义百余回，为世所尚，嗣去效颦日众，因而有《夏书》、《列国》、《残唐》、《南北宋》诸刻，其浩瀚与正史分签并架……"这些历史演义小说，是以一朝一代的兴亡为线索，采撷史料，连缀成篇，类似通俗的历史读物。

在众多的历史演义小说中，余邵鱼作的《列国志传》是部有影响的作品。小说刊于明代嘉靖、隆庆年间，共八卷二百二十六节，起于"妲己驿堂被魅"，终于秦统一天下。《列国志传》的价值，诚如陈继儒在他的《叙列国志》里说的，《左传》的记载，史实若晦若明，经过稗官野史、渔歌牧唱的努力，使其"事核而详，语俚而显"，可以补"经史之所未赅"。

明末冯梦龙依据史传把余邵鱼的《列国志传》改编为《新列国志》，并做了较大的加工。它删去了《列国志传》中明显不符史实的故事传说，增添了不少重要的内容，因而篇幅大大增加了，小说共一百零八回。

《新列国志》在细节的渲染、语言的运用、结构的安排和人物塑造等方面，改变了原《列国志传》所存在的简朴和粗陋的面貌。

清代乾隆年间，秣陵（今江苏南京）人蔡元放将冯梦龙的《新列国志》略作修改润色之后，又加上了大量的评语，改名为《东周列国志》。从此，《东周列国志》就成为近两百年来最通行的本子。

《东周列国志》是从周宣王三十年（公元前789年）开始写起，到秦始皇二十六年（公元前221年）统一全国结束，前后共五百多年的历史。重点写周王室逐渐衰微，各诸侯间彼此兼并，相互争霸的错综复杂、尖锐激烈的斗争。小说长期以来受到读者的欢迎，其中写了很多动人的故事，这些故事情节曲折，引人入胜，某些人物形象也还生动，读来耐人寻味。

这里从不同的角度，选取小说中两个故事片段为例，以此可以具体地见出《东周列国志》的成就及其小说艺术生命力之所在。

《东周列国志》的一个重要内容就是对春秋战国时期一些荒淫残暴、愚蠢昏聩的君主作了深入的揭露和讽刺，它的故事虽是从《左传》等史书来的，但经过小说铺叙就更形象鲜明。如对宋襄公这个愚蠢无能、迂阔可笑而又狂妄自大的君主的刻画就是一例。

宋襄公是春秋时代宋国的国君，他对自己的力量、才能以及在诸侯各国中的威望缺乏清醒的认识，一味地盲目自大。在齐桓公去世之后，他就迫不及待地想代替齐桓公来做诸侯新的盟主。但当时诸侯国对他并不服气，特别是那个实力强大、野心勃勃的楚国更不把他放在眼里，对此，他竟一点也觉察不出来，错误地认为诸侯国已心甘情愿地推举他当新的盟主。

在宋襄公出发去与诸侯各国会盟的时候，公子目夷向他提出："楚强而无义，请以兵车往。"但他认为这没有必要。目夷又说："君以乘车全信，臣请伏兵车百乘于三里之外，以备缓急，何如?"襄公回答："必不可。"临行时怕目夷在国内举兵接应，失了信义，就要目夷和他同行。

可是楚国的君主楚成王，远不是像宋襄公所设想的那么老实、善良，甘心情愿地把盟主地位拱手让给他。会盟之前，楚成王就作了一系列准备工作，他挑选了一大批勇猛的壮丁紧紧地跟随他后面，这些人都"内穿暗甲，身带暗器"。他又派吕臣、斗般二员将领统帅大军，随后而进，准备大大厮杀一场，从而使诸侯会盟充满火药味。

直到各诸侯首领都到齐要正式推举盟主的时候，宋襄公还看不出众诸侯的情绪，特别是楚成王的险恶用心。他竟指望楚成王能带头向诸侯提出推荐他当盟主，他用眼示意楚成王要他说话，但楚成王就是低头不语，而且其他诸侯也"面面相觑，莫敢先发"。这时，宋襄公急了，也顾不得体面了，就自己站出来说："今日之举，寡人欲修先伯主齐桓公故业，尊王安民，息兵罢战，与天下同享太平之福，诸君以为何如?"他想这一下大家就不会不同意了，没想到，这时楚成王非但不附和他，而且公开提出该当盟主的是他楚成王。襄公当然不服，就和楚成王力争。这时楚成王手下的大将成得臣就在旁大喝一声："今日之事，只问众诸侯，为楚来乎？为宋来乎？”由于诸侯各国，平素畏服于楚，齐声说：“吾等实奉楚命，不敢不至。”这时楚成王就呵呵大笑，奚落襄公：“宋君更有何说？”在这种狼狈不堪的境遇下，宋襄公说理也不行，想脱身又不得。这时只见跟随楚王的千人随从，“一个个俱脱衣露甲，手执暗器，如蜂攒蚁聚，飞奔上坛”，他们逮住了宋襄公，并把坛上陈设的玉帛器皿之类，一抢而空。接着楚成王又进一步羞辱宋襄公，在众诸侯前面数襄公的六大罪行。至此，宋襄公只有“顿口无言，似木雕泥塑一般，只多着两行珠泪”。就这样，宋襄公完全落入了楚成王所布置的圈套，搞得一败涂地，几乎丧了老命。

楚成王在当上新的盟主以后，为表示他的宽大为怀，把宋襄公放了回去。但宋襄公经过这次奇耻大辱之后，似乎根本没有从中汲取什么教训，以至一错再错，为天下笑。

楚成王被举为盟主，是出于郑伯的倡议，因此宋襄公对郑国特有意见。所以，当他获悉郑文公去楚国行朝礼时，他就起倾国之兵去讨伐郑国，并自将中军。郑文公得知这消息后大惊，急忙派人去楚国求助。此时，楚国大将成得臣向楚成王建议：“救郑不如伐宋。”楚成王采纳了他的意见，就兴兵伐宋。这时宋襄公正与郑军相持，得楚兵攻宋的消息之后，就兼程而返，“列营于泓水之南以拒楚”。

公孙固深知宋国不是楚国的对手，因此对襄公说：“楚师之来，为救郑也。吾以释郑谢楚，楚必归，不可与战。”但襄公的回答却令人发笑：“昔齐桓公兴兵伐楚，今楚来伐而不与战，何以继桓公之业乎？”真太不自量力，无一点自知之明，到这个时候，宋襄公还不醒悟，还要以桓公来自比。公孙固这时只好再次提醒他：“吾之甲不如楚坚，兵不如楚利，人不如楚强，宋人畏楚如畏蛇蝎，君主何恃以胜楚？”但襄公的回答更是妙不可言：“楚兵甲有余，仁义不足。寡人兵甲不足，仁义有余。昔武王虎贲三千，而胜殷亿万之众，惟仁义也。以有道之君，而避无道之臣，寡人虽生不如死矣。”愚蠢迂阔到如此地步，怎能不败呢？

楚将成得臣屯兵于泓水之北，他的副将斗勃要求他“五鼓济师，防宋人先布阵以扼我”。成得臣笑着回答他说：“宋公专务迂阔，全不知兵。吾早济早战，晚济晚战，何所惧哉？”看来成得臣对宋襄公了解得很清楚，深知他是个大草包，军事上一窍不通，所以完全不必要对他提高警惕。

天亮后，楚军才开始陆续渡河。这时公孙固对宋襄公说：“楚兵天明始渡，其意甚轻。我今乘其半渡，突前击之，是我以全军而制楚之半也。若令皆济，楚众我寡，恐不敌。奈何?”公孙固的分析及其所出的主意都是十分正确的。如襄公采纳他的意见，那楚军将会受到重创，甚至会被打得溃不成军，一败涂地。没想到襄公的反应更令人啼笑皆非，他指了指大旗说：“汝见‘仁义’二字否？寡人堂堂之阵，岂有半济而击之理?”公孙固听了，只好暗暗叫苦。在楚兵都渡过河之后，成得臣正从容不迫地在指挥军士，东西布阵。这时，公孙固又提出乘楚军还未布好阵，可给以出其不意的截击：“楚方布阵，尚未成列，急鼓之必乱。”但襄公听了以后，非但不予采纳，竟向公孙固脸上吐唾沫说：“咄！汝贪一击之利，不顾万世之仁义耶？寡人堂堂之阵，岂有未成列而鼓之之理?”兵不厌诈，这本是常识，但襄公却在这里侈谈什么“仁义”，岂不可笑！可悲！

待楚军布完阵之后，这时人强马壮、漫山遍野地向宋军袭来，其结果当然只能是以宋军大败告终：“宋之甲车，十丧八九”，“辎重器械，委弃殆尽”，公子荡战死，襄公自己也身被数创，右股中箭，射断膝筋，不能起立，好在有公孙固对他的竭力保护，才得以逃回本国。

宋兵死者的父母妻子都纷纷埋怨宋襄公不听公孙固之言，以致大败。但襄公听了之后，却说：“君子不重伤，不擒二毛。寡人将以仁义行师，岂效此乘危扼险之举哉！”举国上下对此无不讥笑。

历来封建时代的昏君，其表现形态有多种多样，宋襄公是属于那种愚蠢无能迂阔可笑而又妄自尊大这一类型。史书中人物故事的素材本来就好，作者加以细节描写，并运用了一系列富有个性色彩的对话，从而使人物形象栩栩如生。

《东周列国志》里，写了一批春秋战国时代最高统治集团中阴险狡诈、狠毒无耻的坏女人，原来的史书如《左传》、《国语》本来写得不错，但终究较简略，小说使这些人物有血有肉，形象更为鲜明。骊姬就是其中的代表人物。

骊姬是春秋时骊戎之女，晋献公在攻克了骊戎之后，把她夺为己有，后立为夫人。

早在晋献公当晋武公的嫡子时，他就娶了贾姬作妃子，但贾姬没有生孩子，之后又娶了犬戎主的侄女狐姬，生了儿子重耳，娶了小戎允姓的女儿，生了儿子夷吾。

武公晚年又娶了齐桓公的宗女齐姜为妾，这时武公已老，但齐姜则年少而美，献公就和这位父妾私通了，生下个儿子，私下寄养于申氏，名叫申生。

当献公即位的时候，贾姬已经死了，就立了父妾为夫人。这时重耳已十二岁，夷吾的年纪也要比申生大，但因为申生是夫人齐姜的儿子，按封建宗法，“只论嫡庶而不论长幼的”。所以申生尽管年纪小，却被献公立为嫡子。

献公十五年，献公在讨伐骊戎归来时，带回了骊戎的长女骊姬及次女妙姬。这个骊姬是个非同一般的女子，“生得貌比息妫，妖同妲己，智计千条，诡诈百出”。在献公跟前，骊姬“不忠小信，贡媚取怜，又时常参与政事，十言九中”，致使献公对她“宠爱无二，一饮一食，必与之俱”。过了一年之后，她就生了个儿子，取名奚齐。这时献公已把过去和齐姜的一段恩情忘得一干二净，就想立骊姬作自己的夫人，把奚齐立为嫡子。

这当然是骊姬梦寐以求的。但是申生早被立为嫡长子，而且申生又和重耳、夷吾的关系十分亲密，他们三人都在骊姬的周围，如果献公现在又要重新确立嫡子，这必然地遭到三人一致的反对，而且群臣也会不服。

于是骊姬首先拉拢献公所宠幸的梁五、东关五两大夫为自己得力的帮手，又和献公最宠幸的优人优施私通，好让他死心塌地为自己的夺嗣之计出力。

在梁五、东关五和优施的多方设计下，献公终于把申生、重耳、夷吾三人调出京城，让申生居曲沃，重耳居蒲，夷吾居屈。这为骊姬进一步施展阴谋创造了条件。

骊姬觉得自己的力量还不够，于是又通过优施等人，用尽各种方法去拉拢献公周围一些有能耐、有影响的大夫为她所用，当她发觉亲近申生的里克功高位重、难以对付时，她就让优施用软硬兼施的手法，迫使其“中立”，把申生孤立起来。

当陷害申生的时机已趋于成熟时，骊姬就自己出场，想立即置申生于死地，实现她蓄谋已久的夺嫡之计。

骊姬装出一副十分关心申生的姿态向献公建议：“太子久居曲沃，君何不召之，但言妾之思见太子，妾因以为德于太子，冀免旦夕何如?”献公依了她，就把申生召进宫来。在申生参见骊姬时，骊姬热情招待了他，等申生入宫谢宴时，骊姬又留饭款待。总之，骊姬始终对申生装出一副特别亲热的模样，使申生对她丧失警惕。但暗地里却是另外一套，就在她送走申生的那天晚上，她重泪向献公诉说："妾欲回太子之心，故召而礼之，不意太子无礼更甚。"当献公问她究竟出了什么事时，她竟凭空造谣说："妾留太子午餐，索饮，半酣，戏谓妾曰：'我父老矣，若母何？'妾怒而不应。太子又曰：'昔我祖老，而以我母姜氏，遗于我父。今我父老，必有所遗，非子而谁？'欲前执妾手，妾拒之乃免，君若不信，妾试与太子同游于囿，君从台上观之，必有者见焉。"骊姬就这样，当面一套，背后一套，而且引用献公占有自己父妾作例子以说明申生也企图仿效父亲想占有她，以激起献公对申生的愤怒，其手段可谓恶辣之极、卑鄙之极。

待天明之后，骊姬就召申生同游于囿。她"预以蜜涂其发，蜂蝶纷纷，皆集其鬓"。姬曰："太子盍为我驱蜂蝶乎？"申生从后以袖麾之。这时献公在台上观望，以为申生真的在调戏骊姬，就怒不可遏，想立即逮住申生把他杀死。但骊姬这诡计多端的女人已想到如果献公当时就将申生处死，那人家一定会猜到这是她的主意，这对她显然十分不利，于是她又急忙向献公下跪说："妾召之而杀之，是妾杀太子也。且宫中暧昧之事，外人未知，姑忍之。"于是献公就把申生放回了曲沃。

在申生回曲沃之后，骊姬想置申生于死地的阴谋却在暗地里加紧进行。她乘献公去翟桓打猎的时候，派人对太子说："君梦齐姜诉曰：'苦饿无食'，必速祭之。"齐姜别有祠在曲沃，申生就去祭祀。祭礼完后，就派人把祭肉献给了父亲，这时献公打猎还未归来，于是就把胙肉留在宫。献公一回来，骊姬就"以鸩入酒，以毒药傅肉"，而后再送与献公。当献公取胙肉，把酒来尝的时候，骊姬又马上跪而止之说："酒食自外来者，不可不试。"献公觉得她说得有道理，就同意了。没想到"以酒沥地，地即坟起。又呼犬，取一脔肉掷之，犬啖肉立死。"这时骊姬又佯装不信，"再呼小内侍，使尝酒肉，小内侍不肯，强之，才下口，七窍流血亦死。"骊姬这时还假装出一副受了大惊的模样，急忙走下堂去，向天呼叫："天乎！天乎！国固太子之国也。君老矣，岂旦暮之不能待，而必欲弑之？"说罢，双泪俱下。接着又跪在献公之前，带噎而言："太子所以设此谋者，徒以妾母子故也。愿君以此酒肉赐妾，妾宁代君而死，以快太子之志！"说着就要拿酒来喝。骊姬的上述一连串表演可谓精彩之极，演技确实非常高明，使献公不能不信，也不能不感激她，宠爱她。

至此，献公对申生已是愤慨之极，他对申生已经不能再有丝毫的容忍了。他用手激动地扶起骊姬说："尔起，孤便当暴之群臣，诛此贼子!"随即献公就将申生的"谋逆"，告之群臣，但群臣知申生受冤屈，都不吱声。这时骊姬的党羽车关五就急忙向献公表示："太子无道，臣请为君讨之。"于是献公就派车关五、梁五为正副将，前去曲沃讨伐申生，申生最后被迫自缢而死。

其中一些细节是史书中所没有的，是作者的创造。这些细节描写的增加，使人物形象更饱满、鲜明，令人难以忘怀。

（原载《明清小说鉴赏辞典》，浙江古籍出版社1992年版。题目为编者所拟）

《闹樊楼多情周胜仙》赏析

在我国小说发展史上，宋元话本的出现是值得大书而特书的事情，它与以前的“志怪”、“志人”和传奇小说相比迥然不同。从它所描写的内容来说，它已冲破了以往小说那种局限于描写社会上层和封建文士生活的狭窄范围，而以市民生活为主，广泛地反映了社会的现实。从艺术形式上来讲，其中最突出的一点是采用了为平民百姓所熟悉和喜爱的通俗语言，为后来的大批白话小说的产生和发展开辟了一条广阔道路。

在宋代人罗烨编辑的《醉翁谈录》里有一首诗提到了宋代讲唱小说故事的情况：“春浓花艳佳人胆，月黑风寒壮士心。讲论只凭三寸舌，秤评天下浅和深。”诗的前两句十分形象地透露了话本小说中描写最多、最集中的两个内容：一是青年男女争取爱情和婚姻的故事；另一个是人民由于不堪压迫和剥削而起来反抗的故事。诗的第一句：“春浓花艳佳人胆”里的“佳人胆”三字，生动地反映出了那些爱情婚姻故事中女主角所表现出来的主动和大胆精神，从而使这些作品和以前的同类小说相比呈现出一种崭新的风貌。下面谈到的《闹樊楼多情周胜仙》就是在这方面具有代表性的一篇小说。

《闹樊楼多情周胜仙》是写一个富商的女儿周胜仙和一个开酒店的青年范二郎相爱，由于父亲的坚决反对，终于悲惨死去的故事。这是个激动人心的悲剧，它与以往小说中所描写的爱情悲剧相比，有着鲜明的特色和独特的韵味。这些特色和韵味来自人物非同一般的个性。

小说的女主人公周胜仙是个富商女。在一个春末夏初的日子里，她去汴京名胜金明池游玩，在茶坊遇上了青年范二郎，一见钟情。心想：“若还我嫁得一似这般子弟，可知好哩！今日当面错过，再来那里去讨？”“如何着个道理和他说话？问他曾娶妻也不曾。”于是她眉头一皱，计上心来，机智地借与卖水人吵架为由，巧妙地把自己的情况以及对爱情的热烈向往，向自己所倾慕的男子范二郎作了传递。小说里有段引人注目的描写："周胜仙叫：'卖水的，你倾些甜蜜蜜的糖水来。'那人倾一盏糖水在铜盂儿里，递与周胜仙。周胜仙接得在手，才上口一呷，便把那个铜盂儿望空打一丢，便叫'好！好！你却来暗算我！你道我是兀谁？……我是曹门里周大郎的女儿，我的小名叫作胜仙小娘子，年一十八岁，不曾吃人暗算，你今却来算我！我是不曾嫁的女孩儿'。"接着又说："却恨我爹爹不在家里。我爹若在家，与你打官司。"在这段妙趣横生的骂话中，周胜仙不仅向范二郎通报了自己的姓名、年龄、出身和家庭住址，而且还特别强调了自己是个不曾出嫁的女儿，目前父亲周大郎又不在家里。周胜仙强调后面两点的用意不外乎要提醒范二郎：应该抓紧时间，大胆地向她求爱。

作品通过这段精彩的描写，把周胜仙这个市民女子的机智以及对爱情大胆而主动的追求作了个惟妙惟肖的表现。

当然，范二郎也并非傻子，他也是个机灵的年轻人。当他初见周胜仙时，就被她那"花容月貌"的绰约风姿所吸引。周胜仙和卖水人吵架的情景就引起了他的注意。他在听了周胜仙的一连串骂话之后的反映是："这言语蹊跷，分明是说与我听。""她既暗递与我，我如何不回她？"于是来了个如法炮制，也向卖水人要了盏糖水，假托卖水人想暗害自己为由，对他进行了斥责，巧妙地向周胜仙通报了自己的情况，以此作为对周胜仙示爱行为的积极响应。一对素不相识的青年男女就通过这样一个充满戏剧性的场面，各自向对方传递了自己的爱慕之情。

很明显，在这两个青年男女主人公之间，作者是更突出了女青年周胜仙的机智和她在爱情上的大胆、主动精神。正是这种精神，把她和以往爱情里的那些"大家闺秀"们明显地区别开来。

每当人们想起古典小说中爱情悲剧描写时，就会很自然地想到唐代传奇名篇《莺莺传》来。《莺莺传》的莺莺是个带有诗人气质的美丽的贵族少女。她从小受到封建文化的熏陶，平时举止端庄，富有大家风范。但作为少女，莺莺有着十分丰富的感情，对于爱情则更有强烈的向往与追求，但这些向往与追求，平时只深藏于内心，不轻易外露。当她与张生相遇之后，就产生了好感，但这种感情表现得很隐蔽。他与张生之间，在爱情上首先采取行动的是张生。莺莺在张生进攻面前开始表现得很矜持，后来随着张生接二连三地向她示爱，才逐渐大起胆来，以至鼓起勇气，回诗张生，约他花园相会。但当张生兴冲冲地跳过墙去赴约时，莺莺却又突然变卦，竟板起面孔当面数落张生的不是，斥责他的“非礼之动”，使张生陷于极度狼狈的境地。

莺莺这种出尔反尔的举动，粗看叫人无法理解，但细一琢磨，无不令人佩服作者的高明，感到这样写是多么的真实、深刻！封建礼教提倡：“男女授受不亲”，婚姻需有父母做主，而且还须门当户对。孟子就明确指出过：“不得父母之命，媒妁之言，钻穴相窥，逾墙相从，则父母国人皆贱之。”

联系莺莺的出身、环境和自幼所受的教育，就不难理解在莺莺的头脑里封建礼教的影响是多么深重！这种影响犹如毒蛇那样纠缠着她。当莺莺倾心于张生，准备向他吐露心曲时，存在她头脑中的这些封建礼教观念突然冒出来加以阻止。这是“情”和“理”的斗争在莺莺内心展开了激烈的冲突。斗争的结果，礼教观念暂时占了上风，这就使莺莺只好一反初衷，违心地训斥起张生来了。

当然，对莺莺这样一个热烈追求爱情的叛逆女性来说，这些封建礼教观念也只是暂时地起到了遏止和阻挡的作用，莺莺最后还是冲破了礼教的束缚，倒向了张生的怀抱。不过，这种争取爱情胜利的过程毕竟是十分的曲折，莺莺为挣脱礼教束缚所作的斗争也是异常的艰苦。

《闹樊楼多情周胜仙》里的女主人公周胜仙则与莺莺形成了鲜明的对照。在周胜仙的头脑里似乎压根儿就不存在封建礼教的影响。当她一旦看中了范二郎之后，根本不存在什么思想斗争，就积极主动地向他表达了自己的爱慕之情。在对待爱情的态度上，周胜仙不是矜持、顾虑重重，而是采取了大胆进攻的姿态，这正表现了市民群众的性格特色。

众所周知，市民阶层是随着城市工商业的发展和繁荣而出现的。他们的思想性格不仅和封建统治者和封建文人大不相同，就是和农民也有明显的区别。市民比起农民来文化高、知识多、见闻广、思想活跃，受传统封建礼教的影响甚少，因此比较敢作敢为，在对待爱情上也没有很多条条框框的束缚，比较解放。

但周胜仙和范二郎之间情投意合的爱情却遭到了周胜仙的父亲周大郎的坚决反对。周大郎是个富有的从事海外贸易的商人，属于市民群众中的上层人物。在他的头脑中却充斥着剥削阶级的势力观念，对女儿婚事他早有盘算：总想让女儿嫁个有身份人家的子弟，以便通过这种联姻关系来进一步提高自己的政治、经济地位。因此，当他外出回来得知自己女儿已与开酒店的范二郎定亲时，就暴跳如雷，“双眼圆睁”，大声地斥骂妻子：“打脊老贱人！得谁言语，擅便说亲！他（指范二郎）高杀也只是个开酒店的，我女儿怕没大户人家对亲，却许着他，你倒了志气，干出这等事，也不怕人笑话！”周大郎眼里，女儿和范二郎攀亲是丢丑。如若同意这门亲事那他原先的这套如意算盘，将全部落空，这是他万万不能接受的。周大郎压根儿不懂爱情为何物，他不理解也不想去理解女儿的感情，在他看来，要女儿嫁个有地位人家的子弟，这是对女儿的幸福负责。殊不知他所坚持的这套东西，恰恰彻底葬送了女儿的幸福。

当周胜仙得悉父亲坚决反对她和范二郎的婚事之后，就一气倒地不省人事，这充分表现出她对爱情的执著和对封建婚姻制度的坚决反抗精神。在女儿的拼死反抗面前，周大郎毫无悔悟之意，还大骂昏死过去的女儿是“辱门败户的小贱人！”表现了他极端的专横和残忍。他可以“慷慨”地把三五千贯房奁及女儿屋中的细软首饰拿来当做她的陪葬，但就是不能同意女儿去嫁给身份低贱的范二郎。在周大郎身上，我们看到了封建婚姻制度所固有的顽固性以及它在摧残青年爱情方面所表现出来的极端残酷性。

周大郎和他女儿周胜仙各自代表了爱情和婚姻问题上的封建与民主、守旧与进步的两股势力。这两股势力之间的矛盾冲突是不可调和的。由于代表封建守旧势力的周大郎手中掌握着实权，这就决定了周胜仙和范二郎之间的爱情必然是以悲剧告终。周胜仙最后只能以死作为她最后的反抗。

小说在写了周胜仙死去之后，故事并没有就此结束，而是一波三折地又推出了新的情节。

周大郎为了和妻子斗气，将一批金银首饰、细软都作了女儿的陪葬，这就引起了盗墓贼朱真的垂涎。

为及早夺得这份富贵，朱真乘寒冬雪夜去郊外盗墓。当他鬼鬼祟祟撬开棺材盖时，尸体却由于得了阳和之气而突然复活了。复活后的周胜仙向朱真说的第一句话是：“哥哥，你叫我去见樊楼酒店范二郎，重重相谢你！”这里进一步突出了周胜仙对爱情的执著和忠贞。周胜仙生生死死、念念不忘的只有一件事：如何能和范二郎生活在一起。当然，周胜仙不是没有发觉朱真的邪恶用心，也不是对朱真的卑劣行为不感到愤慨，但此时此刻，对于周胜仙来说，至关重要的是如何设法去找到她心爱的人范二郎，其他一切都将成了次要的了。甚至只要朱真能带她找到范二郎，即便受尽屈辱也在所不惜了。这里可以充分掂出周胜仙对范二郎的感情分量有多重！这是任何力量所不能动摇的。

但是，朱真这个盗墓贼对周胜仙却始终不怀好意，一心想霸占她。事实教育了周胜仙，想通过朱真来实现和范二郎的团聚已全然不可能了。于是她毅然采取坚决行动，乘朱真外出看灯和邻居起火的机会，勇敢地逃离了朱真的家，通过沿途打听，终于找到了范二郎的住处。当她再次见到范二郎时，是多么的兴奋和激动！但令人遗憾的是：范二郎却把她误认为鬼，在惊恐万状之余，竟提起汤桶把她活活打死。等范二郎弄清情况时，悔之晚矣，范二郎不仅失去了心爱的情人，而且自己也因人命案进了监狱。

但周胜仙并未因范二郎的“绝情”而改变初衷，对于范二郎重见她时所呈现的恐惧之态没有半点责怪、怨恨之意，依然是一往情深。即便当了鬼，她还要请三天假和范二郎团聚，并当面对他进行抚慰和倾吐衷曲：“奴两遍死去，都只为官人。今日知道官人在此，特特相寻……”在他们相聚的最后一个晚上，周胜仙对范二郎愈加眷恋。临去时还告诉范二郎：“奴阳寿未绝，今被五道将军（道教中掌管人间生死的神）收用。奴一心只忆着官人，泣诉其情，蒙五道将军可怜，给假三日。如今限期满了……奴从此与官人永别。官人之事，奴已拜从五道将军。”为了范二郎，周胜仙可以忍受一切痛苦，牺牲一切幸福。虽然她从此再不能与范二郎见面了，但还是要千方百计地为他日后的幸福操心。后来周胜仙固然通过五道将军的力量迫使官府把范二郎释放出狱。通过上述这一系列的描写，使周胜仙这个市民女子的性格更加鲜明突出，整个形象也更显得血肉饱满、栩栩如生。

话本小说来源于说话艺术，它十分注意在故事情节的生动曲折上下功夫，借以吸引读者。本篇的作者在故事情节的曲折多变、引人入胜上就匠心独具。整个情节的发展是一波未平，一波又起，腾挪变化，摇曳多姿。例如，小说在写到周胜仙一气倒地死去后，本来整个故事可以就此收场了。但作者紧接着却又写出了朱真雪夜盗墓引起周胜仙死而复活这一系列为人们所意想不到的情节，从而使整个故事跌宕起伏。盗墓情节的突然出现，粗看似乎有点节外生枝，画蛇添足。但细细一想，这一情节的出现却十分重要，它的意义和作用是多方面的：一方面深刻地反映出当时由于吏治的腐败，政治的动乱，社会上各种坏人十分活跃，他们利用一切机会，不择手段地捞取钱财，甚至不惜图财害命、干出伤天害理的事情，从而深刻地表现出故事所产生的时代社会特点；另一方面通过盗墓这一情节，又把整个故事引向纵深发展，使小说主要人物周胜仙的性格表现得更鲜明、突出。在盗墓情节前，作品主要写的是周胜仙对爱情的主动、大胆；而在盗墓情节后，却着力强调她对爱情的执著，这种执著已到了不顾一切的地步。把这前后两个方面的描写统一起来，就使得周胜仙的性格表现得更完整、更丰满，因而也更感人至深。

在这个爱情悲剧里，作者交替使用了现实主义和浪漫主义两种创作方法，从而使故事情节更真实也更激动人心，人物形象也更富于艺术魅力。周胜仙在争取爱情婚姻自由的斗争中，由于她的对立面、封建婚姻制度的代表人物周大郎的十分顽固而且手中又掌握着权力，这就决定了斗争只能以悲剧结束。作者敢于直面这一残酷的现实，把它真实地表现出来，这些正体现出作者清醒的现实主义。但同时作者又不甘心让自己所精心塑造的正面人物无声无息地悲惨死过去，于是在悲剧的末尾，接上了光明的充满理想的尾巴，让死去的周胜仙，借助于神、鬼等超现实的力量，继续为实现自己的美好愿望而奋斗。这种浪漫主义的手法是有它的积极意义的，它给了那些在封建婚姻制度重压下奋斗的青年男女很大的激励和鼓舞。

（原载《历代名篇赏析集成》（下），中国文联出版公司 1988 年版。题目为编者所拟）

一曲市民爱情的颂歌

——读短篇小说《卖油郎独占花魁》

话本小说到了明代，不仅为广大市民所欢迎，而且也引起了大批封建文人的浓厚兴趣。他们在对话本小说进行整理加工的同时，还模拟话本形式创作了许多专供案头阅读的短篇小说，文学史上称之为拟话本。

明代拟话本小说的题材十分广泛，所反映的社会内容也是各种各样，但其中给人印象深刻的是那些描写青年男女爱情和婚姻的作品。本文所分析的《卖油郎独占花魁》在这类小说中是一篇富有鲜明时代色彩的作品。

《卖油郎独占花魁》写一个卖油的小贩秦重和一个色艺双绝、被称为“花魁娘子”的妓女莘瑶琴的爱情婚姻故事。

写妓女的爱情和婚姻的小说早已有之，而且出现过一些名篇。在唐代传奇里就有像《霍小玉传》、《李娃传》这样的名作，就在拟话本里也还有像《杜十娘怒沉百宝箱》、《玉堂春落难逢夫》这样脍炙人口的作品。但是在上述作品里，和妓女相爱的对象几乎无一不是贵族官僚家的公子哥儿，这些小说里突出宣传了郎才女貌。所谓“鸨儿爱钞，姐儿爱俏”、“有钱无貌意难和，有貌无钱不可合”，作品结局往往是落难公子中状元，烟花女子当偏房。至于像卖油郎这样的市井小民成为妓女“从良”对象的还没有出现过，因此仅就题材来说，《卖油郎独占花魁》就给人以一种新鲜感，更何况这篇小说鲜明地表现出了市民的思想意识和道德观念，这就更使人耳目为之一新。

文艺作品（包括小说）要感人就要写好人，而要写好人就得写出人的情。如能把人物感情的真、善、美写出来，就能使读者在思想上有所触动，获得美的艺术享受，而作品本身也才有历久不衰的生命力。

《卖油郎独占花魁》中的男女主人公秦重和莘瑶琴就是两个颇具特色、非常成功的艺术典型。被誉为“花魁娘子”的莘瑶琴，是个美丽、聪明并具有坚强意志的少女。她出生于一个小商人的家庭，从小以聪明伶俐著称。七岁时能日诵千言，十岁就能吟诗作赋，十二岁时琴棋书画已无所不通。她本可以安稳幸福地生活下去，但“天有不测风云”，不义的战争毁灭了她宁静安逸的生活，也改变了她的人生道路。在弃家逃命途中，她与父母失散，在举目无亲的情况下，受坏人哄骗，被卖给了娼家。富豪金二员外和妓院老鸨串通一气，在把她灌醉的情况下奸污了她。当她发觉后怒火中烧，把金二员外劈头劈脸地抓了几个血痕，并决心从此不再接客，表现出了她性格中敢于反抗的一面，她不甘心使自己成为一头任人宰割的羔羊。

老鸨面对瑶琴的倔强反抗，一时感到束手无策，只好搬来了她的结义妹子刘四妈充当说客。刘四妈是个风月场中狡猾的女骗子。她生就一张花嘴，有本事说得“罗汉思情，嫦娥想嫁”。她和瑶琴谈话时，抓住了瑶琴盼望“从良”的愿望，大做文章。围绕着什么是“真从良，假从良；苦从良，乐从良”等题目大发议论，说得个天花乱坠，终于使瑶琴改变了原先态度，欣然答应接客。

这一方面说明了瑶琴毕竟还是个涉世未深的少女，经不住刘四妈花言巧语的诱骗；同时也深刻地反映出妓女命运的悲苦：一个青年女子，一旦进了妓院，再想跳出这个火坑就不是件容易的事了。在妓女可能有的种种出路中，相比之下，“从良”还是个较好的归宿。因此，可以理解，处于绝境中的瑶琴是多么急切地盼望着“从良”！她决心努力争取这个前途，不惜忍辱负重、委曲求全。

但究竟寻找什么样的人作为自己从良的对象，她原来的认识是很模糊的，这就决定了莘瑶琴的从良过程必然是曲折的。

瑶琴出身于小商人的家庭，从小就接受了不少封建思想的教育。进了妓院之后，又一再受到王孙公子、富室豪家的捧场和纵容，生活上又是那样的养尊处优、豪华奢靡，这一切，使她与下层劳动者的距离越来越大。在刘四妈对她灌输的“从良教育”中，还特别提醒她：“你便要从良，也须拣个好主儿。这些臭嘴臭脸的难道就跟他不成？”“那主儿或是年老的，或是貌丑的，或是一字不识的村牛，你却不肮脏了一世！”刘四妈的这些“教诲”也对瑶琴产生了深刻的影响。

正是这些原因，瑶琴贱视那些身居社会下层的劳动者和市井细民，因此当秦重第一次出现在她面前时，她有一种本能的反感。在她看来，像她这样的“花魁娘子”去接待秦重这样不起眼的小人物，实在是有失身份。尽管老鸨一再为秦重美言，但瑶琴的回答却是：“不是有名称的子弟，接了他，被人笑话。”

但最能教育人的毕竟还是生活本身。瑶琴在接触了秦重之后，深为秦重尊重人、体贴人的品行所感动：“难得这好人，又忠厚，又老实，且又知情识趣，隐恶扬善，千百中难遇此一人。”因此，“心里已四五分欢喜了。”但当她一想起秦重的职业、社会地位时，不禁又踌躇起来了：“可惜是市井之辈，若是衣冠子弟，情愿委身事之！”出现在瑶琴思想里的这些矛盾是很合乎情理的。因为像她这样的女子，要彻底摆脱封建世俗的偏见决不是一件容易的事。

能写出人物性格随着现实境遇的变化而变化，这是一切成功的艺术典型必须具备的一个重要条件。当然，这种变化必须符合人物性格发展的内在逻辑。在一般情况下，人物性格的发展只能是渐变，而不可能是突变。瑶琴初次和秦重接触，尽管在感情上激起了强烈的波澜，留下了美好的印象，但还不可能根本克服她原先的偏见。因此两人的初次会面，只能以瑶琴赠银二十两作为对秦重的酬谢而告结束。

生活经验告诉我们：有时候反面的教训更能触动人的灵魂。吴八公子对瑶琴的肆意作践和侮辱，对瑶琴就是一个很好的反面教育，也使她更深切地体会到秦重真诚友爱的可贵。瑶琴在寻找从良的对象方面，原先总寄望于富家公子，但经吴八公子的一顿打骂侮辱之后，内心展开了激烈的矛盾冲突，她十分痛苦地慨叹自己才貌两全，却遭如此轻贱。她平昔枉自结识许多王孙贵客，急切用他们不着，以至让自己遭受了这般凌辱。正当她想以一死了之的时候，又是这个志诚的卖油郎给她以同情、关怀和宽慰，并亲自护送她回家。是秦重温暖了她这颗残破的心，增强了她生活下去的信心和勇气。生活使她终于弄清了真正的爱情和“追欢买笑”之间的区别。懂得了只有像秦重这样的“志诚君子”才能有真挚的爱情可言，而那些“豪华之辈，酒色之徒，但知买笑追欢的乐意，哪有怜香惜玉的真心？”在这样的思想认识基础上，她主动地向秦重吐露了“我要嫁你”的强烈愿望，并表示“布衣蔬食，死而无怨”的决心。人们看到瑶琴最后终于冲破世俗的偏见，找到了自己真正的归宿，这是十分不容易的，是她在残酷的现实生活里打了几个滚之后才取得的。小说这样描写，符合生活本身的内在逻辑，也切合人物性格发展的历程，所以具有深刻的艺术说服力，使人感到真实可信。

和莘瑶琴相比，秦重这个人物就显得更为新颖，在这个形象身上洋溢着强烈的时代气息。卖油郎秦重给人的一个突出印象是老实忠厚。战争使他与生父离散，当他在养父家中学做买卖时，就对主人表现出一片忠诚。卖油郎淳朴正派，从不使奸耍滑。他曾因拒绝养父侍女的勾引而招致诬陷被逐，对此，他从不感到后悔。

一个偶然的机会，他见到了“容颜艳丽、体态轻盈”的莘瑶琴，经一番打听之后，知道她是个名妓，又是自己的同乡。他一方面同情瑶琴的身世，心想：“世间有这样美貌的女子，落于娼家，岂不可惜！”同时又深深地为她的美丽所动而心有所思，可是他又想：“我终日挑这油担子，不过日进分文，怎么想这等非分之事！”但转而又一想：“我闻得做老鸨的，专要钱钞。就是个乞儿，有了银子，他也就肯接了，何况我做生意的，清清白白之人，若有了银，怕他不接！”

的确，在常人看来，像秦重这样的一个卖油小贩，本钱总共才有三两银子，却要拿出十两银子去嫖妓，这简直是异想天开，白日做梦！但秦重却不这样看，他认为只要省吃俭用，经过一个时期的积蓄，完全可以办到。为此，他再三盘算：“一日积得一分，一年也有三两六钱之数。只消三年，这事便成了。若一日积得二分，只消得年半。若再多得些，一年也差不多了。”小说通过这些描写，集中地反映了秦重这样的市井细民对爱情生活的追求，同时也表现出了他们对自身力量的信心。

这里必须看到：秦重这样迫切地想亲近自己心爱的女性，不是为了追求声色之娱，而是表达他由衷的同情，这和那些王孙公子把妓女视为玩物的劣行有着本质的区别。正是出于这种真诚的爱，秦重在和瑶琴第一次接触时，面对着醉酒不醒的瑶琴，他不但十分尊重，而且表现出了无微不至的体贴、关怀。也是出于同样的思想，当瑶琴遭到吴八公子侮辱而感到痛不欲生时，秦重同情她、体贴她，把她从痛苦和绝望的深渊中解救出来。在瑶琴经历了生活正反两方面的教育之后，她已认定了秦重是她最理想的“从良”对象，并公开提出要嫁他。但秦重的回答却是：“小娘子就要嫁一万人，也还数不到小可头上，休得取笑，枉自折了小可的食料。”这些发自内心的语言，再一次突出了秦重的质朴和忠厚。

秦重对莘瑶琴固然爱得很深，但对她却没有更多的奢望，只要求有个机会能亲近她一下，当面向她表示由衷的欣喜之情。他压根儿没有要求瑶琴有朝一日能成为他的妻子。秦重自知他的物质经济条件很差，社会地位也很低下，瑶琴和他生活在一起，将会受到种种委屈，这将使他感到不安。自己既然心爱瑶琴，就得尊重她、关心她、设身处地地为她考虑，秦重的这些想法是高尚的。正是这点使他终于赢得了瑶琴的爱情。

秦重和瑶琴的结合，可以说是一曲爱情战胜金钱、权势、地位和封建世俗偏见的颂歌。作品值得我们重视的是：小商人已作为正面人物被作者大力肯定和歌颂，作品通过一系列具有艺术说服力的情节，宣扬了这样一种思想：在爱情和婚姻问题上可贵的不是金钱、权势、门第、才貌等等，而是彼此的知心如意、相互尊重、真诚相爱。这些正是市民思想进步性的表现。

《卖油郎独占花魁》在艺术描写上也有自己的特点，这里着重谈下列两个方面：

作者在人物塑造上，成功地运用了反衬和对比的手法，同时又注意到从多方面去揭示人物的内心活动。

世界上的各种事物，都是相比较而存在。好与坏、美与丑、善与恶，这些都是相对的。所以文学艺术创作在反映客观生活时就不能孤立地去描写，要善于在对比衬托中，加强表现效果。衬托有正衬和反衬之分，相比之下，反衬的效果更为鲜明、强烈。

《卖油郎独占花魁》的作者在刻画人物时就成功地使用了这种反衬的手法。作者以金二员外、吴八公子为一方，秦重为另一方，加以鲜明比照，收到了以丑衬美，以恶衬善的强烈艺术效果。作者愈是把金二员外和吴八公子作践妇女的丑恶行径揭露得深刻，也就愈加衬托出秦重心灵的美好、行为的高尚；相反地，作者愈是把秦重对女性的尊重和体贴表现得很充分，也就愈加反衬出金二员外和吴八公子灵魂的卑鄙丑恶，这种强烈的反衬对比，把小说的主题和人物的思想倾向表现得分外的鲜明。

对人物内心世界的揭示是刻画人物形象的一个很重要的手段。这是因为作品只有通过这种手法，才能彻里彻外地再现人物的种种特征，包括人物内在的气质、神韵等等。但是，在我国古典小说里，一般是不太注意使用这种手段的。然而在《卖油郎独占花魁》里却出现了不少成功的心理描写，这就十分难能可贵了。

秦重在见到莘瑶琴后，深为她的美丽所吸引，作者紧接着就写了秦重的一连串内心活动，这些内心活动是表现得那样的细致、深入，把卖油郎其人的思想性格、志趣爱好以至气质、神韵描写得淋漓尽致。再如瑶琴在首次接触秦重后，被他的赤诚所感动的情景，以及后来遭吴八公子侮辱后的痛苦心情，作者也都通过人物内心活动的揭示，作了十分细致、深入的描绘，从而使整个形象显得十分丰满、感人。

作者在故事情节的安排上，既做到了曲折生动，引人入胜，又处处符合生活情理，而文笔又是那样的细致入微，这就大大增强了小说的艺术美。

大家都知道，作品的情节基础，来自现实生活中的矛盾冲突。因此，离开了生活中的矛盾冲突，离开了人物性格的发展规律，去片面地追求情节的离奇曲折，其结果只会使作品丧失艺术生命力。《卖油郎独占花魁》中莘瑶琴与秦重的结合过程，曲折多变，矛盾迭起，但它符合生活的真实。即使其中出现的某些“偶然的巧合”，也是合乎情理的。

比如吴八公子故意把莘瑶琴抛弃在清波门外这个僻静去处是有意刁难她，让她无法自己回家。这个僻静去处，虽是常人所不到，但秦重因为养父的坟在清波门外，又正赶上他扫墓回来，此处乃是他必经之地。因此小说写两人清波门外会面这一“偶然的巧合”，一点也没有给人以牵强附会的感觉。倒是显得自然、合理，似乎生活本身就是这样。

作者在描写故事情节时，笔法特别细腻，能使人物的情态表现得十分逼真，从而大大增强了小说的感人力量。像秦重与瑶琴初次会面的那个晚上，当秦重看到瑶琴（美娘）酒醉不醒时，小说作了如下精彩的描写：

> 秦重看美娘时，面对里床，睡得正熟，把锦被压在身下。秦重想酒醉之人，必然怕冷，又不敢惊醒他。忽见栏杆上又放着一床大红纻丝的锦被。轻轻的取下，盖在美娘身上，把银灯挑得亮亮的，取了这壶热茶，脱鞋上床，挨在美娘身边，左手抱着茶壶在怀，右手搭在美娘身上。眼也不敢闭一闭。正是：未曾握雨携云，也算偎香倚玉。却说美娘睡到半夜，醒将转来，自觉酒力不胜，胸中似有满溢之状。爬起来，坐在被窝中，垂着头，只管打干哕。秦重慌忙也坐起来，知他要吐，放下茶壶，用手抚摩其背。良久，美娘喉间忍不住了，说时迟，那时快，美娘放开喉咙便吐。秦重怕污了被窝，把自己的道袍袖

子张开，罩在他嘴上。美娘不知所以，尽情一呕，呕毕，还闭着眼，讨茶漱口。秦重下床，将道袍轻轻脱下，放在地平之上，摸茶壶还是暖的，斟上一瓯香喷喷的浓茶，递与美娘。美娘连吃了二碗，胸中虽然略觉豪燥，身子兀自倦怠。仍旧倒下，向里睡去了。秦重脱下道袍，将吐下一袖的腌臜，重重裹着，放于床侧……

通过上述细致入微地描绘，突出了秦重对瑶琴的尊重体贴和关怀备至。

（原载《名作之园》，浙江古籍出版社 1987 年版）

凌濛初和他的“二拍”

凌濛初（1580—1644），明末小说家。字玄房，号初成，别号即空观主人。浙江乌程（今湖州人）。12岁入学，18岁补禀膳生，55岁以优贡授上海县丞，63岁任徐州通判，并分署房村，明末农民军起，他与之对抗，最后呕血而死。

凌濛初著作有拟话本小说集《拍案惊奇》初刻和二刻（简称“二拍”）。戏曲《虬髯翁》、《颠倒姻缘》、《北红拂》、《乔合衫襟记》和《蓦忽姻缘》等，此外还著有《圣门传诗嫡冢》、《言诗翼》、《诗逆》、《诗经人物考》、《左传合鲭》、《倪思史汉异同补评》、《赢縢三札》、《荡栉后录》、《国门集》、《国门乙集》、《鸡讲斋诗文》、《己编蠹涎》、《燕筑讴》、《南音三籁》、《东坡禅喜集》、《合评选诗》、《陶韦合集》、《惑溺供》和《国策概》。

在凌濛初的所有著作中，以“二拍”影响最大。“初刻”、“二刻”各40卷，其中“二刻”第23卷《大姊魂游完宿愿，小姨病起续前缘》与“初刻”重复。“二刻”的第40卷则是《宋公明闹元宵》杂剧。因此，“二拍”实有小说78篇。凌濛初是中国创作拟话本小说最多的一个作家。

从“初刻”的序言里，可以知道凌濛初是由于看到冯梦龙所编辑的“三言”行世颇捷，因而在“肆中人”的怂恿下写了“二拍”，在小说的取材上，凌濛初所见的宋元旧本，已被冯梦龙“搜括殆尽”，剩下的只是“沟中之断芜，略不足陈”的东西，所以取古今来杂碎事，可新听睹、佐诙谐者，演而畅之。在序言中，作者对于“一二轻薄恶少，初学拈笔，便思污蔑世界，广摭诬造，非荒诞不足信，则亵秽不忍闻”的现象，表示十分愤慨，但在“二拍”中这类描写还是很多。

“二拍”的部分作品具有积极意义，首先是有些作品反映了明代市民生活和他们的思想意识。《转运汉遇巧洞庭红》写商人泛海经商事。主人翁文若虚，在国内经商破产，一次偶然和一些商人出海经商，他因没有本钱，只好带了只值一两多银子的洞庭红，不料到了海外，竟卖了八百多两银子。回来的路上，在过一荒岛时又拣到了个珍宝，因此大发横财，成了一大富商。联系明中叶后商人要求开放“海禁”的历史背景，就能看出，小说反映了当时商人们追求钱财的强烈欲望。《叠居奇程客得助》写徽州商人程宰因经商失败，“怕归来受人笑话”而流落关外，后来为海神所垂爱，得其指点，先后通过囤积药材、丝绸和粗布发了横财。海神的“人弃我堪取，奇赢自可居”的指点，表现了商人的精神世界和经营准则。在《乌将军一饭必酬》中，王生两次贩物被劫，使他对出外经商失去信心，他的婶母一再鼓励他：“不可因此两番，坠了家传行业。”这些十分重视商业的描写，在以往作品中实属少见，这是明中叶后商品经济活跃，市民意识进一步发展的反映。

“二拍”中部分描写爱情和婚姻的作品，具有一定的社会内容。《李将军错认舅》着力描写了刘翠翠和金定之间忠贞不渝的爱情。先是翠翠迫使父母放弃“门当户对”的习俗陈规而和金定结合，后翠翠被李将军掳去作妾，金定又历尽艰辛，终于找到了翠翠，但迫于将军权势，不得以夫妻相认，最后以双双殉情来表示他们之间至死不渝的爱情。《宣徽院二女秋千会》里的少女速歌失里，对父母从势利观点出发的悔盟迫嫁行为坚决抗争，终于实现了和心爱的未婚夫相结合的美好愿望。《错调情贾母詈女》中贾闰娘与孙小官相爱，遭母横加干涉，后经种种曲折，这对有情人终成眷属。在《满少卿饥附饱飏》里批判了满少卿的忘恩负义、富贵易妻的丑恶行为，并对现实生活中只准男人丧妻后续弦再娶，置妾买婢，而不许寡妇再嫁的现象，表示了不平，实际上提出了在爱情婚姻生活中要求男女平等的观点。

“二拍”中还有一类作品，暴露了封建统治阶级的贪婪凶残、荒淫好色。《青楼市探人踪》里，通过狰狞贪婪的杨佥宪和狠心夺产的张禀生这两个形象，揭示了封建统治阶级阴险狠毒的本质，尤其是杨佥宪的罪行更令人发指，为吞没五百两银子的贿赂，竟杀害了张禀生主仆五条人命。《进香客莽看金刚经》里写贪婪卑劣的柳太守，为取寺中收藏价值千金的白香山手书金刚经，竟嘱盗诬攀某寺为窝藏盗犯之所，对住持多方迫害。《王渔翁舍镜崇三宝》中提点刑狱使者浑耀闻知住持法轮藏了他人宝镜发了财，为夺得宝镜，他用尽各种威逼手段，直至把住持活活打死。

“二拍”颇善于组织情节，因此多数篇章有一定吸引力，语言也还生动，但从总的艺术魅力来说，它比“三言”差得多。

凌濛初在《序言》中申明自己所写小说是“文不足征，意殊有属”，作者所属的无非是要宣扬名教，以达到劝慰的目的。因此书中消极、落后的成分比重甚大。具体表现为露骨的色情描写甚多，另外封建迷信、因果报应和宿命论思想几乎充斥全书，还有少数篇章如《钱多处白丁横带》、《何道士因术成奸》里对农民起义进行了攻击。

（原载《中国大百科全书》《中国文学》卷，中国大百科全书出版社1986年版。题目为编者所拟）

清代文坛上的三颗明珠

——纵谈《聊斋志异》、《儒林外史》和《红楼梦》

我国封建社会经历了漫长而曲折的道路，清朝的康熙、雍正、乾隆时代是我国封建文化最后的一个繁盛阶段。清代文学有它自己的种种特征，其中主要特征之一就是对整个封建文学的发展带有一定程度的总结性。

如果说清代文学这种带有总结性的特点，在诗文创作里还表现得不太明显的话，那么在小说、戏剧创作中就反映得十分突出。《聊斋志异》、《儒林外史》、《红楼梦》、《长生殿》、《桃花扇》以至李渔的戏剧理论等等的产生，就是最生动、有力的证明。特别是《聊斋志异》、《儒林外史》、《红楼梦》这三颗闪耀在清代文坛上的璀璨明珠，它们取得如此辉煌的成就，并经住了时间的考验，具有永不衰竭的魅力，正是在认真地汲取封建时代文学发展所提供的经验教训基础上，又加以创造性发展的结果。

一　文言小说的高峰、集短篇小说之大成者——《聊斋志异》

我国古典小说的发展分为两个系统：一是文言的系统，一是白话的系统。早期出现的“志怪”、“志人”和稍后产生的唐代传奇，都是文言小说。由“志怪”小说发展到唐代“传奇”是小说创作上的一次质的飞跃，对此，鲁迅先生有十分精辟的分析：“小说亦如诗，至唐代而一变，虽尚不离于搜奇记逸，然叙述宛转，文辞华艳，与六朝之粗陈梗概者较，演进之迹甚明，而尤显者乃在是时则始有意为小说。”（《中国小说史略》）的确，唐代传奇所取得的成就，是引人注目的，它标志着我国的小说创作已趋于成熟。

但自从宋元话本小说问世之后，我国小说领域里出现了一个白话小说兴盛、繁荣的新时代，白话的长短篇小说犹如雨后春笋般涌现出来，呈现出一派姹紫嫣红的可喜景象，并涌现出一些流传千古的不朽长篇巨著。而这时文言小说与白话小说所取得的辉煌灿烂的成就相比，却不免黯然失色，这种沉闷而不景气的局面一直延续到了清初，《聊斋志异》的出现，才开始扭转了这一局面，并把文言小说的创作推向了一个高峰。在新的历史条件下，人们惊喜地看到：沉寂已久的文言小说的创作，终于又重新焕发出了青春，表现出惊人的艺术魅力。

《聊斋志异》写的是超现实的花妖狐魅，这种题材早在“志怪”小说中就已出现，并非它的独创；而《聊斋志异》所使用的又是文言，远不如白话小说语言通俗易懂，但为什么竟能赢得人们如此的喜爱？

我想其中的原因是复杂而多方面的，这里不想作全面的分析。不过其中有一点特别重要，需要给以强调，那就是在艺术上它善于广采博取、融汇创新，不仅汲取了神话、“志怪”、“传奇”和话本小说的诸多成就，而且还借鉴史传、笔记等方面的种种长处。

《聊斋志异》接受“志怪”、“传奇”的影响最为明显。“志怪”、“传奇”是我国文言小说的两大体制。“志怪”受写史影响的严重束缚，着眼于“客观真实”的记录；“传奇”则已开始摆脱写史影响，运用虚构、夸饰，有意地进行艺术创造。“志怪”热衷于神怪鬼异传说的搜集；“传奇”则注视着现实生活里发生的种种新奇可喜之事。“志怪”的篇幅短小，习惯于简单扼要地交代清楚事情的始末；“传奇”则需要委婉详尽地描摹事态的来龙去脉及其发展变化的曲折过程。在语言上，“志怪”质朴无华，“传奇”则华艳秀美。

《聊斋志异》作者的创造精神在于把“志怪”、“传奇”的各自特色加以吸收、融汇、发展，鲁迅把它归纳为：“用传奇法，而以志怪”。这样，《聊斋》既保持了“志怪”神奇怪异的特点又富有传奇的现实性、生动性和浓烈的人情味，从而使它的艺术形象具有鲜明的独创性和强大的艺术魅力。

人们在读《聊斋》的时候，会产生出一种迥异于其他小说的奇特的艺术感受：一方面感到小说写的很多是属于超现实的东西，同时又感到它们并不陌生，真实地存在于现实生活里。一方面感到不少描写很离奇乃至荒诞，同时又感到它们“似曾相识”，平凡而又亲切。一方面感到部分情节和人物言行奇奇怪怪出人之所料；同时又觉得这一切颇合生活的事理。一方面感到小说的某些描写令人不可思议；同时又得承认它们并非作者的胡编乱造而是有实际生活依据。

由于作者把他在现实生活里所体察到的各种人物个性以及种种人情世态很巧妙地概括在这些神鬼怪异的身上，这就使小说中出现的花妖狐魅多具人情，人们对于这些异类并不感到可怕，倒是觉得它们的可亲可爱，十分的亲切感人。

《聊斋志异》接受史传文学的影响也不能低估。书名之称“志异”者，不外乎是作者想标榜自己要遵循史家写史那样去如实地记录各种怪异现象。在它大部分作品后面的那段“异史氏曰”，更是受《史记》的“太史公曰”这一体例的启发，借以对篇中人物进行臧否，作出评价。

当然，史传文学的影响，更主要的还是体现在人物塑造上。《聊斋》作者汲取了古代史家修史所倡导的“不虚美、不隐恶”和“善恶必书”的优良传统，在反映现实时，力求做到忠实于生活，不以个人好恶去歪曲事物的本相，使小说的人物形象能确切地反映出现实生活里人的性格所固有的丰富性、复杂性，从而给人以十分真实的感觉。

在我国小说发展史上，文言和白话小说虽各成系统，但又彼此关联、相互影响。白话小说在故事情节描写和人物语言运用上的种种长处，也为《聊斋》所汲取，从而使它在短小的篇幅里，做到了情节的曲折引人，细节描写的丰富细腻和人物语言的生动传神。

二 剖析八股毒瘤的利刃、我国杰出的讽刺小说——《儒林外史》

历史的发展往往发人深省。十八世纪中叶，当吴敬梓在南京创作他的杰出讽刺小说《儒林外史》时，曹雪芹则在北京呕心沥血地撰写他那不朽巨著《红楼梦》，两部名著，南北辉映，珠联璧合，成为一时文坛的奇观。

明清科举所用的八股文是一种内容空洞、形式僵化的文体，考题取自《四书》、《五经》的文句，作者不能自由地表达独立的见解，只能按朱熹的注释去阐述经义，称之为“代圣贤立言”。这种八股取士制度是统治阶级用来禁锢思想、腐蚀灵魂的工具，成了社会进步的一大祸害。所以它必然会招致一切进步思想家和有识之士的强烈反对。明清之际的著名思想家顾炎武在他的《日知录》里强烈抨击了八股取士制度，斥其危害之力甚于秦始皇的焚书坑儒，是导致明朝覆灭的一个重要原因。稍后的思想家颜元把八股文列为“为治”所必去的“四秽”之首。鲁迅则把八股文斥之为“蠢笨的产物”。

对这样一个关系到社会进步和发展的重大问题，在《儒林外史》以前的文学作品里却很少触及。《聊斋》里，曾出现了一批揭露科举弊病的著名作品。《儒林外史》则全面而深刻地揭示出了这一制度给社会带来的严重祸害。作品一开始就把斗争的锋芒指向了八股取士制度。作者借他的理想人物王冕之口批评了用《五经》、《四书》、八股文的取士之法“定得不好!”将来读书人既有此一条荣身之路，把那文行出处都看轻了。作者把社会上热衷于追求功名富贵的恶习以及种种腐败现象，归之于八股取士制度。闲斋老人在他的《儒林外史序》里说：“其书以功名富贵为一篇之骨：有心艳功名富贵而媚人下人者；有倚仗功名富贵而骄人傲人者；有假托无意功名富贵，自以为高，被人看破耻笑者；终乃以辞却功名富贵，品地最上一层为中流砥柱。”这里指出了小说所写的对功名富贵态度不同的四种人，前三种是一类，他们的共同点是热切地向往和追求功名富贵，以致弄得丑态百出，他们都是八股取士制度的直接产物。后一种则属另一类，他们已看破了功名富贵，被作者誉为“中流砥柱”。

《儒林外史》艺术上的独创性在于对讽刺艺术的运用已达到了至善至美的境地。

我国文学中讽刺描写源远流长，最早可追溯到古代的民歌、寓言。之后，在诗文、小说、戏剧中也陆续出现过一些讽刺性作品，但总的来说它们还只是些讽刺手法或技巧的运用，尚不能称之为讽刺文学。《儒林外史》作者在全面汲取并总结前人讽刺艺术的基础上加以丰富提高，使之上升为一种成熟的讽刺文学。对此，鲁迅曾给予高度评价：“迨吴敬梓《儒林外史》出……于是说部中乃始有足称讽刺之书。”

《儒林外史》讽刺艺术的深刻性在于它以科举制度为中心，把封建末世习以为常的种种不合理的乃至罪恶、腐朽的现象，加以概括、集中，使之典型化，让人们认识它的丑恶本质，从而清醒起来、感奋起来。

吴敬梓在揭露八股取士制度的种种弊端和罪恶时，既爱憎分明又恰如其分。作者讽刺时，不是从个人恩怨出发，以宣泄自己的感情为快；也不是用尖酸刻薄的态度，以揭发他人隐私为乐；更非一味地卖弄、逞能以达到哗众取宠的目的。而是站得高，看得深，头脑清醒，态度严肃，始终把讽刺的矛头，紧紧对准八股取士制度本身，做到了“秉持公心，指擿时弊”。

《儒林外史》的讽刺形式究属喜剧性的还是悲剧性的？看来它既是喜剧性的更是悲剧性的。或者更加确切地说表面上是喜剧性的，骨子里却是悲剧性的，起到了“戚而能谐”的作用。面对作品里一连串荒唐可笑的描写，人们会禁不住地发笑，但在笑过之后，心情则是沉重的，留下了一连串发人深省的问题。那些被讽刺的对象，尽管情况各不一样，作者对他们的态度也不尽相同，但他们都程度不同地是八股取士制度的受害者。所以他们给予读者的感受是：既可笑，更可悲；既使人厌恶鄙视又令人同情惋惜。人们感到这些人物之所以陷入这种令人哭笑不得的境地，其主要过错还不在于他们本人，而是由于罪恶的八股取士制度所致。

在讽刺的具体手法上，作者采取的是：“婉而多讽”。尽量地让事实本身出来说话，不去直接地表示出自己的好恶，这样就使人感到特别的真实，做到了“无一贬词，而情伪毕露”。从而收到了十分理想的讽刺效果。

因此，无论从作者所持的立场、感情，还是所采取的形式、技巧，《儒林外史》比之以往的讽刺性作品都有了极大的提高，体现出一种质的飞跃，从而使我国文学创作中第一次有了成熟的讽刺文学作品。

三　封建社会没落的一面镜子，我国古典小说艺术的巅峰——《红楼梦》

自《红楼梦》问世以来，研究《红楼梦》已成了学术界的一门专门学问——“红学”。“红学”研究在经历了二百多年之后，至今仍方兴未艾，这不仅在中国文学史上是独一无二的现象，也为世界文学史所罕见，不能不说是文学历史发展中的“奇迹”，这一事实本身就使人们不能不对它“刮目相看”。

《红楼梦》作者曹雪芹以他先进的初步民主主义思想、特殊而丰富的生活体验和艺术家的杰出天赋，塑造了一系列无与伦比的艺术形象，从而深刻地揭示出了作者所处封建末世的时代特征：新的社会力量虽然已经出现，但暂时还处于劣势，因而在斗争中难免会遭到失败和牺牲；而旧的社会势力虽还在强行挣扎，表面看去似乎还非常有力量，但它必然灭亡的命运已无法改变。这些反映在小说中的表现为：代表当时新的社会力量的主人公贾宝玉和一批令人可亲可爱的青年女子的一一遭摧残、毁灭，出现了“千红一窟（哭），万艳同杯（悲）”的大惨局。在新的社会力量的失败和牺牲过程中，展示出了他们可贵的价值；而那个代表旧势力的以世俗男性为核心的罪恶、腐朽的世界，已是内外交困，走投无路，出现了种种濒临覆灭前的异常的症状：“当年笏满床”的豪门，曾几何时，破落到了“陋室空堂”的悲惨境地；“曾为歌舞场”的繁华世家，瞬息变样，剩下的只是一片“衰草枯杨”；昔日娇贵非凡的王孙公子沦为了强盗，而千金小姐却“流落在烟花巷”，当了下贱的娼妓……封建统治阶级已经是“运终数尽”，小说里贾府这个典型贵族家庭的彻底崩溃便是明证。

巴尔扎克的《人间喜剧》早被誉为法国社会一部卓越的现实主义历史，托尔斯泰的作品被赞为“俄国革命的一面镜子”，《红楼梦》则堪称中国封建社会没落的一面镜子，它深刻地揭示出了封建末世时代的本质特征。

《红楼梦》在艺术描写上所以能取得精湛的富有创造性的成就决非偶然。小说的作者全面地汲取了我国传统文学艺术乃至整个传统文化的精华。他不仅借鉴并总结了过去长短篇小说的创作得失；也吸收并熔铸了诗词、散文、戏曲乃至音乐、绘画、雕刻、建筑等等艺术方面的经验。正由于这样，它的文学艺术基础表现得特别的深厚，大大高出于一般的文学作品，显示出它所独有的多样性、丰富性和独创性。

回顾一下我国长篇小说发展的进程，《红楼梦》对前代文学，特别是小说的继承和创新精神就会越发显得具体、清楚。

我国长篇小说自《三国演义》、《水浒传》、《西游记》问世之后，由于它们的杰出成就和巨大影响，人们纷起效法，文坛上出现了一股因袭、模仿的潮流，各种各样的历史演义、英雄传奇和神魔小说大批涌现，但其中大部分粗制滥造，读来乏味，看不出一点创新的精神。作为“世情书”代表的《金瓶梅》的出现，有力地冲破了这种因循守旧、停滞不前的局面，把我国小说创作推向了一个新的阶段——以“人情小说”为主流的创作新时期。《金瓶梅》不仅为小说描写开辟了一个崭新的领域——记人事，写现实社会的人情世态；而且在人物塑造、细节描写，直至语言运用上比它以前的小说都有突破和创新。

《红楼梦》在《金瓶梅》所取得的成就的基础上，吸收了前代文学的成就加以创造性的发展，从而使我国小说艺术跃上了一个新的高度。

在我国源远流长的文学创作的长河里，无论是现实主义还是浪漫主义的创作方法，都取得了辉煌的成就，它们各自拥有一批杰出的作家和大批优秀的作品。《红楼梦》的作者对此都加以认真的汲取，并根据自己对生活和艺术的切身体验加以融会贯通、继承发扬。他反对《金瓶梅》之后大批才子佳人小说所表现的“千部一腔、千人一面”；而是根据自己的亲见亲闻“按迹循踪”地去描写，在“十年辛苦不寻常”的惨淡经营之中，把他所观察体验到的丰富社会生活作了精心的加工、提炼之后，创造出了高度典型、集中、完美的作品。它既是高度的现实主义又具有一定浪漫主义的成分，闪耀着思想的光辉，犹如生活本身那样丰富、复杂而又浑然天成，从而把我国小说艺术推向了一个前所未有的高峰。

在人物塑造上，《金瓶梅》的一大功绩是比较好地克服了过去人物刻画上的简单，内涵比较贫乏的缺点，并彻底摆脱了类型化的模式，在人物个性化方面取得令人注目的成就，使形象贴近生活中的真人。《红楼梦》吸取了《金瓶梅》在这方面的成就并又有新的发展，它所塑造的人物努力把现实生活中人固有的丰富性、复杂性反映出来，使之高度个性化，显出特别的生动、逼真和传神，被鲁迅称之为“真的人物”。小说正是通过这些活灵活现的人物，揭示出了生活的底蕴，令人回味无穷。

对日常生活作细腻、逼真的描写是《金瓶梅》创作的显著成就之一。《红楼梦》在这方面又有新的提高，它对日常生活的描写，克服了某些自然主义和拖沓重复的毛病，做到了精心的提炼，使之更富有典型性和倾向性。就在作者细致入微的日常生活的描写中，小说的故事情节在不断地发展，人物性格越趋丰富和鲜明，矛盾冲突一波未平一波又起地向前推进，生活的长河在奔腾向前。

《金瓶梅》的语言，向来以它的生动丰富和泼辣酣畅著称。《红楼梦》的语言比起它来又“更上一层楼”，不仅生动、形象，而且准确、精练、纯净和传神，达到了“炉火纯青”的境地，成为我国文学作品中最成熟、最优美的白话创作典范。

《红楼梦》还广泛地吸收了诗歌、散文、戏剧、绘画、音乐、建筑和雕刻等多方面的艺术精华，把它们熔铸在整个艺术形象里，使《红楼梦》的艺术形象不仅丰富多彩；而且更富有诗意，从而大大增强了小说震撼人心的悲剧美。

（原载《文史知识》1988 年第 1 期，收入《金瓶梅红楼梦纵横谈》，北京大学出版社 1990 年版）

漫谈《聊斋志异》

《聊斋志异》，可以说是中国文学史上一部很特别的小说。像我们这样年纪的人，很多人有这样一种体会：小时候很爱听大人讲《聊斋》故事，特别在晚上，听《聊斋》故事，既有些恐怖（因为其中有讲到鬼、狐、仙的种种活动），又感到十分的生动、吸引人，因此爱听。

大家知道，《聊斋志异》和《红楼梦》都产生在清代。《红楼梦》是我国长篇小说最辉煌、最有成就的作品，《聊斋志异》则是我国短篇小说中最为出类拔萃的作品。

唐代之后，古代小说的发展出现了文言和白话两种。《聊斋志异》是文言小说，它创造性地继承我国文言小说的传统，用唐人传奇法来志怪，既反映了丰富的社会生活，又有极高的艺术造诣，把我国文言小说推向了高峰。《聊斋》所用的是文言文，因此读起来不如白话的通俗、顺畅，但这不影响它所具有的独特艺术魅力。

一

蒲松龄，字留仙，山东淄川（今山东淄博市）人，他出生的村庄村口有眼泉井，泉水很清，井边翠柳掩映，因此自号柳泉居士。

蒲松龄出生在一个“书香”之家，可祖上科名不显。他的父亲已被迫弃儒经商，到他时就更为贫困。受当时社会风气和家庭影响，蒲松龄从小就热衷科名，并在19岁时连续以县、府、道三个第一考中了秀才，名振一时，但此后却屡试不第。31岁时，他迫于家贫，应聘为宝应县（苏北）知县孙蕙的幕宾（相当于今天的私人秘书），整天和“无端而代人歌哭”的应酬文字打交道，大违素志，次年便辞幕返乡。此后主要是在

"缙绅先生家"设帐教学。这 40 年间，他一面教书，一面应考，但终究还是个穷秀才。71 岁他才援例出贡，4 年后便死去了。

蒲松龄除一度游幕苏北外，一生大部分活动不出于淄川和济南之间。但他接触和交游的人十分广泛。他的秀才出身以及游幕、坐馆生活，使他接触到大量统治阶级人物；他长期居住农村和家境的贫困，又使他与下层人民保持密切的联系。因此他对封建社会种种人物——上至官僚缙绅，下至农夫村妇、婢妾娼妓、恶棍无赖、赌徒酒鬼、僧道术士等生活方式、精神面貌，都有深刻的了解。他的这种丰富的生活阅历，为他的创作打下了深厚基础。

蒲松龄是个具有多方面艺术才能的作家，一生著作丰富。除《聊斋志异》外，还有诗、文、词、赋、戏曲、俚曲和一些杂著。《聊斋志异》是蒲松龄的代表作。《聊斋志异》虽有部分作品出自作者的亲身见闻，如《地震》、《跳神》等，也还有承袭过去题材加以创造性发展的作品，如《续黄粱》、《莲花公主》等，但绝大多数则是记述当时民间和下层文士中间的故事传说。这在《聊斋自志》中说得很清楚："才非干宝（晋代人，他收集了许多神仙鬼怪故事，撰写了《搜神记》一书），雅爱搜神（喜欢搜集神异故事），情类黄州（我的心情像在贬官到黄州的苏轼一样），喜人谈鬼，闻则命笔，遂以成编。久之四方同人又以邮筒相寄，因而物以好聚。所积益伙。"蒲松龄的创作态度是严肃的，他在《聊斋自志》中说："集腋为裘（用狐狸腋下的珍贵毛皮连缀而成袍，比喻积少成多），妄续幽冥之录（《幽明录》是南朝宋刘义庆著的志怪小说。原文作《幽冥》错了），浮白载笔（浮白，指饮酒；载笔，记录），仅成'孤愤'之书（《孤愤》是《韩非子》中的一篇，这里借以表达自己对现实的不满）；寄托如此，亦足悲矣！"这正说明了作者是有所寄托的，而不是"妄言妄听，记而存之。"他之所以来用狐鬼故事，是因为他便于避免文网（清代文字狱很厉害）和自由地表现生活理想。其中大多数作品虽取于民间传说，却表现出作者的理想和爱憎，有明确的主题和鲜明的倾向。

二

《聊斋志异》中的优秀作品，反映了广阔的现实生活，提出了许多重要的社会问题，它们或者揭露了封建统治的黑暗，或者抨击科举制度的腐朽，或者反抗封建礼教的束缚，具有丰富深刻的思想内容。

第一，描写爱情主题的作品，在全书中占有很大比重，成就也特别显著。在这类作品中反映了作者反封建礼教的进步倾向。作者通过一系列花妖狐魅同人的恋爱故事，歌颂了青年男女的真挚爱情，寄托了他的爱情理想，即不受封建礼教束缚的婚姻自由，并有真挚的爱情作为基础。如《连城》中写乔生和连城争取自由婚姻的斗争，十分曲折动人。作品写史孝廉征诗择婿，乔生的诗得到女儿连城的喜爱，史孝廉却以乔生家贫不许婚，后连城生病，乔生割下自己的胸肉来为连城治病，因为连城同他心心相印，正如他所说："士为知己者死，不以色也。"后连城病死，乔前去吊念，一恸而绝。他在阴间找到连城，并在好友顾生帮助下，被准许还魂，两人终于相携回到里门。《瑞云》一篇中的瑞云，是个名妓，色艺无双，红极一时，贺生很穷，却十分爱慕瑞云。瑞云在名噪一时的时候，不以贺生的贫富为意。后来瑞云变得丑状如鬼，遭人鄙弃时，贺生不以妍媸易念，仍然爱着她。他对瑞云说："人生所重者知己；卿盛时犹能知我，我岂以衰故忘卿乎？"这种以心灵契合为基础的爱情，显得特别珍贵。

在写爱情的作品中，出现了一些"情痴"形象，写得特别感人，《阿宝》中的孙子楚，家庭贫穷而为人诚朴，爱上了富商的女儿阿宝。阿宝长得漂亮，家中又有钱，各方面条件十分优越，在这种条件下，孙子楚想要娶阿宝为妻，似乎根本不可能。但孙子楚请媒人向阿宝求婚，阿宝开玩笑说，他有枝指（六个指头），去了一个指头，我当归之。媒人把这话告诉了孙子楚，孙子楚说："不难"，遂以斧自断其指，大痛彻心，血溢倾注（向外倾倒那样流淌），几乎死去。后来由于情志专一追求阿宝，以至灵魂化为一只鹦鹉，飞到阿宝身边，朝夕不离，把整个身心都倾注在爱情上。以痴情冲击封建礼教所设的男女之大防，打破嫌贫爱富的门第观念，甚至跨越生死界限。孙子楚的真情激起了阿宝内心波澜，阿宝初奇其痴，既而感其诚，终于不顾家庭阻拦，甘心嫁给贫士，而且不惜以死相殉。作者在小说篇末的异史氏曰（作者的评语）对什么是"痴"作了精辟的解说，他说："性痴则其志凝（意志专一），故书痴者文必工（精巧），艺痴者技必良，世之落拓而无成者，皆自谓不痴者也。"

第二，揭露和抨击科举制度的腐败和弊端。《叶生》中的叶生"文章辞赋，冠绝当时"，却屡试不中，郁闷而死。最后只能让自己的鬼魂帮助一个县令之子考中举人。"借福泽为文章吐气（借你的福气，使文章发挥作用，而扬眉吐气。借福泽，意指丁公有福，所以他儿子得中举人第二名）”，“使天下人知半生沦落，非战之罪。”蒲松龄把自己科场失意，提高到一个人才问题来认识，深切地感叹当时社会不懂爱惜人才。《司文郎》是篇杰出的讽刺作品。小说写一个能从烧成灰的文章中嗅出其好坏的瞎和尚，他在嗅过王生的文章后赞美说：“君初法大家，虽未逼真，亦近似矣。”他嗅余杭生的文章，则咳逆（被恶气呛得咳嗽）数声曰：“勿再投矣，格格（格格不入）而不能下，强受之以膈（分割胸腔和腹腔的肌膜），再焚，则作恶（恶心）矣。”可是考试发榜的时候，余杭生高中，而王生落第。瞎和尚闻讯后，叹息说：“仆虽盲于目，而不盲于鼻，帘中人（指试官）并鼻盲矣!”《贾奉雉》写一个才名冠一时的贾生，屡试不中，后来他把落卷中写得最不好的文句拼凑到一起，再去应试，却意外地考中了。考中之后，他再读旧稿，不禁遍身出汗，几层衣服都被汗水湿透，因此羞愧得无地自容，决心“遁迹山丘，与世长绝”，以保持自己清白。

总的来说，蒲松龄虽还没有完全否定科举考试制度，但对它的揭露、批判是极为深刻的。

第三，《聊斋志异》再一个重要主题是揭露现实政治的腐败和统治阶级对人民的残酷压迫，它反映出封建社会的根本矛盾，具有很高的思想价值。

《促织》是揭露封建统治阶级压榨人民的十分典型的一篇小说。由于皇帝爱斗蟋蟀，以及地方官媚上邀宠，胥吏借端勒索，遂至“每责一头，辄倾数家之产。”成名一家便是这无数受害家庭中的一个，成名因买不起应征的蟋蟀，受尽官府的杖责。后来历尽艰辛，捕得一头，却不幸被儿子不小心弄死，儿子害怕，哭着告诉了母亲。母亲听后，面色灰死，大骂儿子“业根（犹言祸根）死期至矣，而翁归，自与你复算耳（算帐）”，儿子哭着出去了。不多时，成名回来了，听到妻子所言，如被冰雪（像盖上一层冰雪，形容希望顿时消失）。怒索儿，儿渺然不知所往，既而得其尸于井，因而化怒为悲，抢呼欲绝。这就是“天子偶用一物”所造成的悲剧。后来成名的儿子复活，魂灵化为一只轻捷善斗的蟋蟀，才挽救了一家毁灭的命运。这只蟋蟀献入宫中之后，得到皇帝欢心，抚臣受名马衣缎之赐，县宰也以“卓异”闻。（卓绝优异，明清两朝对官吏考核政绩时最好的评语）县宰高兴了，免去成名担任里正差役。后岁余，成子精神复旧。自言"身化促织，轻捷善斗，今始苏耳。"抚军亦厚赉（赏赐）成。不数岁，田百顷，楼阁万椽（万间），牛羊各200头，一出门，裘马过世家（衣着排场超过世代做官的人家）。这篇小说不仅揭露了封建压榨的残酷，也说明了那些官僚是怎样飞黄腾达的。

另一篇作品《席方平》则揭露了封建官府的暗无天日，人民含冤莫伸。作品写诚朴的席廉得罪富豪羊某。羊先死，数年后廉病垂危，谓人曰："羊某今贿嘱冥使搒（拷打）我矣。"俄而身赤肿，号呼遂死。席惨怛不食，曰："我将赴地下，代申冤气耳。"席方平代父申冤，魂赴冥司告状，可是从城隍到郡司，直至冥王都受羊某的贿赂，不仅冤屈莫伸，反遭种种毒刑。席方平毫不畏惧，当面对冥王进行一针见血的揭露和抗议："受笞允当（遭鞭打是很恰当，这里是反语），谁教我无钱耶!"冥王将他放到火床上，烙得骨肉焦黑，问他还敢不敢再讼？他坚强不屈地回答："大冤未伸，寸心不死，若言不讼，是欺王也。必讼!"后来又下令用铁锯将他从头到脚锯成两半。席方平忍着剧痛，一声不嚎，连执行小鬼，也为他这种精神所感动，不禁发出这样感叹："壮哉，此汉!"由于他坚持斗争，最后在二郎神帮助下，终于使贪暴的冥王、郡司、城隍都被治了罪，为父申了冤报了仇。席方平这一光辉复仇形象，显然是长期封建社会中被压迫人民反抗斗争精神的艺术概括。

《商三官》中描写了一个复仇少女，她年仅16岁，而在眼光、胆识和坚韧的斗争意志方面，都大大超过了男子。父亲被杀而大冤不得昭雪，使她看清了官府的本质，于是丢了幻想，自己斗争，经过了长期准备和周密计划，终于亲手杀死了仇人，然后自缢而死。

第四，在《聊斋志异》中，还出现了很多幻化为花妖狐魅的妇女形象，她们具备优良的思想品德，善良而很富同情心，能帮助别人，救人于危难之中，充满了人情味，使人们感觉到可亲、可敬。

《红玉》中的狐女红玉是作者称赞的"狐侠"。小说写劣绅宋御史横行乡里，抢夺民妻，殴伤人命。冯相如控告无门，含冤莫伸。作品写了在这黑暗的现实中有个"人侠"虬髯客和"狐侠"红玉，前者严惩劣绅、恶霸，后者最初帮助冯相如娶妻成家，之后冯生被冤，又代抚孤儿，重建家庭。红玉对冯相如的爱情，渗透着对被压迫、被欺压的贫苦读书人的深切同情。

《张鸿渐》也是很有代表性的一篇。篇中写了个正直而怯懦的书生张鸿渐，仅仅因为同情被迫害者，代写状词，就受到了贪暴官吏一连串的迫害，不得不抛妻弃子，逃窜异乡。这位懦弱的书生不容于当世，却得到了狐女施舜华的收留和救助，并同他相爱而结为夫妇。篇中写张鸿渐误认舜华为在家的妻子，又写舜华幻化为张鸿渐的妻子，向他诉说苦衷，在这变换离奇、真假虚实之间，表现了张鸿渐被迫离妻别子的痛苦心情和封建时代“犯人”家属的悲凉处境。当舜华得知张鸿渐对妻子怀着真挚的爱情，对自己则仅仅是一种感恩时，起初虽曾表现出不高兴，不满足，但接着就诚心诚意地检讨自己有私心。她对张鸿渐说：“妾有偏心，于妾愿君之不忘，于人愿君之忘之也。”她最后热情无私地帮助真心爱着妻子的张鸿渐回家和妻子团聚。

第五，《聊斋志异》中还写了一些具有寓言意义的讽刺之作，对人启发也很大。《崂山道士》就是很有名的一篇。小说写王生慕道，但并非真想学道。他好逸恶劳，不去苦心修持，但求一知半解地学到一点法术，借以逞己之私。结果碰壁，倒受人们的讥笑。这个故事告诫人们：对待任何一种学问或事业，必须有执著追求，付出艰苦劳动，才能得到成功。

另一篇《画皮》也是很出名的。狞鬼画皮，伪装成美女，不仅概括了鬼类的阴险本质，而且揭示了现实生活中当面是人、背后是鬼的两面派伎俩。作品的深刻之处不仅描写了王生的受骗，而且进一步揭示了他受骗的原因：贪欲蒙住了眼睛，使他是非不分，人妖莫辨。结果不但自己被厉鬼掏心而去，连妻子也蒙受了食人之唾的羞辱。

三

《聊斋志异》不仅思想内容丰富深刻，而且具有极强的艺术魅力。《聊斋》中的大多数作品是属于现实主义和浪漫主义相结合的作品。它一方面把花妖狐魅和幽冥世界等非现实事物，组织到现实生活中来，又极力地把花妖狐魅人格化，把幽冥世界社会化，通过人鬼相杂、幽冥相间的生活画面深刻地反映出了现实矛盾；另一方面充分利用花妖狐魅和幽冥世界所提供的超现实力量，突出地表现出作者理想的人物和生活境界，并给好人以美好的结局，给恶人以应得的惩罚。这种特点构成了作品想象丰富奇特，故事变幻莫测，境界神异迷人的独特风格，充分给人以美的享受。崂山道士能剪纸为月，月明辉室，光鉴毫芒，掷箸化仙，并可使壶酒不竭，可去月宫饮宴。这类构思新颖的幻异情景，全从王生眼中写出，借以展示王生艳羡世俗生活的贪婪内心。作品的艺术与思想，在这里得到了完美的统一。

《聊斋》中不少作品表现出诗情浓郁的意境美。所谓意境，是指作品中作家主观情感与客观景物相结合而创造出的一种艺术境界，它使描写对象带有一种抒情色彩，变得比实际生活更富有诗的意韵，更富有深邃的思想，使读者产生一种超出笔墨之外的联想和感受，进入一种诗一样的艺术境界，在精神上得到一种愉悦和陶冶。《聊斋》的意境创造，主要表现在将作者所热爱和歌颂的人和事物加以诗化，特别是那些幻化的花妖狐魅的女性形象，作者总是赋予诗的特点。例如《红玉》一篇中热情歌颂的那位同情被压迫者，具有侠义心肠、热情助人的狐女红玉，作者赋予她一种仙姿玉质的诗意美。

（原载《中国古代文学史漫谈》，中国科学院科技翻译协会 2011 年。第三部分编者根据作者的讲义作了增补）

谈《聊斋志异》的人物描写

文学作品的主题思想及社会内容，要靠人物形象来体现。人物形象的塑造是文学创作中的中心问题，能否刻画出包含丰富的社会内容和深刻的思想意义而又栩栩如生有巨大艺术感染力的人物形象，是文学作品成败的关键。杰出的文言短篇小说集《聊斋志异》，长期以来之所以那样脍炙人口，在人民群众中有着十分广泛、深远的影响，一个十分重要的原因就是它为我们刻画了一大批个性鲜明、血肉丰满的人物形象。《聊斋》刻画人物之多，质量之高，在我国古典小说中是十分突出的。作者蒲松龄在人物形象的塑造上，广泛吸取了先秦散文、史传文学和前代小说的成就，特别是继承了六朝志怪和唐代传奇的传统并加以创造性的发展。《聊斋》在刻画人物上的一些特点，至今对我们仍有一定的借鉴意义。

一　按照生活的本来面目去刻画人物

我国古典小说的产生和发展具有显著的民族特征。如我国最早的小说和历史的关系特别密切，因此人们把最早的小说称为“稗官野史”。作为我国古典小说雏形的“志怪”和“志人”小说，作者就是以史家写史的态度去如实地记载种种鬼神怪异的现象和人物的轶闻琐事的。《聊斋》受史家写史的影响也是十分明显的。从书的命名看，所谓“志异”，无非是表明作者是如史家写史那样去如实地记载各种怪异现象。在《聊斋》的大部分篇后，都有一段“异史氏曰”，借以对篇中人物、事件发表议论，作出评价。这显然是受《史记》“太史公曰”这种体例的启发。

我国古代史家修史有个好传统，就是讲求“善恶必书”，做到“不虚美、不隐恶”和“爱而知其恶，憎而知其善”。总之，要忠实于客观事实，不允许以个人好恶去歪曲事物的本来面目。为坚持这一原则，有人甚至不惜牺牲自己的生命。史家的这种忠于事实的精神，对小说作者讲求真实地反映现实是有影响的。当然，小说创作与写史不同，它反映现实的真实性是要靠对生活的提炼、概括、集中等典型化手段来取得的，而不是像写历史那样只要客观地记录，但就争取做到“真实”这点来说，两者是相通的。

《聊斋》在人物描写上，也受到史家修史态度的影响，十分讲究要忠实于生活，注意按生活的本来面目去刻画人物，而不是离开了生活凭自己的主观想象去任意虚构。因此，《聊斋》中的人物形象，能真实地反映出现实社会中人物性格所固有的丰富性、复杂性，显得逼真生动、真切感人。

《珊瑚》描写的是封建家庭中尖锐的婆媳矛盾，这种题材在封建时代具有普遍的现实意义。小说里无论是婆婆沈氏还是儿媳珊瑚，都写得有血有肉，富有浓厚的生活气息，令人感到真实可信。

作品开始就向读者介绍珊瑚是个性格贤淑的妇女，对婆婆十分孝顺。每天一早就去婆婆处请安，在请安之前，她总是要遵照封建礼法中有关“妇容”的要求，把自己打扮一番，不料这样却触犯了婆婆，遭到了严厉的斥责，骂她淫荡。珊瑚遭此一番辱骂，回去后立即去了妆饰。当她再去见婆婆时，不料婆婆更加恼怒，责备她是有意冲撞自己，直到儿子秉承母意把她痛打一顿之后，婆婆的怒气才稍稍平息。从此也就更加嫌弃儿媳，动辄借题发挥、指桑骂槐地向珊瑚发泄愤怒，直至把她休弃了事。

生活总是那么错综复杂，有些事情似乎令人不可捉摸。珊瑚这么孝敬婆婆，千方百计地想取得她的欢心；可是婆婆却对她如此刻薄，想方设法地去挑剔她、虐待她。在婆婆面前，珊瑚一举一动全是毛病，不管如何小心服侍，到头来总逃不脱挨骂受气。小说称婆婆沈氏的为人是“悍谬不仁”，真是一点儿不假。这个“悍谬”的性格乍看起来似乎不合情理，令人难于理解，但是当我们结合封建社会里婆婆和儿媳之间惯常出现的种种矛盾冲突的实际表现去考察时，就不能不承认小说这样写是完全符合实际生活的，是真实的。表现了作者熟悉生活、忠于生活。

在封建社会里，妇女受的压迫最深。封建礼教给她们以种种束缚，甚至肆意摧残和蹂躏。女子一出嫁，就会遭到丈夫和公婆的种种压制，以致经常处于挨骂受气的境地，要想摆脱这种情况，只有等到自己当了婆婆才有可能。可以设想，在沈氏当儿媳的时候，也是挨了丈夫和公婆的不少辱骂的。现在好不容易熬出了头，自己当上了婆婆，就全然忘了过去所受的种种痛苦，而在自己的儿媳面前要起婆婆的威风来了。诚如鲁迅先生在《娜拉走后怎样》一文中说的："被虐待的儿媳，做了婆婆，仍然虐待儿媳。"由此看来，沈氏的"悍谬不仁"，不全是个人特殊的性格所致，而是有其深刻的历史和社会原因。

在封建社会里，做婆婆的，往往不喜欢儿子和儿媳的感情过于亲密，因为这将意味着儿子和自己的感情将日趋疏远。当婆婆和儿媳发生矛盾冲突时，总是要求儿子坚决站在自己这一边去压制儿媳。而做儿子的，经常出于封建的孝道，不管事情本身的是非曲直，只好顺应母亲的要求。早期长篇叙事诗《孔雀东南飞》里焦仲卿和妻子刘兰芝的感情尽管很好，但焦母却多方挑剔、虐待兰芝，最后又决意把她遣回娘家，儿子心里尽管十分不乐意，但是最后还得顺从母亲旨意。为大家所熟知的宋代爱国诗人陆游和前妻唐琬，彼此感情是十分深挚，但终因陆母的嫌恶而被迫分离。作品中珊瑚的丈夫对妻子也并非就那么绝情，只是身为孝子，面对母亲和妻子间的尖锐矛盾，不管自己乐意与否，也只能站在母亲一边去责骂妻子。

小说中沈氏的最后转变，是由特殊原因促成的。若没有二儿媳臧姑的加倍凶悍，迫使沈氏威风扫地，以致要反转过来去奉承臧姑，那么与大儿媳妇珊瑚的和好将是不可能的。事物总是要有对比才好鉴别，在对比中才能显出好坏来。不受臧姑的悖逆之苦，沈氏怎能领悟出珊瑚孝顺之可贵？而且也只有当沈氏吃足了臧姑的苦头之后，才能在沉痛的教训中，开始认识到自己的过错，以至最后回心转意和珊瑚言归于好。

珊瑚从小受到封建礼教的熏陶，出嫁之后，服从丈夫，孝敬婆婆。尽管沈氏对她百般挑剔、动辄打骂，但她总是逆来顺受、委曲求全，从无半句怨言，更不敢公开反抗。在珊瑚看来，不能讨得婆婆的欢喜，责任总在自己当儿媳这方面。后来当她被婆婆、丈夫赶出家门之后，她原可以改嫁另谋生路，她哥哥就是这样为她考虑的，可是珊瑚因受封建礼教的束缚，誓不再嫁。在封建社会里，女子改嫁是不光彩的。改嫁的妇女，被称为"二婚头"，深受人们轻视。更何况改嫁的女人，想找个好的丈夫又是多么不容易！搞不好，其结局将会比原先的更惨。正是出于这种现实的考虑，珊瑚才宁可耐心地去等待、争取婆婆的回心转意，而不愿去再嫁。

由于作者忠实于客观现实的丰富性和复杂性，在他笔下的好人和坏人都没有被简单化。好人身上有这样那样的缺点，坏人身上也存在着某方面的一些长处。优点、缺点在具体人的身上，又总是错综复杂地交织在一起，五光十色，使你一下不易辨认清楚。《聊斋》中出现的正面形象和反面形象，都是具体、生动和丰富的，他们符合实际生活的本来面貌，而不是简单化的和概念化的。

《王桂庵》写的是世家子王桂庵和少女芸娘之间的爱情悲喜剧。小说一开始，写王桂庵在一次南游途中，在泊舟江岸时，为邻舟少女芸娘的美丽所吸引，以至一见钟情。从此就朝思暮想，睡里梦里都惦念着芸娘，为此，他四处寻找芸娘的去处。小说为突出王桂庵对芸娘的思念之情，先是写了他在迷离恍惚又充满着诗情画意的梦境里遇上了芸娘，接着又在现实环境里，在前次梦境所呈现出来的优美清雅的江村中真的找到了芸娘。作品通过这一虚一实，先虚后实的手法，渲染了王桂庵对芸娘的痴情。作为“世家子”的王桂庵，对爱情表现出如此真挚、专一，这在封建时代是十分难能可贵的。小说对此是非常肯定和赞扬的。但同时作者并没有忽略他身上的一些严重缺点，小说以极其生动的艺术描写，揭示了王桂庵这个“世家子”在对待爱情问题上存在轻浮的一面，而这又是和他的生活境遇和所受的影响分不开的。王桂庵刚与芸娘见面，就“以金锭一枚遥投之”，企图以金钱为诱饵，博取对方的欢心。特别在他娶到芸娘之后，更加得意忘形，无所顾忌，乱开玩笑。他煞有介事地哄骗芸娘：“家中固有妻在，吴尚书女也。”致使芸娘信以为真，顿时色变，造成了投江自杀的惨剧。作者对王桂庵思想作风的恶劣一面进行了严肃的批判。

芸娘对王桂庵这个青年公子也是一开始就抱有好感，但对他用金钱来引诱自己则一直保持警惕，“疑为儇薄子作荡妇挑之”。芸娘的警惕性是有生活根据的。封建社会里，有多少富贵人家的子弟，凭借自己的钱势任意勾引、玩弄妇女，最终又把她们抛弃了事，所谓“始乱终弃”，造成了一起又一起的社会悲剧。因此，芸娘对王桂庵的求爱，当然不能不有所警惕。正是出于这种原因，当婚后王桂庵向她表白家中已有妻子的时候，她就信以为真，并对此不能容忍，决心以投江自尽来表示自己的最后反抗。

从《珊瑚》、《王桂庵》两篇小说的分析中，可以看出，作者笔下的人物，都是严格按照实际生活的本来面目去刻画的，不简单化，更不胡编乱造，努力把生活固有的丰富性、复杂性表现出来，从而使作品的人物形象显得十分的真实可信，经得住人们的再三回味和咀嚼。

二　采用典型事例去突出人物的主要性格

短篇小说由于受篇幅的限制，对人物不能展开尽情的描写，因此如何在有限的篇幅里把人物性格写深、写活就成了一个十分重要的问题。这方面，我国古代史家在写人物传记时所积累的一些经验，对小说创作提供了有益的借鉴。史家写人物不取平铺直叙、面面俱到的方法，而是为了突出人物性格，在选择材料、组织材料上下功夫。在材料的剪裁取舍上，他们提出了“以少总多”、“举重明轻”的原则，即采用最能说明问题的典型事例去突出人物的主要方面。史家的这种手法为蒲松龄所吸取并加以发展，《聊斋》中的各篇小说，都能在有限的篇幅里，把人物的主要特征表现得很充分、鲜明，给人以难忘的印象。

《婴宁》是《聊斋》中很有特色的一篇，塑造了一个淳朴天真、娇憨可爱的少女典型。她给人以特有的美，这种美不仅体现在她的外貌上，更主要的是表现在她的灵魂里。

作者在刻画这一人物时，不是全面地去写她性格的各个方面，而是抓住了她性格中的一个主要特征——爱笑，反复写，从而给人以十分鲜明突出的印象。

封建时代，妇女的一举一动都要符合封建礼教的规范，喜怒都不能自由自在地形之于色。封建礼教要求妇女“笑不露齿”。如果开怀大笑，就认为是失了妇女应有的端庄文静，视作轻佻、放荡而遭到舆论的谴责。作者为了突出婴宁没有受过封建礼教影响的天真娇憨的性格，就抓住她爱笑这个特征大写而特写。婴宁在哪里，笑声就随之在哪里出现，哪里也就显得生机盎然。婴宁的笑，多姿多态，十分动人。时而“捻花含笑”，时而“倚树憨笑”，时而“嗤嗤地笑”，时而又“纵情大笑”。小说通过她的一连串的笑声，向人们展示了这个少女未受世俗污染的纯洁灵魂和天真无邪的性格。婴宁的笑又和她爱花的癖好相结合，这就更增加了形象的美。

人物的心理气质，内在的性格特征，经常通过人物所特有的口吻传达出来。蒲松龄在突出婴宁娇憨、天真的性格时，也常常借助于她充满稚气、令人发笑的对话。当王生向婴宁表示：“我所谓爱，非瓜葛之爱，乃夫妻之爱”时，婴宁竟不知亲戚之爱与夫妇之爱的区别。当王生向她解释夫妻之爱是“夜共枕席耳”，婴宁却回答：“我不惯与生人睡。”后来当老媪向她问及和王生说什么话时，婴宁回答她：“大哥欲我共寝。”当王生向她提出责问时，婴宁却说，“适此语不应说耶？”王生向她说明：“此背人语。”婴宁却回答：“背他人，岂得背老母？且寝处也常事，何讳之？”看，婴宁多天真！人情世故一点不懂，世俗社会所加于女子的种种影响，在她身上一点也找不到。作者正是通过这些典型的描写，生动地表现了少女的天真无邪，显示出一种纯正的美。

蒲松龄还写了些歌颂情痴、书痴的作品，给人们以十分深刻的启示。在作者看来，有否“痴劲”是事情成败的关键，用他的话说：“性痴则其志凝，故书痴者文必工，艺痴者技必良；世之落拓而无成者，皆自谓不痴者也。”《阿宝》就是这类作品中有代表性的一篇。作者精心地安排了一些典型情节，反复地去描写孙子楚的痴劲，正是这种痴劲，使得有些看来似乎是不可能办到的事终于成功了。阿宝是个出身富商的绝色女子，家中广有钱财，又长得很美。许多富贵人家的子弟向她求婚都被辞却了。而孙子楚这个既穷且痴的读书人，却不顾自身条件，主动地向阿宝求婚，这在一般人看来确是“太不自量”了。阿宝本人也是这么想的，因此她开始就以捉弄的态度来对待孙子楚的求婚：“渠去其枝指，余当归之。”但没想到孙子楚对她的玩笑话却信以为真，毫不犹豫地用斧子把枝指砍掉。这使阿宝为之惊奇。不过她当时还只认为是孙子楚的精神不正常。之后，由于深爱阿宝，孙子楚的灵魂竟随她而去。接着又化作鹦鹉，飞至阿宝住所，和她朝夕相伴，最后又把阿宝的绣鞋衔去当作信物，这一系列的“情痴”举动，终于使这个原来对他持有揶揄嘲讽态度的少女深为感动，产生了强烈的爱，不顾家庭的阻挠决心嫁给他。婚后阿宝对孙的感情始终很深，在孙死后，阿宝还不惜自杀以殉。

作者在这里肯定了“情痴”的可贵，渲染了专一深挚爱情所具有的感人力量。所谓“精诚所至，金石为开”。这在以理杀人的封建时代，显然具有很大的进步意义。蒲松龄采用典型情节去突出人物主要性格的手法，收到了出色的艺术效果，使《聊斋》里的人物形象在读者的头脑中留下了不可磨灭的印象。

三 花妖狐魅多具人情

《聊斋》艺术上的一个重要特点，是直接继承了六朝志怪和唐代传奇的传统和艺术手法，并加以创造性的发展。《聊斋》之所以大大高出于一般的志怪小说，其中一个重要的原因就是“用传奇法而以志怪”（鲁迅语）。这就是说，它不像一般的志怪小说那样，只是用平淡的写法作客观记录，而是以写传奇小说的手法去描写神鬼怪异的现象，因此小说中所写的怪异故事并不一味的离奇可怕，或呆板乏味，而总是那样的丰富多彩、曲折多变和引人入胜。这种表现手法体现在人物塑造上，就使《聊斋》中出现的大量花妖狐魅，多具人情，和蔼可亲。

《聊斋》里的人物形象，多是由花妖狐魅幻化而来，作者一方面赋予它们以人的面貌和性格；另一方面又保持了原物的种种特征。作者熟悉生活，他把自己长期来对现实生活的认识、体察、感受，概括到超现实的人物中去，因而小说中的花妖狐魅，并不狰狞可怕，而是十分的可亲可爱。

《张鸿渐》在《聊斋》中是很值得重视的一篇作品。它写一个正直的书生张鸿渐，仅仅因为同情被迫害者，为他们代写状词，就受到贪官污吏一连串的迫害，最后只得潜逃他乡。小说写张鸿渐在逃难途中，正当走投无路的时候，遇上了由狐狸幻化而成的少女舜华。舜华热情地接待了他，并主动地向他表示了自己的爱情。

作者用了不少篇幅细致入微地描写了张鸿渐与舜华之间的恋爱生活。舜华作为狐女，有超人的本领，能通过幻术，在顷刻之间把张鸿渐带回故乡；但是舜华这一形象之所以吸引人，使人感到亲切可爱，却在于她的言谈举止中间洋溢着浓烈的人情味，以至竟使人忘了她是“异类”。世俗社会里青年女子在爱情和婚姻生活中所惯常表现出来的种种思想感情、精神状态都惟妙惟肖地在舜华这一狐女身上充分表现出来了。

张鸿渐在逃难路上，于“资斧断绝、无所归宿”的困境中闯入了舜华家。舜华家的老媪出于对张的怜悯，就瞒了舜华，权且留他一夜。但这事很快为舜华发现，老媪只得实情相告。舜华听后大怒，“一门细弱，何得容纳匪人!”张出于恐惧，又怕连累老媪，只得“出伏阶下”。在对张的盘问中，舜华发现张并非坏人，乃是个“风雅士”，感情顷刻有了转变。原先是竭力反对老媪接待生客，现在却反倒感到对张的招待不周，“此等草草，岂所以待君子!”即令媪引客入室，盛情款待。显然，舜华对张是一见钟情了，随即又以少女所特有的腼腆情态，主动地向张表示了爱情，“妾以君风流才士，欲以门户相托，遂犯瓜李之嫌。得不相遐弃否?”张鸿渐毕竟是个正直的读书人，他并没有为讨好舜华让她收留自己而隐瞒家中已有妻子的实情，张的这种诚实的品格感动了舜华，从而使舜华深深地爱上了他。在其后两人共同生活的过程中，当张鸿渐发现某种怪异现象因而对舜华的身份提出疑问时，舜华对张也是如实相告：“实对君言：妾，狐仙也，与君固有宿缘，如必见怪，请即别。”表示了对张的爱慕和信任。现实社会里青年男女之间真诚相爱、彼此信任的关系，在这里得到了出色的表现。

张鸿渐离家三年，对妻子儿女十分怀念。他向舜华提出要求：“卿既仙人，当千里一息耳。小生离家三年，念妻孥不去心，能携我一归乎?”舜华听了张鸿渐所提要求之后，并不高兴。回答说：“琴瑟之情，妾自分于君为笃；君守此念彼，是相对绸缪者，皆妄也!”意思是责怪张鸿渐：“既然我对你的情爱甚深，为何还要去想念家中的妻子？你这样想念妻子，岂非证明和我的相好都是虚假的吗?”舜华作出的反应是合乎常情的，读来感到很亲切，完全可以理解。男女性爱和朋友之爱不同，它的本质是排他的。既然舜华深深地爱上了张鸿渐，也就不允许他再这样一往情深地思念家中的妻子。面对舜华的不悦，张鸿渐对自己的言行作了进一步的解释：“谚云：‘一日夫妻，百日恩义。’后日归念卿时，亦犹今日之念彼也。设得新忘故，卿何取焉?”这些话讲得多实在，完全是张内心真实思想的反映。在这种情况下，舜华也只得将自己内心的种种思想活动，毫无保留地向张和盘托出了：“妾有褊心：于妾，愿君之不忘；于人，愿君之忘之也。”这些出自肺腑之言，说得多么真切感人！这和她的处境、身份又是何等地相合，从而舜华的形象也就越发使人感到可爱了。小说还写了舜华幻化成张鸿渐的妻子去试探张的感情。所有这一切，使舜华这个狐仙与现实社会里对爱情有着执著追求的少女几乎没有什么区别。她的一举一动都表现得那么真实、符合生活的逻辑，为人们所充分理解。

在写花妖狐魅多具人情这方面，《娇娜》也是很有典型意义的。它写落魄书生孔生在流落他乡、无法返家的困境中，忽遭奇遇，得和娇娜一家结为生死之交的故事。娇娜一家都由狐狸幻化而来，在她们的生活环境和某些言谈举止之中，固然有些超现实的东西；但小说写得成功而最能吸引人的部分是孔生与娇娜一家人之间的种种关系，其中包括孔生与娇娜哥哥皇甫公子间的师生关系，孔生与娇娜的表姐松姑之间的夫妻关系以及孔生与娇娜之间的挚友关系。这些关系都写得那么美好，那么感人，充满着人情味，特别是孔生、娇娜之间的挚友关系写得尤为动人。

当孔生胸间突然生起个大疮，处于“痛楚呻吟”、“眠食都废”的危险时刻，他的学生皇甫公子请来了妹子娇娜为孔生治病。娇娜治疗孔生的病是那样的精心周到。先是“脱臂上金钏安患处，徐徐按下之”，继之“解佩刀”，“把钏握刃，轻轻附根而割”，紧接着“又呼水来，为洗割处”，最后则“口吐红丸，如弹大，着肉上，按令旋转：才一周，觉热火蒸腾；再一周，习习作痒；三周已，遍体清凉，沁入骨髓。”大疮就此痊愈。在这一系列治疗过程中，除了口吐红丸的情节使人感到有些异乎寻常，会使人联想起民间传说中的老狐，经过长年修炼之后，可以炼出能起死回生的红丹之外，其他种种与现实中的人物并无不同。人们被娇娜所表现出来的高超技能和专心致志、一丝不苟的负责精神所感动，对她产生了极为美好的印象。后来，当娇娜一家遭受雷霆之劫的时候，孔生也是舍生相救。小说中的雷霆之劫写得惊心动魄。看，随着霹雳一声而来的是“摆簸山岳，急雨狂风，老树为拔”。孔生在浓密的云雾之中，“见一鬼物，利喙长爪，自穴攫一人出，随烟直上。瞥睹衣履，念似娇娜。”正在这千钧一发之时，孔生为拯救自己的挚友，把自己的生死完全置之度外，表现出罕有的镇静与勇敢，“乃急跃离地，以剑击之，随手堕落”。娇娜终于得救了，但孔生却因此仆倒而死。当娇娜苏醒过来，发现孔生死于身旁时，不禁大哭：“孔郎为我而死，我何生焉!”她不顾一切地去抢救孔生，在松娘和皇甫公子的配合下，她竭尽全力，终于使孔生死而复生。小说通过一连串感人至深的描写，表明了孔生和娇娜一家，尤其是和娇娜之间所存在的不是一般的友谊，而是生死之交。他们为了保全对方，可以不惜牺牲自己的性命。

在封建社会里，男女间是不允许自由交往的，更谈不上建立什么深厚的友谊。现在孔生和娇娜之间，竟置“男女授受不亲”的封建礼教于不顾，建立起患难相扶、生死与共的真挚友情，这实在是太难能可贵了。这里反映出了作者先进的民主思想。

《聊斋》中的大批花妖狐魅写得那样的富于人情，使人忘却“异类”。这是《聊斋》大大高出于一般志怪小说之所在，也是它在人物形象塑造上能取得巨大成就的原因之一。

（原载《聊斋志异欣赏》，北京大学出版社 1986 年版）

漫谈《红楼梦》

《红楼梦》这部不朽的文学巨著，它创造性地汲取了前人创作的经验，给我国小说创作带来了全面性的突破和创新，把我国小说创作水平推进到了一个前所未有的高度。《红楼梦》是我国古典小说的巅峰。

《红楼梦》作者曹雪芹，名霑，字梦阮，雪芹是他的号，又号芹圃、芹溪，祖籍辽阳，先世原是汉族，后为满洲正白旗“包衣人”（“包衣”系满语音译，意思是“家奴”）。

曹雪芹上祖曹振彦，原是明代驻守辽东的下级军官，大约于天命六年后金攻下辽阳时归附的。曹振彦在明与后金战争以及入关后平姜瓖之叛的战争中立过功，历任山西吉州知州、浙江盐法道等官职。曹家的发迹，实从曹振彦开始的。

曹振彦之儿媳，曹雪芹的曾祖父曹玺之妻孙氏，当了康熙皇帝的保姆。康熙二年，曹玺担任江宁织造之职，前后共二十一年，最后病故在江宁织造任上。

曹玺死后，康熙命其子曹寅任苏州织造，后又继任江宁织造、两淮巡盐御史等职。曹寅和康熙自幼便有深厚的友谊，康熙五岁受书时，曹寅就是伴读，后曹寅又选授銮仪卫事，侍康熙左右，两人的关系更加密切了。

曹寅一代是曹家的鼎盛时期，曹寅的两个女儿，都被选作王妃。康熙六次南巡，有五次都以曹家的江宁织造署为行宫，后四次是在曹寅任内，可见当时曹家权势的显赫以及和康熙帝关系之亲密。

曹寅是当时的“名士”，能诗善文，兼擅词曲，又是个有名的藏书家，曾主持《全唐诗》和《佩文韵府》的刊刻。这样的家庭环境对培养曹雪芹的文艺才能起了良好作用。

曹寅死后，康熙命他儿子曹颙继任江宁织造。曹颙上任三年后病故。

康熙又特命曹寅胞弟曹荃（宣）之子曹頫过继曹寅并继任织造之职。曹家祖孙三代四人担任江宁织造之职共60余年。

雍正上台后，先从曹頫舅舅李煦开刀，抄了他的家，接着又发落他到黑龙江最荒远苦寒之地，冻饿折磨至死。雍正五年，曹頫因“骚扰驿站”被捕，复以“行为不端，织造款项亏空甚多”，以及“将家中财物暗移他处，企图隐蔽”被革职抄家。曹頫入狱，并被“枷号”，曹家遂移居北京。

曹雪芹一说是曹颙的遗腹子，另有一说是曹頫的儿子。曹雪芹生于康熙五十四年己未（1715），另说是生于雍正二年（1724）。

曹雪芹在全家抄没后，迁回北京时年纪尚幼，按生于己未说是13岁。曹家回北京后的具体情况，文献绝少记载，不过曹家自抄家后家道急遽败落是千真万确的。到了乾隆初年，曹家似乎又遭另一次更大的祸变，从此就一败涂地了。

曹雪芹一生恰好经历了曹家盛极而衰的过程。13岁前曾在南京过了一段“锦衣纨绔”、“饫甘餍肥”的生活，13岁迁居北京之后，据红学家考证，曾在宗学工作了一个时期，这时他结识了敦敏、敦诚兄弟。晚年在西郊“蓬牖茅椽、绳床瓦灶”，生活更加困顿。他由贵族上层一下子跌入社会的底层的巨大变化中，饱尝了世态炎凉，体察到了社会上贫富悬殊的尖锐对立，也清醒地看到了出身阶级的腐朽和罪恶。

生活的困顿并没有消磨曹雪芹的志气，相反更促使他嗜酒狂狷，对现实表现出傲岸不屈的态度。

据曹雪芹友人描述，雪芹工诗。他的诗，立意新奇，风格近于唐代诗人李贺。敦诚赞扬他的诗：“爱君诗笔有奇气，直追昌谷破篱樊”、“知君诗胆昔如铁，堪与刀颖交寒光”。他还善画，喜画突兀奇峭的石头，常画嶙峋的怪石以寄托胸中郁积着的不平之气。

当然，曹雪芹最大的贡献还在小说创作上。《红楼梦》写于曹雪芹凄凉困苦的晚年，创作过程十分艰苦。在小说第一回里说：“曹雪芹于悼红轩中，披阅十载，增删五次”，真是“字字看来皆是血，十年辛苦不寻常”，可惜没有完稿，就因幼子夭折，感伤成疾，在贫病交迫中搁笔长逝了。曹雪芹逝世年份在乾隆二十七年壬午除夕（1763）；另有一说认为他死于乾隆二十八年癸未除夕（1764），还有一说认为他死于乾隆二十九年甲申岁首（1764年初春）。曹雪芹死后，只留下“琴剑在壁”、“新妇飘零”，几个好友草草地埋葬了这位伟大的作家。

曹雪芹的未完稿题名《石头记》，基本定稿只有八十回。八十回后一些稿子，不及整理便已“迷失”。这八十回开始在为数很少的朋友中传阅，凡三十年之久。到了乾隆五十六年（1791），程伟元、高鹗第一次以活字版排印出版，已是一百二十回。书名亦由《石头记》改为《红楼梦》。后四十回一般认为是高鹗续成的。

高鹗字兰墅，别号“红楼外史”。乾隆六十年进士，曾任内阁中书、内阁侍读、刑科给事中等官。著有《高兰墅集》、《兰墅诗抄》等。高鹗根据《石头记》线索，把宝、黛爱情写成悲剧结局，使小说成了一部结构完整、故事首尾齐全的文学巨著，从此在社会上产生了巨大影响。

在续作里，有的篇章和段落写得还精彩、生动，如黛玉之死。但就总的思想艺术来说，和原著还有相当距离。有些人物性格走样了，有些情节的处理显然背离了原作精神，如贾府复兴、兰桂齐芳的描写等。

《红楼梦》这部不朽的巨著的主题思想是什么？它反映了哪些社会内容？

在这样一个重大问题上，学术界的看法不尽一致，不过有一点是可以肯定的。小说的一个突出成就是它十分出色地描写了一个震撼人心的大悲剧。这个大悲剧既是社会的悲剧，又是时代的、人生的大悲剧。它的内容非常之丰富，涉及面十分广泛。其中既有贾府这个具有典型意义的官僚贵族家庭的败落，更有众多可亲可爱的青年女子的惨遭不幸。在众多青年女子的悲剧里，贾宝玉和林黛玉、薛宝钗之间的恋爱婚姻悲剧又占有着一个特殊重要的地位。小说不仅写出了这个悲剧发生、发展的复杂的现实内容，而且揭示出了形成这一悲剧的全面深刻的社会根源。

在《红楼梦》所反映的这个大悲剧里，广泛地触及了封建末世的经济政治、文化思想、伦理道德、风俗习惯、人情世态以及各种各样的制度，诸如司法制度、教育制度、家庭婚姻制度和奴婢制度等等。因此，《红楼梦》所反映的不是社会生活的一个或几个方面，而是整整的一个时代和社会。当你阅读《红楼梦》时，会身临其境地感到那个已经过去、不再重返的时代的特有的风貌、情态以至它的音响、色彩、温度乃至跳动着的脉搏。所以，不读《红楼梦》就不能真切、形象地感受到封建社会特别是封建末世的时代特征及其复杂丰富的内涵，因而把《红楼梦》说成是“封建末世的一面镜子”是很确切的。

以《红楼梦》里所描写的贾府来说，就是一个极富于时代典型意义的封建贵族家庭。封建末世社会所存在着的各种重大的社会矛盾，诸如：统治者与被统治者、压迫者与被压迫者之间的激烈斗争，统治者内部错综复杂的矛盾，社会上新旧思想的尖锐冲突以及当时政治、经济、文化思想和人际关系所体现出来的种种时代特点，在这个家庭里都有生动的反映，而且被作者写得那样的深刻和富有典型性，从而使贾府本身就成了具体而微的封建社会，成了封建末世社会的一个缩影。

首先，小说用了大量的篇幅，细腻地写出了贾府经济的日益枯竭："如今外面的架子虽未甚倒，内囊却也尽上来了"，而更为致命的是这个显赫一时的贵族大家庭后继乏人，最后导致了这个百年望族的崩溃，它象征着封建社会经历了漫长的发展之后，已走入了没落和衰朽。

当然，如果只是写出封建社会的走向没落还不足以深刻而全面地反映出封建末世的时代特征，必须同时还写出新的社会势力虽然已经开始出现，但由于力量太弱小，尚不免于暂时的失败，而后者在《红楼梦》里也有极为形象的反映。

从《红楼梦》的艺术描写可以看出，曹雪芹把他所处的社会环境划分成两个鲜明对立的部分：一个是由青年女子所组成的纯洁美好的世界（其中也包括小说的男主人公贾宝玉在内）；另一个是以世俗男性主子为核心组成的腐朽罪恶的世界。这两个对立的世界，正象征着封建末世社会上开始出现的两种思想和两种社会力量之间的对抗。

曹雪芹倾注了自己全部感情，呕心沥血地写出了他所倾慕的一批青年女子（其中有贵族小姐，也有被奴役的丫环）的一一被摧残、被毁灭，形成了"千红一窟（哭），万艳同杯（悲）"的大悲剧。其中无论是那"二十年来辨是非"的元春、"金闺花柳质"的迎春、"才自清明志自高"的探春、"将那三春看破"的惜春、"开朗豪爽"的湘云、"年青美貌"的秦可卿，还是"心比天高，身为下贱"的晴雯、忠于自身爱情的司棋、不怕威逼利诱的鸳鸯、"有命无运"的香菱、"风流标致、个性刚烈"的尤三姐以至"娇艳无比"又异常聪明的小戏子芳官等等，几乎没有一个能逃脱悲剧的命运。小说就是通过这一大批可亲可爱的青年女子的被蹂躏、被摧残，表现出生活中一系列美的毁灭，从而使《红楼梦》全书洋溢着强烈的悲剧美。

在众多青年女子的悲剧里，贾宝玉和林黛玉、薛宝钗之间的爱情婚姻悲剧占有着特殊重要的地位。

贾宝玉是这个封建贵族大家庭的叛逆者，是作者所大力肯定的正面人物。宝玉一生下来，家庭就给他安排了一条功名富贵、光宗耀祖的生活道路，但由于他特殊的生活经历，终于背弃了这条道路。

宝玉由于从小受到贾母的娇纵，一直和许多女孩子生活在一起，因此，没有像他堂兄贾珍、贾琏那样沾染很多恶习，而正规的封建教育也接受不多。他对家庭内部的勾心斗角和腐朽糜烂的现象深为厌恶，而对周围善良纯洁女孩子的悲惨命运抱有同情。他所生活的具体环境——大观园是个自由自在的女儿国。他就在一群被压迫女孩子的影响下，发展着他的叛逆性格。

贾宝玉叛逆性格具体表现在对封建贵族生活的厌弃。他看不起科举仕宦，他懒于和士大夫接谈，和那些出身寒微的人物结成了倾心之交；对贵族家庭中的热闹繁华，表现出异乎寻常的冷淡，特别是他将全部热情和理想寄托在那些被侮辱、被损害的女孩子身上。他认为："天地间灵淑之气只钟于女子，男儿们不过是些渣滓浊物而已"，"女儿是水做的骨肉，男人是泥做的骨肉，我见了女儿便清爽，见了男子便觉得浊臭逼人"。因此，他被封建家长们看成是"不肖的孽障"、"混世魔王"。只有和他自幼相处、从来不向他讲"那些混账话"的林黛玉，才是他唯一的知己。

林黛玉是贾宝玉的姑表妹。她出身于"清贵之家"，后因父母早丧，寄居贾府，孤苦伶仃。贾府上下势利，使她"自矜自重，小心戒备"，她鄙视封建文人的庸俗，讥骂八股功名的虚伪。只有宝玉是她唯一知己。她和宝玉间的真挚感情，成了她能在势利环境中生活下来的一个重要的精神支持。

宝玉在自身爱情问题上经历了一个由对女子的泛爱倾向逐渐转为专一的过程。宝玉起初面对着他周围这些年轻美丽、聪明活泼的女子，觉得她们个个都很可爱，大有见一个爱一个的倾向。特别是他的姨表姐薛宝钗，和黛玉一样的聪明、漂亮，对他有强烈的吸引力，这使黛玉深感痛苦和不安，特别是那个"金玉良缘"，不时给黛玉生活投下阴影。为此，黛玉曾一再要求宝玉向她表明心迹。宝玉只好起誓："除了别人说什么'金'、'玉'，我心里没有这想头"，但当他一转身，见到宝钗"雪白的一段酥臂，不免动了羡慕之心"。再看宝钗形容："脸若银盆，眼似水杏，唇不点而红，眉不画而翠，比黛玉另具一种妩媚风流，不觉看呆了。"宝玉这些表现，引发了他和黛玉之间一连串的矛盾，猜疑争吵。宝玉向黛玉发誓，黛玉回答说："我知道你心里有妹妹，但一见了姐姐就把妹妹忘了。"

但随着宝玉所受生活历练增多，对现实认识的越发深刻。他逐步领悟到：在爱情上有比才貌更为重要的东西，那就是对方的思想性格、情趣是否和自己一致，不然外貌再漂亮也是貌合神离，同床异梦。这种对待爱情态度上的变化，正标志着宝玉思想的逐渐趋于成熟。

随着宝玉对封建主义人生道路愈来愈反感，对宝钗那种一味奉承、巴结家长和积极地规劝他热衷功名、讲求仕途经济也愈来愈厌烦，从而导致和宝钗之间的感情的日趋疏远。而对黛玉则相反，不仅同情她身世飘零的悲苦处境，而且对她从不逢迎家长，从不劝他立身扬名并敢于揭露和嘲讽周围种种虚伪丑恶的行为表示欣赏，从而使相互间的感情愈来愈亲密，以至发展到生死不渝的境地。

从此，宝玉、黛玉和封建家长的矛盾突出了。随着贾府的不断衰败，家长们对宝玉的期望越来越急切了。可是宝玉的叛逆思想却越来越发展。在这种情况下，给宝玉选择什么样的女子当妻子，就不是个小问题，直接关系到家庭的命运。林黛玉和贾宝玉的结合，会使宝玉在叛逆的道路上越走越远，而找宝钗做妻子，这就有可能把宝玉从叛逆道路上拉回来。

贾母虽然是黛玉的亲外祖母，但她老人家为了整个家族的利益，竭力反对黛玉和宝玉的结合。从小说的描写看，贾府的家长们，对黛玉是愈来愈冷淡、厌弃。薛宝钗受封建规范教育很深，又那样的聪明能干，当然成了他们最理想的人选。他们考虑到：宝玉和宝钗成亲之后，不仅可以使贾薛两家关系更密切，而且宝玉也会在宝钗的朝夕规劝之下，逐渐改掉这种"痴"、"狂"的性格，走上他们企盼的"科举仕宦"、"荣宗耀祖"的道路。这里婚姻已不再是男女双方的事，而直接关系到家庭和阶级的命运。在宝钗的背后，有强大的封建势力作她的后盾。这决定了宝、黛间的恋爱只能以悲剧结束，但宝钗虽然获得了她与宝玉的结合，但宝玉的出家，使宝钗终于成了封建主义的牺牲品。

由贾府这一具有典型意义贵族大家的败落以及众多可亲可爱的青年女子的惨遭不幸，其中包括贾宝玉和林黛玉、薛宝钗之间的恋爱婚姻悲剧所组成的这个社会、时代、人生的大悲剧，它深刻地反映了封建末世的时代特征：旧的社会制度、势力已走向没落；新的社会势力虽已出现，但由于力量太弱不免暂时遭到失败。

《红楼梦》是在《金瓶梅》所取得的成就基础上，吸收了前代文学的成就加以创造性的发展，从而使我国小说艺术跃上了一个前所未有的高峰。

艺术形象的高度真实与鲜活是《红楼梦》艺术的最突出的成就。

人们追求“真”、“善”、“美”，歌颂“真”、“善”、“美”。在“真”、“善”、“美”中，“真”为基本，失却了“真”也就谈不上“善”和“美”。没有“真”的“善”是伪善，没有“真”的“美”是假美。“真”是文学艺术的生命，是小说的生命。我国小说历来比较注意真实，《红楼梦》在这方面尤其突出，可以这样说，在我国古代文学家中还没有一个作家能像《红楼梦》作者曹雪芹一样明确地提出真实的重要性，并把它作为小说创作的首要追求目标。在小说的开始，曹雪芹就批评了才子佳人小说的“千部共出一套”、“自相矛盾”、“大不近情理”，接着又宣称自己是根据“半世亲见亲闻来的这几个女子”创作，“至若离合悲欢、兴衰际遇，则又追踪蹑迹，不敢稍加穿凿，徒为供人之目而反失其真传者”。曹雪芹所追求的真实性绝不是对生活中具体事实的实录，而是指经过选择加工和提炼后所体现出来的艺术的“真”，这点在他借宝钗论画的议论中表达得十分清楚：“你若照样往纸上一画，是不能讨好的，这要看纸的远近，该多该少，分主分宾，该添的要添，该藏该减的要藏要减，该露的要露。”在那个时代，曹雪芹这样重视写真实，并对艺术的“真”，竟有那样高的认识，这是十分难能可贵的。

正是在上述创作思想的指导下，作者在真实性上下了一番苦功，从而收到了异常出色的艺术效果。每个熟悉《红楼梦》的人，都无不为它能如此逼真地反映生活而惊叹！小说中描写生活是那样的丰富生动，多姿多彩，真切动人又浑然天成，犹如大千世界按其本来的面貌被活泼泼地搬到纸上一样。

真实性在《红楼梦》里贯串于作品的情节、细节以及人物描写等各个方面。以小说情节的“真”来说，它应该表现为所写的事情很合乎事理。在我们考察了《红楼梦》的故事情节的来龙去脉之后，不得不承认它们都是符合生活的发展逻辑和一切人情事理的，这就极大地增强了小说的真实感和亲切感。

文艺表现的最重要的内容是现实关系中的人，因而《红楼梦》真实性这一特征，最集中、最鲜明地体现在人物塑造上。《红楼梦》在人物塑造上比起以往的小说来有很大的突破。对此，鲁迅早有深切的感受。他说：“至于说到《红楼梦》的价值，可是在中国的小说中，实在是不可多得的，其要点在敢于如实描写，并无讳饰，和从前小说叙好人完全是好，坏人完全是坏的，大不相同，所以其中所叙的人物，都是真的人物。”事实也确是这样，《红楼梦》的四百多个人物中，至少有四五十个人物够得上是高度性格化的，他们在读者头脑里留下了不可磨灭的印象。在一部小说中有如此众多的高度性格化的典型形象，这在中外文学史上是罕见的。

《红楼梦》里这些高度性格化的人物，很难用三言两语把他们说清楚，也不能以简单的“好”和“坏”去概括。这些形象的内涵特别丰富深刻，具有多侧面、多层次的特征，已不再是过去“扁平型”的人物了。它们具有立体感，因此，人物显得格外的逼真、传神。不仅能见其形貌，闻其声音，还能洞见其肺腑，感受其微妙的感情波澜，乃至跳动着的脉搏，而这一切都描写得那么真切自然，犹如生活中的真人一样。

以王熙凤这个人物来说，一方面她是如此贪婪、狠毒，以至于不择手段；同时又那样的聪明、能干、诙谐而富于情趣，甚至有时还很通情达理，从而使这人物的内涵显得特别的丰满、深厚，而读者对她的感情也异常复杂：又气又恨，又喜又爱，又悲又叹。王昆仑先生说得好：“人们恨凤姐、骂凤姐，不见凤姐想凤姐。”

又以贾府的“老祖宗”贾母而言，她一方面是这个国公府的最高权威。见多识广，阅历很深，富于统治经验，阖府上下老老少少都得听命于她；但平时她给家人的印象却不是高高在上，令人望而生畏，而是显得很亲切，通情达理，特别是对孙子、孙女辈乃至她所喜欢的年轻丫环都是那么和蔼可亲，是一个慈祥、宽厚又充满着风趣的老太太。平日，贾府的具体家务事，不用她去操持，由王夫人特别是王熙凤去对付，除非发生重大事件，非得由她亲自处理的不可时，才过问一下。别看她年纪大，但身体很健康，无论主观客观方面都为这老祖宗创造了种种条件，让她腾出时间、精力去尽情享受。因此，她又是个安福尊荣，恣意追求享乐生活的老夫人。但这位老夫人，当涉及封建礼法准则及家族的前途命运时，却一点不马虎，尽量使用她的威望和权势多方干预，所以她又是个坚持封建礼法、关切家族命运的老祖宗。总之，贾母这形象血肉饱满，内涵丰富，性格呈多侧面、多层次，各种不同的方面能和谐一致地统一在一人身上，从而使形象丰满动人，活灵活现，呼之欲出。

浓郁的诗情和深刻的哲理是《红楼梦》艺术风格上两个鲜明特征，对读者有深刻的感染力。

谈起《红楼梦》的诗情画意，有人就会很快地想起出现在小说里的众多的诗词曲子和歌赋。《红楼梦》里诗词曲子和歌赋，不仅数量多，而且质量高，出现了像《好了歌》、《好了歌注》、《红楼梦曲》、《大观园题咏》、《葬花吟》、《代别离·秋窗风雨夕》、《柳絮词》和《芙蓉女儿诔》等脍炙人口的作品，这些确实表现出了小说浓厚诗情画意的一个重要方面，但这还不是最主要的。小说浓郁的诗情最主要的是靠故事情节及人物性格和活动反映出来的。特别表现在作者对一些正面人物和美好事物的诗化上，以及作者对一些重要场景和环境所赋予的诗一般的意境。

以小说中的主人公贾宝玉和林黛玉来说，就被作者诗意化了。宝玉不仅有出众的外貌："面若中秋之月，色如春晓之花，鬓若刀裁，眉如墨画，面如桃瓣，目若秋波，虽怒时而若笑，即嗔视而有情。"而且引人格外注目的是在他身上体现出来的那种疏狂诗人的气质，其具体表现为：鲜明的反世俗的性格内涵和随之而来的一连串惊世骇俗的行为和那"无故寻愁觅恨，有时似傻如狂"的独特情态。

至于黛玉的被诗化就更为突出了。黛玉的"袅娜风流"之美："两弯似蹙非蹙罥烟眉。一双似喜非喜的含情目，态生两靥之愁，娇袭一身之病。泪光点点，娇喘微微，闲静时如姣花照水，行动处似弱柳扶风。心较比干多一窍，病如西子胜三分。"这固然给人以独特的美感，但她那来自鲜明个性和悲剧性格内涵的感伤诗人的气质对读者更富有吸引力，正是这样的气质，使这位林姑娘显得更加风神灵秀，以至于她的一举一动、一颦一笑都散发着"美人香草"的韵味。

作者为进一步烘托黛玉的美，又煞费苦心地赋予她的居所潇湘馆以诗一般的意境："凤尾森森，龙吟细细"，"湘帘垂地，悄无人声"、"一缕幽香，从碧纱窗中暗暗透出"等等。这样清幽高雅的环境，也只有像黛玉这样富有诗人气质的少女才配住在这里。

在小说里与那虚无缥缈太虚幻境相呼应的是现实中的女儿国——大观园，是作者所倾心赞美的主人公贾宝玉及众多聪明、美丽、纯洁、可爱的青年女子们的生活天地。大观园在作者笔下是被诗意化了，成了个与龌龊、势利的现实社会形成鲜明对照的天真烂漫的混沌世界。贾宝玉和那些青年女子们在那里生活得多么舒心如意："或读书、或写字、或弹琴下棋、作画吟诗，以至描鸾刺凤，斗草簪花、低吟悄唱、拆字猜枚"。简直成了一块世上罕有的纯洁乐土。

在大观园的整个活动过程中还出现了一系列富有诗情画意的场景，如黛玉葬花、宝钗扑蝶、湘云醉卧芍药裀、龄官画蔷、探春邀社以及寿怡红群芳开夜宴等等，给读者留下了深刻难忘的印象，强烈地感染着读者的心灵。

总之，渗透在《红楼梦》故事情节和人物行动中的浓郁诗情画意，大大增强了作品的美感作用，成为小说艺术描写中最有魅力的部分。

我国哲理性散文和诗歌早就出现并引起了人们的关注。哲理进入小说描写领域显然比散文、诗歌要晚，而且这方面公认的典型作品似乎也难于确定。在我看来，《红楼梦》中的哲理性是比较突出的。《红楼梦》是我国古代小说中唯一包含深刻哲理的作品，这是小说能吸引人并能发人深省的一个重要因素。

曹雪芹是我国古代最伟大的文学家，同时也是进步的思想家。他对时代、社会、人生有许多深入的思考和精辟的见地，这些都融化在他不朽的巨著《红楼梦》里。曹雪芹对现实存在的合理性的怀疑，对人生命运和归宿的冷静深入的思考和对生命价值的探索和追求，使小说富有深刻的哲理。打开《红楼梦》第一回，赫然映入读者眼帘的是跛足道人念的《好了歌》以及甄士隐所作的《好了歌注》：

好了歌

世人都晓神仙好，惟有功名忘不了！古今将相在何方？荒冢一堆草没了。

世人都晓神仙好，只有金银忘不了！终朝只恨聚无多，及到多时眼闭了。

世人都晓神仙好，只有姣妻忘不了！君生日日说恩情，君死又随人去了。

世人都晓神仙好，只有儿孙忘不了！痴心父母古来多，孝顺子孙谁见了？

好了歌注

陋室空堂，当年笏满床；衰草枯杨，曾为歌舞场。蛛丝儿结满雕梁，绿纱今又糊在蓬窗上。说什么脂正浓、粉正香，如何两鬓又成霜？昨日黄土陇头埋白骨，今宵红绡帐底卧鸳鸯。金满箱，银满箱，转眼乞丐人皆谤。正叹他人命不长，那知自己归来丧！训有方，保不定日后作强梁。择膏粱，谁承望流落在烟花巷！因嫌纱帽小，致使锁枷扛；昨怜破袄寒，今嫌紫蟒长：乱烘烘你方唱罢我登场，反认他乡是故乡。甚荒唐，到头来都是为他人作嫁衣裳！

《好了歌》反映了作为思想家的曹雪芹对社会人生的一些基本观点。这些观点已渗透在小说复杂丰富、多姿多彩和引人入胜的艺术形象里，其重要性是毋庸置疑的。各种各样的人都可以结合自己的生活体验，从中获得思想上的深刻启迪。有人好把“歌”和“注”的每一句都落到《红楼梦》里的某人某事上，这种做法不仅有困难，而且也无此必要，这会缩小它的文学价值和思想意义。事实上其中的许多语句内涵十分丰富，有相当大的普遍性。它们或反映了自然规律，或概括了社会发展的某一方面的本质特征。

在《好了歌》及《好了歌注》之后的大量诗词、歌曲、灯谜和偈语中，也都程度不同地存在某种哲理，它们不仅有助于读者理解小说所描写的具体事物，而且引发他们对社会和人生的深刻思考。

当然，小说不同于哲学著作，深刻的哲理不是靠理性的逻辑论证来实现的，而是通过动人的艺术形象来感染读者、影响读者的。就在小说对封建贵族大家庭由盛而衰的细致描写里，在一大批可亲可爱的女子惨遭不幸的结局里，作者通过众多鲜明、生动、有血有肉的艺术形象，出色地表达出了：“盛宴必散”、“月满则亏”、“水满则溢”、“登高必跌重”、“乐极生悲”、“否极泰来”以及“红颜薄命”等一连串富有哲理性的思索，给人们以深刻的启迪。

总之，深刻的哲理，加深了小说的思想深度，使作品丰富多彩的艺术形象更经得住人们咀嚼和回味。

通过上面简要的介绍、分析，可以看出《红楼梦》确是一部不同凡响之作，它不愧是我国小说的巅峰，是中国文学乃至世界文学中的一颗璀璨的明珠。

（原载《中华文明之光》第三辑，北京大学出版社 1999 年版）

《红楼梦》——中国文学第一奇书

历来人们有这样一个习惯：把那些具有创造性成就并富有特殊艺术魅力的作品，称作“奇书”。如明代有人把《三国演义》、《水浒传》、《西游记》和《金瓶梅》称为“四大奇书”。

以上四部小说被戴上奇书的桂冠确是当之无愧，因为它们不仅为我国的小说创作分别开辟了历史演义、英雄传奇、神魔小说和人情小说这四个广阔的描写领域；而且它们都各自具有十分独特、为别的作品所不可替代的卓越成就，因而能经得住时间和群众的考验，博得了历代人民的喜爱。它们犹如四颗明亮的星星，在中国文学发展的银河里闪闪发光。

《红楼梦》是沿着《金瓶梅》所开拓的路子继续前进并又取得创造性成就的。鲁迅说《红楼梦》“全书所写，虽不外悲喜之情，聚散之迹，而人物事故，则摆脱旧套，与在先之人情小说甚不同。”（《中国小说史略》）《红楼梦》的伟大之处在于给小说创作来了全面性的突破和创新，把小说的创作水平推进到了一个前所未有的高度，从而使我国终于有了和世界上最伟大的文学巨著相颉颃的不朽之作。因此，毫不夸张地说，《红楼梦》堪称是我国文学中的第一奇书。

《红楼梦》出现之后，给我国学术界和广大读者分别带来了一些令人非常瞩目的深远影响。

一　学术界出现了“红学”这门别开生面的学问

《红楼梦》一诞生，当它还只是以手抄本形式在少数人手里流传的时候，就引起了人们浓厚的兴趣，给文坛带来了震动。人们兴致勃勃地探讨它、研究它，又因不同的观点而彼此激烈地争论着。在学术界就逐渐形成了一门独立的、别开生面的学问——红学。这不仅在中国文学史上是独一无二，就是在世界文学史上也是罕见的。

“红学”一词最早原是由清末一些思想开明的文士，出于和当时讲经学之风唱对台戏而以半开玩笑的方式提出来的。如在《清稗类钞》中曾记载华亭一位名叫朱子美字昌鼎的老先生，对于“红学”一名的解释：

> 一日，有友过访，语之曰：“君何不治经?”朱曰：“予亦攻经学，第与世人所治之经不同耳。”友大诧。朱曰：“予之经学，所少于人者，一画三曲也。”友瞠目。朱曰：“红学耳。”盖“經”（按即“经”的繁体）字少“巛”，即为“红”。

开始提出“红学”这名词时，谈不上有科学而明确的概念。但随着时间的推移，“红学”的含义愈来愈明确，内容也愈来愈充实。“红学”在今天，已成了一门内容非常丰富、类别甚是清楚的独具一格的专门学问，它除了对作品思想、艺术方面分门别类的研究，诸如主题思想、人物特性、细节描写、风格、语言等外，还包括对作者的研究、版本的研究、各类续书的研究、和中国古典文学关系的研究等等。“红学”不仅在国内学术界成了门“显学”，而且也引起了国际学术界的注目，近年来分别在美国和中国召开的国际《红楼梦》学术会议就是明证。令人感到惊异的是，在经历了二百多年的发展之后，“红学”不但没有衰落下来，而且还正“方兴未艾”，其影响也正由国内扩展到国际，这不能不说是个“奇迹”。

二　给广大读者带来了强烈的吸引力和迥异于别的作品的特殊艺术感受

人们几乎都有这样一个体会：一般文学作品，在读了一遍、二遍，熟悉了它的故事情节之后，就不再有很多的吸引力了。但《红楼梦》则不是这样，它始终能紧紧地吸引着你。甚至会使你感到愈读愈有兴味，犹如口嚼橄榄那样愈咀嚼愈出味道。每读一遍都会使你有新的体会，会发觉有些地方原先并没有真正看懂。在你知识甚少、阅历很浅的时候，对书里的很多描写还只是似懂非懂，但随着你知识的增多、阅历的日益丰富和对生活认识的不断加深，对《红楼梦》的理解就会愈来愈深入，因而也就愈发感到它是一部不同凡响的不朽之作。

上述这两点的形成，决不是偶然的。它是和小说巨大而独特的成就以及对我国文学、特别是小说创作的卓越贡献分不开的。这里只就我感受最深切的三个方面谈些看法。

首先，作品以它反映生活所特有的丰富性、真实性和深刻性，使《红楼梦》成了一个辉煌的艺术宝库。

天才的文学家曹雪芹“十年辛苦不寻常”，呕心沥血，即便穷愁潦倒也不改其志地创作《红楼梦》，决不是为了供“世人当那醉淫饱卧之时，或避世消愁之际，把此一玩”，也非为了“悦世之目，破人愁闷”；而是“醉余奋扫如椽笔，写出胸中块垒时”（敦敏的题诗）。以此来倾吐自己的血泪感受，揭示封建末世的时代本质。

有人曾说中国缺乏深刻的悲剧文学，并为此而感到遗憾。但《红楼梦》里就写了个震撼人心的大悲剧。这既是社会的悲剧，也是时代的、人生的悲剧。在这个大悲剧里又包含着众多这样那样的悲剧：有贵族家庭由盛而衰直至彻底败落的悲剧；也有一连串令人可亲可爱的青年女子（其中有小姐，更多是丫环）的悲剧，即所谓“千红一窟（哭）”、“万艳同杯（悲）”。就众多青年女子的悲剧性质说，也是各式各样的：既有贵族小姐的爱情婚姻悲剧，也有丫环们被奴役、被蹂躏的悲剧。通过这些众多的悲剧，作品广泛地触及到了当时社会和时代里有关经济、政治、文化思想等方面的一系列重大问题，诸如封建地主阶级对农民的经济剥削和政治压迫，社会上新旧两种社会势力和思想的激烈冲突，官僚制度、教育制度、家庭婚姻制度、奴婢制度，直至一整套封建伦理道德观念。作品里作者不仅写了封建贵族家庭的种种生活，也写出了社会上三教九流的面貌，从诗、词、歌、赋、经、史、哲学到医卜星相、饮食、服装等等都被作者有机而和谐地组织在《红楼梦》里，这就使《红楼梦》里的内容特别的丰富，成了一部“封建社会的百科全书”。

小说的真实性、深刻性是彼此紧密关联着的。作者非常重视“真”。把它作为自己创作的重要追求目标。为此，在小说的开头就批评了才子佳人小说的“千部共出一套”、“自相矛盾”、“大不近情理”，明确地宣称自己是根据“半世亲见亲闻来的这几个女子”创作，“至若离合悲欢、兴衰际遇，则又按迹循踪，不敢稍加穿凿，徒为供人之目而反失其真传者。”这种“真”并不意味着生活中有什么就写什么，而是经过选择、加工和提炼之后所体现出来的艺术的“真”。这在作者借宝钗论画的议论中表达很清楚：“你若照样儿往纸上一画，是必不能讨好的，这要看纸的远近，该多该少，分主分宾，该添的要添，该藏该减的要藏要减，该露的要露。”由于作者在追求艺术的真实性上下了苦功，致使《红楼梦》里所反映的生活犹如真的生活那样，纷繁多姿、真切感人又浑然天成，几乎看不出什么人为的痕迹，似乎作者只是把实际生活原封不动地搬到纸上来似的，文学作品里反映的生活竟达到如此真实，不能不令人惊叹！

很多作品在反映生活时，还往往停留在生活的表象和浅层次上。因此形象所蕴涵的内容比较单薄，给读者的思想启迪也就有一定的限度。而《红楼梦》在反映生活时却能一直深入到生活的深层，以至触及了生活中鲜为人知的各种奥秘以及人际关系中各种复杂而微妙的关系。由于对生活开掘得深，所以小说形象所包含的内容就十分丰富，经得住人们的反复咀嚼和回味，这就是为什么人们读《红楼梦》会越读越有味道，能产生出迥异于别的作品的特殊艺术感受的原因。

其次，作者运用了一切富有成效的艺术手法，精雕细刻地塑造了大批活灵活现的“真的人物”，从而赋予了作品以巨大的艺术魅力。

文学作品，特别是小说创作的优劣成败的关键是人物形象的塑造。《红楼梦》正是在这方面取得了十分引人瞩目的突破性成就。在小说刻画的四百多个人物中，重要的，能给人留下不可磨灭印象的人物竟有数十人之多，这在中国小说史上是破天荒的。这些形象称得上是“一定的阶级和倾向的代表，因而也是他们时代的一定思想的代表”（恩格斯《致斐·拉萨尔》）。鲁迅曾对《红楼梦》的人物塑造特别赞赏，给予高度的评价，说：“和从前的小说好人完全是好，坏人完全是坏的，大不相同，所以其中所叙的人物，都是真的人物。”事实也确是如此。《红楼梦》里这些高度典型化的人物，很难用三言两语把它说清楚，更不能以简单的“好”和“坏”去概括。这些形象，内涵特别丰富深刻、具有多侧面、多层次的特征，已不再是过去的“扁平型”人物，而是具有立体感的浑圆型人物，显出格外的逼真和传神。以王熙凤这个人物来说，一方面是如此的贪婪、狠毒，以至于不择手段；同时又是那样的聪明、能干、诙谐而富于情趣，甚至有时还很通情达理，从而使这个人物的内涵显得特别丰满深厚，而读者对她所产生的感情也是异常的复杂：又气又恨，又亲又爱，又悲又叹。人物形象能如此地耐人回味，确是以往小说里从未出现过的。

人物形象所以取得如此创造性成就，这是和作者善于调动一切行之有效的艺术手段分不开的。这些手段有继承传统的，而更多的是体现了作者的创新和发展。以人物的肖像描写来说，这是小说家们普遍使用的艺术手法，它在刻画人物形象方面占有很重要的地位。但在它之前的小说的人物肖像描写不是失之简单、粗糙，就是满足于对人物外部形态面面俱到、平铺直叙的描写。而《红楼梦》的作者却能在突出人物性格特征上下功夫。他采取了以形写神，形神兼备的手法，把人物肖像写活了，从而给人难以忘怀的印象。宝玉、黛玉、熙凤、晴雯、探春等肖像描写之所以深入人心就是采取了上述手法的结果。

又如人物的心理描写是刻画人物的一个十分重要手段。小说要想塑造出有血有肉、鲜明动人的形象，就不能不在观察、体验和表现人物内心活动和揭示人物灵魂的奥秘方面下功夫。对人物的内心世界展示得越具体、越充分，则人物形象就愈发感人。但以往小说在人物的心理刻画上是比较薄弱的。《红楼梦》在这方面取得了巨大的进展。特别在宝玉和黛玉这两个主要人物的描写上，为我们提供了十分出色的心理描写，在第二十九回“痴情女情重愈斟情”里，因张道士给宝玉提亲和“金玉”之说，致使宝、黛之间因误会而发生口角，在口角中，他俩互相猜忌，彼此试探，出现了一连串细腻、深入的心理描写，揭示了他们各自深藏于心中的种种奥秘。在第三十二回的“诉肺腑心迷活宝玉”中，当黛玉从背后听到宝玉称赞他从不说“仕途经济”这类“混帐话”时，引起了她内心一系列复杂而微妙的心理活动：

> 林黛玉听这话，不觉又喜又惊，又悲又叹。所喜者，果然自己眼力不错，素日认他是个知己，果然是个知己。所惊者，他在人前一片私心称扬于我，其亲热厚密，竟不避嫌疑。所叹者，你既为我之知己，自然我亦可为你之知己矣；既你我为知己，则又何必有“金玉”之论哉；既有“金玉”之论，也该你我有之，则又何必来一宝钗哉！所悲者，父母早逝，虽有铭心刻骨之言，无人为我主张。况近日每觉神思恍惚，病已渐成，医者更云气弱血亏，恐致劳怯之症。你我虽为

知己，但恐自己不能久待；你纵为我知己，奈我薄命何！

这样出色的心理描写，即使与世界上最成功、最有特点的心理描写相比也毫不逊色。

最后，作者善于通过精心提炼的典型化手法赋予平淡无奇的日常生活以深刻的内涵，并在日常生活所组成的生活流中不时掀起大的波澜，使故事情节起伏不定、引人入胜。。

作为人情小说的《红楼梦》，在艺术结构上的一个重要特点是按照贵族大家庭由盛而衰的发展过程，和宝、黛、钗爱情婚姻这个中心事件的进展线索组织了众多的人物事件。这些事件大都来自日常家庭生活。令人感到惊异的是，这么大量日常生活的描写，并不使你有雷同、厌烦的感觉，而总是那样吸引人且寓有深意。《红楼梦》写了这么多过节、庆生日，聚会作诗，赏花饮酒等等活动，但每次的场景、气氛都各不相同。以赏中秋说，在家运比较好时是一种气氛，而衰时则是另一番景象。第七十五回写中秋与先前就很不一样，尽管老祖宗贾母对这次中秋赏月，依然十分重视，她老人家还决意乘此机会让全家上下好好乐一乐，但大家的兴致就是激不起来，似乎都心事重重地在强颜欢笑，以往赏中秋那种欢乐热烈的气氛已消失得无影无踪了。最后落了个酒阑人散，月冷灯昏，弥漫着一派悲凉衰颓的气氛，它有力地烘托了这个大家庭无可挽回的没落。

小说的故事情节是由无数日常生活连缀起来的生活流组成的，这种情况，如处理不好，很容易使情节发展显得平淡、琐碎和沉闷，但作者却能别具匠心，能在日常生活里，有意识地安排一些令人震惊的大事件，把这些大事件和日常生活里的小事件紧密联系起来，互为因果，彼此推动，不断地将故事情节推向纵深发展。每一大事件的出现都不是突如其来，而是有它的来龙去脉，这些大事件的出现掀起了生活的大波澜，从而使故事情节的发展跌宕起伏，引人入胜，紧紧地吸引着人们。

宝玉挨打就是小说里的大事件之一，也是作品里两种势力一次十分激烈的冲突，在它以前，作品通过蒋玉菡赠茜香罗、金钏儿投井、贾环进谗等情节使各种矛盾酝酿趋于成熟，从而使宝玉挨打这大波澜的出现成为势所必然。宝玉挨打这大事件出现后，又引出了宝钗送药、黛玉探伤、晴雯送绢和黛玉题诗等一系列新的情节，从而使宝、黛间的感情和他们的叛逆性格发展到了一个新的阶段。小说的整个故事就这样波澜起伏地向前推进，紧紧扣住着人们的心弦，表现出了《红楼梦》情节描写所独有的艺术魅力。

（原载《古典文学知识》1989 年第 1 期，后经作者修改收入《金瓶梅红楼梦纵横谈》，北京大学出版社 1990 年版。本书选用修改稿）

论《红楼梦》对《金瓶梅》的继承和发展

一切伟大的作家，他们除了具有敏锐的观察力、丰富的体验和高度的文艺素养之外，还善于创造性地汲取前人的创作经验。正是在继承和发扬民族文化的优良传统的基础上，才能创造出无愧于时代的第一流作品来。《红楼梦》这部不朽名著的出现决不是偶然的，这是和曹雪芹本人所具有的杰出艺术天赋、博大而深厚的文化知识、时代先进的思想和特殊而丰富的生活体验有着密切的关系，也和他善于继承和发扬前代文化艺术中的种种精华分不开。

红学界有这样一种说法：《红楼梦》之所以成为一部不同凡响之作，这是因为它是我国封建文学乃至整个封建文化的结晶。这乍听似乎有些言之过甚，但仔细一想，颇有道理。《红楼梦》艺术描写的丰富性提示我们：它确实汲取了它之前传统文化的种种精华，不仅借鉴并总结了以往小说创作的得失；也吸收并熔铸了诗词、散文、戏曲乃至音乐、绘画、雕刻、建筑等艺术方面的经验。正是这样，它的文学艺术基础显得特别深厚，使它大大高出于一般作品，表现出了它所特有的多样性、丰富性和独创性。

脂砚斋对曹雪芹能广泛汲取前代文学成就这一点早就高度关注，他在评语中曾不厌其烦地指出某某写法是由《国策》而来，某某用词是受韩诗影响，某某艺术处理是从《还魂记》套来等等。这类批语，前后竟有几十次之多。这正是《红楼梦》多方汲取前代文学艺术成就的一个明证。

二

不过，《红楼梦》在广泛汲取前代文化艺术成就时，还是有它的侧重点。作为一部长篇小说，《红楼梦》对它之前各类小说，特别是白话长篇小说的创作经验的借鉴和汲取当然表现得更多，也更具体。

我国长篇小说创作始于元末明初。《三国演义》、《水浒传》和稍后的《西游记》的出现，引起文坛高度瞩目，产生了巨大影响，一时间效法这三部小说的大批历史演义、英雄传奇和神魔小说纷纷出现，但大多是因袭、模仿之作，缺乏创新，文学价值不大。《金瓶梅》的出现，将中国长篇小说的创作，作了多方面的突破和开拓，开辟了以写日常家庭、婚姻、爱情以至种种世态人情的崭新路子。在描写方法上也趋于深入、细腻，有力地向近代小说创作挺进了。

《红楼梦》正是在《金瓶梅》所开拓的路子上，又加以创造性发展，终于达到了我国古典小说的巅峰。

正是从这个意义上说，没有《金瓶梅》就不会有《红楼梦》。

一切高明的作家，他之继承前代文学艺术成就，总不会是简单的模仿，而是加以融会贯通，结合自己对生活的敏锐观察和深刻体验予以创造性的发展。《红楼梦》对《金瓶梅》的继承就是这样。

凡是读过《红楼梦》的人大概都还记得，作者曾通过主人公贾宝玉和林黛玉之口对我国古典名剧《西厢记》、《牡丹亭》作过高度的评价，但对《金瓶梅》这样一部“奇书”，却在作品里只字未提。是作者没有见过这部小说，还是其他原因所以在作品里没有提及呢？如果是前者，那我们的论说将不免架空，甚至成了无的放矢。这里应该感谢最熟悉作者创作情况的脂砚斋为我们提供了这方面的重要信息。在《红楼梦》的第十三回里，当写到贾珍为秦可卿购置棺木时，在贾珍笑问：“价值如何”这段上，脂砚斋作了这样一个重要的批语：“写个个皆到，全无安逸之笔，深得《金瓶》壸奥”。这“壸奥”二字甚是关键，它说明了曹雪芹不仅是看过《金瓶梅》，而且对它还有精深的研究，不然何从谈起深得《金瓶》壸奥呢？

一切熟悉这两部小说的人，都能深刻理解脂砚斋这个重要批语的含义。因为在《红楼梦》艺术描写的各个方面确乎都能看到《金瓶梅》的某些影子。但这丝毫也不影响《红楼梦》所具有的独特的、不同凡响的思想、艺术价值，这正是曹雪芹文学创作正确汲取前人成就的独到之处。

二

阅读小说，首先接触到的是作品中所具体描写的生活事件或生活现象即作品的题材。人们在熟悉和掌握作品题材的基础上再去进行具体、深入的分析、概括，就能揭示出作品所蕴涵的命意，即主题思想。

在小说的题材和主题思想上，《红楼梦》和《金瓶梅》既有相似之处，也有不同之所在。就在这相似和不同之中，生动地反映出了曹雪芹对《金瓶梅》的创造性继承精神。

这两部小说都深入具体地写了一个具有代表性的家庭内部的种种错综复杂的关系及其尖锐激烈的矛盾冲突，写了这个家庭的败落过程。两部小说的作者高明之处在于：他们都没有孤立地去描写这个家庭，而是以这个家庭为中心，广泛联系到当时现实的各个方面，这就赋予了作品以丰富的社会内容和鲜明的时代色彩。

不同的是这两个家庭分属于不同的类型：《金瓶梅》里写的是下层市井社会里一个暴发户的家庭；《红楼梦》写的是一个和宫廷有着密切关系、具有百年望族历史的贵族之家。《金瓶梅》写了这个市侩家庭“荣”和“枯”的全过程，写主人公西门庆如何通过夤缘钻营、奸淫拐骗、投机倒把、放高利贷以至贪赃枉法等手段一步步地发家，正在他飞黄腾达、不可一世的时候，由于他过分的贪淫好色以至纵欲身亡，从而迅速地导致了这个家庭的彻底败落：“老婆带着东西，嫁人的嫁人，拐带的拐带，养汉的养汉，做贼的做贼，都野鸡毛儿另寻了。”而《红楼梦》着重写了这个贵族家庭的由盛而衰，即写这家庭如何由“烹油烈火之盛”到“树倒猢狲散”的具体发展过程，至于这个百年望族如何兴盛起来的，则略而不叙。

这两个家庭在当时的社会条件下都是有代表性的，但相比之下，贾府这个贵族家庭在封建社会里具有更高的典型性，这是因为它包含着更丰富、更复杂的时代和社会内容，举凡封建末世社会上的种种矛盾、冲突，几乎在这个家庭里都有相应的表现，它已成了整个封建末世社会的一个缩影。因此，对这个家庭种种不可克服的矛盾的揭露及其衰落命运的描写，就将预示着封建社会即将崩溃的历史命运，从而使作品包含着更深刻的时代和社会意义。

在《金瓶梅》之前，我国长篇小说里很少写妇女，即便写到一些，也是无足轻重，仅仅作为男性人物的一种陪衬。这说明小说的作者还没有认识到在全面而深刻的反映社会生活方面，刻画众多妇女形象所具有的十分重要的意义。

《金瓶梅》在题材上的一个重要突破就是大量地写妇女，特别是那些处于市井社会里的妇女。小说集中写了三个主要妇女形象：潘金莲、李瓶儿、庞春梅，作者从三人名字中各取一字作为书名，就充分说明了作者对写妇女形象的重视。《红楼梦》受到了《金瓶梅》的启发，也大量地写妇女。曹雪芹一反历来根深蒂固的“男尊女卑”的传统观念，把一批青年女子的举止、见识，写成大大高出于那些“堂堂须眉”之上，体现出作者的崭新的思想认识。

《金瓶梅》尽管花了大量笔墨写了众多的妇女形象，但受小说所要表达的旨意所限制，这些妇女大都被作者描写成：或荒淫无耻，阴险狠毒；或麻木不仁，甘当玩物；在她们身上找不出令人可亲可爱的美好、闪光的东西。她们在社会上各种罪恶势力面前，极少勇敢地起来抗争，而多是自觉或不自觉地充当他们的帮凶或成了他们的牺牲品。但《红楼梦》里的妇女，主要是那批青年女子，她们不仅外表美丽，而且聪明、有才干、有见识、感情真率，可亲可爱。她们与那些世俗男子的庸俗、罪恶、无才甚至愚蠢形成了鲜明的对比。如果这些世俗男子象征的是当时社会上的罪恶势力，那么那批青年女子则代表着当时社会上还处于萌芽状态的新生力量。曹雪芹不仅以炽烈的赞美之情写了她们的美与可亲可爱；同时也写了她们的“红颜薄命”。这些青年女子，尽管她们的具体遭遇各式各样，但都逃脱不了悲剧的下场，出现了作品里所着力渲染的“千红一窟（哭），万艳同杯（悲）”的惨局，赋予作品以震撼人心的悲剧美。读《金瓶梅》，人们固然佩服小说作者对社会黑暗、腐朽竟暴露得那样的彻底和淋漓尽致；但同时也总使人感到有些遗憾，小说所写的生活竟是那样的丑恶，在它所描写的社会生活中竟见不到一线光明，感情上很受压抑。读《红楼梦》则不同，除了有高度的认识价值外，还会使你感到生活中所存在着的种种美，而这些美的事物的毁灭，又给人们心灵上强烈的感染和熏陶。

从两部小说所表达的主题思想来说，《金瓶梅》与《红楼梦》各有自己的侧重点。《金瓶梅》全面地向人们展示了明中叶后社会的特征和风貌，深刻地暴露了这个特定时代的黑暗和腐朽；而《红楼梦》则是全面而深刻地揭示出了封建末世时代的本质：一方面封建制度已穷途末路，虽然旧势力还在强行挣扎，但其灭亡的前途已无可改变；另一方面新生力量虽已出现，但由于力量还弱小，因此免不了会有暂时的失败。

三

一部小说成功与否，以至能否成为一部出类拔萃的作品，很大程度上是取决于人物形象的塑造。《红楼梦》之所以成为我国古典小说的巅峰，是和它在人物塑造上的突出成就密不可分的。在《红楼梦》的四百多个人物中，至少有四五十个人物称得上是高度性格化的，他们在读者头脑里留下了不可磨灭的印象。在一部作品里竟有这么多高度典型化的人物形象，这实为中外文学史所罕见。

《红楼梦》在人物塑造上比起以往的小说来有很大的突破。鲁迅在《中国小说的历史的变迁》里称赞它说："至于说到《红楼梦》的价值，可是在中国底小说中实在是不可多得的。其要点在敢于如实描写，并无讳饰，和从前的小说叙好人完全是好，坏人完全是坏的，大不相同，所以其中所叙的人物，都是真的人物。"这里所说的"真的人物"，我想应该是指那些符合生活实际的高度性格化的人物形象。

但是《红楼梦》人物塑造上的突出成就，也非突如其来的，《金瓶梅》在这方面已为《红楼梦》提供了许多可资借鉴的成功经验。在《金瓶梅》的二百多个人物之中，至少有七八个人物堪称是高度性格化的典型。这些人物不仅主要性格特征很突出；而且已显示出性格的丰富性、复杂性，这些人物不是简单化的单色调的涂抹，而是血肉饱满、性格丰富多样，具有多层次性。上述鲁迅称赞《红楼梦》的那种打破了"叙好人完全是好，坏人完全是坏"的突出成就，实际上在《金瓶梅》的人物刻画上已开始体现出来了。只是《红楼梦》有所发展，比之《金瓶梅》来，表现得更成熟、更完美。

有时这两部小说人物刻画上的继承和发展关系体现得非常具体。这表现在《红楼梦》的一些人物身上，能明显地看到《金瓶梅》人物的某些影子。如当读者接触到凤姐的机巧、刻毒、凶狠和泼辣这些特征时，就会叫人很自然地联想起潘金莲身上与之相类似的这些表现。当看了尤二姐在王熙凤的捉弄之下，所表现出的懦弱、善良和忍气吞声时，就会很快想起李瓶儿在潘金莲陷害下所作出的种种委屈忍让的反应。而那个被贾母骂作“下流种子”的贾琏，一有机会就“偷鸡摸狗”的德性，也很容易使人想到西门庆那种不顾死活、不择对象的放纵淫欲。

这种《红楼梦》与《金瓶梅》人物刻画上的某些相似之处，并不影响到《红楼梦》人物所具有的独特的思想艺术价值。王熙凤就是王熙凤，决不会和潘金莲相混淆。潘金莲固然刻画很成功，形象饱满，内涵丰富：既狡诈又愚蠢；既狠毒凶残又谄媚恭顺；既嫉妒刻薄又心直口快。但拿《红楼梦》中的王熙凤与之相比，似乎王熙凤的塑造显示出更完满，更成熟。这表现在王熙凤的性格里不同层次的结合显出更巧妙、更和谐一致：美丽、聪明、非凡的才干、风趣逗人和贪婪、阴险、凶狠、泼辣等水乳交融地结合在一起，浑然一体，产生出奇妙的艺术效果；人们恨她、讨厌她但又想她、喜欢她，从而把现实生活里人的性格固有的复杂性更加活灵活现地反映出来了。

在人物塑造上，《金瓶梅》比之它以前的长篇小说来有不少发展和创新。这些发展和创新为《红楼梦》所汲取并又有新的提高。

《金瓶梅》在塑造人物上的一个很明显的突破，就是克服了它以前那些小说所惯用的粗线条描写，使人物的刻画趋于深入细腻，变得更为生动、形象。

潘金莲这个人物形象，早在《水浒传》里就出现了。《水浒传》在写西门庆初见潘金莲时的反应是：“回过脸来看时，却是一个妖娆的妇人，先自酥了半边，那怒气直钻过‘爪洼国’去了……”但潘金莲究属如何的妖娆却没有给以具体的描绘。《金瓶梅》也写了这一情节，但对这妖娆妇人，从她的形态到打扮都作出了十分详尽、细致的描绘：“但见他黑鬒鬒赛鸦翎的鬓儿，翠湾湾的新月的眉儿，清泠泠杏子眼儿，香喷喷樱桃口儿，直隆隆琼瑶鼻儿，粉浓浓红艳腮儿，娇滴滴银盆脸儿，轻袅袅花朵身儿，玉纤纤葱枝手儿，一捻捻杨柳腰儿，软浓浓白面脐肚儿，窄多多尖趫脚儿，肉奶奶胸儿，白生生腿儿。”

再看她的打扮：

头上戴着黑油油头发𩬽髻，口面上缉着皮金，一径里踅出香云一结。周围小簪儿齐插，六鬓斜插一朵并头花，排草梳儿后押。难描八字湾湾柳叶，衬在腮两朵桃花。玲珑坠儿最堪夸，露菜玉酥胸无价。毛青布大袖衫儿，褶儿又短，衬湘裙碾绢绫纱。通花汗巾儿袖中儿边搭剌，香袋儿身边低挂，抹胸儿重重纽扣，裤腿儿脏头垂下。往下看，尖翘翘金莲小脚，云头巧缉山牙，老鸦鞋儿白绫高底，步香尘偏衬登踏。红纱膝裤扣莺花，行坐处风吹裙袴。口儿里常喷出异香兰麝，樱桃初笑脸生花。人见了魂飞魄散，卖弄杀偏俏的冤家。

这种长段落的细微深入的描绘，的确给人留下了十分深刻的印象，使读者对潘金莲的妖娆有了个非常具体、真切的了解，弄清楚了为什么西门庆这个好色的市侩一见她之后就要酥倒的原因。但当人们称赞《金瓶梅》刻画人物细密的同时，也会感到有些美中不足，那就是这些描写不免过于琐碎了。用我们传统艺术描绘的手法来说是太注重“形似”，而缺少“神似”。

《红楼梦》在刻画人物形态上，一方面它认真汲取了《金瓶梅》深入细腻的特征；同时又避免了它过于烦琐的缺点，十分注重“神似”，因而收到了更为引人入胜的艺术效果。如书里宝玉初见黛玉时的这段描写就是这样：宝玉细看黛玉形容，与众各别：

两弯似蹙非蹙罥烟眉，一双似喜非喜的含情目，态生两靥之愁，娇袭一身之病。泪光点点，娇喘微微，闲静时如姣花照水，行动处似弱柳扶风。心较比干多一窍，病如西子胜三分。

这里，作者对黛玉形态的各个部位，没有去一一描绘，而只是抓住了体现黛玉其人的神情气质特点的眉目及袅娜的身材作了富有特征性的描绘，因而给人以更深切的印象，这样描写也就更传神，更耐人寻味。

人物的心里刻画对深入揭示人物性格特征，其作用甚是显著。我国白话小说来自说书艺术，说书人注重故事情节的生动引人，对人物内心活动的描绘相对地说注意不够。在《金瓶梅》之前的小说里很少有细微的心里描写。《金瓶梅》已开始注意到这点。如小说开头写潘金莲被张大户送与武大郎为妻后，因武大人物猥琐，甚是憎嫌，但又无可奈何，作者写了她内心极度怨愤之情：“普天世界断生了男子，何故将奴嫁与这样个货？

每日牵着不走，打着倒退的。只是一味中啉酒。着紧处，都是锥扎也不动。奴端的那世里悔气，却嫁了他！是好苦也！”接着又写她在无人处弹个《山坡羊》曲子进一步渲染这种内心的愤懑：

想当初，姻缘错配奴，把他当男儿汉看觑。不是奴自己夸奖，他乌鸦怎配鸾凰对。奴真金子埋在土里。他是块高号铜，怎与俺金色比。他本是块顽石，有甚福抱着我羊脂玉体。好似粪土上长出灵芝……

这些深细的心理描写，对我们理解潘金莲日后性格的发展很有帮助。

《红楼梦》在汲取《金瓶梅》这一长处的基础上又有新的发展，把人物的内心活动写得更细致入微，也更传神，如第二十九回里写宝、黛两人间因相互猜忌而引起口角后各自的内心活动。宝玉的心里想的是：

别人不知道我的心，还有可恕，难道你就不想我的心里眼里只有你！你不能为我烦恼，反来以这话奚落堵我。可见我心里一时一刻白有你，你竟心里没我。

那林黛玉心里想着：

你心里自然有我，虽有“金玉相对”之说，你岂是重这邪说不重我的，我便时常提这“金玉”，你只管了然自若无闻的，方见得是待我重，而毫无此心了。如何我只一提“金玉”的事，你就着急，可知你心里时时有“金玉”，见我一提，你又怕我多心，故意着急，安心哄我。

宝玉心中又想道：

我不管怎么样都好，只要你随意，我便立刻因你死了也情愿。你知也罢，不知也罢，只由我的心，可见你方和我近，不和我远。

林黛玉心里又想着：

你只管你，你好我自好，你何必为我而自失。殊不知你失我自失。可见是你不叫我近你，有意叫我远你了。

至于前文曾引过的第三十二回里当黛玉偷听到宝玉在人前夸奖她之后，那种又喜又惊，又悲又叹的一系列内心活动的描写则更显示其具有典型性，也更加精彩了。

《金瓶梅》在人物描写上的一个引人之处是经常以十分简洁生动的笔触写人物某方面特征性的动作，以显示出人物在某种特定条件下的气质和精神。

第三十回里，潘金莲十分嫉妒李瓶儿生孩子，还十分不满于全家上下都为李瓶儿生孩子而忙碌，她对众人一味地冷嘲热讽，这时小说作者写了两个人各自不同的姿态。孟玉楼在潘金莲的骂骂咧咧面前，"只低着头弄裙子，并不作声应答他"，而潘金莲则"用手扶着庭柱儿，一只脚跐着门槛儿，口里磕着瓜子儿。"这里，作者甚是高明，寥寥数笔，就向读者出色地勾画了两幅生动的画面，在这两幅画面里透视出了两个人物在特定条件下各自复杂的心态。孟玉楼对潘金莲的所为很不以为然，但又不愿与她公开争吵，因此只好"低着头弄裙子，并不作声应答他"，而在潘金莲的神态里却表现出了她的极端嫉恨和放肆，一切都满不在乎。

《红楼梦》汲取了《金瓶梅》的这一长处，结合特定人物的个性作了巧妙的运用。第二十八回里写宝玉吃了茶，一直往西院来，可巧走到凤姐儿院门前，只见凤姐"蹬着门槛子拿耳挖子剔牙，看着十来个小厮们挪花盆呢。"在第三十六回里写凤姐在王夫人查问她关于姨娘们的月例钱发放情况后，便转身出来，接着有这样的描写："凤姐把袖子挽了几挽，跐着那角门的门槛子，笑道：'这里过门风倒凉快，吹一吹再走。'"前者把凤姐这位干练的管家少奶奶悠然自得的风采，写得活灵活现，尽管贾府内事态复杂，头绪纷繁，但这并没有使王熙凤忙得晕头转向，顾此失彼，而是能应付裕如，一切都那样从容不迫。后者写了凤姐对王夫人查问月例钱发放甚是不满，但又不好在长辈面前发作，因此只好憋了一肚子闷气，借凉快的过门风松快一下，反映出她傲慢不以为然的神态，其中还暗示出对告发她克扣月例钱人的决意报复。这与《金瓶梅》相比，《红楼梦》在这方面就运用得更熟练、也更自然，因此给人的印象也就更深刻。

人们几乎都有这样的生活体验：人的性格、气质、爱好、追求、情趣总是要在他所居住的环境内程度不同地体现出来。从不同居室的陈设、布置里，大抵能看出主人性格的某个重要方面。因此在一些世界一流的小说名著里都十分注意这方面的描写，可是在《金瓶梅》之前的我国小说里却很少见到这类描写。《金瓶梅》的作者开始注意到这一点，并取得了明显的效果。《金瓶梅》里写了一些不同类型人物的居室，大抵都能扣住主人个性，起到烘托人物性格的作用。以西门庆来说，凡读过《金瓶梅》的人大概对他厅堂中那些与众不同的陈设会留下印象："门上挂的是龟背纹虾须织抹绿珠帘，地下铺狮子滚绣球绒毛线毯。正当中放一张蜻蜓腿、螳螂肚、肥皂色、起楞的桌子。桌上安着绦环样须弥座大理石屏风，周围摆的都是泥鳅头楠木靶肿舫的校椅。两壁挂的画都是紫竹竿儿绫边玛瑙轴头。"这些陈设的特征是：富贵又庸俗，而且怪模怪样，不伦不类，没有一点章法，这正深刻地反映出了西门庆这个市侩、暴发户所独具一格的精神风貌和思想气质。西门庆的外室王六儿，此人之所以深得西门庆的宠爱，并非她长得漂亮，而是他能满足西门庆在淫欲上的各种变态要求，用她自己的话说，"淫妇爽利把不值钱的身子拚与达达罢，无有不依你的。"因此西门庆一有空就去她家发泄淫欲。小说是怎样写她的居室呢？"正面纸门儿，厢的炕床，挂着四扇各样颜色绫段剪贴的张生遇莺莺蜂花香的吊屏头"。这里作者用笔虽不多，但突出地显示了她的"淫"，揭示了她善于勾引男人，先是和她小叔韩二通奸，后又和西门庆淫欲无度。

《金瓶梅》上述成就受到了《红楼梦》作者的重视和认真汲取，并在他塑造人物时作了广泛的运用并取得了更为显著的成就。

当人们接触到秦可卿房里陈设着的一系列与古代香艳故事中的风流韵事有关的种种器物以及那特有的华丽秾艳的气氛时，就会很快联想到主人淫糜奢华的生活，就会想到宁府生活的腐朽糜烂。当人们见到秋爽斋里放着的花梨大理石大案，各种名人请帖，数十方宝砚、各色笔筒和西墙上挂着的大幅米襄阳《烟雨图》以及颜鲁公墨迹对联："烟霞闲骨格，泉石野生涯"时，会很自然地想起三小姐探春所独有的阔大英豪的气质。蘅芜院里冷而苍翠的奇草仙藤。房内则是雪洞一般，一色玩器全无，案上只有一个土定瓶中供着数枝菊花并两部书、茶奁茶杯，而床上吊着的青纱帐幔和十分朴素的衾褥，所有这些和贵族小姐身份十分不相称、不协调的陈设，不正是宝钗这个"冷美人"那种反常的朴实、素淡气韵的生动写照吗？难怪贾母见后要慨叹："这孩子太老实了。""年轻的姑娘们，房里这样素净，也忌讳。"而潇湘馆里夹路的翠竹、满地的苍苔、巧舌的鹦鹉、垂地的湘帘以及房中所透出的缕缕幽香，这不正是林黛玉所独具的高雅气质和多愁善感的气质最形象的反映吗？《红楼梦》竟能把人物性格与居住的环境特征、气氛结合得如此和谐、巧妙，以至达到了出神入化的地步，这显然是在《金瓶梅》所取得的成就基础上又向前推进了一步。

一个典型形象的性格往往都是多层次、多侧面的，在作者具体描写的时候，有时写人物的这一面，在另一个场合中又写了人物的另一面，因此一些高明的作者到人物刻画到了一定程度，就要通过旁人的议论将人物的主要特点或者是读者尚不清晰的一些问题加以阐述或强调以加深印象，帮助他们更好地去理解人物。

《金瓶梅》作者非常懂得这一点。小说的第六十四回里在李瓶儿死了之后，玳安和傅伙计之间的一段对话：

> 傅伙计闲中因话题话，问起玳安，说道："你六娘没了，这等样棺椁祭祀，念经发送，也勾他了。"玳安道："一来他是福好，只是不长寿。俺爹饶使了这些钱，还使不着俺爹的哩。俺六娘嫁俺爹，瞒不过你老人家是知道，该带了多少带头来？别人不知道，我知道：把银子休说，只光金珠玩好，玉带、绦环、鬏髻，值钱宝石，还不知有多少。为甚俺爹心里疼？不是疼人，是疼钱。是便是，说起俺这过世的六娘性格儿，这一家子都不如他，又有谦让，又和气，见了人只是一面儿笑。俺每下人，自来也不曾呵俺每一呵，并没失口骂俺每一句奴才，要的誓也没赌一个。使俺每买东西，只拈块儿。俺每但说：'娘拿等子，你称称，俺每好使。'他便笑道：'拿去罢，称甚么。你不图落，图甚么来？只要替我买值着。'这一家子，都那个不借他银使，只有借出来，没有个还进去的。还也罢，不还也罢。……"

通过这段对话，巧妙地回答了两个为读者所关心的问题：一是西门庆一向对女人只是占有玩弄谈不上有什么真正的感情，为什么唯独李瓶儿例外？二是李瓶儿在西门庆家里为什么颇有人缘，连下人们也愿意亲近她？

《金瓶梅》这种手法，也为《红楼梦》所汲取并加以提高，取得了十分显著的艺术效果。人们对贾琏心腹小厮兴儿在尤二姐面前对王熙凤的下述这番评论无不留下了十分深刻的印象：

> 提起我们奶奶来，心里歹毒，口里尖快。……如今合家大小，除了老太太、太太两个人，没有不恨他的，只不过面子情儿怕他。皆因他一时看的人都不及他，只一味哄着老太太、太太两个人喜欢。他说一是一，说二是二，没人敢拦他。又恨不得把银子钱省下来堆成山，好叫老太大、太大说他会过日子。殊不知苦了下人，他讨好儿。估着有好事，他就不等别人去说，他先抓尖儿；或有了不好事或他自己错了，他便一缩头推到别人身上来，他还在旁边拨火儿。……我告诉奶奶，一辈子别见他才好。嘴甜心苦，两面三刀；上头一脸笑，脚下使绊子；明是一盆火，暗是一把刀；都占全了。……

兴儿这段介绍和评述之所以显出精彩非凡，使人念念不忘，就是对王熙凤其人的本质特征作出了最深刻的剖析，显然没有这样剖析，读者便不会深刻地认识王熙凤，这比起《金瓶梅》中玳安介绍李瓶儿来，显得更集中，也更有深度了。

读《红楼梦》，给人以深刻印象之一是它惯用谶语式的方法暗示各类不同人物性格、遭遇以及他们的最后结局，以此表达作者深邃的艺术构思，它们成为全书艺术结构中的一个重要组成部分。但这不是《红楼梦》的发明。《金瓶梅》就已采用了这一手法并取得了很好效果。在第二十九回吴神仙对西门庆及其妻妾的看相算命中就暗示出了他们各自的遭遇、结局。如对潘金莲的断语是："此位娘子，发浓鬓重，光斜视以多淫；脸媚眉弯，身不摇而自颤。面上黑痣，必主刑夫；人中短促，终须寿夭。"接着念了四句诗："举止轻浮惟好淫，眼如点漆坏人伦。月下星前长不足，虽居大厦少安心。"这里十分形象地点明了潘金莲的为人以及主要遭遇；它对我们理解作者对人物的艺术构思很有启示。当然它与《红楼梦》中的《好了歌注》、金陵十二钗的判词和红楼梦十二支曲相比还不免失之粗糙、浮浅，但如果没有《金瓶梅》有关这方面的启示，恐怕《红楼梦》也不能一下子就达到如此高的水平：竟是那样的深入、细腻又耐人寻味。

从上面的介绍，可以看出《金瓶梅》的作者在人物的刻画上确是下了一番苦功，使用了各种各样能有助于突出并深化人物的艺术手法，其中有些还是带有开创性的。《红楼梦》正是在这基础上加以发展、提高、完善，从而使我国古典小说人物塑造趋于成熟和完美。

四

《金瓶梅》之前的我国古典白话长篇小说大多是由宋元说话艺术发展而来的，因此它们都程度不同地受到小说话本和讲史话本艺术结构的影响，以《三国演义》这部历史演义小说来讲，基本是以历史事件的发生先后顺序去描写的。而《水浒传》既受讲史话本《大宋宣和遗事》中关于梁山泊故事的影响；又接受了小说话本中有关《水浒》英雄单个儿故事的启示，因此在小说艺术结构上，前半部多以一人一事或几个人故事相互拼凑衔接而成，整个艺术结构很不匀称，缺乏通盘考虑和严密完整的构思；而《金瓶梅》则不同，它不是在说话基础上产生的，而是文人的独创，它写的不是历史故事，也非活跃于江湖之上的一个个英雄好汉的传说，而是写市井社会里一个暴发户家庭的盛衰。小说以这个富有时代特征的家庭为中心，并以整个社会为背景，作辐射式的多渠道、多方面的展开，克服了以往小说单线发展和大段拼凑的毛病，表现出了结构严谨、丰富复杂和多姿多彩的特征。《金瓶梅》以所写的西门庆家的盛衰具体过程为主线，把错综复杂的事件和人物主次分明地、有机地组织在一起，构成一个严密的艺术整体。并注意到在故事情节的发展中不时地穿插些重大事件，致使情节发展不至于平淡、乏味。如正当西门庆兴冲冲地准备迎接李瓶儿时，突然他京里的靠山杨戬倒台了，这就引起了一系列为读者所始料不及的事情，因亲家出事，女儿、女婿带了大笔钱财投奔他，使他突然获取了一笔财富。他为了躲避灾难，只好暂时中断和李瓶儿的关系，致使李瓶儿一下竟成了医生蒋竹山的妻子。西门庆眼疾手快连夜派人进京，用重金贿赂蔡京、李邦彦，结果不仅使他躲过了一场大的灾难，还使他在失去旧的靠山之后，又找到了新的更强大的靠山，这为他日后的飞黄腾达奠定了更牢固基础，从而有力地把小说的故事情节推向一个新的更为深广的境地。

《红楼梦》在认真汲取《金瓶梅》在艺术结构上的这些特点的基础上又有新的发展。《红楼梦》以贾府的由盛而衰为线索，广泛地把各种错综复杂的事件和人物遵循生活的实际，“追踪蹑迹”地组织在一起，并按生活的内在发展逻辑和艺术创作的规律，做到了精心剪裁，主宾分清，该多则多，该少则少，该添则添，该减则减，该藏则藏，该露则露，完整而熨帖，成了像生活本身那样地浑然一体、精美无比的艺术整体。于大量平凡的日常生活流中，又精心地穿插了如秦氏之丧、元妃省亲、宝玉挨打、抄检大观园、黛玉之死、贾府抄家等一系列大事件，使故事发展，波澜起伏，跌宕跳跃，十分引人，每个大事件的出现，每一个大波澜的形成，都有它的来龙去脉，前后发展清晰，切合事理，而每一大事件、大波澜出现之后，又有力地推动着小说情节向纵深发展。如抄检大观园这一大事件的出现是平时家庭中各种矛盾：嫡庶矛盾、主奴矛盾和老婆子和丫环之间的矛盾等逐步加剧情况下爆发的，抄检结果逼死了司棋、晴雯，赶出了四儿和所有唱戏女孩子，结束了往昔大观园中欢快自由的气氛，贾府也从此更趋衰败和没落。从此小说中的悲剧气氛也就越来越浓厚了。

《红楼梦》的艺术结构犹如社会生活本身那样宏大、丰富、复杂、严密和浑然一体。其中各种矛盾冲突互相影响，彼此推动，一波未平，一波又起，如生活长河那样奔腾不息。显然，它比起《金瓶梅》来又有新的提高，更趋于完美和成熟了。

五

衡量一部小说，特别是长篇巨著的成就如何，看其人物描写固然最为重要，但对其细节描写也不能忽视，而且两者关系密切。因此，一切有成就的作家，总是舍得在小说细节上下功夫，力求做到深入、细腻，收到引人入胜的艺术效果。

《金瓶梅》之前的作品，对日常生活的描写往往忽视。无论是《三国演义》、《水浒传》，还是《西游记》都缺乏日常生活细节的描写。《金瓶梅》由于它所描写的题材和生活内容与上述小说迥异，因此在这方面的描写有了重大的突破。诸如家庭生活的各个方面，包括宴饮、言谈、笑谑、怨骂、争斗，亲朋间的往来，婚丧嫁娶乃至男女之间的性爱都被写得很细腻、具体。每个生活场面，作者都善于用一连串的细节，加以烘托、渲染，使读者的印象十分鲜明、深刻，富有生活的真实感。当人们说起潘金莲性格里的阴险狠毒这一特征时，就会想到她如何背后唆使西门庆去陷害来旺夫妇的种种阴险伎俩以及如何私下里去训练她所豢养的白狮子猫来吓死李瓶儿孩子的种种卑鄙手段。当说起西门庆如何不择手段聚敛钱财时，就会立刻想起他在奸娶各式妇女时总要考虑“人财两得”和如何利用手中的权势恣意的敲诈勒索等等，正是这种大量生动的细节描写，使小说得以生动、形象地再现了当时现实生活里的种种人情世态，散发出一股浓烈的市井生活的气息。

《红楼梦》的细节描写，正是在《金瓶梅》所取得成就的基础上，沿着《金瓶梅》所开拓的方向，有了新的发展和提高。如果说《金瓶梅》在日常生活的细节描写中尚有美中不足之处，还存在着精芜不分，缺乏选择和提炼等缺点；那么《红楼梦》的细节描写则做到了精心提炼，更富有典型性和倾向性。小说中写每一次节日，庆生日、诗会、宴饮游乐，都有各自的特点和内容，体现出不同的气氛，表现出参加者此时此地各自不同的心态，不令人有重复雷同之感，因而始终对读者具有很强的吸引力。如同样庆中秋，家道顺时是一个样子，家道衰时又是一副样子，形成鲜明对比。这种对比竟深入到参加者的细微的内心情绪里边，也深入到整个宴饮的气氛中间。盛时人们是纵情欢乐，整个宴饮被笼罩在一派欢畅喜悦的气氛里；衰时人们是强颜欢笑，悲凉凄清驱散了节日的欢乐，显出一派冰清水冷，使读者深深感到这个显赫一时的国公府确已到了穷途末路的时候了。

《红楼梦》细节描写的高明之处还在于通过众多出色的细节描写，不仅有力地推进故事情节不断往纵深进展，而且多方面地展示出人物丰富复杂的性格，从而使小说所蕴涵的内容越发显得深刻。

六

《金瓶梅》在语言上的成就，一向为人们所关注和赞美。小说在北方口语的基础上又广泛汲取了大量生动的俗语、成语、歇后语和方言，使得整个小说语言生动形象、丰富多彩和泼辣酣畅。《红楼梦》中为大家所熟悉并经常引用的一些俗语：如“拼着一身剐，敢把皇帝拉下马”、“千里搭长棚，没有个不散的筵席”和“一个个都像乌眼鸡似的”等等，都早已在《金瓶梅》里出现（其中个别字句稍有变化出入）。

《红楼梦》的语言正是在认真汲取《金瓶梅》语言成就的基础上又加以发展提高的，使其语言不仅生动形象、丰富多彩，而且更为准确、精练、纯净和传神，淘尽一切杂质，进入“炉火纯青”的高妙境界。

谈起《红楼梦》语言的准确、精练、纯净，不少读者都有深刻感受。人们感到小说的用词都是经作者深思熟虑，因而经得住人们反复推敲。如在小说的第二十三回里写了这样一个引人注意的情节，当宝玉获悉元春下令他随宝钗等众姊妹入大观园居住后，正缠着贾母高兴得不知所以的时候，忽然丫环来说："老爷叫宝玉。"接着小说写了这样一段话：

> 宝玉听了，好似打了个焦雷，登时扫去兴头，脸上转了颜色，便拉着贾母扭的好似扭股儿糖，杀死不敢去。贾母只得安慰他道："好宝贝，你只管去，有我呢，他不敢委曲了你。……"一面安慰，一面唤了两个老嬷嬷来，吩咐"好生带了宝玉去，别叫他老子唬着他。"老嬷嬷答应了。
>
> 宝玉只得前去，一步挪不了三寸，蹭到这边来。可巧贾政在王夫人房中商议事情，……宝玉只得挨进门去。原来贾政和王夫人都在里间呢……宝玉躬身进去。只见贾政和王夫人对面坐在炕上说话……
>
> 贾政一举目，见宝玉站在眼前，神彩飘逸，秀色夺人；……把素日嫌恶处分宝玉之心不觉减了八九。半晌说道："娘娘吩咐说，你日日外头嬉游，渐次疏懒，如今叫禁管，同你姊妹在园里读书写字。你可好生用心习学，再如不守分安常，你可仔细！"宝玉连连答应了几个"是"……
>
> 贾政……断喝一声，"作业的畜生，还不出去！"王夫人也忙道："去罢，只怕老太太等你吃饭呢。"宝玉答应了，慢慢的退出去，向金钏儿笑着伸伸舌头，带着两个嬷嬷一溜烟去了。

在这段描写中，深刻地揭示出了贾政和宝玉父子两人的关系。选用了"挪"、"蹭"、"挨"、"是"、"退"、"伸伸"和"一溜烟"等词，写出了宝玉从刚去见贾政到从贾政处退出的整个过程中种种不同的神态和心绪，见出了作者用词的准确、纯净和简洁确已到了无懈可击的地步。

如上所述，尽管《红楼梦》和《金瓶梅》同样使用了一些俗语，但比较之下，往往会发现《红楼梦》用得更自然、贴切，更有新意和耐人寻味。这里不妨举个例子作一比较。《金瓶梅》里有一段"来旺醉谤西门庆"的描写："一日，来旺儿吃醉了，和一般家人小厮，在前边恨骂西门庆，说：'怎的我不在家，耍了我老婆，……由他，只休要撞到我手里，我教他白刀子进去，红刀子出来。……’” 与此情节相类似的，在《红楼梦》中有段“焦大醉骂贾蓉”的描写：“蓉哥儿，你别在焦大跟前使主子性儿。别说你这样儿的，就是你爹、你爷爷也不敢和焦大挺腰子！不是焦大一个人，你们就做官儿享荣华受富贵？你祖宗九死一生挣下这家业，到如今，不报我的恩，反和我充起主子来了。不和我说别的还可，若再说别的，咱们红刀子进去，白刀子出来！”来旺醉谤西门庆写了“白刀子进去，红刀子出来”，焦大醉骂贾蓉写的是“红刀子进去，白刀子出来。”乍看似乎《金瓶梅》写得正确，而《红楼梦》写的则是不合实际，但当这些话和“醉谤”和“醉骂”这一特殊情况联系起来时，就不能不佩服曹雪芹在写作上确是高人一头，思虑是何等细密，表达又是多么的恰切！诚如“脂批”所指出的：“是醉人口中文法。”而《金瓶梅》的表达倒反而显得一般化了。

和上述语言准确、精练、纯净这些特征紧密联系着的是语言的传神。语言的传神对艺术描写很重要，《红楼梦》在这方面达到了很高的水平。清代的永忠在他的《因墨香得观红楼梦小说吊雪芹三绝句》诗里就有“传神文笔足千秋”的诗句。正是由于传神，小说才能给人以强烈的美感和勾魂摄魄的力量。像著名的“宝钗扑蝶”、“黛玉葬花”、“晴雯补裘”和“湘云醉卧芍药裀”等描写，由于作者在传神上作出了极大努力，因此不仅能在读者面前展现出了一幅幅鲜明动人的画面，而且能给人以身临其境的深刻感受。

（原载《金瓶梅红楼梦纵横谈》，北京大学出版社 1990 年版）

《红楼梦》的主题思想和爱情婚姻悲剧

在《红楼梦》研究评论工作中，“四人帮”也是惯于搞他们假左真右那一套，其表现之一，就是以强调“阶级斗争”为名，否认作品中关于爱情婚姻悲剧描写的社会意义，错误地把它和小说的反封建的主题思想对立起来。他们把文化大革命前一大批评论《红楼梦》的文章和著作，不加分析地加以“爱情中心说”的罪名，斥之为修正主义毒草。于是，一时间出现的大批评论《红楼梦》的文章和著作中，只强调小说里反映的阶级矛盾，却只字不敢触及作品中大量关于爱情婚姻悲剧的描写。

马克思主义的一个根本观点就是实事求是。评论一部作品必须从作品的实际内容出发，对它作科学的分析，从中引出符合实际的正确结论。《红楼梦》作为一部伟大的古典小说，它深刻的思想意义在于：通过以贾府为代表的四大家族由盛而衰过程的描写，真实而深刻地表现了封建末世尖锐的阶级斗争和封建统治阶级内部错综复杂的矛盾，揭示了封建制度必然灭亡的历史趋势。

《红楼梦》上述深刻的反封建的主题思想，是充分运用形象思维，通过对封建末世广阔的社会生活描写来表现的。小说有部分篇幅直接描写了当时社会上的阶级斗争和统治阶级内部的复杂矛盾，描写了贾府这个贵族大家庭的腐朽没落。但是如果从作品的整个描写作全面分析，不能不承认《红楼梦》的作者所精心构思并花去大量篇幅进行深入细致描写的却是围绕着小说中心人物贾宝玉、林黛玉、薛宝钗所展开的爱情婚姻悲剧，这个悲剧在《红楼梦》庞大的艺术结构中，占有中心地位，它是贯串小说始终的一条基本线索。柏青（即梁效）在其“评红”文章中，不仅多方抹杀这个爱情婚姻悲剧的思想意义，而且根本否认这个悲剧在小说整个艺术结构中的重要位置。这就提出了一个问题：《红楼梦》里的爱情婚姻悲剧究竟应该如何评价？

在《红楼梦》以前出现的一些描写青年男女爱情的成功作品，诸如《西厢记》、《牡丹亭》等，由于它们表现了反礼教的进步思想，千百年来赢得了广大群众的喜爱，产生了积极的影响。但是这些作品中男女双方的爱情都是建立在郎才女貌、一见倾心的基础上的，他们只是在爱情婚姻问题上要求突破封建礼教的束缚，却并不反对封建的宗法制度、伦理道德和人生道路，因此总的说来，这些作品反封建的政治思想内容远不如《红楼梦》的深广。

《红楼梦》里描写的宝黛爱情是建立在相互了解和思想一致的基础上的，把他俩紧紧联系在一起的是反封建的叛逆思想，因此这是叛逆者之间的爱情。这种爱情和封建家长间的矛盾已远远不止爱情婚姻的本身，而且表现在对待封建宗法制度、伦理道德和人生道路等一系列重大问题上的全面对抗，这种对抗是不可调和的，不是“东风压倒西风”就是“西风压倒东风”，它包含着深刻的社会内容。

这里还应注意的是，由于这个爱情婚姻悲剧是在贾府这个封建贵族家庭的整个没落过程中形成发展起来的，因此，它在揭示封建阶级必然没落的历史趋势方面具有特别重要的意义。其中有两点显得格外重要，一是这个爱情婚姻悲剧是和封建末世存在于意识形态领域内的新旧两种思想的尖锐斗争紧密关联着的。二是通过这个悲剧揭示了贾府这个封建贵族家庭所存在的一个最致命的问题——后继无人。

中国漫长的封建社会到了明末清初开始，出现了资本主义生产关系的萌芽以及反映这种新的生产关系萌芽的初步民主主义思想，它们是封建社会里的崭新因素，这一情况的出现，预示着延续数千年之久的封建社会将要走完它最后的路程，封建制度必然灭亡的历史趋势已是不可避免的了。

贾宝玉性格中所表现出来的所谓“愚顽”、“偏僻”、“乖张”等等，体现着初步民主主义思想的因素，在《红楼梦》以前的文学作品中还没有过，它曲折地反映了当时已经出现的新的生产关系的要求，是这个特定的时代产物。建立在封建叛逆思想基础上的宝黛爱情和封建家长之间的矛盾冲突，正是当时封建末世意识形态领域内新旧两种思想尖锐斗争的一种反映。这种新的思想在当时尽管力量还很微弱，但是它是新生的事物，有着远大的前途。而这种旧的封建正统思想，尽管从表面看来，似乎依然还很强大，但毕竟已是腐朽没落了，这种新旧思想的斗争必然会导致封建社会的加速灭亡。小说通过爱情婚姻悲剧表现了封建末世新旧两种思想的激烈斗争，使悲剧具有鲜明的时代特征和深刻的政治斗争、阶级斗争的意义，从而把小说的反封建主题引向一个新的高度。

《红楼梦》的第二回，作者通过冷子兴之口着重点明了贾府（封建社会的缩影）“养的儿孙，竟一代不如一代了!”在作者眼里，贾府衰败的种种迹象中最严重的莫过于后继无人了。事情确实也是这样，接班人的问题，对哪一个阶级来说都是头等重大的问题。封建统治阶级为了维护自己的统治，使自己的事业得以继承发展下去，也是十分注意培养自己的继承人。

在儿孙一代不如一代的贾府里，统治者把延续贵族家世的希望寄托在贾宝玉身上，盼望着他读书上进，显亲扬名，成为地主阶级的忠臣孝子。可是贾宝玉却走着一条与此相反的道路，他蔑视功名科举，骂“读书上进的人”是禄蠹，把所谓“仕途经济”斥为“混账话”。他不愿跟“峨冠礼服”的官僚士大夫们来往，却结交柳湘莲、蒋玉菡这类社会地位低下的戏子。宝玉的这种表现，对贾府统治者来说简直是个极大的威胁。在贾府这个封建贵族大家庭里，贾宝玉被视为“孽障”、“魔王”，只有向来不讲那些“混账话”的林黛玉是他唯一的知己。宝黛之间爱情关系的建立和发展，必将导致贾宝玉在叛逆的道路上越走越远，终于使封建家长们期望于宝玉的一切都将化为泡影。因此宝黛之间的结合是封建家长们所绝对不能容许的。在这个关系到本阶级根本利害的问题上，贾府统治者决不肯有半点让步，什么“骨肉之情”、“亲子之爱”都可以抛在一边。从维护贵族家世的利益出发，他们可以采取一切残酷的手段来摧毁这对叛逆者的爱情，这就决定了宝黛的爱情只能以悲剧告终。

贾府的统治者们强迫宝玉和宝钗成婚，并为此捏造出一个“金玉良缘”的神话，其原因，不仅因为宝钗出身大家，好通过这个婚姻，来加强封建贵族家庭之间“扶持遮饰，皆有照应”的关系，更重要的是因为宝钗本身是一个符合封建规范要求、能够相夫成名的女子。贾府统治者们正想利用这个“贤妻良母”型的封建卫道者来扼杀宝玉的叛逆性格，迫使他就范，走上一条封建主义的“正道”。

但事情的发展并没有像贾府统治者们所预期的那样，他们尽管可以通过阴谋诡计迫使宝玉、宝钗成婚，但却无法征服叛逆者的心。宝玉的最后弃家出走，说明了封建家长们妄图使宝玉成为地主阶级忠臣孝子，期待他重振贵族家世的希望终于彻底破灭了，从此贾府也就一败涂地了。

从上面的简要分析中可以看出，《红楼梦》中的爱情婚姻悲剧，实质上是个社会悲剧、政治悲剧。通过这个悲剧，深刻地揭示了封建末世重大的社会矛盾。这个爱情婚姻悲剧比起泛泛地描写阶级矛盾，不知要深刻多少！《红楼梦》这部古典巨著的一个鲜明特色，正在于小说以这个爱情悲剧为它的中心结构，写出了以贾府为首的四大家族的必然灭亡，为气息奄奄的封建制度敲响了丧钟！

“四人帮”否认爱情婚姻悲剧在小说中所占的位置，抹杀它包含的政治意义，甚至把爱情悲剧的描写和小说的主题思想对立起来，这是典型的假左真右，是形而上学猖獗！它不是提高了《红楼梦》政治思想意义，而是严重歪曲了这部古典名著。

（原载《光明日报》1978 年 9 月 19 日）

《红楼梦》第四回和总纲

“文化大革命”以来，在《红楼梦》研究中流行着一种说法，即《红楼梦》第四回是小说的总纲，是正确阅读和理解全书的一把钥匙。有不少著作和论文从这一论点出发，对其他不同的观点，诸如以第一回、第二回或第五回为纲等作了批判，并不加分析地一律提到路线斗争的高度，斥之为资产阶级和修正主义的文艺观点。总之，是否以第四回为纲已成了《红楼梦》研究中能否坚持正确观点的一个关键问题；成了近十多年来《红楼梦》研究中两条路线斗争的一个重要组成部分。

但是究竟如何去理解第四回为纲，说法就很不一致了，不少著作和文章在具体论证时都比较笼统、抽象，有的还相互矛盾，总之，缺乏令人信服的论述。这就不能不使人怀疑这样的论点是否科学，是否符合小说所描写的实际内容，能不能经得住实践的检验。这里想本着党的“双百方针”精神，提出些不同看法，以求教于专家们和广大《红楼梦》爱好者。

一

第四回为纲，顾名思义，无非是说第四回在全书中具有特别重要的意义。这一回对全书所反映的主题思想或艺术结构有极其重要的指导作用。换句话说，这一回所描写的内容将画龙点睛般地反映出作品的主题思想或艺术构思。

《红楼梦》第四回写的是什么呢？概括起来说，在这一回里作者写了一件人命案子，并由此引出了一张“护官符”。人命案写的是薛家公子呆霸王薛蟠喝令家奴把一个和他争买丫头的小乡宦之子冯渊活活打死。对这样一桩人命关天的大事，薛蟠却“视为儿戏”，事发之后，只管带了家眷扬长而去。新授应天府尹的贾雨村，一上任就遇上了这件无人敢管的人命案件。开始他并不了解这一案子的原委，因而当他听了冯家的起诉之后，不禁勃然大怒，便要发签拿人，以此显示自己的威风，也为他日后“升迁”捞取资本。但是站在一旁的门子（衙役）却使眼色不让他发签，并告诉了他做官的诀窍：“如今凡作地方官的都有一个私单：上面写的是本省最有权势极富贵的大乡绅名姓，各省皆然；倘若不知，一时触犯了这样的人家，不但官爵，只怕连性命也难保呢！——所以叫做‘护官符’”。随之，就拿出一份说明本地大族名宦之家的名单。当贾雨村明白了他要发签去拿的杀人凶犯正是“护官符”上所说的薛家公子时，就立即改变了态度，以至全然不顾冯渊的被屈死和他恩人甄士隐女儿被薛蟠所霸占，徇情枉法，胡乱地判了此案，事后又急急忙忙地向杀人凶手的姨父贾政和舅舅王子腾邀功，以博取他们的赏识和提拔。

第四回写的这桩人命案件和由此而引出的一张“护官符”，无疑是有它深刻的意义的。它向人们揭示了金陵四大家族的富贵和权势以及他们之间互相勾结、狼狈为奸；深刻地揭示了封建国家机器的实质：不过是封建贵族地主阶级肆意压迫人民的工具。但这些内容是否就能称得上是全书的总纲呢？这就需要联系小说所反映的主题思想和艺术构思去考察，具体地分析一下它们之间究竟有什么联系，是否存在着指导性的关系。

二

谈到小说的主题思想，这不是一个简单的问题。长期来人们尽管都在肯定和赞美《红楼梦》思想艺术上所取得的杰出成就，但这并不意味着大家对它的认识已比较一致了。以小说的主题思想而言，看法就很不一样，强调的方面也各有不同。“文化大革命”以来，有很多著作和论文偏重在政治历史小说的角度去阐发它的思想意义，因而就特别看重小说中有关统治阶级和被统治阶级间的矛盾斗争的种种描写。所以每当谈到小说思想方面成就时，首先强调的是作品如何深刻地揭示出封建贵族阶级对农民的残酷剥削，以至迫使农民只好起来“抢田夺地”；贾府中人数极少的主子又是如何残酷地奴役、驱使着大批的奴婢，他们自己又怎样过着骄奢淫逸、挥霍无度的生活；四大家族又是怎样利用他们的金钱、权势在社会上制造一起又一起的人命案件等等，甚至对封建统治者迫害奴婢时所惯用的种种手法也多作了详尽的介绍、分析。似乎只有这样去强调阶级斗争的严重性，才足以说明《红楼梦》的伟大价值，不然就是有意无意地在贬低《红楼梦》的意义。对小说中出现的大量的爱情描写，也被认为这只是“假语村言”，实际讲的是政治斗争。上述这样的认识显然是比较片面的，和小说的实际描写并不一致的。试想，如果《红楼梦》的思想价值主要表现在这些方面的话，那还有什么《红楼梦》的特色呢？它和一般描写封建社会阶级矛盾的小说又有多大区别呢？《红楼梦》思想的深刻性又表现在什么地方呢？如果仅就描写封建社会阶级矛盾而言，那么《水浒》比起《红楼梦》来要尖锐得多，也深刻得多！

《红楼梦》的思想特色，它所包含的深刻意义主要不在于它描写了社会上的阶级压迫和斗争的情况及与此有关的几十条人命等等；而是在于它以贾宝玉、林黛玉、薛宝钗这一恋爱婚姻悲剧为中心事件，写出了贾府这个具有典型意义的封建贵族家庭逐渐衰败的过程，通过这一衰败过程的描写，广泛地暴露了封建末世社会上的种种腐败和罪恶以及存在着的不可克服的内在矛盾，从而深刻地揭示出了封建制度必然走向灭亡的历史命运。这里需要附带加以说明的一个问题是：从《红楼梦》的实际描写看，小说中具体展开描写的只是贾府这个具有典型意义的封建大家庭的衰亡过程。对“护官符”上的其他三家：史家、王家、薛家的败落过程，在作品中并没有作具体的描写，特别是史家、王家在小说中就很少提到，史家开始出现就已败落，至于如何败落却毫无所知。因此，曾一度很流行的所谓“《红楼梦》是四大家族衰亡史”的说法，严格来说是不确切的，是和小说里的具体描写不相符合的。

作者写贾府这个典型的贵族大家庭的衰败过程是把它放在当时社会上存在着的各种矛盾冲突的基础上展开的。正是这众多矛盾冲突的深入发展，才导致了贾府及其所代表的封建社会的必然灭亡。

这些复杂的矛盾冲突，按其性质来说，大抵可归纳为三种。第一种是封建统治阶级和被统治阶级的矛盾，其中包括封建阶级和农民、平民之间的矛盾以及贾府贵族大家庭内部主子和奴婢之间的矛盾冲突，由于作者受主观、客观种种条件的限制，前者在小说中没有能充分展开，尤其是封建阶级和农民之间的矛盾写得更少，当然不能因此而忽略它们的意义，就在这些不多的篇幅里，阶级斗争还是表现得很尖锐的。我们从乌庄头这张浸透着农民血泪的交租单上，看出了当时贵族地主阶级对农民剥削的残酷！

从冯渊的被活活打死以及石呆子因不愿出卖家藏古扇而被诬赖“拖欠官银”搞得倾家荡产自尽而亡，看出封建贵族之家对平民百姓的深重迫害！但是在这类矛盾中，作者重点描写的还是贾府这一封建贵族家庭内部主子和广大奴婢之间的矛盾。小说通过瑞珠触柱、金钏投井、司棋撞墙、晴雯夭亡直至鸳鸯上吊等一系列惊心动魄事件的描绘，充分反映了这类矛盾的尖锐性。作者的可贵，不仅揭示出了封建主子对奴婢们迫害的残酷性；而且更热情洋溢地歌颂了这些被压迫女子的坚决斗争精神，她们在险恶的环境中，力图掌握自身的命运。在主子们的淫威面前不是逆来顺受，而是敢于愤怒，勇于抗争，出现了像晴雯、鸳鸯这样的光辉反抗形象。

第二种是封建统治阶级内部的矛盾冲突，这类冲突的斗争焦点在于权力和财产的再分配。它包括贾府和宫廷及其他贵族集团之间的矛盾以及贾府内部统治者之间的彼此勾心斗角。前者虽没有展开去描写，但已充分显示了这方面矛盾的严重性，正是这种矛盾冲突导致了贾府的被抄家。但是在这类矛盾中，作者花了气力去写的是贾府内部兄弟之间、婆媳之间、夫妇之间、妯娌之间、嫡庶之间的种种矛盾冲突。在作者笔下，贾府这些统治成员之间，表面上似乎还维持着彬彬有礼的客套，笼罩上一层温情脉脉的纱幕，但内里却充满着尔虞我诈、明争暗斗，什么卑鄙的事都能干出来。所以尤氏说：“我们家下大小的人，只会讲外面假礼假体面，究竟作出来的事都够使的了。”对这种情况，贾府三小姐探春说得更为明确：“咱们倒是一家子亲骨肉呢，一个个不像乌眼鸡，恨不得你吃了我，我吃了你。”封建统治阶级内部矛盾达到如此尖锐的地步，正是封建末世时代特征的反映。

第三种是以贾宝玉为代表的封建叛逆者和以贾母、贾政、王夫人为代表的封建正统势力之间的矛盾冲突，这类矛盾冲突贯串于小说的始终。“宝玉挨打”是小说中出现的第一次大的冲突，这次冲突的直接对立面，就是封建卫道者贾政和封建叛逆者贾宝玉。在贾宝玉、林黛玉、薛宝钗之间的恋爱婚姻悲剧中，这类矛盾得到了集中的反映。这种封建叛逆者和封建正统势力之间的斗争，深刻地反映了明末清初存在于意识形态领域内民主主义和封建主义这两种新旧思想的激烈冲突。

上述三种矛盾冲突不是彼此孤立的，而是相互影响的。在小说的具体描写中又往往是互相渗透的。拿“宝玉挨打”来说，这一次大的冲突，是以封建卫道者与叛逆者之间的正面冲突为主线，同时又交织着贾府统治者与被统治者之间以及统治阶级内部间的矛盾斗争。又如小说里另一次大的矛盾冲突“抄检大观园”，其中不仅表现出贾府统治者内部的你死我活的斗争；而且也同时反映了封建统治者对奴隶的残酷迫害以及奴隶们的坚决反抗。

在这里应该特别加以强调的是，上述三种矛盾冲突在小说中的地位和作用是不一样的。必须看到封建统治阶级和被统治阶级间的矛盾和封建统治阶级内部间的矛盾是自有封建社会以来就存在着的，不过这类矛盾到了封建末世变得更为激烈罢了！唯有封建叛逆者和封建正统势力之间的冲突才是封建社会中新出现的一种矛盾斗争，它是随着明末清初封建经济内部产生资本主义生产关系萌芽这一崭新因素而出现的，在促使贾府这个贵族大家庭的衰亡过程中，封建叛逆者和封建正统势力之间的激烈冲突具有决定性意义。《红楼梦》思想内容上的重要特色之一就在于它所描写的不仅仅是封建社会里封建统治阶级和劳动人民之间的矛盾斗争；而是深刻地揭示了封建末世开始出现在意识形态领域内新旧两种思想的激烈冲突。

现在我们看一看作者是如何围绕着封建叛逆者贾宝玉和林黛玉的活动来揭示这一方面的斗争的。

在儿孙一代不如一代的贾府里，贾宝玉处于特殊重要的地位。他是贾母的嫡亲孙子，聪明伶俐又富有才华，不像其他贾府子弟只知一味地偷鸡摸狗、狂嫖滥赌。因此封建家长们很自然地把“中兴”贵族家世的希望寄托在他的身上，殷切地盼望着他读书上进，显亲扬名，成为地主阶级的忠臣孝子。可是贾宝玉走的却是一条与此完全相反的道路。他极力反对“男尊女卑”的传统观念，宣扬“天地间灵淑之气只钟于女子，男儿们不过是些渣滓浊物而已”，他还十分鄙弃封建主义的人生道路，竭力反对“仕途经济”、“八股文”，把那些热衷于功名利禄的人称之为“国贼禄鬼”。他懒于和士大夫们往来，却和那些出身微贱的人结成倾心之交，对贵族家庭中的种种热闹繁华，表现出异常的冷漠。贾宝玉这一系列“乖张”、“不肖”和“于国于家无望”的叛逆行为引起了贾府统治者的惊恐和恼怒，他们骂宝玉是“孽障”、“混世魔王”，使出软硬两手对付宝玉的叛逆思想。他们一方面采取迎娶宝钗、重用袭人、撵走晴雯的手段来控制宝玉；另一方面又赤裸裸地使用直接镇压的办法妄图消灭宝玉的叛逆思想。封建卫道者贾政甚至不惜大打出手，想结果宝玉的“狗命”，“以绝将来之患”。但这一切，都不能使宝玉“浪子回头”，相反地，随着斗争的激化，宝玉在叛逆道路上越走越远。通过上面这一系列的描写，明确地告诉人们：贾府这个封建大家庭已经处于后继无人的绝境，因而它的衰败和灭亡已是确定无疑的了。人们所以特别重视贾宝玉、林黛玉和薛宝钗之间的爱情婚姻悲剧，就是因为在这个悲剧里包含着深刻的社会内容。封建叛逆者和封建正统势力之间你死我活的斗争，在这个悲剧里得到了集中的反映。

在偌大的贾府里，贾宝玉的处境是十分孤立的，只有向来不讲那些"混账话"的林黛玉才是他唯一的知己。他和林黛玉之间的爱情是建立在相互了解和思想一致的基础上的。这种爱情不仅违犯了封建礼教的"父母之命、媒妁之言"的婚姻制度；而且更意味着对传统的封建主义人生道路的背叛。这绝不是一般才子佳人间的爱情，而是一对叛逆者之间的爱情。这样的爱情在《红楼梦》之前的文学作品中还没有出现过，它和封建阶级的利益是水火不相容的，那些贾府的统治者所以要想方设法地去摧毁这一爱情，其原因也在于此。《红楼梦》通过生动的艺术描写告诉人们：贾宝玉选择什么样思想性格的女子做妻子，这已远不是属于个人生活的小问题；而是直接关系到贾府这个贵族大家庭的前途和命运。贾府统治者千方百计地要促使宝玉、宝钗间的结合，成就这"金玉良缘"，其目的无非是想通过宝钗这个封建卫道者的多方面的、潜移默化的影响，把宝玉从叛逆的道路上拉回来，走上一条他们所指引的封建主义的"正道"。

不少著作和文章在分析宝黛爱情悲剧时，过分地强调了黛玉因不出身于四大家族的缘故，这样的认识并不符合作品的实际描写。要知道，黛玉虽非出身四大家族，但她毕竟还是贾府老祖宗贾母的嫡亲外孙女，是贾宝玉的亲表妹。回想当年她初进贾府的时候，外祖母贾母是何等地疼爱她，一口一声的"心肝儿肉"，阖家上下对她无不另眼相看，那个惯看贾母脸色行事的凤姐也竭尽其奉承之能事，说了许多令人肉麻的话。可以设想，如果黛玉并非是个封建叛逆者而是和宝钗具有同样思想性格的女子，那么宝黛间表兄妹成亲将是顺理成章的。贾府的统治者不仅不会反对，而且将会竭力促进这个亲上加亲的婚姻。因此在这里起决定作用的是宝玉所娶的女子究竟具备什么样的思想品格，对于封建阶级所指引的人生道路抱有什么态度，是拥护呢，还是反对？而主要并不在于她是否出身于四大家族。

作为宝黛爱情基础的叛逆思想，是一种初步的民主主义思想，在封建社会里，它是一种崭新的思想，是我国明末清初出现的资本主义生产关系萌芽在当时意识形态领域内的曲折反映。社会发展史告诉我们：当封建社会内部还没有能产生新的生产关系时，封建社会是不会趋于灭亡的。正因为如此，我们才在这三种矛盾中格外重视封建叛逆者和封建正统势力之间的激烈斗争。

从上述《红楼梦》主题思想的粗浅分析中看出：《红楼梦》不同于那些一般反映封建社会阶级斗争的小说。在《红楼梦》里，作者不仅仅描写了封建社会的阶级斗争和统治阶级内部矛盾；而且更深刻地反映了封建末世存在于意识形态领域内新旧两种思想的激烈冲突。而后者在它之前的文学作品中还从来没有反映过，正是这种斗争有力地促使贾府这个封建贵族家庭及其所代表的封建社会的彻底垮台。《红楼梦》的思想特色在于此，它的思想的深刻性也在于此！

《红楼梦》的第四回只是揭示了金陵四大家族的富贵和权势，它没有任何迹象预示封建贵族阶级已面临必然衰亡的命运，更没有很好地触及导致贾府趋于败落的各种原因，特别是封建叛逆者和正统势力之间矛盾冲突这一具有决定意义的因素。一句话，《红楼梦》所表现出来的深刻的反封建主题思想在第四回里并没有获得画龙点睛般的反映，因而也就很难把第四回确定为小说的总纲。

如果再从小说的艺术构思方面去考察，那么第四回之不能称为全书的总纲更是一清二楚的了。其理由很简单：如果在艺术构思方面第四回是总纲的话，那就应该在这一回里暗示出作品主要人物的结局和故事情节的发展线索，而这些在第四回里是根本不存在的。众所周知，在第四回里主要描写的人物是薛蟠、贾雨村、冯渊、英莲等，他们在全书中还只是比较次要的人物。而《红楼梦》里一些重要人物如贾宝玉、林黛玉、贾母、王夫人、王熙凤等，在这一回里有些连提都没有提到过，有的也只是一笔带过，更谈不上作为重点人物来描写。同时作为小说主要线索和中心事件的贾宝玉、林黛玉、薛宝钗之间的爱情婚姻悲剧，在这一回里更没有丝毫触及。因此要在这一回里来暗示小说主要人物的结局和故事情节发展线索更是无从谈起了。

三

如果第四回所描写的内容能称之为《红楼梦》的总纲，那么第一回、

第二回和第五回就更有资格称为小说的总纲。因为这些回和全书主题思想或艺术结构之间的关系比之第四回来要密切得多。

以第一回来说，作者一开始就写了个神话作为引子。这个神话和小说主题思想不是游离的，而是有着内在联系的，它影射了作品中主人翁贾宝玉的思想性格，暗示了爱情悲剧的内容。紧接着，作者又通过乡宦甄士隐的没落、破产和穷困儒生贾雨村的飞黄腾达的对比描写，揭示了作者所处时代阶级斗争的激烈以及统治阶级分化过程的迅速，从而为贾府这个具有典型意义的贵族大家庭的衰亡勾勒出了一个广阔的社会背景。在甄士隐为跛足道人《好了歌》所作的注里，虽然表现出了较为严重的虚无主义思想和宿命论观点，但可贵的是，它以鲜明的对比手法，深刻地反映了封建末世贵族地主阶级兴衰荣辱的急剧变化，以致出现了这样异常的情况："当年笏满床"的豪门贵族顷刻变成了"陋室空堂"；"曾为歌舞场"的繁华世家，转眼间只剩下一片"衰草枯杨"；"金满箱，银满箱"的显赫人家，一会儿就成了人人皆谤的乞丐；王孙公子很快成了强盗；千金小姐不久又成了娼妓……作者通过这一系列形象化的对比描写，宣告了封建制度必然要走向没落的历史命运。

在第二回里，作者更进一步地通过古董商人冷子兴之口，指出了贾府这个典型贵族大家庭衰朽没落的征兆。这个贵族大家庭不仅面临着严重的经济危机："如今人口日多，事务日盛，主仆上下，都是安富尊荣，运筹谋画的竟无一个。那日用排场，又不能将就省俭，如今外面的架子虽没很倒，内囊却也尽上来了。"而且更为严重的是它已处于后继无人的重大政治危机之中："更有一件大事：谁知这样的钟鸣鼎食的人家儿，如今养的儿孙，竟一代不如一代了!"特别是像贾宝玉这样封建叛逆者的出现，就更加剧了危机的严重性和尖锐性，它使贾府这个封建大家庭的没落、衰亡成为不可避免的了。因此在这一回不仅点出了贾府的必然没落的命运；同时也接触到了促使贾府没落的一个致命的因素——政治上已陷于后继无人的绝境。

在小说第三回和第四回把作品中的两个主要人物林黛玉、薛宝钗分别引进了贾府之后，作者在第五回里使用了梦幻形式，让小说的主人翁、封建叛逆者贾宝玉梦游太虚幻境。这种描写尽管带有某些神秘主义的色彩，但是作者的用意还是很清楚的。小说通过荣宁二公之灵嘱咐警幻仙子的话，明确地告诉读者贾府已经是"运终数尽，不可挽回"。特别在这一回的《红楼梦》终曲《飞鸟各投林》里，对贵族阶级必然衰败的历史命运作出了深刻的总结："好一似食尽鸟投林，落了片白茫茫大地真干净。"而且第五回在对全书的艺术构思方面也有着明显的指导意义。在金陵十二钗判词和《红楼梦》曲子中，暗示了小说里众多女子的生活遭遇和结局，勾画出了整个悲剧发展的大体轮廓，也为小说中的部分故事情节埋下了伏线。

从上面扼要的介绍和分析中，可以清楚地看到《红楼梦》的第一回、第二回或第五回和小说主题思想之间的关系比之第四回来要密切得多，特别是第五回，不仅对全书的主题思想而且对小说的艺术构思都有指导意义。这样说，并不想就此得出结论：只有这三回中的任何一回才能配称小说的总纲；而只是从另外一个角度来进一步证明第四回确实是不配称为《红楼梦》的总纲。

和其他古典小说相比，《红楼梦》这一古典名著所包含的社会内容实在太丰富了，在艺术上的成就也是太精湛了。它宛如一座辉煌的艺术之宫，足够人们反复学习，细细琢磨。在我看来，要确定其中的一回来作为全书的总纲，作为开启这座艺术之宫的一把钥匙，可能是比较困难的。如果一定要找出这部小说总纲的话，那么前五回的内容可能是比较合适的，因为在这五回里，有关《红楼梦》思想、艺术上的许多特色几乎都有了个概括的交代，小说中主要人物和故事情节的来龙去脉也作出了种种暗示。因此只有很好地掌握了前五回的内容，才能更好地理解《红楼梦》这部名著的深刻价值及其在思想和艺术上所取得的杰出成就。

（原载《北京大学学报》1980 年第 1 期，《新华月报》（文摘版）1980 年第 4 期转载）

《红楼梦》主题思想的剖析

一　深入探索作品的主题思想是古典小说名著研究中的一项重要课题

一个时期来，一些报纸杂志对我国古代小说名著的主题思想展开了热烈讨论。讨论中有些同志鉴于近来人们对《水浒传》、《红楼梦》等名著的主题思想的认识分歧愈来愈大，一时又得不出比较一致的结论，因而就产生一种畏难情绪，认为这些作品的主题思想实在太“玄乎”，花这么大功夫去探究是否值得？还不如在小说的人物塑造、情节处理、语言运用等研究上多下些工夫更易见效。显然，这种认识比较偏激，也很片面，是一种“因噎废食”的作法。

作品的主题思想是不以人们意志为转移的客观存在。古典文学名著的作者和今天作家一样，在构思自己作品时，头脑里虽并无“主题思想”这个概念，但他们却十分懂得并强调作品“立意”的重要性。而“立意”者，和今天所说的“主题思想”原是一码事。当然，在探讨作品、特别是一些古典小说名著的主题思想时那种简单的、形而上学的分析方法是不可取的。

苏联伟大的作家高尔基对于作品的主题思想有个为许多人所熟悉的出名的提法：“主题孕育在作家的体验中的一种思想，这种思想是生活暗示给作家的，它潜伏在作家的印象仓库里还未形成，当它要应用形象来体现时，它会唤起作家心中要形成这种思想的欲望。”（见高尔基《和青年作家谈话》中《论写作》一文）这就是说，作品的主题来源于生活，来源于作家对生活的理解，是对题材所包含的或可能容纳的思想意义和人生哲理的揭示和发掘。

作品主题思想的提炼是作家艺术构思的一个中心环节，它直接影响着作品的人物塑造、情节安排、素材的取舍和场景的穿插等等。

另外从读者的角度去观察，当他们接触一部古典小说名著时，首先引起他们注意并思考的似乎也是作品的命意，即主题思想。

据有关笔记的记载，当《金瓶梅》刚问世时，人们就在它是一部什么样的小说，作品的命意是什么等问题上纷纷发表意见。有的认为它是“指斥时事”；有的认为是“描写儿女情态”；有的则认为是“广泛描写社会的人情世态”；有的还附会出“苦孝说”（王昙《金瓶梅考证》谓王世贞父“为奸（严）嵩构死，其子东楼（严世蕃）实赞成之。东楼喜观小说。元美（世贞）撰此，以毒药傅纸，冀使传染入口而毙。”）等等。

《红楼梦》一经问世，人们也立即围绕着《红楼梦》是一部什么样的小说，它的命意是什么等问题展开了论争，这种论争一直延续到今天。

从旧红学的“评点派”、“索隐派”，到新红学的“自传说”，一直到全国解放后关于《红楼梦》的几次重大论争，几乎都是主要围绕着作品的主题思想而展开的。每一次主题思想论争上的重大突破都大大推动着《红楼梦》研究的深入展开。

因此，对古代小说名著主题思想的深入研究不是可有可无，而是至关重要；不是十分的“玄乎”，而是通过深入的探讨完全可以认识。主题思想研究上的每一重要进展，都会直接推动着作品其他方面研究的深入展开。

二　应该从小说艺术形象所包含的思想意义和作者所获得的生活体验的结合上去全面地把握《红楼梦》的主题思想

在以往一些分析《红楼梦》主题思想的文章中，往往存有概念不清以及程度不同的片面性和绝对化的缺点，它严重影响了对《红楼梦》思想的正确分析。

概念不清的具体表现是不少文章把作品的主题和主线、题材混为一谈。主题和主线、题材间固然存在着密切的内在联系，但毕竟它们各有自己的明确内涵。

主线和题材在小说中表现较具体、清楚，容易为人们所辨认。但主题则不同，它是由作家在生活实践中，根据自己对生活的认识，通过题材的选择、提炼在具体艺术描写中显示出来的。主题是作品的灵魂，但它比较抽象，不易辨认，特别像《红楼梦》这样百科全书式的不朽巨著，其主题就更为复杂，是要靠对作家作品作全面、具体、深入的分析，才能逐步搞清楚的。

片面性和绝对化的缺点，主要表现为在分析作品主题思想时往往只着眼于对小说艺术形象所包含的思想意义的剖析；而没有把这种剖析和作者所受到的独特生活体验以及由此体验所形成的美学理想和价值观念结合起来去考虑。

生活究竟给《红楼梦》的作者以什么样的启示？这是分析小说主题思想时必先弄清楚的问题。这就需要从作者所处的时代、家庭及本人的特殊遭遇中去寻找答案。

在我们目前所掌握的关于曹雪芹的有限的材料中就可以清楚地看到：无论就曹雪芹所出身的时代、家庭还是本人遭遇都存在着很大的特殊性，这种特殊性，形成了他独特的生活体验。

先就作者所处的时代而言，曹雪芹生活的清代康熙、雍正、乾隆时期，是一个风云变幻、酝酿着社会大变动的时代。这时不仅社会上所固有矛盾已发展到空前尖锐的程度，而且在意识形态领域内，反映新的资本主义生产关系萌芽的初步民主主义思想和传统的封建主义思想斗争，也表现得十分的激烈。一切不满现实、寻求变革的封建知识分子，包括曹雪芹在内，无不受到这股时代进步思潮的积极推动和影响。

就出身的家庭而言，曹家并非一般的贵族官僚家庭，而是一个和宫廷有着特殊关系的贵族之家。这个家庭在整个康熙朝备受恩宠，达到了繁盛的顶峰；但进入雍正朝后却遭到了革职抄家的厄运。直接决定这个贵族家庭盛衰兴亡的，是封建的最高统治者皇帝。

曹家任江宁织造达数十年之久，在此时期内，长期居住在南京，并和苏州、扬州等城市保持着密切的联系，而这些地方正是当时资本主义生产关系萌芽表现比较集中、传播初步民主主义思想最活跃的地区。而曹家这个织造衙门所管辖的纺织业更是当时资本主义萌芽最发达的经济部门。这些就使少年时代的曹雪芹能够较多地接触到反映资本主义生产关系萌芽的各种新鲜事物，也使他从东南沿海一带所传播的初步民主主义思潮中，汲取了很多反封建传统的思想力量。

曹家被抄后，曹雪芹就由一个锦衣玉食的贵族公子变成了一个衣食无着的破落子弟。在由贵族上层一下子跌入社会底层的巨大变化中，他饱尝了世态炎凉，体察到了社会上贫富悬殊的尖锐对立，也清醒地看到了他出身阶级的腐朽和罪恶。

正是上述时代、家庭和个人遭遇上的特殊性，形成了曹雪芹鲜明地区别于其他作家的特色：从少年时代开始，他就在受到高度封建文化思想影响的同时，接受了较多反封建的初步民主主义思想的熏陶和影响。曹雪芹长期生活在贵族社会的生活圈子里，即使在抄家之后，和他来往的也多半是上层贵族社会中的那些破落子弟。家庭的浩劫，个人的不幸，使他对封建末世统治阶级内部尖锐复杂的矛盾，有着特别真切的体会。强烈的感情冲击，迫使曹雪芹必须把这种充满着血泪的感受用笔表达出来，犹如骨骾在喉，不吐不快。

刘鹗在他的《老残游记》里曾说过："《离骚》为屈大夫之哭泣，《庄子》为蒙叟之哭泣；李后主以词哭；八大山人以画哭；王实甫寄哭于《西厢》，曹雪芹寄哭于《红楼梦》。"《红楼梦》第一回里作者所题的诗："满纸荒唐言，一把辛酸泪。都云作者痴，谁解其中味？"正是深切地表达出了《红楼梦》确是作者的血泪之作。如果没有作者强烈而独特的生活体验，《红楼梦》的出现是不可想象的。

当然，生活在两百年前的曹雪芹还不可能以今天科学的世界观去分析、观察他周围的现实生活；但他已经能突破传统的封建思想的藩篱，用时代先进的初步民主主义思想去观察社会、认识生活和思考人生，从而得出了自己不同于世俗的独特的生活体验。

著名的雕塑家罗丹，在谈到拙劣的艺术家和杰出的艺术大师在认识生活的区别时说，前者"永远戴别人的眼镜，而后者是这样的人：他们用自己的眼睛去看别人看过的东西，在别人司空见惯的东西上能够发现出美来。"（见《罗丹艺术论》第5页）

杰出的文学大师曹雪芹，在他观察周围现实生活时，他也没有戴上世俗的眼镜，而是以自己所特有的明澈眼光，在别人司空见惯的事物上，发掘出新的意义：在为世俗所敬仰、崇拜的封建主子身上看到了他们丑恶的本质和肮脏的灵魂；从历来为人们所贱视的青年女子身上发现了她们的非凡才识和美好心灵，找到了自己所向往的美。

在《红楼梦》的第一回里，作者把自己所获得的人生体验作了番明确的表达："今风尘碌碌，一事无成。忽念及当日所有之女子，一一细考较去，觉其行止见识，皆出于我之上。何我堂堂须眉，诚不若彼裙钗哉？……当此，则自欲将已往所赖天恩祖德，锦衣纨袴之时，饫甘餍肥之日，背父兄教育之恩，负师友规谈之德，以至今日一技无成，半生潦倒之罪，编述一集，以告天下人：我之罪固不免，然闺阁中本自历历有人，万不可因我之不肖，自护己短，一并使其泯灭也。"

作者的这一生活体验，在小说里通过自己理想主人公贾宝玉之口作了进一步的阐述和强调。贾宝玉把女儿看成是"水做的骨肉，见了便清爽"，而把男人则看作是"泥做的骨肉，见了便觉浊臭逼人"，从而向封建社会根深蒂固的"重男轻女"思想作出了最大胆的挑战。

之后随着宝玉阅历的日趋丰富，他在这方面的认识也不断有所发展：女子也并非都是好的，"女孩儿未出嫁，是颗无价之宝珠；出了嫁，不知怎么就变出许多的不好的毛病来，虽是颗珠子，却没有光彩宝色，是颗死珠子了；再老了，更变的不是珠子，竟是鱼眼睛了。"至于男人也并非一概都坏，像那些没有封建世俗观念，长得"妩媚风流"的子弟，也同样的令人可敬可爱。

正是出于这种认识，作者把他所处的现实社会，区分为两个鲜明对立的世界：一个是以青年女子所组成的纯洁、美好的世界，作者的理想主人公贾宝玉也是这个世界中最核心的成员；另外一个是以封建世俗男子为核心的腐朽、罪恶的世界。这两个对立的世界，各自代表着当时新兴和腐朽的两种社会力量。

《红楼梦》的作者就是以大量的笔墨，深入、细致地写出了这两个对立的世界中各自成员的音容笑貌、言谈举止、性格特征以及相互间错综复杂的关系；写出了这两个对立世界间的互相依存而又激烈的斗争情况，从而深刻地表现出了封建末世时代的本质特征。

三 在对青年女子的特殊敬爱与尊重和对世俗男子的极端憎恶、轻蔑中反映出了作者的进步美学思想和人生价值观

现实生活中什么人是美的？什么人是丑的？人的价值究竟表现在哪里？这些重大的问题，作者虽然没有公开表示过自己的看法，但是在作者

所强调的“重女轻男”的反世俗、反传统的论调中，在他所精心塑造的主人公贾宝玉和一批青年女子的身上找到了答案。

《红楼梦》第一回里，作者曾以神话故事的形式介绍了小说主人公贾宝玉的非同一般的来历。

宝玉原是女娲氏炼石补天时剩下未用而被遗弃的一块顽石。后经锻炼以后，灵性已通，不觉动了凡心，想去人世间享一享荣华富贵，经一僧一道念咒书符，大展幻术，使这块大石变成了一块鲜明莹洁的美玉。这一神话故事向人们交代了宝玉是由一块灵性已通的鲜明莹洁的美玉幻化而成的。因此，他不仅外貌出众：“面若中秋之月，色如春晓之花，鬓若刀裁，眉如墨画，面如桃瓣，目若秋波，虽怒时而若笑，即嗔视而有情。”而且又绝对的聪明早熟，心灵纯洁，感情丰富而率真。小说用了“情痴”、“情种”和“意淫”等一连串特殊用语来评论宝玉。这些用语的含义，按作者的解释是属于“千万人之上的聪俊灵秀之气”，只是还有它“乖僻邪谬不近人情之态”。但这里所说的“乖僻邪谬不近人情之态”，实际是指宝玉的好感情用事，不计现实利害，只忠于自己的个性，不会矫饰伪装以及那种初步的博爱思想、平等观念和对人的多方关怀体贴之情，这些正集中表现出了他性格中不受世俗偏见所左右的纯正而丰富的感情。因此“于世道中，未免迂阔怪诡，百口嘲谤，万目睚眦”就不足为怪了。

在宝玉身上，正是体现出了作者的美学思想和价值观念。在曹雪芹看来，做人就得像宝玉那样由外入内都该是美的、纯正的，犹如那块鲜明莹洁的美玉一样。

作者之高度赞赏这些青年女子，因为在她们身上都程度不同地体现着宝玉身上所反映出来的那些美好的特征：漂亮、聪明、富有才华、内心纯洁和感情率真。

在这批青年女子中，黛玉、晴雯、芳官是最有代表性的人物，作者在她们身上倾注了自己的全部喜爱和敬慕之情。

黛玉是宝玉一生中最亲密的伴侣。她虽是个贵族小姐，但她早就父母双亡，在贾府过着寄人篱下的生活。在贾宝玉的眼中，黛玉的身世处境和内心品格，集中地概括了他生活环境里的这些女孩子们一切使他产生亲爱之情的种种特征。从外表看，黛玉长得出众的美丽。作者把黛玉的美称之为“袅娜风流”之美。王熙凤初见黛玉时竟发出了这样的赞叹：“天下真有这样标致的人物，我今儿才算见了！”王熙凤的话，虽不免有几分讨好贾母的成分在内，但也并非全是夸大之辞。

人的美包括两个方面：一是形体美；另一种是性格美。两相比较，性格美则更重要。不过，理想的是两种美和谐一致地统一在一起。英国哲学家培根在论美时说得精彩：“美犹如盛夏的水果，是容易腐烂而难以保持的……因此把美的形貌与美的德行结合起来吧。只有这样，美才会放射出真正的光辉。”（见培根《论美》）

黛玉不仅由于她容貌的出众，更在于她内在的美：绝顶聪明、心灵纯洁、气质高尚和感情率真，使整个形象富有巨大的艺术魅力。作者巧妙地把这种外表美和内在美和谐地统一在一起，从而使人物形象发出熠熠光辉！

作者除了用很大气力写了黛玉的非凡聪明、才华横溢和令人神往的诗人气质外，又以极大的热情肯定和赞美了她纯洁的内心世界和率真的性格。她爱哭就哭、爱恼就恼，心中想什么，嘴里就说什么，表里如一，从不作假。

黛玉这种性格在贾府这个人与人之间充满着虚伪、欺诈、倾轧和陷害的环境里不免处处碰壁。她曾先后开罪过宝钗、袭人、湘云之流；而且也因不懂得讨好贾母、凤姐而逐渐失去了她们的疼爱，从而使她在贾府中越来越陷于孤立。

如在张道士送给贾母的金麒麟一事上，黛玉曾当面揭露了宝钗的那种不可告人的用心：“她（宝钗）在别的上还有限，惟有这些人带的东西上越发留心”，从而引起宝钗的不快。她又曾以开玩笑的方式，一针见血地揭穿了袭人与宝玉之间那种不可告人的暧昧关系：“好嫂子，你告诉我。必定是你两个（指和宝玉）拌了嘴了。告诉妹妹，替你们和劝和劝。”从而引起袭人的忌恨。

尽管黛玉这些刀子似的尖刻话语，引来了人们对她的反感、恼怒，但谁也不得不承认黛玉所说的全是事实，句句是真话，没有半点作假。

黛玉这种率真的感情，反映在和宝玉的爱情关系上，表现尤为突出。她与宝玉间的爱情成了她的精神支柱和生活的希望。正因为她对宝玉的爱情是专一的、强烈的，因此，她也要求宝玉必须以同样的态度对待她。当宝玉一度曾为宝钗的“妩媚风流”所陶醉时，黛玉曾因此而深深苦恼。作者以十分细腻的笔触，出色地表现出了宝黛恋爱过程中那种错综复杂而又非常微妙的变化。伴随着宝黛间的热切追求、深切关怀、衷心期待和忠诚起誓而来的，是一系列的试探、猜疑、误会和争吵，但无论爱情所带来的是欢乐还是痛苦，都是那么的真诚，表现出“儿女间的真情”。

晴雯是宝玉除黛玉之外最可信赖的伙伴。晴雯是人们公认的大观园内第一个美丫环，即便非常忌恨她的人，也不能否认这一事实。王善保家的对晴雯恨之入骨，但她也不得不承认晴雯的美，而且美得像个西施。凤姐也说：“若论这些丫头，共总比起来都没有晴雯生得好。”

晴雯也是个绝顶聪明的人，她性格中的一个突出之点，也是率真任性：凡是她所看不惯的就要说，就要干预，从不考虑事情的后果，特别对那些有失人格尊严的奴颜婢膝行为，更是深恶痛绝。

在晴雯的率真任性中，还强烈地表现出了她要求尊重人的尊严和个性的自由。在“晴雯撕扇”这一精彩画面里，宝玉开始是以贵公子的习气去对待晴雯，晴雯为维护自己的尊严，不惜当面顶撞宝玉，以至把宝玉“脸都气黄了”，非要把晴雯赶走不可。但当宝玉冷静下来时，就顷刻领悟到在晴雯的行为中，包含着一个为他所十分珍视的东西：要求尊重人和人的个性。他很快觉悟到那些玻璃缸、玛瑙碗和扇子之类，它们再珍贵也不过是供人使用的东西，怎比“人”更尊贵、比“个性自由”更值得珍惜呢？从而认识到他与晴雯在气质上原来是十分的一致，这就促使他由对晴雯的反感很快转为亲近，以至最后成了亲密无间的伙伴。

芳官也是宝玉最亲近的人，她是贾府采买来的十二个学戏的女伶之一。这些学戏的女孩，都有个令人同情的悲惨身世。芳官在这批女优伶中是最有代表性、也是被塑造得最美的一个。她在大观园里的众多女子中，犹如百花丛里的一朵娇艳无比的鲜花吸引着人们的注意，在“寿怡红群芳开夜宴”的异常热闹场面中，作者以特写的镜头摄下了她娇憨可爱、光彩照人的风姿，给人留下了难忘的印象。

芳官又非常聪明机灵。一次宝玉想从芳官处打听她的小姐妹藕官烧纸的原因，只碍于袭人在旁不便询问，便给芳官使了个眼色，芳官一下子就领悟了，便借故不去吃饭，好留下和宝玉密谈。

芳官性格率真，在与宝玉相处中两人脾气相投。芳官既把宝玉视为知己，因此她就要求宝玉也能处处想着她。每当宝玉疏忽，一时没能做到这点时，她就要闹情绪、撒娇，这种率真感情，同时也表现在她勇于反抗生活中的种种不平上。这个“卑贱”的小人物，特别讲究自尊自重，努力维护做人的尊严，她十分反感别人轻慢她，更不许对她作践、侮辱。一次芳官因舍不得把朋友送的蔷薇硝转赠给贾环，这事惹恼了赵姨娘。赵姨娘平素就把芳官之流视为“小娼妇”，现在看到芳官捉弄她的儿子贾环，这还了得！于是就风风火火地闯进怡红院，把茉莉粉照芳官脸上摔去，并破口大骂“小娼养的”。面对赵姨娘的肆意侮辱，芳官不是逆来顺受，而是强烈反击，给了赵姨娘当头一棒：“……我又不是姨奶奶家里的。‘梅香拜把子——都是奴才’罢咧！这是何苦来呢！”这些话犹如锋利的匕首刺向赵姨娘的心窝。赵姨娘在恼羞成怒之余，给了芳官两个耳刮子。芳官当然不肯罢休，便哭闹起来，一头撞到赵姨娘怀内。芳官的这些小姊妹闻知她被欺负，也都一起赶来帮忙，和赵姨娘展开了面对面的斗争。结果赵姨娘非但没占到便宜，反而弄得狼狈不堪、威信扫地。芳官这种率真任性，不屈服于恶势力迫害，为维护人的尊严而努力抗争，使她更富有魅力。

在生活中，人们总是追求真、善、美。有人形象地把“真”比作植物的根芽，“善”比作是枝叶，“美”比作是花朵。别林斯基在谈到真和美的关系时说：“失去了真，同时也失去了美。”

作者把率真的感情，视为人的性格美的重要内容而加以强调，这在当时是很进步的思想。它和明后期著名的进步思想家李贽所倡导的“童心说”有着一脉相承的关系。

表现在黛玉、晴雯、芳官等一些女子身上的率真感情是和传统的封建伦理道德以及世俗的人情世故是水火不相容的。

当然，也还必须看到，在这个由众多青年女子所组成的世界里，每个成员的情况也有种种差别，其中还包括了像袭人、宝钗甚至王熙凤这样受封建统治阶级影响极深的女子。

曹雪芹从他的初步民主主义思想的审美观出发，虽然也看到了存在于袭人、宝钗乃至王熙凤这样女子性格中的缺点和毛病；但他还是把她们和那些“浊臭逼人”的世俗男子作了原则的区别，因此在对她们的缺点乃至丑行进行揭露和批判的同时，还对她们有同情、肯定乃至赞美的一面。

以薛宝钗来说，作者在对她性格中的不美乃至丑恶的东西进行揭露的同时；又以强烈的感情色彩描绘了她的美丽、聪明和博学多才。作者在大肆宣扬宝钗出众的美，赞她“艳冠群芳”的同时；又竭力夸奖她知识丰富、才华出众。一个十多岁的少女，知道的东西竟如此之多！什么诸子百家、唐诗、宋词、元人百种，几乎无所不晓，连书上所提及的草木之名，也能说出个来历，大有通今博古的味道。她的治家本领与三小姐探春相比，实有过之而无不及。艺术上造诣之深也为大家所公认。当她发表艺术见解时，不论三言两语还是长篇大论，都无不十分透辟，而作者本人艺术上的一些高明主张，也往往借她的口予以阐发。她在做诗方面的才能，也至少不在黛玉之下，在众姊妹中属于佼佼者。每次诗会，她的作品总是名列前茅。看来，作者之所以对她存有同情和赞美的一面，确实因为在她身上存在着部分为作者所欣赏、追求的东西：美丽、聪明和富有才华，这些与居于当权地位的“须眉浊物”的愚蠢、无能，形成了鲜明的对比。

至于王熙凤，作者对她的态度也是复杂的，决非像某些人所理解的那样全面否定，而是在批判的同时，还有所肯定乃至赞扬。

作者笔下的王熙凤不仅外表十分漂亮：“恍若神仙妃子”；而且又写了她的非凡的聪明和才干。周瑞家的特意向刘姥姥强调了她的这一特点：“这位凤姑娘虽小，行事却比别人都大呢。如今出挑得美人儿一般的模样儿；少说有一百个心眼子，再要赌口齿，十个会说话的男人也说不过她呢!”

王熙凤也并非一味的厉害和刻薄，有时她也能表现出通情达理，显得十分的风趣、逗人。

当然，最使人佩服的还是她的非凡才干。一个不过十八九岁的贵族家的孙媳妇，在公婆、叔婶俱在的情况下，就掌握起家政大权，这在封建社会里实属罕见。小说通过“协理宁国府”，绘声绘色地写了她的杰出治家才能。从她去宁国府上任那天起，就毫不客气地把自己置于指挥者的地位。在她一针见血地指出宁府五大弊端的同时，又立即采取了杀一儆百的办法，在一迟到的奴婢身上开刀，使人人都领教她的厉害，很快就把宁府这个烂摊子搞得秩序井然，下人们都不敢稍有懈怠。作者正是以王熙凤的精明强干，来反衬世俗男子的愚蠢和无能。

而曹雪芹之所以憎恶那些世俗男子，当然不是简单地因为他们是男子，而是因为在这些人身上，不仅找不到作者所向往的美：美丽、聪明、才华、纯洁的心灵和率真的感情，反倒是充满着作者所深恶痛绝的东西：

虚伪奸诈、腐朽无能和道德败坏，因而他们在作者的心目中只配称为“泥做的骨肉”。

四 作者所追求的美和人生价值的毁灭，给《红楼梦》带来了震撼人心的悲剧美

亚里士多德有句名言，“悲剧是借引起怜悯与恐惧来使这种情感得到陶冶。”鲁迅在谈到悲剧时曾说：“悲剧将人生有价值的东西毁灭给人看。”（鲁迅《再论雷峰塔的倒掉》，《鲁迅全集》第一卷）悲剧的效果正体现在有价值的东西的毁灭而引起人们感情的强烈震动，使他们在悲哀、痛苦之中看到了美，得到了美的熏陶，起到了有利陶冶、净化心灵的作用。

在表现小说艺术构思的第五回里，曹雪芹通过梦幻形式让自己小说的主人公贾宝玉进入太虚幻境。当宝玉走进二门西边配殿时，只见几处写的“痴情司”、“结怨司”、“夜怨司”、“春感司”、“秋悲司”。其中“贮有普天之下所有女子过去未来的簿册”。从这些机构的命名看来，不难想见其中女子的身世。至于列在“薄命司”里的那些金陵十二钗正册、副册、又副册上面的女子，其结局的悲惨更是可想而知了。

《红楼梦》作者，倾注了自己全部感情、呕心沥血地写出了他所倾慕的一批青年女子的被摧残、被毁灭，形成了“千红一窟（哭），万艳同杯（悲）”的大悲剧。这一悲剧的形成是因为在作者所生活的现实里还存在着另一个相对立的腐朽、罪恶的世界。这个世界是以男性主子为核心，其中也包括着少数上了岁数的女性主子，它是封建末世里行将没落、崩溃的封建统治阶级的缩影。尽管历史的发展已经决定了他们必然会走向无可挽回的没落，可是他们并不甘心于自己的灭亡，他们把罪恶的矛头指向了那个纯洁、美好世界里那一大批聪明、美丽，可亲可爱的青年女子。

被贾母说成是“没嘴的葫芦”的王夫人，在这些青年女奴面前简直成了个凶神恶煞。她把那些聪明美丽、率真任性的丫环、优伶一个个视为“狐狸精”，必欲置于死地而后快。

晴雯先是被她嘲骂、侮辱，接着在四五日水米不曾沾牙、身患重病的情况下，又被她命人从炕上拉下，架了出去。等宝玉偷偷去看望晴雯时，

晴雯已躺在芦席上奄奄一息了。这个“心比天高”的少女就这样被活活折磨死了，怎不叫人引为人间的恨事呢！

芳官也被王夫人视为眼中钉，肆意污辱、迫害：“唱戏的女孩，自然更是狐狸精了……你就成精鼓捣起来，调唆宝玉，无所不为。”芳官要辩白，王夫人却不许，并立即命芳官干娘把她领去配女婿，最后迫使芳官只得入庵当尼姑，斩断了对人世的眷恋。

晴雯、芳官这样可亲可爱的女子就这样的被迫害至死。至于黛玉之死，更是惊心动魄，尽管曹氏原稿上究竟如何具体描写，我们已无法知道，但从某些脂批透露可知：曹雪芹之有声有色地写晴雯之死，原不过为下面写黛玉之死的文字作引罢了。由此可见，在曹氏原稿中，黛玉之死惨状会更甚于晴雯。现在续书中的黛玉之死，尽管可能并不符合曹雪芹的原意，但它历来被认为是续书中的精彩部分，在表现宝黛爱情悲剧的客观效果来说无疑是成功的，可以称得上是我国悲剧文学中最为凄绝动人的篇章。

再看看其他青年女子的结局吧！不管是贵族小姐还是青年女奴，无不是“红颜薄命”。无论是那“二十年来辨是非”的元春，“金闺花柳质”的迎春，“才自清明志自高”的探春，“将那三春看破”的惜春，“英豪宽大”的湘云；还是那忠于自身爱情的司棋，不怕威逼利诱的鸳鸯，苦心学诗的香菱，以及“风流标致、个性刚烈”的尤三姐等等，几乎没有一个能脱悲剧的命运。

就连那城府甚深、颇得家长们喜爱和支持的薛宝钗和那个“机关算尽太聪明”的王熙凤，也都没能逃脱悲剧的结局。宝钗在家长们的多方支持下，虽然达到了她做二奶奶的目的，但最后却落得个空房独守、抱恨终身，成了封建制度的牺牲品。而王熙凤的结局，从脂批透露的情况看，要比续书所描写的悲惨得多。在贾府抄家时，她因犯罪而坐牢，出狱后，在大观园中执帚扫雪，处境十分狼狈。此时此刻，那个无情无意的丈夫、“下流种子”贾琏，更肆无忌惮在作践她，直至把她休弃回娘家，即所谓“哭向金陵事更哀”，最后落了个“横死”的惨剧。

小说的作者通过这批青年女子被蹂躏、被摧残，表现出了生活中一系列美的毁灭，从而使《红楼梦》全书洋溢着强烈的悲剧美。人们读《红楼梦》之所以感人至深，激动不已，其源就在这里。

五 《红楼梦》主题思想的深刻性在于写出了社会上新生力量惨遭镇压的同时，还揭示了旧的社会势力的无可挽回地在趋于崩溃，从而深刻地表现出了封建末世的本质特征

诚如上述这一连串女子悲剧的罪魁祸首是现实中那个以男性主子为核心的罪恶腐朽的世界。这个罪恶腐朽的世界，正是那个封建末世里行将灭亡的统治阶级的缩影。

恩格斯在评论拉萨尔的剧本《济金根》时曾说过，悲剧是“历史的必然要求和这个要求的实际上不可能实现之间的悲剧性的冲突。”（《马克思恩格斯选集》第四卷，第 346 页）历史发展和变革的事实告诉我们：每当一种新的社会制度取代一种旧的社会制度的时候，必然要出现新旧两种社会力量的斗争，旧的社会力量是不会乖乖地退出历史舞台的。它们凭借暂时的优势和手中所掌握的权力，必然要以残酷的手段去镇压新的社会力量，以维护其既得利益。由于新的社会力量暂时还处于劣势，因此在斗争中难免会遭受挫折，出现暂时的失败。这在《红楼梦》中具体表现为代表新的社会力量的主人公贾宝玉和一批青年女子的一一被摧残、被毁灭，出现了作者所描绘的“千红一窟（哭），万艳同杯（悲）”的惨局，作者在让新的社会力量遭到暂时失败和牺牲中，展示出了它的可贵价值和强大的生命力。

这时，漫长的封建社会毕竟已走上了它最后崩溃的穷途末路，而那个代表社会旧势力的以男性主子为核心的罪恶腐朽的世界，尽管还很凶残，但这已丝毫不意味着它的强大，只是表现出它垂死前的疯狂挣扎，等着它的是必然灭亡的命运。小说中贾府这个典型贵族家庭的最后彻底崩溃就是个具体明证。

曹雪芹尽管还不懂得社会发展的规律，但凭他已具有的先进的初步民主主义思想和他对社会的敏锐观察，从他活生生的生活感受出发，通过一系列生动的艺术形象的描写，接触到了封建末世最本质的问题：新的社会力量虽已出现，但暂时还处于劣势，因此在斗争中难免会遭到失败和牺牲；而旧的社会势力虽还在强行挣扎，但它必然灭亡的前途已确定无疑了。

在《红楼梦》第五回所反映的作者艺术构思里，正表现出了这个时

代特征。在《红楼梦》十二支曲的尾曲《飞鸟各投林》里，作者一方面概括地写了“金陵十二钗”这些青年女子的悲剧命运，同时又通过最后“好一似食尽鸟投林，落了片白茫茫大地真干净”的悲凉景象，展示出了贾府这个贵族大家庭子孙流散、一败涂地的惨局，从而反映出封建统治阶级必然灭亡的历史趋势。

对封建末世激烈的阶级斗争和封建社会内部斗争所带来的这种社会的剧变，曹雪芹还作不出科学的解释，感到的是茫然和困惑，看不到出路。作者在对现实的愤懑和失望之余，思想上陷入了人生无常、万境归空的虚无主义。小说的第一回《好了歌》，特别是《好了歌注》：

> 陋室空堂，当年笏满床；衰草枯杨，曾为歌舞场。蛛丝儿结满雕梁，绿纱今又糊在蓬窗上。说什么脂正浓、粉正香，如何两鬓又成霜？昨日黄土陇头送白骨，今宵红灯帐底卧鸳鸯。金满箱，银满箱，展眼乞丐人皆谤。正叹他人命不长，那知自己归来丧！训有方，保不定日后作强梁。择膏粱，谁承望流落在烟花巷！因嫌纱帽小，致使锁枷扛。昨怜破袄寒，今嫌紫蟒长！乱烘烘你方唱罢我登场，反认他乡是故乡。甚荒唐，到头来都是为他人作嫁衣裳！

正是具体而鲜明地表现出了作者的这种情绪。

六 “以贾府为代表的封建家族衰亡史说”和“爱情婚姻悲剧说”都概括不了小说的主题思想

迄今为止，在分析《红楼梦》主题思想方面，最有影响的说法，莫过于“以贾府为代表的封建家族衰亡史说”或称“贾、史、王、薛四大家族衰亡史说”。这种观点早在五十年代就被一些文章所采用。目前我们见到的关于《红楼梦》的论文、学术专著及教科书，大多采用了这一说法。

这里我们且不去讨论《红楼梦》是否具体地写了贾、史、王、薛四大家族的衰亡，但不管怎么说，在《红楼梦》里确实写出了贾府这个贵族家庭的由盛而衰的过程。这个贵族家庭具有深刻的典型性，是封建社会的缩影，因此，它的衰亡，就预示着封建社会必然崩溃的历史趋势。

但据此能否得出结论：《红楼梦》的主题思想就是写贾府这个封建贵族家庭的衰亡呢？不能。理由是这种说法没能全面地反映出作者的生活体验、创作思想以及《红楼梦》的思想特色。

在我国小说发展史上，全面地写封建社会里一个家庭的衰亡、破落的是始于《金瓶梅》，并不是《红楼梦》。

《金瓶梅》的作者不仅深入、细致地写了一个商人兼恶霸家庭的日常生活：包括饮食起居、婚丧礼仪、人情交往、妻妾婢仆间的矛盾争斗等等；而且还写了这个家庭的主人西门庆如何通过夤缘钻营，步步发迹，直至最后因纵欲无度而导致彻底败落的全部过程。这个家庭是明中叶后政治腐败、城市商品经济空前发展的产物，在当时具有很高的典型性，小说通过对它的描写，深刻地暴露了明中叶后统治阶级的腐败和荒淫。

《红楼梦》思想上区别于《金瓶梅》并大大高出于《金瓶梅》的方面，究竟表现在哪里？能不能仅仅归结为《红楼梦》里贾府要比《金瓶梅》里西门庆家来具有更深刻的典型性，《红楼梦》通过贾府所揭示的封建阶级必然没落方面，比起《金瓶梅》来更深刻，更具有艺术的说服力？恐怕还不能这样看。如果这样认识，就把事情片面化和简单化了。

每个读过《红楼梦》和《金瓶梅》的人都会感到：这两部小说在思想上的明显区别还在于：《红楼梦》里所反映出来的生活不像《金瓶梅》里那样一片漆黑，充满着丑恶污秽；而是有理想、有光明，包含着不少能引人积极向上、富有诗意的优美动人的东西。而洋溢在《红楼梦》全书里的那种激动人心的悲剧美，则更是《金瓶梅》所没有的。

《红楼梦》里闪烁着光明、理想和那些优美动人的诗情画意的东西，究竟出自哪里呢？它只能出自作者生活中那个以青年女子为核心的纯洁美好的世界；来自作者所精心塑造的理想主人公贾宝玉和一批聪明美丽、可亲可爱的青年女子身上。诚如上述，在宝玉和这批青年女子身上体现了作者所向往的美和人生价值观。《红楼梦》里大观园这个女儿国被描绘成了一个迥然不同于世俗社会的天真烂漫的纯净世界。在这个花柳繁华的大观园里，青年女子们“或读书，或写字，或弹琴下棋，作画吟诗，以至描鸾刺凤、斗草簪花、低吟悄唱、拆字猜枚”，充满着诗情画意；气氛是那样的欢快明朗！而主人公宝玉在这个女儿国里生活得如鱼得水，那么舒心。这些都体现出了作者先进的美学理想。

洋溢在《红楼梦》里的崇高的悲剧美和激动人心的力量，也决不是贾府这个封建贵族家庭的败落所能激起来的。尽管《红楼梦》的作者曹雪芹对封建贵族家庭在感情上还保持着千丝万缕的联系，因而对它的覆灭尚有惋惜之情；但对于广大读者来说，这样一个罪恶深重的贵族家庭的垮台犹如生活中一切没落、腐朽事物的必然灭亡一样，既引不起悲，更产生不了美，因而也不可能激起人们感情上的强烈波澜。

因此，这种崇高的悲剧美只能来自那些体现作者美学理想的一批青年女子的被摧残、被毁灭，来自作品所着力描写和渲染的“千红一窟，万艳同杯”。

总之，描写封建贵族家庭的衰亡，只是小说主题思想中的一个组成部分，甚至还算不上是个最重要的组成部分。在小说主题思想中，还有一个十分重要的方面就是反映当时尚处于萌芽状态的新的社会力量（它们是以主人公贾宝玉和一批青年女子为代表）的被摧残、被镇压。因此用“以贾府为代表的封建家族衰亡史”去概括《红楼梦》的主题思想，就显得很片面了，与作品的实际并不符合。

在分析《红楼梦》主题思想方面还有一种较有影响的说法是“贾宝玉和林黛玉、薛宝钗之间的爱情婚姻悲剧说”。这种说法早在五十年代就流行，至今还有不少同志坚持。

应该看到，持上述观点的同志和把《红楼梦》视为一般爱情小说的陈腐观点是有原则区别的。他们十分重视宝玉和黛玉、宝钗这个恋爱婚姻悲剧在全书中的重要地位，认为这不仅是爱情婚姻悲剧；而且还是社会、历史悲剧。

但从小说第一回里所表达的作者创作思想可以看出，曹雪芹所着眼的是为他念念不忘的一批青年女子（而非其中一两个青年女子）的事迹原委，以及与此相关的离合悲欢、兴衰际遇的故事。

上述思想在第五回所反映的小说艺术构思里，已有具体而形象的反映。这回里，作者让主人公宝玉在警幻仙姑的带领下，进入了太虚幻境的薄命司，观看了金陵十二钗又副册、副册和正册上的青年女子们的图咏，随后又让他听了介绍这些青年女子不幸身世和关于贾府这个贵族家庭败落的《红楼梦曲》。

和这第五回所表现的艺术构思遥相呼应的，是脂评中曾多次提到的出现在曹雪芹原稿末尾的那张“警幻情榜”（俞平伯《脂砚斋红楼梦辑评》第 234 页、262 页、323 页有关“情榜”的脂评），尽管处于这张“情榜”

之首的是小说主人公贾宝玉，但下面排列着的是金陵十二钗正册、副册、又副册上的一系列青年女子的名讳以及有关她们的评语。

"情榜"给我们的启示是：宝玉确是这个以青年女子为核心的光明、理想世界中的一个核心成员，甚至是个首领。和宝玉始终息息相关的正是这批青年女子。作者在《红楼梦》里就是要把宝玉和这些青年女子给以突出，让他们处于全书艺术形象的中心地位。

黛玉、宝钗尽管在这批青年女子中占有很重要的地位，但毕竟还只是整体中的极少数；发生在她们和宝玉之间的恋爱婚姻悲剧尽管是全书的中心事件，但它毕竟还只是小说所要表现的一系列青年女子悲剧中的一个组成部分。

就小说所写的众多青年女子的悲剧来说，性质也是多种多样的：有贵族小姐的爱情婚姻悲剧，也有青年女奴被迫害的悲剧。此外，还有一些具有特殊性质的悲剧：如秦可卿的悲剧，妙玉的悲剧以及王熙凤的悲剧等等。这些悲剧既不能归之为一般的爱情婚姻悲剧，更不属于被压迫女奴的悲剧。以其中的秦可卿悲剧说。秦可卿作为这个贵族家庭中的晚辈，在贾府内一向是备受封建家长们宠爱的，是"老祖宗"贾母"重孙媳妇中第一个得意之人"。婆婆尤氏曾夸她是："无论是模样儿还是性格儿都是打着灯笼都没处找的"。她和丈夫间的关系也是相互尊重，"从来没红过脸的"。生活对她来说似乎一切都很顺心、美满，出现在她周围的是一片赞歌。但没想到，贾府内部荒淫腐朽的生活，却把她这个青年美貌的女子，推上了绝路，秦可卿竟成了贾府淫乱生活的牺牲品。作者通过这个悲剧，深刻地揭示出了封建末世统治阶级的寄生性、腐朽性。

至于妙玉的悲剧，特别是王熙凤的悲剧，就更为特殊，在这个悲剧里，表现出了更为错综复杂的时代和社会因素。

总之，青年女子们的各种各样的悲剧，都各有它自身的意义，在表达小说的思想内容方面，都有它们不可替代的独特作用。想用贾宝玉和林黛玉、薛宝钗之间的爱情婚姻悲剧去概括或替代作品所描写并强调的"千红一窟，万艳同杯"这空前复杂的社会大悲剧，显然是不恰当的。

而且，我们还可以从这个爱情婚姻悲剧在全书中所占的比重去考察。小说里有关这个悲剧的描写，充其量也不会超过全书篇幅的三分之一。还有三分之二的篇幅是和这个爱情婚姻悲剧无关。在这些篇幅里，包括着小说的很多重大的情节。诸如：秦氏出丧、元妃归省、刘姥姥三进大观园、探春理家、鸳鸯抗婚、尤二姐和尤三姐悲剧、抄检大观园及晴雯之死等等，这些重大情节在作品里的作用，当然不能理解为只是这个爱情婚姻悲剧的一种铺垫和陪衬；而是有它们独立存在、不可取代的作用。它们或表现贾府日益衰亡败落的趋势，或反映青年女子们的“红颜薄命”。

总之，这种“爱情婚姻悲剧说”无疑是缩小了《红楼梦》的主题思想，它和“以贾府为代表的封建家庭衰亡史说”一样都是不全面、不科学的，不能确切地反映出《红楼梦》的思想特色。

（原载《中外学者论红楼：哈尔滨国际红楼梦研讨会论文选》，北方文艺出版社 1989 年版。后经作者修改收入《金瓶梅红楼梦纵横谈》，北京大学出版社 1990 年版。本书选用修改稿）

《红楼梦》内容漫谈

《红楼梦》是中国清代产生的一部小说。它沿着中国明代“四大奇书”之一《金瓶梅》所开拓的写作路子继续前进并取得了创造性的成就。《红楼梦》的创作成功地把我国古代小说的思想艺术水平推向了一个巅峰。《红楼梦》以它反映生活所特有的丰富性、真实性和深刻性成为中国一部最杰出的古典小说。

《红楼梦》一诞生，当它还只是以手抄本的形式在少数人手里流传的时候，就引起了人们浓厚的兴趣，给文坛带来了震动。人们兴致勃勃地谈论它，探讨它，出现了各种不同的意见，这些意见相互激烈地争论着，在学术界逐渐形成了一门独立的、别开生面的学问——红学。这不仅在中国文学史上是独一无二的，就是在世界文学史上也是罕见的。当今的“红学”，不仅在国内学术界成了门“显学”；而且也引起了国际学术界的关注，三次国际《红楼梦》学术会议的召开就是个明证。

二百多年来，有关“红学”所争论的问题，涉及各个方面：从作者、版本、续书、脂评，一直到小说思想、艺术、人物形象。其中关于《红楼梦》的命意，即主题，就是一个长期争论不休的重要问题。对此，鲁迅先生早就说过：“《红楼梦》单是命意，就因读者的眼光而有种种：经学家看见《易》，道学家看见淫，才子看见缠绵，革命家看见排满，流言家看见宫闱秘事。”（《鲁迅全集》卷七《绛洞花主小引》）直到今天，人们对《红楼梦》主题的认识仍然还有许多分歧。有所谓“爱情说”、“爱情婚姻悲剧说”、“四大家族兴衰说”和“政治历史说”等等。

形成这一现象的原因比较复杂，除了因人们的立场观点、认识问题的方法不同之外，也是和《红楼梦》本身内容的非常丰富复杂有关，以致人们很难正确地把握它。

在《红楼梦》的第一回里，曹雪芹谈了他创作小说的旨意："今风尘碌碌，一事无成，忽念及当日所有之女子，一一细考较去，觉其行止见识，皆出于我之上。何我堂堂须眉，诚不若彼裙钗哉？……当此，则自欲将已往所赖天恩祖德、锦衣纨袴之时，饫甘餍肥之日，背父兄教育之恩，负师友规谈之德，以至今日一技无成，半生潦倒之罪，编述一集，以告天下人；我之罪固不免，然闺阁中本自历历有人，万不可因我之不肖，自护己短，一并使其泯灭也。"

从作者上述这段表白里可以看得很清楚，他的写作意图是想为闺阁立传，想写那些青年女子在爱情婚姻问题上的悲欢离合。可是就在小说的第一回里，作者又特意题了一绝："满纸荒唐言，一把辛酸泪！都云作者痴，谁解其中味？"以提示读者，显然小说蕴涵着深意。

从小说的整个艺术描写看，《红楼梦》是写了个社会的大悲剧，这个悲剧同时又是个时代的、人生的悲剧。这个大悲剧的内容非常之丰富，涉及的方面很多。其中有贾府这个具有典型意义的官僚贵族家庭的败落，更有众多的可亲可爱的青年女子的惨遭不幸。在众多青年女子的悲剧里，贾宝玉、林黛玉、薛宝钗之间的恋爱婚姻悲剧又占有着一个特殊重要的地位。因此，在我看来，《红楼梦》所表现的主题概括地说是：在写贾府这个官僚贵族家庭衰败的这一大背景上，描写了一批可敬可爱的青年女子的不幸结局，而其中突出地写了贾宝玉、林黛玉和薛宝钗之间的爱情婚姻悲剧。

作为小说中心事件的宝、黛、钗之间的恋爱婚姻悲剧，写得十分的真实细致。作者不仅写了它发生、发展的复杂的现实内容；而且揭示出了造成这一悲剧的全面、深刻的社会根源。小说围绕着这一爱情婚姻悲剧，同时铺开了一个由许多人物构成的广阔社会生活环境，从而展示了渐趋崩溃的社会的真实内幕。

贾宝玉是小说里最中心的人物。他出身不凡，是荣国府的嫡系子孙。他一生下来，家庭就给他安排了一条功名富贵、荣宗耀祖的生活道路。但由于他特殊的生活经历，终于背弃了这条道路。小说具体地写出了形成他性格的生活环境，深刻地揭示了他性格成长的主客观原因。贾宝玉从小在他的祖母——贾母身边生活，受到贾母的多方庇护和骄纵。他一直在"内帏厮混"，因此像贾珍、贾琏那样为非作歹的恶习，他沾染甚少，而正规的封建教育也接受不多。贵族家庭内部生活的腐朽糜烂和彼此间的勾心斗角又使他深为厌恶，这与他周围接触到的一批聪明美丽、纯洁善良的女孩子们形成了鲜明的对比，而这些女孩子们的悲惨命运，又使他深切地感受到社会和封建制度的残酷。贾宝玉就在大观园这样封建礼教统治比较松弛的环境中，在一批处于被压迫地位的女子影响下，逐渐发展着自己的叛逆性格。

贾宝玉叛逆性格的表现是多方面的。他厌弃封建贵族生活，认为"富贵"二字，真正把人荼毒了。他蔑视功名科举，骂那些"读书上进的人"是"国贼禄蠹"，一听到人们谈论"仕途经济"就大觉逆耳，斥之为"混帐话"。他不愿和"峨冠礼服"的官僚士大夫来往，并痛骂那些以"文死谏、武死战"来沽名钓誉的人物。

贾宝玉叛逆性格上的一个最引人注目的特征，就是憎恶和蔑视世俗男性，把他们视为"浊物"、"渣滓"；面对那些处于被压迫地位的青年女子则倾注了自己全部感情，对她们表示出特殊的敬爱与尊重。他说："女儿是水做的骨肉，男子是泥做的骨肉。我见了女儿便清爽，见了男子便觉浊臭逼人。"与此相连，他憎恶自己出身的家庭，爱慕和亲近那些与他品性相近的地位微贱的人物如柳湘莲、蒋玉菡等。这实质上是对自己出身的贵族阶级的否定。

贾宝玉的上述表现，被家长们视作"孽障"、"魔王"。在偌大的贾府里，只有向来不讲那些"混帐话"的林黛玉成了他的知己。

封建婚姻要听从"父母之命、媒妁之言"，取决于家庭的利益，可贾宝玉一心追求真挚的思想情谊，毫不顾及家庭的利益。他与黛玉建立了真挚的爱情，这种爱情不仅违反"男女之大防"的封建礼教和"父母之命，媒妁之言"的婚姻制度，而且还意味着对传统的封建主义生活道路的背叛。这种爱情一旦确立并日益发展，必然成为宝玉叛逆思想的主要支持和推动力量。因此，也必然为封建势力所不容，遭到他们坚决的反对以至残酷的镇压。按《红楼梦》作者曹雪芹原来的安排，林黛玉泪尽而逝，贾宝玉将在林黛玉去世之后与薛宝钗结婚，薛宝钗的性格和婚后的生活使宝玉感到绝望，他终于离家出走，走了一条和现实生活相决裂的道路。

林黛玉和薛宝钗是小说《红楼梦》所描写的另外两个中心人物。

林黛玉出身在一个已衰微的封建家庭，林家支庶不盛，门庭单薄，父母早亡，在贾府过的是寄人篱下的生活。贾府环境的龌龊势利，使她自矜自重，小心戒备。她孤高自许，目无下尘，对现实中的丑恶现象，常以尖刻的语言予以揭露，因此被认为“刻薄”、“小心眼”。她蔑视封建权势和功名富贵，在她的眼里，王爷不过是“臭男人”，她从不劝宝玉“立身扬名”。这一切，就为她和宝玉之间的爱情建立了共同的思想基础。在她和宝玉的关系中，遇到了许多的周折、风波，使她陷入了痛苦的重围，而在她周围接连不断发生的女孩子们的悲剧，又预示她将来结局的不幸，从而大大加深了她内心的痛苦，在这“一年三百六十日，风刀霜剑严相逼”的环境中，她不仅以全部精神力量警惕着封建势力的迫害，而且还要忍受自身内心深处封建思想的折磨，这就形成了她忧郁感伤的性格。

在林黛玉刚进贾府的时候，她的外祖母贾母，曾对她表示出异乎寻常的疼爱，但随着贾府的日趋衰败，随着林黛玉性格与众人格格不入，贾母、王夫人等对她的态度越来越冷淡。林黛玉的一切幻想和希望，彻底破灭了，眼泪流尽了，终于怀抱着纯洁的爱和对环境的愤怒永远离开了尘世，实现了她的誓言：“质本洁来还洁去，强于污淖陷渠沟。”

薛宝钗出身于一个豪富的皇商家庭。薛家是金陵四大家族之一。薛宝钗母亲与贾宝玉母亲王夫人又是姊妹，从贾府经济来源枯窘情况看，很需要同富有的薛家“亲上做亲”；而薛家的显贵不如贾府，也需要借助贾府政治上的力量。

薛宝钗思想性格，正与林黛玉相反，“好风凭借力，送我上青云”代表了她的生活理想。

薛宝钗原本为待选宫廷妃嫔女官来到京都的，以后长期住在贾府。她劝宝玉留意功名科举，结交“峨冠礼服”的官僚士大夫。她宣扬“女子无才便是德，总以贞静为主”。她表面上似乎恪守封建礼教教条，而实际行为又善于矫饰奉承。贾元春从宫里送来的灯谜，她心里明明觉得“并无甚新奇”，却“少不得称赞，只说难猜”。贾母给她做生日，她就依着贾母的爱好去点戏、点菜，于是讨得贾母“更加喜欢”。这种对封建家长们虚伪的迎合甚至发展到了冷酷无情的地步。金钏儿被王夫人逼死，她却安慰王夫人，为王夫人开脱罪责。在她的眼里，丫环们的生命是不值几两银子的。由于她深通封建社会的人情世故，因此，她在贾府中生活得如鱼得水。

贾府的家长们让薛宝钗帮助探春理家，也正说明了她是封建家庭所需要的人物。然而，她被选作贾宝玉的妻子，却没有得到什么幸福，却成了封建礼教的牺牲品。曹雪芹在作品的最后写了贾宝玉“悬崖撒手”、“弃家为僧”。

《红楼梦》在以大量的篇幅写了贾宝玉、林黛玉和薛宝钗的爱情婚姻悲剧之外，还写了为作者所倾慕的一批青年女子的被摧残、被毁灭的悲惨结局。形成了“千红一窟（哭），万艳同怀（悲）”。她们中不管是贵族小姐还是青年女奴，都无不是“红颜薄命”。无论是那“二十年来辨是非”的元春，“金闺花柳质”的迎春，“才自精明志自高”的探春，“将那三春看破”的惜春；还是那“心比天高”的晴雯，“聪明伶俐”的芳官，“忠于自身爱情”的司棋，“不怕威逼利诱”的鸳鸯，“苦心学诗”的香菱，以至“风流标致、个性刚烈”的尤三姐等等，几乎没有一个能逃脱悲剧的命运。

在这批青年女子中，以女奴晴雯的悲剧写得最为深刻，也最有代表性。

晴雯是贾宝玉除了林黛玉之外最可信赖的伙伴。她是人们公认的大观园内第一美丫环，又是一个绝顶聪明之人。但她出身低贱，十岁被卖给贾府的管家赖大，连家乡父母都不知道。后来赖大的母亲把她当做一件礼物孝敬给贾母。

晴雯性格、爱好、气质与贾宝玉很接近。因此，尽管宝玉开始对晴雯并没有好感，只是一味地钟情于贴身丫环袭人，但随着时间的推移和宝玉叛逆性格的愈来愈鲜明，宝玉与晴雯的关系越来越亲密，成了知己，相反的对袭人的关系却逐渐变得疏远。

晴雯性格倔强，敢怒敢骂，从不想巴结奉承主子，在统治势力面前从不肯示弱：“难道谁比谁高贵些！……冲撞了太太，我也不受这口气。”因此，她招来了不少谗言诽谤。王夫人早对她怀恨在心。在抄检大观园时，王夫人先将晴雯嘲骂、侮辱，接着又在晴雯四五日水米不曾沾牙、身患重病的情况下，差人把她从炕上拉下，架了出去。等到宝玉偷偷地去看望她时，她已躺在芦席上奄奄一息了。这个“心比天高”的少女，就被这样活活地折磨死了。

晴雯的死，对宝玉是极大的震动，使他更深刻地认识到这个家庭、这个世界是多么残忍、阴险、可怕、可恨。

在万般无奈情况下，宝玉把自己的愤怒和痛苦写进了为吊祭晴雯而作的《芙蓉诔》中去。宝玉把晴雯比为被朝廷排斥的贾谊，比作遭天帝杀害的正直刚烈的鲧（夏禹的父亲）。他要对中伤、陷害晴雯的人进行讨伐，“毁口”、“剖心”，为晴雯复仇。

贾宝玉和这批令人可亲可爱的青年女子实际上是代表了作者所处封建末世时代新的社会力量，他们在当时是处于劣势，因而在斗争中难免会遭到失败和牺牲。在新的社会力量的失败和牺牲的过程中，展示出了她们可贵的价值，而那个代表旧势力的以世俗男性为核心的罪恶、腐朽的世界，已是内外交困，走投无路，出现了濒临覆灭前的种种异常的症状：“当年笏满床”的豪门，曾几何时，破落到了“陋室空堂”的悲惨境地；“曾为歌舞场”的繁华世家，瞬息变样，剩下的只是一片“衰草枯杨”；昔日娇贵非凡的王孙公子沦为了强盗，而千金小姐却“流落在烟花巷”，当了下贱的娼妓……封建统治阶级已经是“运终数尽”，小说里贾府这个贵族家庭的败落就是个明证。

《红楼梦》里贾府这个钟鸣鼎食的诗礼之家，它的致命伤，一方面是经济来源的日益枯竭。

由于封建主子们的穷奢极侈的欲望没有止境，而从劳动人民身上榨取的血汗则是有限的。所以，经济上的入不敷出，就成了贾府面临的严重问题。贾府从外表上看赫赫扬扬，豪华富贵，而骨子里头已经蛀空，所谓“百足之虫，死而不僵”。贾府的经济收入主要是靠封建地租的残酷剥削和放高利贷，直接承受他们剥削的是无数像黑山村农民那样的佃户。小说的第五十三回里写了贾珍看了乌进孝缴租的账单大发牢骚，认为“这够做什么的！如今你们一共只剩了八九个庄子，今年倒有两处报了旱涝……真真是又叫别过年了!”尽管经济收入日益枯竭，可家里的支出却不能将就省俭，他们还不能不维持贵族应有的体面。王熙凤想裁减侍候小姐的丫环，王夫人则认为如今小姐已没有了往日的排场，再要裁减就太不像样了。到后来贾府的经济收入越发不行了，以至出现这种窘迫的情况：中秋宴席上的米饭都不得不按人头定量，“老祖宗”贾母的八十寿辰的费用无处着落，只好变卖家用器皿。

比这经济枯竭更为致命的是这个大家族的后继无人，也就是古董商人冷子兴所说的：“如今的儿孙竟一代不如一代。”贾宝玉是贾家子孙中唯一有希望可以中兴家业的继承人，但他走上了一条背叛自己家庭的道路，而贾家其他男性大都腐朽不堪，或甚是无能。因此，这样一个偌大煊赫的贵族家庭，早已是“女性当家”，老祖宗贾母是处在贾府最高权力的地位上，她不仅是家庭中辈分最高的长者，更为重要的，她是贾府的精神领袖。一切家庭重大的决策都得由她来决定，或至少征得她的同意。在她面前，贾政连教训儿子的权力也被剥夺了。而处理贾府日常事务的权柄也已落入了贾母孙媳妇王熙凤之手。在以男性为中心的封建社会里，一个封建贵族大家庭出现了由女子掌权的反常现象，这是衰朽没落的征兆。

贾府这个封建贵族大家庭具有很大的典型性，它是封建社会的缩影，是一个具体而微的封建社会，它的衰朽没落，深刻地反映了封建社会必然灭亡的历史趋势。

（原载《中华文化讲座丛书》第1集，北京大学出版社1994年版）

论贾宝玉及其典型意义

贾宝玉是《红楼梦》作者曹雪芹精心塑造、热情歌颂和寄托最深的人物形象。在这一形象中明显有着自己的影子。他是作者有了丰富生活积累和经历了巨大的生活变革之后，在对现实作了深刻观察和体验的基础上创造出来的艺术形象。

一

贾宝玉出身于封建统治阶级上层贵族家庭，这个家庭和宫廷有着密切的关系。宝玉是这个家庭里最高统治者贾母最疼爱的嫡孙。贾府这个“诗礼簪缨之族”、“钟鸣鼎食之家”，在煊赫近百年之后，正日趋衰败。衰败的标志除了经济上的入不敷出，越来越枯竭之外，致命的是“儿孙的一代不如一代”。宝玉是这个贵族之家“略可望成”的唯一人物，因此全家上下都寄予厚望。他们要尽一切物质上、精神上的力量把他培养成为封建阶级的忠臣孝子，让他走上一条从小“读书明理”，长大“经邦济世”的道路，但宝玉却拒绝了家庭的“栽培”，放弃了家庭为他谋划好的光宗耀祖的封建主义的人生道路，走上了与封建统治阶级的期望背道而驰的道路，成了“于国于家无望”、“古今不肖无双”的叛逆者。

当人们接触到《儒林外史》里杜少卿这个形象时，就已感到这个人物比之以前小说中人物来确有些“新”的东西，他身上那种离经叛道的味道已经能使人有具体的感受，但他的叛逆性和宝玉的相比，还只是小巫见大巫。

《红楼梦》第三回里有两首《西江月》词：

> 无故寻愁觅恨，有时似傻如狂。纵然生得好皮囊，腹内原来草莽。潦倒不通世务，愚顽怕读文章。行为偏僻性乖张，那管世人诽谤？

> 富贵不知乐业，贫穷难耐凄凉。可怜辜负好韶光，于国于家无望。天下无能第一，古今不肖无双。寄言纨袴与膏粱：莫效此儿形状！

词用了“傻”、“狂”、“偏僻”、“乖张”、“无能”和“不肖”等字样，以似贬实褒的手法，突出了宝玉反封建、反世俗的叛逆性。

宝玉这种反世俗的“偏僻”、“乖张”的性格特征已经和杜少卿不一样，不是反映在个别的、具体的事情上；而是表现在很多方面，其中给人印象最深刻的有下面这些：

他的姐姐贾元春，“才选凤藻宫”、“加封贤德妃”，这对贾府来说是莫大的荣耀，全府上下内外人等莫不“欢天喜地”，唯独宝玉“心中怅然如有所失”，将此事置若罔闻。

他父亲贾政热切地盼望着他“留意于孔孟之间，委身于经济之道”，叮嘱他：“什么《诗经》、古文，一概不用虚应故事，只是先把《四书》一齐讲明背熟，是最要紧的。”并亲自选了百十篇八股时文让宝玉学习，但他则把朱熹集注的《四书》斥为杜撰，对猎取功名利禄的八股文章表示出极端的鄙视，说：“最可笑的八股文章，拿它诓功名混饭吃罢了。”他对《四书》是“大半夹生”、“断不能背”，相反地却对那些被封建统治者视为“移人心性”的“邪书”，如《牡丹亭》、《西厢记》等视作珍宝，认为这些是让人“读了连饭也不想吃”的好文章。

他父亲要他和官场上有名望的封建士大夫多加来往，好为日后为官做宦作准备，但他却“懒与士大夫诸男人接谈，又最讨厌峨冠礼服贺吊往返等事。”而且把那些热衷于功名富贵、用八股文作“饵名钓禄之阶”的文人视为“禄蠹”，骂他们是“全惑于功名二字”的“国贼禄鬼”。

他把被封建统治阶级视为最高道德准则的“文死谏”、“武死战”作了轻蔑的嘲讽，把这些说成是“皆非正死”。

他头脑里没有一点上下尊卑的观念，也没有一点“刚性儿”，见了手下的小厮等，喜欢时没上没下地乱玩一阵，不喜欢时各自走了，因此没人怕他，再随便也都过得去。

他的这种反世俗的“偏僻”、“乖张”，更表现在对历来根深蒂固的“男尊女卑”观念的大胆挑战上，认为：“天地间灵淑之气，只钟于女子，男儿们不过是些渣滓浊沫而已”，“女儿是水做的骨肉，男子是泥做的骨肉，我见了女儿便清爽，见了男子便觉浊臭逼人！”后来随着他阅历的增多，他的这方面认识更有所发展：女子也并非都是好的，“女孩儿未出嫁，是颗无价之宝珠；出了嫁，不知怎么就变出许多不好的毛病来，虽是颗珠子，却没有光彩宝色，是颗死珠子了；再老了，更变的不是珠，竟是鱼眼睛了。”正是出于这种认识，他对那些帮助主人欺压丫环们的老婆子特别憎恨，当周瑞家的奉王夫人之命不由分说地把司棋拉出大观园时，宝玉曾指着她骂道：“奇怪、奇怪！怎么这些人，只一嫁了汉子，染了男人的气味，就这样混账起来，比男人更可杀了！”至于对男人的看法，他之后也有变化，并非是一概的不好，觉得那些很少封建世俗观念，生得“妩媚风流”、又“才貌俱全”的男子，也同样地令人可敬可爱，如柳湘莲、蒋玉菡等。

上面列举宝玉的这些最明显、给人印象最深刻的“偏僻”、“乖张”举动，可看出这远非杜少卿身上体现出来的某些离经叛道行为所能比拟的。这种反世俗的行为不是在某一具体事情上一闪而过，而是具有相当的广度和深度。

恩格斯曾说过：“每一种新的进步都必然表现为对某一种神圣事物的亵渎，表现为对陈旧的、日渐衰亡的、但为习惯所崇奉的秩序的叛逆。”（见《路德维希·费尔巴哈和德国古典哲学的终结》，《马克思恩格斯选集》第四卷第 233 页）宝玉的上述思想行动，正是对封建世俗旧思想、旧秩序的亵渎和叛逆。

世俗社会对宝玉的上述言行认为太出格了，他们怎么也不能理解，也决不接受，于是就众口一词地说他痴、笑他傻。而封建家长们对此更是深感不安。母亲王夫人斥他为“混世魔王”，父亲贾政骂他是“不肖的孽障”，并不惜对他大动板子，声言要趁早把他打死，“以绝将来之患”。

但在宝玉的周围，也还有些人如黛玉、晴雯、妙玉、芳官、柳湘莲、蒋玉菡等，态度则和封建家长们相反，不仅不认为宝玉“偏僻”、“乖张”，而且认为这是有情、合乎事理、体贴人的表现，因此愿和他结为知己。这里应该特别提及的是：黛玉在她未进贾府与宝玉见面之前，曾受家长们的影响，认为："这个宝玉，不知是怎生个惫懒人物，懵懂顽童?"及至见面之后，竟与自己所想的完全不同："面若中秋之月，色如春晓之花，鬓若刀裁，眉如墨画，面如桃瓣，目若秋波。虽怒时而若笑，即嗔视而有情。"而且觉得："好生奇怪，倒像在那里见过一般，何等眼熟到如此!"随着两人接触和了解的日益频繁和深入，黛玉对他的那些"偏僻"、"乖张"行为，不仅没有丝毫的反感，而且觉得愈来愈投合自己的脾胃，从而把他视作人生中的唯一知己，心甘情愿地把自己的前途和幸福都依托在他的身上。

不过在当时环境里，对宝玉这种"偏僻"、"乖张"行为给予理解、肯定和支持的人毕竟太少了。即便是像脂砚斋这样与作者关系十分亲密的人物，对宝玉言行的意义也很不理解。庚辰本第十九回对宝玉和袭人说话一段有这样一段批语："这皆宝玉意中心中确实之念，非前勉强之词，所以谓今古未有之一人耳。听其囫囵不解之语，察其幽微感触之心，审其痴妄委宛之意，皆今古未见之人，亦是未见之文字，说不得贤，说不得愚，说不得不肖，说不得善，说不得恶，说不得正大光明，说不得混账恶赖，说不得聪明才俊，说不得庸俗平凡，说不得好色好淫，说不得情痴情种，恰恰只有一颦儿可对，令他人徒加评论，总未摸着他二人是何等脱胎，何等骨肉。余阅此书，亦爱其文字耳，实亦不能评出二人终是何等人物。后观情榜曰：'宝玉情不情，黛玉情情。'此二评自在评痴之上，亦属囫囵不解妙甚。"一句话，脂砚斋对这样一个"今古未见之人"就是不理解。应该说，脂评的话，在当时是颇有代表性的。

不过就在这样时代里，也并不是就没有一个评论者对宝玉的"偏僻"、"乖张"行为作出较好解释的。像有个读花主人在光绪十四年版《增评补像全图金玉缘》上，在《贾宝玉赞》里，对宝玉曾作出过这样的赞语："宝玉之情，人情也，为天地古今男女共有之情，为天地古今男女所不能尽之情……此为天地古今男女之至情……我故曰：宝玉圣之情者也。"读花主人有这样的认识，在当时确属难能可贵了。

二

《红楼梦》作者的一个高明之处在于：他通过小说丰富生动的艺术形象，写出了形成宝玉这种反世俗的"偏僻"、"乖张"性格的种种错综复杂的因素。

贾府这个正趋于败落的国公府，与别的上层贵族家庭的一个明显不同之处是：因男性主子的腐朽无能，家庭的大权掌握在妇女手里，出现了为封建统治阶级所十分忌讳的“牝鸡司晨”的局面。

老祖宗贾母是这个贵族大家庭的最高权威。贾母把嫡孙宝玉视作“命根子”，一味疼爱，竟至宠得无人敢管。在贾母看来，像贾府这样贵族之家的子孙“可以做得官时，就跑不了一个官的”，因此没有必要对宝玉严加管束，况“过严恐生不虞”，这就和儿子——宝玉的父亲贾政在教子上所竭力主张的“不严不成器”产生了十分尖锐的矛盾。每当这样矛盾一爆发，贾母一定要利用自己的权柄，迫使儿子服从于她，有时更毫不客气地干脆把贾政的教子之权夺过来，竟使他一时下不了台。在小说的第二十五回里，宝玉病后，贾母就气急败坏地当着贾政的面，将儿子的妾赵姨娘等人臭骂一顿；“他（指宝玉）死了，我只和你们要命，素日不是你们调唆着逼他写字念书，把胆子唬破了，见了他老子不像个避猫鼠儿？都不是你们这起淫妇调唆的！这会子逼死了，你们遂了心，我饶那一个！”使贾政狼狈不堪。母子两人在管教宝玉上的矛盾，有时竟发展到了白热化的程度。第三十三回里，贾政以宝玉犯有“在外流荡优伶，表赠私物；在家荒疏学业，逼淫母婢”的罪名，气得定要把他“着实打死”，贾母闻讯后就扶着丫头摇头喘气地冲到贾政跟前，对他又是讽刺，又是挖苦，又是威胁，最后迫使贾政只得对她直挺挺地跪着，叩头谢罪了事。事后，贾母又以宝玉需要养伤为名，不让贾政再令宝玉出去应酬待客之事，甚至家庭中的晨昏定省都随宝玉的便。

宝玉正是靠了贾母的有力的庇护，才挡住了来自父亲贾政那里的各种封建主义的残酷管教，一任自己天真活泼的个性自由自在地发展。一次赖嬷嬷生气地指着宝玉说：“不怕你嫌我，如今老爷不过管你一管，老太太就护在里头。当日老爷小时，你爷爷那个打，谁没见的？老爷小时，何曾像你这么天不怕地不怕的？……”显然，在这个老嬷嬷看来，这种任意放任宝玉的做法太过分了，也太出格了。

正是由于这个特殊情况，宝玉和其他贵族大家庭的子弟不同，他从小就没有受过正统的封建主义系统教育。正如他的小厮兴儿所说的：“他（指宝玉）长了这么大，独他没有上过正经学，我们家从祖宗直到二爷，谁不是学里的老师严严的管着念书？偏他不爱念书？是老太太的宝贝。老爷先还管，如今也不敢管了。”

这里需要特别提及的是贾宝玉所生活的具体环境——大观园，它对宝玉性格的形成、发展至关重要。

大观园原是贵妃贾元春的省亲别墅。它方圆三里半，不仅面积大，而且修饰得十分精致，园中有十几座亭台轩馆，七八个风景区。元妃省亲后，大观园曾一度封锢，后元妃觉得这么好的园庭空锁着实在可惜，不如让那些能诗会赋的姊妹搬进去住更好，又考虑祖母一向疼爱宝玉，就下令让宝玉也随同姊妹搬进大观园住。在大观园里生活着的多是年轻女子，其中有小姐，但更多的则是婢女。因而人称大观园为女儿国，那些小姐们在大观园里：“或读书，或写字，或弹琴下棋，作画吟诗，以至描鸾刺凤，斗草簪花，低吟悄唱，拆字猜枚。”大观园虽不是一个与世隔绝的桃花源，但在贾府里毕竟是个比较自由自在的环境，堪称是个充满天真烂漫的混沌世界，它与世俗社会的龌龊、势利形成了一个鲜明的对照。

大观园里的这些贵族小姐，虽生活很优越，但她们照样不能主宰自己的命运，一切都得听从封建家长们的摆布和安排，是一群“有命无运之物”，不仅才智被埋没，结局也很悲惨。至于那些众多的年轻婢女，她们几乎都有个十分悲惨的身世。拿和宝玉关系最密切的两个丫环袭人和晴雯来说，前者出身于城市贫民，因全家生活无着，只好把她以几两银子卖给了贾家。后者更惨，连自己姓什么、父母是谁都不知道，人们只晓得她有一个叫“醉泥鳅”的表兄和一个叫“灯姑娘”的表嫂。她原是贾府管家赖大买的丫头，只因为她生得“十分伶俐标致”，“贾母见了喜欢”，才被赖嬷嬷当做一件小玩意儿孝敬贾母的。

大观园里，无论小姐还是丫环，大多是聪明、美丽、活泼可爱，宝玉生活在她们中间，和她们朝夕相处，很自然地会受到她们种种纯洁美好气质的影响。何况宝玉并非一般孩子，他早熟，天赋甚高，是个绝对聪颖的孩子，对外界感受特别敏锐，思想活泼，长于独立思考，不为世俗观念所囿，善于在对客观事物对比之中领悟人生真谛。当他把周围青年女子身上所体现出的美好东西和世俗社会里庸俗、丑恶的东西加以对比的时候，不能不促使他去深入思考：哪些是美的，哪些是丑的，从而形成了他自己所独有的爱憎倾向：如对世俗男性的鄙薄和对青年女子的特殊爱慕；对封建主义人生道路的反感和对自由美好生活的向往；对程朱理学那一套封建伦理道德的嘲讽和对人的尊严和个人自由的尊重。

贾宝玉作为一个不朽的艺术形象，它的性格当然不可能是简单的、概念化的，而是血肉饱满和具有丰富深刻内涵的。上述这些反世俗的“新”的东西，只是这个艺术形象最引人注意的部分，而远非这个艺术形象的全部。实际情况是在宝玉这形象里，新旧夹杂，先进与落后并存。而且这种新旧夹杂、先进与落后并存是随着人物性格的不断发展而变化着的。

贾宝玉作为一个贵族公子，一个封建统治阶级上层贵族家庭里的宠儿，他不可能出污泥而不染。在他身上固然有上述那些反世俗的性格特点；但是传统的、旧的乃至坏的思想和习惯也并非就没有。曹雪芹高明的一个方面是他没有从自己的主观好恶出发，把宝玉的性格简单化或单一化；而是按生活所固有的复杂性把人物形象的丰富的内涵艺术地反映出来，并按生活本身的发展规律，细致、深入地展现了人物性格在社会各种势力的激烈矛盾冲突中的不断发展。正是在这种性格的发展变化之中，人们看到了宝玉身上传统的、旧的乃至腐朽的东西在日渐减少；而新的、进步的因素愈来愈增多，以至使这个反映时代某些本质特征、富有独特个性的人物形象越来越鲜明，给人留下了不可磨灭的印象。

人们一谈起贾府那种恣意奢华、荒淫无耻的生活时，就很自然地想起贾赦、贾珍、贾琏、贾蓉等那种“今日会酒，明日观花，聚赌嫖娼，无所不至”的丑行，似乎那些与宝玉是根本不沾边的，这是不符合事实的。小说也没有把宝玉写成白璧无瑕，出污泥而不染。相反地，作品一开始就写了宝玉从小就受到贾府淫逸之风的影响，沾染上了大家公子哥儿们所常有的坏风气、坏习惯。

宝玉幼年时常跟随凤姐去宁府玩。宁府是个什么地方呢？作品第五回中关于秦可卿的判词里有下面这样的话：“漫言不肖皆荣出，造衅开端实在宁。”作者笔下的宁府比起荣府来更腐朽、更糜烂。宁府中贾珍、秦可卿等伤风败俗的秽行，对常去游玩的天真无邪的宝玉来说不可能不受影响。小说的第五回里就写了宝玉在游太虚幻境时，警幻仙姑就授以云雨之事，接着就与警幻的妹妹、由秦可卿所幻化的仙姬发生了儿女情事。在宝玉梦醒之后，他又与丫头袭人同领了警幻所训的云雨之事。在作品的第十五回里所出现的宝玉和秦钟之间的苟且行为，这也显然受了当时贵族阶级爱好男色的腐朽行为的影响。

这些都生动地说明了出身于这个骄奢淫逸的贵族家庭的贾宝玉，在男女关系上自幼也无例外地沾染上了不少坏的习气，决非如某些人所设想的那样，从小就那么纯洁的。但令人可喜的是他却没有像贾府的其他爷儿哥儿们那样最后成了令人厌恶的淫棍。形成的原因，当然是多方面的，但这里需特别提及的是，发生在他周围的那一系列惊心动魄的事件，对他的感情产生了强烈的冲击，不能不促使他深入反思自己的思想行为。

从小说的具体描写看，秦可卿之死、秦钟之死以及他姐姐元妃的不幸遭遇对他的影响尤为直接、明显。

秦可卿是宝玉幼时交往的女子中关系最密切的一个。因此，当宝玉初闻秦可卿死讯时，其反应是极为强烈的："听见说秦氏死了，连忙翻身爬起来，只觉得心中似戳了一刀的不忍，哇的一声，直奔出一口血来。"这个为老祖宗最疼爱的重孙媳妇，平日是如何深得贾府上下的交口赞誉，现在竟这样年轻轻地死去，促使产生这一悲剧的真实原因，宝玉不会不清楚，正是贾府主子们的淫乱生活断送了这位美丽年轻的女子。

秦可卿的弟弟秦钟是宝玉最亲密的伙伴。秦钟与水月庵的尼姑智能相爱并私下发生了两性关系，这本与贾府主子们的偷鸡摸狗的荒淫生活具有本质的不同，就其性质来说是属于青年人之间的自由恋爱，但却遭到了家长们的坚决反对，当智能私逃进城去找秦钟时，秦钟父亲秦业将她逐出，并打了秦钟一顿，自己也气得老病发作，三五日即死去。而秦钟本带病未愈，又受了些笞杖，今见老父又一气丧身，悔恨无及，更添了许多症候，不久也就死去了。秦钟的悲惨结局不能不深深地触动宝玉的思想。

他的姐姐元春，"才选凤藻宫"，"加封贤德妃"，阖家上下都把这看成是最荣耀不过的事，可是元春回来探亲时，见了亲人却是说一句，哭一句，把皇宫大内说成是"终无意趣"的"不得见人的去处"。显然，为封建阶级所羡慕的宫廷生活对元春来说，并非是天堂，而是陷人于痛苦的深渊。

秦可卿、秦钟和元春等人的不幸遭遇，引起了宝玉对封建统治阶级荒淫、虚伪的反感与警惕。从此之后，他与贾府的其他老爷、少爷们的生活拉开了距离，不愿与他们同流合污，在男女关系上也日渐严肃起来。

宝玉在对待自身的爱情问题上也是经历了一个由对女子的泛爱倾向逐渐转为专一的过程。宝玉生活在大观园这个女儿国里，他是一个最受人宠爱、也最引人羡慕的男性，不仅众多丫环，就是那些小姐们对他也都是另眼相看，他犹如一颗受众星围绕着旋转的恒星那样，处在一个十分突出的地位。开始他面对着这些年轻美丽、聪明活泼的女子，觉得她们个个都很可爱，大有见一个爱一个的倾向；同时他还期望着这些少女们也都同样的喜欢他。一次他对袭人说："比如我此时若果有造化，趁着你们都在眼前我就死了，再能够你们哭我的眼泪流成大河，把我的尸首漂起来，送到那鸦雀不到的幽僻去处，随风化了，自此再不托生为人，这就是我死的得时了。"这些话正形象地流露了他的泛爱主义的心态。在众多青年女子中和他接触最多的莫过于房里的袭人、麝月这些丫头和薛宝钗、林黛玉这些小姐。宝玉周旋于她们之中，内心不免堕入爱情上的种种纠葛而苦闷。他写的续《南华经》："焚花散麝，而闺阁始人含其劝矣；戕宝钗之仙姿，灰黛玉之灵窍，丧减情意，而闺阁之美恶始相类矣。彼含其劝，则无参商之虞矣；戕其仙姿，无恋爱之心矣；灰其灵窍，无才思之情矣。彼钗、玉、花，麝者，皆张其罗而穴其隧，所以迷眩缠陷天下者也。"正反映上述复杂、苦闷的心境。

林黛玉、薛宝钗乃至史湘云这三位年轻小姐都是宝玉的亲戚，平时关系又甚密切，特别是林黛玉、薛宝钗，在大观园里和他朝夕相处，两人又都是十分的聪明、漂亮。这些对宝玉都有强烈的吸引力，因此他既爱林黛玉又爱薛宝钗。这种对爱情的不专一，使一心爱着他的林黛玉深为痛苦和不安，特别是那个"金玉良缘"之说，不时给黛玉的爱情生活投下阴影。为此，黛玉一再要求宝玉向她表明心迹，宝玉迫于无奈，只得起誓："除了别人说什么'金'什么'玉'，我的心里要有这个想头，天诛地灭，万世不得人身!"但当他一转身，见着宝钗"雪白一段酥臂，不免动了羡慕之心……忽然想起了'金玉'一事来，再看看宝钗的形容，只见脸若银盆，眼似水杏，唇不点而红，眉不画而翠，比黛玉另具一种妩媚风流，不觉就呆了。"这种既爱黛玉又爱宝钗的心绪早在他梦游太虚幻境时就表露出来，他把自己理想中的仙子，想象成"其鲜艳妩媚，有似乎宝钗；风流袅娜，则又如黛玉。"宝玉这种择爱上摇摆于钗黛之间的情况，使黛玉这个专一于爱情的女子惴惴不安，为此引起了她和宝玉之间一连串的矛盾、猜疑和争吵。一次黛玉针对宝玉的发誓，对他爱情上的三心二意作出了巧妙的揭露："我知道你心里有妹妹，但一见姐姐就把妹妹忘了。"

但随宝玉所受生活历练的增多，对现实认识的越发深刻，使他逐步领悟到：在爱情上有比才貌更重要的东西，那就是对方的思想、性格、情趣是否和自己一致。不然外表再漂亮也是貌合神离、同床异梦。这种对待爱情态度上的变化，正标志着宝玉思想的逐渐趋于成熟。随着宝玉对封建主义人生道路的愈来愈反感，对宝钗的一味奉承、巴结家长和积极地规劝他热衷功名、讲求仕途经济，也愈来愈厌烦，从而导致和宝钗之间感情的日趋疏远。而对黛玉则相反，不仅同情她身世飘零的悲苦处境；而且对她从不逢迎家长，从不劝他立身扬名并敢于揭露和嘲讽周围种种虚伪丑恶的行为表示欣赏，从而使相互间的感情愈来愈亲密，以至发展到生死不渝的境地。小说三十三回里的一段描写深刻有力地说明了这个问题。当贾宝玉不愿会见封建官僚贾雨村后，史湘云就笑他："还是这个情性不改，如今大了，你就不愿去读书去考举人进士的，也该常常的会会这些为官做宰的人们，谈谈讲讲些仕途经济的学问，也好将来应酬世务，日后也有个朋友。没见你成年家只在我们队里搅些什么！"湘云的话，使宝玉甚为反感："姑娘请别的妹妹屋里坐坐，我这里仔细污了你知经济学问的。"袭人一看不对头，就说："云姑娘快别说这话，上回也是宝姑娘说过一回，他也不管人脸上过得去过不去，他就咳了一声，拿起脚来走了……幸而是宝姑娘，那要是林姑娘，不知又闹到怎么样，哭的怎么样呢。"但宝玉的回答则有力而干脆："林姑娘从来说过这些混帐话不曾？若他也说过这些混账话，我早和他生分了。"从而表示了他在选择爱人上的鲜明的思想倾向，这使在外窃听的林黛玉分外感动，深喜"果然自己眼力不错，素日认他是个知己，果然是个知己。……你既为我之知己，自然我也可为你之知己矣。"就这样，长期来，因宝玉爱情不专一而引发的种种矛盾、争吵也趋于平静，从此宝黛的爱情就升华到了以共同的思想为基础的新阶段。

贾宝玉作为老祖宗的"命根子"，他享受着贵家公子所具有的种种特权，因此他不可能没有一点对下人的暴厉脾气。在作品的第八回里写了宝玉在薛姨妈家喝完酒要回去的时候，一个小丫头忙捧上斗笠来，宝玉便把头略低一低，命她戴上，不意戴重了些，宝玉就骂她"蠢东西"。回家后，想起了早晨沏了的一碗枫露茶，就问茜雪，茜雪回答，"李奶奶来了，他要尝尝，就给他吃了。"你看宝玉一听之后竟大发雷霆，把手中的茶杯往地下一掷，豁啷一声，打了个粉碎，泼了茜雪一裙子的茶。接着又跳起来问茜雪："他是你那一门子的奶奶，你们这么孝敬他？"声言要把李奶妈撵出去。奶妈喝了奶儿子一杯枫露茶，竟这样暴跳如雷！这还不是典型的少爷脾气是什么呢？有次宝玉回怡红院，因一时叫不开门，竟把来开门的袭人踢了一脚，还骂道："下流东西们！我素日担待你们得意，一点儿也不怕，越发拿我取笑儿了。"真是好大的脾气！一次晴雯不小心把扇子失了手跌在地下，将股子跌折，宝玉就说她是“蠢才！”晴雯冷笑道：“二爷近来气大的很，行动就给脸子瞧。前儿连袭人都打了，今儿又来寻我们的不是。要踢要打凭爷去。……要嫌我们就打发我们，再挑好的使，好离好散的，倒不好？”晴雯的话，伤害了他作为贵家少爷所特有的优越感，竟气得他浑身乱战。为了报复晴雯所表现出来的桀骜不驯的性格，他决定回太太去，把晴雯撵出大观园，最后是在袭人、碧痕、秋纹、麝月等人的下跪央求之下，才没有把晴雯赶走。

由此看来，宝玉不是生来就对下人表现出温和体恤的。作为一个贵家公子，他的少爷脾气也着实不小，这是可以理解的，因为长期来，存在于这个家庭中森严的等级观念，使主子可以随意奴役、蹂躏奴才，宝玉不可能不受影响。

但是上述恶劣的少爷脾性，随着他对封建家长们顽固狰狞面貌的进一步认识和对丫环们凄苦身世的了解、体察，以及和她们在思想感情上越来越多的共鸣，也就愈来愈少以至逐渐消失了。他逐渐领悟到这些天真活泼、纯洁可爱的丫环，她们内心所受的创伤已经够多了，再也不应该在她们身上煞性子了。相反地应该给予更多的体贴、关怀才对。这里有一件事应该特别提一下，那就是她母亲房里的丫头金钏儿被迫跳井自杀所给予他思想上的巨大震动。宝玉怎么也想不到自己和金钏儿之间因出于亲近和了解而说的一些玩笑话，竟导致母亲对金钏儿如此残酷的迫害：进行肆意辱骂还不算，又把她赶出贾府，从而造成了金钏儿跳井自杀的惨局。

金钏儿之死，使宝玉进一步认清封建压迫的残酷和丫环们身世的凄苦，从此之后，宝玉对丫环、婢妾的态度有了明显转变。就在金钏儿死后不久，一次宝玉遇到了她妹妹玉钏儿，就立刻想到她姐姐的惨局，表现出又是伤心，又是惭愧。宝玉见玉钏儿因姐姐的事而哭丧着脸，于是就“虚心下气磨转他”，不管玉钏儿如何恶声恶气地说话，宝玉只是一味温存和气，直至玉钏儿转怒为喜。

在这之后，小说就不止一次地写了宝玉对丫环、婢妾们温顺、关切的事情。

平儿是个深受人们喜爱，态度温和而又富于才能的婢妾。她平时尽管对主子凤姐很效忠，但主子对她却照样疑忌，主仆之间的关系尖锐而又微妙。一次贾琏因与鲍二家的勾搭，引发了与妻子王熙凤的一场厮打，这事本与平儿无关，可是没想到贾琏和王熙凤都拿平儿来煞性子，这使平儿备受委屈而哽咽难挨。平儿这种艰难处境和内心的深重痛苦，只有宝玉体会最深："贾琏唯知以淫乐悦己，并不知作养脂粉。又思平儿并无父母兄弟姊妹，独自一人，供应贾琏夫妇二人。贾琏之俗，凤姐之威，他竟能周全妥帖，今儿还遭荼毒，想来此人薄命，比黛玉犹甚。"出于对平儿的深切同情，为使她不再受委屈，他主动为凤姐、贾琏承担责任，上去劝说平儿："好姐姐，别伤心，我替他俩赔不是罢。"接着又关怀备至地要她把被眼泪沾湿了的衣裳换下来，拿烧酒喷了熨一熨。让她把头梳一梳，洗洗脸，擦些脂粉，又将盆内的一枝并蒂秋蕙撷下来与她簪在鬓上。最后见到方才衣裳上喷的酒已半干，就自己动手帮她拿熨斗熨了叠好，见平儿手帕子忘拿，上面犹有泪渍，他又拿至脸盆中洗了晾上。他这一连串体恤、关怀之情，确已到了无微不至的地步。

呆霸王薛蟠的婢妾香菱，身世凄苦，没有父母，连自己的本姓都忘了，是被人拐出来后，卖给薛蟠的。一次在宝玉生日的时候，她和芳官、蕊官等人斗草玩，不意在彼此逗趣时，不小心滚在草地的污水里，把一条崭新的石榴红裙弄脏了。香菱十分懊恼，竟不知如何是好。宝玉一见之后，就立刻能体察香菱此时此刻的内心情绪，说："若你们家，一日遭踏这一百件也不值什么。只是头一件既系琴姑娘带来的，你和宝姐姐每人才一件，他的尚好，你的先脏了，岂不辜负他的心。二则姨妈老人家嘴碎，饶这么样，我还听见常说你们不知过日子，只会糟踏东西，不知惜福呢。这叫姨妈看见了，又说一个不清。"宝玉的话，真是说到香菱心坎儿上去了。接着宝玉就让香菱换上了袭人的那条一模一样的裙子。宝玉这种设身处地地为香菱考虑的关切之情，怎能不使香菱这个从没得到过他人深切关怀的苦命丫头为之深深感动呢！

以上种种，形象地说明了宝玉身上这些反世俗的东西，是有它一个逐步发展的过程，小说细致地写出了这个过程，体现了作者观察生活的深入和现实主义描写艺术的深厚功力。

三

究竟如何去看待宝玉性格中那些反世俗的"偏僻"、"乖张"的内容，历来人们的看法不尽一致。一种意见认为这些反世俗的东西，实乃古已有之，不是什么新鲜东西，不过是体现了我国封建文化优良传统的进步性因素。宝玉与他之前那些封建社会里叛逆性人物相比，充其量也只是量的扩大，并没有体现出质的不同，因而谈不上什么“新”。

另一种意见则认为这些反世俗的东西就其主导方面来说，决非古已有之，而是“新”的东西，是意识形态领域内反映资本主义生产关系萌芽的初步民主主义思想因素。

我认为后一种认识比较切合实际。宝玉的这些反世俗的东西尽管与传统文化中的进步因素之间不无继承关系，但这毕竟不是主要的。理由很明显：宝玉对整套封建伦理观念乃至整个封建主义人生道路的厌恶；对世俗男性的鄙薄和对青年女子的尊重、敬爱；对封建等级观念的反感和对人格和个人自由的尊重等等，早已越出了封建文化思想的范畴，表现出了初步民主主义的思想精神。贾雨村那种把宝玉归之为“情痴情种”、“高人逸士”之类人物，把他说成是和前代的许由、陶潜、阮籍、嵇康、刘伶等是“易地则同”的人物，显然是不符合事实的，因而也是不正确的。

宝玉这一形象的产生不是偶然的，既有深刻的时代社会原因，也与作者曹雪芹思想、经历、身世方面的诸因素直接相关。

产生《红楼梦》的时代，正是我国封建制度经历了漫长的发展道路之后已走向没落。在所谓“乾隆盛世”的背后，农民阶级和地主阶级的矛盾极为尖锐激烈，社会危机日益加深。而手工业、商业在经过清初一度遭到严重摧残之后，又有了进一步的发展。明中叶之后，即已产生的资本主义萌芽到那时又有了相应的增强，同时在意识形态领域内同封建主义思想体系相对立的初步民主主义思想意识也有明显的抬头。明末以来，一些著名的进步思想家黄宗羲、王夫之等，对维护封建统治的程朱理学提出了尖锐的批评，其斗争矛头甚至直接指向封建君主专制主义。特别是和曹雪芹同时的进步思想家戴震，更尖锐地指责封建统治者“以理杀人”比“以法杀人”更残酷，他针对理学家“存天理，灭人欲”的反动说教，主张“体民之情，遂民之欲”。上述这种初步民主主义思想，正是新的资本主义生产关系萌芽在意识形态领域内的曲折反映，它和当时农民阶级反对地主阶级思想的斗争也是相互呼应的。长期来一直牢固地统治着人民的封建阶级的意识形态正经受到猛烈的冲击。曹雪芹正生活在这个“天崩地解”的时代里。

曹雪芹从小就生活在资本主义生产关系萌芽较明显，初步民主主义思想很活跃的东南沿海地区，从小就受到进步思潮的熏陶，后来由于家庭的重大变故，使他从“饫甘餍肥”的贵家公子生活一下子跌到了“蓬牖茅椽，绳床瓦灶”的困苦生涯。这种前后截然不同的遭遇，更导致了他思想感情的重大转化。应该说，曹雪芹不仅是个伟大的文学家，同时也是个进步的思想家。凭他对生活的敏锐观察，已预见到了他所属的那个阶级不可避免的覆灭命运。《红楼梦》这部不朽的现实主义巨著正是中国封建社会末期各种矛盾斗争的真实写照。而贾宝玉这个人物形象也正是当时社会存在及新的社会思潮作用于曹雪芹的产物。

但我们也应清醒地看到这种反映资本主义生产关系萌芽的初步民主主义思想在当时还处在很弱小的朦胧状态，它本身远没有形成完整的思想体系。这就决定了宝玉身上所显示的反世俗的“新”的东西有其十分脆弱和不彻底的方面，表现为他还没有根本突破封建贵族阶级的世界观。尽管他对封建道德进行了大胆的怀疑和否定，但是对君权、亲权还有保留；尽管他蔑视世俗男性，但他却没有因此而否定“圣人遗训”和无视“君父”、“伦常”之理。他曾说过：“父亲、伯叔、兄弟之伦，固是圣人遗训，不敢违忤。”宝玉在对那些“文死谏、武死战”的须眉浊物们进行一番痛斥之后，仍然要发一通“朝廷是受命于天”的议论。而且对“天人感应”之类的迷信思想仍津津乐道。

尽管宝玉对贾母、贾政、王夫人的言行不以为然，甚至很反感，但从不敢和他们正面抗争，更离不开他们为他提供的养尊处优的生活；一次他还劝说探春：“别听那些俗话，想那些俗事，只管安富尊荣才是。”看来他是乐于过这种安富尊荣的寄生生活的。

宝玉和黛玉的爱情固然有其明显的进步意义，但这种贵族公子和小姐之间的爱情，有它先天的软弱性，带有某种病态。这种爱情最后还得需要有家长的支持和批准，不然就逃不脱悲剧的结局。

总之，贾宝玉的反世俗的“新”思想，带有先天的软弱性。宝玉既无力彻底摆脱压在他身上的封建主义重负，又不能找到一条真正的出路，因而就不免陷入悲观主义乃至虚无主义的泥潭之中，不得已最后只好去佛门中寻找自己的归宿。

由此可见，曹雪芹笔下的贾宝玉形象还不属于一个完全成熟的早期民主主义者的典型，而是个刚由封建营垒中分化出来向新兴力量转化的尚未成熟的初步民主主义的典型。这个典型正是封建末世的时代产物，通过他，深刻地反映出了封建末世时代的某些本质特征。

（原载《金瓶梅红楼梦纵横谈》，北京大学出版社 1990 年版）

漫谈林黛玉形象的艺术魅力

在《红楼梦》里最核心的人物除了贾宝玉外，当推林黛玉和薛宝钗了。人们对这两个和宝玉关系最密切的青年女子，历来就有不同的认识和评价。早在清代，就有所谓拥林派和拥薛派的争论。争论双方有时十分激烈，竟因“一言不合，遂相龃龉，几挥老拳。”（见清人邹弢的《三借庐笔谈》，《红楼梦卷》卷四，第390页）两派的争论，一直延续至今。就在拥林派和拥薛派的内部，情况也是很复杂的，各人对黛玉和宝钗的肯定和否定具体内容也不尽一致。形成这一情况的原因是多方面的，这里除了反映读者不同的思想观点和欣赏情趣及其所持的不同评论尺度外，还反映了艺术形象本身所特有的丰富性和复杂性，致使人们不易把握形象的整体，很易就某个片面作出判断。

按照马克思主义观点，人是一切社会关系的总和。因此，现实生活中真人的性格总是十分复杂的，所以要真正认清一个人的本质不是件容易的事情，凡有生活阅历的人都会有这样的体会：有时对相处几年乃至十几年的朋友，未必就能认识清楚，这里有个认识上如何由片面走向全面、如何由浅入深的问题。《红楼梦》艺术上的一个重大突破是它所刻画的是“真的人”，这就意味着《红楼梦》里的人物具有“真人”的丰富性和复杂性，无以往小说概念化、单一化毛病，这就为读者把握小说人物形象增加了难度，因此也就更需在分析这些形象的时候尽可能地克服片面性和善于透过表面现象去抓住本质。

一　绛珠仙子还泪故事给人的启示

《红楼梦》并不是一部完全写实的小说，它在艺术上的一个重要特征就是“虚实相间”、“虚实相生”。在小说前五回所描写的神话故事和太虚幻境里表现出了作者所独有的艺术匠心；它对全书的艺术构思和人物描写有着极其重要的指导意义。

小说开头第一回里，作者引人注目地向人们叙述了一个绛珠仙子还泪的故事。这个后来托生为林黛玉的绛珠仙子本是西方灵河岸上三生石畔的一株绛珠草，被那个后来托生为宝玉的赤瑕宫神瑛侍者，每日以甘露灌溉，得以久延岁月。之后，这株绛珠草既受天地精华，复得雨露的滋养，遂得脱却草胎本质，得换人形，仅修成个女体。“只因尚未酬报灌溉之德，故其五内便郁结着一段缠绵不尽之意”。

这段神话故事甚是重要，它为小说所描写的宝、黛之间缠绵悱恻的爱情悲剧以及黛玉的不幸身世奠定了基调。

林黛玉出身于一个“支庶不盛”的“书香之族”。父母因无子，所以对她爱如珍宝，又见其聪明清秀，就让她读书识字，假充养子，聊解膝下荒凉之叹。但她不幸母亲早死，又因哀痛过分，就使原先就纤弱的身子更变得体弱多病了，黛玉的童年生活就是在一股忧郁感伤的气氛里度过的。

父亲看到她多病年小，上无亲母教养，下无姊妹兄弟扶持，就让她去依傍外祖母舅氏姊妹去，借此减少自己的顾盼之忧。因而就乘贾雨村进京谋取复职之便，把黛玉送进了她外祖母家——那个赫赫扬扬的荣国府。

当她一踏进这个国公府，那个鬓发如银的外祖母对她就无比疼爱，搂着她痛哭。管家奶奶王熙凤对她又是夸赞，又是同情，关怀备至，这些，固然也曾使她感动。但没能去了她内心的紧张和不安。因为她的母亲，生前就曾关照过她：“外祖母家与别人家不同。”当黛玉开始接触荣府派来接引她的几个三等仆妇时，就感到其“吃穿用度，已是不凡”，因此当她一踏进荣府“就步步留心，时时在意，不肯多说一句话，多行一步路，惟恐被人耻笑了他去。”

当黛玉和那个号称“混世魔王”的表兄宝玉相见时出现了一个戏剧性的场面：黛玉原想这个宝玉不知怎的“惫懒人物”、“懵懂顽童”？没想到却是个“面若中秋之月，色如春晓之花”的年轻公子。而且“好生奇怪！倒像在那里见过一般，何等眼熟到如此！”而宝玉见到黛玉后的反应也是：“这个妹妹我曾见过的。”这些，使人们很自然地和前面绛珠仙子的还泪故事紧紧地联系了起来。

命运对黛玉确实太苛刻了。就在她进荣府不久，父亲又死了，当她匆匆奔了父丧回来，她已成了父母双亡、无家可归、寄人篱下的孤女了。这样的身世和境遇直接影响着她日后的种种举止和行动，乃至她所选择的人生道路。

二 “多疑”、“小心眼儿”、“尖酸刻薄”及其他

在评论黛玉这形象时，人们都要谈及她的“多疑”、“小心眼儿”和“尖酸刻薄”等等，这似乎已成了黛玉所独有的缺憾。对黛玉持否定态度的人，固然会在这些问题上大作文章；就是肯定、赞美黛玉的人也认为这是黛玉性格里不可抹杀的缺点，是黛玉的“美中不足”，从而深感惋惜。

确实，黛玉的“多疑”、“小心眼儿”和“尖酸刻薄”比起一般女孩子要表现突出，几乎已到了病态的程度，因此给读者留下的印象也特别深刻、难忘。

在小说开始不久的第七回里，当薛姨妈请周瑞家的把宫花分给贾府各位小姐时，周瑞家的是按距离的远近一一分送。因黛玉离她最远，所以当宫花送到黛玉手里时只剩下最后的两枝了。这本来是很可理解的事，不该产生任何疑问。可黛玉却偏偏要向周瑞家的提问：“这是单送我一人的，还是别的姑娘们都有呢?”当周瑞家的回答：“各位都有了；这两枝是姑娘的。”黛玉就冷笑道：“我就知道别人不挑剩下的也不给我。”周瑞家的听了，一声不言语。显然她对黛玉的话甚是反感，可又不好向她辩解，因此只有沉默，以表示她的态度。

类似这样的例子很多。一次黛玉去怡红院找宝玉，当她叩怡红院门时，听到里面晴雯正使性子嚷：“凭你是谁，二爷吩咐的，一概不许放人进来呢!”晴雯之所以这样使性子并“假传圣旨”，是因为她刚与碧痕拌了嘴，而且对宝钗的“有事没事，跑了来坐着”很反感。晴雯的使性子显然不是冲着黛玉来的。如果黛玉在叩门时，通报了自己的姓名，兴许晴雯也就会开门的，因为晴雯对黛玉确无恶感。可是黛玉却由此而断定别人都瞧不起她，并和自己的悲惨处境作了联系：“如今父母双亡，无依无靠，现在他家依栖，如今认真淘气，也觉没趣。”那一夜她竟“倚着床栏杆，两手抱着膝，眼睛含着泪，好似木雕泥塑一般，直坐到二更多天方才睡了。”

对于上述黛玉的表现，如果不是孤立地就事论事，而是联系荣府环境

的龌龊势利，联系黛玉的悲凉身世和寄人篱下的生活境遇，就会懂得在这些表现里正反映出了黛玉的自卑感和在外在环境的重压下不甘心使自己的人格和尊严遭到践踏和伤害的复杂心态。从而会对黛玉产生由衷的理解和同情，而不是嫌恶和指责。

事实上，黛玉不只是“多疑”、“小心眼儿”和“尖酸刻薄”，她还有很豁达大度和热情待人这一面。可惜，这方面往往被人忽略了。

阅读过《红楼梦》的人大概不会忘记小说中下面这个引人注目的情节：在第二十二回里，贾母为宝钗做生日，当演戏结束时，王熙凤指着一小戏子说：“这个孩子扮上活像一个人，你们再看不出来。”王熙凤所说的“活像一个人”指的是黛玉。众所周知，戏子在封建社会里是被视为下三流的，现在王熙凤竟以戏子来和黛玉相联系，这不能不是对黛玉的一种不敬和轻蔑。当时在场的宝钗和宝玉都知道王熙凤指的谁，她们怕黛玉生气因此都不说，唯独湘云心直口快，竟说演戏的孩子“倒像林妹妹模样儿”，宝玉深知这样说的严重后果，急忙瞅了湘云一眼，不意竟因此而惹恼了湘云，得罪了黛玉。在两头受气，十分懊丧的情况下，宝玉突然感到庄子消极无为的思想很有道理，就随手写了个偈，不想为黛玉发现。按理说湘云这样公开地指名道姓地指出戏子像黛玉，那“小心眼儿”的黛玉不知将和湘云怎样的大吵大闹，甚至会记恨湘云一辈子，但事实却完全不是这样。当黛玉把宝玉写的这个偈带回房去时，首先就去找了湘云和她一起观看。似乎刚才发生的这场风波早已被忘却了，这里看不出一点“心胸狭窄”的性儿，倒是表现了她少有的豁达大度。

类似这样的表现还不少。一次黛玉在栊翠庵妙玉处喝茶，黛玉向妙玉询问：“这但是旧年的雨水？”妙玉竟当着宝钗的面，奚落她：“你这么个人，竟是大俗人，连水也尝不出来！”换个别人，对妙玉的傲慢和任意损人，未必能忍得了，可黛玉深知妙玉的怪僻，对此并不介意，显得十分的宽容大度。

黛玉有时并不“孤高自许”，待人也是十分的热情诚恳。香菱是薛蟠的妾，她平时看到小姐们在一起作诗十分羡慕，自己也想学着作诗，为此先向宝钗求教，但宝钗对此很冷淡，说她是“得陇望蜀”。因为在宝钗看来，香菱是个婢妾，能和她做伴住进大观园来已是够侥幸的了，她对此还不满足，现又要学着作诗，简直不知天高地厚！可黛玉的态度与宝钗相反，她对香菱的要求慨然应诺：“既要作诗，你就拜我为师，我虽不通，大略也还教得你。”表现出既诚恳真挚又非常谦逊，没有一点小姐的架势，对香菱完全平等相待，这在当时是多么难能可贵。

在和丫环紫鹃的相处中，黛玉也从不耍小姐婢气，紫鹃有时把她和宝玉相处中所发生的种种矛盾、争吵的责任主要归咎于她，并对她进行了直率的批评，但黛玉并不因此而生她的气，因为她很懂得紫鹃的良苦用心是全然出于为她着想。

黛玉在人际关系上经常还表现出一种真挚淳厚的天性，即便坠入他人所设置的圈套也浑然不觉。

小说第四十回、第四十二回里写贾母请刘姥姥吃饭，在行酒令时，黛玉无意中说出了《牡丹亭》与《西厢记》中的两句诗，宝钗就抓住不放，竟审问起黛玉来：“好个千金小姐！好个不出闺门的女孩儿！满嘴说的是什么？你只实说罢。”当黛玉对她审问表示不解而只管发笑时，宝钗就提示她：“您还装憨儿，昨儿行酒令你说的是什么？”这时黛玉才明白，原来酒席上失于检点，于无意之中说了《牡丹亭》、《西厢记》里的两句诗，不觉红了脸，要求宝钗对她宽恕，并表示今后再不说了。这里可以看出黛玉确实是太单纯了！不知不觉之间就已坠入宝钗所设置的圈套。如若黛玉当时反问宝钗一下：你既是个恪守礼法的规矩人，从不看这些“淫书邪词”，那你又怎么知道这二句是出于《牡丹亭》和《西厢记》呢？顷刻就会把宝钗这副假道学的面孔揭露无遗。

每当宝钗对她稍作关心，略施恩惠，黛玉就表现出十分感动，顷刻就能尽弃前嫌，表现出推心置腹的友好。小说写在黛玉生病期间，宝钗去看她，劝她每早服些燕窝，并答应送她几两，这事对出身皇商家庭的宝钗来说是轻而易举的事，但黛玉却感动不已，除了当面对宝钗表示由衷的感激之外，还说了一大串发自肺腑的话，并主动检讨了过去自己对宝钗如何的不对：“你素日待人，固然是极好的；然我最是个多心的人，只当你心里藏奸。从前日你说看杂书不好，又劝我那些好话，竟大感激你。往日竟是我错了，实在误到如今。细细算来，我母亲去世的早，又无姐妹兄弟，我长了今年十五岁，竟没一个人像你前日的话教导我。怨不得云丫头说你好。我往日见他赞你，我还不受用，昨儿亲自经过，才知道了。”黛玉的心灵是多么纯厚，只是太天真了！对世态的恶浊和狡诈，竟全然不知。

三　率真的感情，使黛玉形象闪耀着美的光辉，也给她带来了孤立无援的处境

绝大多数的读者都会承认这样一个事实，在《红楼梦》所描写的众多青年女子里，黛玉是其中最美好的几个中的一个。说到她的美，人们会自然地想起她的外貌："两弯似蹙非蹙罥烟眉，一双似喜非喜的含情目，态生两靥之愁，娇袭一身之病。泪光点点，娇喘微微，闲静时如姣花照水，行动处似弱柳扶风。心较比干多一窍，病如西子胜三分。"这副外貌尽管有人指出带有几分病态，似乎还有点美中不足；但总还不失为是个绝代美人。

小说曾特意借王熙凤之口，对黛玉的外表美作了强调和夸张："天下真有这样标致的人儿，我今儿才算见了！"作者还有意地把黛玉的美和宝钗的美加以区别，称前者是"袅娜风流"之美，后者为"妩媚风流"之美。在曹雪芹的眼里，尽管这两种美所体现的风格不同，但都是他所赞赏和称颂的。正是这样，在宝玉梦游太虚幻境时，作者还特意把和宝玉成婚的那名仙子——警幻之妹的外貌描绘为："鲜艳妩媚有似宝钗，风流袅娜则又如黛玉"。

但作为"社会关系的总和"的人，他的美不仅有自然属性，还有不可抹杀的社会性，人的美不仅反映在外貌上，更表现在内在方面。当然，理想的应该是外在美和内在美的和谐一致。但在外在美和内在美不能兼而有之的情况下，内在美更具有决定意义。所谓内在美是指人的思想、情操、性格、气质。历来的哲学家、美学家都十分强调内在美的重要。众所周知，德谟克利特曾说过："身体美，若不与聪明才智相结合，是某种动物性的东西。"歌德说："外貌美只能取悦一时，内在美才能经久不衰。"读过《巴黎圣母院》的人都会感到，尽管卡西摩多外貌很丑，但人们无不为他的心灵美所深深感动，相反的那个外表生得颇有些风度，但内心却十分丑恶的神父，读者无不投之以鄙薄的眼光。

长期以来，林黛玉这一形象之所以有如此感人的魅力，究其原因，主要还不在于她的外表如何的美貌动人，而更在于她所透视出的不同一般的内在美。这种内在美贯串在她的思想、性格、气质的各个方面，也反映在她的聪明、才智里面。

黛玉的内在美，一个突出的表现在于她那率真、纯洁的感情。

生活中，人们总是向往、追求真、善、美；而厌恶、反对假、恶、丑。真、善、美是人类在改造客观世界实践活动中的三个主要价值范畴，它们都是客观存在，并非人们的主观臆造。真、善、美三者之间既有区别，又有联系。就美和真而言，它们之间的关系十分密切，美是以真为基础的。黑格尔在他的《美学》中谈及美和真的关系时，曾说过这样的话："美与真是一回事，这就是说，美本身必须是真的，但是从另一方面看，说得更严格一点，真与美是有分别的。"

黛玉的内在美，首先来自她性格里没有受封建世俗所污染的率真感情。其表现是不虚假，不掩饰，不矫揉造作；爱哭就哭，爱恼就恼，心里想什么，嘴里就说什么，完全忽视于周围事物所引起的反应，无视世俗人心的厉害，更不计算事情后果及其可能带给自己的种种利害得失，只是一往纯真地去面向现实、面向人生。

当黛玉初进贾府时，尽管全府上下都以异乎寻常的热情接待她，投之以爱怜、同情、关心、疼爱的目光，但她对这个国公府就是产生不了好感。而且很快就发现在这赫赫扬扬的贵族之家里，人与人之间到处是虚伪、做作、倾轧、陷害，"一个个象乌眼鸡似的，恨不得你吃了我，我吃了你！"她从心底里感到反感。

老祖宗贾母是黛玉嫡亲的外祖母，是黛玉得以在国公府安下身来的主要依靠，当黛玉和外祖母刚见面时，外祖母曾将她一把搂入怀中，心肝儿肉叫着大哭起来，表现出刻骨铭心的疼爱。但这个作为全府中最高权威的老祖宗，却一刻也少不了人家对她的奉承和巴结。黛玉如果懂得这一点，并主动地去趋奉她、顺应她，那就会自然地获得她自始至终的青睐和保护，这样，黛玉尽管是父母双亡，寄人篱下，全府上下又谁敢小看她？这方面王熙凤的遭遇就是个富有说服力的例子。王熙凤平时贪婪、狠毒、诡诈，不得人心；但她因善于以拍马、逢迎的手法取得老祖宗的信任和支持，因此她可以有恃无恐，谁也动摇不了她管家奶奶的地位。宝钗也十分懂得以奉承、讨好的办法，哄老祖宗高兴，从而获取了她的青睐，使老祖宗破例为她做生日，不止一次地在众人面前夸她，终于博得了全府上下的一致好评。

但黛玉不仅不愿扭曲自己的真实感情，违心地去讨好、迎合以老祖宗为首的封建家长们的喜爱，而且还一味地任着自己的性子，做出一系列违背家长心愿的事情，其中包括为自己的爱情而冲撞封建礼教的言行举止，这样就必然会逐渐失去以老祖宗为首的封建家长们的欢心，而被指责是“孤高自许，目无下尘”，“嘴又刻薄”和“专爱挑剔别人的不是”等等。

黛玉信奉人与人之间的相互关系应该是坦诚的，有什么就说什么；真的就说真，假的就说假的；自己既然喜欢的就该赞成、肯定，不喜欢的就该反对、否定；不必掩盖，不需夸饰；更不应弄虚作假，言不由衷，心里想的是一回事，而说的、做的却又是另一回事。

黛玉对那些上层封建主子的言行举止，一向怀有恶感，她不愿把这种认识、感情故意掩盖起来。因此当宝玉把皇帝赐给北静王，北静王又赠给他的香串珍重地转送给她时，黛玉就说了：“什么臭男人拿过的，我不要这东西。”这里，黛玉竟把皇帝和北静王骂作是“臭男人”！这在世俗看来未免太狂妄、太傲慢，不知天高地厚！稍有世故的人，即便内心也有这样想法，但嘴里决不会这样说。但黛玉不考虑这些，既然心里这么想，就该这么说，心口如一。

读者都知道：宝钗平时虽以端庄、持重著称，但是当涉及自身的婚姻问题，特别是金玉良缘之说时却又是十分的敏感，那种稳重之态也就不存在了。对此，黛玉感受特别深切。第二十九回写贾母在张道士送来的一盘子贺礼中发现了一个赤金点翠的麒麟时，便伸手拿了起来，笑道：“这件东西好像我看见谁家的孩子也带着这么一个的。”宝钗笑道：“史大妹妹有一个，比这个小些。”宝玉道：“他这么往我们家去住着，我也没看见。”探春笑道：“宝姐姐有心，不管什么他都记得。”林黛玉冷笑道：“他在别的上还有限，惟有这些人带的东西上越发留心。”联系宝钗的行为，黛玉说的是实情，一点没有冤屈她；但换了别人，即便心里这样想，也决不会这么去说，因为这不仅会引起宝钗的不快，还会给他人以“为人尖刻之感”。

小说中类似这样的事例还很多。从这里可以看出黛玉的心确是透明的、澄澈的，不掩盖自己的真情，有什么感受就说什么，实事求是，表里如一，决不为了奉承、讨好别人而变得虚情假意。尽管她这样做的结果，往往给自己带来种种不利，但也在所不惜。它与世俗社会中庸俗势利的人际关系形成了鲜明对照，显示了它独有的纯正美。

这种率真感情同时反映在黛玉对爱情和婚姻问题的态度上。生活曾一再提醒人们：一切真诚的、美的爱情，并不等于娓娓动听的甜言蜜语，慷慨陈词的海誓山盟。爱情是一种高尚、美丽、纯真的感情。宝、黛于长期“耳鬓厮磨”的相互了解过程中萌发了爱情。黛玉看中宝玉的不是他贵公子的身份和贾府继承人的地位，对当“宝二奶奶”，黛玉也并不热衷。宝玉吸引黛玉的是他和世俗格格不入的思想、性格、情趣和气质，正是这些，使黛玉在这个为她所厌恶的庸俗、势利的环境里，寻找到了自己真正的知己，从而感到莫大的欣慰。黛玉对这种建立在思想情趣相投基础上的爱情是强烈的、专一的和至死不渝的。这种爱情成了她整个生命的支柱，成了她在恶浊境遇中生存下去的唯一寄托。她为此而可以牺牲一切，以至于自己的生命。

但她和宝玉的恋爱过程远不是一帆风顺的。其中经历了种种曲折、矛盾和痛苦，造成这一情况的原因是多方面的，有客观的，也有主观思想上的，但其中的一个重要因素是由于宝玉开始对爱情并不专一，贵家公子们所常有的恶习，开始宝玉也没有完全摆脱，他一方面对黛玉很亲热，同时又对带着一颗金锁的宝钗和有着一只金麒麟的湘云怀有很大的好感。凭着黛玉的过人聪明，她早已看到了这样一个事实：在现实环境里有可能成为宝玉婚姻对象的远不止她一个，其中宝钗、湘云都是她最明显的竞争对手，特别是宝钗，才貌双全，又深得封建家长们（包括她嫡亲的外祖母在内）的青睐和赞赏，对她来说更是个莫大的威胁。在这种情况下，宝玉对她的爱情能否专一、真挚，就成了她最关切的问题，但恰恰在这点上，宝玉的态度一度曾很暧昧，这使黛玉十分痛苦。宝钗的“妩媚风流”曾深深吸引了宝玉，以致出现这样富有戏剧性的情景：宝玉一方面向黛玉起誓：“除了别人说什么‘金’什么‘玉’，我心里要有这个想头，天诛地灭，万世不得人身!”但当一见了宝钗的“雪白一段酥臂，不觉动了羡慕之心……忽然想起金玉一事来，再看看宝钗形容，只见脸若银盆，眼似水杏，唇不点而红，眉不画而翠，比林黛玉另具一种妩媚风流，不觉就呆了。”难怪黛玉对宝玉爱情总存在着不信任感，她曾对宝玉说过：“我知道你心里有妹妹，但见了姐姐就把妹妹忘了。”因此，每当宝玉和别的女孩子，特别是宝钗有亲热表现时，她毫不掩饰自己心头的不快。一次她看到宝玉从宝钗家里出来就十分不满地说：“我说呢，亏在那里绊住，不然早就飞来了。”当宝玉听了宝钗的劝告而不喝冷酒时，她立即表现出不悦：“我平日和你说的全当耳旁风，怎么他说了你就依得比圣旨还快些。”在此情况下，宝、黛间围绕爱情而出现的矛盾、争吵就不断产生，使两人，特别是黛玉的内心备受煎熬。有人据此就批评黛玉“心胸狭窄”、“不能容人”，甚至斥责她“特爱吃醋”等等。殊不知这样的指责是很不公允的，只看到某些现象而没有抓住事情的实质。

众所周知，爱情与友情不同，按其本性来说是排他的。宝玉在对待爱情上，开始确有其不严肃的一面，存在某种泛爱主义倾向。黛玉与之不同，在爱情上，一开始就很严肃、很专一，她不能容忍宝玉对爱情“三心二意”，这是完全合理的，不仅不应给以指责，倒是应该充分肯定的。

随着宝玉生活中所受的历练越来越多和思想认识的愈来愈高，他和封建家长之间的裂痕也就更加扩大。与此相适应，他和钗、黛间的感情也明显拉开了距离。对黛玉的爱也由犹豫不决而日趋专一；而对宝钗的感情则由爱慕，而日益反感。这些变化，开始时黛玉虽不无感受，但总还是不具体。到了第三十二回“诉肺腑心迷活宝玉”里，情况才有急遽的变化。当黛玉在背地里听见宝玉在众人面前公开称颂她：“林妹妹从来不说这些混帐话”时，黛玉才清楚，在宝玉心目中，确已把她当成了唯一的知己，宝玉对她的爱情已从犹豫不决转向了真挚、专一，这使黛玉感动不已，“不觉又喜又惊，又悲又叹”。从此之后，长期来曾发生在宝、黛之间的爱情纠葛、矛盾、争吵也就大大减少以至趋于消失。而同时宝、黛间那种建立在思想一致基础上的爱情和周围环境之间的矛盾却日趋突出而尖锐了。

回顾宝、黛间的爱情发生、发展过程，可以看出黛玉对爱情的态度，始终是专一的、真挚的、热切的，这是她一贯来真率感情在爱情上的必然反应。她与当时世俗社会里大量存在于异性之间的虚伪、做作、朝三暮四、轻率玩弄的感情形成了强烈的对照，显示了她独有的纯真和美丽，这种真挚的感情具有净化人们心灵的巨大作用。宝玉对爱情由不严肃而趋于专一，显然也是受了她潜移默化的有力陶冶和影响。

四 丰富的知识、杰出的才华，特别是浓郁的诗人气质更增添了黛玉形象的美

小说以充满激情和赞扬的笔触写了钗、黛两人绝顶的聪明和渊博知识。她们小小年纪不仅学了《四书》、《五经》之类，而且诸子百家、诗词歌赋乃至戏剧小说无不知晓。黛玉对诗词歌赋、戏剧小说尤为爱好。她

在读了《西厢记》后的反应是辞藻惊人、余香满口，只管出神，当她听到《牡丹亭》的曲文“则为你如花美眷，似水流年”时，就不觉心动神摇，继而又听到“你在幽闺自怜”等句后，亦发如醉如痴，站立不住。显然，《西厢记》、《牡丹亭》中动人的爱情故事以及女主人公崔莺莺和杜丽娘的身世遭遇，激起了她内心强烈的共鸣。

但对黛玉来说，她最为人注目的特点，不在于她的聪明过人和知识的渊博，更在于她那浓郁的诗人气质。通观她的言行举止、追求向往，都会使人强烈地感到这是一个实实在在富有诗人气质的少女，或者说是个女性气质的诗人。这倒并不因为她能做诗而且能做出好诗。宝钗虽然也是个做诗的好手，其水平似乎也不在黛玉之下，但她身上却没有半点诗人气质。所以重要的是：黛玉的思想追求、生活情趣和精神气质各个方面都洋溢着一股强烈的诗情画意。

刘姥姥二进荣国府，老祖宗出于高兴带了她去参观大观园，当进入黛玉闺房时，她的一个突出感受是：“这那像个小姐的绣房，竟比那上等的书房还好。”见到的是“窗下案上设着笔砚，又见书架上磊着满满的书。”至于黛玉所居住的潇湘馆更是一个迥异于世俗社会的超尘脱俗的环境：“凤尾森森，龙吟细细”、“湘帘垂地，悄无人声”、“一缕幽香，从碧纱窗中暗暗透出”。这样一个清幽高雅的环境，也只有像黛玉这样一个富有诗人气质的少女才配住在这里。再看黛玉平时的生活情趣也确和他人迥然不同，在她的身上几乎找不出一点庸俗、势利的气息，一切都是那样的高洁雅致，耐人寻味，这里不妨举个生活细节为例，一次黛玉出门时，曾向丫环紫鹃交代：“把屋子里收拾一下，下一扇纱屉，看那大燕子回来，把帘子放了下来，拿狮子倚住，烧了香，就把炉子罩上。”只要稍稍地品味一下这段话，就能领会到黛玉所追求的是一种容不下半点庸俗、势利的超凡脱俗的生活，这正是她这个诗人气质的少女所独有的情致。

我国是个诗的王国，古典诗歌的发展源远流长，曾产生过一系列杰出的诗人和风格各异的不朽诗篇，这些，曾哺育着黛玉这少女的心灵，使黛玉的精神气质变得风神灵秀，散发出一股美人香草的高雅韵味。

历来的哲学家曾相继谈过这样一类意见：一个真正的诗人，总怀有颗赤子之心，有个纯洁美丽的灵魂。黛玉正是这样一个真正的诗人。她不仅在精神气质上充满着诗意；就是在诗歌创作方面也具有很高造诣。她的一些有关诗歌创作的主张甚是高明。她教导香菱：做诗“词句究竟还是末事，第一立意要紧。若意趣真了，连词句不用修饰，自是好的，这叫做'不以词害意'。”接着又向香菱强调：学诗要学最上乘，先从王维的五律，杜甫的七律和李白的七绝入手，“肚子里先有了这三个人做了底子，然后再把陶渊明、应玚、谢、阮、庾、鲍等人的一看。”显然这些见解是十分精辟的，一个在诗歌上没有深厚修养和功力的人是讲不出这些真知灼见的。黛玉爱做诗也会做诗，但这不是为炫耀自己的才华，更不是为了消遣、应酬；而是通过诗歌去抒发情怀、寄托意志，从而向人们袒露出自己独特的思想、情趣和精神气质。

就以大观园姊妹们结成“海棠诗社”后的首次吟咏来说，黛玉写的《白海棠》诗，就富有独特的韵味，它比起探春、宝钗、宝玉和湘云写的显然高出一筹。尽管那位缺乏诗才而被众人举为社长的李纨，从欣赏“含蓄浑厚”出发把宝钗的诗评为第一，但她也不得不承认：“论诗的'风流别致'，当然推黛玉第一。”确实黛玉这首诗给读者的印象是不同凡响的。全诗通过“半卷湘帘半掩门，碾冰为土玉为盆。偷来梨蕊三分白，借得梅花一缕魂。月窟仙人缝缟袂，秋闺怨女拭啼痕”等一连串文采斐然的句子，表现出了诗人想象的丰富、构思的奇特、语言的精练和技巧的娴熟，更为可贵的是全诗形象清新飘逸，体现出少女独有的聪俊灵秀、鄙视庸俗而又饱含苦涩的性格，从而给人以强烈的美感。而被李纨评为第一的宝钗的《白海棠》诗，尽管写得也很出色，具有自己的独特个性，但诗一开头就是：“珍重芳姿昼掩门，自携手瓮灌苔盆”，就为读者刻画了一个恪守妇德的大家闺秀的形象，这种形象总是很难唤起人们的美感。

在黛玉众多的美好诗篇里，最能展示作者心灵、气韵的，当推那首脍炙人口的《葬花吟》。诗以花自喻，寄寓了身世之感。全诗以丰富的想象，缤纷而暗淡的画面和浓烈忧伤的情调，展示了作者复杂的内心世界，透露出了一股强烈的抑郁不平之气：其中有对世态炎凉的愤懑；有对世俗罪恶的揭露；有对自由生活的向往和追求；更有在自由不可获得时，誓不向世俗屈服的傲岸不屈的高尚情操。正是这些形成了一股激荡于全诗里的深刻的悲剧美，有力地撞击着读者的心灵，使黛玉这形象更富有摄人心魄的艺术魅力。

五 从黛玉的悲剧中引出的思考

长期以来，人们尽管对黛玉形象的评价不一，但大多数读者都承认这是一个富有魅力的女性形象。说起女性的魅力，有不少人的心目中，往往把它和人的外表美等同起来，殊不知这样的认识是极为片面的，甚至是错误的。要知道魅力内涵要远比美貌丰富得多，深邃得多。美貌只体现在外表上，而魅力却包含着精神的灵光。美貌随着日月的流逝而逐渐消失，魅力对人则具有永久的吸引力。黛玉的聪明、才华，她的美好心灵、纯正感情、浓郁的诗人气质和对爱情的执著追求，正是这些，使这一形象充满着吸引力。

但黛玉身上这些吸引人的美好东西，在现实生活里却找不到滋生和发展它的土壤。存在于黛玉身边的这个充满着庸俗腐朽的世俗社会的一切都是和黛玉的气质、情趣和她所追求的理想生活是格格不入的。

人们为适应世俗的需要并在这个庸俗势利的环境里求得生存和发展，就得在复杂纷纭的人际关系中学会虚伪做作，口是心非，表里不一；就得学会见风使舵、随机应变，并善于巴结、奉承权贵以取得他们的好感，甚至还要学会一切卑鄙狠毒的手段。在人生道路的选择上，就得遵循封建统治者所指引的路子走，而作为一个女子就得驯服地按封建礼教所规定的三从四德的要求去约束自己、去塑造自己的形象，不允许有背离于封建规范之外的自己独特的思想、情趣、意志和追求；也不用读很多书，不需要有什么才华，所谓“女子无才便是德”，只需学会女红，将来当个“贤妻良母”就够了。在对待自身的婚姻大事上，更不允许有自己的追求和按自己的爱好去选择对象，只需按“父母之命，媒妁之言”去办就行了，完全听命于命运的安排：“嫁鸡随鸡、嫁狗随狗”。世俗社会甚至可以容忍种种败坏道德的通奸行为，却绝不能容忍男女青年之间真挚、高尚的爱情。这方面老祖宗贾母的言行就很有代表性。在贾母看来男主人婚后与人通奸不值得大惊小怪，因为“从小儿人人都这么过”，但对发生在才子、佳人之间的正常恋爱却深恶痛绝，斥之为“伤风败俗”行为而决不容忍。

总之，世俗社会要求人们学会一整套圆滑的处世之道，这样就不仅可以避凶就吉，而且还有可能春风得意、步步高升。黛玉这少女实在太单纯、太纯洁了，似乎未曾沾染上人世间的一丝罪恶似的，她怎么也不会、更不愿去适应世俗社会的要求，总是坚持着按自己的爱好、追求去行事，这就必然会在现实生活里碰壁。小说以生动、细腻的笔触写了随着思想、个性的愈来愈成熟，她对世俗社会的反感也就越来越强烈，而世俗社会对这样一个“目无下尘”的孤女也日益不能容忍。在黛玉生活的环境里，除了宝玉给她以希望、温暖之外，再也找不到任何慰藉，即便是那个曾经搂着她大哭心肝儿肉的嫡亲外祖母也不例外，对她表现出了愈来愈明显的冷漠和嫌弃。因此黛玉的悲剧下场就是不可避免的了，对此，作者已早有预见，所以，在小说的开头就为她塑造了一个还泪的神话故事。

不过，黛玉尽管失败了，但就在她失败过程中向人们展示了她独有的纯洁而富有诗意的美。这种美，对人是那样的富有魅力，它启迪、引导人们去追求生活中的真、善、美和摒弃一切庸俗、势利、腐朽、罪恶的东西。试想，如果人人都学会一套圆滑的处世哲学，相互间热衷于勾心斗角、尔虞我诈，甚至为一己之私利而不惜颠倒黑白、置他人于死地，这样一个充满污秽和罪恶的社会和人生，是多么令人憎恶！生活中没有真、善、美，到处是假、恶、丑，这才是社会和人生的最大不幸！人们从黛玉的执著追求中领悟到了生活的真谛，受到了有力的感染和熏陶，我想这是黛玉形象深刻意义之所在，也是这一形象具有历久不衰艺术生命力的重要原因。而且从这里我们也可更好地体会出作者塑造这一形象的匠心所在。

（原载《金瓶梅红楼梦纵横谈》，北京大学出版社 1990 年版）

内涵丰富复杂、耐人寻味的女子形象——薛宝钗

读过《红楼梦》的人，对薛宝钗这一形象所包含的复杂内涵和独特韵味都留下了深刻印象，尽管人们对这形象的感受、评价会有种种不同，以至完全对立；但大家都不得不承认这是我国文学史上被刻画得最丰富、最耐人寻味的女性形象之一。

一百多年前蒙古族文人哈斯宝在他的《新译红楼梦回批》中对薛宝钗曾写了这样一段话："全书许多人写起来都容易，唯独薛宝钗写起来最难，因而读此书看那许多人的故事都容易，唯独看宝钗的故事最难，大体，写那许多人都用直笔，好的真好，坏的真坏。只有宝钗，不是那样写的，乍看全好，再看就好坏参半，又再看好处不及坏处多，反复看去，全是坏，压根儿没有什么好。一再反复，看出她全坏，一无好处，这不容易。但我又说看出全好的宝钗比全坏还算容易，把全坏的宝钗写得全好便最难，读她的话语，看她行径，真是句句步步都像个极明智极贤淑的人，却终究逃不脱被人指为最奸最诈的人，这又因为什么？史臣执法，《纲目》诚否全在笔墨之外，便是如此。"哈斯宝对宝钗其人所下的结论是："全是坏，压根儿没有什么好"、是"最奸最诈的人"，这样论断是否就很符合实际，当然还有待商榷；但他所指出的宝钗形象所特有的丰富性、复杂性和读者一时不容易看清她的真面目以及作者在塑造这一人物时所表现的独特艺术手法等等，无疑是富有启发性的。

一　非凡的美貌、聪明和才具赢得了作者由衷的赞赏，也博得了读者的钦佩

曹雪芹不仅是我国文学史上最伟大的文学家，而且还是我国封建末世进步的思想家。不平凡的生活经历和对人生的独特的体验形成了他带有初步民主主义思想的美学观点和人生价值论。他在对世俗社会的庸俗、势利、愚昧、腐朽等表现出极端的厌恶的同时，对存在于许多青年女子身上的美丽、聪明、纯洁、有识见等等表示由衷欣赏，把它视为生活中最珍贵的东西。在《红楼梦》第一回里，当他谈及创作小说的动机时，曾很明确地告诉人们：为了让那些行止见识都高出于堂堂须眉的女子们的事迹不至于遭泯灭的缘故，这正反映了他对女子们所怀有的美好感情。在作品的具体描写里，他又通过自己理想的主人公贾宝玉一整套惊世骇俗的言论传达出了自己对那些青年女子的特殊敬爱之情。

作为“金陵十二钗”之一的薛宝钗，就她的美貌、聪明和才华来说在贾府众多的青年女子（无论是小姐还是丫环）里算是非常突出的。和黛玉相比，至少不相上下，甚至还有过之而无不及。就在黛玉进贾府后，紧接着宝钗和她的哥哥、母亲也来到了贾府。宝钗一来就引起了全府上下的注意，给人们留下了美好印象。小说第五回开头，在谈了刚来不久的黛玉如何获得外祖母的万般怜爱之后，紧接着就说了下面一段话：“不想如今忽然来了一个薛宝钗，年岁虽大不多，然品格端方，容貌丰美，人多谓黛玉所不及。而且宝钗行为豁达，随分从时，不比黛玉孤高自许，目无下尘，故比黛玉大得下人之心。”

上面已经讲到，作者之所以赞美这些女子，其原因之一就是她们生得美丽、聪明而富有识见；而他之所以讨厌世俗男性也是因为他们不仅生活腐朽、灵魂卑污，而且还愚蠢无能。而宝钗是这样的美貌、聪明和才具出众，则理所当然地会受到作者赞赏，这在小说的具体艺术描写里表现得十分清楚。

小说对黛玉的那种“袅娜风流”，固然也是赞美的，但这种带有病态的美，毕竟使人有美中不足之感。而宝钗的“妩媚风流”无半点病态，表现出那样的丰润、健康，作者特以“艳冠群芳”的称号加以赞美。小说曾不止一次地渲染这种“妩媚风流”之美，它对宝玉有强大的吸引力。

第二十八回里写宝钗褪左腕上的香串子给宝玉看时，因生得肌肤丰泽，一时褪不下来，这时宝玉在旁看到宝钗雪白一段酥臂，不觉动了羡慕之心，“忽然想起‘金玉’一事来，再看看宝钗形容，只见脸若银盆，眼似水杏，唇不点而红，眉不画而翠，比林黛玉另具一种妩媚风流，不觉就呆了。”在相当一段时间内，宝玉曾为陷入与他相好的几个青年女子的感情纠葛不能自拔而深深苦恼，在他所写的续《庄子·胠箧》一文里，曾写了这样一些话：“焚花散麝，而闺阁始人含其劝矣；戕宝钗之仙姿，灰黛玉之灵窍”，这正是上述矛盾、痛苦心态的反映。从宝玉这些话里也可以看出：宝钗给他印象最深刻的是她的“仙姿”；而黛玉给他印象最深刻的则是她的“灵窍”。艺术形象启示读者，作者对宝钗美貌的赞美，不是停留在一般性的描绘上，而是带着浓厚的感情色彩，且通过各种场合加以多方渲染。

在渲染宝钗美貌的同时，作者又以夸张的手法，强调了她的聪明和知识的渊博及才具的出众。

这个从小就笃信封建伦理道德的薛宝钗，不仅对四书五经之类正经书籍很熟，就是被时人认为旁门左道的诗词歌赋、戏剧小说之类，包括那些所谓“邪书淫词”，她也是知之甚多、甚细，以至使这个一贯不爱看正经书，专好“杂学旁收”的“孽障”宝玉也感到惊叹不已，自愧弗如。在小说的第二十二回里，贾母命宝钗点戏。当宝钗点了一出《鲁智深醉闹五台山》时，宝玉说她：“只好点这些戏。”但看宝钗是怎样回答的：“你白听了这几年的戏，那里知道这出戏的好处，排场又好，词藻更妙。是一套北《点绛唇》，铿锵顿挫，韵律不用说是好的了；只那词藻中有支《寄生草》，填的极妙，你何曾知道。”接着她就脱口而出，念了这支《寄生草》的曲文。这么一个年纪轻轻的女子，知识竟这样的丰富，不仅能把戏文的曲子背得烂熟；而且对每个曲牌的声韵上的特点，词藻上的妙处都知道得一清二楚，这不能不令人钦佩。难怪宝玉听后喜得拍膝画圈，极赞宝钗“无书不知”了，竟至引起了在场的黛玉的不快，讽刺宝玉道：“安静看戏罢，还没唱《山门》，你倒《妆疯》了。”

宝钗曾先后发表了一些有关诗、画方面的评论，这些评论不是泛泛之论，而是富有真知灼见，反映出了她艺术上的深厚功力。她所写的《海棠诗》、《柳絮词》和《螃蟹咏》等许多诗作，如从艺术描写的角度来说无疑都是精彩之作，充分表现出了她文学创作上的才华，特别是那首

《螃蟹咏》更是首犀利无比的政治讽刺诗，令人叫绝！被誉之为食螃蟹的绝唱。尤其是诗里的第二联：“眼前道路无经纬，皮里春秋空黑黄”，给一切心怀叵测、专横跋扈之辈勾勒了一副出色的肖像，预示着他们不可逃脱的悲惨下场，难怪宝玉看后情不自禁地说：“骂得痛快！我的诗也该烧了。”

宝钗的才能不仅反映在文艺创作和评论上，而且还表现在处理各种实际事务的能力上。第五十六回“敏探春兴利除宿弊，贤宝钗小惠全大体”里，写王熙凤病倒之后，一时家中大小事务无人料理，王夫人先是让那位懦弱忠厚的李纨出来理家。然后又以李纨“本是个尚德不尚才的，未免逞纵了下人”为理由，命探春“合同李纨裁处”，之后又觉得“园中人多，又恐失于照管”，特请了宝钗来，“托她各处小心”。这样就出现了三驾马车式的领导格局。在这三驾马车式的领导格局里，处在中心地位的当然是探春，但其中宝钗的作用和影响却丝毫不能低估。固然探春理家上提出的一套“开源节流”的办法，显示她在这方面的非凡才能，为作者所赞扬；但探春这一切都离不开宝钗的从旁指点和协助，宝钗考虑问题的周到、全面、细致和深入不是探春所能企及的，特别在“小惠全大体”方面，更显示出她主意的高人一筹。她不仅考虑了如何使这个国公府尽量节省些开支；同时，还考虑到了不能因此而使这个贵族之家失去体面。既要让被她们所选中的为数很少的几个承包人捞到好处，充分调动起她们的积极性；同时也考虑到了园里没有捞到承包任务的几十个老妈妈也能从中得些利益，这样就不仅可以避免她们因出于妒忌而在背后使坏，而且还能齐心协力地和承包人一起把园子管好。在整个理家中宝钗不仅注意实干，而且有套理论。在处理问题时没有把目光只停留在眼前的一些利害上，而能瞻前顾后，体上恤下，表现了她的远见卓识。

平时在对待和处理一些复杂而棘手的问题上，宝钗也是头脑清楚、思虑深远，不为一时感情冲动而把事情搞糟，从而得到了长辈们的一致赞许。小说第四十七回里，她的哥哥呆霸王薛蟠被柳湘莲骗至北门外一带苇塘里打得乱滚乱叫之后，她母亲面对儿子这副狼狈相，又是心疼又是发狠，出于急切的报复心理，于是就想通过王夫人的关系，借贾府权势，去擒拿柳湘莲。在这紧要关头，宝钗明确地表示出她不能同意母亲的做法，其理由是：“咱们家无法无天，也是人所共知的”，“如今妈先当件大事告诉众人，倒显得妈偏心溺爱，纵容他（薛蟠）生事招人，今儿偶然吃了一次亏，妈就这样兴师动众，倚着亲戚之势欺压常人。”这里，人们不得不承认，宝钗识见高明，终于使这个目光短浅，一味听任感情驱使而不考虑后果的母亲不得不对女儿折服，从心底发出由衷的赞美：“我的儿，到底是你想的到，我一时气糊涂了。”宝钗接着又向母亲作了进一步分析，指出她哥哥的这次被打，可能还会引出积极的后果，她说：“这才好呢。他（指薛蟠）又不怕妈，又不听人劝，一天纵似一天，吃过两三个亏，他倒罢了。”这些地方，充分显示了她思虑之深远。

总之，宝钗的非凡美丽、聪明和出众的才具，的确赢得了作者由衷的赞扬，这些也给了读者以鲜明印象，同时也不能不引起了他们对这少女的钦佩之情。

二　封建世俗感情严重污染了少女纯正的感情，使整个形象失却动人的艺术魅力

历来的美学家曾一再阐述这样一个道理，人的美有外貌美和性格美，其中重要的是性格美。外貌美如果缺少性格美的配合，那整个形象也就失却了美的意义。实际生活也一再提醒人们：一个人再漂亮、聪明，如果不与纯洁美好的心灵相结合，那这样的形象终究也是唤不起他人的美感的。

薛宝钗非凡的美丽、聪明和出众的才华固然不能不使人钦佩；但由于缺乏纯洁的灵魂和率真的感情，因此怎么也唤不起读者的美感，因而整个形象也就缺少动人的艺术魅力。

如果说黛玉这形象是太纯洁、太天真了，像是没有沾染人间的一丝罪恶似的，那么宝钗就未免太世故了，在她的心灵上似乎已结下了一层很厚的世俗的污垢，致使少女应有的纯正可爱的东西被埋没了。

薛宝钗出身于口称“有百万之富”的皇商家庭。从小就在父亲的管教下“读书识字”，“拣那些正经书看”，接受严格的封建教育。父亲死后，她见哥哥不能安慰母心，就一心注重“针凿家计等事”，以便为母亲“分忧代劳”。她从小就努力以封建统治阶级所规定的“妇道”来要求自己。封建的伦理纲常和功名利禄的观念已浸透着她的灵魂，少女美好、纯洁的心灵逐渐被淹没了。

薛宝钗把历来窒息人性的程朱理学及其所倡导的封建纲常视为神圣东西。在她协助探春理家时，当探春把朱熹文章说成是：“虚比浮词，那里

真是有的"时，宝钗对探春这种对朱子不以为然的态度表示了极大气愤："朱子都有虚比浮词？那句句都是有的。你才办了两天时事，就利欲熏心，把朱子都看虚浮了。你再出去见了那些利弊大事，越发把孔子也看虚了！"尽管宝钗小时也曾偷偷背着别人看过"西厢"、"琵琶"以及"元人百种"之类；但当她听了林黛玉行酒令时顺口说了两句《西厢记》、《牡丹亭》曲词后，就一本正经地教训起黛玉来了，一说就一大套，滔滔不绝："所以咱们女孩儿家不认得字的倒好。男人们读书不明理，尚且不如不读书的好，何况你我？就连作诗写字等事，原不是你我分内之事，究竟也不是男人分内之事。男人们读书明理，辅国治民，这便好了；只是如今并不听见有这样的人，读了书倒更坏了。这是书误了他，可惜他也把书糟踏了，所以竟不如耕种买卖，倒没有什么大害处。你我只该做些针黹纺织的事才是，偏又认得了字，既认得了字，不过拣那正经的看也罢了，最怕见了些杂书，移了性情，就不可救了！"她把封建阶级所鼓吹的"女子无才便是德"视作人生信条，一有机会就要向人宣传，让人也像她那样自觉地把这些奉为金科玉律。第六十四回里写黛玉因"见古史中有才色的女子，终身遭际令人可欣可羡可悲可叹者甚多"，于是就选择其中的五人写了五首诗"以寄感慨"。宝玉命名为《五美吟》。宝钗还没来得及看诗的内容，就抓住"女子无才便是德"这个题目，又喋喋不休地向黛玉讲解起来："自古道'女子无才便是德'，总以贞静为主，女工还是第二件。其余诗词，不过是闺中游戏，原可以会，可以不会。咱们这样人家的姑娘，倒不要这些才华的名誉。"这些充满着封建学究气息的大篇说教，竟出自一个十多岁的年轻女子口里，是显得多么的不协调！不能不使人产生厌恶之情。

封建家长们对宝玉寄托了极大的希望，切盼他负起振兴家族的重任，因而一心逼着他走一条"读书应举"、"仕途经济"的"正路"。宝钗对宝玉的态度是和家长们完全一致、不谋而合的。她一见宝玉就要对他进行"金殿对策"、"立身扬名"的说教，致使宝玉十分反感："好好的一个清净洁白女子，也学得沽名钓誉，入了国贼禄鬼之流。"当她听了宝玉批评之后，除了一时"羞得满面通红"之外，却并不因此而改弦易辙，而是顽固地坚持着按封建家长的要求，一再规劝宝玉走封建主义的"正道"。这些正说明她"中毒"之深。

贾政出于"恨铁不成钢"的心理，抓住了宝玉的某些把柄，正把他打得死去活来的时候，宝钗前往怡红院看望宝玉说了这样一句话："早听人一句话，也不致有今日。"这句带有嘲讽意味的规劝话，在此场合是显得多么不合时宜，但她不管宝玉听后反应如何，在她看来必须这么说才是对宝玉的爱护，不使他在"邪道"上继续执迷不悟地滑下去，以至不可救药。

小说有很多描写，一方面反映了宝钗那种少有的机敏和学识的渊博，同时也暴露了她思想的庸俗，表现出对富贵荣华生活的强烈向往。小说的第十七、第十八回里，写了元春省亲时，宝玉奉谕写《大观园题咏》，当宝钗发现在他起草的"怡红院"一诗里有"绿玉春犹卷"一句时，就急忙提醒他："他（指元春）因不喜'红香绿玉'四字，改了'怡红快绿'；你这会子偏用'绿玉'二字，岂不是有意和他争驰了？况且蕉叶之说也颇多，再想一个字改了罢。"但宝玉一下却想不出什么典故来，急得满头是汗，这时宝钗笑着及时提醒他："你只把'绿玉'的'玉'字改作'蜡'字就是了。"可是宝玉还依然不明白这"绿蜡"的出处。宝钗这时就悄悄地咂嘴点头笑道："亏你今夜不过如此，将来金殿对策，你大约连'赵钱孙李'都忘了呢！唐钱珝咏芭蕉诗头一句'冷烛无烟绿蜡乾'，你都忘了不成?"宝玉听了，不觉洞开心臆，笑道："该死，该死！现成眼前之物偏倒想不起来了，真可谓'一字师'了。从此后我只叫你师父，再不叫姐姐了。"这时宝钗亦悄悄地笑道："还不快作上去，只管姐姐妹妹的。谁是你姐姐？那上头穿黄袍的才是你姐姐，你又认我这姐姐来了。"

看了这段描写，人们感受如何呢？不得不钦佩宝钗的机敏及知识的渊博。平心而论，宝玉已经够聪明了，他的知识也是够丰富了，但和宝钗相比，不免相形见绌，以至使宝玉心悦诚服地要拜她为师了。但就在这段文字里，宝钗对"金殿对策"是那么向往，对那个穿黄袍、当贵妃的元春又是那样的艳羡。这些不禁使人感到这位聪明、有识见的小姐思想未免太庸俗，特别是和元春自己对当贵妃生活的反感之情加以对照的时候，宝钗的上述表现更令人厌恶!

贾府这个环境上上下下都那么势利、庸俗、虚假和腐朽，很多心灵纯洁、天真活泼、向往自由的女孩子们生活在其中无不感到烦闷窒息，显得格格不入。但宝钗的感受则相反，如鱼得水，左右逢源。通过这种对比，不正说明了她的那颗天真纯洁的少女之心受到世俗污染之深！这些甚至也还反映在她的日常生活上。

追求美是人之常情，特别是对一个青年女子来说爱美更是天性。像宝钗这样的贵族小姐，也有充分条件把自己和她的住所打扮和修饰得更美些。但令人吃惊的是，当人们随着作者的笔触进入她的居室时，见到的是什么呢？整个屋子像雪洞一般，一色的玩器全无，案上只有一个土定瓶中供着数枝菊花，并两部书、茶奁茶杯而已。床上只吊着青纱帐幔，衾褥也十分朴素。这哪像一个贵族小姐的闺房？这种反常的行为，使人产生一种很不舒服的感觉，以至连那位老祖宗也感到太出乎情理之外了，不禁摇着头说："使不得！""年轻的姑娘房里这样素净，也忌讳。"这是作者对姑娘内心世界缺乏美的理想的深入揭露。

在宝钗的思想性格里，散发出了一股封建士子的学究气和迂腐气，因此，尽管她美丽、聪明、富有才识，但怎么也唤不起人们的美感，形象也就缺乏感人的魅力。

三　把宝钗视作"封建淑女"典型的说法，不仅是表面的、肤浅的，而且没有领会到作者匠心

看了宝钗的上述一些表现之后，很容易形成一种错觉，似乎宝钗就是个"封建淑女"的典型。确实历来有不少评论家就是这样看待宝钗的。我国封建时代曾出现过大批封建淑女，在文学作品里也不乏这类形象。所谓"封建淑女"，不外有下列特点，端庄、稳重、贤淑，按封建妇道的规定严格要求自己，谨慎小心，兢兢业业，不敢越雷池一步，表现出特别的老实、驯服和温顺。宝钗是这样的人物吗？不错，在宝钗身上也确有"封建淑女"的部分表现；但整个形象的内涵，则已远远地越出了上述范围，使人感到十分的复杂。作者正面肯定她的端庄、稳重、贤惠的同时；又用"春秋笔法"深刻地揭示了她对实利主义的强烈追求，为了达到谋取实利的目的，她有时可以不择手段，即便是封建伦常和礼教观念也可以置之脑后，尽管这一切有时被表现得很隐蔽，需要人们细心琢磨，但这却是形象内涵所包含的重要方面。

宝钗的家庭，在金陵的四大家族里社会地位比较低，虽然她家很有钱，"现领着内帑钱粮来办杂料"，但权力不大，自她父亲死后，形势就更为严峻。在封建社会里，如果没有权势地位作后盾，那钱财也是不易保

持的。对于薛家来说，如何提高自己的社会地位，捞取权势，这是关乎家族兴衰的头等大事。如何去争得地位和权势呢？巴望薛蟠这个花花公子，通过“读书应举”、“仕途经济”的“正路”去获取吗？显然不可能。于是只好寄希望于美丽、聪明的宝钗身上，想通过宝钗的婚姻纽带去联结上层统治集团，以获得薛家最为缺少的权势。这既是家庭也是宝钗本人的意愿。宝钗进京的重要目的之一，是“待选”，就是因为皇帝“除聘选妃嫔外，在世宦名家之女，皆得亲名达部以备选择，为公主、郡主入学陪侍，充为才人赞善之职。”“待选”这种事，一般善良人家是不屑干的，因为把女儿送去当宫女，将意味着葬送女儿的幸福。但薛家为急于抓取政治势力，寻求靠山，以光耀门楣也就顾不了这些了。

宝钗一家进了贾府之后，“待选”的事虽后来没有着落，但急于投靠有权势的想法却始终强烈支配着薛家母女俩的行动。宝玉是这个赫赫扬扬的国公府的唯一继承人，宝钗如能与他结婚，那薛家政治上就有了依靠，那种只富不“贵”的局面也就因之而改观。因此对薛家母女来说，在“待选”不成的情况下，让宝钗和宝玉成婚无疑是最理想的出路。可是想实现这目的并不容易，因为宝玉身旁已有了个聪明美丽的女子林黛玉，尽管这女子处境悲苦，已是个寄人篱下的孤女，但她毕竟还是“老祖宗”的亲外孙女，一来后就和宝玉生活在一起，结下了亲密的感情。

尽管客观的形势这样严峻，但薛家母女为了家族的命运也不会就此而改变自己的原先打算——让宝钗和宝玉成婚。

宝钗凭她所特有的聪明和识见，她早就看出，在这样一个贵族家庭里决定最后婚姻命运的不是男女间的爱情，而是家世的利益。因此她首先在那些有威望、有权力的人身上下功夫，多方争取她们的支持和赞扬。贾母是这个贵族之家的最高权威，她的一言一行，一举一动在这个家庭里都会产生举足轻重的威力。宝钗看到王熙凤之所以能牢牢地掌握着这个大家庭的权柄，得以作威作福，旁人奈何她不得，就是因为有这位老祖宗的怂恿和支持。她要在这环境内站稳脚跟，赢得人们的好评和青睐，进而为自己所追求的终身大事创造必要的条件，就需首先赢得老祖宗的好感。为此，她费尽心机，多方揣摩老祖宗的心理，不惜违心地说假话，使自己变得十分的虚伪，千方百计地投贾母之所好，以博取她的欢心。凡贾母爱吃的食物也就成了她最爱吃的；贾母最爱看的戏也就成了她最爱看的。她凭自己一股聪明劲儿，在讨好贾母时也能像王熙凤那样做到十分自然、得体，无一点生硬、牵强之态，既使对方听后很舒服，又不露自己故意奉承的痕迹。一次宝钗当着贾母和王熙凤说了这样一些话："我来了这么几年，留神看起来，二嫂子凭她怎么巧，再巧不过老太太。"看，多会说话，既大大夸赞了贾母一番，使这位素来喜欢别人巴结、奉承的老祖宗听后浑身舒服；而且还间接地赞扬了这位年轻的当家人王熙凤，真是"一箭双雕"！宝钗这一手真灵，随着时间的推移，贾母对她越来越有好感，竟破例为她做生日，相形之下，原来深受贾母疼爱的林黛玉，却越来越受贾母的冷淡。按理，死了父母无人为她做主的黛玉正需要外祖母出面为她做生日，但贾母就是没有这个兴致，把这种热情却移到了宝钗身上。贾母不止一次地在众人面前表扬宝钗，夸她如何的贤惠、如何的讨人喜欢，有意把宝钗捧上一个与众不同的特殊地位，作为众姊妹效法的榜样。一次贾母还特意当着宝钗母亲薛姨妈的面重重地夸赞了宝钗一番："提起姐妹，不是我当着姨太太的面奉承！千真万真，以我们家里的四个女孩算起，都不如宝丫头。"贾母所说的当然不是客套话，而是发自她内心的肺腑之言。

元春的贵妃身份，对贾府保持显赫的权势和地位有特殊重大的意义。宝钗对她一向艳羡不已，而元春对宝钗的美丽、聪明、富有才华以及为人处世的态度，似乎也特别欣赏，这表现在端午节赏礼，唯宝钗与宝玉一样。元春的这种不寻常的举动曾使宝玉非常纳闷："这是怎么个原故？怎么林姑娘的倒不同我一样，倒是宝姐姐的同我一样！别是传错了罢？"袭人回答很妙："昨儿拿出来，都是一分一分的写着签子，怎么就错！"宝玉在这里未免太天真了！但聪明而又世故的宝钗却对元春此举心领神会，充分领悟到了这是对她最有力的支持。所以，她决意借元春送来的红麝串这宝物（这只有宝玉和她有，别的姑娘都无）好好炫耀一番。尽管她平时从不喜好打扮，这次却一反常态，即便是炎夏，她也要把红麝串笼在自己的左腕之上来回走动，把它展示于大庭广众之间，以引起人们的注目。

最使人反感的是，为巴结当权者，宝钗有时全然不顾事实真相，睁着眼睛说瞎话。金钏儿因和宝玉说了几句玩笑话（其责任主要在宝玉），就遭了王夫人一记嘴巴和恶毒的谩骂，接着又被撵出贾府，致使金钏儿一气之下投井自杀。这里暴露了王夫人的凶残，但王夫人在当时却还没有料到竟会造成这样严重的后果，因此事发之后，不无感到内疚，当她向宝钗谈到金钏儿投井原因时，也无法推卸自己的责任："原是前儿他（指金钏儿）把我一件东西弄坏了，我一时生气，打了他几下，撵了他下去。我只说气他两天，还叫他上来，谁知他这么气性大，就投井死了。岂不是我的罪过?”尽管王夫人有意隐瞒了一些事实，但不管怎么说，她还是承认了自己是有罪过。可是宝钗为表现她的“体亲之情”，竟公然地为王夫人掩盖罪责。她首先赞扬王夫人是“慈善人!”接着就说：“据我看来，他并不是赌气投井，多半他下去住着，或是在井跟前憨顽，失了脚掉下去的。他在上头拘束惯了，这一出去，自然要到各处去顽顽逛逛，岂有这样大气的理！纵然有这样大气，也不过是个糊涂人，也不为可惜。”宝钗的这种说法是有意混淆是非，这已经不能用一般的“趋炎附势”所能概括，她残酷无情，在被迫害的丫环身上还要戳上一刀，这不能不引起人们愤慨!

宝钗在竭力争取贾府当权者的好感和支持的同时，也没有因此而忽视去讨好贾府上下其他各式人等，即便是像赵姨娘、贾环这样“没时运”的人物也决不放弃。在分送她哥哥从南方带来的土产时，也特意给她们送了一份，从而博得了赵姨娘的由衷夸赞：“难为宝姑娘这么年轻的人，想的这么周到，真是大户人家的姑娘，又展样，又大方，怎不叫人敬重呢?怪不得老太太和太太成日家都夸她疼她。”宝钗这种“借假大义、窃取美名”，已到了煞费苦心的地步。这是只有专心追逐实利、工于心计的人才做得出来的。

宝钗也知道，要实现与宝玉成婚的目的，获取封建家长们的支持固然特别重要，但争得宝玉对她的好感也不能忽视。尽管宝玉的种种“乖僻”是她所不赞成、不喜欢的，但是这位青年贵公子的长相和才华对她还是颇有吸引力的。

在如何获取宝玉对她的好感，如何不动声色地和黛玉展开争夺宝玉的斗争，作者使用了不少“皮里阳秋”的手法向读者揭示了这位端庄、稳重的少女所施展的一套圆滑、狡诈的市侩手段。

在小说的具体艺术描写里，人们不难发现：在和宝玉的接触中，宝钗一反封建淑女忸怩、被动的姿态，表现出十分的主动。她一有空就要往宝玉处跑，一谈就是很长时间，有时还赖着不走，引起宝玉房中晴雯的不快。人们大概还会记起这样一个有趣的情节：一天晚上黛玉去怡红院找宝玉，却被晴雯“假传圣旨”拒于门外，黛玉吃了这闭门羹后，竟气得发昏，实际这是个天大的误会！晴雯之举是针对宝钗而发的，根据晴雯的经验误认为敲门的又是宝钗。作者通过这一细节，不动声色地揭露了这位小姐在端庄、稳重外衣下的另一面。

在她和宝玉的关系中，“金玉良缘”的神话帮了她很大的忙，也给黛玉带来了莫大的痛苦。

“金玉良缘”的神话的产生是发人深思的。据作品的介绍，宝钗的金锁是和尚送的，令人感到惊异的是：金锁上的八个字正好是和宝玉的玉上八个字成为对子，而宝钗母亲薛姨妈还在人前强调说，那个给金锁的和尚还告诉：“只有有玉的才可以配”。试想，在当时这环境里，除了宝玉外，还谁有这玉呢？显然这个神话的产生是有鲜明的针对性的。为实现宝钗婚姻大事上的宏愿，薛家母女真是绞尽脑汁、煞费苦心，再联系那个从不爱花儿、粉儿的宝姑娘却始终不忘把这沉甸甸的金锁挂在脖子上这一惹人注目的表现，其中的奥妙也就看得更清楚了。

在钗、黛争夺宝玉爱情的过程中，有些人总是对黛玉的小心眼儿、说话尖刻、不能容人以至爱吃醋等等留下深刻印象，并以此去指责黛玉，似乎宝钗全然没有这类表现似的。这种认识是不符合客观实际的。当然，由于宝钗城府深，非常世故，又善于作假，多方掩饰，有时会做得比黛玉隐蔽一些，但即便这样，细心的读者还会发现，宝钗在争夺爱情上并不“贤淑”，有时同样表现出十分尖刻。

第二十五回里写宝玉、王熙凤因马道婆作魇魔法而几乎送命，正在他们生命垂危的时候，幸亏得到一僧一道的拯救才得以转危为安。黛玉在听到他俩渐渐好转时，情不自禁地念了一声“阿弥陀佛”。这就引起了宝钗的不快，就抓住这把柄攻击黛玉，嗤的一声笑着说：“我笑如来佛比人还忙：又要讲经说法，又要普度众生；这如今宝玉、凤姐姐病了，又烧香还愿，赐福消灾；今才好些，又管林姑娘的姻缘了。你说忙的可笑不可笑。”把黛玉弄了个大红脸。这难道是个淑女所能干出来的吗？她的端庄、稳重又到哪儿去了呢？

在第三十回里写宝、黛两人先是闹矛盾，后来又对赔不是。这些为宝钗所一一知悉了。后来当黛玉问宝钗：“你听了两出什么戏”时，宝钗回答是：“我看的是李逵骂了宋江，后来又赔不是。”宝玉不知宝钗的用意，竟天真地说：“姐姐通今博古，色色都知道，怎么连这一出戏的名字也不知道，就说了这么一串子。这叫‘负荆请罪’。”宝钗笑道：“原来这叫作‘负荆请罪’！你们通今博古，才知道‘负荆请罪’，我不知道什么是‘负荆请罪’！”小说紧接着就说了这样一段话：“宝玉、林黛玉二人心里有病，听了这话早把脸羞红了。”在与黛玉争夺爱情上，宝钗丝毫不温文尔雅，而是寸步不让，决不相饶。

就在同一回里，还写了宝玉问宝钗：“姐姐怎么不看戏去？”宝钗道：“我怕热。”宝玉就接着说了一句：“怪不得他们拿姐姐比杨妃，原来也体丰怯热。”这一下子更是不得了了，宝钗冷笑了两声道：“我倒像杨妃，只是没一个好哥哥好兄弟可以作得杨国忠的！”接着又借小丫头靛儿怀疑她藏扇子，就借题发挥，声色俱厉地训斥丫头：“你要仔细！我和你顽过？你再疑我。和你素日嘻皮笑脸的那些姑娘们跟前，你该问他们去！”显然，宝钗这一发作是冲着宝玉来的。她要教训宝玉，我宝钗不是好欺负的！这些表现哪像是个封建淑女呢？

在爱情的争夺中，天真、率直的黛玉决非她的对手。宝钗在和黛玉打交道的过程中，还使出了一套笼络、制服黛玉的手段。你看她巧妙地抓住了黛玉在酒宴之上说漏了《西厢记》、《牡丹亭》里两句诗的机会，以关心黛玉的面目出现，先是审问她，接着又是教育她、忠告她，终于使天真的黛玉对其表示出感激涕零的心情。在黛玉生病的过程中，宝钗对她略施恩惠，送了她几两燕窝（这几两燕窝对出身于皇商家庭的宝钗来说是不费吹灰之力就能办到的），竟使这个寄人篱下的孤女黛玉十分感动。长期来，黛玉对宝钗始终存有戒心，但经过了这两件事情之后，黛玉的态度来了个急遽的转变，十分真诚地向宝钗作了自我检讨。这里，我们一方面，感到黛玉实在太天真、纯正了；同时也不得不佩服，宝钗在俘虏情敌——黛玉方面所使出的手段实在高明，竟不露一点痕迹。

根据上述这一系列的所作所为，再想用“封建淑女”这概念去概括这个形象无论怎样也说不通了。看来在这个形象里，除了端庄、稳重、“贤淑”外，还有另一面：圆滑、虚假、工于心计。作者对这些方面，虽然有时写得很曲折、隐晦，但态度是鲜明的，是揭露、批评乃至鞭打。

四　宝钗的悲剧结尾给予读者的思考和感受

薛宝钗为争取“金玉良缘”这一神话的实现，确实是费尽了心机，终于在全家上下的支持下达到了自己预期的目的。但令她遗憾的是：她所做出的种种努力，非但不能赢得宝玉的心，而且越来越使宝玉反感。那种缺乏爱情的“金玉良缘”使宝玉内心倍感痛苦，更无法使他忘却那种来自黛玉方面刻骨铭心的爱，在绝望之余只好离开这个污浊的现实去当和尚，致使宝钗到头来落了个独守空房、遗恨终身的惨局。

尽管《红楼梦》八十回后原稿中曹雪芹如何具体地写宝钗的最后结局我们已不得而知，但体现出《红楼梦》艺术构思的第五回里的那首《终身误》这支《红楼梦》曲：

> 都道是金玉良姻，俺只念木石前盟。空对着，山中高士晶莹雪，终不忘，世外仙姝寂寞林。叹人间，美中不足今方信，纵然是齐眉举案，到底意难平。

却是和现在续书里关于宝钗悲剧结局的描写在精神上是吻合的。从“终身误”这曲名也反映了曹氏构思上的深意，不外是指由于婚后的宝玉仍念念不忘死去的黛玉，致使宝钗的处境十分落寞和难堪，终于误了自己的终身。

作者尽管用了史家之笔深入地揭露了宝钗性格里的许多污浊、不光彩的东西，但他没有把这责任主要归之于宝钗个人，而是应由这个龌龊而势利的社会负责。在作者的眼里，这个美丽、聪明而有才具的女子也是这个社会和制度的牺牲品，所以同样也是个“有命无运”之人，把她归入了“薄命司”的册子，流露了同情、惋惜之情。

通过宝钗形象的塑造，我们更具体地感受到《红楼梦》在人物刻画上的创造性成就，懂得了一个真正有血有肉的形象必须像生活里的真人那样丰富、复杂、多姿多态，使人感到真实无比，决不是用简单生硬的“好人”、“坏人”或“正面人物”、“反面人物”这些框框所能概括的。

（原载《金瓶梅红楼梦纵横谈》，北京大学出版社 1990 年版）

论王熙凤和市侩主义

王熙凤是《红楼梦》作者着墨最多的一个典型形象，也是全书中写得最活、刻画最成功的人物之一。在小说的整个艺术构思里，王熙凤占着举足轻重的地位。如果把《红楼梦》比成一座宏大而辉煌的艺术宫殿，那么抽去了王熙凤形象之后，那宫殿就将会倾斜以至倒塌。

王熙凤在书里初次出场时就已是老祖宗贾母最宠爱的孙媳妇，是荣府里最有权势的管家少奶奶。这个不过十七八岁的孙媳妇，在公婆、叔婶俱在的情况下，居然掌握着这个显赫的国公府的家政大权，这不能不是个奇特的反常现象。

众所周知，在男子当权的封建社会里，统治阶级大力倡导夫权，妇女是没有独立人格和自主权的，只能在丈夫的统治和管辖之下，具体负责些日常的家务操作。无论是国家还是家庭，一旦出现了妇女掌权的情况，就被视作是“纪纲毁堕”的不祥之兆，即所谓“牝鸡司晨，惟家之索”。然而就在这赫赫扬扬的国公府里，竟找不出一个能管理家业的男人，致使家政大权不得不落入王熙凤这样一个晚辈的年轻媳妇之手，以至陷入了为他们所忌讳的“牝鸡司晨”的局面。这种“反常情况”的出现，一方面反映了贵族大家庭里男性主子的无能，从而深刻地表现出了这个封建大家庭必然没落的历史命运；同时也说明了王熙凤确是个具有非同一般聪明、能干的人物，特别是她“杀伐决断”的才能，更是一般妇女所没有的。

王熙凤作为一个贵族女子，同生活在贾府里的其他贵族小姐相比，无论性格、思想和气质都给人以迥乎不同的感觉。王熙凤既无黛玉的高洁理想和诗人气质，也无宝钗那种雍容端庄的姿态，更无探春那种阔大英豪的气概。而李纨的那种善良、老实和无用，在她身上更找不出丝毫痕迹。当我们在全面考察了王熙凤的所作所为之后，不难发现，在她身上有不少东西是以往的妇女形象所没有的。其中一个最核心的方面就是市侩主义。可以这样说，市侩主义已渗透到了她性格的主要方面。正是这点，使王熙凤形象与我们所熟悉的封建社会的传统女性形象鲜明地区别开来。

这种市侩主义的特色比较突出地表现在下列几个主要方面。

一

王熙凤市侩主义的表现之一是在处世态度上的圆滑、狡诈和凶狠，更确切地说是在圆滑、狡诈掩盖下的凶狠。

在小说第六十五回“贾二舍偷娶尤二姨”里，写了那个被贾琏派往尤二姐处服侍的心腹小厮兴儿在向尤二姐介绍王熙凤时曾说她：“嘴甜心苦、两面三刀；上头一脸笑，脚下使绊子；明是一盆火，暗是一把刀：都占全了。”兴儿的这些话，一针见血地揭示出了王熙凤性格的重要方面：圆滑、狡诈和凶狠。三者在她身上是紧紧地结合在一起的，是以圆滑、狡诈掩盖她的残酷，并以此作为她在争权夺利的旋涡中的处世准则。这种特性既概括了封建没落贵族的某些本质特点，更深刻表现出了具有一定新兴资产阶级的色彩的统治阶级的本性。

正是这种特性，使她这个聪明、美丽、能干的年轻女性有时变得很可怕，因此曾被人比喻为是一条“美丽的蛇”。

在“毒设相思局”、“弄权铁槛寺”、“害死尤二姐”等重大罪行里面，上述特点有十分突出的表现。以“害死尤二姐”来说，就极为典型。在这事件中，王熙凤对尤二姐当面一套，背底一套，耍尽了两面派手法，以掩盖她残酷无比的用心。兴儿早就在尤二姐面前说过王熙凤最爱吃醋。他说：“人家是醋罐，他是醋缸、醋瓮。”因此，当她得悉丈夫贾琏在外背着她偷娶尤二姐时，她怒火中烧，一定要置尤二姐于死地。在具体对付尤二姐时，她能把残酷毒辣的害人手段，用甜言蜜语的贤德外衣包裹起来，耍出了她惯用的两面三刀的伎俩。她乘丈夫贾琏外出，先设法把尤二姐骗进府来。为此，她主动地去尤二姐住所“拜访”，一见面就对尤二姐表现出异常的亲热：“我今来求姐姐进去和我一样同居同处，同分同例，同侍公婆，同谏丈夫。喜则同喜，悲则同悲；情似亲妹，和比骨肉。不但那起小人见了，自悔从前错认了我；就是二爷来家一见，他作丈夫的人，心中也未免暗悔。所以姐姐竟是我的大恩人，使我从前之名一洗无余了。

若姐姐不随奴去，奴也情愿在此相陪。奴愿作妹子，每日伏侍姐姐梳头洗面。只求姐姐在二爷跟前替我好言方便方便，容我一席之地安身，奴死也愿意。”这一席话，说得多么“真诚”，多么“动听”，又多么“在理”。王熙凤边说又边呜呜咽咽哭将起来。缺乏处世经验的尤二姐，哪里能识破她的诡计，错以为王熙凤在向她倾吐肺腑之言，竟也感动得滴下泪来，随即答应王熙凤搬进贾府去住。

王熙凤在把尤二姐诓进荣府、置于自己身边之后，又进一步施展阴谋：一方面她往来于贾母、王夫人之间为尤二姐说好话，以表自己的“贤良”；一方面则操纵官府，令心腹奴才旺儿去收买尤二姐的未婚夫张华往衙门去告贾琏：“国孝家孝之中，背旨瞒亲，仗财依势，强逼退亲，停妻再娶”，向贾府施加压力，使贾府的主子们把怨愤集中到尤二姐身上。与此同时，又在暗地里唆使丫头善儿虐待尤二姐。当贾琏从平安州回来之后，贾赦为奖励儿子在外办事有功而将房中丫环秋桐赏他为妾时，王熙凤尽管对秋桐甚是反感，但她却暂时压下心头怒火，对尤二姐又使出了“借刀杀人”之计，挑拨秋桐给尤二姐以种种难堪，迫使尤二姐最后只好吞金自杀。这个可怜善良的尤二姐至死也没有识破王熙凤的两面三刀的诡计，甚至对她的“一片诚意”从不怀疑。就是贾府的主子们也都始终被蒙在鼓里，错认为王熙凤在处理这件事情上很是“贤惠”。这种奸猾的两面派作风确已到了登峰造极的地步。

王熙凤这种圆滑、狡诈不是偶一为之，而是一贯的。它表现在生活的各个方面，甚至在日常夫妻关系中也不例外。小说写了在贾琏护送黛玉去扬州奔父丧期间，宁府贾蓉媳妇秦可卿病死，贾珍决意要大办秦氏之丧，凑巧此时妻子尤氏突然病倒，贾珍就向王夫人提出要王熙凤去宁府协助他料理丧事。这时王夫人怕熙凤缺乏经验、料理不当而惹人耻笑，因此未敢贸然允诺。王熙凤此时却挺身而出主动要求承担这一任务，借此好卖弄自己、一鸣惊人。她反劝王夫人，依了贾珍。协理宁国府的结果，使她大出风头，在众人面前充分显示了她“杀伐决断”的本领，于是踌躇满志、得意非凡。但当丈夫贾琏由姑苏回来问她：“别后家中之事”时，她却说了一大套言不由衷的话：“我那里照管得这些事！见识又浅，口角又笨，心肠又直率，人家给个棒槌，我就认作‘针’。脸又软，搁不住人给两句好话，心里就慈悲了。况且又没经历过大事，胆子又小，太太略有些不自在，就吓的我连觉也睡不着了……更可笑那府里忽然蓉儿媳妇死了，珍大哥又再三再四的在太太跟前跪着讨情，只要请我帮他几日；我是再四推辞，太太断不依，只得从命。依旧被我闹了个马仰人翻，更不成个体统，至今珍大哥哥还抱怨后悔呢……”凡了解些实情的人，都无不感到王熙凤所说的这一套是多么的虚假，几乎没有一句是真的。明明是心狠手辣，胆大包天，却硬说自己是直率、慈悲，口角又笨，胆子又小；明明自己为了逞能，主动要求协理宁国府，却说自己是再四推辞，太太断不依，才只得从命；明明在协理宁国府期间，发挥了她“杀伐决断”的才能，把宁国府整治得井井有条，硬说成是闹了个马仰人翻，更不成个体统，至今珍大哥哥还抱怨后悔呢。

王熙凤的上述表现，在那些受封建正统思想熏陶教养下成长起来的妇女身上确乎是见不到的。它属于市侩性格的重要表现形态之一。

二

王熙凤市侩主义性格的另一鲜明表现是对财富的热衷追逐。《红楼梦》通过大量艺术形象的描绘，使我们看清了这样一个事实：最使这位聪明、干练的管家少奶奶感兴趣的，既不是丈夫的深情抚爱，也非贵族大家庭的盛衰消长的命运；而是如何千方百计地使自己获取越来越多的财富。她猎取财富的手法也是多种多样的，有时甚至是不择手段的。

她平时利用自己掌管家政具有用人之权的便利，任意收受他人的贿赂。凡是想在贾府里谋个差使捞取钱财的人，都要走她的门路才能奏效，而要走她的门路就得多方奉承她，给她送东西以示“孝敬”。

贾芸想在府里搞个差使，挣点钱花，先是走了贾琏的门路，但一拖再拖没有个结果，后来他才觉悟到原来自己走错了门，即转而买了冰片、麝香之类的贵重药物送给王熙凤。王熙凤一高兴就立即给了他一份差使。当贾芸向王熙凤诉说由于事先走贾琏的路子一无所获而深感后悔时，王熙凤的回答是：“你们要拣远路儿走，叫我也难说，早告诉我一声儿，有什么不成的，多大点子事，耽误到这会子，那园子里还要种花，我只想不出一个人来，你早来不早完了。”王熙凤就是要通过实际行动来提醒人们：想要在贾府里谋个差事，找别人是白费力气的，只有求她才能解决问题。因此人们为捞个差使，奉承她，贿赂她也就心甘情愿了。

在追逐钱财上最引人注目的是放高利贷和包揽诉讼。放高利贷进行重利盘剥，就在封建时代也被认为是非法的。清代律令就明文规定放债利息不得超过三分。进行“重利盘剥”当在禁止之列。至于社会舆论对放高利贷更是同声谴责，特别像贾府这样有很高身份和地位的贵族之家施放高利贷则更为人们所不齿。

可是王熙凤对钱财的热衷追求，竟使她置法律和舆论于不顾。她通过平儿、来旺夫妇等亲信，在暗底下一而再、再而三地放高利贷，不择手段地去捞取高额利息。

王熙凤放高利贷的本钱，除了动用自己的梯己钱外，还挪用了别人的月钱。

在小说的第十六回里，出现了一个令人注目的情节，当凤姐问平儿：“方才姨妈有什么事，巴巴打发了香菱来?”平儿笑道：“那里来的香菱，是我借他暂撒个谎。奶奶说说，旺儿嫂子越发连个承算也没了。”说着，又走到凤姐身边，悄悄地说道：“奶奶的那利钱银子，迟不送来，早不送来，这会子二爷在家，他且送这个来了。幸亏我在堂屋里撞见，不然时走了来回奶奶，二爷倘或问奶奶是什么利钱，奶奶自然不肯瞒二爷的，少不得照实告诉二爷。我们二爷那脾气，油锅里的钱还要找出来花呢，听见奶奶有了这个梯己，他还不放心的花了呢。所以我赶着接了过来，叫我说了他两句，谁知奶奶偏听见了问，我就撒谎说香菱来了。”从上述平儿这番话里，可以看出她不愧是王熙凤值得信赖的心腹。她聪明、善于见机行事，对王熙凤的一切，包括她们夫妻之间的种种复杂、微妙的关系也都了如指掌。

王熙凤拿自己的梯己钱去放高利贷还嫌不够，更严重的是通过扣住和缓发全家上下的月钱去放高利贷，这就更为恶劣，难免不引起公愤。第三十九回里有这样一个惹人注意的场面：袭人叫住平儿问道：“这个月的月钱，连老太太和太太还没放呢，是为什么?”平儿见问，忙转身至袭人跟前，见方近无人，才悄悄说道：“你快别问，横竖再迟几天就放了。”袭人笑道：“这是为什么，唬得你这样?”平儿悄悄告诉她道：“这个月的月钱，我们奶奶早已支了，放给人使呢。等别处的利钱收了来，凑齐了才放呢。因为是你，我才告诉你，你可不许告诉一个人去。”袭人说：“难道他还短钱使，还没个足厌？何苦还操这心。”平儿笑道：“何曾不是呢。这几年拿着这一项银子，翻出有几百来了。他的公费月例又使不着，十两八两零碎攒了放出去，只他这梯己利钱，一年不到，上千的银子呢。”袭人笑道："拿着我们的钱，你们主子奴才赚利钱，哄的我们呆呆的等着。"从上面袭人和平儿的对话里，使我们明白了王熙凤及平儿她们都很清楚，挪用别人的月钱去放高利贷是件见不得人的事，不然，就用不着如此神秘，那样的鬼鬼祟祟。当然，王熙凤这种行为，实在是太不得人心了，所以袭人尽管是个婢女，她对这个当家奶奶的贪婪和不择手段也不能不表示出强烈的不满。

俗语说："若要人不知，除非己莫为。"王熙凤这种肆无忌惮地去进行重利盘剥，即使进行的再诡秘也不可能不透露出风声。当大家一旦了解底细之后，不可能不气愤。对此王熙凤心中也甚清楚，只是利欲熏心，驱使她顾不得这些了。在小说第七十二回"王熙凤恃强羞说病"里，写了她由于长期放高利贷而带来的思想矛盾和内心痛苦。一次她叫住旺儿家的说："说给你男人，外头所有的帐，一概赶今年年底下收了进来，少一个钱我也不依的。我的名声不好，再放一年，都要生吃了我呢。"同时，她又要为自己放高利贷行为进行多方辩解，以减轻和洗刷她的罪责。她认为自己之所以顶着别人的愤怒和斥责去放高利贷，似乎也不是为自己，而是有其说不出的苦衷："我也是一场痴心白使了。我真个的还等钱作什么，不过为的是日用出的多、进的少。这屋里有的没的，我和你姑爷一月的月钱，再连上四个丫头的月钱，通共一二十两银子，还不够三五天的使用呢。若不是我千凑万挪的，早不知道到什么破窑里去了。如今倒落了个放帐破落户的名儿。"平心而论，王熙凤的这番话，当然也不无一点道理，但以此想推卸自己的罪责，那怎么也难于叫人心服的。

在肆意搜刮钱财上，王熙凤还有一手比放高利贷更厉害的是包揽词讼。谈到包揽词讼，这原本不是个什么新鲜事儿，早就有之。但从事这种事情的历来都是些官僚、豪绅之类，作为家庭妇女，特别是贵族之家的年轻少奶奶干这种事实属罕见，可是王熙凤确这样干了，而且所采用的手段及其酿成的后果都是那样的恶劣！但当人们稍加思索之后，感到王熙凤干出这样的事一点也不奇怪。有其主客观方面的原因。从客观上说，她夫家、娘家都是有名的权势之家，就在她执掌家政的大部分时期内，夫家虽已开始趋向衰落，但总的说来还是显赫一时，而娘家正炙手可热，这客观原因，就为她包揽词讼提供了一切可能。她可以充分利用夫家、娘家的显赫权势从事这不可告人的勾当。而就王熙凤主观思想来说，她从小就没有受过系统的正统封建主义的思想教育，有的只是猎取实利的欲求。为追求钱财，她一向有恃无恐、敢作敢为。“弄权铁槛寺”就是一桩很典型的事件。

当她协理宁国府料理秦可卿丧事在馒头庵下榻时，老尼净虚找上她说，她有个长安县姓张的施主是位大财主，此人有个女儿名金哥，一时往庙里烧香时，被长安府府太爷的小舅子李衙内所看中，尽管金哥已收了原长安守备公子的聘定，但李衙内执意要娶她，正在为难之时，李守备家却不管青红皂白，便来作践辱骂，不许退定礼。那张家急了，只赌气偏要退定礼。于是上京来找门路。净虚向王熙凤提出要求：“我想如今长安节度云老爷与府上最契，可以求太太与老爷说声，打发一封书去，求云老爷和那守备说一声，不怕那守备不依。”紧接着又强调了一句：“张家连倾家孝顺也都情愿。”而后面这一句，无疑对王熙凤具有很大的吸引力。聪明伶俐而又爱财如命的王熙凤不可能不对这笔送上门的买卖不动心，但是这个以狡猾著称的王熙凤，开始却故意装出一副对钱财毫不感兴趣的样子：“我也不等这银子使，也不做这样的事。”净虚是个老于世故的人物，一看王熙凤不肯立刻答应，就采取激将法：“虽如此说，张家已知我来求府里，如今不管这事，张家不知道没工夫管这事，不希罕他的谢礼，倒像府里连这点子手段也没有的一般。”凤姐听了这话之后，也就乘此来了个一百八十度的转变：“你是素日知道我的，从来不信什么是阴司地狱报应的，凭是什么事，我说要行就行。你叫他拿三千银子来，我就替他出这口气。”这里的三千两银子是个关键，是王熙凤经过一番琢磨之后主动向净虚提出的。这正说明她开始所说的“我也不等银子使”，对银钱似乎一点不感兴趣，纯属虚假。正是这三千两银子，挑拨起了她一股天不怕地不怕的劲头，以至可以全然不顾舆论的指责及其可能产生的种种严重后果，甚至连阴司地狱的报应也满不在乎了。但在表面上她还要屡屡装出一付对金钱根本不在乎的样子：“我比不得他们扯蓬拉牵的图银子。这三千银子，不过是给打发说去的小厮做盘缠，使他赚几个辛苦钱，我一个钱也不要他的。便是三万两，我此刻也拿的出来。”真是装得煞有介事！但明眼人一下就能看清，王熙凤的话，不过是虚张声势，欲盖弥彰而已！在净虚满口答应之后，王熙凤就使来旺儿假托贾琏所嘱，去找节度使云光帮忙，其结果是断送了两条人命，姓张的大财主落得个人财两空，只是便宜了王熙凤，不动声色地坐享了三千两银子。小说的作者紧接着这事，评论王熙凤说了这样一些话："以后有了这样的事，便恣意的作为起来，也不消多记。"这说明，王熙凤在经历了这事之后，对包揽词讼更是无所顾忌了。

三

王熙凤的市侩主义的特性还表现在全然不顾封建礼教对妇女的种种束缚和禁锢，恣意地追求享乐，努力去满足自己的各种欲望。

长期来，封建统治阶级提倡程朱理学的"存天理、灭人欲"的那一套，实行禁欲主义。对妇女则尤其苛刻，提出了"三从四德"的要求。对妇女在品行、行为、言谈、穿着、爱好等方面都有十分严格而具体的规定，不准越雷池一步，更不允许妇女任情所为。李纨正是按照封建礼教所提出的要求来规范、制约自己的。李纨平日就努力去克制自己的欲望，在感情上多方节制自己，不让自己有任何越轨的举动，对男欢女爱更不敢有所染指。对金钱、权势方面从不伸手，甘于过一种清静寂寞的生活，因此她给人留下的印象是特别善良、忠厚、老实，但同时又极为无能。而王熙凤与李纨正好成了个鲜明的对比。她不受封建礼教的束缚，而是一味地寻求官能和感情上的满足。不管这些事情对她来说该做还是不该做，是否有损于自己的地位、身份，会不会引起别人的指责，她都不在乎。王熙凤作为贵族之家的一位年轻的少奶奶，在男欢女爱事情上，一向十分随便，甚至有意地放纵自己。小说在开始不久，作者就以曲折隐晦之笔写了"贾琏戏熙凤"的场面，目的不仅揭露贾琏这个"下流种子"的贪淫好色，更在于反映王熙凤在情欲上的贪婪。小说介绍王熙凤"常不与众妯娌合群"，而喜欢"同小叔子、侄儿，大的小的说说笑笑"。小说开始就写王熙凤经常带着宝玉去宁府游玩，而宁府是个有名的糜烂淫乱之所。秦可卿这个贾母所疼爱的重孙媳妇，就在这个腐朽透顶的环境内，变得日益放荡不羁的。在第五回的金陵十二钗册子的秦可卿判词中对此还特别加以指明了："情天情海幻情身，情既相逢必主淫；漫言不肖皆荣出，造衅开端实在宁。"王熙凤和贾蓉夫妇的关系这么亲密，正说明她们在这方面确也是意气相投。特别是她竟当着刘姥姥和众媳妇丫环的面与侄子贾蓉眉来眼去，打情骂俏，这种行为无论就哪一方面来说都是太出格了，是为道德所不容的，换成别的贵族之家的妇女是怎么也做不出来的。这正说明了在她头脑里，封建伦理观念是十分淡薄的；同时也证明了王熙凤感兴趣的是如何满足自己情欲上的需要，至于应不应该，她是不在乎的。而“毒设相思局”这出戏，也只有王熙凤才能干得出来。人们可以设想：如果王熙凤平时生活作风比较严肃和正派的话，那贾瑞再好色也不敢公然拦路调戏王熙凤的。固然贾瑞的被害是罪有应得，但王熙凤这样对待他，给他“毒设相思局”诱他往下跳，这不仅十分残酷，而且手段也极为卑劣，这决非一个正派的妇女所能干出来的。这里不妨看看她和贾瑞之间的一段对话，当他们谈及王熙凤丈夫贾琏为什么还没有回来时，贾瑞就对王熙凤说：“别是路上有人绊住了脚了，舍不得回来也未可知?”王熙凤就顺着贾瑞的思路往下引导：“也未可知，男人家见一个爱一个也是有的。”当贾瑞笑道：“嫂子这话说错了，我就不这样”时，凤姐则故意笑道：“像你这样的人能有几个呢，十个里也挑不出一个来。”贾瑞一听这话更来劲了，就说：“嫂子天天也闷的很。”凤姐回答：“正是呢，只盼个人来说话解解闷儿。”当贾瑞向王熙凤露骨地表示：“如今见嫂子最是个有说有笑极疼人的，我怎么不来，——死了也愿意”时，王熙凤笑道：“果然你是个明白人，比贾蓉两个强远了，我看他那样清秀，只当他们心里明白，谁知竟是两个糊涂虫，一点不知人心。”从上述对话里，人们清楚地看到：王熙凤对贾瑞的好色淫荡不是正颜厉色地去拒绝和严肃认真地予以批评指责；而是以淫欲去勾引，让他在邪恶的道路上愈走愈远直至灭亡。王熙凤之所为，难道是一个正派、严肃的妇女所能干出来的吗?

王熙凤恣意追求享乐，努力满足种种欲望，还不仅表现在男欢女爱这类问题上；有时还表现为了取乐，不惜去损害他人做人的尊严，甚至把自己的快乐建筑在他人的屈辱和痛苦之上。

刘姥姥二进荣府之所以被贾府主子们留下，热情款待，决不是由于他们的“惜老怜贫”，而是出于他们自身的极端享乐主义的需要和寻求新的刺激，于是就把这乡下穷困老太婆当成玩物，恣意去打趣他、捉弄他。而王熙凤则自告奋勇地充当了这场恶作剧的导演。在让刘姥姥出尽洋相的表现里，给全家上下带来了从未有过的乐趣，引得众人哄堂大笑：“史湘云撑不住，一口饭都喷了出来；林黛玉笑岔了气，伏着桌子嗳哟；宝玉早滚到贾母怀里，贾母笑的搂着宝玉叫‘心肝’；王夫人笑的用手指着凤姐儿，只说不出话来；薛姨妈也撑不住，口里茶喷了探春一裙子；探春手里的饭碗都合在迎春身上；惜春离了坐位，拉着他奶母叫揉一揉肠子。”王熙凤自己更是从中获得了感情上的极大满足。王熙凤这种做法，对一个贵族家庭的少奶奶来说，确实是太放肆了！

王熙凤就是这样一个敢于作恶，又善于弄虚作假，充满着实干精神，洋溢着乐天情绪并富有市侩特性的女人。

四

人们在评论王熙凤时，几乎都注意到了她的美丽、聪明和富有才干。对此，作者很强调，也很欣赏。小说在描写她的外貌“恍若神妃仙子”的同时，又强调了她非同一般的聪明。作者还特意通过周瑞家和刘姥姥的对话作了具体介绍：“这位凤姑娘年纪虽小，行事却比世人都大呢。如今出挑的美人一样的模样儿，少说些有一万个心眼子。再要赌口齿，十个会说话的男人也说他不过。”这点在她“协理宁国府”中得到了证实。

但王熙凤的聪明、能干，不仅和林黛玉的聪明与才华出众完全两码事；就是和薛宝钗、探春的聪明能干也是迥然不同的。王熙凤的文化甚低，识字很少，甚至是不识字。在王熙凤身上几乎找不出什么高尚的情趣，一切追求都紧紧围绕着世俗的功利，看不到任何文化艺术的素养，因而，她的聪明、能干被涂上了一层浓重的市侩主义的油彩。

王熙凤的聪明能干集中地表现在富于权术和机变，能于错综复杂的人际关系中见风使舵，多方周旋，并使自己力争主动，立于不败之地。

小说中王熙凤第一次出场会见初来贾府的林黛玉时，就给人以难于忘怀的印象，充分表现出了她的灵敏和机变。你看她一会儿赞美黛玉的“标致”，一会儿同情黛玉的“命苦”，一会儿拿出手帕拭泪，一会儿对黛玉关照叮咛，一会儿又对老祖宗进行抚慰，感情和谈锋瞬息之间变化了好几次，真可说是玲珑剔透、面面俱到，展示了她善于察言观色的“才能”。

这种富于权术和机变的个性在抄检大观园时更得到了出色的表现。

一个小小的“绣春囊”，为何能引起一场轩然大波呢？原因当然是多方面的，其中的一个重要因素是贾府统治者内部派系之间的尖锐矛盾，这就使整个抄检过程显得十分的曲折、复杂和微妙。王夫人见“绣春囊”后非常惊恐，因为这关系到她有无治家能力的问题，由于不冷静，就主观武断地肯定此乃王熙凤夫妇之所为。王熙凤在王夫人的责问面前表现出她少有的冷静和机智，她不去公开顶撞王夫人，因为这样无助于问题的解决，反而会把事情搞复杂，只是委婉地列举了种种理由为自己开脱，终于使王夫人消除了对她们夫妇的怀疑。

王熙凤深知邢夫人借“绣春囊”一事发动抄检大观园的真实用意，但又不能公开反对抄检，于是采取消极态度走着瞧，让邢夫人的爪牙王善保家的在抄检中冲杀在前，去做恶人，碰钉子，自己则在后面。最后当查明“绣春囊”原是王善保家外孙女司棋所丢时，立即情绪亢奋，抓住时机，变被动为主动，猛攻王善保家的，给了邢夫人以强有力的反击，终于出了心中的恶气。

在家庭种种尖锐复杂的矛盾冲突中，王熙凤总是能紧紧地掌握住对自己最为有利的一个方面，老祖宗贾母是贾府里最高权威，全家上下都得听命于她。王熙凤看准了这一点，就想尽一切方法去博取老祖宗的欢欣和好感，为她能凌驾于众人之上为所欲为打下了牢固基础。

王熙凤讨好、巴结贾母的手腕极为高明，不露出逢迎的痕迹，这使当时在场的人只感到她的可爱和充满诙谐，觉得在这样场合下，实在不能缺少她，难怪这位老祖宗要受其蛊惑，纵容她的一切行动。贾赦要讨贾母丫环鸳鸯为妾，贾母一听儿子之所为，竟气得浑身乱战，大发脾气：“我通共剩下这么一个可靠的人，他们还要来算计！”周围的人都吓得战战兢兢，这时唯独王熙凤能凭她独有的聪明、机巧，再一次展现出她善于奉迎的高超本领。她对贾母说：“谁教老太太会调理人，调理的水葱儿似的，怎么怨得人要？我幸亏是孙子媳妇，若是孙子，我早要了，还等到这会子呢。”王熙凤这一招真灵，顷刻哄得老太太转怒为喜。第五十四回“王熙凤效戏彩斑衣”里，当贾母正滔滔不绝地批评女先生们想说的《凤求鸾》这才子佳人故事时，王熙凤走至贾母跟前斟酒笑道：“罢、罢，酒冷了，老祖宗喝一口润润嗓子再掰谎。这一回就叫作《掰谎记》，就出在本朝本地本年本月本日本时，老祖宗一张口难说两家话，花开两朵，各表一枝，是真是谎且不表，再整那观灯看戏的人。老祖宗且让这二位亲戚吃一杯酒看两出戏之后，再从昨朝话言掰起如何？”她的这番话还未曾说完就已使众人俱已笑倒。“两个女先生也笑个不住，都说：‘奶奶好刚口。奶奶要一说书，真连我们吃饭的地方也没了。’”贾母笑着说：“可是这两日我竟没有痛痛的笑一场，倒是亏他才一路笑的我心里痛快了些，我再吃一钟酒。”

王熙凤在对贾母极尽其奉承之能事的同时，对贾母所疼爱的孙子、孙女们即她的弟妹们也极为热情和照顾，对他们提出的要求总是尽可能地予以满足，并不时地凑趣，以博取他们的欢心。探春、李纨组织诗社后，需要物质、经济上的支持，李纨就带领众姊妹去找王熙凤请她加入诗社，王熙凤一眼就看清了她们的用意：无非是要她这位当家少奶奶拿出些银钱来资助她们的诗社活动。她懂得在这方面决不能抠门儿，切不可当“大观园的反叛”，最好的办法就是满足她们的要求，把她们哄得高高兴兴。于是，她痛快地答应担任“监诗御史”的职务，并先出五十两银子以表示她的积极支持。她虽不大识字，缺少文学素养，更不会吟诗作赋，但为了凑趣，在“芦雪庭争联即景诗”里，也居然即兴地来了个“开篇”——“一夜北风紧”，博得了大家的一致好评，从而使这些弟妹们都感到她的可亲可爱。

从上面的叙述里，可以看到王熙凤的聪明能干固然非同一般，但这种聪明、能干并不表现在她有多高和多丰富的知识水平及与此相适应的思想、道德素养；而是表现在追名逐利上如何耍权术，如何随机应变，如何巴结奉承权威人物以博取他们的赏识，使自己在复杂的人际关系中处于十分有利的地位，所有这些都无不带有浓重的市侩主义色彩。

五

王熙凤市侩主义的性格特色的形成不是偶然的，而是有其所处时代和家庭的深刻原因。

产生《红楼梦》时期的清朝康熙、雍正、乾隆时代，商品经济和东南沿海地区资本主义生产方式的萌芽比起明代中后期又有新的发展。金钱势力已渗透到了社会生活的各个方面，起着左右一切的作用。明中叶后出现的官商勾结、士商渗透的现象这时又有了进一步的发展。其时封建统治阶级进一步利用权势追逐金钱，他们经营商业、放高利贷以至直接敲诈勒索，多方捞取钱财。社会上出现一股强大的市侩势力，它们既与传统的封建势力不同，又与西方的早期资产阶级有别。它反映出了中国封建货币经济的发展还未成熟，没有找到一条崭新、健康的发展道路，所以也就形不成独立的力量。王熙凤正是这个特定时代风气下的产物，她的不少性格因素和罪恶活动带有新的时代色彩。

王熙凤这种市侩性格的形成同时也和她所出生的家庭环境也不无关

系。王熙凤的娘家是当时金陵的四大家族之一，即所谓“东海缺少白玉床，龙王来请金陵王”的王家。王熙凤一次同赵嬷嬷闲谈时曾说到自己的家世：“那时我爷爷去管各国进贡朝贺的事，凡有外国人来，都是我们家养活。粤、闽、滇、浙所有洋船货物都是我们家的。”这说明王家与传统的封建贵族之家不同，很早就和西方资产阶级物质文明有交往，并受其影响。而王熙凤自小就没有受过系统的封建思想的教育，她从小就穿着男装，被当成男孩子教养，因此不像那些大家闺秀那样，深居闺房之中，不与外界接触，而是主动和社会上各式各样的人打交道，联系面非常宽广，这些对形成她日后的市侩性格特色也起了一定作用。可以这样说，像王熙凤这样一个带有明显市侩性格特色的妇女形象在中国资产阶级生产关系萌芽之前，几乎是不可能产生的，因此，它是特定时代的社会产物。

（原载《金瓶梅红楼梦纵横谈》，北京大学出版社 1990 年版）

王熙凤形象随想

谈起《红楼梦》里的人物，几乎有口皆碑。鲁迅赞扬说：“和以前的小说叙好人完全是好，坏人完全是坏的，大不相同，所以其中所叙的人物都是真的人物。”这里所说的“真的人物”的含义，大抵是指《红楼梦》在人物描写上已克服了以往小说中常犯的那种简单、贫乏、呆板和绝对化等弊病，而能如生活中的真人那样，血肉丰满、活灵活现和生气蓬勃。的确，《红楼梦》和它之前的小说比较，在人物描写上的进步和提高，不仅表现在量上，更是体现在质上。

《红楼梦》的人物不仅数量多而且质量高。在全书四百多个人物中，起码有四五十个达到了高度个性化典型的要求，这确是古今中外文学作品中所罕见的。在这么多人物中，王熙凤是作者着墨最多，下大气力写的一个，在全书中占着举足轻重的地位。曹雪芹在人物塑造上的创造性成就，在她身上得到了集中、鲜明的体现。这一形象，长期来以巨大的艺术魅力紧紧地吸引并感染着广大读者，成为中国文学中最引人注目的艺术形象之一。

每当我们接触到王熙凤这个活脱脱令人难于忘怀的形象时，就会很自然地想起黑格尔在他的《美学》一书中谈到成功的人物形象时所说的一句名言：“每个人都是一个整体，本身就是一个世界，每个人都是一个完满的有生气的人，而不是某种孤立的性格特征的寓言式的抽象品。”

尽管人们众口一词地赞美王熙凤这形象写得如何的成功、精彩，但在如何评价这一人物时却并不一致，人们试图以简括的话语把她的性格说清楚却很不容易。这一形象作用于人们的感情也是复杂的、多种多样的。既对她又气又恨，同时也又喜又爱、又悲又叹。记得前几年，在《红楼梦》电视剧播出期间，人们几乎一致地赞美王熙凤这个人物演得十分的出色；

但对王熙凤的结局处理，有不少人觉得遗憾。剧本是这样写的，狱神庙门外，北风怒号，两个狱卒从敞开的庙门内抬出用草荐裹着的凤姐……两个狱卒用木杠斜错开一前一后抬着草荐，草荐的一头拖在雪地上，划出一道长长的沟痕。这时屏幕上响起了《聪明累》这支《红楼梦》曲："机关算尽太聪明，反算了卿卿性命……"配合这支曲子，银屏上又把王熙凤干的坏事快速地集中重现了一遍。面对这些镜头和声响，有人觉得大煞风景，感情上接受不了。因为这里只有对王熙凤罪行作出的总的清算，而对她的不幸的结局缺乏应有的同情和惋惜。这就涉及如何去理解曹雪芹对王熙凤这个人物的态度，以及怎样去把握读者对这个特定人物所怀有的那种复杂而微妙的感情。

在这两个问题上，人们的认识和感受可能很不一致，这也反过来证明王熙凤性格的内涵确实特别的丰富、复杂、耐人寻味。

王熙凤这个人物为什么这样吸引人？形象的巨大魅力究竟来自哪里？这是大家所关心和感兴趣的问题。对此进行探索和研究，无论是对文艺创作还是文艺批评都将会有意义的。

一　鲜明的时代特征赋予了形象以特有的深刻性和鲜明性

文学是反映社会，反映生活的。一切不朽的文学巨著，总是深刻地反映出一个特定时代的风貌和社会生活的，所以巴尔扎克的《人间喜剧》曾被誉为法国社会一部卓越的现实主义历史，托尔斯泰的作品被称为"俄国革命的一面镜子"。而《红楼梦》也堪称是我国封建末世的一面镜子。出于同样的道理，古今中外，一些不朽的人物形象里也总是深刻地反映出特定时代的某些本质特征，王熙凤形象所特有的深刻性、鲜明性也正来自这个方面。

读过《红楼梦》的人，大抵都会有这种感受，王熙凤尽管出身于金陵四大家庭，但在她身上却很难找到为我们所熟悉的封建贵族小姐的特点，诸如深厚的封建文化的教养，对封建礼教加于女子的种种清规戒律的尊重和遵守以及温文尔雅的大家闺秀的风范等等，相反的，在她身上倒有为传统的贵族小姐所缺乏的不少"新的东西"，主要表现为，对现实功利的极大兴趣并孜孜以求，对金钱权势、饮食男女的十分贪婪。为捞取尽可能多的钱财，她可以利用荣府当家人的地位权势，公然接受下人的“孝敬”和“贿赂”；她还用自己的梯己钱和挪用他人的月钱去放高利贷，进行重利盘剥。为攫取大笔钱财她竟包揽词讼以致不惜拆散他人美满婚姻，坑害人命。在男欢女爱上，她不受伦理观念的约束，比较放纵。小说开始不久，作者就以含蓄的笔触写了“贾琏戏熙凤”的场面，接着又写了她当着刘姥姥和众丫环的面，公然与侄子贾蓉眉来眼去，打情骂俏。平时为了争风吃醋，她不止一次地大打出手。总之，在追逐金钱、权势和情欲上，她全然不顾自己贵族少奶奶的身份，敢作敢为，无所顾忌，甚至对人们一向惧怕的阴司地狱的报应也满不在乎，用她对老尼净虚的话说：“你是素日知道我的，从来不信什么阴司地狱报应的，凭是什么事，我说要行就行。”

谈起王熙凤，人们都会对她的美丽、聪明和才干留下很深的印象。周瑞家的说她：“这位凤姑娘年纪虽小，行事却比世人都大呢。如今出挑的美人一样的模样儿，少说些有一万个心眼子，再要赌口齿，十个会说话的男人也说他不过。”但稍稍分析，就会察觉到她的聪明才干与众不同。和黛玉的聪明、文才固然完全是两码事，与宝钗、探春的聪慧和干练也很不一样，呈现出自己独有的特色，她既无高尚理想和情趣，而且由于她识字甚少，所以谈不上有什么文才和与之相适应的文化、思想的素养。她的聪明、才干集中在为追逐世俗功利所使出的种种权术和机变上，在极其复杂的人际关系和尖锐激烈的矛盾冲突中，她能善于察言观色，见风使舵，多方去巴结、奉承像老祖宗这样有权势、有威望的人物，以博取她的赏识和支持，使自己永远立于不败之地。

正是上述这些“新的东西”，把王熙凤与一般贵族小姐鲜明地区别开来，这种“新的东西”，可以用“市侩主义”这几个字加以概括。在我国明代中叶之后，随着社会上工商业的进一步发展和繁荣，随着在封建生产关系的内部出现的资本主义生产方式的萌芽，随着商品经济的空前发展和活跃，金钱势力已渗透到了社会生活的各个方面，起着左右一切的作用。这时社会上出现了一股强大的市侩势力，它们既与传统的封建势力不同，又与西方的早期资产阶级有别，它们是中国封建货币经济发展不成熟的产物。这些市侩势力和封建统治者相勾结，利用手中的权力，不择手段地追求实利和暴利。王熙凤身上的“新的东西”正是表现出了市侩主义的特征。作者以现实主义笔触写了形成王熙凤这一特征的社会和家庭的因素，可以这样说，王熙凤这类人物只有到了封建末世才能产生，正是因为这一形象集中、概括了时代某些本质特征，才使人物具有她独自的深刻性和鲜明性。

二 性格塑造中同向合成和异向合成水乳交融，使形象特别饱满，内涵深刻而丰富

马克思主义文艺理论告诉我们，文学作品里典型人物的创造不是作家头脑中凭空想出来的，它来自生活，来自生活中的原型。文学典型是对生活中原型概括、集中、提炼和深化的产物。因此文学典型总是要高于生活中的原型。高尔基说得好："艺术家所创造的人们，比上帝、历史和人们自身所创造的要优秀得多，而且更有趣不知多少倍。"（见高尔基《致茨威格信》）

回顾我国小说发展的历史，在典型人物的塑造上，大抵经历了这样一个过程：由人物刻画的不够典型进展到类型化典型，再由类型化典型发展到个性化典型直至高度个性化的典型。上面提到的《红楼梦》里刻画最成功的四五十个人物，堪称是高度个性化的典型。这类人物的特征是血肉饱满，含蕴深刻、丰富，栩栩如生，活灵活现。

在典型的塑造过程中，作家必然要对生活中的各种原型人物进行合成。鲁迅在谈到他刻画人物时曾说过，他笔下的人物是"杂取种种人合成一个"。当今一些文艺理论家在论及作家对生活中原型进行合成时指出，经常被采用的有两种：一种是同向合成，即把生活中相近似的人的性格和他们的表现综合起来，使典型人物的某些性格特征沿着同一个方向集中、加强，从而能有个强烈的表现。显然，同向合成的作用，能使人物展开某些本质特征获得十分突出、鲜明的表现。在我国小说发展史上，一些类型化的典型人物，大多是采用这种方法创造出来的。如《三国演义》里，曹操、诸葛亮、关羽的形象就是这种同向合成的极为成功的例子，致使曹操成了奸诈的化身，诸葛亮成了智慧的化身，而关羽被视为"义"和"勇"的化身，这些形象在历来读者心目中留下了不可磨灭的印象。

随着典型人物刻画的不断提高和发展，使作家意识到光有这种同向合成是不够的，因为它只能使人物性格的某些特征表现很突出，但不能使人物性格呈现出丰满多样，具有多侧面、多层次。因此，除了运用同向合成

外，还得使用异向合成，即把生活里各个原型不同的性格、表现结合在一起，使人物的性格特征不是沿同一方面集中加强，而是朝着不同的方面发展，它使典型人物形象变得丰富复杂起来。

在中国小说发展史上，那些个性化的典型人物，多半是作家同时采取了同向合成和异向合成塑造的结果。这里有一点必须说明的是，对于一个古代作家来说，在他们描写自己作品中的人物时，当然说不出当今文艺理论家所阐发的有关典型塑造的理论，但在他们具体的创作实践中却是体现出了上述理论。

我国古典小说发展到《金瓶梅》，在人物刻画上之所以能比它之前的小说有个明显的进步和提高，其中一个重要的原因就在于《金瓶梅》作者在对生活原型使用同向合成的同时，还使用了异向合成，而且把两者很好地结合起来，因此人物形象既深刻又丰富复杂。以小说中女主人公潘金莲来说，她作为一个堕落、淫荡女人的典型，不仅写得深刻，而且其内涵也十分的丰富、复杂，既狠毒凶残，又谄媚恭顺，既嫉妒刻薄又心直口快，既非常狡猾又十分愚蠢。与以前小说中的人物比较，确有个明显的提高。

《红楼梦》的人物刻画正是沿着《金瓶梅》所取得成就的基础上又作了进一步的发展和开拓。曹雪芹在对生活中原型进行合成时，不仅同时运用了上述两种手法，而且把这两种手法按生活的客观规律巧妙地结合起来，达到了水乳交融的地步，起到了相辅相成，相得益彰的作用，从而使形象特别的饱满、活灵活现。

《红楼梦》在这方面的创造性成就，在王熙凤身上体现得最为明显。有人说在王熙凤身上能看到潘金莲的影子，这是有一定道理的。但王熙凤就是王熙凤，决不会和潘金莲相混淆，就典型人物的塑造来说，潘金莲形象固然取得了很高的成就，但王熙凤比之她来无疑显得更完满、更成熟。这表现在王熙凤性格中不同层次的结合上显得更巧妙、更和谐一致。譬如：曹雪芹通过“毒设相思局”、“弄权铁槛寺”和“害死尤二姐”等描写，将王熙凤的凶狠、贪婪、狡诈等特点作了入木三分的刻画，使人们不得不对她产生出又气又恨的感情。可是小说又在众多场合渲染她出众的美丽：“恍若神妃仙子”的同时，强调她非同一般的聪明和才干。宁国府是一个有名的烂摊子，腐朽、荒淫，矛盾重重，一切都没有个章法，乱七八糟，似乎谁也没有能耐把它整顿好，但这个年轻的晚辈媳妇王熙凤，却主动承担起协理宁国府的重任，她一上台就雄心勃勃，一眼就看清了长期来宁府所存在着的五大弊端，对症下药，雷厉风行地采取整肃措施，很快就把它整理得井井有条，这些方面又不能不令人钦佩、赞叹。王熙凤也并不是一味地凶狠、刻薄，犹如凶神恶煞那样。在日常生活里，不少场合她显得平易近人、谈笑风生，有时甚至还很通情达理，特别对那些年轻的弟妹们，她总是以“大嫂子”的身份给予多方关心和体贴，对他们提出的种种要求，总是尽力予以满足，从而得到了他们的赞赏、信赖。她甚至对那些聪明伶俐的丫环如晴雯、小红等人，也不像王夫人那样把她们视作“狐狸精”而加以污蔑、排斥、打击，直至置于死地，相反地却对她们抱有好感，甚至加以赞赏。而她那机智、诙谐、风趣的言行不断给贾府上下带来欢乐，一切热闹欢乐的场面总少不了她，一缺了她，就会黯然失色。所有这些，使人对她产生又喜又爱的感情。当然她的不幸的结局也使人们产生同情和惋惜。总之，王熙凤性格中的聪明、非凡的才干、诙谐机智、风趣逗人和贪婪、阴险、凶狠、泼辣等竟水乳交融地融合一起，浑然一体，从而使形象显得特别的丰厚，富有立体感，蕴涵十分深刻丰富，经得起再三咀嚼，给人回味无穷。

三　大量富有灵性的生活细节和高度个性化语言的完美结合使形象鲜活，生机勃发

细节是文学作品中细腻地描绘人物性格、事件发展和环境的最小组成单位，对小说创作的重要性犹如生命中的细胞一样不可缺少。细节是否丰富、生动，往往决定着一部小说写得是否动人，人物刻画是否栩栩如生的重要原因。回顾中国小说发展的历史，我们可以看到，随着小说创作的不断进步和日趋成熟，细节描写也越来越被作家所重视和读者所关注。

古典小说创作到了《金瓶梅》，在细节描写上有了长足的进步，克服了以往小说所存在着的粗线条倾向，变得细腻深入，人物形象也随之丰富动人。但《金瓶梅》在细节描写上并不是没有缺点与不足，其表现为对来自生活的众多细节的精心选择不够，有些细节生动细腻有余，但典型性不足，因此有人批评《金瓶梅》的描写有自然主义的倾向。

为了塑造人物时能发挥细节描写的最大效能，就得在各式各样细节中，挑选那些能沟通人们心灵的细节，这种细节，文艺理论家称之为灵性

的细节，一部长篇巨著要获得成功，就得有大量的灵性细节描写为基础，人物要写得活灵活现、栩栩如生也得由这类细节描写去支撑。《红楼梦》中这类灵性细节到处都是，特别是在凤姐这个人物的刻画过程中，此种灵性的细节接连不断，美不胜收。

小说人物刻画能否成功，还在相当程度上取决于人物语言能否个性化，即能否和人物的身份、经历、教养、个性、气质相吻合。要做到人物语言个性化，并不容易，作家必须对他所描写的人物有个全盘的掌握，非常熟悉他的言行举止、个性气质，特别是对他的语言特征了如指掌。《红楼梦》里的人物语言个性化达到了很高的水平，而王熙凤的语言更是如此。她的一言一语都体现出她强烈的个性，只有她才会说得出来。

在我看来，作者正是采用了大量灵性细节和高度个性化语言相结合，才使王熙凤形象显得特别的鲜活，充满着生机。王熙凤性格是具有多层次、多侧面的，但每一个层次、每一个侧面都是那么精彩非凡，每个细节、每一句话都是经过精心选择，从而起到了最有力的烘托、渲染人物性格的作用。拿她开始出场来说就很不一般，给了读者以声势非凡的感受。你看，“一语未了，只听后院中有人笑声，说：‘我来迟了，不曾迎接远客！’”接着从黛玉的感受来写她，黛玉对此很感纳闷：这些人个个皆敛声屏气，恭肃严整如此，唯独她王熙凤这样放诞无礼，再看她的打扮也和姑娘们不同，彩绣辉煌，恍若神妃仙子。王熙凤这时一会儿赞黛玉“标致”，一会儿同情黛玉的“命苦”；一会儿拭泪，一会儿又转悲为喜；一会对黛玉叮咛，一会儿又对老祖宗安慰。感情、谈锋瞬息间变化多次，真是面面俱到，色色周至。通过这些灵性的细节和高度个性化的语言，把王熙凤那种机警善变、伶牙俐齿、善于奉承、言不由衷等特点非常出色地表现了出来。再以贾琏偷娶尤二姐这事来说，其中有关王熙凤的描写也是精彩纷呈。为了进一步摆布尤二姐并逐步置她于死地，王熙凤先把尤二姐骗入大观园，她与尤二姐说的那一派包藏着祸心的假惺惺的软语多么委婉动听，令人动心，说着还呜呜咽咽地哭起来了，致使老实、善良的尤二姐竟为之滴下了同情之泪。当尤二姐已成了她的俘虏之后，她又把斗争的矛头转向了贾珍、尤氏、贾蓉。她不顾一切地大闹宁国府，先是严厉地质问贾珍：“好大哥哥，带着兄弟们干的好事！”紧接着她竟照尤氏脸一口吐沫啐道：“你尤家的丫头没人要了，偷着只往贾家送，难道贾家的人都是好的，普天下死绝了男人了……你痰迷了心，脂油蒙了窍……”接着又破口大骂贾蓉："天雷劈脑子五鬼分尸的没良心的种子！不知天有多高，地有多厚……你死了的娘阴灵也不容你，祖宗也不容，还敢来劝我！"哭骂着扬手就打。通过这些描写，把王熙凤性格里凶狠、恶毒、狡诈、泼辣这一面作了淋漓尽致的表现。

令人赞叹不已的是：尽管王熙凤性格有各种不同的侧面和层次，但作者都能以大量沟通人物心灵的细节和高度个性化的语言去刻画它，从而使整个形象显示出格外的鲜活和生机勃发，永远鲜明地凸现在人们脑海里。

（原载《红楼梦学刊》1991 年第 4 期）

大观园里的改革家——探春

在《红楼梦》所写的有才有识的贵族小姐中，大多是贾府的亲戚，如林黛玉、薛宝钗、史湘云等等，而贾家的那些小姐则大部分比较平庸。在老祖宗——贾母的孙女辈中，唯独三小姐探春出类拔萃，非同一般。作者对她倾注了全部的深情，从各个方面把她描绘成一个见识非凡、才华出众的女子。

在表现小说艺术构思的第五回里，有关探春的图册判词里有“才自精明志自高，生于末世运偏消”的字句，它突出了探春虽系女子，但才干精明、志向远大，只是命运不佳，生不逢时，未遂宏愿。

当林黛玉刚入贾府与贾家三姊妹——迎春、探春、惜春见面时，摄入黛玉眼帘的探春形象是：“削肩细腰，长挑身材，鸭蛋脸面，俊眼修眉，顾盼神飞，文彩精华，见之忘俗”，从这幅非同一般的肖像画中也可使读者领会到她确非是个“平庸之辈”。

探春所住的秋爽斋，更给你个与众不同的深刻印象：

> ……这三间屋子并不曾隔断。当地放着一张花梨大理石大案，案上磊着各种名人法帖，并数十方宝砚，各色笔筒，笔海内插的笔如树林一般。那一边设着斗大的一个汝窑花囊，插着满满的一囊水晶球儿的白菊。西墙上当中挂着一大幅米襄阳《烟雨图》，左右挂着一副对联，乃是颜鲁公墨迹，其词云：
>
> 烟霞闲骨格　泉石野生涯
>
> 案上设着大鼎。左边紫檀架上放着一个大观窑的大盘，盘内盛着数十个娇黄玲珑大佛手。右边洋漆架上悬着一个白玉比目磬，旁边挂着小锤。……

探春房里的这种种陈设，哪像是个贵族小姐的闺房？倒像是个气宇轩昂的男子汉的书房。作者就是要通过这种大方秀雅的陈设去渲染、烘托她迥异于一般贵族小姐的那种英豪阔大的思想气质。

探春虽年纪轻轻、阅历不多，但她目光犀利，对贾府内部种种错综复杂的矛盾斗争及其所面临的深刻危机，有很清醒的认识。这在抄检大观园时，出于对这种愚蠢行动的愤慨而发表的言词里表现得最为清楚：

> 你们别忙，自然连你们抄的日子有呢！你们今日早起不曾议论甄家，自己家里好好的抄家，果然今日真抄了！咱们也渐渐的来了。可知这样大族人家，若从外头杀来，一时是杀不死的，这是古人曾说的“百足之虫，死而不僵”，必须先从家里自杀自灭起来，才能一败涂地！

探春面对着家族的日趋败落，她立志在挽救家族“颓运”方面有所作为，建立自己的一番事业。她曾明确地向人表示过：“我但凡是个男人，可以出得去，我必早走了，立一番事业，那时自有我一番道理。”

但命运却给她开了个玩笑，这样一个有志气、有抱负、聪明干练的人，却偏偏不是他父亲的正妻所生，而是妾的女儿，这就使她在众人面前比起那些正妻所生的小姐来，天生就矮了一截。

在封建社会里，妾和妻的地位不可同日而语，妾的地位十分低贱。有所谓“聘则为妻，奔则为妾”的说法。妾是用钱买来供男人玩弄的，她不用像妻子那样举行正式的婚姻仪式，所以她就不算是男子正式的配偶。妾称自己的男人为“家主”、“主人”或“老爷”，而不能呼为丈夫，其身份与奴婢相似。对于丈夫的正妻，她还必须谨慎侍候，而妾所生的子女为庶出，不能和妻所生的享有同样的待遇。封建礼法对妻和妾、嫡和庶区别甚严，提出了“妻妾不分则家室乱，嫡庶无别则家族乱”的伦理原则。

使探春深感苦恼的是：她不仅是妾生的女儿，而且其生母赵姨娘又是个十分卑琐、恶俗的女人，在贾府中很不得人心。她的弟弟贾环就因此而在同父异母的兄弟宝玉面前表现出十分的自卑：“我拿什么比宝玉，你们怕他，都和他好，都欺负我不是太太养的。”人们也都为探春这种天生的不幸境遇而惋惜。一次王熙凤当着平儿的面，在赞扬探春的聪明、能干的同时，又说：“只可惜他命薄，没托生在太太肚里。”当平儿反驳：“他便不是太太养的，难道谁敢小看他”时，凤姐却说：“你那里知道？虽然庶出一样，女儿却比不得男人，将来攀亲时，如今有一种轻狂人，先要打听姑娘是正出庶出，多有为庶出不要的。”小厮兴儿在尤二姐处评论探春时也说：“三姑娘的混名叫玫瑰花儿，又红又香，无人不爱，只是有刺扎手，可惜不是太太养的，老鸹窝里出凤凰。”在抄检大观园时，那个狗仗人势的王善保家的之所以敢于对这位三小姐探春动手动脚，一个重要的原因，也是因为她是庶出。

总之，“庶出”成了探春特别敏感的一个痛点。她必须加倍地自尊自爱，不使人因她是庶出而对她轻慢。她还不能认识到人们轻视庶出是封建伦理制度所造成的恶果，是不合理的，应予反对。相反的，她遵循封建主义正统立场，急于和生身母亲划清界限，不承认赵姨娘是自己的母亲，而且还要在她的面前摆出一副主子的架势。而对父亲的正妻王夫人则表现出格外的亲近，力求得到她的赏识。她曾说过：“我只管识得老爷、太太两个人，别人我一概不管。”

为了使人们尊重她，对家长们所托付于她的事业，则兢兢业业、全力以赴地去完成。工作中，她一举一动都严格要求自己，不让人抓住任何把柄，要以自身的实际行动，叫人们对她刮目相看。

小说的第五十五回和第五十六回所写的探春理家的故事，对人们深入、具体地理解探春的为人和性格特征以及贾府上下错综复杂的人际关系具有十分重要的意义。

探春理家的故事，发生在贾府原当家人王熙凤病倒之后，王夫人在“失了膀臂”的情况下，先让那个懦弱忠厚的李纨出来理家，但“李纨是个尚德不尚才的，未免逞纵了下人”，便命探春合同李纨裁处。于是这朵“带刺儿”的玫瑰花，便被捧上了贾府的“议事厅”。之后王夫人又考虑到“园中人多，又恐失于照管，因又特请了宝钗来，托他各处小心。”这就形成了李纨、探春、宝钗三人共同理家，出现了三驾马车式的统治局面。在这三人之中，显然探春处于中心地位，是个核心人物。

在探春、李纨刚上台时，贾府下人们对她们能否胜此重任甚表怀疑，根本不把她俩放在眼里：“众人先听见李纨独办，各各心中暗喜，以为李纨素日原是个厚道多恩无罚的，自然比凤姐儿好搪塞。便添了一个探春，也都想着不过是个未出闺阁的青年小姐，且素日也最平和恬淡，因此都不在意，比凤姐儿前更懈怠了许多。”但几件事一过手，他们不得不改变看法，领教到了探春的厉害！渐觉她“精细处不让凤姐，只不过是言语安静，性情和顺而已”。

探春登上议事厅后，碰上的第一件事情，就是吴新登媳妇前来向她报告赵姨娘的兄弟赵国基死了。对于赵国基的死，贾府该“赏”多少治丧银才合适，这对探春来说是个很棘手的事情。人们正想通过这件事，不仅检验一下探春的办事能力，而且还考验着她能否秉公办事：“若办得妥当，大家则安个畏惧之心；若少有嫌隙不当之处，不但不畏伏，出二门还要编出许多笑话来取笑。”

吴新登媳妇对赵国基死后，贾府该赏多少银子，原本心中有数的。但为了“藐视李纨老实，探春是青年的姑娘”，故意默不作声，试她二人有何主见。但探春一下就看出了她的用意，便问她照旧例该赏多少才合适。吴新登媳妇狡猾异常，先是说她忘了，并赔笑说：“这也不是什么大事，赏多少谁还敢争不成?”接着又说要去查旧账。面对吴新登媳妇的狡诈用心，探春知道只有揭穿她的诡计，才能使她变得老实些。于是就笑着说了几句看似委婉，其实是十分锋利的话：“你办事办老了的，还记不得，倒来难我们？你素日回你二奶奶也现查去？若有这道理，凤姐姐还不算利害，也就是算宽厚了！还不快找了来我瞧。再迟一日，不说你们粗心，反像我们没主意了。”探春的这番话，真是一针见血，击中要害。这完全出于吴新登媳妇的意料之外，致使她“满面通红”，也使众媳妇们“都伸舌头”，开始领略到了她的精明和厉害！接着探春就十分果断地决定依旧例只支付二十两银子作赵国基的丧葬费，不多增一分一厘，以表她的秉公办事。

探春的这一决定完全出于生母赵姨娘的意料之外，按赵姨娘的想法，这次好不容易由自己的亲生女儿代替她的眼中钉王熙凤来理家，理应对她格外照顾才对，但没想到探春来这么一手，竟对自己表现出如此“无情无义”，从而引起了她对女儿的极度不满，并由此而引发了母女俩一场激烈的争吵。

你看赵姨娘因得不到探春的一些额外照顾而多么气愤和伤心：“我这屋里熬油似的熬了这么大年纪，又有你和你兄弟，这会子连袭人都不如了，我还有什么脸？连你也没脸面，别说我了！”而探春最怕的是别人说她庶出，把她和赵姨娘扯在一起。但赵姨娘却偏偏要触她这痛处。其时李纨想从中缓和一下母女间的冲突，就劝说赵姨娘：“姨娘别生气。也怨不得姑娘，他满心里要拉扯，口里怎么说的出来。”探春一听这话就火冒三丈，当即批评李纨糊涂；“我拉扯谁？谁家姑娘们拉扯奴才了？他们的好歹，你们该知道，与我们什么相干。”其时王熙凤也派平儿来告诉探春：赵国基的治丧银，“若照常例，只得二十两。如今请姑娘裁夺着，再添些也使得！”但探春回答则是：“你主子真个倒巧，叫我开了例，他做好人，拿着太太不心疼的钱，乐的做人情。你告诉他，我不敢添减，混出主意。他添他施恩，等他好了出来，爱怎么添了去。”真够厉害的！

从探春批评李纨和王熙凤的话里，可以看出，探春是按封建礼法，坚持以主子对待奴才的态度去对待自己的生母和亲舅。她这样做的目的，是为了防止别人抓她的把柄，说她徇私舞弊。她要努力不辜负王夫人的重托，在众人面前站稳脚跟。实际的效果也确实像她所设想的那样：探春这种果断的处理，尽管引起了赵姨娘的恼怒，但赢得了贾府上下的信任和敬佩，不能不使大家对她刮目相看。

上面这事刚完，接着又来了另一件事情：有个媳妇前来领取贾环、贾兰学里吃点心或买纸笔的费用，每人各八两银子。事情也正凑巧，贾环、贾兰与探春、李纨的关系竟又如此密切，贾环是探春的亲弟，贾兰是李纨的独生子。因而这八两银子的开销是不是合理？究竟该不该支付？就需好好斟酌。尽管钱数不多，但事关能否正确合理的处理各项问题，特别对探春、李纨来说，其中还有一个在涉及亲人利益的时候，能否秉公办事、不徇私情？在经过一番分析之后，探春果断地决定：取消这八两银子的支出，其理由是：“凡爷们的使用，都是各屋领了月钱的……怎么学里每人又多这八两？”说着又向平儿说：“回去告诉你奶奶，我的话，把这一条务必免了。”聪明的平儿，当然不会得罪探春的，更何况探春的这一改革，完全合乎情理。因此她笑着答道：“早就该免。旧年奶奶原说要免的，因年下忙，就忘了。”

上述两件事，探春都处理得很恰当，叫人无话可说。这年轻姑娘做事竟这样有板有眼、明确果断，不能不引起王熙凤对她的警惕。王熙凤提醒平儿要提防探春，并还专门作了下述交代：

> 如今嘱咐你：他虽是姑娘家，心里却事事明白，不过是言语谨慎；他又比我知书识字，更利害一层了。如今俗语“擒贼先擒王”，他如今要作法开端，一定是先拿我开端。倘或他要驳我的事，你可别

分辩，你只越恭敬，越说驳的是才好。千万别想着怕我没脸，和他一犟，就不好了。

探春在她的威信被确立之后，就进一步着手在大观园内开展兴利除弊的工作。这种兴利除弊的内容，概括起来不外乎是节流和开源这两个方面。节流是指去除经济上一切不合理的开支。如她发觉姑娘们已有二两银子的月钱，丫头们又另有月钱，而头油脂粉每人又是二两，这样重重叠叠，实在不合理。更何况，这二两银子的头油脂粉费是交买办，由他们负责购买，但买办所买的头油脂粉又往往不是正经货，使不得。姑娘们需要时还得现买。这就更不合理，于是她就毅然决定取消这笔开支。

开源是指要在大观园的出产里找出利润，以增加收入。探春把大观园内的花卉树木交与那些忠实稳妥的老妈子去承包，经济收入归她们，但园内姑娘丫头们的头油、胭粉、香、纸以及笤帚、撮簸、掸子并大小禽鸟、鹿、兔吃的粮食由她们出钱购买，这样就可以每年省下四百两银子。又考虑到恐承包人获利太多而引起其他人眼红和不服，并由此而做出作践花木的勾当，就叫那些承包的老妈子也分给其他人一点好处，这样就能使大家满意。探春这些改革，既节约了开支，增加了收入，又能调动园内下人们的积极性，把大观园内的花卉树木管理得井井有条。

在整个探春理家的过程中，可以看出她有比王熙凤强的地方。这首先表现在她没有像王熙凤那样贪得无厌地搜括钱财并把这些钱财装进自己的腰包，而是把节省下的钱和增加的收入全部归公。其次，王熙凤对下人们一贯刻薄狠毒，而探春尽管也很厉害，但注意恩威并用，叫下人们对她心服口服。

不过，探春的改革，其作用毕竟有限，因为改革的范围只局限于大观园内，改革只体现在经济上点点滴滴的兴利除弊；而对贾府的腐败没落、挥霍无度却无法改变。

就在探春上台理家之时，贾府这个“钟鸣鼎食”之家的经济来源已趋于枯竭，而贾府的大笔开销最终还得按照“祖宗手里的旧规矩”去行事，丝毫不能节省。因此，探春在大观园内所推行的这些改革，即便单从经济的收支情况说，也是杯水车薪，无法解决贾府的经济危机。

小说大量的艺术描写，向人们展示了：处于封建末世的贾府已走上了彻底败落的道路，因此，尽管探春有识见，有能力，并立志要为挽救贵族家庭的颓运方面干出一番事业，但终于不可能收到好的结果。就在探春理家这段时间内，先后发生了芳官、春燕挨打，以及蔷薇硝、茯苓霜事件。之后紧接而来的就是抄检大观园，直至贾府被抄等一系列标志着贾府彻底败落的大事件。事实证明：封建社会这个百孔千疮的“残天”已无法补救，不是探春等辈的某些改革措施所能挽救得了的。

（原载《金瓶梅红楼梦纵横谈》，北京大学出版社1990年版）

蕴涵丰富、逼真动人的老妇人形象——贾母

在中国文学史上曾出现过各式各样成功的妇人形象，但其中老妇人形象却很少。在《红楼梦》前，《西厢记》里的崔相国夫人算是个刻画得比较成功的一个，但是人物性格的内涵毕竟还单薄了些，不能给人以多方面的启示。《红楼梦》里贾母形象的出现是我国文学中塑造老妇人典型的一次质的飞跃。如果说崔相国夫人的形象基本上还是属于扁平型的，那么贾母这一形象则属于立体浑圆型的人物，表现为性格内涵丰富、多样，具有多侧面、多层次的特征，因此经得住人们的再三嚼咀和回味。

一　赫赫扬扬国公府里的最高权威

封建社会里的官僚地主家庭，一般是不出五代就要败落下来，即所谓“五世而斩”，这几乎成了一种客观规律。像贾府这样一个钟鸣鼎食之家、翰墨诗书之族，也没有逃脱这个规律的制约。

贾府包括荣国府和宁国府。贾母是荣国公的长子贾代善的妻子，贾代善的上辈荣国公和宁国公曾跟随他们主子立下了汗马功劳，被称为“开国功勋”。他们为贾府确立了崇高的地位，也获取了大批的财富，是这个赫赫扬扬的贵族之家的创业之主，但到了贾代善和贾代化这第二代时，却没有什么作为，只是坐享其成，属于守成的一代。到了第三代文字旁这一辈，包括荣国府里的贾赦、贾政，宁国府里的贾敬之流已日渐没落了，他们中不是贪淫好色，就是平庸无能以至干脆万事不问，一心吃斋念佛，想做神仙。到了玉字旁的第四代和草字头的第五代，就明显地败落下来了。在第四代、第五代中，除了聪明伶俐、很少贵公子恶习的贾宝玉这一封建

叛逆者外，余者多是些荒淫无耻、挥霍家财的败家子，这个显赫已久的百年望族，正走入它的穷途末路。

在这个开始败落的贵族家庭里，出现了为封建统治阶级所忌讳的反常现象以及各种各样错综复杂的矛盾。反常现象的一个突出表现是妇女当权。按封建官僚地主家庭的规矩，在荣国府里当家的应该是贾母的长子贾赦，但贾赦因不懂理家，一味贪淫好色，次子贾政虽品行端庄，但“不惯俗务”，这样就由贾赦之子贾琏来掌管家务，但贾琏又是个不务正业的纨绔子弟，这样家庭的实权就落入了那个“杀伐决断”的年轻媳妇、贾琏之妻王熙凤手里。再看宁国府的情况，照理掌权的应该是贾母的侄子贾敬。但此人整日沉迷于“烧丹炼汞”，一心想当神仙，这样家政大权就转让给他儿子贾珍，但贾珍及其子贾蓉都是典型的花天酒地、腐化堕落之辈，因此家庭实权事实上落入了贾珍之妻尤氏的手里。

封建统治阶级最忌讳的就是妇女当权，把它视作不祥之兆，即所谓“牝鸡司晨，惟家之索。”目下的贾府正是陷于封建统治者所忌讳的“牝鸡司晨”的局面里。

在这个贵族家庭里还有一个令人很注目的现象，就是在家庭的父子之间、夫妻之间、兄弟之间、嫡庶之间、妯娌之间一直到主奴之间都充满着尖锐而又错综复杂的矛盾冲突。这些矛盾随时都有一触即发、不可收拾之势。在这种情况下，如何才能保持这个大家族相对稳定，能有一个正常的生活秩序，就需要有一个为全家上下一致信赖的“德高望重”的权威人士，在各种尖锐激烈的矛盾冲突中起到一个稳定、制约的作用，使矛盾一旦爆发不至于发展到不可收拾的地步。而王熙凤尽管很能干，一些很复杂的局面也能驾驭；但无论就其资历、声望、气度都还不足以担此重任。老祖宗——贾母才是这方面最理想的人物。

贾母在这国公府里，年龄最长，辈分最高，且见多识广，阅历很深，富有统治经验，因此很自然地受到了大家一致的尊重和爱戴。她平时对小辈和下人表现出一种慈祥宽厚的姿态，这样就更显出其“德高望重”。王熙凤再能干，如果没有“老祖宗”作她的靠山，那要在这个矛盾重重的贵族大家庭里去行使她的权力那也是难于实现的。

作为国公府里最高权威的贾母，当然无须由她来顾问、处理平时家庭中的具体事务；但每当家庭里一些重大矛盾发展到异常激烈的关键时刻，都得由她亲自出马处理，矛盾才能得以平息下来，家庭生活才能得以按照封建正常秩序继续运转。

“宝玉挨打”是《红楼梦》里一次重大的矛盾冲突，震撼着整个荣国府。它不是贾政与贾宝玉父子之间一场普普通通的矛盾冲突，而是反映了封建卫道者和封建叛逆者之间的一场势不两立的激烈斗争。贾政抓住了宝玉“在外流荡优伶、表赠私物，在家荒疏学业、逼淫母婢”的罪名，将他痛打，并声言要把他“着实打死”。但宝玉在府里却有着特殊的地位，他是老祖宗最疼爱的命根子，是全府上下最为人们所关心的人物。他的被打惊动了全府上下各式人物，也牵动着每个人的心。人们面对着这突如其来、激烈无比的父子冲突，面对着贾政发狠心要把宝玉打死这样一个严重局面，都惊慌失措，束手无策。宝玉母亲、贾政妻子王夫人闻讯急忙赶来，痛心疾首地想制止丈夫这种极端行动，她在丈夫面前大哭大闹：“老爷虽然应当管教儿子，也要看夫妻分上。我如今已将五十岁的人，只有这个孽障，必定苦苦的以他为法，我也不敢深劝。今日越发要他死，岂不是有意绝我。既要勒死他，快拿绳子来先勒死我，再勒死他。我们娘儿们不敢含怨，到底在阴司里得个依靠。”但王夫人的痛哭哀恳，似乎还不能制止贾政的凶焰，在这千钧一发的时刻，“老祖宗”出场了，局面就开始急转直下，贾政一听母亲出来了，顷刻赔着笑脸道：“大暑热天，母亲有何生气亲自走来？有话只该叫了儿子进去吩咐。”贾母却不吃贾政这一套，她完全不用恳求儿子，而是居高临下地训斥儿子：“你原来是和我说话！我倒有话吩咐，只是可怜我一生没养个好儿子，却教我和谁说去！”随即又对自己的媳妇王夫人道：“你也不必哭了。如今宝玉年纪小，你疼他，他将来长大成人，为官作宰的，也未必想着你是他母亲了。你如今倒不要疼他，只怕将来还少生一口气呢。”这些尖刻无比、指桑骂槐的话，给了贾政以当头一棒，使他几乎无立足之地，迫使贾政最后只得向母亲苦苦叩求认罪。一场震惊全府上下的轩然大波，就此得以平息下来。

贾琏因偷鸡摸狗和王熙凤之间爆发了一场你死我活的斗争，这场夫妻之间的争斗，几至酿成人命案件。

那天贾母给她所疼爱的孙媳妇王熙凤做生日，全家热闹非凡。王熙凤在大家的一再敬酒之下喝醉了，正准备去自己房里歇歇。当她走向自己房里的时候，突现发现了丈夫贾琏正与鲍二的老婆偷情。她蹑手蹑脚地走至窗前，听取了鲍二的老婆与丈夫间的对话。妇人道：“多早晚你那阎王老婆死了就好了。”又说：“他死了，你倒是把平儿扶了正，只怕还好些。”

贾琏答道，“如今连平儿他也不叫我沾一沾了。平儿也是一肚子委屈不敢说，我命里怎么就该犯了‘夜叉星’。”这个自命不凡、傲视一切的王熙凤怎么能容忍丈夫及其姘头在背后如此肆意的辱骂她、诅咒她。她一下就气得浑身乱战。她从丈夫和鲍二老婆赞扬平儿的话里，又疑心她的心腹丫头平素也对自己有怨语，因此就不分青红皂白地先把平儿打了两下，接着又一脚踢门进去，抓住鲍二家厮打。在气恼而丧失理智的情况下，她又回过头来再一次把平儿打了几下，使平儿有冤无处诉，气得干哭。正吵得难解难分情况下，贾琏竟恼羞成怒，从墙上拔出剑来，声言要把大家一齐杀了，自己准备偿命。一场夫妻间的争斗眼看将发展到不可收拾的地步，如不及时制止，就要出现人命案件。在这关键时刻，别人虽甚焦急，但又无能为力，此时此刻，只有贾母才能收拾这个局面。

当贾母听了王熙凤对贾琏恶行的诉说之后，她就以“老祖宗”权威的口吻，厉声说：“这还了得！快拿了那下流种子来！”她面对着贾琏那副满不在乎，肆意寻衅的姿态，严厉训斥他：“我知道你也不把我们放在眼睛里，叫人把他老子叫来！”从而有力地制止了贾琏那种天不怕、地不怕放肆行为。接着贾母又安抚王熙凤：“你放心，等明儿我叫他来替你赔不是。你今儿别要过去臊着他。”平儿平白无故地受王熙凤和贾琏的打骂后，内心格外委屈，贾母认识到平儿是夫妻争吵的无辜受害者，应该给予必要的抚慰，于是她就叫人告诉平儿：“我知道他受了委屈，明儿我叫凤姐儿替他赔不是。今儿是他主子的好日子，不许他胡闹。”这场争斗的罪魁是贾琏，因此贾母对贾琏所采取的手段主要是揭露、批评乃至训斥。所以当第二天贾琏前往贾母处去领罪时，贾母对他依然十分严厉，不留情面地斥责：“下流东西，灌了黄汤，不说安分守己的挺尸去，倒打起老婆来了！凤丫头成日家说嘴，霸王似的一个人，昨儿唬得可怜。要不是我，你要伤了他的命，这会子怎么样？”进而逼着他去向妻子赔罪，又陪着他和王熙凤去安慰平儿。人们看到，贾母在处理这场夫妻斗争中，很有章法，能分清不同情况；分寸掌握得也很恰当，使各方都不得不按照她的意志去办，一场轩然大波，就此平息了下来，

贾赦要娶鸳鸯为妾，鸳鸯则誓死不从，酿成了一场激烈的主奴间的冲突，这种冲突也牵动着府里上上下下的人物。

好色贪淫的贾赦，已“胡子苍白”，“兄弟、侄儿、儿子、孙子一大群”了，还要收母亲房里的丫环鸳鸯作小老婆，这必然要引起全府上下

的不满，但他却全然不顾，先是派自己的妻去劝诱；不成，又动员鸳鸯的嫂子前去做说客，不料嫂子被鸳鸯骂了个狗血喷头。鸳鸯的这些反抗行为，使贾赦恼羞成怒，不惜对她进行威胁恫吓，说什么："凭他嫁到谁家去，也难出我的手心。除非他死了，或是终身不嫁男人，我就伏了他！若不然时，叫他趁早回心转意。"一副典型的流氓、恶棍的嘴脸！当鸳鸯被逼得走投无路时，只好求救贾母，她边哭边诉地表示："当着众人在这里，我这一辈子莫说是'宝玉'（因贾赦曾怀疑她恋上宝玉），便是'宝金'、'宝银'、'宝天王'、'宝皇帝'，横竖不嫁人就完了！就是老太太逼着我，我一刀抹死了，也不能从命！"

鸳鸯是"老祖宗"最满意的贴身丫头，而贾赦的行为也实在不成个体统，太下作了。因此，当贾母一听鸳鸯哭诉之后，就气得浑身乱战，说道："我通共剩了这么一个可靠的人，他们还要来算计！"并讥讽媳妇邢夫人："我听见你替你老爷说媒来了。你倒也三从四德，只是这贤惠也太过了！你们如今也是孙子儿子满眼了，你还怕他，劝两句都使不得，还由着你老爷性儿闹。"当然，贾母之反对儿子娶鸳鸯，只是她自己离不开鸳鸯的服侍，并非就反对儿子讨妾。因此她在坚决不同意鸳鸯去作妾的同时，又给那好色的儿子开了一条门路。她对邢夫人说："他要什么人，我这里有钱，叫他只管一万八千的买。"结果是贾赦用了八百两银子买了个十七岁的女孩子嫣红了事。

上述三起重大事件启示人们：贾府中每当矛盾冲突发展到十分尖锐以至不可收拾的时候，就得靠贾母出场处理，凭她的威望和丰富的统治经验，使激烈的冲突平息下来，重又使这个贵族之家的生活秩序得以正常地运行。因此全家上下都无不景仰她、讨好她。管家奶奶王熙凤，更是整天围着她转，借此牢固确立自己在家庭中的掌权地位。同时，贾母自己也很乐意让别人尊敬她、拥戴她、讨好她，扮演出这个贵族之家的最高权威的架势。

二 慈祥、宽厚又充满着风趣的老太太

贾母的威望这么高，阖府上下老老少少都得听命于她，但她给全家人的印象却不是高高在上，令人望而生畏，而是显得很亲切，十分通情达理，特别对孙子、孙女辈乃至她所熟悉的年轻丫环都是那么和蔼可亲。这

与她的儿子、儿媳——贾赦、贾政和邢夫人、王夫人辈显示了全然不同的风格。

就在她迎接亲外孙女黛玉进府的时刻里，贾母作为一个慈祥外祖母的形象活脱脱地呈现在读者面前："黛玉方进入房时，只见两个人搀着一位鬓发如银的老母迎上来，黛玉便知是他外祖母。方欲拜见时，早被她外祖母一把搂入怀中，心肝儿肉叫着大哭起来。"说："我这些儿女，所疼者独有你母，今日一旦先舍我而去，连面也不能一见，今见了你，我怎不伤心！"说完，搂着黛玉又呜咽起来。并把黛玉像对待她最疼爱的孙子宝玉一样，置于她的身边，安排在她屋里的碧纱橱里，便于随时照应。

平时贾母见了孙子、孙女和孙媳妇之类从来不像她的儿子、儿媳——贾政和王夫人那样：在晚辈之前，总是板着一副面孔，还动不动地把他们教训一顿，因此，晚辈们见了贾政、王夫人之流害怕还来不及，当然更说不上相互之间感情的交流。贾母则与他们迥然不同，在孙子、孙女辈前总是谈笑风生，有时还要开些玩笑，显得十分的风趣、逗人，把周围的气氛搞得十分的活跃。就在上述迎接远道而来投靠她的外甥女黛玉的场面里，尽管她的感情十分激动，一把搂着黛玉痛哭不已，但紧接着她又和那些晚辈们开起玩笑来了。当黛玉见她面前那个"彩绣辉煌，恍若神妃仙子"的女子，不知如何称呼时，贾母笑着道："你不认得他，他是我们这里有名的一个泼皮破落户儿，南省俗谓作'辣子'，你只叫他'凤辣子'就是了。"

贾母一有时间，总是想方设法地和孙子、孙女辈同乐。在小说的"制灯谜贾政悲谶语"一回里，时值上元佳节，贵妃元春差人送灯谜来，这引起了贾母的兴趣，于是她就命人作一架小巧精致围屏灯来，设于当屋，命他姊妹们各自暗暗地作了，写出来粘于屏上，然后准备下香茶细果及各色玩物，为猜着之贺。贾政见母亲高兴，也赶来承欢取乐。但贾政的来到却给这自由欢乐的场面带来了令人窒息的空气，原表现最为活跃的宝玉、湘云等人顷刻缄口禁言，众人也都拘束得厉害。贾母一见情况不对，在酒过三巡之后，就撵贾政去歇息。贾政刚一走，贾母就号召这些孙子、孙女们："你们可自在乐一乐罢。"一言未了，气氛顷刻大变，大家都和祖母说说笑笑，全场洋溢着一派欢乐的气氛，而宝玉这时竟像是"开了锁的猴子一般"格外活跃。这里作者有意用对比的手法，突出贾母对晚辈的慈祥可亲。

贾母这种慈爱关切之情，有时还表现在对她所熟悉的一些丫环和社会上那些弱小者的身上。

晴雯被王夫人视作勾引坏宝玉的狐狸精，必欲置于死地而后快，但贾母对她印象很好，说她“模样爽利，言谈针线”都是别的丫头所不及的，因此今后可给宝玉“使唤”。至于鸳鸯，贾母和她的关系更不同一般。她一刻不能离开鸳鸯的服侍，有了鸳鸯，她就省得“自己操心”，因此，平时对鸳鸯更是关怀备至，这些在贾赦想强娶鸳鸯为妾的这场风波中得到了最充分的反映。

在小说的第二十九回里写了下面这样一件事情，当贾母会同家人坐轿到清虚观打醮时，一个十二三岁的小道士剪了灯花正想藏出去，不意一头撞在王熙凤怀里，对此王熙凤怒不可遏，一扬手，照脸一下，打了一个筋斗，还骂他：“野牛的，胡朝那里跑!”众人见这小道士慌慌张张，也都喝声叫：“拿，拿，拿！打，打，打!”但当贾母得知这情况后，却一反王熙凤和众人之所为，对他多方关怀、体贴，叫人：“快带了那孩子来，别唬着他。小门小户的孩子，都是娇生惯养的，那里见的这个势派。倘或唬着他倒怪可怜见的，他老子娘岂不疼的慌?”作者用映衬、对照的手法，突出了贾母对弱小者的怜惜之情。

当然贾母这种慈祥之情在对宝玉的关心中表现最为突出，竟使读者感受到这慈爱关切之情已发展到了溺爱不明的程度。她犹如老母鸡疼爱雏鸡那样，把宝玉紧紧地保护在自己的卵翼之下，不让他有任何的委屈，受任何的伤害。宝玉这个封建叛逆者就是依靠了贾母的疼爱和庇护，对抗着来自父亲贾政那里的种种封建主义的压力和迫害，从而使他的个性能在相当程度上摆脱了封建主义的干扰，而自由自在地发展。

三　安富尊荣、恣意追求享乐生活的老夫人

凡熟悉《红楼梦》的人，大概不会忘记，在这位老祖宗的平时言谈之中，常以自豪的口吻，回溯起她青年时代是如何以见多识广，富有才情以及办事果敢干练著称。言下之意，尽管这位孙媳妇王熙凤是够能干的了，但要和她年轻时候相比，也只是小巫见大巫。贾母这种自豪确乎并非吹嘘。一次薛宝钗曾对贾母说：“我来了这么几年，留神看起来，凤丫头凭她怎么巧，再巧不过老太太去。”贾母接着说：“我如今老了，那里还

巧什么，当日我像凤哥儿这么大年纪，比他还来得呢。”

但现在她年纪大了，不仅膝下有了儿子、儿媳、孙子、孙女、重孙子、重孙媳妇这一大帮子，而且在荣、宁二府中就数她辈分最高，年纪最大。因此，她完全可以不用再去操持具体家务，日常家政大权可以交王夫人特别是交王熙凤去对付，除非发生了一些重大事件非得由她亲自处理不可时，才过问一下。贾母堪称是福寿双全的老太太。不要看她年纪大，但身体还很健康。无论主观客观方面都为这老祖宗创造了种种条件，让她腾出时间、精力去尽情享受。而她自己也不辜负这机会，千方百计地设法恣意享乐。这和我们惯常见到的贵族家庭里的那些老态龙钟、对生活已无所追求的老太太不同，也和那些终日只顾吃斋念佛、修身养性的老妇人不一样。她成天带了一帮孙子、孙女和孙媳妇寻欢作乐。发生在贾府中一件又一件的赏心乐事：诸如庆节日、做生辰、开宴会、猜灯谜、讲故事、看戏、打牌、游园观景等等都少不了她的提倡和参与。在贾府千姿百态的游乐图中，贾母总是处于引人注目的中心地位。

贾母在衣、食、住、行各个方面，都力求享受到在当时的物质条件许可下最舒服的生活，而且自己能少操心的尽量少操心。平时连吃饭、穿衣这样普通的事情，也让鸳鸯等一批贴身丫环去为她操持，当她仰卧在榻上养神时，也得让那些丫环们为她捶腿。她出外不是坐轿子，就是坐车子。即便偶尔高兴，自己走走时，也是晚辈和丫环们左搀右扶，前呼后拥。她用牛乳蒸羊羔，既当药又当茶，目的是为了延年益寿。“她把天下所有的菜蔬用水牌写了，天天转着吃”，为要吃得新鲜、讲究，又能滋补身体，可以不惜一切工本。有时生活过于舒服了，也觉发腻，于是就多方设法使生活变得更丰富多彩些。五月正是农民们大忙的季节，而贵族家庭成员正闲得发慌，于是她兴冲冲地率领全家车轿人马去清虚观打醮，一路之上，浩浩荡荡甚是气派。当薛宝钗不想跟着去清虚观时，贾母则动员她：“你也去，连你母亲也去。长天老日的，在家里也是睡觉。”贾府里做生日原是常事。贾母为避免俗套，力求花样翻新，因此当她在为王熙凤做生日时，竟别出心裁地效法小家子过生日的方法，让大家（不论是主子还是奴才）凑份子。为了寻找乐趣，在刘姥姥二进荣国府时，贾母特意将她留住了几天，让这个农村穷苦老婆子充当了自己凑趣取乐的工具，在刘姥姥的各种洋相里，全家享受着前所未有的快乐，使感觉平淡的安逸富贵生活，增添了色彩和味道。

小说通过具体的艺术描写告诉读者：贾母不仅尽力在追求享乐，而且也会享乐。由于她年轻时就见多识广，富有才情，因此在享乐时，她力求情调高雅些。在小说的四十四回里，当贾母带领刘姥姥在探春住处秋爽斋参观时，忽听一阵风过，隐隐听得鼓乐之声。贾母忙问："是谁家娶亲?"当王夫人笑着回答："这是咱们的那十几个女孩子们演习吹打呢。"这一下就引起了贾母的兴趣，她一定要乘此好好欣赏一下她们的演出，让大家"好好乐一乐"。于是她出了一个很巧妙的主意，让这家里的戏班子"就铺排在藕香榭的水亭上"，这样就可以使乐声能"借着水音更好听"。显然这样一个巧妙的主意，没有一定艺术素养的人是想不出来的。

总之，贾母的晚年生活受享乐思想紧紧支配着。她在家庭中的崇高地位和国公府长期来所积累的大笔资财以及她本人所具备的健康身体，都为她晚年的享乐生活创造了优越的条件，使她得以尽情地享受人间的荣华富贵，成为封建社会里不多见的福寿双全的老太太。

四 一个坚持封建礼法准则、熟谙人情世故并关切家族前途命运的老祖宗

贾母平时虽不插手去处理家中事务，但这决不意味着她对家庭的一切就此都放手不管，只是一味寻求个人的享乐生活，如果这样，她就不成其为封建宗法贵族家庭的老祖宗了。她平时对孙子、孙女辈以及她所喜爱的丫环所表现的那副慈祥可亲的面目，只是她性格的一个方面。我们还必须同时看到她另一面，每当事情涉及封建礼法准则时，她却一点也不马虎，即便是在他人看来是属于很细琐的事情，她也不轻易放过。袭人是个深得贾府主子（也包括贾母在内）所赞赏的丫头，和老祖宗的"命根子"宝玉的关系又特别的亲密。但在第五十四回里，荣府元宵开夜宴席上，当宝玉下席往外走时，只有麝月、秋纹并几个小丫头随着，这时贾母突然发现袭人不在场，就立即发问："袭人怎么不见?"接着又说："她如今也有些拿大了，单支使小女孩子出来。"这时素来偏爱袭人的王夫人忙起身为袭人开脱："他妈前日没了，因有热孝，不便前头来。"但贾母对此却不以为然，忙说："跟主子却讲不起这孝与不孝。若是他还跟我，难道这会子也不在这里不成?皆因我们太宽了，有人使，不查这些，竟成了例了。"这位老祖宗多厉害！对这样一件小事，竟那么认真！在贾母看来，事情虽

小，但却涉及一个大的原则——主仆尊卑的关系。它直接关乎封建等级制度的准则，因此不能等闲视之。丫头为父母尽孝也得服从于对主子尽忠这一原则。

贾母熟谙封建人情世故并身体力行。封建社会是以男性为中心，他们准许男人可以三妻四妾，干出种种道德败坏的事情，但对男女青年之间正当的自由恋爱反视为伤风败俗。贾府这帮子爷儿、哥儿们“今日会酒，明日观花，聚赌嫖娼，无所不至”。对此，贾母不以为意，甚至认为是理所当然。贾琏与鲍二家的偷情，引起了王熙凤的大吵大闹，几至酿成人命案件，但贾母却不当它一回事，在她与王熙凤交谈时，笑着道：“什么要紧的事！小孩子们年轻，馋嘴猫儿似的，那里保得住不这么着。从小儿世人都打这么过的。”把众人都说笑了。上面曾说到的贾赦这么大一把年纪还要讨母亲的丫头鸳鸯为妾，贾母反对这事的理由只是舍不得她所喜爱的丫头离开自己，而并非反对儿子讨妾，所以最后她还让儿子出钱买了个十七岁的女子作妾了事。

可是贾母对青年男女之间正当的自由恋爱却表现出那样的反感和厌恶，几乎到了深恶痛绝的地步。在“史太君破陈腐旧套”这回里，当女先儿要向她说《凤求鸾》鼓子词时，她一听就立即表示出十分的反感，特别是对才子佳人爱情故事里的佳人进行了恶毒的攻击：“只一见了一个清俊的男人，不管是亲是友，便想起终身大事来，父母也忘了，书礼也忘了，鬼不成鬼，贼不成贼，那一点儿是佳人？便是满腹文章，做出这些事来，也算不得是佳人了。”接着又把佳人对爱情的追求，诬蔑为犹如满腹文章的男人去做贼一样。

结合小说前后具体描写去思考，就不难知道，贾母之所以这样对佳人竭力贬斥，是有其具体的针对性的。就在这次中秋夜宴上，宝、黛之间非同一般的亲密关系，竟在众目睽睽之下表现得那样的露骨，这使老祖宗十分窝火。作品是这样描写的：在酒席之上，贾母让宝玉给众人斟酒，又说：“连你姐姐妹妹一齐斟上，不许乱斟，都要叫他干了。”宝玉斟酒至黛玉面前，黛玉偏不饮。黛玉拿起杯来，放在宝玉唇上边，宝玉一气饮干，黛玉说了声：“多谢。”这就引起大家的严重关注，王熙凤已感到当时气氛严峻，便笑着说：“宝玉，别喝冷酒，仔细手颤，明儿写不得字，拉不得弓。”这些话看似文不对题，似乎纯粹是无的放矢，但稍加思考，却富有深意，无非是提醒宝、黛，要检点自己的行为，注意行动带来的后果；的确，宝、黛，特别是黛玉的行动，在封建统治者看来未免“太放肆了”，是她们所不能容忍的。贾母对佳人的这番痛斥，正是紧跟着上述事情而来的，其用意当不言自明。

如上所述，老祖宗并非一般贵族之家的老太太，她见多识广，富有统治经验，尽管年老了不操持具体家务，但对家庭的前途和命运还是十分关注。对家庭经济的日趋枯竭，特别是子孙的一代不如一代日渐败落的形势有切身体会。她之特别钟爱宝玉，原因之一是在她的众多儿孙中，只有宝玉“略可望成”，因此把重整家业的希望寄托在他的身上。但宝玉的那种不和世俗相合的乖张性格和不愿走封建阶级所指引的人生道路，又使贾母不能不担心。在此情况下，为宝玉物色一个什么样的配偶这将直接关系到家庭的前途和命运。贾母对此不能不予以严重的关注。这样就很自然地涉及贾母如何对待宝、黛之间日趋明显的相爱关系。

从小说的具体描写可以看出：贾母对自己亲外孙女黛玉的感情是有变化的。开初，贾母特别疼爱黛玉。黛玉刚进贾府时，她的种种表现，充分证实了这一点。那时贾母对她的爱在贾府众姊妹之上。正是在贾母的卵翼保护下，宝、黛才由青梅竹马、两小无猜，逐渐滋生了爱情。

在封建社会里表兄妹结婚是很合情理的，这样可以亲上加亲，因此按当时的常理，宝、黛间的结合是完全顺理成章的事。老祖宗对自己最疼爱的孙子和外孙女成亲该是十分乐意的。因此，那个善于体察老祖宗心意的王熙凤，曾借招待黛玉喝茶的机会，以开玩笑的方式，表示了黛玉将来要成为她们贾家的媳妇。

但随着小说故事情节的发展，黛玉的那种“孤高自许，目无下尘”，“嘴又刻薄”、“专爱挑剔别人的不是”等等性格特色越来越引起贾府中许多人的不满，也愈来愈失去了包括贾母在内封建家长们的欢心。特别是她和宝玉建立在封建叛逆基础上的爱情和家长们对宝玉所寄托的重振家业的厚望之间产生了十分尖锐的矛盾。尽管贾母照应这孤苦无依的亲外孙女本是她心甘情愿的，也是她义不容辞的责任；但当她考虑到家族的前途和命运时，却很难同意让宝、黛成婚。从小说的实际描写看来，贾母对越发明显的宝、黛爱情的态度是冷淡的。在日益冷淡黛玉的同时，老祖宗却对薛宝钗多次当众赞扬，还特意为她做生日，其用意是很清楚的，因为宝钗的所作所为甚是投合封建家长们的脾胃。显然，在封建家长们看来，只有像宝钗这样的女子和宝玉结婚，才会有利于把宝玉从叛逆的道路上拉回来；

相反宝玉如与黛玉结合，只能使宝玉在叛逆的道路上越走越远，从而使家长们所切盼的重振家业的厚望成为泡影。

贾母作为一个有丰富统治经验、时刻关注着自己家族命运的老祖宗，她比谁都更懂得上述道理。她对亲外孙女的生活及日后的婚事固然不会撒手不管；但不能让宝、黛成婚，而赞成宝玉和宝钗成亲，因为，她不能不对自己家族的前途负责。今天，我们尽管不知道曹雪芹在八十回后如何去具体描写宝、黛的爱情悲剧；但现在续书所写的贾母伙同王夫人、王熙凤等人一起来反对宝、黛的结合，而让宝钗和宝玉成婚，其总的精神该是符合原作意图和人物性格发展逻辑的。当然，在具体情节的安排上很可能与曹雪芹的原稿不尽一样。

总之，《红楼梦》里的贾母形象，是那样的血肉饱满、丰满动人，内涵又如此的丰富深刻。人物性格呈多侧面、多层次，各种不同的方面却和谐一致地统一在一个人物身上，从而，使形象真实生动，活灵活现，呼之欲出，耐人寻味。

（原载《金瓶梅红楼梦纵横谈》，北京大学出版社 1990 年版）

翻手为云、覆手为雨的野心家——贾雨村

打开《红楼梦》，读者首先接触到的是两个人物：甄士隐和贾雨村。小说花在这两个人身上的笔墨虽不多，主要的描写集中在小说的前四回里；而且有关这两人的故事情节和小说所描写的贾府由盛而衰的发展过程的联系似乎也不太多，特别是对甄士隐的描写简直谈不上和贾府的兴盛有什么具体的联系。但这两个人物在小说整个艺术构思上的作用以及这两个形象本身所体现的典型意义却丝毫也不能低估。

在曹雪芹八十回后的原稿中如何安排这两人的结局，我们已无从知道。在高鹗的续书里，却让这两个人物在小说的结束之前再一次亮相。此时，贾府已历尽兴衰，主人公贾宝玉在大彻大悟之后，决心出家去当和尚；而甄士隐和贾雨村也已饱经沧桑，前者由原来的乡宦成了个道士，而后者在经历了一番荣华富贵之后，彻底跌落下来。

《红楼梦》里关于贾府兴衰的进程和甄士隐、贾雨村的故事几乎是平行地发展的。不过贾府的兴衰写得很具体、很详尽，而甄、贾两人的故事则写得比较虚。这种一虚一实、虚实相映，正是反映出了小说所特有的艺术风格，它向人们深刻地揭示了封建末世升沉荣辱变化的迅速和人世沧桑的深刻哲理。

就人物形象的本身来说，甄士隐和贾雨村是两个鲜明对立的艺术典型。甄士隐原本是个乡宦，“家中虽不甚富贵，然本地便也推他为望族了”。但现实却对这乡宦甚是残酷无情，一连串厄运接踵而至：先是女儿英莲的失踪，接着家又被火烧了个净光，被迫去田庄上安身，但田庄上也很不安宁，“偏值近年水旱不收，鼠盗蜂起，无非抢田夺地，鼠窃狗偷，民不安生，因此官兵剿捕，难以安身”，不得已只好把田庄折变了，投靠

岳丈家，而岳丈又是个十分势利之人，见女婿这等狼狈而来，心里就不高兴。到了岳丈家后，士隐不懂生理稼穑之事，弄得贫病交加。加之他原就“禀性恬淡，不以功名为念”，终于看破红尘，遁入空门，跟了疯道人飘然而去。这里，作者为我们塑造了一个封建末世出世者的典型形象。

贾雨村恰与甄士隐的性格相反，不仅是个热切的入世人物，而且是个野心勃勃，对功名利禄贪得无厌的家伙。他原本是个穷儒，虽“也是诗书仕宦之族”，但因“生于末世，父母祖宗根基已尽，人口衰丧，只剩得他一身一口，在家乡无益，因进京求取功名，再整基业”。此人十分热衷于功名利禄的追求，但由于他当时已是贫困到了“敝巾旧服”、狼狈不堪的境地，因而只得中途暂寄“葫芦庙”栖身，“每日卖字作文为生”。这种“苦未逢时”的遭际，使他心情烦闷，因此不时地对月吟咏和向天长叹以发抒他那郁郁寡欢的心怀。一天时值中秋佳节，甄士隐家宴已毕，于书房中另具一席，邀贾雨村同饮，当他步月去庙中邀请贾雨村时，见他对月有怀，正搔首对天长叹，复又高吟一联：“玉在匣中求善价，钗于奁内待时飞。”士隐听了赞道：“雨村兄真抱负不浅也！”两人于是对饮，面对一轮明月，飞彩凝辉，愈添豪兴，于是酒到杯干。此时雨村更是狂兴不禁，口占一绝：“时逢三五便团圆，满把晴光护玉栏。天上一轮才捧出，人间万姓仰头看。”这又再一次地博得了甄士隐的赞美：“妙哉！吾每谓兄必非久居人下者，今所吟之句，飞腾之兆已见，不日可接履于云霓之上矣。可贺，可贺！”

从上述这些描写里，贾雨村的政治野心已暴露无遗。这个“穷儒”，却很有他自己的一番抱负。他不甘心久居贫困，只要一旦时机许可，就要想方设法挤入官场，以求出人头地，作威作福。他不仅自命不凡，又贪得无厌，思想情趣也甚庸俗。他一见甄家丫头“虽无十分姿色，却也有动人之处”，竟不觉看呆了。见那丫头回顾了他两次，“便自为这女子心中有意于他，便狂喜不尽，自为此女子必是个巨眼英雄，风尘中之知己也”，便开始想入非非，自我陶醉起来。

在产生《红楼梦》的时代，贾雨村这类封建文士，想爬上社会的统治阶层，捞取官职，就得应科举考试。因而就得熟读《四书》、《五经》，会写一手八股文，以便用它去充当“敲门砖”，敲开升官发财的门径。贾雨村在这方面确实也下了功夫，所以他曾不无自豪地向甄士隐说：“非晚生酒后狂言，若论时尚之学，晚生也或可去充数沽名，只是目今行囊路费一概无措，神京路远，非赖卖字撰文即能到者。”他的这番话赢得了甄士隐的赞许和器重。就在甄士隐的热情支持和慷慨资助之下，得以进京赴考，终于在大比之期，中了进士，选入外班，随即由一个衣衫褴褛的穷儒，一跃而成了个乌帽猩袍的知府。

虽然八股文章帮他敲开了做官的大门，但他初次走入仕途，却命运不济。不满一年，就把官丢了，原因不是他的才干不行，而是缺少一个有力的靠山，加之他贪酷无比，又“恃才侮上”，致使官员们对他皆侧目而视。他的上司就寻了个空隙告发了他，罪名是：“生情狡猾，擅篡礼仪，且沽清正之名，而暗结虎狼之属，致使地方多事，民命不堪”。就这样被革职、丢官了。

凡了解清代官场生活的人都知道，这时官场上已十分腐朽，贪污、贿赂之风盛行，当官的想站稳自己脚跟，就得多方讨好、巴结上司，给他们“孝敬”各种名目繁多的“馈送”，而贾雨村初次踏上仕途，对当官的种种奥秘不甚了了，只一味地忙于自己聚敛钱财，没能贿赂上司，拉拢同僚，甚至还要恃才侮上，那岂能不跌筋斗？据史料记载：清朝“督抚诸人以参属员为秉公者，相习成风”，他们“日以参官为事，州县之吏，或一岁半岁而被参，或数月而即逐，或一疏而参十数员，或一疏而参数十员”，但下属官员如能“以所得之半，赂上官，则横行不败矣”。（见李绂《条陈用人三法札子》）惨痛的教训，终于使贾雨村逐渐明白过来，要在官场上混下去，并求得步步高升、飞黄腾达，就得找个权势之家做靠山，多方巴结、讨好他们，以取得强有力的支持。

贾雨村被罢官之后，尽管心中十分惭恨，但表面上却装出无一点怨声，在安排了家小人属归原籍之后，自己以“担风袖月，游览天下胜迹”为名，去寻找个能巴结、投靠权贵的机会。机遇终于来了，他被金陵四大家族之一贾府的亲戚巡盐御史林如海，聘作了一名塾师。

就在贾雨村担任林府的塾师期间，一个偶然的机会遇上了他的旧相识、在古董行中贸易的冷子兴。两人相交之后，冷子兴给他介绍了都中与他同宗、同谱的贾家的情况。当冷子兴向他谈到贾府政老爷的儿子贾宝玉的怪异性格时，就断言这位贵公子将来定然是个色鬼无疑，但贾雨村听了之后却发表了和冷子兴截然不同的看法，他罕然厉色忙制止冷子兴说：“非也，可惜你们不知道这人来历。大约政老前辈也错以淫魔色鬼看待了。若非多读书识事，加以致知格物之功、悟道参玄之力，不能知也。”

接着又发表了一大篇“天地生人，除大仁大恶两种，余皆无大异。若大仁者，则应运而生，大恶者，则应劫而生”的玄妙的道理。这里，我们用不着对他所发的这些议论作出全面的评价，分析出哪些全属荒谬，哪些尚有合理的内核；但其中有一点值得引起注意：贾雨村和当时一些陋士和平庸无识之辈还是不同的，他见多识广，凡事都有自己的看法，决不是人云亦云。这大概也是他后来在官宦生活中得以步步高升的一个本钱。

这次与冷子兴的相遇对贾雨村日后的经历也甚重要，是冷子兴告诉了他林家与贾家之间的亲密关系，也是冷子兴向他献计通过林如海的关系去争取贾政的帮助。因此当他从当日同僚一案参革的张如圭处得悉都中奏准起复旧员的消息之后，就迅速地央求林如海转托贾政，设法帮他恢复官职。凭了国公府贾家的权势和威望，在贾政的赏识和热情帮助下，贾雨村很快得以东山再起，且能加官晋爵，当上了金陵应天府尹。

当他时来运转，再一次进入仕途的时候，摆在他面前的一个重要问题是：这次会不会再重蹈上次覆辙？这是利欲熏心的贾雨村所特别关注和十分警惕的事情。

事情真巧，当他刚去金陵赴任，就遇上了一桩关乎金陵四大家族之一薛府公子薛蟠的人命案件。这是个关乎贾雨村前途命运的十分棘手的案子。但他开始并不知道这案子的来龙去脉及其和自己前程的利害关系。因此当原告向他苦苦申诉：“被殴死者乃小人之主人。因那日买了一个丫头，不想是拐子拐来卖的。这拐子先已得了我家的银子，我家小爷原说第三日方是好日子，再接入门，这拐子便又悄悄的卖与薛家，被我们知道了，去找拿卖主，夺取丫头。无奈薛家原系金陵一霸，倚财仗势，众豪奴将我小主人竟打死了。凶身主仆已皆逃走，无影无踪，只剩了几个局外之人。小人告了一年的状，竟无人作主。望大老爷拘拿凶犯，剪恶除凶，以救孤寡，死者感戴天恩不尽！”

从原告的这番苦苦申诉中，人们对这样一件仗势害人、无法无天的人命案件，都无不气愤！俗话说：“新官上任三把火。”对这个刚上任的应天府尹贾雨村来说，也必须雷厉风行地处理这件事情，才能平公愤，树立起自己的威望。因此贾雨村一听原告的诉说之后，就勃然大怒：“岂有这样放屁的事！打死人命就白白的走了，再拿不来的！”因发签差公人立刻将凶犯族中人拿来拷问，令他们实供藏在何处；一面再动海捕文书。似乎，这个拖而未了的人命冤案，这次在新任的应天府尹手里，可以解决了，这无疑是件大快人心的事情。但事情的发展却出现意外，正在这紧要关头，贾雨村只见案边的一个门子使眼色儿——不令他发签之意。贾雨村是个善于察言观色，见风使舵的人，一见门子的表情，就知其中必有文章，于是急忙停止审问，退堂进入密室，问门子不令发签之意。门子就向他发问："老爷既荣任到这一省，难道就没抄一张本省'护官府'来不成?"看来，门子地位虽微不足道，但对官场的种种奥秘知道甚为详细，而贾雨村身为府尹，相对的却知之甚少，连什么叫"护官府"也不清楚，致使门子感到惊讶："这还了得！连这个不知，怎能作得长远！如今凡作地方官者，皆有一个私单，上面写的是本省最有权有势、极富极贵的大乡绅名姓，各省皆然；倘若不知，一时触犯了这样的人家，不但官爵，只怕连性命还保不成呢！所以绰号叫作'护官符'。"门子为了对这位新上任的府尹表示忠诚，以便取得他的信任和提拔，紧接着又向贾雨村谈了有关该案的一些至关重要的情节："方才所说的这薛家，老爷如何惹得他！他这件官司并无难断之处，皆因都碍着情分面上，所以如此。"他边说边从顺袋中取出一张抄写的"护官符"来，上面皆是本地大族名宦之家的谚俗口碑。这大族名宦之家就是金陵的四大家族：贾、史、王、薛。这四家皆连络有亲，一损皆损，一荣皆荣。而被告薛蟠就是四大家族之一薛府的公子。那薛家不单靠这三家，他的世交亲友在都在外者，本亦不少，因此，门子问贾雨村："老爷如今拿谁去?"

在封建时代，各地都有一些引人注目的巨室。它们在地方上有举足轻重的地位。所谓巨室，大抵是指一个家族如果有人在外当了高官显宦，他的子弟子侄在本地就成了有势力的乡绅，其中不肖者就成了土豪恶霸，在乡里为所欲为，谁也奈何他们不得。一切外来当官的人，切不能得罪巨室，不然就站不住脚，甚至会丢官。相反地能讨好巨室，就能获得他们的支持，把官做得稳稳的。

门子对贾雨村怎么起复被委此重任，了解甚是清楚，于是又进一步提醒贾雨村："小的闻得老爷补升此任，亦系贾府王府之力；此薛蟠即贾府之亲，老爷何不顺水行舟，作个整人情，将此案了结。日后也好去见贾府王府。"当贾雨村内心处于矛盾犹豫不决之时，门子又向他进言："古人有云：'大丈夫相时而动'，又曰：'趋吉避凶者为君子'；依老爷这一说，不但不能报效朝廷，亦且自身不保，还要三思为妥。"门子在这里，滔滔不绝地给这新到任的府尹上有关官场内幕的课，贾雨村这次尽管是第二次走上仕途，比起第一次已有了些经验，但上述门子所说的，他还是闻所未闻。结果，就在门子的启发和劝告之下，贾雨村装出一副秉公执法的姿态，虚张声势地欺骗、愚弄百姓，暗地里却是徇情枉法，胡乱判断了此案，使凶手薛蟠在他的包庇袒护之下逃脱了应有的惩罚，得以逍遥法外。接着贾雨村又急忙作书信二封与贾政并京营节度使王子腾，向他们表白："令甥之事已完，不必过虑"等语，以此向他们邀功。

贾雨村为保住自己的官位，和贾、王等权势之家进一步勾结，竟把良心搁在一边，全然不顾事情的是非曲直，甚至恩将仇报也在所不惜。甄士隐对他来说可称得上是个挚友和恩人，当他开始得悉甄士隐家发生重大变故和甄家的女儿英莲突然失踪不知下落的时候，也曾感伤叹息过一番，还斩钉截铁地作出保证：要派人去寻找英莲，但事情竟那样凑巧，薛蟠所争夺的那个丫头不是别人，正是甄士隐丢失了多年的孤女英莲。贾雨村眼看着自己恩人的女儿英莲就要落入"淫佚无度"的呆霸王薛蟠的魔掌之中而全然不顾。正是深入地揭示出了贾雨村那种"外沽清正之名，暗结虎狼之势"的本质特征。

是这个门子——那个当年葫芦庙内的小沙弥在关键时刻提醒了他，为他出了主意，使他不仅得以避免了重蹈第一次丢官的覆辙；而且获得了四大家族的青睐，为他日后的升迁找到了有力的靠山。门子对贾雨村来说是为他立下了汗马功劳的"勋臣"。但他又是怎样对待这位功臣的呢？贾雨村在头脑里再三考虑的是如何有利于自己，有利于他日后的飞黄腾达，其他则都是无关紧要的。当贾雨村想起门子很熟悉他寄身葫芦庙时的一段凄惶生活，就担心他日后会在人前揭示自己贫贱生活时的种种窘态，特别是怕门子深悉的"徇情枉法"的底里，保不定会因此而惹出是非，影响到自己的前程时，就翻脸不认人，恩将仇报，"到底寻了他一个不是，远远的充发了才罢"。这里充分展示了他贪酷无耻的丑恶嘴脸。

贾雨村对贾府该是忠心耿耿了吧！事实远非如此。他在对贾府的关系上也是翻手为云，覆手为雨，一切都以是否有利于自己的升官发财为转移。当贾家还很有权势的时候，他总是主动寻找机会去攀附，为他们效力，曾不辞辛苦地一趟又一趟地往贾家跑，除了在贾政面前表现出一副谦恭好学、低三下四的媚脸之外，还去多方地讨好、拉拢宝玉，引起了这个富有叛逆精神的宝玉的极端厌恶，成了宝玉所十分痛恨的那些"国贼禄鬼"中的典型人物。贾雨村为进一步取得贾府的好感和支持，甚至把贾府的“宁荣两宅人口房舍以及起居事宜”都摸得一清二楚。凡贾府需要什么，他只要力所能及，则尽量给予满足，甚至根本不用贾家开口。在小说的第四十八回里，写了这样一件事：当贾雨村得悉荣国府的贾赦，急于购买破落户石呆子手里的古扇，而石呆子就是不卖，并声言：“我饿死冻死，一千两银子一把我也不卖”时，他为了巴结、奉承贾府，就对石呆子采取了凶残行动，把他抓进衙门，无中生有地“讹他拖欠官银”，令他变卖家产赔补，不惜把他搞得家破人亡。其手段之毒辣，令人发指！难怪连王熙凤的陪房大丫头平儿也对他发出了愤愤不平的斥骂：“都是那什么贾雨村，什么风村，半路途中那里来的饿不死的野杂种！认了不到十年，生了多少事出来！”

当然，贾府对贾雨村这样尽忠竭力是心领神会，决不亏待他的。就在贾政、王子腾的“吹嘘”和“拉扯”之下，贾雨村步步高升，于数年之内，数度擢升，可谓官运亨通，青云直上，曾做到“大司马”、“协理军机，参赞朝政”的重要官职。人们可以想象，贾雨村这样一个贪酷无耻的家伙，竟成为一代王朝的显赫之臣，其官场之黑暗、腐败也就可想而知了。

不要只看贾雨村平日是如何热衷于趋奉贾府，甚至因此而犯下种种罪行也在所不惜。但当贾家一旦失势，情况就立刻大变，顷刻之间他就可以翻脸不认人！当贾府被御史参了一本，皇帝令府尹贾雨村去“查明实迹再办”时，他立时就翻脸无情，撕下了平日一向以“宗侄”、“门生”去巴结贾府的那张假脸，落井下石，将贾府“狠狠的踢了一脚”，由于他从中使坏，就直接导致了贾府的被抄。贾雨村这种忘恩负义，翻手为云、覆手为雨的野心家伎俩可谓到了登峰造极的地步！

在整个当官过程中，贾雨村尽管使尽了他的浑身解数，运用了一切纵横捭阖的手腕，但到头来，这个野心勃勃、贪酷无耻的家伙并不能就此逃脱自己覆灭的命运。为什么呢？这有其深刻的时代和社会原因的。

在贾雨村所处的时代里，尽管社会上还呈现出一派虚假的“盛世”风貌，但毕竟已是封建末世，社会上存在着种种不可克服的矛盾，特别是统治集团内部各个派系和家族之间，为谋取各自的利益都在培植自己的势力，排斥异己。相互间的矛盾、倾轧愈演愈烈。他们间各自力量此伏彼起，互为消长，社会上升沉荣辱的变化非常迅速，出现了“乱烘烘，你方唱罢我登场”的局面。贾雨村的起复是靠贾府的力量，他在复官之后的屡次擢升，也有贾府和王府从中起作用。现在贾府被抄，这对他来说确是个极大的威胁，为了怕贾府的政敌指责他是贾府的同党而一起加以弹劾，他手疾眼快地对贾府狠狠地反踢了一脚，表现出忘恩负义、落井下石，以此想和贾府一刀两断，划清界限，去博得人们的谅解和信赖。但他不管使出什么花招，以前为逢迎贾府所干的一系列罪恶勾当则是客观存在，是不能一笔抹杀了的。同时贾府的倒台，也使他变得更加势孤力单。在续书的最后，他因犯了婪索的案件，要“审明定罪”，只是遇着大赦，始得“递籍为民”。

《红楼梦》通过贾雨村这个人物为我们成功地塑造了一个处于封建末世的血肉饱满的野心家形象。他利欲熏心、贪酷无比，翻手为云，覆手为雨。他终于被碰得头破血流的悲惨下场，出色地体现了小说作者在他的《好了歌》注里所强调的“因嫌纱帽小，致使锁枷扛”的思想，从一个侧面，深刻地反映出了封建末世的某些本质特征。

（原载《金瓶梅红楼梦纵横谈》，北京大学出版社 1990 年版）

谈刘姥姥三进荣国府

当前人们对《红楼梦》主题思想的认识尽管还不尽一致，但大家也都承认这样一个客观事实：小说的作者用了大量的笔墨十分成功地写出了以贾府为代表的上层贵族家庭的生活；写了这个家庭中各种各样人物的思想、性格、风貌及其相互之间错综复杂的关系；写了存在于这个家庭里的种种尖锐、激烈的矛盾，其中主要有主子和奴才之间的矛盾，统治者之间的内部矛盾以及封建叛逆者和卫道者之间的矛盾等等；写了这个贵族之家如何由“烈火烹油、鲜花著锦之盛”，逐步走向衰落的过程。这个贵族家庭之所以富有典型意义，因为在一定意义上说它是整个封建社会的一个缩影。所以通过它能加深我们对封建社会本质及其必然趋于没落的认识。正是这样，所以《红楼梦》就被一些人称之为“封建社会的百科全书”。

从《红楼梦》的结构来说，小说的前五回是作品的一个序曲，其中通过神话传说和一些虚幻的梦境对小说的一些重要人物，主要是那些年轻女子的命运以及贵族家庭的兴衰消长作出了重要暗示，体现了作者的艺术构思，对后面小说的艺术描写具有重要的指导意义。因此如果对前五回的具体描写没有深刻的领会，那要真正读懂《红楼梦》几乎是不可能的。

《红楼梦》里真正开始大量接触这个贵族家庭的具体生活，是始于小说的第六回。

使人感兴趣的是，作者采取了一个什么样的方式去揭开这个贵族家庭的底里并把它外在威严、势派和内部的奢靡、腐朽展现在读者面前的呢？对此作者确是经过了一番精心安排的，体现出了他的匠心独具。作者选择了一个平时与这个贵族家庭几乎没有什么瓜葛的乡下穷苦老太婆——刘姥姥，让她首先踏进这个国公府去亲身体验一下那里的生活。曹雪芹对自己这样一个艺术构思上的安排似乎很满意的。作品这样写道："按荣府中一宅人合算起来，人口虽不多，从上至下也有三四百丁；虽事不多，一天也有一二十件，竟如乱麻一般，并无个头绪可作纲领。正寻思从那一件事自那一个人写起方妙，恰好忽从千里之外、芥荳之微，小小一个人家，因与荣府略有些瓜葛，这日正往荣府中来，因此便就此一家说来，倒还是头绪。"

这里所说的"小小一个人家"是本地人氏，姓王，祖上也曾任过一个小小的京官，曾和荣府里的王夫人之父、王熙凤之祖相识，并还连了宗认作侄儿。王家之祖早死，留下个儿子王成新近也病故，只有王成的儿子名狗儿的还在，正是这样一个关系，所以小说里说这王家和荣府"略有些瓜葛"。

刘姥姥是狗儿的岳母，她是个积年的老寡妇，膝下又无儿女。只靠着两亩薄田度日，因女儿家两个孩子男的名板儿，女的名青儿无人看管，于是女婿就把岳母刘姥姥接来一处过活。

这刘姥姥是什么样的人？尽管人们的认识不尽一致，过去有些评论者曾对此展开过热烈论争，但说她是个农村下层贫苦劳动者该不成问题。从小说的介绍看，她与一般贫困的农村老太太还有所不同，曾和她女儿一起去过王夫人的娘家，见过些世面。刘姥姥自己说："他们家（指王府）的二小姐（王夫人）着实响快，会待人，倒不拿大。如今现是荣国府贾二老爷的夫人。"

刘姥姥见女婿因生活艰难，在家闲寻气恼，因此她建议女婿不妨去荣府走动走动，"只怕这二姑太太还认得咱们"，"或者他念旧，有些好处，也未可知。要是他发一点好心，拔一根寒毛比咱们的腰还粗呢"。女婿对岳母的建议甚感兴趣，但又不愿自己出面，于是就说："姥姥既如此说，况且当年你又见过这姑太太一次，何不你老人家明日就走一趟，先试试风头再说"，怕岳母推托，又给她想了个办法："你竟带了外孙子板儿，先去找陪房周瑞……这周瑞先时曾和我父亲交过一件事，我们极好的。"刘姥姥就这样，在女婿的怂恿之下，第二天就带了外孙板儿去了荣国府。作者顺理成章地把这"小小一个人家"和显赫的国公府联系了起来，让这个农村的穷苦老太婆踏进了显赫贵族之家的门槛。

一

宋代大文学家苏东坡的有名诗句："不识庐山真面目，只缘身在此山中"，它向人们揭示了一个生活哲理：只有从事物中跳出来，才能看清事物的真相。俗语所说的"旁观者清，当局者迷"恐怕也是这个意思，如何去清楚地认清这个贵族家庭的真面目？如果让一个同样是贵族阶级的人物去观察、体验，恐怕很多事由于司空见惯，见怪不怪，显得麻木而不易有深切、鲜明的感受。从而也就不能很好地帮助读者认识清楚这个贵族大家庭。现在作者安排了一个与上层贵族社会没有多大关系的局外人——一个农村中的穷困老太太刘姥姥去这贵族府第体验一番，当然会对比鲜明，印象强烈，从而使读者更清楚地认清贾府的真面目！

作者写刘姥姥三进荣国府，每次描写所带给读者的印象都是不相同的，在小说艺术构思上所发挥的作用也是不同的，但在它们之间有着内在的联系，每次之间的变化和发展都和作品故事情节的演进相吻合。

作者通过刘姥姥一进荣国府，主要是突出这个国公府的威严和势派。

上面已说到刘姥姥第一次进荣府的目的就是想从那里获得些施舍以救眼前家庭的严重困难。

当刘姥姥带了外孙板儿来到宁荣街时，映入她眼帘的是荣府大门石狮子前的"簇簇轿马"，她不敢过去，于是蹭到角门前，见到的是"几个挺胸叠肚指手画脚的人：坐在大板凳上，说东谈西"。通过这个带有特写镜头的描写，点出了这个国公府确非一般的贵族之家。它气派非凡，权势熏天！以至连看门的低微奴仆竟也这样的趾高气扬，不可一世。因此当刘姥姥这个乡下穷老婆子蹭上门向他们问话的时候，众人"都不瞅睬"，等了半日才叫她"远远的在那墙角下等着"。看来这个乡下老婆子要通过荣府大门进去是比较困难了。

后来刘姥姥是凭着为贾家管地租的周瑞媳妇的某些"瓜葛"才跨进了这贵族府里的后门。当周瑞家一见刘姥姥之后，想到了丈夫周瑞当年争买田地一事，曾多得其女婿狗儿之力，因此这次刘姥姥前来有事相求，怎么也不好推辞了；同时也想乘此机会在这乡村穷婆子前显显自己的本事。周瑞一家就其身份来说不过是贾府的奴仆，但已很不简单了，他们到处买田买房，并使上了丫头，在一般人的眼里，够阔气的了。

刘姥姥去贾府原本是想找王夫人的。但周瑞家在接待她的过程中，告诉了她一个新的情况："我们这里又不比五年前了。如今太太竟不大管事，都是琏二奶奶管家了。你道这琏二奶奶是谁？就是太太的内侄女，当日大舅老爷的女儿，小名凤哥的。"为了使刘姥姥对王熙凤事先有个了解，随即又把王熙凤的美丽、聪明、能干向她着力渲染了一番："这位凤姑娘年纪虽小，行事却比世人都大呢。如今出挑的美人一样的模样儿，少说些有一万个心眼子。再要赌口齿，十个会说话的男人也说他不过。"以此来提醒刘姥姥切勿要小看这个年轻少奶奶。

当时像刘姥姥这样一个乡村的穷老婆子要直接去见这管家奶奶还是做不到的，必须通过王熙凤的心腹丫头平儿的同意才有可能。后来周瑞家的在征得平儿的同意之下，才将刘姥姥带进了王熙凤的住所。当刘姥姥刚入堂房时，突然产生出一种异样的感觉："只闻一阵香扑了脸来，竟不辨是何气味，身子如在云端里一般。满屋中之物都耀眼争光的，使人头悬目眩。"这种感觉的产生是真实的，这是由两种截然不同的环境和气氛——一边是穷酸落寞，一边是富丽奢靡的强烈对比所激发出来的。刘姥姥对此异样的感觉，一时说不出道理，只有"点头咂嘴念佛而已"。接着小说写了一个富有戏剧性的场面，刘姥姥把"遍身绫罗、插金带银、花容玉貌"的丫头平儿误认为凤姐。当她正要上去称姑奶奶时，忽见周瑞家的称她平姑娘，这才使刘姥姥知道她原不过是个体面的丫头。刘姥姥的这个误会写得十分令人信服，因为在这个乡村穷老婆子的阅历、经验中，像平儿这样漂亮的女子，又是这身体面光鲜的打扮，不是有钱人家的小姐也是少奶奶了，甚至乡村里那些有钱人家的姑娘未必能赶得上她呢！一个丫头竟有这副漂亮的模样，这样华丽的穿戴，在刘姥姥看来简直是不可思议！作者正是通过这些描写有力地渲染了这个贵族之家的豪华和气派，也为管家奶奶王熙凤的出场起到了烘云托月的作用。

固然王熙凤的出场更是一番不同气象，拿平儿的气度风范与之相比，又不免是小巫之见大巫了："只见小丫头子们齐乱跑，说：'奶奶下来了。'"在半日鸦雀不闻之后，刘姥姥在周瑞家的招呼下进入凤姐房内，一派富丽堂皇的陈设，更是她从未见识过的。"那凤姐儿家常带着秋板貂鼠昭君套，围着攒珠勒子，穿着桃红撒花袄，石青刻丝灰鼠披风，大红洋绉银鼠皮裙，粉光脂艳，端端正正坐在那里，手内拿着小铜火箸儿拨手炉内的灰。"这些描写，充分显示出这位贵族之家当家少奶奶所特有的雍容华贵、悠然自得的气派。当王熙凤见到刘姥姥在地下站着时，她“忙欲起身，犹未起身时，满面春风的问好，又嗔着周瑞家的怎么不早说。”这种骨子里十分高傲，而表面又要装出谦恭好客的一副装模作样的架势，活灵活现地展现在读者面前，这正深刻地揭示出了王熙凤为人的一个重要方面——矫揉造作，虚情假意。紧接着作者又进一步地突出这一特征，她笑着说：“亲戚们不大走动，都疏远了。知道的呢，说你们弃厌我们，不肯常来；不知道的那起小人，还只当我们眼里没人似的。”这位管家奶奶，真会讲话！亏她说这种假话时一点也不脸红，一切都装得那么煞有介事。相比之下，刘姥姥是多么的朴实憨厚，真诚可爱，一言一语都发自内心：“我们家道艰难，走不起，来了这里，没的给姑奶奶打嘴，就是管家爷们看着也不像。”但凤姐听了刘姥姥话的反应是：“这话没的叫人恶心。不过借赖着祖父虚名，作了穷官儿，谁家有什么，不过是个旧日的空架子。俗语说，‘朝廷还有三门子穷亲戚’呢，何况你我。”王熙凤的话尽管说得冠冕堂皇，似乎也很在理，但在字里行间总透露出一种虚伪做作的感情。明明她自视甚高，一副居高临下不可一世的气势，却又要装出那种平易谦逊的姿态，因而处处给人以一种装腔作势、言不由衷的感觉。

正当刘姥姥向王熙凤开口诉说自己家庭生活的艰难时，小说突然插入了贾蓉向王熙凤借玻璃炕屏一事。这种描写看似漫不经心，但富有深意。在这年轻侄子和年轻婶子间充满着暧昧之情的对话和动作里，反映了这个威严、庄重、令人敬畏的国公府却到处存在着淫乱的关系。同时也提醒读者注意：不要看王熙凤这个管家奶奶，架势十足，一派凛然不可侵犯的样子，但在男女关系上竟是这样的放纵和不正派，以至竟可以不避众人。联系紧接于后面的“送宫花贾琏戏熙凤”的描写，人们对王熙凤的为人也就更清楚了。

凭王熙凤的聪明，对刘姥姥进府的意图当然是清楚的，要满足一下刘姥姥的要求，对荣府来说是轻而易举的，根本不费什么事儿，可是王熙凤却偏偏作了这样的表白：“外头看着（指贾府）虽是烈烈轰轰的，殊不知大有大的艰难去处，说与人也未必信罢。今儿你既老远的来了，又是头一次见我张口，怎好叫你空回去呢。可巧昨儿太太给我的丫头们做衣裳的二十两银子，我还没动呢，你若不嫌少，就暂且先拿了去罢。”读者只要对上述的一段话稍加品味，就不难察觉在王熙凤的话里流露出了一种对下层穷苦百姓的高傲和冷淡的心态。刘姥姥先是听她告艰难，心里不免紧张，以为没有多大指望了，但当听到要给她二十两银子时，又喜的浑身发痒起来。这二十两银子对贾府来说微不足道，只不过是九牛之一毛；但对刘姥姥这一穷困之家来说，无疑是一笔可观的数字。这笔额外收入，对缓解家庭的困难将起重大的作用，难怪她要表示出“千恩万谢”了。

二

刘姥姥二进荣国府是事隔几年之后，荣府已经历了许多重大事件，诸如秦氏之丧、元妃归省和宝玉挨打等等。这时的贾府实质上已逐步走向衰落，但在表面上还依旧是“烈烈轰轰”。

如果说刘姥姥一进荣国府主要写这国公府的威严和气派，那么二进荣国府的重点在于全面、深入地揭示出这个贵族之家的奢靡和挥霍无度，表现出它在走向没落时的回光返照。

在刘姥姥二进荣国府前，贾府为迎接元妃省亲，曾耗资巨大建造了“天上人间诸景备”的元妃省亲别墅——大观园。在贵妃省亲之后，大观园曾被一度封锁。元妃为了“不使佳人落魄，花柳无颜”，就命宝玉随着那些能诗会赋的姊妹们搬进去住。

刘姥姥二进荣国府逗留时间不像第一次那样仓促。这次被主人留下住了两三天。主人们不仅请她吃饭，还带领她畅游了大观园。以贾母为首的阖府太太、小姐们为什么一反前次那种冷淡、高傲的心态而表现出那样的热情呢？当然不是出于她们的“惜老怜贫”；而是为满足以老祖宗贾母为代表的极端享乐主义的需要。这帮贾府的太太、小姐们尽管平时生活十分优越，各种物质上的享受，也都尽可能地得到满足，但精神生活却是空虚的，她们需要寻求种种新的刺激。刘姥姥的到来，正为她们提供了这个机会。这位乡村穷老婆子，正成了她们满足自己的贵族虚荣心和恣意取乐的工具。

在刘姥姥一进荣国府时，接见她的是管家奶奶王熙凤。这次却受到府上最高权威老祖宗贾母的亲自接待。这位老祖宗，气势不凡，小说写了刘姥姥在初进她房里的感受：“只见满屋里珠围翠绕，花枝招展，并不知都系何人。只见一张榻上歪着一位老婆婆，身后坐着一个纱罗裹的美人一般的一个丫环在那里捶腿，凤姐儿站着正说笑。”这是从乡下老妪的眼光，看出了这个贵族老妇人非同一般的作威作福的生活。与她上一次见到王熙凤的情况相比又是另外一种气度。

随着刘姥姥在荣府的种种活动的展开，作者向我们全面地展示了这个贵族之家的有关吃、穿、用各方面的排场。这一切，对于刘姥姥来说都是那么新奇，是她见所未见、闻所未闻的，因此不时地能听到她所发出的种种慨叹。

从吃的方面说，荣府在这方面的花销实在是惊人的。一顿用作消遣解闷的螃蟹宴也要花二十两银子，但对这贵族家庭来说还是个“小东道”，可刘姥姥听后，不禁喊了声：“阿弥陀佛！一顿钱够我们庄家人过一年了。”席上端出的一碗鸽子蛋，刘姥姥却把它误认为是鸡蛋，但又觉得不大像，就说了：“这里的鸡儿也俊，下的这蛋也小巧，怪俊的。”凤姐接过来说：“一两银子一个呢。”这更是刘姥姥所不能想象的。刘姥姥尝着端在桌上的茄鲞，只觉得十分可口，但她怎么也没想到这样好吃的东西，原是茄子所做的，当刘姥姥向王熙凤询问是用什么法子制作的？回答是：“这也不难。你把才下来的茄子把皮劏了，只要净肉，切成碎钉子，用鸡油炸了；再用鸡脯子肉并香菌、新笋、蘑菇、五香腐干、各色干果子，俱切成钉子，用鸡汤煨干，将香油一收，外加糟油一拌，盛在瓷罐子里封严，要吃时拿出来，用炒的鸡瓜一拌就是。”刘姥姥听了这个复杂而又不惜工本的制作过程后，不禁摇头吐舌道：“我的佛祖！倒得十来只鸡来配他，怪道这个味儿！”

席上所使的筷子、茶杯之类也非寻常之物。以筷子说，不是镶金的，就是镶银的；杯子除了金的、银的之外，还有成套的竹根杯和由黄杨根子整刓的木头杯这一类的稀有精品。

至于房里的各种陈设更使刘姥姥惊叹。那放东西的大柜子大得拿东西时要用梯子才行。在库房里还压着不少刘姥姥叫不出名字的许多名贵的工艺品，如用作糊窗的就有“软烟罗”、“霞影纱”等各种稀有窗纱。贾母对着这些窗纱不胜自豪地对众人说：“如今上用的府纱也没有这样软厚轻密的了。”刘姥姥面对这一场面，不胜感慨，念佛道：“我们想他作衣裳也不能，拿着糊窗子，岂不可惜？”

贾府的女主人们为了在这乡下老太婆前进一步夸耀自己的荣华富贵，就带她往大观园各处尽情游历了一番。人们随着刘姥姥足迹所到之处，饱览了园中宝玉和各位小姐的住所及其内部的陈设，领略了大观园里所独具的秀美风光以及有关人物各自的性格、情趣。

当刘姥姥被带进翠竹夹路、苍苔满地、湘帘垂地的潇湘馆时，见窗下桌上设着笔墨，书架上磊着满满的书，不禁赞叹不已："这那像个小姐的绣房，竟比那上等的书房还好。"在刘姥姥喝醉酒闯入怡红院时，见到的是："四面墙壁玲珑剔透，琴剑瓶炉皆贴在墙上，锦笼纱罩，金彩珠光，连地下踩的砖，皆是碧绿凿花，竟越发把眼花了，找门出去，那里有门？左一架书，右一架屏。……"这些描写虽带有一定戏剧性，却不得不承认这是一个乡村穷困婆子在酒醉情况下的切身真实的感受，它有力地烘托出了这个国公府非同一般的富丽奢靡。

在刘姥姥吃饭和游览期间，小说曾写了她一系列的洋相，不时地惹得荣府的太太小姐们哄堂大笑！有人因此而认为刘姥姥其人不过是一个无耻卑劣的女清客，她只知一味地去讨好贵族主子，不惜丧失自己的做人尊严，哪有一点劳动人民的品质？这种批评不仅失之简单，而且也不符合实际。作者笔下的刘姥姥是一个十分真实动人的农村老妇的形象，她身上具有一般乡村穷困老太婆的勤劳、节俭、朴实等这些劳动者的本质特点，但她自己又有独特的个性，这些个性和她特殊的生活经历有关。如上所述，她的生活不同于乡下许多穷苦百姓，一辈子只生活在一个狭小、闭塞的小天地里。她在年轻时曾和那些上层社会中的贵族之家有过交往。小说说她："生来的有些见识，况且年纪老了，世情上又有经历。"她很懂得要想从这样的豪富之家捞点好处，以救家庭之困，就得要奉承他们，满足他们的优越感和虚荣心，正是出于这种思考，她不得不出些洋相来逗得他们的欢欣，我们如能设身处地为她想一想，就会知道她的不少举动实属无奈，其中包含着许多生活的辛酸。细心的读者会发现，作者对此是采取很同情的态度，而不是嘲讽和鞭打。

在刘姥姥二进荣国府将要结束的时候，突然插写了一段刘姥姥与王熙凤女儿巧姐之间关系的描写。这种处理，粗看似乎是作者信笔所至，是属可有可无的描写，但仔细一想不难发现这是经过作者精心安排的。它加强了这个乡村穷苦婆子和荣府之间的关系，深化了刘姥姥与贾府盛衰过程间的紧密联系。

王熙凤告诉刘姥姥，她的女儿大姐儿还没个名字，要她帮助起名字。"一则借借你的寿；二则你们是庄家人，不怕你恼，到底贫苦些，你贫苦人起个名字，只怕压的住他。"刘姥姥听了凤姐话后便想了一想说："不知他几时生的？"王熙凤回答："正是生日的日子不好呢，可巧是七月初七日。”刘姥姥忙笑道：“这个正好，就叫他是巧哥儿。这叫作‘以毒攻毒，以火攻火’的法子。姑奶奶定要依我这名字，他必长命百岁。日后大了，各人成家立业，或一时有不遂心的事，必然是遇难成祥，逢凶化吉，却从这‘巧’字上来。”

上述描写决不能等闲视之，因为巧姐是金陵十二钗中的人物。第五回里有关巧姐的判词就说：“势败休云贵，家亡莫论亲。偶因济刘氏，巧得遇恩人。”作者这样写，正是为体现自己的艺术构思，同时也为后来刘姥姥三进荣国府的情节作了伏笔。

三

曹雪芹八十回后如何具体地写刘姥姥三进荣国府，我们已不得而知，但高鹗续书里的刘姥姥三进荣国府，尽管比之前两次来似乎写得简单了些，不如前二次写得细腻、动人，但从大的方面说还是符合前面情节发展线索的，从而使读者对刘姥姥的形象有了个完整的概念，而且对她前后三次进荣国府在小说整个艺术构思上的意义有了个全面的认识。

到了刘姥姥三进荣国府时，其情景和上面两次形成了鲜明的对照，这个显赫一时的国公府已陷于绝境，到处是一派凄凉败落的景象：家被抄封了，接着又被盗。那些贾府的主子们革职的革职，充军的充军，病的病，死的死，这种惨不忍睹的景象，强烈地撞击着读者的心灵。

刘姥姥第三次踏进这贵族府第时，上次热情接待她的老祖宗因受抄家打击而死去了，管家奶奶王熙凤正病倒在床，身边只剩下个贴心丫头平儿在看护着她。刘姥姥眼前的王熙凤已变得骨瘦如柴，精神恍惚，这不能不引起刘姥姥的伤感：“我的奶奶，怎么这几个月不见，就病到这个分儿。”

刘姥姥这次去荣府是由什么原因促成的呢？这在刘姥姥与王熙凤的对话里作了具体交代：“阿弥陀佛，前日他（指她外孙女青儿）老子进城，听见姑奶奶这里动了家，我就几乎唬杀了。亏得又有人说不是这里，我才放心。后来又听见说这里老爷升了，我又喜欢，就要来道喜，为的是满地的庄家来不得。昨日又听说老太太没有了，我在地里打豆子，听见了这话，唬得连豆子都拿不起来了，就在地里狠狠地哭了一大场。我和女婿说，我也顾不得你们了，不管真话谎话，我是要进城瞧瞧去的。我女儿女婿也不是没良心的，听见了也哭了一回子，今儿天没亮就赶着我进城来了。”从刘姥姥这段话里，显示了她作为乡村穷苦劳动者所独有的朴实、真挚的感情，一言一语都是那样的真切、实在和感人。她不忘别人的情谊，知恩必报，不像贾府里那些亲朋故旧以及平时所豢养的那些清客，他们在贾府盛时是一副面孔，多方的吹捧、巴结、奉承，表现出异乎寻常的亲热；但到贾府一旦倒台时，顷刻又换成了另外一副面孔，往昔的亲热劲儿已全然消失了，一个个都离得远远的，避之犹恐不及。更有甚者，像贾雨村之流，竟恩将仇报，落井下石，还要反过来把贾府狠狠地踢上一脚。

人们还记得往昔的王熙凤在刘姥姥面前总要拿出一副贵族阶级居高临下，傲视一切的势派来。如今又怎样呢？她病倒在床，面对孤立无援的困境，只好哭哭啼啼地向这个“村妪”求援了。她对女儿巧姐说：“你的名字还是他（指刘姥姥）起的呢，就和干娘一样，你给他请个安。”并对刘姥姥说：“不然你带了他去罢。”刘姥姥道：“姑娘这样千金贵体……我拿什么哄他顽，拿什么给他吃呢？这倒不是坑杀我了么。”“那么着，我给姑娘做个媒罢。我们那里虽说是屯乡里，也有大财主人家，几千顷地，几百牲口，银子钱亦不少，只是不像这里有金的、有玉的。姑奶奶是瞧不起这种人家，我们庄家人瞧着这样大财主，也算是天上的人了。”凤姐一听之后，马上就说：“你说去，我愿意就给。”

熟悉王熙凤为人的都清楚，以往她仗着娘家、夫家的权势，一向有恃无恐，敢作敢为，什么都不在乎。她曾说过：“从来不信什么阴司地狱报应的”，现在却一反常态，也信神疑鬼了。她叫刘姥姥坐在头边，告诉她心神不宁如见鬼怪的样，央求刘姥姥为她祷告。并说：“姥姥，我的命交给你了。我的巧姐儿也是千灾百病的，也交给你了。”显得多么可怜！与以前这个泼辣货的王熙凤已判若两人。

凤姐一死，巧姐已失却依靠，只有平儿在旁照应。此时正值贾府里没有一个正经主子在家主持家政，贾政、贾琏都离家远出。前者是扶了贾母的灵柩南行；而后者因父亲贾赦病重前往流配之处探亲。这时家里的贾环、贾芸伙同王熙凤的弟弟王仁、邢夫人的弟弟邢大舅就胡作非为起来，竟想出个主意要将巧姐偷地卖给藩王作妾。一向自私愚蠢的邢夫人在这帮不良之徒的蛊惑之下，竟表示了支持。王夫人虽不赞成，但一时又想不出一个有效的对策来。作为王熙凤的心腹丫头的平儿，怎么也不忍让自己主子的女儿就此被出卖，急得只好向王夫人下跪道：“巧姐儿终身全仗着太太。若信了人家的话，不但姑娘一辈子受了苦，便是琏二爷回来怎么说呢!”但王夫人此时确也爱莫能助：“巧姐儿到底是大太太（邢夫人）孙女儿，他要作主，我能够拦他么?”正是在这紧要关头，还是那个曾被荣府的太太、小姐们恣意取乐的刘姥姥，出于她“知恩必报”的一片至诚，冒着风险让平儿陪同巧姐到她们乡下一避，这种为救人之难，不计个人利害得失的仗义精神，正是对官场中“翻手为云，覆手为雨”的狡诈势利的人际关系的有力批判。

总之，通过刘姥姥三进荣国府的描写，不仅为我们塑造了一个有血有肉、独具特色的乡村穷苦婆子的动人形象；而且以她这个置身于世俗荣华富贵之外一个局外人的眼光，清晰地揭示出了这个国公府由盛而衰的发展过程。它在深化小说主题思想方面起到了很重要的作用。

（原载《金瓶梅红楼梦纵横谈》，北京大学出版社1990年版）

《红楼梦》的艺术启示

在我国辉煌灿烂的文学遗产中，无论诗歌、散文还是戏剧、小说都产生了一批杰出的作品，它们犹如颗颗璀璨的明珠在文学发展的长河里闪闪发光，其中长篇巨著《红楼梦》更是部出类拔萃之作。

作为一部不朽的文学巨著，《红楼梦》比之大多数作品来，它所给予读者的感受和影响，有些是异乎寻常的。其主要表现为：

第一，小说历久不衰的艺术魅力，始终深深地吸引着各个不同时代的读者。学术界出现了《红学》这门独特的学问。

《红楼梦》诞生至今，尽管时代、社会和人们的生活方式、思想观念屡经变化，但它始终受到社会普遍关注。几乎每个时代都有一批读者被它特有的魅力所倾倒，出现了一些“红学迷”、“红学痴”，这在别门学问里是罕见的。与此相适应，学术界出现了一门专门研究它的学问——红学。二百多年来，红学内容随着时代的变迁，不断地更新发展、充实丰富，至今已成了学术界的一门显学，并由国内走向了国际。三次国际红学会的召开，正是上述情况的生动反映。

第二，因文化素养、知识水平和生活阅历的不同，对《红楼梦》的感受和理解会很不一样，从中所获的教益和启示也大不相同。不少人几乎都有这样体会：年轻时读《红楼梦》，只知道小说的故事梗概及几个主要人物的性格概况，很多地方却看不明白，只是囫囵吞枣地过去。随着年龄的增长、知识的丰富、人生阅历的增多，对它所蕴含的深邃内涵的感受和理解日益加深，从而越发感到它的博大精深，犹如一座辉煌的艺术宝库。

第三，围绕《红楼梦》的争论，遍及小说的各个方面：诸如作者、版本、续书、脂评一直到小说的主题、人物描写和艺术风格等等。这种争论从小说问世开始一直延续到今天。一部作品引起争论的问题竟如此之多，时间又那样之久，这在文学史上实属罕见。

上面几点，从各个不同方面和角度，反映出了《红楼梦》确是一部不同凡响的小说，形成这一情况的原因，是和小说所包含的丰富、深邃的内涵有关，也是和作品思想艺术方面所取得的一系列创造性成就密不可分。

一　广阔与深刻

文学发展史昭示人们：那些不朽的文学巨著，由于它们通过自身鲜明的艺术形象广阔而深刻地反映出了特定时代的风貌和它的本质特征而被誉之为时代的镜子。

《红楼梦》历久不衰的艺术生命力，首先，也来自它所反映的时代和社会生活的广阔和深刻。

《红楼梦》继承和发展了《金瓶梅》首创的长篇小说的结构，全书以贾府这个典型的封建贵族家庭为描写中心，以整个社会为背景，作辐射式的多渠道、多方位的展开。这种艺术结构为全面、广阔、丰富和多姿多彩地反映时代和社会创造了极为有利的条件。

《红楼梦》极为成功地描写了一个震撼人心的大悲剧，这是小说的一个突出成就。这个大悲剧既是社会的悲剧，又是时代的、人生的悲剧，这在中国文学史上是绝无仅有的。在描写这个大悲剧的过程里，作品广泛地触及了社会的经济、政治、文化思想、伦理道德、风俗习惯、人情世态以及各种各样的制度，诸如：司法制度、教育制度、家庭婚姻制度和奴婢制度等等，总之，《红楼梦》所反映的不是社会生活的一个或几个方面，而是整整的一个时代和社会。当你阅读《红楼梦》时，会身临其境地感受到那个已经逝去、不再重返的时代所特有的风貌、情态以至于它的音响、色彩、温度乃至跳动着的脉搏。因此不读《红楼梦》就不能真切、形象地感受到封建社会特别是封建末世时代特征及其复杂丰富的内涵，所以把《红楼梦》说成是“封建末世的一面镜子”是很确切的。

《红楼梦》之引人注目，不仅在于它反映社会面之广阔，更在于它揭示生活的无比深刻。

作为叙事文学的小说，一般都会反映社会生活的，但如何反映，特别是反映的深浅却大不相同，那些反映社会生活浅层次的作品，只是接触到大量的生活表象，不能揭示出时代、社会的某些重大本质问题，因而很难给人带来感人至深的艺术力量。只有那种深层次地反映生活的小说，才能透过生活表象，挖掘出时代和社会的本质问题，从而产生出惊人的艺术效果。

要深层次地去反映生活，就得对生活开掘得深、提炼得精，使形象具有高度的典型性。

《红楼梦》在深入开掘、提炼生活方面为文学创作树立了一个光辉的榜样。

以这个处于《红楼梦》描写中心的贾府来说，就是个极富于时代典型意义的封建贵族家庭。封建末世社会所存在着的各种重大的社会矛盾，诸如，统治者与被统治者、压迫者与被压迫者之间的激烈斗争，统治者内部错综复杂的矛盾，社会上新旧思想的激烈冲突以及当时政治、经济、文化思想和人际关系所体现出来的种种时代特点在这个家庭里都有生动细致的反映，而且被作者写得那样的深刻和富有典型性，从而使贾府本身就成了个具体而微的封建社会，成了封建末世社会的一个缩影。

《红楼梦》诞生于清代乾隆年间，这时看似太平盛世，但骨子里各种社会矛盾已发展得很尖锐，清王朝正处于一个由盛而衰的转折点；如果从中国漫长的封建社会发展过程去考察，这时确已进入末世。尽管离封建社会的彻底崩溃尚有一段距离，但它没落的总趋势已定，无法挽回。这时产生于明中叶后的资本主义生产关系萌芽，在经历了明末清初的萎缩之后又有新的发展。与此相适应，社会上与传统的封建意识相对立的初步民主主义思想又活跃起来。

小说通过对贾府由盛而衰及内部新旧力量之间的激烈冲突的深入细致的描写，深刻而形象地揭示出了封建末世的时代特征。

首先小说用了大量的篇幅细腻地写了贾府经济的日益枯竭："如今外面的架子虽未甚倒，内囊却也尽上来了。"以及这个赫赫大家族的后继乏人，最后导致了这个百年望族的崩溃，它象征了封建社会经历了漫长发展之后，已走入了没落和衰朽。

我想，如果只反映出封建社会的走向没落还不足以深刻而全面地反映出封建末世的时代特征，必须同时写出新的社会势力虽已开始出现，但由于力量的太弱小，尚不免于暂时的失败。而后者在《红楼梦》里也有极为形象的反映。从《红楼梦》的艺术描写可以看出，曹雪芹把他所处的社会环境划分成了两个鲜明对立的部分，一个是由青年女子所组成的纯洁美好的世界（其中也包括男主人公贾宝玉在内）；另一个是以世俗男性主子为核心组成的腐朽罪恶的世界。这两个对立的世界，正象征着封建末世时期社会上开始出现的新旧两种思想和两种社会力量之间的对抗。曹雪芹怀着强烈的敬慕和无可奈何的惋惜之情写出了一大批青年女子的悲惨结局："千红一窟、万艳同杯"。形象地体现了由于新萌发的社会力量过于弱小，因而在旧势力的疯狂挣扎下所必然招致的惨败，从而入木三分地反映了作者所处时代的本质特征，使小说在反映社会生活方面表现出前所未有的深度。

当然，《红楼梦》在揭示生活的无比深刻方面，不仅反映在对社会重要的本质问题上；而且也同时反映在作品所描写的千姿百态的生活场景、人际关系和各式人物丰富细腻的内心世界之中。如贾宝玉对袭人由开始时的异乎寻常的亲热体贴到后来的愈来愈厌烦；对晴雯由开始时的看不顺眼、格格不入到最后的亲密无间；又如贾宝玉对宝钗的由开始时的由衷的好感到后来的愈来愈冷淡；对黛玉由最初因感情不专一而引起对方的各种误会和争吵到后来的彼此心心相印、铭心刻骨。作者在写这些具体过程的时候，能深入到有关人物的思想感情、精神气质以至于灵魂深处，触及在复杂的人际关系中感情发展中那些带规律性的东西。而且这些过程的描写不是孤立地进行的，总是与人物所处的具体环境特点及变化发展的进程紧密相连的，因此显得特别深刻，对人有多方面的启迪，能引起人们对生活广泛、深入的思考。《红楼梦》里众多情节、人物之所以能经住反复的咀嚼，这可能是个主要原因。

《红楼梦》之能如此深刻地反映时代、反映社会、反映千姿百态的社会生活，这是和作者丰富的阅历、进步的思想，特别是作为一个天才作家所独具的锐敏观察力分不开的。著名雕塑家罗丹曾在他的《艺术论》里谈过这样的意见：一个拙劣的艺术家和杰出的艺术大师在认识、观察生活时的不同就在于：前者是"永远戴别人的眼镜"，而后者则"能以自己的眼睛看别人看过的东西，在别人司空见惯的东西上能发现出美来。"曹雪芹就是这样一位杰出的艺术大师，在他观察生活时能突破传统的封建思想的藩篱，独具慧眼，在生活丰富的蕴涵之中发掘出为常人所忽视的重要而带有本质意义的东西。其突出的表现是在那些历来为世人所轻贱的青年女子身上发现了她们特有的美：聪明、美丽、纯洁和富于才华；而在世人所崇敬的男性主子身上看出了他们的腐败无能及其肮脏的灵魂。当人们还迷惑于国公府那种赫赫扬扬的气派时，他已看出这个贵族大家庭的致命伤：经济的日益枯竭和后继乏人，从而断定它已无法逃脱覆灭的命运。小说在描写五光十色的社会生活时，作者从不满足停留在那些形形色色的生活表象上，而是深入下去，努力发掘其中带有规律性的东西，从而引导人们对生活有个深刻的认识。

二　真实与鲜活

作品的真实性问题是文学反映生活的根本原则。文学丧失了真实性也就失去了生命。当然文学的真实性并非要求作品去实录生活中的具体事实；而是要求它既能反映出生活的真实形态，又要展现出事物的本质规律。

似乎可以这样说，在我国古代文学家中还没有一个作家能像《红楼梦》作者曹雪芹那样明确地提出真实的重要性并把它作为小说创作首先要追求的目标。曹雪芹在小说一开始就批评了才子佳人小说的“千部共出一套”、“自相矛盾”、“大不近情理”，接着又宣称自己是根据“半世亲见亲闻来的这几个女子”创作、“至若离合悲欢、兴衰际遇，则又按迹循踪，不敢稍加穿凿，徒为供人之目而反失其真传者。”曹雪芹所追求的真实性也决不是对生活中具体事实的实录；而是指经过选择、加工和提炼后所体现出来的艺术的“真”，这点在他借宝钗论画的议论中表达十分清楚：“你若照样儿往纸上一画，是不能讨好的，这要看纸的远近，该多该少，分主分宾，该添的要添，该藏该减的要藏要减，该露的要露。”在那个时代，曹雪芹对艺术的“真”，竟有那样深的认识，实在是太难能可贵了。

在上述创作思想指导下，作者在真实性上下了一番大气力，从而收到了异常出色的艺术效果。每个熟悉《红楼梦》的人，都无不为它能如此逼真地反映生活而惊叹！小说中描写的生活是那样地丰富生动、多姿多彩、真切感人又浑然天成，犹如大千世界按原样被活泼泼地搬在纸上一样。

真实性在《红楼梦》里是贯串于作品的细节、情节及人物描写等等各个方面。如以小说情节的“真”来说，它应该表现为所写的事情的合乎事理。在考察了《红楼梦》故事情节的来龙去脉之后，不得不承认它们都是符合生活的发展逻辑和人情事理，这就极大地增强了作品的真实感和亲切感。

文艺表现的中心内容是现实关系中的人，因而《红楼梦》真实性这一特征，理所当然地最集中、最鲜明地体现在人物塑造上。对此，鲁迅早有深切的感受，在他对《红楼梦》的赞赏中也集中地表现在人物塑造的真实性上，他说，"至于说到《红楼梦》的价值，可是在中国底小说中，实在是不可多得的。其要点在敢于如实描写，并无讳饰，和从前的小说叙好人完全是好，坏人完全是坏的，大不相同，所以其中所叙的人物，都是真的人物。"这一评价无疑是极高的。言下之意是在《红楼梦》之前这么多的小说里，尽管描写了如此众多的人物，但它们还够不上说是"真的"。事实也确是这样，以明代最有影响的"四大奇书"来说，其中除了《金瓶梅》（它在刻画人物个性方面已有了长足的进步）外，其他小说中的人物形象，尽管有些也颇受读者的喜爱，并在群众中有着广泛的影响，但他们还经不住人们细细咀嚼，原因是个性不够丰满，显得单一，缺少立体感，与实际生活里的真人存有一定距离，所以这些形象无不存有程度不同的"失真"。

记得高尔基在赞赏托尔斯泰小说人物时曾这样说，"使人常常想伸手去抚摸"。我想这话极妙地道出了人物形象的血肉饱满和富有立体感。《红楼梦》里的人物形象也是这样，他们给人产生出一种在纸上可直立起来的感觉。不仅能见其形貌、闻其声音，还能洞见其肺腑，感受其微妙的感情波澜，乃至跳动着的脉搏，而这一切都描写得那么自然，不着斧凿痕迹，犹如生活中的真人那样。

这里举妙玉为例，妙玉还算不上是小说里的主要人物，作品中写她的篇幅甚少，但给人留下的印象却又那么深刻、难忘。

妙玉原是个官宦小姐，后来成了个"带发修行"的年轻道姑。她气质非凡、精通文墨、性情高傲、天性孤癖。小说形容她是："气质美如兰，才华馥比仙，天生孤癖人皆罕。"她有个不寻常的习惯——洁癖，对那些凡夫俗子和他们所接触的东西都视为不洁之物。贾母带领刘姥姥到她的住所栊翠庵喝茶时，用了她的成窑茶杯，刘姥姥走后，当道婆要把她所用这杯子收起来时，她忙命"将那成窑茶杯别收了，搁在外头去吧。"宝玉一听就知她的用意，说情让妙玉送给刘姥姥。可妙玉是怎么回答的呢？

“幸而那杯子是我没吃过的，若我使过，我就砸碎了也不能给他，你要给他，我也不管你，只交给你，快拿去了罢。”看她的洁癖是何等的厉害！宝玉深知此点，因此在贾母、刘姥姥等离开之后，提议要叫几个小幺儿来河里打几桶水来洗地。妙玉一听，正合己意，并要宝玉嘱咐这些人“抬了水只搁在山门外头墙根下，别进门来。”但妙玉这种洁癖也不是在任何情况下都是一成不变的，当宝玉去拜访她时，她竟把“自己常口吃茶的那只绿玉斗来斟与宝玉”，这种看似前后十分矛盾的现象在妙玉性格里却和谐一致地统一起来了。作品在着力写她“过洁”一面的同时，又写了她“欲洁何曾洁，云空未必空”的一面，这不仅把人物性格中错综复杂这一个特征写出来了，而且更重要的是当这从表现结合妙玉其人的经历、为人特征去考察时，不能不感到这样写非常符合情理，显得十分的真实。

鲁迅称赞《红楼梦》写的是“真的人物”，所谓“真的人物”，顾名思义无非是说像生活里活着的人那样逼真和生气蓬勃。文学作品中人物的真总是和活分不开的。真是活的前提；活是真的表现。泰纳在他的《巴尔扎克论》一文中称赞巴尔扎克小说中的人物“比真的面貌还要有神气，有活力，有生气”。

曹雪芹笔下人物的重要特征之一就是既真又活，因此每当提起《红楼梦》中某个人名时，此人的音容笑貌、言行举止就会活泼泼地出现在人们的头脑里。

小说中人物的言行举止需要由大量的细节描写去实现。细节来自生活中的具体事实，作家选取什么样的细节必须进行严格的挑选，不能为细节而细节。作家想把人物写得鲜活动人，就得在千殊万类的细节中，选择能沟通人物心灵、显示人的思想、精神、心地和感情的细节，即灵性的细节去表现它。

《红楼梦》人物之所以显得那么鲜活，栩栩如生，就是因为他们有众多的灵性细节为基础。打开《红楼梦》就会发现那些灵性细节，纷至沓来，令人目不暇接，这一情况为其他小说所罕见。一些主要人物且不说，就是那些次要人物也都有不少灵性细节支撑着，因而能给人以鲜明深刻的印象。这里以尤三姐为例，作者对她虽着墨不多，更不是小说里的主要人物，但却那样活灵活现，给人永不磨灭的印象。

尤三姐爱上了“冷面冷心”的戏子柳湘莲，而且爱得那么坚决，声言别人谁也不嫁，宁可修行一世。在贾琏偷娶了尤二姐之后，贾珍也乘机想把尤三姐弄到手，贾琏还自告奋勇地从中撮合。一天，尤三姐在二姐那里一眼就看清了贾珍兄弟俩的罪恶用心，就在酒席前指着贾琏说："你不用和我花马吊嘴的，清水下杂面，你吃我看见，只提着影戏子上场，好歹别戳破这层纸儿，你别油蒙了心，打谅我们不知道你府上的事。这会子花了几个臭钱，你们哥儿俩拿着我们姐儿两个权当粉头来取乐儿，你们就打错了算盘了。我也知道你那老婆太难缠，如今把我姐姐拐了来做二房，偷的锣儿敲不得，我也要会会那凤奶奶去，看他是几个脑袋几只手。若大家好取和便罢，倘若有一点叫人过不去，我有本事先把你俩个的牛黄狗宝掏了出来，再和那泼妇拼了这命，也不算是尤三姑奶奶！""喝酒怕什么，咱们就喝！"说着，自己绰起壶来斟了一杯，自己先喝了半杯，搂过贾琏的脖子来就灌，说，"我和你哥哥已经吃过了，咱们来亲香亲香"，接着她一迭声又叫："将姐姐请来，要乐咱们四个一处同乐。俗语说'便宜不过当家'，他们是弟兄，咱们是姊妹，又不是外人，只管上来。"这里尽管作者所用的细节不多，但都属于能沟通人物心灵，显示人的精神、感情的细节，所以就能把尤三姐的形象写活了。形象是多么鲜明！又多么富有个性！一个爱憎分明、刚烈、泼辣又聪俊的青年女性的形象就这样活脱脱地呈现在读者的面前。

三 偶然与必然

人们几乎都有这样体验：在现实生活里，人与人之间的遇合、分离以及他们各自所走的种种不同的人生道路，往往都是由很偶然的原因促成的。很多人命运的转机，如由山穷水尽的绝境突然走入了柳暗花明的前程，也是通过某种偶然的机缘实现的。

作家想正确而生动地反映生活，就得深入生活，认真地观察、研究生活中的种种偶然性的机缘，巧妙地把它们组织进自己的作品中去。著名的小说家巴尔扎克根据他丰富的人生阅历和创作经验，在他所写的《人间喜剧》的前言里，曾说过这样的话："偶然是世上最伟大的小说家，若想文思不竭，只要研究偶然就行。"

古往今来，有多少杰出的作家，由于他们十分成功地将生活中发生的偶然事件经过精心的选择，编进了自己所写的作品中去，构成了种种错综复杂而又引人入胜的情节，从而大大增强了作品的艺术魅力。俗话中所说的“无巧不成书”也就是这个意思。不过这种偶然性事件，这种“巧”，不能由作家任意去胡编乱造，它不能脱离开生活的可信性，它必须合乎客观事物的发展逻辑，不然就会“弄巧成拙”，不仅不会增强作品的艺术性，相反的会起破坏作用。

曹雪芹在捕捉和选取生活中偶然机缘把它们恰到好处地组织进自己作品方面，显示出非凡的才华。

《红楼梦》用了大量的篇幅写了贵族家庭中的日常生活，诸如吃饭饮酒、赏景观花、聚会作诗、交际应酬以至吵闹争斗等等，这些看似平平淡淡的生活，由于作者写出了它们的千姿百态和蕴涵其内的各式各样的矛盾斗争，因而读来使人兴味盎然。

在由大量日常生活所组成的生活流里，作者又恰到好处地安插了一些矛盾冲突的高潮，使整个故事情节的发展跌宕起伏，引人入胜。。

在矛盾冲突高潮的形成中，作者十分成功地采用了不少偶然性事件，这些偶然性事件的出现，非常合乎生活的事理，合乎人物性格的发展逻辑，从而在偶然中体现出了必然性。

宝玉挨打是《红楼梦》上半部里最大的一次矛盾冲突，这场发生在贾政与贾宝玉之间的激烈冲突，不仅是父子间的公开对抗，更为重要的是代表了当时社会上新旧两种思想、两种社会势力之间不可调和的斗争。由于宝玉在贾府中所处的特殊地位，因此他的被打牵动着家庭中每一个人的心。

引发宝玉挨打的是两桩偶然性事件：一是忠顺王府“走失了”一名为主人所宠爱的戏子琪官。忠顺亲王府认为琪官是被宝玉拐走并把他藏了起来，因此气势汹汹地差人前去贾府，威逼贾政放人。

二是正当贾政被琪官“走失”一事惹得又恼又气时，宝玉的同父异母兄弟贾环又向他报告了王夫人房里的丫头金钏儿因遭宝玉“强奸不遂”，致使回家愤而自杀。

上述两件事，使贾政怒不可遏，据此加给宝玉两大罪状，一是在外流荡优伶，表赠私物；二是在家荒疏学业，逼淫母婢。

但上述两事与实情大有出入。忠顺亲王府的戏子琪官，由于他长得聪颖俊俏，加之演技甚佳，颇得达官贵人和公子哥儿们的爱慕。宝玉是向来讨厌仕途经济，不愿与官场人员交往，而对那些出身于“清寒之家”、又生得聪俊、妩媚的青年抱有好感。宝玉与琪官，由于彼此意气相投，结下了真诚的友谊，这和王侯公卿、公子哥儿把漂亮的戏子作为取乐工具完全是两码事。

至于贾环所说的金钏儿因遭宝玉“强奸不遂”，回家愤而自杀一事，不符合事实。事实是这样的：一天当宝玉信步走进她母亲王夫人上房时，只见母亲正在里间凉榻上睡着，金钏儿坐在旁边捶腿。宝玉遂与金钏儿做了些亲热的动作，说了些玩笑话，不料立即引起了王夫人的恼怒，给了金钏儿一个嘴巴，骂她，“下作小娼妇，把好好的爷们都叫你教坏了。”紧接着又把她撵出了贾府，迫使她投井自杀。很清楚，逼死金钏儿自杀的是王夫人，与宝玉没有直接关系。

上述两桩偶然性事件，不是作者随心所欲地胡编乱造，而是从生活体验中精心选取的，有很强的生活可信性，合乎客观事物发展的逻辑及人物性格的个性。

以琪官之事来说，像忠顺亲王这样的王侯公卿，习惯玩弄优伶，因此，他不会理解宝玉与琪官之间的纯洁、真挚的友谊，以为宝玉和他们一样把琪官视为玩物，对此，他怎能容忍，所以恶狠狠地前去贾府，威逼贾政放人。而贾政一听之后，所以又惊又气，是因为在贾政看来，宝玉作为大家公子竟与一名戏子成了莫逆之交，这将会大大有辱于国公府的声誉，更何况琪官是属于和贾府相对立的政治集团成员——忠顺亲王的“宠物”，搞不好会因此而闯下大祸，弄得不可收拾。

至于贾环之所以不择手段地诬陷同父异母的兄弟也有其深刻的内在原因。贾环与贾宝玉之间的矛盾早就存在，有次贾环在掷骰子作耍时，因输了些钱和莺儿耍赖，被宝玉教训了一顿，引起了贾环的不满。贾环的母亲赵姨娘又从中挑拨，这就更引起了贾环对宝玉的嫉恨。过了些时候，宝玉因喝了酒和丫环彩云调笑，而引起了贾环的吃醋，贾环怒不可遏，将一盏油汪汪的蜡烛推倒，使宝玉的脸弄成重伤，这就引来了王夫人对赵姨娘母子的一顿痛骂，从此嫡庶间的矛盾愈演愈烈，一直发展到“魇魔法姊弟逢五鬼”这场家庭的轩然大波。所以这次贾环要抓住金钏儿事件，千方百计地设法诬陷宝玉是完全符合事物发展逻辑的，也是合乎赵姨娘母子俩的性格特征的。一切都表现得合情合理，非常自然。

曹雪芹之所以在捕捉生活中的偶然性机缘方面能运用自如、得心应手，这是和他特殊丰富的社会经历以及他对社会的深刻的洞察力分不开的。

古代作家中，曹雪芹的家庭和他本人的遭遇都是非同一般的。他那个和清代宫廷有着特殊关系的贵族之家，在整个康熙朝备受皇帝的信任和青睐，达到了荣华富贵的巅峰，可是进入雍正朝后不久竟被革职抄家。家庭的巨大变故，使曹雪芹的生活经历了一个翻天覆地的变化，由社会的最高层一下跌入了社会的底层，在这种巨变过程中，人情冷暖，世态炎凉，他体会最深刻，特别是对封建末世统治阶级内部复杂尖锐的矛盾及相互间勾心斗角的情况，感受尤为真切。这些，为他创作像《红楼梦》这样的文学巨著提供了深厚的生活基础，也为他巧妙地利用生活中的偶然机缘组织进自己的作品以展现事物发展的必然规律方面创造了极好的条件。

四　诗情与哲理

一谈起《红楼梦》，人们就会想起《金瓶梅》。的确，这两部小说的关系太密切了，我们可以从作品题材、人物塑造、艺术结构、细节描写乃至语言艺术等多方面找出它们的相似之点。《金瓶梅》开了我国人情小说的先河，《红楼梦》正是沿着《金瓶梅》所开拓的路子继续前进，攀登上了我国古典小说的巅峰，可以这样说，没有《金瓶梅》也就没有《红楼梦》。

但我们也必须看到《红楼梦》在对前代文学艺术的继承发展方面所涉及的范围非常广阔，有人这样说，《红楼梦》之所以取得这样辉煌成就，是和它善于继承和发展前代文化艺术中的种种精华分不开的，因此把《红楼梦》说成是我国封建文学乃至整个封建文化的结晶，也就并不过分。

在我们看到《金瓶梅》和《红楼梦》许多近似之处的同时，还应考虑到它们之间的不同，这些不同不仅反映在作品的思想倾向上，也同时表现在艺术风格上。

《金瓶梅》一个最突出的成就是对明中叶后社会的黑暗腐朽的揭露和鞭挞达到了淋漓尽致的地步，但同时也存在着明显的不足，把现实描写得过于漆黑一团，没有一丝光明。整个作品看不到理想的闪光，因此读完《金瓶梅》后不免有种深深的压抑感，觉得社会、人生实在是太丑恶了。《红楼梦》则不同，其中既有对社会丑恶的深刻揭露，又有对美好理想的追求，作品中所描写的社会既有很黑暗的方面，同时其中也透视出光明。

在艺术描写上，《金瓶梅》特别注重写实。一切都显得那么真、那么实。《红楼梦》既有真和实的一面，又有虚和空灵的一面。这两部分在作品中有机结合，相辅相成，成了小说不可缺少的组成部分，出色地表现出了《红楼梦》深刻的主题思想和独特的艺术手法。

结合《红楼梦》艺术风格上所表现出来的特征，有两点值得我们格外重视。一是浓郁的诗情，二是深刻的哲理。

有人称《红楼梦》是一部诗意小说，这在一定意义上是比较确切的，因为这种说法抓住了《红楼梦》艺术风格上的一个重要方面。

我国诗歌创作源远流长，并出现了一大批优秀的诗人，古人据此而把我国称为诗的王国是颇有道理的。曹雪芹在汲取前代文学成就时也必然会吸收诗歌创作上的种种精华，把它融化在自己小说创作里，何况曹雪芹本人就是一位诗人，他的“新奇”的诗风曾被他的朋友敦诚说成是“堪与刁颖交寒光”。

诗情画意乃是美的升华，具有陶冶人们心灵的作用和感人至深的艺术力量。

谈起《红楼梦》的诗情画意，一些人就会很快想起出现在小说里的众多诗词曲子和歌赋，在他们看来离开了这些诗词曲子和歌赋，也就很难谈小说中的诗情画意，殊不知，这是一种很片面的看法。小说中的诗情画意主要不是靠诗词曲子和歌赋来表现的。作品诗情画意是渗透在小说的故事情节及人物性格和活动之中的，特别反映在作者对一些正面人物和美好事物的诗化上以及作者对一些重要场景和环境所赋予的诗一般的意境中。

以小说中的正面主人公贾宝玉和林黛玉来说就被作者诗意化了。宝玉不仅有出众外貌：“面若中秋之月，色如春晓之花，鬓若刀裁，眉如墨画，面如桃瓣，目若秋波，虽怒时而若笑，即嗔视而有情。”而且引人格外注目的是在他身上体现出来的那种疏狂诗人的气质，其具体表现为：鲜明的反世俗的性格内涵和随之而来的一连串惊世骇俗的行为和那种“无故寻愁觅恨，有时似傻如狂”的独特情态。

至于黛玉的被作者所诗化就更明显、更突出。黛玉的“袅娜风流”之美：“两弯似蹙非蹙罥烟眉，一双似喜非喜的含情目，态生两靥之愁，娇袭一身之病。泪光点点，娇喘微微，闲静时如姣花照水，行动处似弱柳扶风。心较比干多一窍，病如西子胜三分。”固然给人以独特的美感，但她那来自她独特个性和悲剧性格内涵的感伤诗人的气质对读者更富有吸引力，正是这种气质使这位林姑娘显得更加风神灵秀，以至于她的一举一动，一颦一笑都散发着“美人香草”的韵味。

为进一步烘托黛玉的美，作者又煞费苦心地赋予她的居所潇湘馆以诗一般的意境：“凤尾森森，龙吟细细”、“湘帘垂地，悄无人声”、“一缕幽香，从碧纱窗中暗暗透出”等等。这样清幽高雅的环境，也只有像黛玉这样富有诗人气质的少女才配住在这里。

在小说中和那虚无缥缈的太虚幻境相呼应的现实生活中的女儿国——大观园，是作者所倾心赞美的主人公贾宝玉及众多聪明、美丽、纯洁、可爱的青年女子们的生活天地。大观园在作者笔下也被诗意化了，成了个与龌龊、势利的现实社会形成鲜明对照的天真烂漫的混沌世界。宝玉和那些年轻的少女们在那里生活得多么舒心如意！“或读书、或写字，或弹琴下棋，作画吟诗，以至描鸾刺凤，斗草簪花，低吟悄唱，拆字猜枚。”简直成了一块世间罕有的纯洁乐土。

在大观园的整个活动过程，还出现了一系列富有诗情画意的场景：如埋香冢飞燕泣残红、风雨夕闷制风雨词、寿怡红群芳开夜宴、凸碧堂品笛感凄清等等，给读者留下了深刻难忘的印象，强烈感染着读者的心灵。

总之，渗透在《红楼梦》故事情节和人物行动中的浓郁的诗情画意，大大增强了作品的美感作用，成为小说艺术描写中最有魅力的部分。

也有人称《红楼梦》是一部哲理性的小说，这在一定意义上是颇有道理的，因为这种说法抓住了《红楼梦》艺术风格的另一重要方面。

我国哲学流派和哲学思潮也是源远流长的。各个社会发展时期都涌现了一批哲学大家，有人因此而称我国是个哲学王国，我看也未尝不可。哲学发展对文学创作的影响是不能低估的。在我国文学发展史上哲理性散文和诗歌早就出现并引起了人们的关注，哲理进入小说描写领域显然比起散文、诗歌要晚，这方面公认的典型作品似乎也难于确定。在我看来《红楼梦》中的哲理性是比较突出的，这也是小说吸引人的一个重要方面。

曹雪芹是我国古代最杰出的文学家，同时也是进步的思想家。他对时代、社会、人生有许多深入的思考和精辟的见地，这些都融化在他的不朽巨著《红楼梦》里。打开《红楼梦》的第一回，赫然映入读者眼帘的是跛足道人口念的《好了歌》以及甄士隐所作的《好了歌注》。有人把它说成是小说的主题歌，有人则不同意。不过有一点可以肯定，它反映了作为思想家的曹雪芹对社会、人生的一些基本观点。这些观点被融化在小说复杂丰富、多姿多彩和引人入胜的艺术形象里。因此它的重要性是毋庸置疑的。人们可以对《歌》和《注》作出各种各样的评价，但有一点确是共同的，各种各样的人都可以结合自己的生活体验从中获得思想上的深刻启迪。有人喜欢把“歌”和“注”的每一句都落实到《红楼梦》里的某人某事上，这样做不仅有困难，而且似乎大可不必，这样会缩小它的文学价值和思想意义。事实上其中许多语句的内涵十分丰富，有相当大的普遍性，它们或反映了自然规律，或概括了社会发展的某些本质特征。

在小说之后的大量诗词、歌曲、灯谜和偈语中也都程度不同地存在着种种哲理，它不仅有助于读者理解小说所描写的具体事物，而且引发他们对社会和人生进行深入的思考。

当然小说不同于哲学著作，深刻的哲理不是靠理性的逻辑论证来实现的，而是通过动人的艺术形象来感染读者、影响读者的。就在小说对封建贵族大家庭由盛而衰的细致描写里，在一大批可亲可爱的女子所遭的不幸结局里，作者通过众多鲜明、生动、有血有肉的艺术形象，出色地表达出了“盛宴必散”、“月满则亏、水满则溢”、“登高必跌重”、“乐极生悲”、“否极泰来”和“红颜薄命”等一连串富有哲理性的思想，从而提高了人们对世界、对人生的认识。

《红楼梦》所表现的深刻哲理，加深了小说的思想深度，也使作品的艺术形象更经得住人们的咀嚼、更耐人寻味，

（原载《红楼梦学刊》1993 年第 2 期）

谈《红楼梦》杰出的艺术成就

人们几乎都有这样的体会，一般文学作品，在读了一遍、两遍，熟悉了它的故事情节之后，就不再有很多的吸引力了。但一些文学名著则不然。《红楼梦》就是属于这样一种情形的最杰出的小说之一。它始终能紧紧地吸引着你，甚至会使你感到愈读愈有兴味，犹如口噙橄榄那样愈咀嚼愈出味道。形成这一原因，主要是和《红楼梦》的杰出艺术成就分不开的。

红学界有这样一种说法：《红楼梦》之所以成为一部不同凡响之作，是因为它是中国封建文学乃至整个封建文化的结晶。《红楼梦》艺术描写的丰富性提示我们：它很好地汲取了传统文化的种种精华，不只是借鉴并总结了以往小说创作的得失，也吸收并熔铸了诗词、散文、戏曲乃至音乐、绘画、雕刻、建筑等艺术方面的经验。正是这样，它的文学艺术基础显得特别深厚，使它大大高出于一般作品，表现出了它所特有的多样性、丰富性和独创性。

《红楼梦》的杰出的艺术成就主要表现在下列几个方面：

（一）　艺术形象的高度真实性

《红楼梦》在反映社会生活的丰富性、深刻性方面在中国古代作品中是独一无二的，在世界小说史上也是罕见的。因而被誉之谓“中国封建社会的百科全书”。但任何一部作品，它所反映生活的丰富性、深刻性，如果没有真实性为基础，那么就不会产生很好的艺术效果，真实是文艺的生命，文艺的真实性所要求的是文艺要建立在生活现实的基础之上，既要反映生活的真实形态，又要展现历史的本质规律，并非要求艺术作品实录生活的具体事实。

我们可以这样说，在我国古代文学作品中没有一部作品能像《红楼梦》那样自觉地重视艺术创作的真实性，把它作为自己创作的重要追求目标。《红楼梦》一开头，曹雪芹就批评了才子佳人小说的“千部共出一套”、“自相矛盾”、“大不近情理”，明确地宣称自己是根据“半世亲睹亲闻的这几个女子”创作、“至若离合悲欢、兴衰际遇，则又追踪蹑迹，不敢稍加穿凿，徒为供人之目而反失其真传者”。这种“真”并不意味着生活中有什么就写什么，而是经过选择、加工和提炼之后所体现来的艺术的“真”。这在作者借宝钗论画的议论中表达很清楚：“你若照样儿往纸上一画，是必不能讨好的，这要看纸的远近，该多该少，分主分宾，该添的要添，该藏该减的要藏要减，该露的要露。”由于作者在追求艺术的真实性上下了苦功，致使《红楼梦》里所反映的生活犹如真的生活那样，纷繁多姿，真切感人又浑然天成，几乎看不出什么人工的痕迹，似乎作者只是把实际生活原封不动地搬到纸上来似的。文学作品里反映生活竟达到如此真实，不能不令人惊叹。

很多作品在反映生活时，还往往停留在生活的表象和浅层次上，因此形象所蕴含的内容比较单薄，给读者的思想启迪也就有一定的限度，而《红楼梦》在反映生活时却能一直深入到生活的深层，以至触及了生活中鲜为人知的各种奥秘以及人际关系中各种复杂而微妙的关系。由于对生活开掘得深，所以小说形象所包含的内容就十分丰富，经得住人们反复咀嚼和回味，这就是为什么人们读《红楼梦》会越读越有味道，能产生出迥异于别的作品的特殊艺术感受的原因。

（二）运用了一切富有成效的艺术手法，塑造了一大批活灵活现的“真的人物”，赋予作品以巨大的艺术魅力

文学作品，特别是小说创作的优劣成败的关键是人物形象刻画是否成功。《红楼梦》正是在这方面取得了突破性成就。在小说刻画的四百多个人物中，重要的、能给人留下不可磨灭印象的人物竟有五十个左右，这在中国小说史上是破天荒的，这些形象称得上是“一定阶级和倾向的代表，因而也是他们时代的一定思想的代表”。

鲁迅先生曾对《红楼梦》的人物塑造特别赞赏，给以高度的评价，说：“和从前的小说叙好人完全是好，坏人完全是坏的，大不相同，所以其中所叙的人物，都是真的人物。”事实也确是如此，《红楼梦》这些高

度典型化的人物，如现实中的真人那么复杂，不是用三言两语能说清楚的，更不是以简单的“好”和“坏”所能概括的。这些形象，内涵特别丰富深刻，具有多侧面、多层次的特征，已不再是过去的“扁平型”人物，而是具有立体感的浑圆型人物，显出格外的逼真和传神。以王熙凤这个人物为例，她一方面是如此的贪婪、狠毒，以至于不择手段；同时她又那样的聪明、能干、诙谐而富于情趣，甚至有时还很通情达理，从而使人物的内涵显得特别的丰满深厚；而读者对她所产生的感情也异常的复杂：又气又恨，又亲又爱，又悲又叹。

《红楼梦》在人物塑造上所以能取得独创性的成就是和作者善于调动那些行之有效的艺术手段分不开的。这些手段重要的有下面几种：

1. 采取了大量灵性细节使人物充满生气和人情味。

细节是文学作品中细腻地描绘人物性格、事件发展和环境的最小组成单位，它对小说创作的重要性犹如生命中的细胞一样不可缺少。细节是否丰富、生动，往往决定着一部小说写得是否动人和人物刻画能否栩栩如生的重要原因。生活中的细节千殊万类、俯拾即是，但其中能显示灵性、沟通人物思想、精神、心地、情感的只是一小部分，这种灵性的细节能使人物形象变得鲜活，富有生活气息和人情味。《红楼梦》里的人物之所以特别显得栩栩如生，活灵活现，就是因为它们都由大量的灵性的细节支撑着，像王熙凤这类重要人物的塑造中，此种灵性细节几乎接连不断，比比皆是，令人目不暇接，美不胜收。

2. 在人物肖像描写上，采取了以形写神，形神兼备的手法，给人留下难忘的印象。

人物的肖像描写是作家刻画人物所普遍使用的方法。在《红楼梦》之前的小说人物的肖像描写不是失之简单、粗糙，就是满足于对人物外部形态面面俱到、平铺直叙的描写。而《红楼梦》作者却能在突出人物性格特征上下功夫。他采取了以形写神，形神兼备的手法，从而给人以不可磨灭的印象。宝玉、黛玉、熙凤、晴雯、探春的肖像描写之所以深入人心，就是采取了上述手法的结果。以黛玉这一形象来说，作者曹雪芹一方面吸取了《金瓶梅》在肖像描写上细腻的特征；同时又避免了它过于烦琐的缺点，十分注重“神似”。小说是这样描写黛玉的肖像的：

两弯似蹙非蹙罥烟眉，一双似喜非喜的含情目，态生两靥之愁，

> 娇袭一身之病。泪光点点，娇喘微微，闲静时如姣花照水，行动处似弱柳扶风。心较比干多一窍，病如西子胜三分。

这里，作者对黛玉形态的各个部位，没有去一一写，而只是抓住了体现黛玉其人的神情气质特点的眉目及袅娜的身材作了富有特征性的描绘，这种描写显然十分的传神和耐人寻味，给人以深刻难忘的印象。

3. 以深入细腻的心理描写突现人物的精神气质。

人物的心理刻画对深入揭示人物性格特征有重大的作用。我国白话小说来自说书艺术，说书人注重故事情节的生动引人，而对人物内心活动的描绘往往注意不够。在《金瓶梅》之前的小说里，几乎很少有细致的人物心理描写。《金瓶梅》则已开始注意到这点。《红楼梦》在吸取《金瓶梅》成就基础上又有新的发展，把人物的内心活动写得更细致入微，更传神。这种心理描写集中反映在宝黛的恋爱过程中，如小说的第三十二回“诉肺腑心迷活宝玉”，当黛玉从背后听到宝玉称赞她从不说“仕途经济”这类“混帐话”时，引起了她内心一系列复杂而微妙的心理活动：

> 林黛玉听了这话，不觉又喜又惊，又悲又叹。所喜者，果然自己眼力不错，素日认他是个知己，果然是个知己。所惊者，他在人前一片私心称扬于我，且亲热厚密，竟不避嫌疑。所叹者，你既为我之知己，自然我亦可为你之知己矣。既你我为知己，则又何必有“金玉”之论哉；既有“金玉”之论，也该你我有之，则又何必来一宝钗哉！所悲者，父母早逝，虽有铭心刻骨之言，无人为我主张。况近日每觉神思恍惚，病已渐成，医者更云，气弱血亏，恐致劳怯之症。你我虽为知己，但恐自己不能久待；你纵为我知己，奈我薄命何！

这样出色的心理描写，即使与世上第一流文学巨著中最成功、最有特点的心理描写相比较也毫不逊色。

4. 十分讲究通过人物居住环境的描写以烘托人物个性。

人们几乎都会有这样的生活体验：人的性格、气质、爱好、追求、情趣总是要在他所居住的环境内程度不同地体现出来。从不同居室的陈设、布置里，大抵能看出主人性格的某个重要方面，因此在一些世界第一流的小说名著里都十分注意这点，可是在我国古典小说里历来比较忽视这方面的描写，《金瓶梅》开始注意到了这方面，在《红楼梦》里则有了重大发展，取得了极为显著的成就。

当人们接触到秦可卿房里陈设着的一系列与古代香艳故事中的风流韵事和有关的种种器物以及那特有的华丽浓艳的气氛时，就会很快联想到主人淫靡奢华的生活，就会想到宁府生活的腐朽糜烂。当人们见到秋爽斋里放着的花梨大理石大案，各种名人法帖，数十方宝砚，各色笔筒和西墙上挂着的大幅米襄阳《烟雨图》以及颜鲁公墨迹对联："烟霞闲骨格，泉石野生涯"时，人们会很自然地想起三小姐探春所独有的阔大英豪的气质。蘅芜院里冷而苍翠的奇草仙藤，房内则是雪洞一般，一色玩器全无，案上只有一个土定瓶中供着数枝菊花并两部书，茶奁茶杯，而床上吊着的青纱帐幔和十分朴素的衾褥，所有这些和贵族小姐身份十分不相称、不协调的陈设，不正是宝钗这个"冷美人"那种反常的朴实、素淡气韵的生动写照吗？难怪贾母见后要慨叹："这孩子太老实了。""年轻的姑娘们，房里这样素净也忌讳。"而潇湘馆里夹路的翠竹、满地的苍苔、巧舌的鹦鹉、垂地的湘帘以及房中所透出的缕缕幽香，这不正是林黛玉所独具的高雅和多愁善感的气质最形象的反映吗？《红楼梦》把人物性格与居住的环境特征、气氛结合如此和谐、巧妙，这在中国古代小说中是从未有过的。

（三）《红楼梦》在艺术描写上另一个突出的成就，就是小说通过典型化手法赋予平淡无奇的日常生活以深刻的内涵，并在日常生活所组成的生活流里，不时掀起大的波澜，使故事情节起伏不定，引人入胜

作为人情小说的《红楼梦》，在艺术结构上的一个重要特点是按照贾府这个贵族大家庭由盛而衰的发展过程和宝、黛、钗爱情婚姻悲剧这一中心事件的进展线索组织了众多的人物事件。这些事件大部分来自日常家庭生活。令人感到惊异的是这么大量日常生活的描写，并不使你有雷同、厌烦的感觉；而总是那样的吸引人且寓有深意。在《红楼梦》里写了这么多过节、庆生日、聚会作诗、赏花饮酒等活动，但每次的场景、气氛都各不相同。就以赏中秋来说，在贾府家运比较好的时候是一种气氛，而衰落时则是另一番景象。小说第七十五回里所写的中秋节就和以前的中秋节很不一样。尽管老祖宗贾母对这次中秋赏月，依然像往昔一样十分的重视。她老人家有想趁此机会让全家上下好好地乐一乐，但是大家的兴致就是激动不起来，似乎都在心事重重地强颜欢笑，以往赏中秋时，那种发自内心的兴高采烈的气氛已消失得无影无踪，最后落了个酒阑人散，月冷灯昏，弥漫着一派悲凉衰颓的气氛，它有力地向人们展现了这个封建贵族大家庭无可挽回的没落。

《红楼梦》的故事情节是由无数日常生活连缀起来的生活流组成的。这种情况如处理不好，会很容易使情节发展显得平淡、琐碎和沉闷。但作者却能别具匠心，在众多的日常生活里，精心地穿插了如秦氏之丧、元妃省亲、宝玉挨打、抄检大观园、黛玉之死、贾府抄家等一系列大事件。把这些大事件和那些大量的日常生活里的小事件紧密联系起来，互为因果，彼此推动，不断地将故事情节向纵深发展。而每一大事件的出现都不是突如其来，是有它的来龙去脉。这些大事件的出现掀起了生活的大波澜，从而使故事情节的发展跌宕起伏，引人入胜，紧紧地吸引着人们。

宝玉挨打就是小说中的大事件之一，也是作品里两种势力的一次十分激烈的冲突。在它之前，作品通过蒋玉菡赠茜香罗、金钏儿投井、贾环进谗言等情节使各种矛盾酝酿趋于成熟，从而使宝玉挨打这大波澜的出现成为势所必然。宝玉挨打这一大事件出现之后，又引出了宝钗送药、黛玉探伤、晴雯送绢和黛玉题诗等一系列新的情节，从而使宝、黛间的感情和他们的叛逆性格发展到了一个新的阶段。又如“抄检大观园”，这是小说里惊心动魄的一场轩然大波，它起因于封建主子间的内部斗争，而最后以广大被压迫青年女奴的惨遭迫害结束。这场大的冲突的发生决不是偶然的，是贾府这个贵族大家庭中各种矛盾：嫡庶之间的矛盾、主奴之间的矛盾和老婆子与丫环之间的矛盾等逐步加剧的情况下爆发的。抄检结果逼死了司棋、晴雯，赶出了四儿和所有唱戏的女孩子，结束了往昔大观园中欢快自由的气氛，贾府也从此更趋衰败和没落。

（四）小说语言的特点是不仅生动，而且准确、精练、纯净和传神

在《红楼梦》之前，中国长篇白话小说的语言各有特点，但相比之下，《金瓶梅》的语言成就更为显著，它在北方口语的基础上又广泛吸取了大量生动的俗语、成语、歇后语和方言，使整个小说语言生动形象、丰富多彩和泼辣酣畅。

《红楼梦》语言正是在认真汲取《金瓶梅》语言成就的基础上又加以发展提高的，使其语言不仅生动形象、丰富多彩，而且更为准确、精练、纯净和传神，淘尽一切杂质进入“炉火纯青”的高妙境界。

谈起《红楼梦》语言的准确、精练、纯净，读者都有深刻感受，小说中词语的使用都是经过作者深思熟虑，是经得住人们反复推敲的，如在小说的第二十三回里写了这样一个引人注意的情节，当宝玉获悉姐姐元春下令他随宝钗等众姊妹入大观园居住后，正缠着贾母高兴得不知所以的时候，忽然丫环来说："老爷叫宝玉。"众所周知，宝玉对其父亲贾政十分害怕，简直畏之如虎，现在父亲要他去，好似打了个焦雷，但又不能不去，小说是这样写宝玉："宝玉只得前去，一步挪不了三寸，蹭到这边来。可巧贾政在王夫人房中商议事情……宝玉只得挨进门去。"这里作者用"挪"、"蹭"、"挨"等词写出了宝玉去见贾政时的神态和心绪，这里见出作者用词之准确、纯净和简洁，已到了无懈可击的地步。

《红楼梦》也使用了一些俗语，可相比之下，较《金瓶梅》用得更贴切，更有新意和耐人寻味。《金瓶梅》里有段"来旺醉谤西门庆"的描写：一日，来旺儿吃醉了，和一般家人小厮，在前边恨骂西门庆，说："怎的我不在家，耍了我老婆……只休要撞到我手里，我教他白刀子进去，红刀子出来。"与此情节相类似的，在《红楼梦》中有段"焦大醉骂贾蓉"的描写："蓉哥儿，你别在焦大跟前使主子性儿。别说你这样儿的，就是你爹、你爷爷也不敢和焦大挺腰子！不是焦大一个人，你们就做官儿享荣华受富贵？你祖宗九死一生挣下这家业，到如今了，不报我的恩，反和我充起主子来了。不和我说别的还可，若再说别的，咱们红刀子进去，白刀子出来！"来旺醉谤西门庆写了"白刀子进去，红刀子出来"，焦大醉骂贾蓉写的是"红刀子进去，白刀子出来"。乍看似乎《金瓶梅》写得正确，而《红楼梦》写的则是不合实际，但若把这些话和"醉谤"、"醉骂"这一特殊情况联系起来分析，则来旺的语言很正常，却反映不出他的醉意，而焦大所说的颠三倒四的话，恰好准确地表现出他的醉态，这就不能不使我们佩服曹雪芹在写作上确是高人一头，思虑是何等的细密，表达又是多么的恰切！诚如"脂批"所指出的："是醉人口中文法。"而《金瓶梅》的表达反倒显得一般化了。

和上述语言准确、精练、纯净这些特征紧密联系着的是语言的传神。语言的传神对艺术描写很重要，《红楼梦》在这方面达到了很高的水平。清人永忠在他的《因墨香得观红楼梦小说吊雪芹三绝句》诗里就有"传神文笔足千秋"的诗句。正是由于传神，小说才能给人以强烈的美感和勾魂摄魄的力量。像著名的"宝钗扑蝶"、"黛玉葬花"、"晴雯补裘"和

“湘云醉卧芍药裀”等描写，由于作者在传神上作出了极大努力，因此不仅能在读者面前展现出了一幅幅鲜明动人的画面，而且给人以身临其境的深刻感受。

我们可以毫不夸张地说：《红楼梦》的艺术美是永恒的！

（原载《中华文化讲座丛书》第一集，北京大学出版社 1994 年版）

《红楼梦》里的两大艺术波澜

客观现实社会总是充满着矛盾和斗争，旧的矛盾解决了，新的矛盾又产生了，生活的长河正是在矛盾斗争的不断解决和产生中向前发展着。《红楼梦》中所写的大量日常生活，也是充满着各种矛盾和斗争的。作者遵循生活的本身规律写出了日常生活中小事件如何逐渐酝酿成大事件，小的矛盾怎样凝集成大的矛盾，进而发展成矛盾冲突的高潮。

在《红楼梦》中出现了两次矛盾冲突的高潮："宝玉挨打"和"抄检大观园"，并由此而形成小说的两大艺术波澜。它们的出现都有其必然性，同时一旦出现之后，又有力地推动着作品的故事情节向纵深方向发展，使各种人物形象越趋鲜明，从而对小说的艺术结构表现出了它的独特意义。

一　宝玉挨打

"宝玉挨打"发生在小说的第三十三回里。导致这次宝玉挨打的导火线是忠顺王府"走失了"一名为主人所宠爱的戏子琪官，于是王府差人来见贾政，认为琪官是被宝玉拐带走后把他藏起来了，因此威逼贾府放人，这就使贾政又惊又气，正在这火头上，贾环又向贾政报告了金钏儿因遭宝玉"强奸不遂"，回家愤而投井自杀。上述二事就形成了宝玉的二大罪状：一是在外流荡优伶，表赠私物；二是在家荒疏学业，逼淫母婢。这两大罪状，使贾政恼怒万分，非要把宝玉"立刻打死"不可。

这两大罪状的来龙去脉究竟是怎样的呢？

"在外流荡优伶，表赠私物"是指宝玉和忠顺亲王府的戏子琪官而言的。琪官本名蒋玉菡，是个唱小旦的戏子，由于他长得聪颖俊俏，加之唱做俱佳，因此颇有点名气，深得达官贵人和公子哥们儿的爱慕。宝玉这个生于“钟鸣鼎食之家”的贵公子，一向不好和官场人员交际，平时对像贾雨村这样的“国贼禄蠹”之流甚是反感；相反的对那些出身于“清寒之家”、生得聪俊和“妩媚温柔”的青年则抱有好感。宝玉和蒋玉菡开始相识是在冯紫英家中，由于两人意气相投，就一见如故，并互赠汗巾，从此之后来往密切。宝玉和蒋玉菡相好主要出于彼此相互爱慕和气质、爱好的一致，这和那些王侯公卿和公子哥儿恣意把漂亮戏子作为取乐工具是很不一样的。不过在贾政看来，儿子竟与一名戏子成了莫逆之交这就大大有辱于宝玉和贾府的声望，何况这名戏子是属于另一政治集团的忠顺亲王的“宠物”，搞不好还会因此而闯下大祸，这就使贾政愤怒之极。使宝玉十分被动的是，蒋玉菡送给他的汗巾子，恰好为忠顺王府的来人发现，这样宝玉怎么也不能推卸其事了，不得不向他们供出了蒋玉菡的下落。

所谓在家荒疏学业，实质是宝玉没有按封建家长的要求去刻苦攻读《四书》、《五经》，努力走上一条仕途经济、立身扬名的道路。

贾政自幼酷好诗书，热衷功名，按他自己的意愿，应该通过科举考试而进入仕途，这才是理想的，但结果却偏偏不是。因他父亲临终时向皇上上了一本，圣上怜他是功臣之后，于是给他的长子贾赦袭了父职，赐他的次子贾政一个以主事的职衔入部学习。这样贾政就靠了祖荫入仕，对此他深以为憾，因此总寄希望于聪明、伶俐的宝玉来实现他的未遂之志：让儿子通过攻读《四书》、《五经》，经过科举考试，走上仕途，立身扬名，为家族增光。但这个宝玉虽聪明富有才华，但这些才华却无助于贾政所看重的制业。何况他从小就厌弃功名，竟把那些为官作宦的说成是“国贼禄蠹”，而对那些“正经书”则一点不感兴趣，读了几年的《四书》，依然是“大半夹生”、“断不能背”，终日在脂粉队里打滚，不是和姑娘们吟诗作赋，就是和那些丫头们拈花斗草，对《牡丹亭》、《西厢记》这类“闲书”却表现出特殊的兴趣，竟是爱不释手。这些就使父子间思想矛盾越来越激烈，以至不可调和。贾政对儿子的上述表现深恶痛绝、不能容忍，已到了一触即发的地步。

至于“逼淫母婢”一事，情况就更复杂。在宝玉、黛玉恋爱初期，因宝玉对爱情不专一，两人不时发生争吵。一日，宝、黛两人又在拌嘴、生气，后来终于相互得到了谅解。但接着宝玉又因把宝钗比作杨妃而引起对方的不快，宝钗遂借题发挥给宝玉以难堪。使宝玉因此而感到很没趣，就无精打采地独自走开了。当他信步走进母亲王夫人的上房时，只见他母亲正在里间凉榻上睡着，金钏儿坐在旁边捶腿。宝玉上去轻轻摘下金钏儿耳上带的坠子，悄悄地笑道："就困的这么着?"金钏抿嘴一笑，叫他出去。宝玉探头瞧了一下王夫人正合着眼，就掏出香雪润津丹，放在金钏儿的口里。接着便拉着她的手，悄悄地笑道："我明日和太太讨你，咱们在一处罢。"金钏儿不答，宝玉又说："不然，等太太醒了我就讨。"金钏儿睁开眼，将宝玉一推："你忙什么！'金簪子掉在井里头，有你的只是有你的'，连这句话语难道也不明白？我倒告诉你个巧宗儿，你往东小院子里拿环哥儿同彩云去。"宝玉笑道："凭他怎么去罢，我只守着你。"突然间，王夫人翻身起来给了金钏儿一个嘴巴子，并大骂她："下作小娼妇，好好的爷们，都叫你教坏了。"接着又把金钏儿撵出了贾府，迫使她投井自杀。宝玉因和金钏儿熟悉，平时相互关系又比较好，因此一见之后就说了这些玩笑话。这原是由宝玉挑起的，王夫人反倒说是丫头勾引坏了宝玉，真是信口雌黄！当然宝玉对金钏儿的这些表现还根本谈不上什么"逼淫母婢"，况且金钏儿的死是由于王夫人蛮不讲理把她撵出贾府所导致的，和宝玉没有直接关系。但贾环向父亲报告时，为什么要肆意歪曲事实真相呢？这里就涉及家庭内部长期存在的嫡庶之间的矛盾。小说对此曾作过具体描写。贾环和宝玉这对同父异母兄弟间的矛盾早在小说的第二十回里就开始了。贾环在掷骰子作耍时因输了些钱和莺儿耍赖，被宝玉着实教训了一顿，引起了贾环的不满，接着他母亲赵姨娘又从中挑拨，这就更引起贾环对宝玉的嫉恨。过了些日子，宝玉因喝了酒和丫环彩云调笑而引起了贾环吃醋，在贾环怒不可遏的情况下，将一盏油汪汪的蜡烛推倒，使宝玉脸烫成重伤，这就引起了王夫人对赵姨娘母子的一顿痛骂，从此嫡庶矛盾愈来愈尖锐，一直发展到"魇魔法姊弟逢五鬼"这场震动全家的大风波。这次金钏儿事件，贾环当然不会轻易放过，于是就在他父亲贾政面前添油加醋地诬陷起宝玉来。

由此看出，宝玉的这两大罪名，不仅和事实有相当出入，而且它的形成有其很复杂的原因。

但贾政却不管这些，他平时就对宝玉的种种"不求上进"的乖僻行为甚是恼火，现在抓住了上述把柄，岂能轻轻放过？这次他决心不惜一切代价来教训这"孽障"，免得他将来发展到"弑君杀父"的地步。这场势不两立的冲突，看似只是父与子之间的矛盾，其实质是代表了当时社会上新、旧两种社会势力和思想之间的不可调和的斗争。

作为贾府未来继承人的宝玉，在家庭中处于一个特殊重要的地位，成了全府上下所注目的中心人物，因此他的被打就必然要牵动全府上下每个人的心，从老祖宗贾母开始一直到下面的婆子、丫头对宝玉的挨打都不会漠不关心、置身事外。特别是贾母，平时对宝玉更是溺爱之至。她虽然也热望宝玉读书上进，将来为这家庭光耀门楣；但她始终不同意儿子如此严厉地管束宝玉，在贾母看来，如因管束太严，一旦有个好歹，将不堪设想，况且像他们这样有地位、有权势的国公府，子孙将来要捞个官职是不成问题的，不是非得通过科举这条路才能实现。因此，每当贾政逼迫宝玉读书，使宝玉倍感压抑和痛苦的时候，总是由贾母出来为他解围。宝玉就在贾母的庇护之下，自由自在地发展着他的叛逆性格。贾母在客观上起到了为宝玉当保护伞的作用。

当贾政听了宝玉所犯的罪行之后，喘吁吁直挺挺坐在椅子上，满面泪痕，一迭声“拿宝玉！拿大棍！拿索子捆上！把各门都关上，有人传信往里头去，立刻打死”的时候，宝玉深知这次定是凶多吉少。在此关键时刻，唯有把里面的老祖宗请出来，自己才能得救。但急切中又找不到可靠的人进去通风报信，这场狠打就不可避免了！在场众人眼看宝玉在贾政的狠命抽打下奄奄一息了，于是只得觅人进去送信。王夫人得悉后首先出来，贾政一见妻子，更如火上浇油一般，反而把宝玉打得更凶了，这时形势确实太危急了，王夫人只得抱住板子哭道：“宝玉虽然该打，老爷也要自重。况且炎天暑日的，老太太身上也不大好，打死宝玉事小，倘或老太太一时不自在了，岂不事大！”王夫人知道丈夫就是怕他母亲，因此这里抬出老太太身体健康的大问题提醒丈夫，让他对宝玉手下留情。但贾政在气头上，对此竟不以为然，还说什么：“倒休提这话。我养了这不肖的孽障，已不孝；教训他一番，又有众人护持；不如趁今日一发勒死了，以绝将来之患！”说着，便要绳索来勒死宝玉，这使王夫人急得只好痛哭：“老爷虽然应当管教儿子，也要看夫妻分上。我如今已将五十岁的人，只有这个孽障，必定苦苦的以他为法，我也不敢深劝。今日越发要他死，岂不是有意绝我。既要勒死他，快拿绳子来先勒死我，再勒死他。”在这万分危急关头，王夫人只好又以夫妻之情来打动贾政。这些描写真实感人，发人深思。王夫人这样大哭，不仅深痛亲子宝玉，还不能不担心由此而带给自己的可怕后果。她原有两个儿子，但大儿子贾珠，早就夭亡，现仅存宝玉了，如宝玉再有个好歹，那她在贾府的地位就会立刻动摇。那时赵姨娘和贾环就要在她面前抖起精神来了，因此在她痛哭宝玉时，不禁想起她已死的大儿子贾珠来，她叫着贾珠的名字哭喊："若有你活着，便死一百个我也不管了。"

正在这矛盾冲向高潮的时候，那位老祖宗又赶来了，这样就把情节又推向了一个更大的高潮。

这位老祖宗，平时对儿子一味地严加管教宝玉本来就有意见，现在一听儿子正要把宝玉活活打死"以绝将来之患"，那还了得！既然儿子对宝玉下这狠心，表现如此绝情，那她对儿子贾政也就不客气了，定要给他一点颜色看，使他领教一下做母亲的厉害，好让他头脑清醒清醒！因此她一出场，情绪就十分激动，颤巍巍地说："先打死我，再打死他，岂不干净了！"由于和王夫人地位不同，贾母可以直接向贾政严加申斥，这就使贾政的态度不能不随之改变，于是忙上前躬身赔笑道："大暑热天，母亲有何生气亲身走来？有话只该叫了儿子进去吩咐。"贾母则厉声回答："你原来是和我说话！我倒有话吩咐，只是可怜我一生没养个好儿子，却教我和谁说去！"贾政处于母亲的高压之下不便公开与之顶撞，但总也不放弃为自己行为的"正当性"作出委婉的申辩："为儿的教训儿子，也为的是光宗耀祖。母亲这话，我做儿的如何禁得起？"但贾母立即以轻蔑的姿态，向他啐了一口，驳回了他的申辩："我说一句话，你就禁不起，你那样下死手的板子，难道宝玉就禁得起了？你说教训儿子是光宗耀祖，当初你父亲怎么教训你来！"真是针锋相对，寸步不让。接着就以自己和王夫人、宝玉立刻返回南京相威胁，并又同时告诉王夫人不要哭了，"如今宝玉年纪小，你疼他，他将来长大成人，为官作宰的，也未必想着你是他母亲了。你如今倒不要疼他，只怕将来还少生一口气呢。"这种含沙射影的办法，竟逼得贾政只得叩头哭道："母亲如此说，贾政无立足之地。"至此，贾母还不罢休，冷笑道；"你分明使我无立足之地，你反说起你来！"最后贾政只有苦苦下跪认罪了事。在这场短兵相接的激烈冲突中，贾母始终以居高临下的姿态去申斥贾政，冷嘲热讽一起来，把原来气势汹汹的贾政逼得理屈词穷，走投无路，最后彻底认输、叩头认罪。看出这位老祖宗确非等闲之辈，从她和别人的闲话中，人们就知道她年轻时就见过大世面，经历过大事件，曾是个异常能干的妇女，只是后来年纪大了，晚年想寻求享乐，才把家事托付小辈办理的。这次和贾政的激烈冲突，再现了她的识见、能耐和魄力！

在宝玉挨打养伤期间，贾府上下，主仆亲戚纷纷前来看望、慰问，怡红院内人来人往，络绎不绝。作者通过这些描写展示了人们对宝玉挨打所持的种种不同态度，写出了他们各自的思想、性格和心态，并推动了小说故事情节进一步向纵深发展。

王夫人在被打得遍体鳞伤的宝玉身旁只是“儿”一声，“肉”一声的哭。贾政此时也觉宝玉果然被打重了，听了王夫人的数落后，也感灰心，自悔不该下毒手到如此地步。这时贾母一见贾政不免心头火起：“你不出去，还在这里做什么！难道于心不足，还要眼看着他死了才去不成！”贾政听后，越发没趣只有离开了事。宝钗来送药，固然表示她对宝玉的关切之情，但即便在这种场合下，也没有忘了她一贯坚持的封建主义正统立场，她向宝玉说，“早听人一句话，也不至今日。别说老太太、太太心疼，就是我们看着，心里也疼。”她还在心里想着：“你（指宝玉）既这样用心（指体贴女孩子），何不在外头大事上做工夫，老爷也欢喜了，也不能吃这样亏。”她还对袭人说：“据我想，到底宝兄弟素日不正，肯和那些人来往，老爷才生气。”宝钗就这样始终坚持她的观点并维护着贾政的威望。而黛玉来探视宝玉，则是另外一副神态：她“两个眼睛肿的桃儿一般，满面泪光”，虽不是嚎啕大哭，但她的无声之泣感情更显深沉，尽管此时她心中有万语千言，但就是说不出来，只抽抽噎噎地说了一句：“你从此可都改了罢！”这话虽短，而内涵却异常丰富，只有宝玉能心领神会。宝玉此时觉得在这志同道合的林姑娘前有必要向她表明自己的心迹，因而就说了这样一句意味深长的话：“你放心，别说这样话，就便为这些人死了也是情愿的！”联系到黛玉走后，宝玉特意把袭人支开，命晴雯送旧绢帕为名，去探望黛玉，而黛玉也随即在帕上题三首绝句等情节看，他们两人间的关系确不同他人，表现了彼此的情投意合，相互支持。袭人尽管是宝玉的贴身丫头，在宝玉挨打之后，她一人曾忙内忙外，应酬一切，似乎一切都少不了她似的，以此显出她和宝玉间非同一般的关系，但实质上，她和宝玉之间的思想距离很大。她是一个受封建正统思想腐蚀很深的年青丫头，当王夫人要她去报告宝玉养伤情况时，她竟在王夫人面前，说出这样的话，“论理，我们二爷也须得老爷教训两顿。若老爷再不管，将来不知做出什么事来呢。”接着又故意吞吞吐吐地向王夫人谈了宝玉如何“男女不分”、“偏好在我们队里闹”，为了防患于未然，她还建议王夫人让宝玉搬出园外来住，以此去讨好王夫人，博得她的赞赏和信任。当然，对袭人的这种思想、追求，宝玉也已经有所认识，对她已怀有警惕，因此，在他给黛玉送旧绢帕时，不仅不使唤她，而且还特意把她支开，差晴雯去完成这个任务。

作者通过“宝玉挨打”这一矛盾冲突高潮，并由此而形成的大的艺术波澜，一方面把以前出现的种种矛盾作了汇集，同时把众多人物的思想、性格作了进一步的展示，并为下面故事情节、矛盾斗争进一步深入展开作了伏笔，充分显示了作者的艺术匠心。

二 抄检大观园

大观园原是贾府为迎接贵妃元春回家探亲而建造起来的省亲别墅，当元妃刚见到这一建筑时，不禁为它规模的宏大和陈设的华丽而赞叹，就此题了一副对联：“金门玉户神仙府，桂殿兰宫妃子家”。元春回宫之后，怕家人敬谨封锁，致使园景寥落，就命那些能诗会赋的姊妹和弟弟宝玉进去居住。大观园是个规模宏大的贵族庭园，方圆有三里半，其中风景区有七八处，亭台轩馆有十几座，真是“说不尽的太平景象、富贵风流”。住在大观园里的，除宝玉之外，都是年轻女子，其中少数是贵族小姐，更多的则是婢女、丫头，因而大观园被称之为“女儿国”。这个“女儿国”在贾府内部固然是个比较自由的天地，但也不是个世外桃源，贵族家庭所存在着的种种矛盾斗争也必然要反映和波及到这里来。抄检大观园这场轩然大波的产生就是由于贾府主子间的内部矛盾所引起的。

贾母的丫头傻大姐在大观园的山石背后玩耍时，捡到了一个“绣春囊”，被邢夫人拿去了。邢夫人一拿到这“绣春囊”，内心很兴奋，就派她的陪房、心腹王善保家的将“绣春囊”交给了弟媳、贾府的当家人王夫人。王夫人把这看成是桩非常事件，竟吓得“泪如雨下”，马上去找侄媳又是内侄女的王熙凤商量。经过一番精心的策划，由王熙凤领头，周瑞家的、王善保家的作为助手，对大观园连夜进行查抄。查抄结果是一批年轻可爱的女奴，遭到了残酷的迫害，她们中有的被撵走，有的被迫害致死，造成了人们所始料不及的严重后果，从而结束了大观园中自由欢乐、生气勃勃的生活。

“绣春囊”并非怪物，它不过是当时青年男女表示情意的一种信物。

为什么这一小小物件，竟至引起一场轩然大波，造成如此严重后果？这确乎发人深思！

贾府这个贵族大家庭生活之腐朽、道德之败坏是出了名的，在贾府这个森严的围墙里，不知演出了多少荒淫无耻的把戏。那些爷儿、哥儿们“今日会酒，明日观花，聚赌嫖娼，无所不至”，正如宝玉的挚友柳湘莲所指出的：“除了那两个石头狮子干净，只怕连猫儿狗儿都不干净。”在这样污秽不堪的环境里，出现个小小的“绣春囊”又算得了什么！根本不值得大惊小怪。可是封建统治阶级有他们所奉行的一套生活准则和衡量是非的标准。他们把自己的荒淫无耻视为理所当然、合理合法。“老祖宗”贾母就说过：“从小儿人人都打这么过。”言下这是人的本性，完全是正常的事情；但是青年男女之间正常的自由恋爱却被视为丑恶而丢人的事情，是一种“伤风败俗”，而决不许可。也是这个贾府的最高权威——“老祖宗”，一次借批驳“才子佳人书”一事，指斥那些追求爱情的女子，“只一见了一个清俊的男人，不管是亲是友，便想起终身大事来，父母也忘了，书礼也忘了，鬼不成鬼，贼不成贼，那一点儿是佳人？”正是在这种环境里，在这样的气氛下，“绣春囊”的出现就成了一件非同寻常的事件，简直成了洪水猛兽。

当然，王夫人见到“绣春囊”时精神所以这样紧张，以至“气色更变”、“泪如雨下”，其中还有更深刻而复杂的原因。其中之一是怕外人得知后，成为人们攻击贾府的一个有力把柄，致使贾府在上层贵族社会中声名狼藉，无立足之地。对此，王夫人已说得十分清楚：“有那小丫头们拣着，出去说是园内拣着的，外人知道，这性命脸面要也不要？”但还有一个比这更为重要的原因，王夫人虽然没有说，可是在作品的艺术描写中却揭示得十分清楚，那就是早已存在于贾府主子之间的矛盾冲突，这种冲突已到了十分尖锐的程度，正如探春小姐所说：“一个个像乌眼鸡似的，恨不得你吃了我，我吃了你。”

“老祖宗”贾母有两个儿子：长子贾赦，次子贾政。按封建宗法制度的规矩，掌握荣国府家政大权的应该是长房贾赦，但事实却偏偏不是这样，由于贾母偏爱次子贾政，掌权的倒是二房。贾政这个“正人君子”在处理家政上庸碌无能，所以实际权力就落到了他妻子王夫人和内侄女王熙凤的手里。王夫人、王熙凤这姑侄俩依仗着自己娘家的权势，又有贾母这个“老祖宗”的撑腰，因而就作威作福、有恃无恐，不把别人放在眼里。长房贾赦夫妇对她们的飞扬跋扈感受尤为深切，内心十分嫉恨，一有机会就发作起来。这种不满情绪有时甚至发泄到贾母的头上。一次在贾府全家欢庆中秋的晚宴上，贾赦以借讲笑话为名旁敲侧击地抱怨贾母偏心。贾赦夫妇对贾政、王夫人、王熙凤等则更是处处找茬，想方设法地给他们难堪。贾政妾赵姨娘及其儿子贾环一向为王夫人等当权派所鄙视，但贾赦却偏要当着众人面，夸奖贾环文章写得如何的好，将来定有世袭希望等等，以此有意地和贾政、王夫人等唱反调。邢夫人一次趁贾母过生日时，找出一件小事，给凤姐以没脸，弄得凤姐只好"回房哭泣"。上述这些冲突的存在和发展，必然会导致更大矛盾的爆发。

"绣春囊"的出现，给了邢夫人以更有力的武器。她之急于派人把"绣春囊"交给王夫人，其中的含义是十分明确的，无非是说：你们这些当家人是怎样当这个家的？在少爷和小姐居住的大观园里，居然出现了这样见不得人的东西，该当何罪？在邢夫人的突然袭击之下，王夫人怎能不感到震惊呢？当然，王夫人也决不甘心就此认输，她一定要迅速地找出对策来摆脱这种被动挨打的局面。所以在和凤姐紧急商量之后，就连夜抄检大观园，"不如趁此机会，以后凡年纪大些的，或有些咬牙难缠的，拿个错儿撵出去配了人"。这样，就想用牺牲年轻女奴来为自己开脱，变被动为主动。

这次的抄检来势十分凶猛，打击的矛头首先指向那些年轻的奴婢。那个邢夫人的忠实奴才和得力打手王善保家的对抄检大观园想得很美，妄图一箭双雕：一方面，她想通过查抄，搞个满城风雨，以此来出尽王夫人等当家人的丑；同时还想乘此机会给那些桀骜不驯的女婢们以厉害瞧瞧。所以在正式动手抄检之前，她就在王夫人面前，制造舆论，恶毒攻击这些年轻的奴婢，说："这些女孩子们一个个倒像受了封诰似的，他们就成了千金小姐了。闹下天来，谁敢哼一声儿。不然，就挑唆姑娘的丫头们，说欺负了姑娘们了，谁还耽得起。"对这个"心比天高，身为下贱"的晴雯，王善保家的更是切齿痛恨："别的都还罢了，太太不知道，一个宝玉屋里的晴雯，那丫头……天天打扮的像个西施的样子，在人跟前能说惯道，掐尖要强；一句话不投机，她就立起两个骚眼睛来骂人。妖妖趫趫，大不成个体统。"王夫人原先就对晴雯这个模样长得漂亮的女孩怀有恶感，听了王善保家的挑唆之后，更是火上加油，说："我一生最嫌这样人，况且又出来这个事。好好的宝玉，倘或叫这蹄子勾引坏了，那还了得。"于是即刻派人把晴雯找来，进行百般的辱骂和训斥。

抄检大观园的整个过程就是封建主子们对年轻、活泼、纯洁的女奴们的一次血腥的镇压，一批聪明而又活泼可爱的丫头被逐的被逐，被逼死的被逼死。惜春的丫头入画只是替她哥哥保存了一些银锞子、靴袜等物就被疑为贼赃，赶出了大观园。宝玉的丫头四儿只因为她和宝玉同年同日生，并说了“同日生的是夫妻”这样一句玩笑话，就被逐出园外胡乱配人。芳官、藕官、蕊官这些年轻女戏子，只因为她们活泼天真，竟成了她们唯一的罪名，被主子们污蔑为狐狸精，逼她们离开大观园，最后只好被迫去当尼姑。而晴雯、司棋的遭遇则更惨。晴雯在抄检之后已病得“四五日水米不沾牙”了，还被人从炕上拉下来，架出园外，终于被逼得含冤死去。司棋则被加以“私授信物”、“有伤风化”的罪行，立即逐出园外，临走时连和相好姊妹辞行一下都不被允许，最后她只得撞墙而死。

在封建主子及其奴才的野蛮的迫害面前，这些柔弱的女奴并不都是俯首帖耳、任人宰割的羔羊。她们中有些人作出了强烈的反抗，表现出被压迫、被蹂躏的卑贱者的不屈意志和凛然正气。这方面当以晴雯为最突出、最光辉。当那个狗仗人势的王善保家的，神气活现地去搜检晴雯箱子时，晴雯根本不吃这奴才那一套，只见她挽着头发闯了进来，“豁一声将箱子掀开，两手捉着底子，朝天往地下尽情一倒，将所有之物尽都倒出。”这使王善保家的十分难堪，下不了台，只得恼羞成怒地抬出王夫人这块牌子来压制晴雯，妄图使她屈服，但晴雯立即给予针锋相对的反击：“你说你是太太打发来的，我还是老太太打发来的呢！太太那边的人我也都见过，就只没见你这个有头有脸的大管事的奶奶！”（此据程乙本）给了她以当头一棒！而司棋这婢女也是个不同凡响的年轻女奴。在她看来，和自己的表哥相爱完全是光明正大的行为，没有可指责的，更没有什么见不得人的。因此，当主子们加以种种罪名时，她“并无畏惧惭愧之意”，表现出一副凛然不屈的气概。

在抄检大观园这一矛盾冲突的高潮中，各种各样的人物以及他们之间所存在着的错综复杂的关系得到了深入、细致的揭示。随着作者的笔锋所至，一个接一个的人物形象，生动鲜明地呈现在读者面前：王夫人的主观武断和蛮狠恶毒；王熙凤的聪明狡猾和善于玩弄权术；王善保家的小人得志、狗仗人势；晴雯的心高气傲、蔑视邪恶；探春的有胆有识、敢作敢为和惜春的胆小怕事、洁身自保等等无不写得活灵活现，给人以不可磨灭的印象。

关于王夫人、王善保家的和晴雯的描写上面已有介绍，这里无须赘言。只就王熙凤、探春、惜春等形象作些具体分析，从中可以领略作者是如何抓住抄检大观园这一重要事件去深入揭示人物性格和他们之间的错综关系的。

当王夫人接到邢夫人送来的“绣春囊”时，就毫不迟疑地断定这是贾琏和王熙凤夫妇俩丢下的东西，王夫人的判断当然非常主观，但她本人却认为自己的判断是有根有据，因而深信无疑，她振振有词地对王熙凤说：“你想，一家子除了你们小夫小妻，余者老婆子们，要这个何用？再女孩子们是从那里得来？自然是那琏儿不长进下流种子那里弄来。”王熙凤听了这番话后，感到问题是如此棘手，觉得自己太受委屈了，必须想个办法让王夫人最后明了她这种猜测是错误的，但她作为晚辈又不好在长辈面前大力抗辩，更不能简单地予以否认了之，因为这样做根本无助于问题的解决。于是她就以委婉曲折的方式，采取了层层剖析的手法，从六个方面来说明“绣春囊”绝对不可能是她和贾琏的。王熙凤的解释是那样的入情入理，有根有据，不能不使王夫人感到她原先的判断确是失之武断，从而心悦诚服地改变了自己的错误结论。这些地方正充分地显示出了王熙凤的绝顶的聪明和办事的精明老练。

这种精明老练也同时反映在她对绣春囊事件性质及抄检大观园一事的认识上。王熙凤一眼就看透了邢夫人派人来送“绣春囊”给王夫人以及王善保家的自告奋勇来参加抄检大观园的居心所在。完全是“醉翁之意不在酒”！王熙凤从自身利害出发，固然要查清“绣春囊”来由，好推卸责任；同时她又不赞成兴师动众，张扬开去，因为这样无疑会给王夫人和她脸上抹黑，于是就主张派人暗访。但是后来由于王善保家的力主公开抄检，王熙凤怕得罪婆婆邢夫人，又被迫放弃原来的打算。正是出于这一情况，王熙凤对这次抄检的态度，始终是消极的。尽管她是抄检队伍的领头人，但抄检过程中，她有意让王善保家的冲杀在前，而自己故意落在后面，这样做的目的好让这个狐假虎威的王善保家的去碰钉子，做恶人。当晴雯、探春及侍书冲撞以至打骂王善保家的时，她心里是多么高兴！等于是给她出了口恶气。最后当查明“绣春囊”原来是王善保家的亲外孙女司棋所丢时，你看王熙凤的情绪顷刻之间来了一个大变，这时她是多么地兴奋和活跃！没想到她所盼望的反击邢夫人进攻的时机终于来到了，她一定要抓住时机，好好利用一番！于是她伙同周瑞家的一唱一和，对王善保家的竭尽嘲讽挖苦之能事，当凤姐读完了司棋的表弟潘又安给司棋的情书之后就瞅着王善保家的嘻嘻地笑，并笑着告诉周瑞家的："这倒也好。不用你们作老娘的操一点儿心，他鸦雀不闻的给你们弄了一个好女婿来，大家倒省心。"周瑞家的也乘此笑着凑趣儿，致使王善保家的羞得只恨没地缝儿钻进去，只好打着自己的脸骂道："老不死的娼妇，怎么造下孽了！说嘴打嘴，现世现报在人眼里。"演出了一场精彩纷呈的闹剧。

从王熙凤的所作所为中看出，贾府主子们之间尖锐而微妙的派系斗争是一直贯串于抄检过程的始终。王熙凤在抄检过程中不仅表现出少有的精明老练，而且善于相机行事和玩弄权术。

三小姐探春是个颇具才识的人物，她对家庭中的腐朽黑暗现象和彼此间明争暗斗的局面，早有十分清醒的认识。她认为抄检大观园是十分愚蠢的行动，对此表示出由衷的反感，这反映在她对抄检举动的主动迎击上。当王熙凤和王善保家的进入她院中的时候，她就命众丫环秉烛开门而待，并向她们公开声言："我们的丫头自然都是些贼，我就是头一个窝主。既如此，先来搜我的箱柜，他们所有偷了来的都交给我藏着呢。""我的东西倒许你们搜阅；要想搜我的丫头，这却不能！我原比众人歹毒，凡丫头所有的东西我都知道，都在我这里间收着，一针一线他们也没的收藏。要搜所以只来搜我。"探春之所以这样强硬，目的就是要给那些查抄人一点颜色看，使她们认识到在这样一个书礼贵族人家，出现这样抄检的丑恶行为是决不允许的。正是出于这种思想，她紧接着又发表了一段痛心疾首的议论："可知这样大族人家，若从外头杀来，一时是杀不死的，这是古人曾说的'百足之虫，死而不僵'，必须先从家里自杀自灭起来，才能一败涂地！"但这王善保家的却是个心内没成算的人，她错误地把众人不敢得罪探春视为没眼力、没胆量，仗着自己是邢夫人的心腹，竟向探春动手动脚起来，结果招来探春的一记清脆的耳光和一番严厉的训斥："你是什么东西，敢来拉扯我的衣裳！我不过看着太太的面上，你又有年纪，叫你一声妈妈，你就狗仗人势，天天作耗，专管生事。如今越性了不得了。你打谅我是同你们姑娘那样好性儿，由着你们欺负他，就错了主意！你搜检东西我不恼，你不该拿我取笑。"从上述言行中，我们清楚地看到，探春确乎是个有胆有识、敢作敢为的不同凡响的女子。在探春的影响之下，她的丫头侍书也是十分厉害，体现了她的风格，真是"有其主，必有其仆"。

当王善保家的遭碰壁之后，大发牢骚，声言："我明儿回了太太，仍回老娘家去罢。这个老命还要他做什么！"侍书当即予以有力的回击："你果然回老娘家去，倒是我们的造化了。只怕舍不得去。"言辞何等犀利！犹如把锋快的匕首，直刺这奴才的心脏。

在抄检大观园过程中，与探春形成鲜明对比的是惜春。她胆小怕事，乖僻离群，惟恐牵累自己。她与三小姐探春挺身而出保护自己的丫环相反，却对自己的丫头表现出无情无义。入画从小就服侍她，照理她应该对入画很了解，很有感情，但当入画因收藏他哥哥交存的钱财、物件而被别人疑为贼赃时，她非但不出来保护入画，而且还主动要求别人给入画以惩罚。她对王熙凤说："我竟不知道，这还了得！二嫂子，你要打他，好歹带他出去打罢"，"嫂子别饶她这次方可。这里人多，若不拿一个人作法，那些大的听见了，又不知怎样呢。"当王熙凤和尤氏已表示入画所为不算什么问题时，惜春还一定要坚持把入画撵出大观园，而且进一步地明确表态："或打，或杀，或卖，我一概不管。"惜春的这些表现，实在令人吃惊！已是太不近情理了。看出她已由胆小怕事发展到了冷酷无情。

综上所述，抄检大观园的描写，在思想内容上，它深刻地反映出了贾府内部所存在着的尖锐的阶级矛盾和统治阶级内部的矛盾，这两种矛盾又往往是相互交织在一起的。抄检大观园起因于封建主子间的内部斗争，而最后以广大被压迫青年女奴的惨遭迫害结束。在艺术表现上，抄检大观园起到了深刻揭示一系列人物性格及其相互关系的作用，并预示着这个大家族的无可挽回的没落，以及与此相联系的是一系列可爱可亲的青年女子无法挣脱的悲剧命运。

（原载《金瓶梅红楼梦纵横谈》，北京大学出版社 1990 年版）

从连续剧《红楼梦》所想到的

电视连续剧《红楼梦》经过编导和全体演员的三年努力，在经历了种种艰难曲折之后，终于和广大观众见面了。它的出现对红学界和电视界来说都是件大事。人们可以设想，《红楼梦》的内容这么丰富复杂，当前“红学”研究上又存在着种种分歧；而我国电视艺术又那么年轻，特别在改编古典名著方面还十分缺乏经验，在这种情况下，要把《红楼梦》这部名著完整而系统地搬上电视屏幕，这将会遇到多大的困难！正因如此，人们不得不对编导的魄力和才能表示敬佩。

连续剧《红楼梦》的播放，引起了人们广泛的兴趣，在社会上激起了强烈反响，掀起了一个不小的“红学”热。人们面对着连续剧一集集的播出兴致勃勃，议论纷纷。肯定、赞美的固然大有人在，批评指责的也不乏其人，真是“智者见智，仁者见仁”。但平心而论，观众中的大多数对连续剧的播放是欢迎的、肯定的，尽管他们对剧中的人物和情节，还有这样或那样的不同意见。

长期以来《红楼梦》的读者主要集中在知识层里。广大群众由于受文化水平和文学素养的限制，阅读并理解这部名著还存有种种困难，因此，对它也就谈不上有很多了解。以往虽也出现过一些以《红楼梦》为题材改编的戏曲、电影，但它们都局限于对原著某一故事或人物的表现，尤其是注重于宝、黛间的爱情故事，这就远远不能表现出原著的全部风采。这次连续剧《红楼梦》却充分发挥了电视艺术熔时空视听于一炉和容量大、剪裁自由等长处，以三十六集的巨大篇幅将《红楼梦》这部巨著搬上了电视屏幕，它犹如一长轴色彩斑斓的封建社会画卷，使广大观众第一次得窥巨著的全貌，领略其博大精深的内容和深刻无比的思想。诚如有些同志所指出的那样，连续剧的播放是《红楼梦》问世以来一次最大的普及，其意义是不能低估的。

本文不想就连续剧的得失一一进行评述。而只想就连续剧改编过程中提出一个重要的原则——“忠于原著”的问题，发表些粗浅看法，以求教于各位专家和学者。

这次连续剧的编导提出了一个响亮口号是“忠于原著”、“妙于剪裁”。导演王扶林又明确声明：“我对电视剧《红楼梦》的艺术追求就是忠实地再现原著”（《中国广播影视》1987.2）。我想，从原则上说，人们是不会对编导提出的口号有什么不同的意见，问题的关键是在于如何去理解“忠于原著”，以及怎样才能做到“忠于原著”。

在如何理解“忠于原著”上，人们的看法将会是多种多样的。在我看来重点应该放在正确地把握原作的主题思想和艺术风格以及人物的主要特征上，而不在于对小说的每个具体描写和每一情节内容都要求在电视剧里做到求全坐实。

在如何做到“忠于原著”这点上，似应着重解决好下面几个方面的问题。

一 要正确把握原作的主题思想和重要的矛盾冲突

《红楼梦》这部作品不同凡响之一就在于它内容的特别丰富复杂，所以曾被誉为“封建社会的百科全书”。在这样丰富复杂的内容里究竟蕴含着什么样的主题？人们的认识不尽一致。连续剧的编导认为：《红楼梦》是一幕通过家庭生活反映重大社会问题的家庭社会悲剧。（周雷《〈红楼梦〉改编刍言》，《中国广播影视》）这样的认识当然没有大的偏差，是基本上符合小说实际情况的。但是在这个家庭社会悲剧里究竟包含着那些具体内容？这些内容又在整个悲剧里各自占有什么样的位置，看法就可能很不一致。依我的理解：在这个家庭社会悲剧里至少包含着下面这些内容：一个是贾府这个具有典型意义贵族家庭的彻底败落；另一个是有一大批体现着作者美学理想的青年女子的先后惨遭不幸，即所谓“千红一窟（哭），万艳同杯（悲）”。这些众多女子的悲剧，其性质是多种多样的：有贵族小姐的爱情婚姻悲剧；有女奴被迫害的悲剧；还有一些是属于特殊性质的社会和时代悲剧，如王熙凤的悲剧就是这样。在众多青年女子的悲剧里，贾宝玉和林黛玉、薛宝钗之间的恋爱婚姻悲剧是占有着一个特殊的地位。这个恋爱婚姻悲剧又是贯串全书的一个中心事件。

但连续剧的编导似乎对这个恋爱婚姻悲剧所占的重要位置认识不足，这反映在连续剧前三十集里，对以贾府为代表的贵族家庭的由盛而衰及一些女子的惨遭不幸表现比较具体、清楚；相形之下对宝玉和黛玉、宝钗之间的爱情婚姻悲剧则强调不够，对这个悲剧的前后发展脉络和感情线索也交代得不够清晰，因此观众的印象不深，这样处理恐怕是与小说所要反映的主题思想和重大矛盾冲突不尽相符的。

在“忠于原著”这点上，《红楼梦》有一个很特殊、很棘手的问题，那就是后四十回的问题。我们今天能看到的曹雪芹原稿只有八十回，而八十回之后的几十回原稿究竟是什么样子，只有脂砚斋见过，而对广大读者来说它始终是个谜。现在《红楼梦》通行本的后四十回一般都认为是高鹗续作的。我们在评论《红楼梦》以及把《红楼梦》改编成电视剧都不能躲开这后四十回。高鹗的续书，尽管人们褒贬不一，但它长期来已作为小说整体中一个不可分割的部分在广大群众中流传着。

这次连续剧的编导决定不采用高鹗的续书，而根据情节的发展逻辑以及脂砚斋的提示，作出新的改编和处理，这确是一个大胆而果敢的举动。在我看来，不采纳高鹗续书是可以理解的，因为高鹗续书中确有不少明显违背曹雪芹原意的地方。尽管在续书里也写了贵族家庭的破败、死亡、抄家之类的故事，似乎颇有和前八十回伏线相符的地方，但它在一些重大的原则问题上显然是和前八十回的描写相矛盾的。这种矛盾或背离，不仅仅表现为贾府的“兰桂齐芳，家道复初”的描写和“沐皇恩贾家延世泽”的大团圆结局上，也同时表现在对主人公贾宝玉叛逆性格的歪曲上。前八十回里对八股取士、仕途经济深恶痛绝的贾宝玉却在八十回后，竟做起八股文，讲解起《列女传》来了，所以鲁迅在《中国小说史略》里也很明确地指出了续书所存在的问题：“是以续书虽亦悲凉，而贾氏终于‘兰桂齐芳，家业复起’，殊不类茫茫白地，真成干净者矣。”但话又得说回来，我们对于高鹗的续书也得辩证地看，固然它有不少违背曹雪芹原意的地方，但比起其他续书来，它又无疑是最高明的。而且已经历了时间的考验，其中不少描写已深入人心，早为广大群众所接受。其中有些描写和艺术处理也是值得引起人们重视的。如续书里对宝玉和黛玉、宝钗之间的爱情婚姻悲剧的描写是放在了一个很重要的地位。续书里的“黛玉之死”，尽管不一定符合曹雪芹的原意和他所一贯使用的艺术手法（曹很可能不会采用先让宝玉失玉，造成痴呆，然后再实行“调包计”，也不太会采取“黛死钗嫁”那种强烈的对照手法），但这种悲剧的客观效果则是十分强烈而感人的，堪称是我国悲剧文学界最为凄绝动人的篇章之一。还值得我们重视的是，在高鹗所写的“黛玉之死”里，表现了社会上两种势力，两条人生道路间不可调和的矛盾，从而赋予这个悲剧以深刻的社会内容。

以上情况告诉我们：改编电视剧如不采取高鹗续书而要另起炉灶，就得十分慎重。不仅要研究前八十回里正文的伏线和脂评的提示，更重要的是认真研究并把握好《红楼梦》的主题思想和作品中的重大矛盾冲突。现在看来。连续剧的后六集的改编是有得有失。凡对作品主题思想和矛盾冲突把握准的地方，就容易收到好的效果。像“探春远嫁”这场戏之所以受到观众的欢迎，就是因为编导对曹雪芹的原意把握较准，其中不少艺术创造也符合生活逻辑。探春被南安太妃认作义女后送去和番，这种艺术处理不仅和金陵十二钗图回里的判词及红楼梦曲子里的有关的暗示相符合，而且从思想性上来说也是可取的。宝玉面对着探春即将远去和番发生的愤慨：满朝文武都干什么去了，竟要一个弱女子去和番（大意如此），就显得十分有力量。（这场戏里人物之间的关系和他们各自的内心活动也表现得很细腻）如探春临别时对她所一向鄙薄的生母赵姨娘所作的真情流露是十分符合生活逻辑的，因而使人看后非常的感动。从电视拍摄上来说，这场戏也很有自己的特点，它把环境空间造型深入地介入情绪，和人物的心理活动紧紧地扭结在一起，非常有力地冲击着观众的情绪。但毋庸讳言，“黛玉之死”的表现就不那么令人满意。根据脂砚斋评语中的透露，曹雪芹之这样有声有色地去写晴雯之死，原不过是为黛玉之死的文字作引罢了。由此可知，黛玉之死的悲剧性会更甚于晴雯。可是现在连续剧里的“黛玉之死”却不能给人以激动人心的力量，显得有些平淡。其原因是：在“黛玉之死”里没有表现出充实深厚的社会内容，没有体现出社会上新旧两种力量之间不可调和的冲突，促使黛玉死的原因是建立在某些偶然性的事件上，这样就难以令人信服，也很难掀起观众感情的波澜。在连续剧里，作为贾府最高权威的贾母和掌握这个贵族家庭实权的王熙凤，非但对宝黛的结合不予阻挠，相反，还竭力去促成，这样处理不仅大大削弱了黛玉之死的深刻社会内容；而且也缺乏充足的根据。固然，贾母对嫡亲外孙女，开始时曾表现出十分的疼爱，王熙凤这个善于体会“老祖宗”旨意的当家人，开始也曾对黛玉表现出很大的热情，并曾以开玩笑的态度要黛玉做贾家的媳妇。但之后随着宝玉、黛玉之间这种带有叛逆性爱情的发展，贾母和王熙凤的态度却有了变化，至少是对黛玉不那么疼爱了。从后来贾母对宝钗的一再赞美声里，似乎也同样透露出了上述这个信息。到了小说的五十四回里，贾母借《凤求鸾》故事大发议论，表示了对才子佳人故事的鄙薄：“开口都是书香门第，父亲不是尚书就是宰相，生一个小姐必是爱如珍宝。这小姐必是通文知礼，无所不晓，竟是个绝代佳人，只一见了一个清俊的男人，不管是亲是友，便想起终身大事来，父母也忘了，书礼也忘了，鬼不成鬼，贼不成贼，那一点儿是佳人？便是满腹文章，做出这些事来，也算不得是佳人了。”贾母这种借题发挥，不能不是对宝黛之间表露很明显的爱情关系的警告。再从贾母所处的地位看，她不能不首先考虑贾府日后的命运。给宝玉选择一个什么样妻子已不是一个普通的男婚女嫁的事了，而是一个直接关于贾府今后能否重振家业，继续保持显赫地位的大问题，凭贾母的见识和经验，她会懂得让宝黛结合将会给这个家庭带来严重后果。总之，在连续剧里让贾母和王熙凤去支持宝黛成婚这确实没有必然的根据，相反的如写贾母和王熙凤不同意宝黛两人结合则可找到很多根据。在我看来“黛玉之死”之所以表现不太成功，正是由于编导对原作的主题思想和重大的矛盾冲突琢磨得不透和掌握不准所致。

二　在表现人物性格复杂性、多重性的同时，特别要突出人物的主要特征

《红楼梦》在艺术上的一个突出成就，表现在人物塑造上。正是这一成就，使它大大高出于其他古典小说。鲁迅曾对此作过高度的评价。他说《红楼梦》和以前的小说叙好人完全是好，坏人完全是坏的，大不相同，所以其中所叙人物都是真的人物。所谓“真的人物”该是指符合生活实际的高度性格化的人物。如果说，在《红楼梦》之前的小说人物多半是呈扁平型的话，那么《红楼梦》中的人物则是呈浑圆型的多面性，多层次性。《红楼梦》在人物塑造上的这一突出成就给电视剧的改编带来了难题。

电视剧要反映出小说人物塑造上的这一高度成就，一方面固然不能把人物的个性简单化，要表现出性格的多面性和复杂性；但更重要的是：必须突出人物的主要特征。只有这样，才能把各种人物的独特神韵传达出来，这里不禁使我联想起了在我国传统的绘画、雕塑等艺术创作里，一些杰出的艺术家总是努力使自己的作品达到“神似”而不满足于“形似”。所谓“神似”，无非是寻求精神实质上的相似，而“形似”则只追求形象外表上的相似。同样的道理，连续剧在表现小说人物的种种言行时，大可不必求全坐实，要紧的是在把握人物的主要特征上去下功夫。

连续剧在人物形象创造上的得失也证明了上述的论点。剧中王熙凤这形象，不仅外形很好，给观众以光彩照人的感觉，它与小说里的“彩绣辉煌，恍若神仙妃子”的描写十分吻合。这一角色之所以演得非常出色，更在于她把王熙凤的聪明、能干、狠毒以及心灵口利、谈笑风生等特征恰到好处、活灵活现地表现出来了，做到了“形神兼备”，从而使观众对王熙凤产生出又亲又爱、又气又恨、又悲又叹的十分错综复杂的感情。扮演宝玉这个角色的难度是很大的。贾宝玉是作者曹雪芹所精心塑造的理想主人公，是我国古典小说中所出现的一个崭新形象。这样的人物无论在当时还是现在的实际生活里都很难找到。宝玉的思想情趣、言行举止，为当时世俗社会所根本不理解，所以被斥之为“混世魔王”。电视剧中扮演宝玉角色的演员无论从外形到内心活动都给人以比较真实的感觉。演员不仅较好地表现出人物所特有的天真活泼的小孩儿味，而且还能在他“似傻如狂”的外表下透视出他的叛逆性格，在他带有几分女儿气的秉性中显示出了他反感世俗和追求自由的精神，从而使人看后，都有“似曾相识”的感觉。又如平儿这个人物也是很难表现的。平儿是管家奶奶王熙凤的心腹和助手，但她不愿为虎作伥，比较善良正直，能体谅下人。平儿的处境是十分困难的。主人王熙凤这样聪明能干不让人，平儿在她手下如果处处表现出软弱无能，那就根本不配去当她的助手；但如果表现出过于精明强干，处处逞能，那也不会被王熙凤所容。电视剧对这人物性格的复杂性、多重性，分寸掌握很好，特别是对她的特征，把握很正确。一方面表现她颇有权势，同时又表现她处事公平，能体贴下情，因而能在下人面前保持很高威信，在种种复杂错综的矛盾事态面前，她总是头脑清楚，手段灵活而又恰当，能把大事化小，小事化了。所有这些都给观众留下了深刻难忘的印象。再如元春这角色，在剧中虽露面不多，但给观众的印象也是十分深刻的。原因是编导对元春这个人物的性格、气质特征抓得很准，表现也很充分。在她雍容华贵的气度下，流露出了那种难于言传的幽怨、凄楚之情。而这种幽怨、凄楚之情正是长期令人窒息的宫廷生活所带给她的。

当然，连续剧里也确有部分角色不能令人满意，个别的还走了样。其原因就是对人物的主要特征没有把握好，这样就不能恰到好处地传达出人物的独特风韵。如黛玉这角色，观众所以对她不很满意，原因就在这里。在电视屏幕前，黛玉留给观众深刻印象的方面是她的尖酸刻薄、小心眼儿和因爱情纠葛而引起的种种猜疑、争吵上。而黛玉这个人物的主导面，纯洁、率直的内心和聪明、灵秀、清奇、高雅等气质却没有给人以具体、深刻的印象，这样就使观众无法领略原作里黛玉这个人物所具有的那种强烈的诗意美和纯正高雅的气质。在薛宝钗这个角色身上，情况正相反，连续剧对宝钗的聪明美丽、博学多才、温文尔雅等方面表现得很具体、很形象。而对她作为“冷美人”所独有的“假”、“圆滑世故”，以至趋炎附势、落井下石等方面却表现得很不够。这就使观众对薛宝钗这个人物只有极大的好感而缺乏应有的厌恶之情。这样，原作里作者对钗、黛两人的鲜明思想倾向在电视剧里却变模糊不清了。而宝玉到后来愈来愈倾向于黛玉、越来越疏远乃至反感宝钗也就叫人难于理解了。其他如贾母这个角色，文化层次显得太低，没有表现出她作为“诗礼簪缨之族”的家庭里最高权威所应有的气度、识见和文化素养以及崇高的威望。刘姥姥显得过于粗俗、蠢笨。贾环表现过于猥琐、奸诈、小气，缺乏起码的大家少爷派头。这些都是由于作者对人物特征掌握不准所致。

三　要紧紧地把握原著所特有的艺术风格

每一部有成就的小说都有自己区别于其他作品的独特艺术风格和神韵。《红楼梦》当然也不例外，连续剧要做到“忠于原著”就得切实研究和正确把握小说《红楼梦》的艺术风格。

凡事有比较才能鉴别。在我国小说发展史上和《红楼梦》关系最密切的小说要算是《金瓶梅》了。《金瓶梅》写的是市井社会里一个暴发户家庭的兴衰。《红楼梦》写的是一个上层贵族家庭的由盛而衰。这两部小说尽管在题材、情节、场面、人物形象塑造等方面有着密切的联系，但它们在艺术风格方面却是很不一样的。如果说《金瓶梅》在艺术风格上的一个主要特征是“俗”和“实”，那么《红楼梦》艺术风格上的主要特点则可概括为“雅”和“虚实相生，虚实相映”。

这种不同风格的形成，固然是和小说所描写的具体内容和对象有关。如《金瓶梅》的重点主要是全面暴露社会的黑暗、腐朽，它所触及的人物几乎多半是下层市井里面的细民，这些人社会地位低下，没有什么文化素养，情趣也很庸俗，人们在读《金瓶梅》的时候，都会强烈感受到从小说字里行间所散发出来的一股庸俗的市侩气味。而《红楼梦》则不大一样，它不仅有对社会黑暗、腐败的揭露，更有对美好理想的追求。它所接触的人物多半是上层贵族社会里有地位、有文化的成员。在贾府这样一个“诗礼簪缨”的贵族家庭里，即便是那些处于奴隶地位的丫环，在她们身上也都体现出较高的文化素养。

当然这两部小说艺术风格上的鲜明不同更来源于作者奉行不同的写作风格。

以《金瓶梅》来说，有人说它的描写是现实主义的，也有人说是自然主义。但不管怎么说，它是十分讲究写实的，在《金瓶梅》里几乎找不出什么浪漫主义的描写，一切都是那么的“实”，那么的“真”，即便是男女之间的性关系也都描写得赤裸裸的，不留任何余地。

但《红楼梦》则不同。《红楼梦》从某种意义上来说，它是我国封建文学乃至封建文化的结晶，是一部带有浓烈诗意的小说。在作品一些正面人物身上总是表现出种种美好品质和浑厚的文化素养。而穿插在作品中的大量诗词歌赋，更使小说充满着诗情画意。这些都使《红楼梦》呈现出了它所独有的高雅气质。正因为这样，一般文化水平不高，缺乏文学素养的人，是很难读懂并领会它的精神的。《红楼梦》在揭露现实生活里一切罪恶和腐朽的时候（包括男女性关系的描写）也不像《金瓶梅》那样采取赤裸裸的、不留任何余地的手法，而是采取了比较含蓄、委婉的笔触，让读者自己去细细地咀嚼，这就是人们所常说的，“春秋笔法”和“皮里阳秋”。

在《红楼梦》里出现了不少超现实和虚无缥缈的描写。它们和大量的写实部分紧密融合一起相辅相成，成为整个小说不可分割的重要部分，它们在艺术上起到了虚实相生、虚实相映的作用。凡熟悉《红楼梦》的人都知道，小说的前五回对全书有举足轻重的作用，但就在这五回里有石头补天、一僧一道、通灵宝玉、木石姻缘、绛珠还泪等等带有浓厚神话色彩的描写以及太虚幻境里的种种虚无缥缈的渲染。在这些超现实的、虚无缥缈的描写里寄托了读者的美学理想和深邃的人生思考，暗示了小说故事情节的发展和人物命运的结局。总之，它体现了小说整个巧妙的艺术构思。因此不清楚这些描写里所蕴涵的深刻哲理和丰富的内涵就不容易深切地理解《红楼梦》的思想艺术特色。现在连续剧把这些多半砍去了，这样不仅有损于观众对《红楼梦》写实部分的深入理解；更重要的是破坏了《红楼梦》虚实相生、虚实相映的艺术风格和由此而产生的复杂纷纭、多姿多彩富有浪漫气息的独特神韵。

（原载《中外电视》1987 年第 6 期，中国人民大学复印报刊资料《电影电视研究》1987 年第 12 期全文转载。又收入《金瓶梅红楼梦纵横谈》，北京大学出版社 1990 年版）

《红》剧长短谈

《红》剧在一定程度上传达出原著的内涵，创造了一批接近小说的人物形象，在对原著虚实相生的风格的把握上失之于“太露”、“太实”。

随着电视屏幕上一集集《红楼梦》电视剧的播出，不禁引起我很多思考和感触。首先不能不敬佩编导的胆略和才能！同时也深深感到，要把这样一部举世所公认的不朽巨著搬上屏幕而能获得人们一致的认可，是多么的困难！人们在头脑中都活跃着一部由自己设计和认可的《红楼梦》，因此在评价时难免不带有个人主观的强烈感情色彩。因此，产生各种不同乃至鲜明对立的意见原是完全合乎情理中的事情。

考虑到当前红学研究中所存在着的种种分歧和电视在我国还是一项年轻的事业以及人民群众文化素质还不高等等因素，平心而论，连续剧《红楼梦》作为破天荒的第一次，能达到目前这水平已经不太容易了，正因为此，多数人尽管还感到有这样和那样的不足，但还是引起了浓厚兴趣，给了它以热情的肯定。

我粗浅感受，连续剧在这几方面给观众留下了比较深刻的印象。

首先是，它在相当程度上反映出了小说包含的丰富、复杂的内容，并在一定程度上传达出了作品所蕴涵着的深刻内涵。

《红楼梦》被称为是“封建社会的百科全书”，但以往的那些有关《红楼梦》的电影和戏曲，只是表现出小说内容的某个局部或侧面，观众无法领略《红楼梦》的整个风采，连续剧以三十六集的篇幅把小说的“庐山真面目”显示在电视屏幕上，它犹如一长轴色彩缤纷的封建末世社会生活画卷，呈现在广大观众面前，剧中一方面向观众展示了贾府这个贵族家庭由盛而衰的过程，另一方面又很形象地反映出了生活在大观园内的宝玉和青年女子们的自由欢快、天真无邪的生活以及她们各自的悲惨命运，从而使观众多多少少地领略到了原作所蕴涵着的深刻的社会和人生的悲剧以及作者与此相关的一些深邃的哲理思索。

其次，创造了一批接近小说原型的栩栩如生的人物形象。

《红楼梦》的一个突出成就是人物塑造，鲁迅对此曾作过高度评价，说："和以前的小说叙好人完全是好，坏人完全是坏的大不相同，所以其中所叙人物，都是真的人物。"因此能否选择好合乎角色身份、性格的演员，就成了电视剧成败的关键，现在看来尽管还有部分演员在表演上还存有这样那样的缺点甚至失误，但就整体来说，还差强人意。其中少数演员还相当出色。王熙凤的形象光彩照人、形神兼备，几乎已被观众所一致公认。扮演宝玉这角色的难度是可以想见的，但连续剧里宝玉形象还经得住人们细看，在他似傻又狂的外表下透视出了他的纯正个性，在带有几分女儿气秉性中显示出了他反对世俗、向往自由的精神。元春这角色在剧中虽露面不多，但她那雍容华贵的风度以及深藏于内心的极度忧幽凄苦之情被很有分寸地表现出来了，其他如平儿、袭人、晴雯、香菱、小红、尤二姐、尤三姐等也都达到了相当水平。

再次，大量日常平凡的生活场景给人以琐碎、沉闷和乏味的感觉，而在剧中则是有戏、有情趣，表现出了人物性格的发展。

此外，连续剧在化妆、服装、道具等方面也取得了明显成就，从而增加了剧情和人物的真实感、时代感。

当然，连续剧也确实还存在不少缺陷和不足。这里主要谈两点：一是没有很好地把小说特有的高雅气质和虚实相生、虚实相映的艺术风格体现出来。《红楼梦》是我国封建文学乃至建封文化的结晶。创作中作者不仅借鉴、总结了以往小说的创作的得失，也吸收并熔铸了诗词、散文、戏曲以及音乐、绘画、雕刻、建筑等方面的艺术经验，作品中大量的诗词歌赋，更使《红楼梦》洋溢着浓烈的诗情画意，但电视剧在表现上却缺少这种高雅气质，不免俗了一些。《红楼梦》的风格不是一味地写实，它的高明之处是虚实相生。前五回里就写神话和"太虚幻境"的故事，在这些超现实、虚幻情节中寄寓了作者的美学理想和对人生的思考：昭示出了作品后来情节的发展和人物结局。现在连续剧删了这些，一切都交代得明明白白、十分具体，这样就显得"太露"、"太实"，没有给观众留下充分回味、思索的余地。损伤了小说原有的艺术风格。

二是对作者的创作意图和人物的主要特征琢磨不够、把握不准。观众之所以对某些人物和情节处理得不满意，其原因盖出于此。人们对黛玉形象批评较多，就是由于创作者对该人物吃得不透，演员在表现她的尖酸刻薄、小心眼方面很具体、形象，而对她所特有的纯洁、率真、聪明、灵秀、清奇、高雅却实现得不够，这样就使她原有的强烈美感丧失了。刘姥姥、史湘云、贾环，特别是紫鹃等形象之不能令人满意，也都是对作者意图和人物特征掌握不准所致。王熙凤在狱中死了之后，最后在雪地上被拖着走，这时剧中以怪声怪气的“聪明累”曲调给以冷嘲热讽，这种处理给观众以莫名其妙的感觉，显然与作者对王熙凤悲剧命运的理解是很不协调的。

（原载《中国电影报》1987 年 7 月 15 日）

宝、黛、钗之间的爱情婚姻悲剧

——电视连续剧《红楼梦》的一个缺陷

电视连续剧《红楼梦》播放之后，引起了社会的强烈反响。迄今为止，似乎还没有一部由古典名著改编的电视剧能引起人们这么大的兴趣和如此热烈的议论。关于它的成就和不足，已有不少文章作过阐述。本文仅就剧中对宝、黛、钗爱情婚姻悲剧的处理发表些粗浅意见，以求教于编导和各位专家。

在谈到对小说中宝、黛、钗之间爱情婚姻悲剧的认识和处理时，就必然要牵涉到对整个作品所蕴涵的丰富内容的理解。

对《红楼梦》主题思想的认识，尽管当前红学界尚有不同意见，但如说《红楼梦》写了个社会的大悲剧，一般人是不会反对的，这次连续剧的编导也是这样认识的。至于谈到这个社会悲剧包括哪些内容？这些内容各自占有什么地位以及它们给予读者何种感受？大家的认识就可能很不一样。

应该说，《红楼梦》所写的悲剧具有多层次性，其中既有时代的和社会的悲剧，也有人生的悲剧，还有爱情和婚姻的悲剧。具体地来说，在这个悲剧里，既有以贾府为代表的贵族家庭的败落，还有主人公贾宝玉及与之相亲近的一批可亲可爱的青年女子的惨遭不幸。而宝、黛、钗的爱情婚姻悲剧在众多青年女子的悲剧中又占有着一个突出的地位，成了全书里的一个中心事件。

人们在读《红楼梦》时，经常被小说里的一股震撼人心的悲剧力量所感动着。这种激动人心的艺术力量究竟来自何方？当然，主要不是来自以贾府为代表的贵族家庭的败落。尽管作者对这些贵族家庭在感情上尚存有千丝万缕的联系，但对于广大读者来说，它们的衰亡，犹如生活中的一切没落事物的必然灭亡一样，既不能引人以悲，更不能给人以美。因此，作品中强烈的悲剧美，主要是来自小说所描写的“千红一窟（哭），万艳同杯（悲）”，尤其是来自宝、黛、钗之间的爱情婚姻悲剧。正是在宝玉和众多青年女子的悲剧中，人们看到了一连串美的、崇高事物的毁灭，使他们于痛苦、悲哀之中获得了美的熏陶，对心灵起到了陶冶和净化的作用。

因此，众多青年女子的悲剧，特别是宝、黛、钗的爱情婚姻悲剧，在小说里占有着十分重要的地位。但电视剧在反映贵族家庭的衰亡上很具体、清晰，相形之下，对众多青年女子的“红颜薄命”方面则表现得不够充分，尤其是对宝、黛、钗的悲剧发展线索体现得不清楚，所表现的感情色彩也不强烈。特别后六集中的“黛玉之死”，缺少充实的社会内容和新旧两种势力间的尖锐冲突，因而未能激起观众强烈的感情波澜，显得有些平淡，从而引起了观众的不满。

在八十回后的曹雪芹的原稿中究竟如何去结束宝、黛、钗这一爱情婚姻悲剧以及怎样去写“黛玉之死”，人们已不得而知了。但从某些脂批的透露，使我们了解到，曹雪芹之所以这样有声有色地去写“晴雯之死”，不过是为后来的“黛玉之死”这一更重要的文字作引罢了。由此可知：曹雪芹原稿中的“黛玉之死”的惨状，它的深刻的悲剧性将甚于晴雯。

高鹗笔下的“黛玉之死”，向来被认为“续书”中的精彩之笔。尽管高的写法，先让宝玉“失玉”，丧失知觉和意志，进入痴呆状态，然后施行调包计等，尚有经不住推敲的地方，这不一定符合曹的原意，但我们不得不承认：在高鹗的描写里，包含着社会上新旧两种势力之间不可调和的激烈冲突，其客观悲剧效果是极为强烈的，成为我国悲剧文学里最感人的篇章之一。

电视剧中的“黛玉之死”，之所以显得比较平淡，没能激起观众感情的浪花，原因是它缺乏深刻的社会内容。剧中促使黛玉之死的原因是一些偶然事件：一是误传宝玉去西海沿子找北静王的途中遇盗，船翻人亡；二是得悉元妃给宝玉、宝钗“赐婚”的信息。（而后者又是后来临时匆匆加上的）宝玉为什么去找北静王？是贾政从外地带信来要儿子随北静王去视边，借此好历练历练，宝玉也就欣然前往了。这种处理，显然和宝玉历来反感仕途经济的性格是有矛盾的。应该指出的是：宝玉途中遇难是纯属偶然，事后证明这又是误传，而所插入的元妃的“赐婚”又来得十分突然。总之，这些艺术处理缺乏事物内在发展的必然逻辑，因而也就难以令人信服。

电视剧里把“老祖宗”贾母和当家人王熙凤处理成不仅不反对宝黛之间的结合，而且还主动地去促成，这样不仅大大削弱了“黛玉之死”的深刻社会内容，而且似乎也不符合小说里曾一再强调的新旧两种力量之间的不可调和的矛盾。

编导曾著文强调，贾母十分疼爱黛玉，凤姐和黛玉也一向友好相处，因而她们两人只会促成宝、黛两人的成婚，而不可能阻挠他们的结合。这样认识是否符合作品的实际描写，令人怀疑。固然，贾母对黛玉开始确是十分疼爱，小说写了黛玉刚进府时的情景：“黛玉方欲拜见，早被她外祖母一把搂入怀中，心肝儿肉叫着大哭起来。”还说：“我这些儿女，所疼者独有你母，今日一旦先舍我而去，连面也不能一见，今见了你，我怎么不伤心！”在二十五回里，王熙凤当着众人与黛玉说：“你既吃了我们家的茶，怎么还不给我们家作媳妇？”并指着宝玉说：“你瞧瞧，人物儿、门第配不上，根基配不上，家私配不上？那一点还玷辱了谁呢？”接着脂砚斋作了这样批语：“二玉事在贾府上下诸人，即看书人、批书人皆信定一段好夫妻，书中常常每每道及，岂其不然！叹叹！”（甲戌本）但我们能否就以此断定，贾母、王熙凤日后也一定会支持宝、黛成婚呢？恐还不能。要知道上面这两个情节都发生在黛玉进府不久，其中王熙凤所说的，也只是开个玩笑，是不足为凭的。而对脂砚斋批语，也有多种理解。从中也还引不出贾母、熙凤日后一定要让宝、黛成亲的结论。

众所周知，人们的认识和思想感情不是一成不变的，总要随着事物的发展而变化的。随着宝、黛之间建立在封建叛逆思想基础上的爱情的日益发展，以及这种爱情与贾府封建正统势力之间的矛盾日益加剧，黛玉在贾府中的处境也越来越孤立，作为贾府中统治力量的最高权威贾母对这位“不通世故”的外孙女的感情也愈来愈淡薄。贾母曾不止一次地夸奖宝钗，把她捧到大观园众姐妹之上。在贾母这种异乎寻常赞美宝钗声中，不也正暗示着对黛玉的不满吗？小说越到后来，宝、黛的爱情表现越发明显，对此“老祖宗”的态度不是赞赏、鼓励、支持，而是冷淡、反感。第五十四回里在庆元宵的宴会上，贾母命宝玉给众人一一斟酒，而且规定大家必须干杯。但当宝玉走到黛玉跟前，给她斟酒并要她干杯时，黛玉却不饮，她拿起杯来，放在宝玉唇边，让他代饮，宝玉当即一气饮干，黛玉随即笑说“多谢!”这种露骨的爱情关系，在封建家长看来不免太失体统。不一会儿，小说就写了贾母借议论书目《凤求鸾》，大骂才子佳人故事的荒唐，不可信，尤其对佳人极尽其攻击、污蔑之能事，“这小姐必是通文知礼，无所不晓，竟是个绝代佳人。只一见了一个清俊的男人，不管是亲是友，便想起终身大事来，父母也忘了，书礼也忘了，鬼不成鬼，贼不成贼，那一点是佳人？便是满腹文章，做出这些事来，也算不得是佳人了。”这些话不能等闲视之，不能把它看成仅仅是一个贵族老夫人对青年男女间自由恋爱的反感，而是有它具体的针对性。这显然是借题发挥，其矛头不能不是针对着宝、黛间业已表露得十分明显的爱情而发的。

当然，对这一问题，我们还应结合贾府后来越加衰败的客观境遇去分析。随着贾府政治、经济形势的日益不利，封建家长们急于挽回家族颓势的心情也愈加迫切。在贾府这一具体环境里，家长们只能把希望寄托在聪明、灵秀的宝玉身上，可是宝玉的言行举止又是那样的“乖张”，总是与家长们的希望背道而驰。在此情况下，给宝玉选择个什么样的女子做妻子，关系就十分重大。作为深知贾府艰难处境和熟谙人情世故的贾母和王熙凤，不会不慎重考虑这个问题，是娶个“贤惠”而又能善于体贴家长心意的宝钗，还是娶个病病歪歪和宝玉持有同样“乖张”性格的黛玉，这会对贾府日后的命运带来截然不同的后果。对此，贾母是深知底理的，这位精明练达的老夫人不会只考虑外孙女的个人利益，而置家族命运于不顾的。电视剧的编导在这个问题上把贾母、王熙凤的态度和元妃、王夫人的态度截然地区别开来，这样处理不仅和原著的实际描写不相符合，而且也是不太符合情理的，因此也就必然要影响到剧本动人的艺术力量。

事实一再证明，电视剧要做到“忠于原著”，最要紧的是正确认识并切实把握原著思想、艺术的主要特征和重大的矛盾冲突，而不再把小说的种种具体描写和脂砚斋的评语在电视屏幕上加以落实。

（原载《文艺报》1987年8月8日。中国人民大学复印报刊资料《电影、电视研究》1987年第8期全文转载）

电影《红楼梦》之我见

人们还记得电视连续剧《红楼梦》的放映，曾在社会上掀起了一股不小的红学热。连续剧发挥了电视艺术熔时空视听于一炉和容量大、剪裁自由等长处，以三十六集的巨大篇幅，将《红楼梦》这部不朽之作搬上了电视屏幕，它犹如一长轴色彩斑斓的封建社会画卷，使广大群众第一次得窥巨著的全貌，领略其博大精深的内容。连续剧是《红楼梦》问世以来一次最大的普及，其意义是不能低估的。

就在电视连续剧《红楼梦》就要和广大观众见面的时候，得悉北京电影制片厂已决定将《红楼梦》这部巨著全面地搬上银幕，并由谢铁骊、谢逢松两同志出任该片导演，对此，我和红学界、电影界的许多同志一样，感到十分的欣喜。在我国电影发展史上，把《红楼梦》全面地搬上银幕还从未有过，但国外许多文学名著却不止一次地很完整地被改编成电影，这些改编文学名著的电影，在向人民群众传播人类优秀文学遗产，提高他们的知识水平和文化艺术素养方面起到了很好的作用。

在经历了五年的艰辛劳作之后，北影的《红楼梦》摄制组终于向观众推出了一部长达六部八集的《红楼梦》电影。在观看了这部长达十三小时的电影之后，总的感觉是成功的。电影越往下看越引人入胜。随着故事情节的向前推进，演员似乎也越演越精心，愈来愈进入角色，从而使观众很好地领略了《红楼梦》这部不朽之作的深邃思想和动人风采，获得了美的享受。

一　通过五彩缤纷的电影艺术，再现了小说所蕴含的博大精深的内容，取得了震撼人心的悲剧效果

《红楼梦》和别的小说不同的一个重要之点是：它所蕴含的内涵特别丰富、复杂和深刻，因此有“封建社会百科全书”之称。人们在读《红楼梦》时，对它丰富、深刻的内容不是一下能认识清楚的，需要反复的咀嚼与体会，才能逐步领会其要旨。毛泽东同志曾说过：《红楼梦》不读五遍，就没有发言权。这种说法是颇有见地的。不少人有这样的体会：随着自身年龄的增长，知识的丰富，人生阅历的日益增多，对《红楼梦》的理解也就会愈来愈深刻，从而也就越发深切地感到：《红楼梦》确是一部不同凡响之作。

基于这一认识，在把《红楼梦》改编成电影的时候，首先注意的一点，就是务必把小说蕴含的丰富、复杂而又深刻的内容展现出来，切忌简单化、浅显化。能否处理好这一问题，将直接关系到电影改编之成败。

要做到这点，就得从《红楼梦》所反映的社会和时代大悲剧这一客观实际入手，并深入地开掘下去。

过去有些外国学者，为了肆意贬低中国文学的成就，曾非常武断地说，在中国文学里找不出真正称得上是悲剧性的作品。殊不知《红楼梦》就是一部伟大的悲剧作品。其中所写的悲剧，其内容之广且深为世界文学中所罕见。《红楼梦》所反映的社会、时代悲剧，其表现是多方面的、多层次的。在这种多方面、多层次之间又是相互紧密关联和彼此影响着的，这就使小说的内容变得更加丰富、复杂，耐人寻味。

《红楼梦》电影的编导对上述这一特征了解较深，并努力地去通过电影艺术展示小说深广的内容、避免了简单化和浅显化。

在表现小说的悲剧内容方面，编导注意并照顾到了各个方面：既反映了贾府这个显赫的国公府由盛而衰以至彻底的败落，也展示了众多可亲可爱的青年女子的悲惨下场，特别是对作为小说中心事件的宝、黛、钗爱情婚姻悲剧则表现得尤为充分。

无论把《红楼梦》改编成什么样的艺术，都会遇上一个不可回避的问题，那就是如何去对待八十回后的高鹗续书。对高鹗续书的评价，历来

在红学界是有分歧的。不过，这里有个客观情况是大家不能不正视的，不管后四十回续书还有这样和那样的缺点以及违反曹雪芹原意的地方，但在曹氏八十回的原稿已经“迷失”的情况下，很难再找出一个比高鹗续书更好的艺术处理。实践似乎已证明，要抛了高鹗的续书去另搞一套是十分困难的，结果往往是吃力不讨好。这是因为高鹗的续书不管怎么说，它已经受住了群众和时间的考验，特别续书所反映的宝、黛、钗爱情婚姻悲剧确是很有深度，其中体现了传统的封建思想和初步民主主义思想间的不可调和的矛盾、冲突。按理，黛玉是贾母的亲外孙女，宝玉是贾母最疼爱的孙子，表兄妹成亲原是顺理成章的事，但贾母却偏偏不让他俩成婚，为什么？有人说是因为林家与贾家门第权势不相称，在我看来这是很次要的。贾母也没有把这点当一回事，主要原因是黛玉的为人，她的思想、性格、脾气太使贾母失望了。因此，尽管黛玉初来贾府时，贾母是何等地疼爱，心肝儿肉叫个不住，但随着时间的推移，对黛玉却越来越冷淡了。作为国公府的最高权威，贾母又不能不时刻思虑着贾府的前途和命运。尽管她深知宝、黛两个的心思，对作为孤儿的外孙女的前途，她也不是漠不关心，但当她一想到宝、黛成婚后可能给家庭带来严重后果——促使宝玉在叛逆路上越走越远，终使封建家长们期望于他们的一切化为泡影时，她可以全然不顾与黛玉间的感情，表现出十分的冷酷。电影的编导，依照高鹗的续书去处理宝、黛、钗的爱情婚姻悲剧是恰当的，其客观艺术效果也是好的。

电影里有关的场景和对话是十分精彩的，发人深思。如当电影演到黛玉病重，贾母去潇湘馆探望时，出现下述镜头：黛玉微微睁眼，见贾母、王夫人等在她旁边，便喘吁吁地对贾母说道：“老太太，你白疼了我了！”贾母一闻此言十分难受，便道：“好孩子，你养着罢，不怕的。”在贾母走出潇湘馆，忧心忡忡穿过竹林时，回头问王夫人：“前儿袭人那丫头说的可都是实情?”王夫人回道：“多半是不错的。”贾母这时痛心、失望又有几分责怪地说：“咱们这种人家，别的事自然没有的，这心病也是断断有不得的。林丫头若不是这个病呢，我凭着花多少钱都使得；若是这个病，不但治不好，我也没心肠了。”又如当黛玉死后，贾母再一次去潇湘馆，而对着安详地躺着的外孙女的尸体哭道：“是我弄坏你了，只是你忒傻气。”才说这两句，又放声哭起来，这时贾母仍自怨自叹地似是对众人，又似是对黛玉说：“你临终，我们也不在身旁，也没有听你说一句话啊！并不是我忍心不来送你，只为有个亲疏。你是我的外孙女儿，是亲的了，若与宝玉比起来，可是宝玉比你更亲些。倘宝玉有些不好，我死后可怎么去见他爷爷呢……”

上述这些场景和话语是很有深度的，不仅真实地表现了“老祖宗”的性格特征，而且也深入地揭示出了宝、黛、钗爱情婚姻悲剧的社会内容。

二　较好地展现了《红楼梦》小说所特有的高雅、抒情和带有某种哲理性的艺术风格

《红楼梦》总结了我国许多优秀文学艺术的成果。它的艺术魅力部分来自它所表现的高雅、抒情和带有某种哲理性的艺术风格。众所周知，《红楼梦》与《金瓶梅》的关系十分密切，而且它们各自为我国小说发展作出了创造性贡献。但两书所表现的艺术风格却是很不相同的。如果说《金瓶梅》“很实”、“很俗”，在反映现实上能淋漓尽致地把生活中的一切，以至男女间的性生活都十分具体、细腻地反映出来，那么《红楼梦》却不是一味地写实，它有很虚、很浪漫的成分，这些虚的、浪漫的成分和实的、现实的部分紧紧结合在一起，再加之小说中大量出色的诗词曲子，就形成了小说高雅、抒情和富有某种哲理性的风格。拿小说的前五回来说，其中真正写实的东西并不多，而虚无缥缈的东西则不少，先是神话故事和一僧一道，接着又是太虚幻境。这些，有的读者对它不理解也不感兴趣，其实它很重要，作品旨意和作者的艺术构思以至对社会、人生的见解都隐藏在内，不了解这些，就很难理解《红楼梦》，也谈不上懂得小说的艺术风格。电影编导对此认识很深，不少艺术处理是很恰当的。如在影片一开始，就拿出一定的篇幅去描写一僧一道及太虚幻境之类。这些，开始尽管有人对此不感兴趣，认为处理松散，但当看完整部电影后，再回过头来想想，就会感到这些场景不仅不是多余的，而且十分必要，它与下面的情节发展有着紧密的内在联系。删了它就不能完整地体现出小说的思想艺术特性。

这里还应特别一提的是，编导和摄影用了很大气力拍摄了不少充满诗情画意的动人镜头，它们在提高影片的高雅性、抒情性和美感方面起到了

很好的作用。

三　表现出了《红楼梦》众多人物性格所独具的丰富性、复杂性和生动性

一部小说的成功与否，很大程度上取决于它能否塑造出一些富有鲜明个性的人物来。《红楼梦》正是在这方面取得了极大的成功。鲁迅对《红楼梦》里的人物作过高度的评价，称之为“真的人物”。在全书四百多个人物中，总有四五十个形象是高度个性化的人物，这些人物性格具有多侧面、多层次的特点，有些看来似乎是矛盾的东西，却能和谐一致地统一在一个人的身上。以“老祖宗”贾母来说，这是我国文学中塑造得最为成功的老夫人的形象。她作为显赫的国公府的最高权威，一方面是那样的慈祥、宽厚、充满着风趣；同时又安富尊荣，恣意地追求享乐生活；而对封建礼法的准则她又坚决捍卫，对贵族家庭的前途和命运更积极干预，并力图重振家业。再拿刘姥姥来说，她作为一个生活在农村的穷苦老婆子，在她身上存在着不少劳动人民的优秀品质，但她的特殊经历，年轻时曾与达官贵人家有来往，使她与一般劳动人民不同，身上带有“女清客”的某些特征。为争取贾府主子的施舍，她甘愿出尽自己的洋相，以博取那些养尊处优、闲得发慌的太太、小姐们的欢心。《红楼梦》人物性格上的这些特征，给电影塑造人物增加了难度，稍稍掌握不准，处理不好，都会带来形象的失真。电影编导和演员对此是心中有数的，他们在琢磨、剖析人物个性上下了很大的功夫，基本上演得恰如其分，没有出现明显的走样，其中像贾母、刘姥姥等演得尤为逼真、生动，博得了观众的一致好评。当然，电影尚有不足之处，如电影和小说不一样，它是熔时空视听于一炉的艺术，如何调动它的视听功能至关重要。诚如上述，电影在拍摄鲜明、动人的画面上固然取得了很大成功，但如何发挥音乐功能以增添美感上明显感到不足。《红楼梦》里有这么多优美动人的诗词曲子，这是别的作品所无法与之相比的，如能给它们配套恰当的音乐，以烘托人物性格和故事情节的特定气氛，则将会收到很好的效果，可以进一步增强电影的抒情性、哲理性和美感。又如，在《红楼梦》人物形象中比重最大、最活跃，给人印象最突出的是一批青年女子，她们一般在十三四岁左右，大的也不超过十八九岁。这是《红楼梦》人物区别于其他小说的一个重要特点，因

此，导演在挑选演员时就应充分考虑到这个特点，不然就会影响到女孩子们自由活泼、天真烂漫特性的发挥。但电影编导似乎对此注意不够，只一味地强调必须配备名角。宝玉身上尽管有女儿气，但他是个男子，现在用女演员去反串他，尽管演员本人很下气力，但总给人以不太自然的感觉。此外，高鹗的续书中对很多女子的悲惨结局交代不具体，效果不强烈，这也就影响到电影在反映“千红一窟（哭），万艳同杯（悲）”这一悲剧方面效果差了一些。

（原载《红楼梦学刊》1990 年第 4 期）

一次成功的尝试

在看完了北影《红楼梦》这部长达13个小时的影片后，觉得这是一次成功的尝试，它传达出了小说《红楼梦》不同凡响的独特韵味。

首先它通过一系列绚烂多彩的画面向观众展现出了一个时代、社会大悲剧所蕴涵着的丰富、深邃的内涵。

《红楼梦》所包容的博大精深的内容不是人们一下能认识清楚的，需要再三的咀嚼和体会。小说反映的这个时代、社会的大悲剧，其内容之广且深，内涵的丰富、复杂是中外文学史上所罕见的。这个大悲剧是多方面、多层次的。既有封建贵族家庭由盛而衰以致彻底败落，更有一系列美丽、聪明、纯洁可爱的青年女子的惨遭不幸，还有作为小说中心事件的宝、黛、钗的爱情婚姻悲剧。鲁迅在谈到悲剧特征时说："悲剧将人生有价值的东西毁灭给人看。"悲剧的艺术效果，也正体现在有价值的东西的毁灭而引起人们感情的强烈震动，使他们在悲哀、痛苦之中得到美的熏陶，起到陶冶、净化心灵的作用。电影在反映这个大悲剧方面是比较成功的，韵味很足，可以说整个电影笼罩在一派悲剧的氛围之中，而且随着故事情节的进展这种气氛越发浓烈。电影这种艺术处理是和小说的精神实质相吻合的。

这次电影的编导是采用了高鹗后四十回的续书，在我看来这是很明智的。尽管后四十回还存在着这样、那样的缺点，但在曹氏八十回后原稿"迷失"的情况下，相对地说，高鹗的续书是好的。长期以来，后四十回已经受住了时间和群众的考验，成了当前通行的一百二十回《红楼梦》中不可分割的一个组成部分。续书中关于宝、黛、钗的爱情婚姻悲剧的描写以及与此相紧密关联的"黛玉之死"，尽管它们不一定符合曹氏原意，但写得很深刻，富有社会内容，客观的艺术效果也是很好的。电影采纳这些描写，对反映小说强烈的悲剧基调是很有利的。

其次，电影较好地展示了《红楼梦》小说现实与浪漫相结合，“虚与实”相引发的艺术风格。有人曾说过《红楼梦》是一部诗意小说，又说《红楼梦》是部具有深刻哲理性的小说，这些说法都有它一定道理。《红楼梦》的确不是一味地写实，其中有不少“虚”的、富有浪漫色彩的描写。如在小说的前五回里就有关于宝、黛来历的神话故事和一僧一道富有神秘色彩的行踪以及太虚幻境及众仙子的虚无缥缈的活动等等，这些描写在作品里有它特殊的地位，其中蕴藏着作者深邃的艺术构思，对此，决不能等闲视之，它们与后来大量的、细腻的现实描写构成了一个不可分割的艺术整体，不了解它们的含义，也就不能真切地领会《红楼梦》的真谛，这次电影编导对此认识较清楚，不惜拿出相当篇幅去表现这些，尽管有些观众在电影开头一看了这些“虚”的浪漫的形象并不理解，甚至认为“多余”，但当看完整个电影之后，就会体会编导的一片苦心，认识到这是完整地体现《红楼梦》的艺术风格所不可缺少的。

再次，电影在再现小说众多人物的个性特征方面，取得了较好的效果。《红楼梦》中典型人物之多、人物典型性之高是中外小说中所少见的。这些人物不是扁平型的，具有多侧面、多层次、浑圆型的特征。性格中相互矛盾着的侧面往往被和谐一致地统一在一起，从而使形象显得特别的丰满、真切、感人。以宝钗说，她出众的美丽，非凡的聪明，渊博的知识和不凡的才干不能不叫人钦羡；同时她的世故、虚假以至冷酷，对权势者的巴结、奉迎和对封建伦理思想的忠诚又不能不令人生厌，这些不同性格侧面竟能水乳交融地统一在一起。至于王熙凤的性格就更为复杂，一方面是极端的贪婪、阴险、狠毒和不择手段；同时又那样的聪明、美丽、富有才干和风趣逗人。《红楼梦》这种人物个性的丰富、复杂，给了电影的人物塑造带来了很大困难，任何强调人物性格的某一侧面都会使形象走样。这次电影的导演和演员对《红楼梦》人物的特性了解很深，在扮演拍摄过程中又认真研究，悉心体会，反复琢磨，因此人物形象都比较真实，没有出现明显的失真，其中有的形象如贾母、刘姥姥等演得特别成功，给人留下了不可磨灭的印象。

当然电影也还存在着某些不足。譬如在反映这个社会大悲剧方面，对宝、黛、钗的爱情婚姻悲剧固然表现很突出、很充分，但相对地说，对一系列可敬、可爱的青年女子的一个个地惨遭不幸，即所谓“千红一窟

（哭），万艳同杯（悲）”则反映得不够具体，不够强烈，从而在表现“美的毁灭”这点上，似乎还差点儿。

《红楼梦》的众多人物形象中，青年女子占了很大比重，小说中有关大观园这个女儿国的活动场面特别多，生活在大观园中的女孩子，无论是小姐还是丫环，她们多是豆蔻年华，活泼天真。这就要求在演员的选择上必须考虑到尽量年轻些，以便更好地展示出她们天真烂漫的风格。现在，电影的编导似乎过分地强调要名演员，相对地却忽略了年龄这一因素，这也该算是个小小的失误。

如何通过音乐曲调去充分展示《红楼梦》雅致、抒情和富有哲理内涵这一特征很重要，像小说里的《红楼梦》十二支曲和大量的诗词歌赋都具有很高的文学价值和美学效能，如给它们配上恰当的音乐，穿插于情节的发展和人物活动之中，必将会收到极妙的效果，可惜导演对此似乎没有给以高度重视，从而影响了影片抒情性的更充分的发挥。

（原载《人民日报》1990年8月23日）

一个未经深掘的宝藏

——漫谈近代小说

近年来人们对近代史的学习逐渐重视起来了，但对近代小说的关注却很不够，更谈不上有全面、深入的研究了。

无论从深入地认识近代社会政治、经济和文化思想的种种特点，还是全面地掌握我国古典小说发展的全貌及其内部发展规律来看，都不能不重视近代小说的研究。迄今为止，近代小说还是个尚待深入挖掘的文学宝库。

所谓近代小说，是指从1840年鸦片战争开始到1919年“五四”运动以前这一历史时期（历史上称之为近代史时期）内产生的小说。

据不完全的统计，近代小说约有千种以上，这个数字本身就十分惊人，在中国小说发展史上是空前的。

怎样去估价这份小说遗产？人们的认识并不一致。一些人总感到近代小说的价值不高，理由是缺乏一批高水平的作品，更无一部像《水浒传》、《红楼梦》这样的不朽巨著。这种看法，看似有理，实则很偏颇。文学发展的历史告诉人们，一些高水平作品，特别是那些不朽巨著的出现，往往需要种种主客观条件的配合，得有长期的准备、酝酿过程。而近代社会总共只有短短几十年，对它提出这样高的要求，似乎不太现实。更何况看一个时期文学（包括小说）之有没有成就，主要还应该从下列两方面去考虑，一是看它是否较好地反映出时代风貌和社会的重大矛盾；二是在以往文学成就的基础上，有否新的发展和开拓。就近代小说所反映的时代特征来说，成就是明显的。近代社会政治、经济、文化思想的特点和社会上一些重大矛盾斗争，在小说里无不得到了生动、具体的表现，毫不夸张地说，近代小说是近代社会的一面镜子。从古典小说发展的进程看，近代小说比起它之前的小说来，无论在题材、内容乃至表现手法方面都有不少创新和发展，它是我国古典小说发展的新阶段。所有这些，都启示人们，对近代小说决不能等闲视之。

一　近代小说发展过程中带有明显的思想斗争色彩

近代小说，前后共经历了将近八十年时间，大抵可划分成三个发展阶段。

从 1840 年鸦片战争到 1894 年的中日甲午战争是小说发展的第一阶段。在这半个世纪的时间内，满清王朝依靠帝国主义的洋枪洋炮和地主武装的支持，血腥镇压了太平天国起义，赢得了封建统治的暂时稳固。其时充斥小说领域的是一批侠义小说和狭邪小说。前者是过去豪侠小说和公案小说合流的产物，后者则是描写文人狎妓的小说。

从 1894 中日战争到 1911 年的辛亥革命是小说发展的第二阶段。其时，资产阶级开始形成独立的政治力量，他们大力推进维新变法和资产阶级革命运动。这时期，小说创作领域面目一新，充满生机，大批宣扬改良主义和鼓吹革命的小说应运而生，小说已成了资产阶级新文化和封建旧文化斗争的有力武器，它们代表了近代小说的本质和主流。

从 1911 年辛亥革命到 1919 年“五四”运动是近代小说发展的第三阶段。由于辛亥革命的失败，前阶段高涨的革命气氛为之一扫，原先那些怀有革命激情的知识分子业已陷入苦闷的深渊，这时充斥于小说领域的是一大批鸳鸯蝴蝶派小说和黑幕小说。

贯穿于上述三个发展阶段中，有一种为以往小说创作所从未出现过的新的倾向，那就是人们一反历来轻视小说的传统观点，都十分重视起小说的社会作用来，并竭力使它成为宣传自己思想观点的工具。

这种倾向最早出现在《荡寇志》和《儿女英雄传》的创作里。《荡寇志》作者俞万春之所以煞费苦心地用了二十二年的时间去写这部小说，是出于他痛恨《水浒传》在人民群众中的巨大革命影响。在他看来这种影响是不能光凭一纸禁令所能奏效的，所以要针锋相对地用他创作的《荡寇志》去抵消《水浒传》在人民群众中的影响，以挽救“世道人心”。《儿女英雄传》的作者在他的《序言》、《缘起》中攻击水浒英雄是“好勇斗狠”、歪曲《红楼梦》是“谈空谈色”、“半是宣淫”，因此他竭力去塑造出一批符合封建道德的所谓“儿女英雄”来和《水浒》、《红楼梦》中的正面人物去抗衡，妄图冲淡乃至消除他们在群众中的巨大影响。

这种重视小说社会作用的倾向到了资产阶级的改良主义者和革命派的手里就变得更为自觉了。维新派大师梁启超把小说说成是可以左右国家政治与社会人心的那种“小说救国论”就是个突出的例子。他们如此重视小说的目的是为了借助它去“改造社会、开通民智”。鲁迅在谈到谴责小说所以特盛时说：“群乃知政府不足以图治，顿有掊击之意矣。其在小说，则揭发伏藏，显其弊恶，而于时政，严加纠弹，或更扩充，并及风俗。”在稍后起来的那些表现资产阶级革命的小说里，这一倾向也甚突出。有些小说作者，甚至把头脑里所向往的资产阶级王国的构图直接表现在作品里。陈天华的《狮子吼》就是个鲜明例子。在这部小说里，作者以极大热情写了个出现在舟山岛上的“民权村”，全村共三千多户，有议事厅、医院、警察局、邮政局、公园、图书馆、体育会、中学堂、女学堂、工艺学堂、工厂和轮船公司等等，在这些描写里，正强烈反映出作者对资产阶级政治的向往，它企图使人相信：中国只有经过彻底的革命变革才有光明的前途。

小说创作的上述倾向，使近代小说的整个发展过程带有明显的思想斗争色彩。

二　新题材的出现，传统题材的更新

从我国小说发展的历史看，自唐代传奇之后，小说的题材随着社会生活的发展一步步地在扩大。但从未像近代小说那样广泛触及到社会生活的各个领域。举凡官僚制度的腐败，帝国主义的凶狠，封建统治者的媚外卖国，维新、变法、民族、民主革命、工商业活动和妇女解放乃至反对迷信等等，都无不在小说中得到反映。在这一系列的题材里，有些是过去小说从来没有描写过的，它们是近代这个半封建半殖民地的社会生活所独有的反映。如帝国主义的入侵，维新变法，民族、民主革命等即是。这就为古典小说的描写开拓了许多崭新的领域。即便是一些传统的题材，如揭露官场的罪恶和腐朽，虽早已有之，但到了这时也增添了不少新的内容，表现出了时代新的特点、新的风貌。

随着帝国主义的入侵、金钱势力的侵蚀和伦理道德的沦丧，营私舞弊、贪污腐化和道德败坏已渗透到近代官场的每个角落。这时做官已成了一门新的生意经。从炙手可热的军机大臣，一直到未入流的穷杂佐，无不是爱财如命。“千里做官只为财”，已成了他们共同的人生信条。人们认为在遍天底下的买卖中，惟有做官的利钱最好。因而官场成了商场，官吏成了市侩。此时，统治集团在道德上的堕落也已到了难以置信的地步，官僚们一个比一个无耻，他们已失去了自己的信念和精神力量，一切都是赤裸裸的利害关系，显得庸俗无比。长期来被官僚士大夫们奉为高雅的琴、棋、书、画，这时已被吃、喝、嫖、赌所代替。封建传统的官场形象已逐渐消失了，代之而来的是半殖民地半封建的官场形象。

在以往的小说里每写到官吏，总得先分清是清官还是贪官酷吏，二者泾渭分明，尖锐对立。人们在为民申冤的清官身上，总是寄托着自己的期望。可是在近代小说里，清官形象有了新的变化，在传统的清官形象里注入了新的内容。《老残游记》为人们展示了一轴清末山东地区的生活画卷，在这块美好土地上，一方面到处是诱人的景色，无论是济南城的家家泉水、户户垂杨和大明湖、千佛山的明丽景色；还是桃花山的月夜，黄河冰岸上雪月交辉的景致，乃至于白妞、黑妞的美妙歌声，无不充满着诗情画意，可也就是在这块土地上一连串骇人听闻的惨剧正在发生。而这些惨剧的制造者正是这些“清官大老爷”。这些清官确是“远近闻名”，“颇有政声”，粗看似乎都是个“清廉的格登登”的好官，但实际却是急于做大官而不惜杀民邀功、用人血染红顶子的刽子手。老残的诗：“得失沦肌髓，因之急事功。冤埋城阙暗，血染顶珠红。处处鸺鹠雨，山山虎豹风。杀民如杀贼，太守是元戎。”正是鞭辟入里地描画出了他们的凶残本质，从而给传统的清官形象以新的内涵。

衙门断案中的种种冤屈，在过去的小说中也时有涉及，但还从未像近代小说这样做如此集中、全面、深入的揭露。小说《活地狱》里，通过十五个复杂而真切的故事，把一座小小州县衙门里的种种黑幕：官吏的贿赂公行、衙役的横行不法、监狱生活的暗无天日、无所不至的敲诈奸骗，以及种种残酷无比的刑具、想入非非的刑法，都作了惊心动魄的揭露，读后使人猛然感到这一座座的州县衙门，原都是一个个人间的活地狱！大开了人们的眼界，进一步加深了人们对封建衙门的认识。

总之，近代小说所出现的种种新题材以及它给传统的题材所增添的新内容，不仅为古典小说描写领域开辟了新的天地，而且也使它本身呈现出不同于以往小说的新风貌。

三 深刻反映了社会、时代的本质矛盾

从1840年鸦片战争以后，随着帝国主义的入侵，各种不平等条约的签订，长期来闭关自守、自给自足的封建社会解体了，一步步地陷入半封建半殖民地的社会，这时社会的主要矛盾也由长期以来地主阶级和农民阶级的矛盾转变成了帝国主义和中华民族的矛盾、封建主义和人民大众的矛盾，特别是帝国主义和中华民族的矛盾已成了社会最主要的矛盾。我国近代和现代的一系列革命斗争，正是在这样一个主要矛盾基础上展开的。

受上述社会的本质矛盾所决定，社会上到处可看到一种为半殖民地和半封建社会所独有的景象：官吏们一方面更残酷、更肆无忌惮地剥削和压迫人民，无情地镇压他们的反抗，另一方面在帝国主义入侵者面前却是百般地献媚取宠，表现出一付百依百顺的奴才相。而广大人民群众在帝国主义疯狂侵略面前却不甘心默默忍让，总是英勇反抗。针对这种现象，当时流行着这样的话："百姓怕官，官怕洋人，洋人怕百姓。"它深刻地触及到了近代社会的本相。

上述这个社会的本质特征，在近代小说里有着大量的、生动的、入木三分的描写。《官场现形记》的第十四回里，胡统领去严州"剿匪"一段写出了当时官僚们残害百姓已到了何等肆无忌惮和不择手段的地步。严州地区本来就没有什么"匪"，只有两家当铺曾被劫过一次，但那位胡统领为达到自己不可告人的目的（捞取名利），便趁机大做文章。借"剿匪"为名，点齐了大队兵马，耀武扬威地直奔乡下而去。乡下人哪里见过这种场面，早吓得东逃西散，十室九空。士兵们就乘此纵火烧房子，奸淫掳掠，把小孩、妇女从床后拖出，要将他们一一正法。在烧杀、洗劫一通之后，胡统领又神气十足地率领大批兵马"东南西北、四乡八镇，整整兜了一个大圈子"，以示他的"凯旋"。这帮自称是"爱民如子"的"父母官"，就是那样作威作福、草菅人命。但在洋人面前，他们又却处处低声下气，媚脸相迎，像患了软骨病似的站立不起来了，有时一听到洋人就面

容失色，浑身发颤。《官场现形记》第五十三回里写的“制台见洋人”一段就很有典型性。这位制台平时处处摆出一副唯我独尊的架势，用他自己的话说：“随你是谁，总不能盖过我。”他制订了许多规矩，其中一条是在他吃饭时，无论来什么客，也不准下人上来回。一次在他吃饭时，手下的巡捕向他报告有客来见，他火冒三丈，对巡捕又打又骂。但当弄清来的不是别人，而是洋人时，气焰就顿时消了，怔在那里半天，对巡捕又一顿打骂，责备他为什么不及早禀告。身为制台大人的“精彩表演”，正是集中地反映了半殖民地社会官员所特有的心理状态。

不过老百姓对待帝国主义入侵却是另外一种态度，他们不能容忍洋人肆无忌惮地欺凌国人，总是及时地作出自己的英勇反抗。《官场现形记》第五十七回写了这样一个人民群众自发反抗洋人的动人场面：他们举起愤怒的拳头，痛击打死那个无辜孩子的洋人，接着又把洋人捆绑起来去首县“喊冤”，还要进一步发传单进行集会以示抗议。当然，在当时的社会里，这种群众的自发反抗，其结果只能是被媚外的封建官府所扼杀。这就是当时人们说的“洋人怕百姓，百姓怕官”的活生生的现实。

近代小说不仅深刻地反映出了社会的这些本质特征，同时又很形象地展现出时代的独特风貌。《孽海花》的一个重大成就，就是小说以金雯青和傅彩云故事为线索，穿插了大量官僚、文人的琐闻轶事，从而从一个侧面十分艺术地反映了从同治初年到甲午战争这三十年的社会风貌。特别是对上层社会的描绘尤为具体、形象：“贿赂彰闻，苞苴不绝。里头呢，亲近弄臣，移天换日；外头呢，少年王公，颠波作浪。”白云观、估衣铺成了纳贿机关，“番菜馆”已是藏污纳垢、进行卖官鬻爵的场所。在内忧外患接踵而来的时候，官僚们却热衷于争名夺利，醉心于花天酒地声色犬马。有人深有体会地说，只有熟悉近代小说，才可能对近代社会有个具体、形象、真切的了解，这是很正确的。它触及了近代小说价值的一个重要方面。

此外，从小说的艺术手段上说，近代小说虽无什么大的创新和开拓，但也确有自己特色。一方面是各类创作方法，批判现实主义、浪漫主义等被广泛使用；同时又根据自己所写内容的需要，更多地继承《儒林外史》所倡导的艺术手法和结构形式并又有所发展。如《孽海花》在结构上虽采用了《儒林外史》所开创的“连缀多数短篇成长篇”的形式，但这种连缀不采用惯有的直线穿珠方式，而是围绕主线盘曲回旋穿插，时收时放，东交西错，不离中心，成为一朵“珠花”，从而使繁杂内容成为完整的整体，收到了良好的艺术效果。

（原载《文史知识》1986 年第 9 期，中国人民大学复印报刊资料《中国古代、近代文学研究》1986 年第 11 期全文转载；又收入《中国文学史百题》（下），中华书局 1990 年版）

缅怀老师吴组缃教授

敬爱的老师吴组缃教授，自去年十月底生病住院后，竟一病不起，于今年一月十一日与世长辞了。当他病故的消息传来时，我简直不敢相信这是真的。我急忙赶去医院，面对静卧着的老师遗体，才清醒地意识到老师确实离我们而去了，永远地离我们而去了。悲哀惆怅顿时涌上心头，往事一幕幕地闪现在眼前。

四十年前的事情，犹如昨天发生的那样清晰。记得在我 1954 年刚入北大中文系时，就听到老同学介绍：在我系众多著名专家、教授中，有位吴组缃先生，他既是位学者又是位作家，他讲的课很受我们欢迎，听他的课简直是艺术享受。后来，在我听了老师的第一堂课之后，确实感到名不虚传，印象极好。

在我大学的四年学习生活中，曾先后听了老师讲授的《明清文学史》、《中国古代小说》、《聊斋》专题课和《红楼梦》专题课等，这些课程在当时都是最受欢迎的课，他成了北大最叫座的教授之一。为什么老师的讲课这样受学生的欢迎？我想除了老师具有渊博的知识、深厚的理论素养和高超的讲课艺术外，也是和他当作家的经历分不开的。在讲授中老师善于调动自己丰富的创作经验，使课讲得深入细腻，生动形象，发人深思，令人回味，从而获得了那种学究式教学所难以取得的良好效果。

老师对现代文学和中国古代小说都是非常有研究的，特别对《红楼梦》的钻研尤为深刻、独到。可以这样说，老师的一生和《红楼梦》这部不朽巨著结下了不解之缘，早在五十年代，老师就在北大中文系开设了《红楼梦》专题课。记得当时中文系为贯彻“百家争鸣”的方针，活跃学术空气，拓宽学生的知识面，培养学生从事学术研究的能力，聘请了老师和当时北大文学研究所的负责人何其芳先生分别给学生讲授《红楼梦》

专题课，消息传出，轰动了校内外，前来听讲的不仅有中文系学生、外系学生，还有校外的一些文学爱好者。老师和何其芳先生是好朋友，他俩对中国文学，特别是《红楼梦》都有精深的研究，但两人的学术观点却不尽相同。在《红楼梦》专题课的讲授过程中，两位先生尽情地阐发了他们各自的观点，受到了听讲者的极大欢迎。应该说，两位先生都讲得非常精彩，而且各有千秋。当时老师给人印象最深刻的是他对《红楼梦》深入细致的艺术分析和新颖独到的见地。众所周知，《红楼梦》博大精深的内容，决不是粗粗地看一遍就能领会的，需要仔细、认真的阅读，反复钻研，才能逐步的理解。老师曾多次诙谐地说过这样一件事："我讲《红楼梦》，要求学生必须读三遍，当时有人要批判我。后来传出了毛主席关于《红楼梦》的讲话，其中有《红楼梦》不读五遍就没有发言权，这时我才解放。"

粉碎"四人帮"后，红学研究进入了一个新的发展时期，特别是全国《红楼梦》学会的成立，给红学研究以巨大的推动。老师被全国红学界的同仁推举为第一任会长，后来因年老体衰，辞去了会长的职务，当了学会的顾问，但他对红学研究的热情却始终不减。前年北大传统文化研究中心邀请老师对《红楼梦》进行系统的评批，搞一部《吴批〈红楼梦〉》。老师虽已年迈，但经慎重考虑之后，还是欣然接受，并着手进行。不料工作刚刚开始，就因生病住院而被迫中断。在住院期间，老师躺在病床上，仍念念不忘这一工作。现因老师的病逝，这部《吴批〈红楼梦〉》也随之而流产，这不仅是老师的一件憾事，也是红学界的一件憾事。

在和老师的长期接触和交往中，我觉得在我们老一代专家学者身上所具有的很多宝贵品质在老师身上都有鲜明体现。这里仅就我感受最深切的谈两个方面：

第一在做人方面，老师很强调为人要正直。他曾多次和我谈到："做人的一个基本要求就是为人正直。对人对事都要实事求是，要敢说真话，坚持原则，不能东风东倒，西风西倒。"老师不仅这么说，而且身体力行。

要做到实事求是，敢说真话，坚持原则并非易事，有时要付出代价。五七年后，党在文艺教学战线上"左"的倾向日益显露，给工作带来了严重危害。当时老师是中共预备党员，在文艺界还担任着相当重要的职务。他出于对党的事业的责任心，对"左"的倾向直率地提出了批评，不想因此而遭到了严厉的批判，中共预备党员资格也随之而被取消，政治上遭受了一次沉重的打击。“四人帮”被粉碎之后，他的冤案才得以平反，恢复了党员资格。在给他平反的会上，同志们重新回顾并分析了他当年所提出的批评，觉得这些批评是符合事实的，也是十分中肯的。

“文化大革命”刚开始不久，老师就被打成“反动学术权威”和“文艺黑线人物”。一次在批判“三十年代文艺黑线”的会上，他不顾当时所受的压力，对三十年代文艺发表了与当时论调绝不相同的看法，他以亲身经历说明了对三十年代文艺必须作具体分析，不能一笔抹杀，大加讨伐，因此被扣上了为“反革命文艺黑线翻案”的罪名。事后一些好心人提醒他：“你可以有自己的看法，但不必这么说。”他回答：“对三十年代的文艺，我是过来人，我怎能昧了良心跟着别人瞎说呢?”老师这种实事求是，敢说真话，坚持原则的精神，尽管招来了种种非难和打击，却赢得人们由衷的尊敬。

第二，对待工作和事业，老师向来是认真负责，一丝不苟，并力求做到精益求精。老师这一特点不仅表现在早年的文艺创作上，同时也反映在后来的大量教学工作和学术研究上。

早在三十年代，老师就写出了像《一千八百担》、《天下太平》、《樊家铺》等这样一批很出色的小说，在这些作品里，深刻地反映出当时中国农村在帝国主义经济侵略和封建主义压迫下急剧破产的图景，从而赢得了社会的广泛赞誉。在今天，每当我们重读这些作品的时候，总是被作者那种深入严谨的创作态度和精雕细刻的艺术风格所深深感染，从中可以体会出作者在创作小说时的那种认真刻苦的精神。同样，老师对教学工作也素以认真负责、一丝不苟著称。他写的讲稿是那么认真细致，字体很小，但非常工整，字里行间圈圈点点。一些关键性词语，一改再改，字斟句酌，力求确切。其中有的课程虽曾讲了多次，但每讲一次，对原稿都要进行认真的修改，把一个时期来学术界所取得的新的成果，经自己的分析判断之后，及时地补充进去，使讲稿不断得以丰富提高。

老师很少写那种应景式文章。他所写的学术论文，事先都经过了深思熟虑。对于重要的学术问题，总是要进行比较深入的钻研、形成了自己独特的见解之后才动笔。初稿一旦写成，从不急于送去发表，而要反复推敲，进行修改，直到完全满意为止。老师对名利，则很淡泊。他对我说过：“无论写讲稿还是文章，首先考虑的是对学生和读者负责。因此，必须严肃认真，不能只想发表，追求名利。”由于老师在做学问上坚持这种一丝不苟的精神，因此他撰写的一批论文，如：《〈儒林外史〉的思想与艺术》、《关于吴敬梓的民族思想问题》、《论贾宝玉典型形象》、《贾宝玉的性格特点和他的婚姻悲剧》和《谈〈红楼梦〉几个陪衬人物的安排》等等，都具有很高的水平，表现出了真知灼见，赢得了学术界的好评。

现在，老师已永远离我们而去了，怎不令人痛心！但他的光辉业绩和宝贵品格，将永远留在人们的心中，成为一份珍贵的精神财富，它将策励我们沿着正确的人生道路奋勇前进。

（原载《红楼梦学刊》1994年第3辑）

谈吴组缃先生在古典小说教学和研究上的成就

吴组缃先生是我国当代著名的作家和著名的学者，他的成就是多方面的。这里仅就他在古典小说教学和研究方面所取得的丰硕成果谈些粗浅意见。

1952 年，全国院系调整之后，吴先生就由清华大学中文系转至北京大学中文系任教。长期从事宋、元、明、清文学史和古代小说方面的教学和研究工作。

吴先生无论讲宋、元、明、清文学史基础课，还是讲古代小说专题课都普遍受到学生的热烈欢迎，他所撰写的古代小说方面的论文，受到了学术界的一致好评，特别是在《红楼梦》的教学和研究方面的成就更为突出。早在 50 年代，先生就在北大中文系开设了《红楼梦》专题课，他是我国第一位在高校中开设《红楼梦》专题课的教授。当时北大中文系为贯彻“百家争鸣”的方针，活跃学术空气，请先生和当时北大文学研究所的负责人何其芳同志分别为同学开设《红楼梦》专题课，这事曾轰动了学校内外。众所周知，先生和何其芳同志对《红楼梦》都有精深的研究，但两人的学术观点不尽相同。在专题课讲授过程中，两位先生各自尽情地阐发了自己的见解，这给了学生以极大的教育与启发。当时先生给学生印象最深刻的是他对《红楼梦》深入细致的艺术分析和新颖独特的见地。先生曾不止一次地谈论过这样一件事：“我讲《红楼梦》时，要求学生必须读三遍，有人要批判我，后来传出了毛主席关于《红楼梦》的讲话，其中有《红楼梦》不读五遍就没有发言权，这时我才‘解放’。”

全国《红楼梦》学会是我国在粉碎“四人帮”后，成立较早、影响较大的学术团体，先生被红学界的同仁推举为第一任会长。全国《红楼梦》学会成立之后，红学研究有了个迅猛的发展。由于先生年事已高，因此，在外地召开的全国性《红楼梦》学术会议，他很少参加。1988年，在他的故乡安徽召开了第六届全国《红楼梦》学术讨论会，先生出席了。这时他已八旬高龄，应与会代表之请，在会上作了即席发言。在事前几乎来不及准备的情况下，却侃侃而谈，对《红楼梦》里的每一细节都那么熟悉，思路清晰，见地不凡，不少代表为之震惊。与会代表听了一次之后，还要求他讲第二次、第三次，先生满足了大家的要求，一连讲了三次，博得了与会代表的一致赞赏和好评。前年,北大传统文化研究中心邀请先生对《红楼梦》进行系统的评批,撰写一部《吴批〈红楼梦〉》。先生经慎重考虑之后,欣然接受了这一任务。令人遗憾的是,工作刚着手进行,就因生病住院而被迫中断。在住院期间,先生躺在病床上,仍念念不忘这一工作,甚至在他临终之前的一个星期还同前来探病的朋友和学生谈论此事。随着老师的病逝,《吴批〈红楼梦〉》也随之而流产了,这不仅是先生的一件憾事,也是红学界的一件憾事。

先生对中国古代小说研究方面的成就，首先表现在对中国古代小说的发展历史及其规律有整体深刻的把握和论述，形成了自己的理论体系。

先生在谈及中国古代小说发展的脉络及其特点时指出：中国的小说和世界各国小说一样，是从神话传说开始的。发展到魏晋南北朝，成为志怪志人。神话传说也好，志怪志人也好，都是作为一种史实的记载，是靠实地访问，从民间搜集，把它记录下来，因此叫“志”。所以最初的小说，同史归为一类。山海经》是神话传说，《汉书》中却把它归在地理志里。到梁代的萧统，他编的《文选》，序言中有：“事出于沉思，义归乎翰藻”的话，这是给文学下的定义，这才把文学和史学区分了开来。但这只是指诗和散文，并没把小说包括在内。中国的小说脱离史而成为文学创作，那是到了唐代的传奇。唐代传奇一方面虚构故事搞创作，另一方面文词很讲究，讲文采。原来文史不分，这时候就分开了，小说就是文学创作了，但作为史的志怪志人并没有停止。再往下，传奇到了宋代就衰落了，随之兴起的是话本。话本经文人加工，就变成许多话本小说和演义小说。演义小说大都是文人根据民间创作再创作的。话本是民间说书的底本，它是经说书艺术的千锤百炼才产生、流传的。它以精彩动人的情节场面的描绘和生动跳跃的人物性格的塑造见长。我国的小说与外国本是写给人阅读的小说相比，有明显不同的独特风格，就因为它原是讲给人听的说书艺术的老底子。从这里再发展，便成为文人独立的创作，不是拿民间的东西来加工了，主要是自己创作。这就产生了《金瓶梅》。《金瓶梅》开辟了一条道路，现实主义显示长足的发展，发展到了新的阶段，写平凡的人，写平凡人的日常生活。《金瓶梅》之后又产生了《红楼梦》。《红楼梦》走的路，是《金瓶梅》开创出来的。到了《红楼梦》，中国的古代现实主义小说，发展到了一个辉煌的顶点。

先生对中国古代小说理论有深刻独到的认识。先生指出：我国古代小说理论中有很多好的经验。其中之一是强调写好小说必须讲究“识”。所谓“士先器识，而后文艺”。识就是心胸开阔，目光远大，能高瞻远瞩地看问题。其中之二是要有“孤愤”。《史记》、《左传》也好，《水浒传》、《聊斋》、《红楼梦》也好，它们之所以写得好，就因为作者有“孤愤”。“孤愤”就是要有个人的真实感情，个人所独有的激情。如果你对要写的东西没有深刻的感受，没有极大的热情，没有被深深地感动，这就写不好。其中之三是古代小说很讲究“真实”。真是文艺的生命，也是小说的生命。要写真实，就必须深入生活。《史通》总结我国的史传文学，如“明镜照物，妍媸毕露”，像“虚空传响，清浊必闻”。这就是真实。真实地反映客观事物，但这并不是客观主义。史传文学是“寓褒贬”、“别善恶”的，就是将善恶褒贬包含在里头，不是直说出来的。这就是所谓“春秋笔法”。由此《史通》还总结了一条是“爱而知其丑，憎而知其善，善恶必书，是为实录”。这也是强调讲究真实。其中之四是中国小说讲究神似，只写得形貌真实还不行，还要神似，一些著名小说如《水浒传》、《红楼梦》等，不仅主要人物都写得神似，而且写人与人的关系，也写得神似。其中之五是古代小说讲究语言要精练，对生活的描写也要进行提炼。《史通》说：“举重以明轻，略小而存大。”这就是艺术的概括。现在我们的语言，往往不精练，啰唆，这是要不得的。

先生对中国小说发展的总的把握和对古代小说理论的概括，都表现出了他对小说发展历史及其规律性的深刻认识，这是十分宝贵的。

长期以来，先生对中国古代小说研究的重点是放在对作品思想、艺术价值的阐述和论证上。

先生认为在小说研究方面，资料的考证，作者家世生平的搜集、发掘，版本的研究等等，固然都不可缺少，但它们都是为研究作品的思想艺术服务的。因此，古代小说研究的重点应放在对小说思想艺术价值的分析、论证上。的确，先生在古代小说研究上的特色和成就也是在这一方面。先生开设的《中国古代小说史论要》、《聊斋》、《红楼梦》等专题课和所撰写的关于《三国演义》、《水浒传》、《西游记》、《金瓶梅》、《儒林外史》和《红楼梦》等的学术论文都是以自己深刻、细腻的分析和独特新颖的见地博得了学生和学术界的好评。

这些专题课和学术论文之所以具有很高的质量，在我看来，首先是和先生认真、刻苦地运用马克思主义历史唯物论和辩证唯物论分不开的。

先生接触马克思主义社会科学理论是比较早的。早在30年代就读清华大学时，就开始了对马克思主义社会科学理论的钻研。可贵的是数十年来，他对马克思主义社会科学理论始终坚信不疑，对近年来学术界和一些青年学生中，对马克思主义学习有所忽视，而对西方流行的理论却很热衷深感忧虑。一次先生对我说："搞社会科学研究，总得有个理论指导，几十年来，我比较来，比较去，还是历史唯物主义和辩证唯物主义最科学，经得住实践的检验；现在有些搞社会科学的人，却轻视马克思主义，这种倾向是很危险的。"先生对列宁所说的"在分析任何一个社会问题时，马克思主义理论的绝对要求，就是要把问题提到一定的历史范围内"，十分赞赏。综观先生撰写的论文，无论在对作家世界观的分析，还是对作品思想内容和艺术成就的阐述，都贯彻了历史唯物主义和辩证唯物主义的精神，因而论证深刻、透辟，有很强的说服力，能透过表象抓住事物的本质。如在分析吴敬梓和曹雪芹的世界观时指出：他俩都是大官僚地主家庭出身，可是他们年纪不大，家庭就开始没落，到了他们从事小说创作的时候，已弄得精穷。他们当然没有经过主动自觉的思想改造，可是他们家庭败落的过程，他们长期沉沦以至陷入穷困不堪的境遇的过程，说不尽的丰富深刻阅历的体验，自会逼使他们内心发生剧烈的自我斗争，自会逼使他们的思想感情发生巨大的变化，从封建统治阵营里面走出来，靠近到广大被压迫人民这边来，正是他们在实际生活锻炼里所导致的这种世界观的巨大变化，才保证了他们采用现实主义创作方法，这明显地表现在他们作品的具体描写里，构成为他们作品的主要部分。必须看到，他们的思想具有他们的同时代人难于企及的崭新的地方，他们是站在时代前列来看社会现实的。当然，我们不能说，他们已经抛开旧有世界观，取得了另一完整体系的新的世界观。在他们的具体条件下，要他们的立场观点获得根本的蜕变是不可能的。他们只能在思想感情的主要方面，或在思想意识的某一方面，突破旧有世界观的束缚，从而产生或接受新的思想因素。但就他们整个世界观来看，不管说吴敬梓的思想属于正统儒家体系也好，说曹雪芹思想属于佛老体系也好，总之，他们的世界观还没有超出封建主义范围。这就是说，主导着他们写出作品主要内容的民主主义思想的新因素，还是包括在旧有的封建主义世界观里面的。吴敬梓和曹雪芹这种思想观点的矛盾状态，在他们的作品里是清清楚楚摆着的。如《儒林外史》从唾弃功名富贵这一点着眼，否定了当时封建社会的君臣关系，否定了臣对君的“忠”的伦理道德；并由此鼓吹安贫乐道的淡泊襟怀，提倡夫妇相敬相爱和对于妇女人权的尊重。更重要的是书中一贯倾心于下层社会的小民，颂扬他们朴厚笃诚的高尚品性。这些都可以说属于民主主义范畴的思想因素，在当时是非常了不起的进步思想。但是同时，他又极力宣扬“孝”道和“弟”道，以及朋友之间的“信”、“义”之道；他所宣扬的这些，仍然不出封建主义伦理的范围。而且他倾心于贫贱小民，可又赞美他们的安本分、守规矩。《红楼梦》所反映的民主主义思想，在当时的思想水平看，可说登峰造极，但是和这种民主主义新思想纠结在一起的却是虚无主义、神秘主义的思想和透骨的感伤主义情绪。贾宝玉一方面热烈地进行了自由恋爱，迫切地要求婚姻自主；可是同时又不得不期待着家长的作主，不得不仰赖着封建主义势力的支持。作者在描写中坚持了民主主义的观点，可是同时对封建主义统治又显然深信不疑地遵从着。贾宝玉在生活现实中找不到出路，正是作者自己的思想关闭在封建主义的牢笼里，看不见社会发展前途的具体反映。上述这些分析充分体现出唯物辩证精神，完全符合客观实际，因而有很强的说服力，给人以深刻的启发。

先生讲授的小说专题课之所以深受学生的欢迎，撰写的这些学术论文之所以具有很高的质量，也是和他具有丰富的社会生活知识并把这些生活知识正确运用到对小说的评论研究中去紧密相关。先生曾多次说到，作家搞创作固然需要熟悉生活、深入生活，具有丰富的生活知识；但评论家、研究家在评论、研究作品时也必须具有丰富的社会生活知识，不然评论就不能中肯，研究就不能深入。一次，先生在《红楼梦》学术讨论会上发言说：“我深深体会到，要读懂《红楼梦》，理解《红楼梦》，须熟悉内容，还须有相当的社会生活知识。没有生活知识，或生活知识太少，或有而不动用都不行。”又说：读懂《红楼梦》，不仅需要正史上的历史知识，而且要有相当多的社会生活知识。这要多看一些笔记和明清人的集子，才能真正了解当时东南和北方地区的一些社会生活、人与人的关系和风俗习尚，当然还要有现实的社会知识。熟悉了这些，再回头来看《红楼梦》就会体会出书中的内容和作者的意图与用心。缺乏生活知识，缺乏历史知识，评论《红楼梦》，无论论人物，或是论艺术，分析思想，都只能浮光掠影地抓住一点最表面的粗浅印象，无法深入到里面去。

先生的论文，无论对小说的人物、思想和艺术描写的分析都不一般化，有独到的见地，给人以多方面的启发，这往往也是得力于这一方面。他善于调动自己丰富的历史知识和社会知识去深入分析作品中的人物和情节。如他对薛宝钗形象的分析。他驳斥了有人把薛宝钗当成是一位“封建淑女”的观点，而是揭示出了她不同于一般的心计，指出薛宝钗在贾府有自己明确的目的：千方百计地争取当宝二奶奶。她与宝玉的关系经历了三个阶段：薛宝钗新来乍到这个国公府的姨娘家，就紧跟着这个老表贾宝玉转。缠来缠去，惹得林姑娘闹别扭，贾宝玉都厌烦她了，你不要老跟着我们嘛，到老太太那里去打牌吧——这是薛宝钗同贾宝玉关系第一个阶段情况。到后来，慢慢地贾母喜欢她了。第二十二回，贾母给她做生日，这可是特殊的恩宠，给她极大的启发。从此以后，薛宝钗从两方面做工作：对贾宝玉这边仍不放松，还是跟着他转，要引起贾宝玉的好感。可与此同时，又抓紧机会对家长——尤其是贾母多方奉承，博取他们的欢心——这是薛宝钗同贾宝玉关系发展的第二个阶段。再到二十八回，元春送端午节礼，给她一个红麝串，这只有她同宝玉两个才有，别人都没有，这对宝钗来说是喜从天降，因为其意义非同小可。她就不大紧跟宝玉了：你喜欢不喜欢我，我不在乎，婚姻决定权掌握在家长手中。从此，她便尽力“一边倒”，一心讨好家长们，不惜歪曲事实，说些违背本心的话，并且进而逐步做到环境中所有的人多对她产生好感，同时也敢于批评宝玉了。薛宝钗同贾宝玉关系的发展，就是由这三部曲组成，写出了他们关系的一步步发展。

先生的上述分析不仅深入、细腻且又独到。而能做到这一点，必须有丰富的历史知识和社会知识作基础。

先生讲课之所以深受学生欢迎，撰写的论文之所以具有高质量，还和他能成功地运用自己对生活的深厚积累和创作上的丰富经验有关，从而这些讲授和文章，显得特别的生动、形象，耐人寻味，收到了那种学究式教学和研究很难取得的出色效果。如他写的一篇《谈红楼梦里几个陪衬人物的安排》的文章，就很有代表性。这是没有创作经验的人谈不出来的。文章一开头就说："写小说，在有了内容之后，下笔之前，得先布局。像画画，先勾个底子；像造房子，先打个蓝图。这时候，首先面临的就是人物的安排问题。比如，把哪些人物摆在主要的、中心的地位；怎样裁度增减去留、调配先后轻重，使能鲜明而又深厚地显示内在的特征和意义；从而充分地、有力地，并且引人入胜地表达出内容思想来。"文章着重深入分析了甄士隐、贾雨村、冷子兴、刘姥姥这几个陪衬人物在小说艺术构思中的作用。文章说：《红楼梦》一开始并不是写贾、林、薛三个中心人物，而是写的甄士隐和贾雨村。小说开篇像什么"遗石"、"还泪"的那些神话，都是为了说明贾宝玉、林黛玉的性格和关系的"前因"而写的。从神话写到现实就安排了甄士隐，让他联系那个超现实的世界和现实世界。同时又写了贾雨村，让他一头联系甄士隐，一头分别联系贾、林、薛三个方面。所以，甄士隐和贾雨村在开头是笼罩全书的主题思想，为准备开展悲剧故事而安排的两个人物。先说贾雨村，作者安排他，有许多的用处，有多方面的意义。在开头，除了联系甄士隐而外，重要的一点，是为了布置贾、林、薛三个中心人物的会合。这个穷书生原住在葫芦庙里，受了甄士隐的帮助，进京考上进士，升了县官，不上一年，却被革职。由此作了巡盐御史林如海家里的西席，这时恰好接到起复旧员的消息。林如海荐他找贾政谋官。同时让他带女儿林黛玉到外婆家去，这样，贾、林两个人就见面了。紧接着，写贾雨村因为贾政的帮助，题奏复职，选授了金陵应天府。一到任，就审理薛蟠为了买丫头，倚财仗势打死人命的案子：于是薛家进京，薛宝钗也随母亲和哥哥住进贾家。这样，贾、林、薛三个人都会到一处了。

这里作者在"派"贾雨村先后"送"林、薛两个人进府和主人公会合的过程当中，还就手分别介绍了贾、林、薛三家的家世和境况，这对于介绍中心人物，开展悲剧故事是不可少的。

至于甄士隐，他联系神话世界跟癞僧跛道的关系，显然是出于作者虚无主义和宿命论的思想。甄士隐还有和现实世界联系的一方面。他和贾雨村的关系有许多的意义。例如，这甄、贾二士，一沉一升，一好一坏，一热衷一恬淡，一出世一入世，互相对照着，这跟特意配成对的甄、贾二宝玉又两相映衬着。因而甄士隐和贾雨村这两个正反面典型也确有映照主人公贾宝玉的性格、暗示贾宝玉未来出路和下场的意义。另外，甄士隐和贾雨村相配还有作为结束全书的线索的作用（续书正是这么写的）。

上面对甄士隐、贾雨村这两个陪衬人物安排的分析是很精到、深入的。这是没有深厚生活积累和丰富创作经验难于做到的。

总之，吴组缃先生在古典小说的研究上所取得的卓越成就是值得后辈学者认真汲取并发扬光大的。

（原载《吴组缃先生纪念集》，北京大学出版社1995年版）

悼念季镇淮老师

季镇淮老师悄悄地离我们而去了。从此，我们又失去了一位尊敬的师长，学术界又失去了一位著名的学者。

在和季老师的交往中，给我留下深刻印象的，也是对我很有教育意义的有两点。

第一点是季老师为人的朴实无华和待人的诚恳，尤其是对后辈的关怀备至。

季老师在衣、食、行方面是很不讲究的，非常简朴，这在我认识的老一辈专家学者中是很突出的一位，他似乎不愿意在这方面花费时间和精力，而把自己的全部注意力，投向了工作，投向了学问的钻研上。在和季老师的接触中，一个突出的感受是他的真挚、朴实，没有任何客套和虚假，想的是什么，就说什么，实事求是，非常实在。他对后辈和学生更是关心体贴。回想我刚毕业任教时，一次登门拜访他，他热情地接待了我。当得知我留系当老师时，他首先向我祝贺，并关切地询问我工作上有什么困难需要他帮助，接着又语重心长地对我说："在北大当教师，要求高，教师要具有广博的学识，这样才能胜任工作。在教学和科研上要不断进取，不断攀登，永无止境。"又说："教学工作若没有科研作基础是深入不下去的。而科研工作，首先要结合教学的需要选好研究的目标。然后，脚踏实地。一步一个脚印地去实现这个目标，这里很需要有刻苦的钻研精神。"听了季老师的一席话，心里感到热乎乎的，深为有这样一位老师指导自己而感到鼓舞。这次谈话对我之后的工作影响很大。这事距今近 40 年了，但至今记忆犹新。

第二点是季老师在做学问上的严肃、认真和一丝不苟的精神。

季老师这种严肃、认真、一丝不苟的精神，贯穿在他的教学和科研的全过程中。

记得我1954年刚入北大中文系的时候，季老师给我们讲授《中国文学史》。他第一堂课，一上台，几乎没有任何开场白，更无多余的废话，开门见山地就进入了文学史的本题。整个讲稿组织得很严密，前后内在逻辑性很强，其中的一字一句都是经过再三斟酌的，都是深思熟虑的结果。当时我就认为这是一位认真、严肃，在学术上很有造诣的学者。有这样一位教授来讲授中国文学史，是我们的幸运。之后，我毕业留校任教，和季老师的交往逐渐地多了起来，特别是在1960年至1963年参加高教部所组织的《中国文学史》教科书编写期间，王季思教授和季老师是我们宋、元、明、清编写组的负责人。我所撰写的部分近代文学的初稿，是由季老师来审定的。季老师审稿过程中，无论对时代特征的阐述、作家的介绍、评价，还是对作品的具体分析、论证，都是反复推敲、再三斟酌，力求做到确切和符合客观实际。这种认真、负责、一丝不苟的精神，令人钦佩，在相当程度上，保证了教科书的质量。

季老师现在离我们而去了，我怀着悲痛的心情写这篇短文，以寄托哀思！

1997年10月9日在北大承泽园

（原载《季镇淮先生纪念集》，北京大学出版社1999年版）

附　录

沈天佑先生学术年表

1931 年

出生于上海崇明。

1958 年

毕业于北京大学中文系，留校任教。

1959 年

发表书评《〈文学研究与批判专刊〉介绍》，载《光明日报》1959 年 1 月 25 日。

1962 年

发表书评《初读〈中国文学史〉》（与廖仲安、施于力、邓魁英合作），载《文学评论》1962 年第 5 期。

1963 年

出版著作《中国文学史》（游国恩等主编）（人民文学出版社 1963 年版）。先生撰写了部分小说、戏曲章节，并参与了宋元明清文学史的修改与定稿工作。

1978 年

发表论文《〈红楼梦〉的主题思想和爱情婚姻的悲剧》，载《光明日报》1978 年 9 月 19 日。

1980 年

发表论文《〈红楼梦〉第四回和总纲》，载《北京大学学报》1980 年第 1 期。《新华月报》（文摘版）1980 年第 4 期转载。

1982 年

参加校注的《红楼梦》（中国艺术研究院红楼梦研究所校注）由人民文学出版社出版。

参加注释评介的《历代小说选》（第一册）由中国青年出版社出版。

1984 年

发表论文《谈“抄检大观园”》，载赵齐平等编《阅读和欣赏·古典文学部分》（8）（北京出版社 1984 年版）。

1985 年

发表论文《谈〈水浒传〉在我国小说艺术典型化方面的贡献》，载《文学遗产》1985 年第 1 期。后选入北京大学中国传统文化研究中心编《北京大学百年国学文粹·文学卷》（北京大学出版社 1998 年版）。

发表论文《〈金瓶梅〉是一部什么样的小说》，载《文史知识》1985 年第 4 期。收入《文史知识》编辑部编《漫话明清小说》（中华书局 1991 年版），改题为《明中叶后的社会本相——长篇名著〈金瓶梅〉》。

发表论文《介绍王安石的〈游褒禅山记〉》，载陕西人民广播电台编《中国历代文学名篇欣赏·唐宋文学》（贵州人民出版社 1985 年版）。

发表论文《谈辛弃疾词〈破阵子〉和〈西江月〉》，载北京广播电视大学中文教研室编《作品选讲》（4）（北京出版社 1985 年版）。

1986 年

发表论文《谈谈明代的四大奇书》，载《文史知识》1986 年第 1 期。后收入《文史知识》编辑部编《中国文学史百题》（下）（中华书局 1990 年版）。

发表论文《〈红楼梦〉主题思想的再认识》，载《红楼梦学刊》1986 年第 2 辑。收入张锦池、邹进先编《中外学者论红楼：哈尔滨国际红楼梦研讨会论文选》（北方文艺出版社 1989 年版）。

发表论文《一个未经深掘的宝藏——漫谈近代小说》，载《文史知识》1986 第 9 期。人大复印报刊资料《中国古代、近代文学研究》1986 年第 11 期转载。后收入《文史知识》编辑部编《中国文学史百题》（下）（中华书局 1990 年版）。

发表论文《论西门庆形象的典型意义》，载徐朔方、刘辉编《金瓶梅论集》（人民文学出版社 1986 年版）。

发表论文《谈〈聊斋志异〉的人物描写》，载吴组缃等著《聊斋志异欣赏》（北京大学出版社 1986 年版）。

《中国大百科全书·中国文学》出版（中国大百科全书出版社 1986 年版），先生为该书撰写《金瓶梅》、《凌濛初》辞条。

1987 年

发表论文《从电视连续剧〈红楼梦〉所想到的》，载《中外电视》1987 年第 6 期。人大复印报刊资料《电影　电视研究》1987 年第 12 期转载。

发表论文《〈红〉剧长短谈》，载《中国电影报》1987 年 7 月 15 日。

发表论文《宝、黛、钗之间的爱情婚姻悲剧——电视连续剧〈红楼梦〉的一个缺陷》，载《文艺报》1987 年 8 月 8 日。人大复印报刊资料《电影　电视研究》1987 年第 8 期转载。

发表论文《风尘三侠　英气勃勃——〈虬髯客传〉艺术鉴赏》，载董扶其等编《名作之园》（浙江古籍出版社 1987 年版）。

发表论文《一曲市民爱情的颂歌——读短篇小说〈卖油郎独占花魁〉》，载董扶其等编《名作之园》（浙江古籍出版社 1987 年版）。

1988 年

发表论文《清代文坛上的三颗明珠——纵谈〈聊斋志异〉、〈儒林外史〉、〈红楼梦〉》，载《文史知识》1988 年第 1 期。后收入《文史知识》编辑部编《中国文学史百题》（下）（中华书局 1990 年版）。

发表论文《善于汲取、勇于开拓的苏轼》，《古典文学知识》1988 年第 4 期。

发表论文《蕴意丰富　耐人寻味——谈苏轼〈定风波〉和〈蝶恋花〉》，载中央人民广播电台文艺部编《阅读和欣赏·古典文学部分》（12）（中央广播电视出版社 1988 年版）。

发表论文《定风波》（赏析），载袁行霈主编《历代名篇赏析集成》（下）（中国文联出版公司 1988 年版）。

发表论文《闹樊楼多情周胜仙》（赏析），载袁行霈主编《历代名篇赏析集成》（下）（中国文联出版公司 1988 年版）。

1989 年

出版著作《宋元文学史稿》（与吴组缃合著）（北京大学出版社 1989 年版）。

发表论文《〈红楼梦〉：中国文学第一奇书》，载《古典文学知识》1989 年第 1 期。

发表论文《真切、完整的人物形象：也谈李瓶儿》，载《文史知识》1989 年第 2 期。

发表论文《一个发人深思的悲剧人物——潘金莲》，载中国金瓶梅学会编印《金瓶梅学刊》（试刊号）。

1990 年

出版著作《金瓶梅红楼梦纵横谈》（北京大学出版社 1990 年版）。

发表论文《一次成功的尝试》，载《人民日报》1990 年 8 月 23 日。

发表论文《电影〈红楼梦〉之我见》，载《红楼梦学刊》1990 年第 4 期。人大复印报刊资料《电影电视研究》1991 年第 1 期转载。

1991 年

发表论文《王熙凤形象随想》，载《红楼梦学刊》1991 年第 4 期。

参加注释评介的《历代小说选》（第二册）由中国青年出版社出版。

1992 年

发表论文《东周列国志（赏析）》，载何满子、李时人主编《明清小说鉴赏辞典》（浙江古籍出版社 1992 年版）。

1993 年

发表论文《〈红楼梦〉艺术启示》，载《红楼梦学刊》1993 年第 2 期。

参加纪念毛泽东诞辰 100 周年座谈会并发言，《纪念毛泽东诞辰 100

周年座谈会发言》载《红楼梦学刊》1993 年第 4 期。

1994 年

发表纪念文章《缅怀老师吴组缃教授》，载《红楼梦学刊》1994 年第 3 期。收入《吴组缃先生纪念集》（北京大学出版社 1995 年版）。

发表纪念文章《沉痛悼念吴组缃教授》，载《群言》1994 年第 4 期。

发表论文《〈红楼梦〉内容漫谈》，载北京大学中国传统文化研究中心编《中华文化讲座丛书》（第 1 集）（北京大学出版社 1994 年版）。

发表论文《谈〈红楼梦〉杰出的艺术成就》，载北京大学中国传统文化研究中心编《中华文化讲座丛书》（第 1 集）（北京大学出版社 1994 年版）。

1995 年

发表论文《谈〈金瓶梅〉里的主人公西门庆》，载北京大学中国传统文化研究中心编《中华文化讲座丛书》（第 2 集）（北京大学出版社 1995 年版）。

发表论文《谈吴组缃先生在古典小说教学和研究上的成就》，载《吴组缃先生纪念集》（北京大学出版社 1995 年版）。

1999 年

发表论文《漫谈红楼梦》，载袁行霈主编《中华文明之光》（第 3 辑）（北京大学出版社 1999 年版）。

发表纪念文章《悼念季镇淮老师》，载夏晓虹编《季镇淮先生纪念集》（北京大学出版社 1999 年版）。

2002 年

修订本《中国文学史》（游国恩等主编）出版（人民文学出版社 2002 年版），先生参加《宋代文学》和《清初至清中叶的文学》两编的修订。

2010 年

8 月 14 日因病逝世，享年 80 岁。

傅承洲

一个中国知识分子的生命之最

——怀念我的父亲沈天佑

一生只有一个女人——我妈妈，大学毕业后只有一个工作单位——北京大学，这就是我父亲简单的一生。然而，作为上个世纪三十年代出生，2010 年离世的一个普通的中国知识分子，他却经历了相当复杂、磨难的一生——抗日战争、解放战争、反右运动、大跃进、文革，每一次的国难家仇无一不在他的心里，乃至肉体上留下刻骨铭心的烙印。

怀念我的父亲，总是想到他的那些生命之最：

最艰苦的日子——在我懂得什么叫吃苦后，有一次我问爸爸："你这一生什么时候最苦?"爸爸脱口而出"江西干校"。那是"文革"期间，北大在江西一个叫鲤鱼洲的地方建立的五七干校。当时北大全面停课，把所有老师都送到那里去改造。那时还是三十多岁年龄，正值风华正茂的爸爸是北大中文系讲师，当然也不能幸免，干校一行他只身一人，一去就是两年多，与妻子、孩子天各一方，即便是次子出生时，也不被批准回家照顾。我问："跟我说说，怎么个苦法?"爸爸说："没东西吃啊。吃上一块指甲盖大的水果糖就能高兴好几天。"

最看重的荣誉——爸爸一生的荣誉和头衔很多，包括中国《红楼梦》学会的常务理事，中国《金瓶梅》学会的常务理事，北大中文系的党支部书记等等。有一次我问他："你最看重的是哪项荣誉?"爸爸说："北京市劳动模范。"那是一项我最不了解的荣誉。"那有什么好的?"我问他。爸爸说："你无法理解，获得这个荣誉的全北大也就没几个人，那时候人活着靠一种精神，忘我啊!"

最关键的时刻——我这一生中几乎就没有离开过父母，三十岁以前一直和父母同住，在美国读书和工作那四年，算是彻底放了单飞。回国后就又与他们同一屋檐下。等他们退休后我就更是不愿让他们单住，而与他俩中国、美国地来回住着。由于我迟迟没有结婚，所以对父爱、母爱的感觉也就尤其真切、悠长。妈妈是一个对儿子事无巨细、操碎了心的人。所以有妈妈在的日子我绝少有“不舒服”的时候。甚至到了50岁那年我出差得了重感冒，一想到要回到家里与妈妈同住，心里就感到无比的踏实。爸爸可就不同了，生活中他是一个彻底的“甩手掌柜”。但回想起来，在我人生中几个关键的节点，总是有爸爸坚定和不懈的努力与支持。高考入学时，我的分数超过了我填报的第一志愿——北大中文系的最低分数线，却没有高到绝对可以被录取的程度。这使得等待录取的那几天急坏了做父母的，妈妈是有劲使不上，只有指着爸爸不停地上下奔走。虽然最终我的录取被证明与爸爸的奔忙没有任何关系，但那一次真让我看到了爸爸是家里不可缺少的顶梁柱。

最爽快的意见——和全年级几乎每一个同学一样，我毕业分配时，全家都急着联系各种关系，希望我分配能留在北京，且能去一个众心所向的单位，但我爸却始终显得若无其事的样子。我说：“爸，你觉得我去外地行吗？”爸笑了：“好男儿志在四方，哪儿能发挥你最大价值，你就去哪儿。”这是我在所有家人中得到的一个最爽快的意见。当时我对他这话还不够理解，但当我生命的轨迹完成了从中国到美国又到中国的世界性轮转时我才理解了当时爸爸的高度——当你真能闯出一番事业时，人在哪个城市重要吗？

最喜爱的格言——爸爸是一个典型的大男子主义者，家庭日常琐事不管不问，而妈妈却是一个面面俱到的人。因此在妈妈眼中爸爸是缺少基本生活能力的人。在这样一种夫妻关系基础上造就了我家一道特殊的风景线，爸爸在生活中的一举一动都会遭到妈妈的批评。可以说爸爸的家庭生活从来没有脱离过妈妈的唠唠叨叨的声音。我看到这情景有时忍不住想，哪有一个男人可以忍受这个，爸爸这金婚50年是怎么撑过来的？当我私下悄悄问爸爸时，爸爸却笑了：“你知道我最喜欢的格言吗？难得糊涂！生活小事不能太认真。”想到爸爸老年时的耳背，我甚至怀疑这是不是一种选择性失聪——用耳背来规避掉妈妈那令人不堪忍受的唠叨。再想到爸爸对大是大非的态度，对孩子关键选择的身体力行，我对爸爸“难得糊涂”的解读是“大事不糊涂，小事不在乎”。

最不满意的事——爸爸在建国前，就参加了革命，后分在华东局工作，但在考上北大时偶然一个填表的错误，使得他的参加工作记录为10月1日之后，这个失误在北大组织部就始终纠正不过来。爸爸认定组织上会尊重事实，就坚持把官司打到了中组部。中组部专门给北大发函查询，但北大组织部的人就是“坚持原则”，拒不改正。直到父亲去世，这件事也没纠正过来。当我带着爸爸的骨灰回到他老家，见到见证当年他参加革命工作的人，又一次确认了这一史实。北大组织部的人可能是觉得为党工作尽到了责任，他们不知道这是怎样伤透了一人的心，更不知道这个伤人心的背后他们会付出多大的代价。

最幸福的日子——“你这一生什么时候最幸福?”爸爸听到我这句问话以后陷入了沉思，许久过后他才说：“现在最幸福。”“为什么呢?”“什么都不缺，要什么有什么。”其实我在问他时，心里揣摸着也应该是这样一个答案。爸爸退休后，我和弟弟一起为父母在北京五环外买了一个独栋别墅。前院后院绿草如茵。除了宽敞、明亮的客厅外，爸爸第一次有了一间专门属于他自己的书房。每天的日子是惬意的。那几年，我做到了每周带他们去餐馆吃他们喜欢的东西。记得最后一次我带他和妈妈去夏威夷度假，在海边我说：“咱今天什么也不做，就在这看海。”爸爸笑得眼睛眯成一条缝：“儿子对我最好。”

最自豪的成绩——爸爸是个做学问的人，因为他做学问的成绩而被社会上聘为各种荣誉头衔。但当晚年人们问道他这个问题时，他说：“最自豪的就是我养了这么两个儿子。”是的，我和弟弟是争气的，我们分别于1979年、1988年考上了北京大学，而且录取的系都是当年文科最热门的系。1989年、1993年我俩又先后拿着美国提供的全额奖学金赴美深造，最终都取得了硕士学位。

最爱的人——君子之交淡如水，爸爸似乎没有那种“铁哥们”的工作同事或社会上的朋友。最牵动他感情的就是家里的人。不管是他南方老家那边的亲戚还是北方我妈妈这一家的亲戚，只要是需要帮助的没有他不愿意伸手的。晚年时，弟弟的小儿子亨亨来到了人间。他一下就成了爸爸最爱的人。爸爸晚年话不多，且都简洁、直白。当他和小亨亨在一起时往往没有表达，只是把小孙子抱在怀里，将他的小嫩脸贴在自己胡子拉碴的脸上。在爸爸最后的日子里，他胰腺癌晚期，躺在医院的床上不能自己翻身，我们家里的亲人轮流对他进行陪护。同时也请了一个中年女护工帮忙。一次爸爸没躺正需要向上调整身位，护工过来抓住他的身子就往上拔，使得爸爸一下子头昏脑胀，血压增高。经过这次折腾，爸爸坚决拒绝护工再碰他身子。当我的五姨、六姨一起帮他小心翼翼地调整身位时，他贴着她们的耳朵说："你们是亲人。"

最大的遗憾——当爸爸因胰腺癌住进北大校医院时，复旦大学出版社已决定出版我的书《美国也荒唐》，我们都知道这次住院也已经到了他老人家最后的日子。因为胰腺癌的死亡率是百分之百。他每天反复问的一个事就是："你的书什么时候出来?"看到爸爸已被全身带上仪器进行24小时体态监测，我也开始焦急如焚，不断地要求出版社以最快的速度印制。2010年8月13日爸爸又一次从胰腺癌的疼痛中苏醒过来，拉住在床边的我的手说："这书怎么还没印出来呀!"我说："今天刚问过了，书已经印完了，正在装订，后天就可以从上海空运过来。"爸爸听后没有再说话，痛苦地闭上了眼睛。就这样，爸爸没能等到看见这本书就告别了人世，我相信这是他也是我最大的遗憾，但可以告慰他老人家在天之灵的是《美国也荒唐》出版后获得众多好评，在全国最大的售书网当当网上纪实文学类销售连续三个月排名前三。今天，当我写这篇怀念他老人家的文章时，根据该书改编的电影剧本也已脱稿。

这些生命之最勾勒出那一代中国知识分子的典型的一生。从个性上讲爸爸是一个乐观、通达、豪爽、慷慨的人。正因为如此，一个个亲友们在私下与我交谈时都说："你爸爸可是个好人。"

爸爸去世已近两年，但他的音容笑貌却时常在我眼前重现。他的这些生命之最也已永远地融入我的记忆之中。

沈　群

于2012年6月父亲节

编 后 记

沈天佑先生是著名红学家、文学史家。1931 年出生于上海崇明，1958 年毕业于北京大学中文系，随即留校任教，从事中国古代文学的教学与研究工作，历任讲师、副教授、教授。曾兼任中国红楼梦学会常务理事、《红楼梦学刊》编委、中国金瓶梅学会理事、中国水浒学会理事等学术职务。2010 年因病逝世，享年 80 岁。

诚如先生所说，早年参加的两次大型的研究项目对先生的学术研究影响甚大。一次是 1960 年至 1963 年，参加了游国恩等先生主编的《中国文学史》的编撰工作，撰写了部分小说戏曲的章节，并参与了宋元明清文学史初稿的修改和定稿工作。另一次是 20 世纪 70 年代中后期，参加了中国艺术研究院红楼梦研究所负责的《红楼梦》校注本的校注工作。(《金瓶梅红楼梦纵横谈 · 后记》) 其影响首先体现在学术选题方面。先生的学术研究主要集中在两个领域：一是明清小说的研究，尤其是《金瓶梅》与《红楼梦》的研究，著有《金瓶梅红楼梦纵横谈》（北京大学出版社 1990 年版)、《历代小说选》(与吴组缃等合著，中国青年出版社 1982 年版)。先生一生发表了五十多篇论文，绝大多数为小说论文。二是文学史的撰写，著有《宋元文学史稿》（与吴组缃合著，北京大学出版社 1989 年版)、《中国文学史》（游国恩等主编，为主要撰稿人，人民文学出版社，1963 年第一版，2002 年第二版)。更重要的是学术研究方法的影响。吴组缃先生说："沈天佑同志在北大教书多年，他对这两部书的研究大都是关于思想艺术方面的，走的就是鉴赏派的路子。"（《金瓶梅红楼梦纵横谈 · 序》) 吴先生虽说是评价《金瓶梅红楼梦纵横谈》一书，完全可以用来概括沈先生的学术研究风格。这种研究风格的形成与文学史的编写有直接关系。

先生的小说研究以小说人物分析见长，撰写过《水浒传》、《金瓶梅》、《聊斋志异》、《红楼梦》等小说的人物分析论文，这在他的论文中占有相当大的比重。先生认为："典型人物形象的塑造，是文学创作，特别是叙事性作品（包括小说）的一个核心问题。对于一部长篇小说来说，它的价值如何，能否经得住时间的考验，而具有长久的艺术生命力，很大程度上取决于它能否塑造出一批具有高度典型意义的人物形象去揭示社会生活中具有重大意义的本质问题，从而深刻地反映出某个特定时代的独特风貌。"（《中国文学史上一个别开生面的反面典型——西门庆》）这就不难理解先生为何在人物分析方面下这么大的功夫。

先生对古代小说人物塑造有一个宏观的把握："综观我国古典小说人物的塑造，大致上是经历了一个由人物形象的不够典型到典型、由类型化典型到性格化典型这样一个逐步发展和成熟的过程。"（《谈〈水浒传〉在我国小说艺术典型化方面的贡献》）因而他在研究小说人物时，总是将人物放在整个小说史的人物链上进行比较，以确立它的创新意义与价值。先生在论述《水浒传》在小说艺术典型化方面的贡献时，便将《水浒》人物与《三国演义》中的人物进行比较，强调《水浒》写出了人物性格的丰富性和复杂性，写出了人物性格的发展变化。在论述《红楼梦》的人物时，常常将他们与《金瓶梅》的人物进行比较，以凸显两部名著在人物塑造方面的特点与联系。

先生特别推崇那些高度性格化的典型，认为这样的典型人物"如现实中的真人那么复杂，不是能用三言两语说清楚的，更不是以简单的'好'和'坏'所能概括的。这些形象，内涵特别丰富深刻，具有多侧面、多层次的特征，已不再是过去的'扁平型'人物，而是具有立体感的浑圆型人物，显出格外的逼真和传神。"（《谈〈红楼梦〉杰出的艺术成就》）他选择《金瓶梅》和《红楼梦》中的人物为主要研究对象与此不无关系。先生曾多次引述鲁迅关于《红楼梦》人物的经典论断："至于说到《红楼梦》的价值，可是在中国底小说中，实在是不可多得。其要点在敢于如实描写，并无讳饰，和以前的小说叙好人完全是好，坏人完全是坏的，大不相同，所以其中所叙的人物，都是真的人物。"他认为，《红楼梦》在人物刻画方面的创造性成就，在王熙凤身上体现得最为明显。"曹雪芹通过'毒设相思局'、'弄权铁槛寺'和'害死尤二姐'等描写，将王熙凤的凶狠、贪婪、狡诈等特点作了入木三分的刻画，使人们不得不对她产生出又气又恨的感情。可是小说又在众多场合渲染她出众的美丽：'恍若神妃仙子'的同时，强调她非同一般的聪明和才干……王熙凤也并不是一味的凶狠、刻薄，犹如个凶神恶煞那样。在日常生活里，不少场合她显得平易近人、谈笑风生，有时甚至还很通情达理，特别对那些年轻的弟妹们，她总是以'大嫂子'的身份给予多方关心和体贴，对他们提出的种种要求，总是尽力予以满足，从而得到了他们的赞赏、信赖……总之，王熙凤性格中的聪明、非凡的才干、诙谐机智、风趣逗人和贪婪、阴险、凶狠、泼辣等竟水乳交融地融合一起，浑然一体，从而使形象显得特别的丰厚，富有立体感，蕴涵十分深刻丰富，经得起再三咀嚼，给人回味无穷。"（《王熙凤形象随想》）即便是像西门庆这种大家公认的恶棍，先生也看到他的复杂性，认为"在现实生活里，人的性格总是错综复杂的。所谓好人坏人往往都不是那么泾渭分明、简单易认的。好人不是绝对的好，坏人也不是绝对的坏。西门庆这个血肉饱满的艺术形象也是如此。作为一个社会上有影响、有权势的市侩、恶棍，他固然有不择手段地聚敛钱财和不顾死活地玩弄妇女的恶行。但他也不是处处令人讨厌，有时他也很通情达理，体贴他人之艰难；有时为资助朋友，还慷慨解囊，表现出很讲义气，从而博得了人们的赞赏。"（《中国文学史上一个别开生面的反面典型——西门庆》）对《金瓶梅》在人物刻画方面的贡献给予了充分的肯定。

小说主题研究，一直是先生关注的重要课题。20 世纪 80 年代，学术界围绕几部古代小说名著的主题展开了热烈讨论，产生了极大的意见分歧，因而有学者对小说主题研究的科学性与必要性提出了怀疑。先生认为："对古代小说名著主题思想的深入研究不是可有可无，而是至关重要；不是十分的'玄乎'，而是通过深入的探讨完全可以认识。主题思想研究上的每一重要进展，都会直接推动着作品其他方面研究的深入展开。"（《〈红楼梦〉主题思想的剖析》）早在"文革"结束不久，先生就撰写过两篇重要论文，针对"文革"中出现的关于《红楼梦》主题的几种流行的提法，提出了严肃的批评："在《红楼梦》研究评论工作中，'四人帮'也是惯于搞他们假左真右那一套，其表现之一，就是以强调'阶级斗争'为名，否认作品中关于爱情婚姻悲剧描写的社会意义，错误地把它和小说的反封建的主题思想对立起来。"认为："《红楼梦》作为一部伟大的古典小说，它深刻的思想意义在于：通过以贾府为代表的四大家族由盛而衰过程的描写，真实而深刻地表现了封建末世尖锐的阶级斗争和封建统治阶级内部错综复杂的矛盾，揭示了封建制度必然灭亡的历史趋势。”而“《红楼梦》中的爱情婚姻悲剧，实质上是个社会悲剧、政治悲剧。通过这个悲剧，深刻地揭示了封建末世重大的社会矛盾。这个爱情婚姻悲剧比起泛泛地描写阶级矛盾，不知要深刻多少！《红楼梦》这部古典巨著的一个鲜明特色，正在于小说以这个爱情悲剧为它的中心结构，写出了以贾府为首的四大家族的必然灭亡，为气息奄奄的封建制度敲响了丧钟！”（《〈红楼梦〉的主题思想和恋爱婚姻悲剧》）随后，先生又撰文对“文化大革命以来，在《红楼梦》研究中流行着一种说法，即《红楼梦》第四回是小说的总纲，是正确阅读和理解全书的一把钥匙”提出批评。认为“《红楼梦》的思想特色，它所包含的深刻意义主要不在于它描写了社会上的阶级压迫和斗争的情况及与此有关的几十条人命等等；而是在于：它以贾宝玉、林黛玉、薛宝钗这一恋爱婚姻悲剧为中心事件，写出了贾府这个具有典型意义的封建贵族家庭逐渐衰败的过程，通过这一衰败过程的描写，广泛地暴露了封建末世社会上的种种腐败和罪恶以及存在着的不可克服的内在矛盾，从而深刻地揭示出了封建制度必然走向灭亡的历史命运。”细心的读者不难发现，先生将“以贾府为代表的四大家族由盛而衰过程”改成了“贾府这个具有典型意义的封建贵族家庭逐渐衰败的过程”，这一提法无疑更加符合作品的实际。（《〈红楼梦〉第四回和总纲》）应该承认，这种认识还带有明显的时代痕迹，但在文革结束之初，对于红学研究的拨乱反正、肃清文革影响无疑是有意义的。

难能可贵的是，随着研究的深入，先生也在不断地修正和完善自己的学术观点，80年代后期，先生基本上放弃自己十年前发表的看法，认为“‘以贾府为代表的封建家族衰亡史说’和‘爱情婚姻悲剧说’都概括不了小说的主题思想”，“应该从小说艺术形象所包含的思想意义和作者所获得的生活体验的结合上去全面地把握《红楼梦》的主题思想”，提出“《红楼梦》作者，倾注了自己全部感情、呕心沥血地写出了他所倾慕的一批青年女子的一一被摧残、被毁灭，形成了‘千红一窟（哭），万艳同杯（悲）’的大悲剧。”“《红楼梦》主题思想的深刻性在于写出了社会上新生力量惨遭镇压的同时，还揭示了旧的社会势力的无可挽回地在趋于崩溃，从而深刻地表现出了封建末世的本质特征。”（《〈红楼梦〉主题思想的剖析》）晚年，先生在为北京大学中国传统文化研究中心和中央电视台合作拍摄的电视片所撰写的讲稿中，对于《红楼梦》主题的认识又有所调整，他说："小说的一个突出成就是它十分出色地描写了一个震撼人心的大悲剧。这个大悲剧既是社会的悲剧，又是时代的、人生的大悲剧。它的内容非常之丰富，涉及的面十分广泛。其中既有贾府这个具有典型意义的官僚贵族家庭的败落，更有众多可亲可爱的青年女子的惨遭不幸。在众多青年女子的悲剧里，贾宝玉和林黛玉、薛宝钗之间的恋爱婚姻悲剧又占有着一个特殊重要的地位。小说不仅写出了这个悲剧发生、发展的复杂的现实内容，而且揭示出了形成这一悲剧的全面深刻的社会根源。"（《漫谈〈红楼梦〉》）这种看法无疑更加全面与稳健，也显得更为平和。

先生研究古代小说艺术，特别重视小说的艺术创新。他在论述《金瓶梅》的艺术成就时，就谈到"它在传统的小说艺术的基础上作了许多新的开拓"。并将《金瓶梅》与早期章回小说《三国演义》、《水浒传》、《西游记》进行比较，认为"《金瓶梅》在描写手法上，克服了以往长篇小说普遍存在着的某种粗线条的倾向，趋于深入细腻。在小说大胆而细微的日常生活描写中，生动而又形象地表现出现实社会里的种种人情世态，散发出一股浓烈的市井生活气息。"在艺术结构上，"它是以暴发户西门庆一家为中心，并以整个社会为背景，作了辐射式的多方面的展开，呈现出错综复杂而又摇曳多姿的形态。""《金瓶梅》所刻画的人物不是历史上的帝王将相和英雄豪杰，更不是神仙妖魔；而是市井社会里各式各样的'俗人'，包括那些泼皮无赖、帮闲蔑片这类社会渣滓。这些市井'俗人'的思想感情、举止行为、音容笑貌被描画得那样活灵活现，使人难于忘怀。"（《〈金瓶梅〉及其价值》）充分肯定了《金瓶梅》在小说艺术上的拓新及其对《红楼梦》的深远影响。

先生对《红楼梦》的艺术更为关注，多次谈到《红楼梦》杰出的艺术成就。与研究《红楼梦》的主题不同，不是修正自己的观点，而是有意识地从不同的角度去认识《红楼梦》的艺术价值。先生最早谈《红楼梦》的艺术是在《〈红楼梦〉——中国文学第一奇书》一文中，将《红楼梦》的艺术概括为三个方面："作品以它反映生活所特有的丰富性、真实性和深刻性，使《红楼梦》成了一个辉煌的艺术宝库。""作者运用了一切富有成效的艺术手法，精雕细刻地塑造了大批活灵活现的'真的人物'，从而赋予了作品以巨大的艺术魅力。""作者善于通过精心提炼的典型化手法赋予平淡无奇的日常生活以深刻的内涵，并在日常生活所组成的生活流中不时掀起大的波澜，使故事情节起伏不定、引人入胜。”先生在《〈红楼梦〉的艺术启示》一文中，从“广阔与深刻”、“真实与鲜活”、“偶然与必然”、“诗情与哲理”等四个方面，全面而细致地论述了《红楼梦》的艺术特色，虽与前文有部分观点相同，而后两点则是新的看法。

先生论《红楼梦》的艺术，最精彩的论文应该是《谈刘姥姥三进荣国府》，先生从小说对一个小人物刘姥姥的描写，来挖掘作家的艺术匠心。“作者通过刘姥姥一进荣国府，主要是突出这个国公府的威严和势派。”刘姥姥二进荣国府，“重点在于全面、深入地揭示出这个贵族之家的奢靡和挥霍无度，表现出它在走向没落时的回光返照”。“到了刘姥姥三进荣国府时，其情景和上面两次形成了鲜明的对照，这个显赫一时的国公府已陷于绝境，到处是一派凄凉败落的景象。”于是得出令人信服的结论：“总之，通过刘姥姥三进荣国府的描写，不仅为我们塑造了一个有血有肉、独具特色的乡村穷苦婆子的动人形象；而且以她这个置身于世俗荣华富贵之外一个局外人的眼光，清晰地揭示出了这个国公府由盛而衰的发展过程。”

应该指出，先生的学术成就，并不限于古代小说研究领域，在文学史、宋代诗词、小说名著改编研究等方面，也有贡献，这里不一一评述。

本集共收入先生独立撰写并公开发表的论文50篇，与师友的合著、未发表的手稿、纪念会上的发言等均未收入。所收论文一律在文末注明原发和转载的书刊名称。论文内容和观点未作任何修改，只是对个别明显笔误或原刊印刷错误的字词作了订正。

傅承洲

2011年8月

后　记

这本书能出版，应感谢傅承洲教授。沈天佑教授辞世后，傅教授即建议将沈老师生前发表的论文汇集出书。这对古典文学爱好者、学习者、研究者都有参考价值，并以此作为永久的纪念。我非常赞同，但我本人无力完成。他就说："我来做。"随后，他翻阅了大量的书刊，查找资料。然后整理编排，汇集成册，又逐字作了认真的校对。与此同时，他还执笔撰写了本书的编后记，对沈天佑教授的论文进行了全面、深入的分析。又编写了沈天佑学术年表。这一系列的大量的繁琐工作，均由他一人负责完成。傅教授为这本书付出了大量的时间和精力，使我深受感动。他常说，给老师做事，是应该的。这句朴素的话语，饱含着崇高的、真挚的师生之情。对傅承洲教授付出的心血和劳动，在此，表示深深的谢意。

郑之万